三国志演義 1

羅貫中
立間祥介＝訳

角川文庫
21645

三国志演義　1

目次

【主な登場人物】姓（同音は画数順）の五十音順

袁術《えんじゅつ》（?―一九九）字《あざな》は公路《こうろ》。袁紹《えんしょう》の従弟。淮南《わいなん》で一時帝位を僭称する。

袁尚《えんしょう》（?―二〇七）字は顕甫《けんふ》。袁紹《えんしょう》の末子。

袁紹《えんしょう》（?―二〇二）字は本初《ほんしょ》。漢《かん》の名門の出で河北《かほく》に強大な勢力を張る。性は優柔不断、ために官渡《かんと》で曹操《そうそう》に大敗する。

袁譚《えんたん》（?―二〇五）字は顕思《けんし》。袁紹《えんしょう》の長子。

王允《おういん》（一三七―一九二）字は子師《しし》。憂国の宰相。董卓《とうたく》暗殺の立役者。

何進《かしん》（?―一八九）字は遂高《すいこう》。霊帝《れい》の外戚（何《か》皇后の兄）。

賈詡《かく》（?―二二三）字は文和《ぶんか》。はじめ董卓《とうたく》に仕え、のち曹操《そうそう》の幕僚となる。

郭嘉《かくか》（一七〇―二〇七?）字は奉孝《ほうこう》。曹操《そうそう》の片腕といわれた幕僚。

郭汜《かくし》（?―一九七）幼名阿多《あた》。董卓《とうたく》の部将。董卓《とうたく》の死後、李傕《りかく》と共に一時、天下をとる。

夏侯淵《かこうえん》（?―二一九）曹操《そうそう》の父方の従兄弟。従兄の夏侯惇《かこうとん》に従って曹操《そうそう》の挙兵に参加。

夏侯惇《かこうとん》（?―二二〇）曹操《そうそう》の父方の従兄弟。曹操《そうそう》挙兵以来の部将。

関羽《かんう》（一六二―二一九）字は雲長《うんちょう》、劉備《りゅうび》に兄事した名将。信義に篤《あつ》く、大薙刀《おおなぎなた》をとっては天下無敵。蜀《しょく》の五虎将《ごこしょう》の一人。

許褚《きょちょ》（?―?）字は仲康《ちゅうこう》。大刀の持ち主。曹操《そうそう》の部将。

献《けん》**帝・劉協**《りゅうきょう》（一八一―二四三。在位一八九―二二〇）後漢《ごかん》第一二代皇帝。生母は霊《れい》帝の王《おう》美人。霊帝（一五六―一八九）の死に際して陳留《ちんりゅう》王となり、董卓《とうたく》に擁立されて即位した。

孔融《こうゆう》（一五三―二〇八）字は文挙《ぶんきょ》。孔子《こうし》第二〇世の孫。文名高く建安七子《けんあんしちし》の一人。

黄蓋《こうがい》（?―?）字は公覆《こうふく》。孫堅《そんけん》父子三代に仕えた武将。

公孫瓚《こうそんさん》（?―一九九）字は伯珪《はくけい》。劉備《りゅうび》の学友。一時は袁紹《えんしょう》と河北《かほく》の覇を競った。

周倉《しゅうそう》（?―二一九）黄巾《こうきん》の残党で関羽《かんう》を慕ってその部将となる。架空の人物。

周泰《しゅうたい》（?―二二五?）字は幼平《ようへい》。孫策《そんさく》・孫権《そんけん》に仕えた武将。

周瑜《しゅうゆ》（一七五―二一〇）字は公瑾《こうきん》。孫策《そんさく》の義弟。呉《ご》の大都督として赤壁《せきへき》で曹操《そうそう》を破る。

荀彧《じゅんいく》（一六三―二一二）字は文若《ぶんじゃく》。曹操《そうそう》の幕僚。

少《しょう》**帝・劉弁**《りゅうべん》（辯《べん》。一七〇―一八九）生母は霊《れい》帝の何《か》皇后。霊《れい》帝の死に際し外戚の何進《かしん》に擁立されて即位したが、在位五カ月で董卓《とうたく》によって弘農《こうのう》王に落とされ毒殺された。

曹仁《そうじん》（一六八―二二三）字は子孝《しこう》。曹操《そうそう》の従弟。

曹操《そうそう》（一五五―二二〇）字は孟徳《もうとく》。幼名、阿瞞《あまん》。魏《ぎ》の武《ぶ》帝。「乱世の奸雄《かんゆう》、治世の能臣」と言われた文武両全の英雄。

孫堅《そんけん》（一五六―一九二）字は文台《ぶんだい》。弱年より勇名を謳《うた》われ、董卓《とうたく》討伐戦で洛陽《らくよう》一番乗りの偉功を立てる。

孫権《そんけん》（一八二—二五二）字は仲謀《ちゅうぼう》。孫堅《そんけん》の次子。父兄の業を継いで呉《ご》を建国。

孫策《そんさく》（一七五—二〇〇）字は伯符《はくふ》。孫堅《そんけん》の長子。孫堅《そんけん》の死後、人材を集めて呉《ご》の基礎を築く。

張角《ちょうかく》（?—一八四）太平道《たいへいどう》の教祖。黄巾《こうきん》の乱の首謀者。

張郃《ちょうこう》（?—二三一）字は儁乂《しゅんがい》。はじめ袁紹《えんしょう》、のち曹操《そうそう》に仕えた武将。

張昭《ちょうしょう》（一五六—二三六）字は子布《しふ》。孫策《そんさく》、孫権《そんけん》の幕僚。

張飛《ちょうひ》（一六八—二二一）字は翼徳《よくとく》（正しくは益徳《えきとく》）。劉備《りゅうび》・関羽《かんう》に兄事する直情径行の勇将。

張遼《ちょうりょう》（一六九—二二二）字は文遠《ぶんえん》。はじめ呂布《りょふ》に仕え、のち曹操《そうそう》配下に加わった武将。情義に篤く、関羽《かんう》と肝胆《かんたん》相照らす仲となる。

張魯《ちょうろ》（?—?）字は公祺《こうき》。五斗米道《ごとべいどう》の第三代教主として三十年にわたり漢中《かんちゅう》に君臨、のち曹操《そうそう》に降《くだ》る。

趙雲《ちょううん》（?—二二九）字は子竜《しりょう》。劉備《りゅうび》配下の勇将。蜀《しょく》の五虎将《ごこしょう》の一人。

貂蟬《ちょうせん》（?—?）王允《おういん》の館の妓女。王允《おういん》の意をうけて董卓《とうたく》の侍妾《じしょう》となり、呂布《りょふ》を董卓《とうたく》暗殺に走らせる美女。架空の人物。

陳宮《ちんきゅう》（?—一九八）字は公台《こうだい》。曹操《そうそう》打倒を念願とする呂布《りょふ》の幕僚。

陳琳《ちんりん》（?—二一七）字は孔璋《こうしょう》。はじめ袁紹《えんしょう》、のち曹操《そうそう》に仕えた幕僚。建安七子《けんあんしちし》の一人。

程昱《ていいく》（一四一—二二〇）字は仲徳《ちゅうとく》。曹操《そうそう》の幕僚。

典韋《てんい》（?—一九七）曹操《そうそう》の身辺警固に当たった武将で、宛城《えんじょう》で身をもって曹操《そうそう》を救った。

陶謙《とうけん》（一三二—一九四）字は恭祖《きょうそ》。徐《じょ》州の牧。死に際し劉備《りゅうび》に後を嘱《しょく》す。

董《とう》**太后**（?—一八九）霊《れい》帝の生母。孫の劉協《りゅうきょう》（献《けん》帝）を育てた。

董卓《とうたく》（?—一九二）字は仲穎《ちゅうえい》。残忍好色な隴西《ろうせい》の豪族。巨大な武力を背景に献《けん》帝を擁立し、専横をきわめる。

馬超《ばちょう》（一七六—二二二）字は孟起《もうき》。馬騰《ばとう》の長子。劉備《りゅうび》父子に仕えた蜀《しょく》の五虎将《ごこしょう》の一人。

馬騰《ばとう》（?—?）字は寿成《じゅせい》。後漢《ごかん》の伏波《ふくは》将軍馬援《ばえん》の末孫。巨軀強力の隴西《ろうせい》の豪族。

李傕《りかく》（?—一九七）董卓《とうたく》の部将。董卓《とうたく》の死後、郭汜《かくし》と共に長安《ちょうあん》に乱入、一時天下を取る。

劉備《りゅうび》（一六一—二二三）字は玄徳《げんとく》。漢《かん》の中山靖王《ちゅうざんせいおう》の末孫。黄巾《こうきん》の乱に際して関羽《かんう》、張飛《ちょうひ》と共に挙兵。

劉表《りゅうひょう》（?—二〇八）字は景升《けいしょう》。荊《けい》州の牧。

呂布《りょふ》（?—一九八）字は奉先《ほうせん》。董卓《とうたく》の養子。後漢《ごかん》末随一の武勇を謳われながら、転変常なき性格のため天下の嫌われ者となる。

魯粛《ろしゅく》（一七二—二一七）字は子敬《しけい》。孫権《そんけん》の幕僚。

*関羽《かんう》・張飛《ちょうひ》の生年は『演義』による。

烏桓
(烏丸)
遼西
漁陽
代
涿
《幽州》
右北平
易
中山
河間
渤海
常山
安喜
太原
《冀州》
平原
《并州》
鉅鹿
《青州》
高唐
広宗
泰山
北海
下密
済北
魏
東阿
泰山
鄴
濮陽
東郡
琅邪
魯
官渡
《兗州》
《豫州》
東海
《徐州》
各陽
虎牢関
長社
滎陽
陳留
鄄城
沛
下邳
潁川
芒碭山
彭城
襄城
許都
淮
南陽
広陵
盱眙
安衆
葛陂
寿春
水
丹徒
襄陽
秣陵
景山
呉
銭塘
廬江
《揚州》
烏程
江陵
会稽
江夏
鄱陽
豫章
鄱陽湖
洞庭湖
長沙
湘
水
桂陽
《交州》
南海

後漢末地図

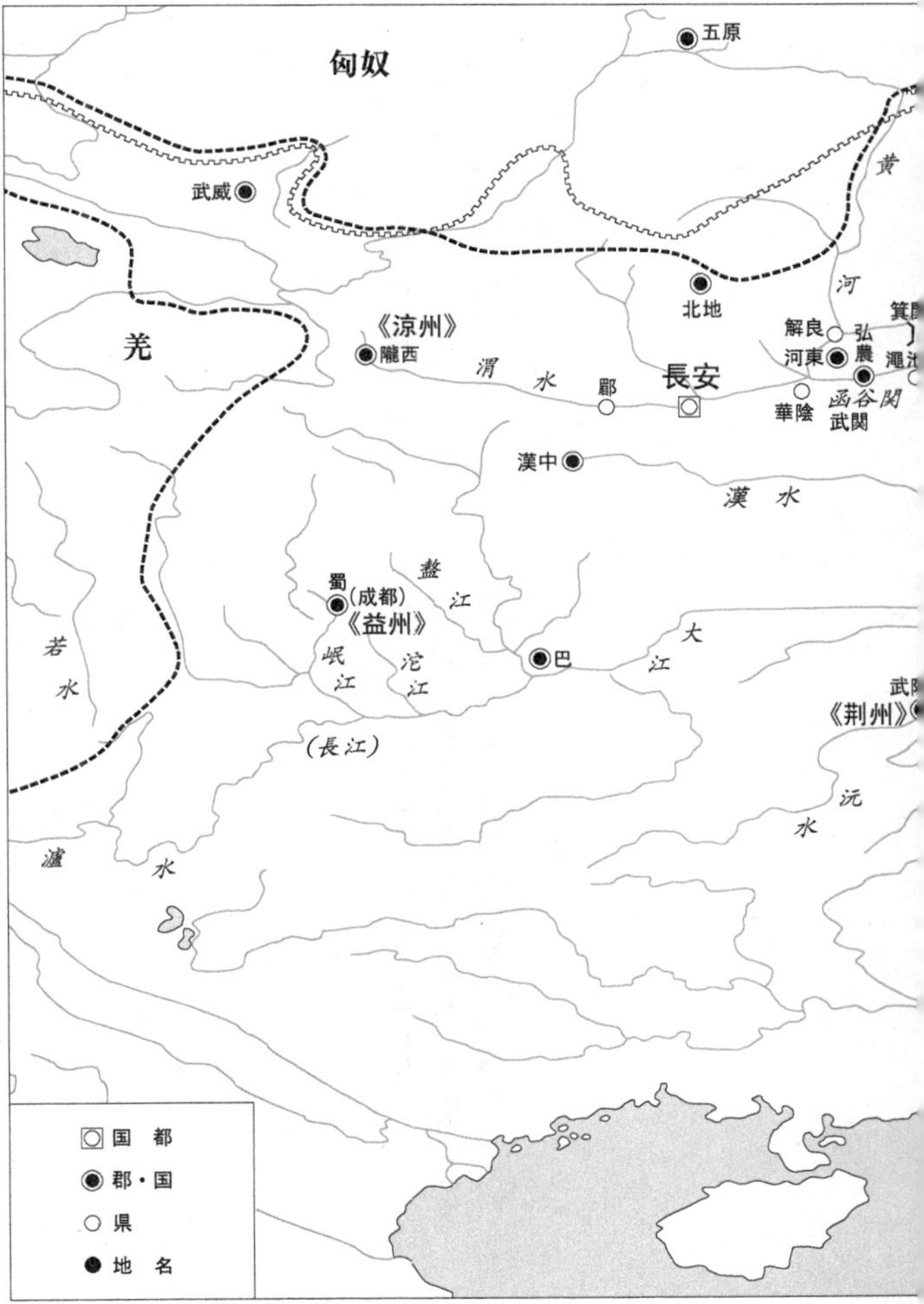

五原
匈奴
武威
黄
河
北地
羌
《涼州》
隴西
渭
水
解良
弘
農
河東
鄠
長安
華陰
函谷関
武関
漢中
漢
水
盩
江
蜀
(成都)
《益州》
岷
江
沱
江
巴
大
江
(長江)
《荊州》
若
水
沅
水
瀘
水
国 都
郡・国
県
地 名

凡例

一、訳者注は適宜、各章末、または文中（ ）で括り、小文字で示した。
一、文中〔 〕で括ったものは、嘉靖本（最終巻の解説参照）で補った個所を示す。
一、固有名詞の読みは建前として漢音としたが、磐河（ばんが）・荀彧（じゅんいく）など慣用音を残した場合もある。

初めに詞《し》をひとつ――。

滾滾《こんこん》たる長江　東に逝《ゆ》く水、
浪花に英雄を淘尽《とうじん》す。
是非成敗《せいはい》は転頭《うたた》空しく、
青山《せいざん》は旧に依《よ》りて存《あ》り、
幾度か夕陽　紅《くれない》なり。

白髪の漁《ぎょ》・樵《しょう》　江渚《こうしょ》の上《ほと》り、
慣れ看《み》たり秋月春風を。
一壺《いっこ》の濁酒《だくしゅ》もて喜び相逢《あいあ》い、
古今多少の事も、
都《みな》笑談の中に付す。

とうとうと東する水はてしなく、
長江に消えし英雄かずしれず。
是非成敗もうたかたに、
青山のひとりのこりて、
紅の夕日迎えるそもいくそたび。

白髪の漁翁杣人《そまびと》なぎさに立ちて、
秋の月春の風みて年へたり。
一壺のにごり酒もて相逢えば、
過ぎしいくたのことどもも、
いまはむかしの語りぐさ。

＊原詞は「明・楊慎作『歴代史略詞話』（第二段説秦漢）からの引用で、『詞牌』名は『臨江仙』、毛宗崗が『三国演義』を評改したときに加えたもの」（沈伯俊校訂整理『三国演義』注。江蘇古籍出版社、一九九二年二月初版）。

第一回

桃園《とうえん》に宴《うたげ》して　豪傑三《ごうけつさん》　義《ぎ》を結《むす》び
黄巾《こうきん》を斬《き》って　英雄《えいゆう》　始《はじ》めて功《こう》を立《た》つ

そもそも天下の大勢は、分かれること久しければ必ず合し、合すること久しければ必ず分かれるもの。周《しゅう》のすえ七国分かれ争い、秦《しん》に併合されたが、秦亡ぶや楚《そ》・漢《かん》が分かれ争い、また漢に併合された。漢朝は高祖《こうそ》が白蛇を斬って義兵を興し、天下を統一したのに始まり、のち光武《こうぶ》帝の中興があって、以来献《けん》帝まで伝わり、ついに三国に分かれた。このたびの乱の源をただせば、およそ桓《かん》・霊《れい》二帝より始まったと言える。桓《かん》帝は儒者《じゅしゃ》と官僚を弾圧し、宦官《かんがん》を重用した。桓《かん》帝が崩じ、霊《れい》帝が即位すると、大将軍竇武《とうぶ》と太傅《たいふ》陳蕃《ちんはん》の両名が相ともに補佐に当たった。おりしも宦官曹節《そうせつ》らが権力を壟《ろう》断《だん》しており、竇武《とうぶ》・陳蕃《ちんはん》は彼らを朝廷から一掃しようと謀《はか》ったが、事破れてかえって殺害され、これよりして宦官はいよいよ専横をきわめることとなった。

建寧《けんねい》二年（一六九）四月十五日、帝が温徳《おんとく》殿におでましあって、正に玉座に着こうとされたとき、とつぜん殿中の一角に狂風吹き起こるとみるまに、青色の大蛇が梁《りょう》上《じょう》より飛来して玉座にわだかまった。帝があっと昏倒《こんとう》されるのを、左右の者急ぎ宮中に助けいれまいらせ、百官ただあれよあれよと逃げまどうばかり。須臾《しゅゆ》にして蛇の姿は消え失せ、たちまち凄《すさ》まじい雷雨となって雹《ひょう》までまじえ、夜半まで降りつづいて、ために倒壊した家屋は数知れなかった。

建寧四年二月、洛陽《らくよう》に地震あり、この時も大津浪が起こって、沿海の住民ことごとく巨浪に捲《ま》かれ海に運び去られた。

光和《こうか》元年（一七八）、雌鶏《めんどり》が雄となった。

六月一日、十余丈の黒色の妖気《ようき》が温徳殿中に飛びいった。

秋七月、玉堂殿《ぎょくどう》より虹が立ち、五原《ごげん》（内蒙古・包頭市西北の黄河北岸地方）の切り立った河岸がことごとく崩落した。

かかる不吉な事件が一、二にとどまらなかったので、帝が臣下たちに災審異変の原因をおたずねになったところ、議郎《ぎろう》（天子の顧問官）蔡邕《さいよう》が憚《はばか》る色もなく、虹が立ち鶏の変化せるは女子と宦官が政治に容喙《ようかい》せるためとの上奏文を奉った。帝はこれをご覧になり、嘆息されて更衣に立たれた。後ろから盗み見た曹節《そうせつ》が巨細《こさい》にわたって仲間に知らせたので、一同、事をかまえて蔡邕《さいよう》を罪におとし、官を召し上げて国許へ放逐《ほうちく》した。その後、張譲《ちょうじょう》・趙忠《ちょうちゅう》・封諝《ほうしょ》・段珪《だんけい》・曹節《そうせつ》・侯覧《こうらん》・蹇碩《けんせき》・程曠《ていこう》・夏惲《かうん》・郭勝《かくしょう》ら宦官十名が党を組んで奸悪《かんあく》を働き、「十常侍《じゅうじょうじ》」(1)と称《とな》え、帝は張譲《ちょうじょう》を信じ敬《うやま》って「父上」と呼ばれた。これより政道、日々に紊《みだ》れ、ために天下の人民ら乱を思い、盗賊、各地に群がり起こるにいたった。

　時に、鉅鹿郡《きょろく》（河北省南部）に張角《ちょうかく》・張宝《ちょうほう》・張梁《ちょうりょう》なる三人の兄弟があった。張角《ちょうかく》はもともと挙人試験に落ちた秀才(2)で、山で薬草を採《と》って暮しを立てていたが、一日、山中で藜《あかざ》の杖《つえ》をついた碧眼《へきがん》童顔の老人に出会った。老人は彼をとある洞穴に呼び入れ、天書三巻を授けて、

「これは『太平要術《たいへいようじゅつ》』と申すもの。汝《なんじ》これを得し上は、天に代わってあまねく教えをひろめよ。もし悪心きざすことあらば、天罰たちまち下るであろう」

　彼がはっと平伏して名を尋ねると、

「わしは南華老仙《なんかろうせん》である」

　と言うなり、一陣の清風と化して消え去った。

　張角《ちょうかく》はこの書を得てより日夜習得にはげみ、風を呼び雨を喚《よ》ぶことができるようになって「太平道人」と号した。中平《ちゅうへい》元年（一八四）正月、疫病《えきびょう》が流行したとき、張角《ちょうかく》は護符と神水をひろく施して人々の病を癒《い》やし、自ら「大賢良師」と称した。その弟子は五百有余人。全国各地を渡り歩いたが、いずれも呪文《じゅもん》を書き呪術をよくした。のち帰依《きえ》するもの日を追ってふえたので、張角《ちょうかく》は三十六の方《ほう》(3)を立て、一万余人をもって大方、六、七千人をもって小方とし、それぞれ頭目を置いて将軍と名乗らせ、「蒼天《そうてん》

已《すで》に死し、黄天当《こうてんまさ》に立つべし。歳は甲子《かっし》に在りて、天下大吉」（蒼《あお》の世は過ぎ黄の世だ。甲子《きのえね》の年は天下大吉だ）なる言葉を言いひろめ、人々に白土で「甲子」の二字を戸口に書きつけさせた。青《せい》・幽《ゆう》・徐《じょ》・冀《き》・荊《けい》・揚《よう》・兗《えん》・豫《よ》八州の人民は、戸ごとに大賢良師張角《ちょうかく》の名札を祀《まつ》って崇《あが》め尊んだ。

張角《ちょうかく》は一味の馬元義《ばげんぎ》に金帛《きんぱく》を持たせてひそかに宦官封諝《ほうしょ》のもとへ遣わし、誼《よし》みを結んで内応のことを頼むとともに、二人の弟を呼んで言うのに、

「民の心は得難きもの。いまや民心はわが方にあり、天下を取る好機と見た。これをみすみす取り逃がすことはあるまい」

かくてひそかに黄色の旗をつくって蜂起《ほうき》の期日を定め、同時に封諝にこの由を伝えるべく、弟子の唐周《とうしゅう》に書面を届けさせたところ、唐周《とうしゅう》は禁裡《きんり》に直行して謀反《むほん》の事を訴えに及んだ。帝は大将軍何進《かしん》に命じて、軍を馬元義《ばげんぎ》のもとへ差し向け、これを打ち首にするとともに、封諝《ほうしょ》ら一味の者を取りおさえて獄に下したもうた。張角《ちょうかく》は事の露《あらわ》れたのを知ってにわかに兵を挙げ、自らは「天公《てんこう》将軍」と称し、張宝《ちょうほう》は「地公《ちこう》将軍」、張梁《ちょうりょう》は「人公《じんこう》将軍」と称して、人々に触れた。

「いま漢の運尽きんとして、大聖人出《い》づ。汝ら皆よろしく天に従い正しきにつき、もって太平を楽しめよ」

四方の人民、黄色の巾《きれ》で頭をくるみ張角《ちょうかく》の謀反に加わるもの四、五十万。賊の勢い

大いにふるい、官軍は戦わずして四散した。何進《かしん》は帝に奏上して、各地の防備を固め賊を討って功を立てよとの 詔《みことのり》をすみやかに下しおかれるようお願いし、また中郎将(派遣軍司令官)盧植《ろしょく》・皇甫嵩《こうほすう》・朱儁《しゅしゅん》を三方面へ派遣し、精兵をひきいて討伐に向かわせた。

さて張角《ちょうかく》の一軍は進んで幽州の境を侵した。幽州の太守《たいしゅ》(4)劉焉《りゅうえん》は、江夏《こうか》郡竟陵《きょうりょう》県の人で漢の魯《ろ》の恭《きょう》王の末孫《ばっそん》であったが、このとき賊軍迫ると聞いて、校尉《こうい》(副官)鄒《すう》靖《せい》を呼んで諮《はか》ると、鄒靖《すうせい》の言うのに、

「賊軍は多くわが軍は手薄にござりますれば、火急に兵を募《つの》り、賊に備えるが至当かと心得ます」

劉焉《りゅうえん》はこの意見をいれ、ただちに義兵募集の高札を出した。

高札が涿《たく》県に立てられたとき、これに応じて涿県より一人の英雄が現われた。この人、学問をあまり好まず、性温和で口数少なく、喜怒を色にあらわさない。生来大志を抱き、つとめて天下の豪傑と交わりを結んでいる。身の丈《たけ》七尺五寸(後漢の一尺は約二三センチ)、両の耳は肩まで垂れ、手を伸ばせば膝下《しっか》にとどき、目はよく己の耳を見、顔は冠の白玉の如く、唇は紅をさしたよう。中山靖王《ちゅうざんせいおう》劉勝《りゅうしょう》の末孫、漢の景《けい》帝陛下の玄孫、姓は劉《りゅう》、名は備《び》、字《あざな》(呼び名)は玄徳《げんとく》である。そのかみ漢の武《ぶ》帝の御代、

劉勝《りゅうしょう》の子劉貞《りゅうてい》、涿鹿《たくろく》亭侯(5)に封《ほう》ぜられ、のち酎金律《ちゅうきんりつ》(6)に触れて官を召し上げられたことがあり、その血筋の涿県に遺《のこ》ったものである。玄徳《げんとく》の祖父は劉雄《りゅうゆう》、父は劉弘《りゅうこう》という。劉弘《りゅうこう》はかつて孝廉《こうれん》(7)に推挙されて官に仕えたが、若くして死んだ。玄徳《げんとく》は幼くして父親に死に別れ、母親に孝養をつくした。家は貧しく、草鞋《わらじ》を売り蓆《むしろ》を織って身過ぎとしていた。涿県の楼桑《ろうそう》村に住んでいたが、家の東南に桑《くわ》の大木があって高さ五丈あまり、遥かに望めば亭々としてご乗輿《じょうよ》の傘のようであった。ある相術師が言ったことがある。

「この家からは、きっと貴人が出られましょうぞ」

玄徳《げんとく》は幼時、村の子供たちとその木の下で遊んでいて、

「おれは天子になって、この車に乗ってみせるぞ」

と言ったことがあったが、叔父劉元起《りゅうげんき》は、その言葉を奇として、

「うむ、この小僧、なかなか見どころがあるわい」

と、それ以来、玄徳《げんとく》の家が貧しかったので金をあたえ面倒をみてやった。

十五歳のとき、玄徳《げんとく》は母親の命で遊学に出、鄭玄《ていげん》・盧植《ろしょく》に師事し、公孫瓚《こうそんさん》らと交わりを結んだ。劉焉《りゅうえん》が募兵の高札を出したとき、玄徳《げんとく》はすでに二十八歳(8)であった。

その日、彼は高札を読んでわれ知らず深い吐息を洩《も》らした。と、後ろで、

「男一匹、国のために働こうともしないで、溜息《ためいき》をつくとは何事だ」

と喚《おめ》いた者がある。

振りかえって見れば、身の丈八尺、豹《ひょう》の如き頭につぶらな目、肉づきあくまで豊かな頬《ほお》から頷《あぎと》に虎の如き鬚《ひげ》をたくわえ、その声万雷のはためくが如く、その勢い奔馬の如き男である。その異様な風采《ふうさい》を見て名を問うと、

「おれは姓は張《ちょう》、名は飛《ひ》、字は翼徳《よくとく》。代々この涿郡に住んで、いささか田畑もあり、酒や豚肉を商いながら、つねづね天下の豪傑と付き合っているもんだ。ちょうど、いま、おぬしがこれを見て溜息をついたので、声をかけたんだ」

「それがし、もともと漢皇室の流れを引く姓は劉《りゅう》、名は備《び》と申す者。近頃、黄巾賊の猖獗《しょうけつ》を耳にし、賊を平らげ民を救おうとは思うものの、いかんせん力たらず、それゆえ思わず溜息を洩らしたのでござる」

「そうとあれば、金はわしのところにある。さっそくあたりの若い者を募って、一緒に一旗挙げようではござらんか」

玄徳《げんとく》は大いに喜び、村の酒屋に誘って酒をくみかわした。そこへ、一人の偉丈夫が一台の車を押して来て店の前にとめ、中にはいって腰をおろすなり店の者を呼んだ。

「おい、酒を急いで頼む。これからお城の軍勢に加わりに行くのだからな」

玄徳《げんとく》がその人を見れば、身の丈九尺、髯《ひげ》の長さ二尺、顔色はくすべた棗《なつめ》(9)の如く、唇は朱を塗ったよう、切れ長の目、太く濃い眉。人品衆にぬきんで、あたりに人なきが

如くである。すぐさまその人を自分の卓にさそって名を問うと、

「それがし、姓は関《かん》、名は羽《う》、字は長生《ちょうせい》あらため雲長《うんちょう》と申し、河東《かとう》郡解《かい》良《りょう》県の者にござるが、土地の役人の無理無体を腹にすえかねて斬って棄て、五、六年この方、世を忍んで各地を渡り歩いておりしもの。このたび当地で賊徒討伐の兵を募りおる由《よし》を聞き、加わらんものと参った次第でござる」

かく聞いて玄徳《げんとく》も己の志を打ち明ければ、雲長《うんちょう》は大いに喜び、三人うちつれて張飛《ちょうひ》の屋敷におもむき、旗挙げのことを語りあった。

「おれの屋敷の裏に桃園《ももばたけ》があって、いま花がまっ盛りだ」

と張飛《ちょうひ》が言った。

「明日、まずあそこで天地の神々を祭り、わしら三人、兄弟の契りを結んで、力を合わせ心を一つにすることを誓おうではないか。旗を挙げるのはそれからだ」

「それはよい考えだ」

玄徳《げんとく》と雲長《うんちょう》が同音に言った。

あくる日、桃園に黒牛・白馬・紙銭等を用意し、三人は香を焚《た》き再拝して誓いの言葉を述べた。

ここに劉備《りゅうび》・関羽《かんう》・張飛《ちょうひ》の三名は、姓を異にするといえども、兄弟の契りを結

びし上は心を同じゅうして力を合わせ、困苦にある者を救い、上《かみ》は国家に報じ下《しも》は民草《たみくさ》を安んぜん。同年同月同日に生まれんことは得じとも、願わくは同年同月同日に死せん。天地の神々よ、われらが赤心をご照覧《しょうらん》あれ。義に背き恩を忘るる輩《やから》は天人《てんひと》ともにこれを誅滅《ちゅうめつ》せん。

誓いを終わり、玄徳《げんとく》を兄、関羽《かんう》を次兄、張飛《ちょうひ》を弟とした。天地の神々の祭りをすませ、牛馬をほふり酒席を設けて村の勇士らを募ったところ、集まり来たるもの三百余人、ともどもに桃園で酔いつぶれるまで痛飲した。次の日、武器を取り揃《そろ》えてみたが馬がない。一同思案にくれるおりしも、知らせがあり、二人の旅商人が大勢の下僕に馬の群《むれ》を追わせて、この屋敷へ向かって来るという。

「これぞ天の助け」

と玄徳《げんとく》、三人打ち揃って門前に迎えに出た。

旅人というのは中山《ちゅうざん》の豪商で、一人は張世平《ちょうせいへい》、一人は蘇双《そそう》といい、毎年北方各地を馬を商って回っているが、今年は賊が起こったので引き返す途中とのこと。玄徳《げんとく》は二人を屋敷に招じ入れ酒を出してもてなしながら、賊を討ち平らげ人民を救わんとの志を打ち明けた。二人の客はそれと聞いて大いに喜び、良馬五十頭のほか、武器をつくるためにと金銀五百両、鋼一千斤を差しだした。玄徳《げんとく》は礼を言って彼らを送り出し、すぐさま腕のたしかな鍛冶屋《かじや》に命じて雌雄一対の剣を打たせ、雲長《うんちよう》は重さ八十二斤（一斤は約二二〇グラム）、名付けて「冷豔鋸《れいえんきよ》」なる青竜偃月刀《せいりようえんげつとう》（刀は薙刀《なぎなた》）を造らせ、張飛《ちようひ》は一丈八尺の鋼の矛《ほこ》を造らせた。鎧兜《よろいかぶと》もすっかり整ったので、総勢五百余の民兵を引き具して鄒靖《すうせい》のもとへ出頭すると、鄒靖《すうせい》は太守劉焉《りゆうえん》に目通りさせた。対面して三人がおのおの姓名を名乗り、玄徳《げんとく》が家系を述べれば、劉焉《りゆうえん》は大いに喜んで玄徳《げんとく》を義理の甥《おい》とした。

日ならずして、黄巾の賊将程遠志《ていえんし》兵五万をひきいて涿郡を侵すとの知らせに、劉焉《りゆうえん》は鄒靖《すうせい》に命じ、玄徳《げんとく》ら三人とその兵五百をひきいて賊を迎え撃たせた。玄徳《げんとく》らは勇んで軍勢をひきい、大興山麓《たいこうさんろく》にいたって賊軍と遭遇した。賊兵らはみな髪を捌《さば》き黄色い巾《きれ》でくるんでいる。両軍たちまち接近するや、玄徳《げんとく》は左に雲長《うんちよう》、右に張飛《ちようひ》を従えて馬を乗り出し、鞭《むち》をつきつけて大音に罵《ののし》った。

「やあやあ謀反人ども、いさぎよく降参いたせ」

程遠志《ていえんし》が大いに怒り、副将鄧茂《とうぼう》を乗り出させれば、こちらは張飛《ちようひ》、一丈八尺の蛇矛《じやぼう》（穂先が蛇のように曲がっている）をしごいて躍り出し、その手のあがると見るや、鄧茂《とうぼう》は胸もとを突き通されて真っ逆さまにころげ落ちる。鄧茂《とうぼう》討たれたりと見て程遠志《ていえんし》、薙刀《なぎなた》をふりまわし馬を駆って張飛《ちようひ》に斬ってかかるところ、雲長《うんちよう》、ござんなれと大薙刀をふるって躍り出したので、程遠志《ていえんし》その威勢に息をのみ、切先を合わす間もなく、雲《うん》

長《ちょう》の薙刀の下で真っ二つとなっていた。のちの人が二人を讃《たた》えた詩にも、

英雄　穎《いめい》を露《あら》わすは今朝《こんちょう》にあり、
一は矛を試み　一は刀《とう》を試む。
初めて出《いで》て　たちまち威力を展《の》べ、
三分《さんごく》に　好《よ》く姓名を標《かか》げたり。

賊兵どもが、程遠志《ていえんし》を斬られてどっと崩れたつのを、玄徳《げんとく》、手勢をはげまして追いたてれば、投降する者数知れず、大勝をはくして帰陣した。劉焉《りゅうえん》はみずから出迎えて酒や肴《さかな》で兵士の労をねぎらった。あくる日、青州（山東省臨淄《りんし》県）の太守襲景《きょうけい》から黄巾賊に囲まれて落城の危機に瀕《ひん》しているゆえ加勢を頼むとの書面がとどいた。劉焉《りゅうえん》が玄徳《げんとく》に諮《はか》ると、玄徳《げんとく》は言った。

「援軍の儀、それがしに仰《おお》せつけ下さりませ」

劉焉《りゅうえん》は鄒靖《すうせい》に兵五千を授け、玄徳《げんとく》・関《かん》・張《ちょう》とともに青州へ向かわせた。賊軍は援軍来たるとみて兵を分けて応戦する。玄徳《げんとく》の軍勢は衆寡《しゅうか》敵せず、三十里退いて陣をとった。

「賊は多く、味方は少ない。正面きって戦っても、とても勝ち目はない」

玄徳《げんとく》は関《かん》・張《ちょう》両名にそれぞれ兵一千を差し添えて山の左右にひそませ、銅鑼《どら》を合図に一斉に討って出る手《て》筈《はず》をきめた。
あくる日、玄徳《げんとく》は鄒靖《すうせい》とともに手勢を引き連れ、太鼓を打ち鳴らし鬨《とき》の声を挙げて押し出した。賊軍がこれを迎えて討って出るや、玄徳《げんとく》はさっと兵をひき、賊軍は勢いに乗って追って来る。かくて峠を越えたとき、たちまち玄徳《げんとく》の軍中に銅鑼の音が湧き起こり、左右の伏勢がどっと討って出《い》で、玄徳《げんとく》また手勢をひきいてとって返し、さんざんに揉《も》み立てた。賊軍が三方より囲まれてたまらずに潰走《かいそう》するのを、青州城下まで揉みに揉んで追いたてれば、太守襲景《きょうけい》も民兵をひきいて城門より討って出で、ともどもに斬りたてる。かくて賊軍は無数の死者を出して大敗し、青州の囲みもとけた。のちの人が玄徳《げんとく》を讃えた詩に、

　籌《はかりごと》を運《めぐ》らし算を決して　神功あり、
二虎なお　一竜に遜《おと》る。
初めて出て　よく偉績《いくん》を垂れたるは、
自《おのずか》ら応《まさ》に分鼎《ぶんてい》のさだめ　孤窮《こきゅう》（劉備《りゅうび》）に在《あ》るべし。

襲景《きょうけい》から兵士らにもてなしあって、鄒靖《すうせい》が引き揚げようとすると、玄徳《げんとく》が言った。

「近頃、中郎将盧植《ろしよく》殿が賊の首魁《しゆかい》張角《ちようかく》と広宗《こうそう》（河北省威県東）において合戦中とのこと、それがしかつて盧植《ろしよく》殿に師事いたせし者ゆえ、お力添えに参じたい所存にござる」

そこで鄒靖《すうせい》は軍をひきいて引き揚げ、玄徳《げんとく》は関・張とともに手勢五百をひきいて広宗県へ向かった。盧植《ろしよく》の陣に到着し、目通りしてつぶさに来意を告げると、盧植《ろしよく》はいたく喜び、麾下《きか》に加わって待機するよう命じた。

時に、張角《ちようかく》の賊徒十五万、盧植《ろしよく》の兵五万、広宗に対陣して小競《こぜ》り合いをつづけ勝敗のほどいずれともつかぬありさまであったので、盧植《ろしよく》は玄徳《げんとく》に、

「わしは見たとおりここに賊を囲んでおるが、角《かく》の弟、張梁《ちようりよう》・張宝《ちようほう》が潁川《えいせん》（河南省禹《う》県）で皇甫嵩《こうほすう》殿・朱儁《しゆしゆん》殿と対陣しておる。そなたに官兵一千をつけてつかわすによって、手勢の者どもを引き連れて潁川へ打ち立ち、様子を見たうえ味方と手筈をととのえて賊軍を討ち平らげるよう」

と命じ、玄徳《げんとく》は軍をひきいてすぐさま潁川へ急行した。

この時、皇甫嵩《こうほすう》・朱儁《しゆしゆん》は軍をひきいて賊軍と戦っていたが、賊軍は次第に押されて長社《ちようしや》県まで退き、草深い野原に陣を構えた。

「賊が草地に陣どった上は、火攻めにいたそうではござらぬか」

皇甫嵩《こうほすう》は朱儁《しゆしゆん》と手筈を定め、兵士たちに束ねた草を持たせて潜伏させた。

その夜、にわかにはげしい風が吹き起こったので、夜の更けるのを待って一斉に火をかけ、それぞれ兵をひきいて賊の陣地へ殺到すれば、天を焦《こ》がさんばかりの火の手に賊兵どもはあわてふためき、馬に鞍《くら》おく暇もなく鎧《よろい》も打ち棄てて先を争って逃げ去った。

張梁《ちょうりょう》・張宝《ちょうほう》が夜の引き明けまで斬り立てられ、残兵をかき集めて命からがら落ちのびて来ると、とつぜん、真赤な旗を立てならべた一隊の軍勢が行手に現われて退路をさえぎった。陣頭に馬を乗り出した大将はといえば、身の丈七尺、目細《まなこ》く髯《ひげ》は長く、官は騎都尉《きとい》（近衛騎兵隊長）を奉ずる沛国《はいこく》譙《しょう》郡（正しくは譙県。安徽省亳州《はくしゅう》市）の人、姓は曹《そう》、名は操《そう》、字孟徳《もうとく》その人である。曹操《そうそう》の父曹嵩《そうすう》は夏侯《かこう》家の出であったが、中常侍曹騰《そうとう》の養子となって曹《そう》家の姓を名乗るようになったもので、曹操《そうそう》は幼名を阿瞞《あまん》、また吉利《きつり》ともいった。幼時より狩猟、歌舞音曲を好み、権謀術策にたけて、機智に富んでいた。曹操《そうそう》の叔父がその度はずれな遊蕩《ゆうとう》ぶりを怒って曹嵩《そうすう》に忠告したため、曹嵩《そうすう》が曹操《そうそう》を叱責《しっせき》したことがある。すると曹操《そうそう》はたちまち一計を案じ、叔父が家に来たときに、卒中のまねをして床に倒れた。驚いた叔父の知らせに、曹嵩《そうすう》があわてて様子を見に行くと、彼は何事もなかったような顔をしている。

「お前が卒中と叔父御《ご》より聞いたが、もうよいのか」

「わたくしには左様な病はございません。叔父上はわたくしを憎んでおいでになるので、ありもせぬことを言われたのではありませんか」

曹嵩《そうすう》はこの言葉を信じ、以来、叔父が彼の目にあまる振舞いを注意してもいっこうに聞きいれなかった。そのため曹操《そうそう》はますます放蕩《ほうとう》に耽《ふけ》った。

その頃、橋玄《きょうげん》という人が彼に言ったことがある。

「世の紊《みだ》れん日も近い。一世の賢者でなければ、これを治めることかなうまい。それが出来るのは、あるいは貴公かも知れぬ」

また南陽《なんよう》の何顒《かぎょう》も、彼を見て言った。

「漢の皇室は滅亡の寸前にある。天下を安んずる人は、必ずやこの人であろう」

汝南《じょなん》の許劭《きょしょう》はよく人物を見ることで知られていたが、曹操《そうそう》はわざわざ彼を訪ねて行って聞いてみたことがある。

「わたくしは、どのような人間でしょうか」

許劭《きょしょう》は答えなかった。重ねて聞くと、彼の言うのに、

「そなたは治世の能臣、乱世の奸雄《かんゆう》じゃ」

この一言に、曹操《そうそう》はいたく喜んだ。二十歳のとき、孝廉《こうれん》に推挙されて出仕し、洛陽の北都《ほくと》尉《い》(10)に任ぜられた。着任早々、県役所の四方の門に五色の棒十数本を立て連ね、禁を犯す者があれば貴人豪族であっても容赦なく処罰した。中常侍蹇碩《けんせき》の叔父が夜間帯刀して通行していたのを、巡視中の曹操《そうそう》が引っ捕えて罰棒を喰《くら》わせたことがある。

それより城の内外にあえて禁を犯す者はなく、威名すこぶる振うにいたった。のち頓丘《とんきゅう》の県令(11)となったが、黄巾の賊起こるや騎都尉に任ぜられ、このとき歩騎五千をひきいて潁川へ加勢に馳《は》せつけて来たのであった。おりしも敗走して来る張梁《ちょうりょう》・張宝《ちょうほう》に出会ったので、退路を遮って縦横に斬りたて、首級一万余をあげ、旗印・銅鑼《どら》太鼓・馬などおびただしい数を分捕った。張梁《ちょうりょう》・張宝《ちょうほう》は辛くも斬りぬけて落ちのびた。曹操《そうそう》は皇甫嵩《こうほすう》と朱儁《しゅしゅん》に見参し、ただちに兵をひきいて張梁《ちょうりょう》らを追った。

一方、玄徳《げんとく》が関《かん》・張《ちょう》をともなって潁川郡にはいったとき、鬨《とき》の声が聞こえ遥かに夜空に映える火の光が望まれた。軍勢を急がせて来てみると、賊はすでに破れ去ったあとである。皇甫嵩《こうほすう》と朱儁《しゅしゅん》に見参して盧植《ろしょく》の言葉を伝えると、

「張梁《ちょうりょう》らはもはや打ち破れて数少なくなったゆえ、広宗の張角《ちょうかく》を頼って行くに違いない。よって、そなたはこれよりただちに取って返すがよかろう」

と皇甫嵩《こうほすう》が言うので、玄徳《げんとく》はまた軍勢をひきいて取って返した。途中まで来ると、向うから一群の人馬が囚人車を護送してやって来る。車中の囚人はと見れば、なんと盧植《ろしょく》ではないか。仰天して馬から飛び下り、これはどうしたことと尋ねると、盧植《ろしょく》の言うのに、

「わしは張角《ちょうかく》を取り囲んで何度も打ち破るところまでいったが、妖術を使われてどう

しても破ることが出来ずにおったのじゃ。そこへ朝廷より宦官の左豊《さほう》めが軍情視察に差し遣わされて参り、わしに賄賂《まいない》を求めよった。それでわしは、『兵糧《ひょうろう》すら不足しておるのに、勅使《ちょくし》に献上するようなものがあるか』と言ってやったのじゃが、左豊《さほう》めこれを根にもって、都に帰ってから、わしが陣に引きこもって戦わず、士気をゆるませておると奏上したので、陛下はいたくご機嫌を損じられて、中郎将董卓《とうたく》をご差遣《さけん》のうえわしと代わらせられ、わしはこうして都へ連れもどされて罪を問われる仕儀になったのじゃ」

聞くなり張飛《ちょうひ》は真赤になって怒り、護送の兵士を斬って盧植《ろしょく》を救おうとしたが、玄徳《げんとく》が急いで、

「朝廷では公正なお裁きが下るはずだ。早まるな」

と引きとめる間に、兵士らは盧植《ろしょく》を囲んで立ち去った。

すると関《かん》(12)公が言った。

「盧植《ろしょく》殿が捕えられ、ほかの者が軍勢を統《す》べるとあらば、われらにはもはや頼るべきあてもない。いったん涿郡に引き返そうではないか」

玄徳《げんとく》はこれに同意し、そのまま軍勢をひきいて北上した。行くこと二日もせず、にわかに山の向うでどっと鬨の声があがった。玄徳《げんとく》が関《かん》・張《ちょう》と馬を丘の上に駆って眺め下ろせば、官軍がさんざんに討ち崩され、「天公将軍」と大書した旗を押し立てた黄

巾の大軍が、眼前の山野を埋《うず》めて潮《うしお》の如く追い迫っている。

「あれぞ張角《ちょうかく》。いざ駆け散らしてくれよう」

玄徳《げんとく》の言葉とともに、三人は馬を飛ばし軍勢をひきいて討って出た。おりしも張角《ちょうかく》は董卓《とうたく》の軍勢を斬り立て斬り立て勢いに乗って追討ちをかけていたが、思いもよらぬ三人に横合いから討って出られ、さんざんにかきみだされて五十里余りも敗走した。

三人は董卓《とうたく》を救ってともに陣に帰ったが、官職を尋ねられたので、玄徳《げんとく》が、

「まだ何の官職もいただいておりませぬ」

と言うと、董卓《とうたく》は、掌《たなごころ》をかえしたようにすげなくあつかった。玄徳《げんとく》が引き退がって来ると、張飛《ちょうひ》は烈火の如く怒った。

「なんだと。おれたちが命を投げ出して野郎を助けてやったのに、無礼にもほどがある。叩き斬ってやらずば、腹の虫がおさまらぬわ」

言うなり彼は刀をひっつかみ、本陣に駆けこんで董卓《とうたく》を殺そうとする。正に、権勢に目のない男に、英雄は見えぬ。今の世に快漢翼徳《よくとく》現われて、斬ってくれぬか忘恩の徒、というところ。さて董卓《とうたく》の命はどうなるか。それは次回で。

注1　**常侍**　正しくは中常侍《ちゅうじょうじ》。少府《しょうふ》（天子の使用する諸物をつかさどる省）の属官。宦官《かんがん》をも

ってあてられ、侍従長のような役目。宦官中の最高位にある。「十常侍」は十人の常侍。

2 **秀才**　前漢《ぜんかん》より各地方で特に才能のすぐれた者を郡太守が中央の官吏候補者として推薦する制度ができ、その推薦された者を秀才と称した。後漢《ごかん》では世祖光武《こうぶ》帝の諱《いみな》が秀であったところから、これを避けて「茂才」と称した。明《みん》以後、文官任用試験制度「科挙」が確立されるに及び、試験の最初の課程を通過して府・州・県学の生員《せいいん》たる資格を得、次の挙人試験に受験のできる者を秀才と称するようになった。ただし、後漢当時は、後出注七の「孝廉」が重んじられて秀才は影が薄かった。本書で「不第の（挙人試験に落第した）秀才」と使っているのは、明らかに本書の成立した明代の制度によったものである。

3 **方**　方は国の義もある。黄巾の際には、大方・小方をその指導者の職名にも用いている。

4 **幽州の太守**　「太守」は郡の長官。後漢では首都圏（洛陽《らくよう》・長安《ちょうあん》を含む）を管轄する司隷《しれい》校尉部（長官は司隷校尉）のほか全国を一二の行政区画に分け、「刺《し》史《し》」と呼ばれる監察官が置かれた。「刺史」は管轄下の諸郡・国の行政監察に当たり、身分は「太守」と同格だった。後漢末、朝廷の権威の失墜にともない地方の治安維持強化のため地方軍の指揮権を持つ「牧《ぼく》」が置かれるようになり、地方の独立化が進んだ。小説では「州刺史」と「郡太守」を混同している。後出の「青《せい》州太守」も同じ。ちなみに劉焉《りゅうえん》は一八八年に益《えき》州牧となった人で、幽《ゆう》州刺史であったことはない。また、その配下に「校尉」という官名が出るが、「校尉」は本来、首都守備軍の隊長にあたる高級将校。後漢末には、地方豪族が随意に任命する例が多かった。以下では煩雑《はんざつ》になるので、特殊な場合を除き一々注記することを避ける。

5 **涿鹿亭侯**　劉貞《りゅうてい》は涿《たく》県陸城《りくじょう》亭侯に封ぜられ（前一一九年）、前一一二年に爵位を剝奪《はくだつ》された。陸と鹿は同音なので涿鹿県（河北省）と混同したものだろう。

6 **酎金律**　諸王侯に朝廷の祭祀用費を供出させる制度。武《ぶ》帝の元鼎《げんてい》五年（前一一二）に設けられ、これに触れて爵位を剝奪された諸侯は一〇六名にのぼった。「酎」は祭祀に用いる芳醇《ほうじゅん》な酒。「金」はそれを醸造するために要するという黄金。

7 **孝廉**　漢代には孝行および廉潔の行あるものを郡の太守が朝廷の官吏候補者に推薦する制度があって孝廉科といわれた。人口二十万の郡に一年一人とされ、漢代にはすこぶる重視された。

8 **二十八歳**　劉備《りゅうび》は、章武三年（二二三）、六十三歳で死んだ。これより逆算すると、このとき二十四歳であった。

9 **くすべた棗**　原文は「重棗」。訳文は、滝沢馬琴の『燕石雑志』巻一の六「関雲長《かんうんちょう》」の項に、「万暦版の演義三国志を見るに、面如薫棗とあり……赤きに黒色を帯びたれば棗を薫たる如しといふ也。……他本はみな薫の字の灬を脱して重棗に誤りたりとはじめて暁《さと》りぬ」とあるのによった。また、重陽節《ちょうようせつ》（旧暦九月九日）頃の熟《う》れきった棗の色という説もある（前出、沈伯俊校理本『三国演義』注）。

10 **洛陽の北都尉**　「洛陽北部尉」の誤り。尉は各地の地方長官（郡守・県令など）を補佐して治安をつかさどる軍官。「都尉」は前漢では郡に一人、後漢では必要に応じて置かれた。「県尉」は普通、県に一人だが、漢では大県には二人、都には特に四人置かれた。したがって、後漢の都洛陽県には、「左部尉」「右部尉」「北部尉」「市長」の四人が置かれた。このうち「市長」は、市場の管理を専門とするものである。

11 **県令** 県知事。戸数一万以上の大県の長官を県令、それ以下の小県の長官を県長という。

12 **関公**《かんこう》 関羽《かんう》はのちに神格化されているので、本書でも本名を使うのを避けたもの。

第二回

張翼徳《ちょうよくとく》　怒《いか》って督郵《とくゆう》を鞭《むち》うち
何国舅《かこくきゅう》　謀《はか》って宦官《かんがん》を誅《ちゅう》す

さて董卓《とうたく》は字《あざな》を仲穎《ちゅうえい》といい、隴西《ろうせい》郡臨洮《りんとう》の人、官は河東《かとう》郡の太守をつとめ、もともと傲慢《ごうまん》な男であった。この日も玄徳《げんとく》を踏みつけにしたので、張飛《ちょうひ》が激昂《げきこう》して殺そうとした。ところを玄徳《げんとく》が関《かん》公とともに引きとめた。

「彼はお上《かみ》の役人だ。やたらなことはするでない」

「あいつを放っておいて下で働くなんて、おれにはできん。兄貴たちがここにいたいなら、おれはおれで勝手に出て行くまでよ」

「われら三人は生死を誓った仲ではないか。離れたりはできぬ。それなら、いっそのこと一緒にここを立ち去ろう」

「そうとあれば、おれの腹の虫もいくらかおさまる」

かくて三人はただちに手勢を引き連れて打ち立ち、朱儁《しゅしゅん》を頼って行った。朱儁《しゅしゅん》は彼らを厚くもてなし、兵を合わせて張宝《ちょうほう》の討伐に向かった。このとき、曹操《そうそう》は皇甫嵩《こうほすう》に従って曲陽《きょくよう》(河北省晋県西)で張梁《ちょうりょう》と大いに戦っており、こちらでは朱儁《しゅしゅん》が張宝《ちょうほう》を討とうとする。張宝《ちょうほう》は賊軍八、九万をひきいて山の向う側に陣取っているので、朱儁《しゅしゅん》は玄徳《げんとく》を先手として賊にあたらせた。張宝《ちょうほう》が副将高昇《こうしょう》を出して戦を挑ませれば、これに応じて玄徳《げんとく》は張飛《ちょうひ》を出す。張飛《ちょうひ》は馬上に矛《ほこ》をしごいて躍り出し、切先を合わすとみるや、数合せずして相手を馬から突き落とした。玄徳《げんとく》は手勢に下知してどっと斬りこんだ。このとき張宝《ちょうほう》が馬上に髪を捌《さば》き剣を片手に切先を天に向けて妖《あや》しげな法をつかえば、たちまち烈《はげ》しい風・雷が起こり、一陣の黒気が天から下って、中から無数の人馬が殺到するかに見えた。驚いて玄徳《げんとく》が退却を命じたが、兵はあれよあれよと逃げまどい、惨敗を喫して帰陣した。この由を朱儁《しゅしゅん》に告げると、

「彼が妖術を使うというなら、われわれは明日、豚・羊・犬の血を集め、山上で待ち伏せさせよう。賊が追ってくるのを待ち受け、上から浴せかければ術は解ける」

玄徳《げんとく》は命を受けて、関《かん》・張《ちょう》両名にそれぞれ兵一千をあたえて山かげの高みに潜《ひそ》ませ、豚・羊・犬の血その他汚物を集めさせた。あくる日、張宝《ちょうほう》が旗を押し立て太鼓を打ち鳴らして戦を挑んで来た。玄徳《げんとく》これを迎えて両陣、競《せ》り合いとなるや、張宝《ちょうほう》、妖法を行じ、雷はためき、風吹き起こり、砂石、宙に舞って黒色の妖気、天を覆い、人馬、潮の湧く如く天から降ってくる。玄徳《げんとく》が馬首を返して逃げれば、張宝《ちょうほう》は手勢をはげまし追ってきた。山の裾《すそ》にはいったとき、関《かん》・張《ちょう》の伏せ勢が号砲一発、一斉に汚物を浴せかける。と、たちまち空中より紙の人形・藁《わら》の馬などばらばらと降りそそぎ、風・

雷ぴたりとやんで、砂石もしずまった。張宝《ちょうほう》は術の破れたのを見て、急ぎ退こうとしたが、そこを左から関《かん》公、右から張飛《ちょうひ》がどっと討っていで、後ろから玄徳《げんとく》・朱儁《しゅしゅん》が一斉に追い討ちに出たので、賊軍はさんざんに打ちなされて敗走した。玄徳《げんとく》は遥かに「地公将軍」の旗印をみとめ馬を飛ばして追いかけた。張宝《ちょうほう》は死にもの狂いで逃げて行く。玄徳《げんとく》は遠矢を放って、その左の肱《ひじ》に突き立てたが、張宝《ちょうほう》は矢を突き立てたまま追及を振り切って陽城《ようじょう》県城に逃げこみ、立て籠《こも》った。朱儁《しゅしゅん》は兵をひきい城を取り囲んで攻め立てる一方、人を派して皇甫嵩《こうほすう》の消息を探らせた。物見の者が立ち帰っての報告に、

「皇甫嵩《こうほすう》殿は大勝をおさめられ、お上《かみ》におかれては董卓《とうたく》殿が敗戦を重ねられたので、皇甫嵩《こうほすう》殿に交替せしめられました。皇甫嵩《こうほすう》殿が着任せられたとき、張角《ちょうかく》はすでに死し、張梁《ちょうりょう》が指揮してわが軍を拒みおりましたが、皇甫嵩《こうほすう》殿は七度の合戦にすべて打ち勝ち張梁《ちょうりょう》を曲陽にて斬り殺し、張角《ちょうかく》の棺をあばいて、屍《しかばね》を斬りきざみ首を晒《さら》したうえ都へのぼせたので、残党はすべて降参いたしました。朝廷では皇甫嵩《こうほすう》殿を車騎《しゃき》将軍(1)に昇せ、冀州《きしゅう》の牧《ぼく》(2)に封ぜられました。皇甫嵩《こうほすう》殿はまた盧植《ろしょく》殿の功あって罪なきことを奏上し、朝廷では盧植《ろしょく》殿を原官に復されました。曹操《そうそう》殿も功によって済南《せいなん》の相《しょう》(3)に任ぜられましたので、軍を引き揚げ赴任されました」

朱儁《しゅしゅん》はこれを聞き、将兵をはげまして城攻めに全力をかけた。落城間近くなったと

き、賊将厳政《げんせい》が張宝《ちょうほう》を刺し殺し、首を献じて降参してきた。朱儁《しゅしゅん》はかくて数郡を討ち平らげ、上奏文を奉って勝利を奏上した。

時に黄巾の残党、趙弘《ちょうこう》・韓忠《かんちゅう》・孫仲《そんちゅう》の三人が数万の同勢を集めてところきらわず放火強盗を働き、張角《ちょうかく》の仇を討つと称《とな》えていた。朝廷は朱儁《しゅしゅん》に詔《みことのり》し、余勢を駆ってこれを討つことを命じた。儁《しゅん》は詔を奉じ軍をひきいて進発した。このとき、賊は宛城《えんじょう》を占拠しており、儁《しゅん》が攻めかかるや、趙弘《ちょうこう》は韓忠《かんちゅう》を出して防がせた。朱儁《しゅしゅん》は玄徳《げんとく》・関《かん》・張《ちょう》に西南の方から打ちかからせた。韓忠《かんちゅう》が軍の精鋭をすべてそこに投入して防戦すれば、朱儁《しゅしゅん》みずから馬に鉄甲を着せた二千騎をひきい、東南の方から一気に攻め寄せる。賊が城を失ってはと急いで西南の固めをとき城内へ退こうとするところを、玄徳《げんとく》が背後から襲いかかったので、賊軍は大敗して城へ逃げこんだ。朱儁《しゅしゅん》が兵を四方に分けて取り囲んだため、城内では兵糧《ひょうろう》尽きはてて投降を申し入れてきたが、朱儁《しゅしゅん》は応じない。玄徳《げんとく》が、

「むかし高祖《こうそ》皇帝が天下を得たもうたのは、降参をすすめて投降して来た者を快く受け入れたもうたからと心得ます。しかるに、殿はなにゆえ韓忠《かんちゅう》をお許しにならぬのでござりまするか」

と進言すると、

「それはそれ、これはこれじゃ。そのかみ秦《しん》のすえ項羽《こうう》のときは、天下大いに乱れ、

民の主《あるじ》たる者もなかったがゆえ、帰順する者に恩賞をあたえまでして、投降をすすめたのじゃ。いまは海内一統《かいだいいっとう》の世、謀反《むほん》する者は黄巾の賊ばかり、もしいま賊の降参を受け入れでもしようものなら、善をすすめることができなくなる。己《おのれ》の勢いあるときは思いのまま切取り強盗を働き、敗れたからといって降参を許すようなことを賊にやらせるのは、むしろ悪をはびこらせるもので良策ではない」

「賊の降参をいれぬとのこと、まことに御意の通りと存じます。しかしいま四方の囲み鉄桶《てっおけ》の如く、かつ降参も許さぬとあっては賊が死を決して戦うであろうことは必定《ひつじょう》。一万の人間が心を合わせてすら当たるべからざるものとなるところ、ましてや城内には数万の決死の者がおるのでござります。されば、東南の囲みをとき、西と北の二手でかかるが至当かと存じます。かくすれば賊は必ずや戦う心も失せ、城を棄てて逃げましょうゆえ、容易に敵を捕捉《ほそく》しえようかと存じます」

朱儁《しゅしゅん》がこれに同意し、ただちに東南二方面の兵を退かせて西北より一斉に打ってかかれば、はたして韓忠《かんちゅう》は軍勢をひきい城を棄てて逃げだした。朱儁《しゅしゅん》は玄徳《げんとく》・関《かん》・張《ちょう》らと全軍をひきいて襲いかかった。韓忠《かんちゅう》は矢に当たって死に、残りの賊どもは四方八方に逃げ散った。なおも追いかけるとき、趙弘《ちょうこう》・孫仲《そんちゅう》が賊軍をひきいて加勢に駆けつけた。朱儁《しゅしゅん》が趙弘《ちょうこう》の大軍を見ていったん軍を退くと、趙弘《ちょうこう》は余勢を駆って宛城を奪いかえした。朱儁《しゅしゅん》が十里へだてて陣をとり、再び攻めかかろうとしているところに、真東より一群の人馬が現われた。先頭に立った大将は、額広く顔大きく、体は虎の如く腰は熊のよう。呉《ご》郡富春《ふしゅん》県の人、姓は孫《そん》、名は堅《けん》、字は文台《ぶんだい》、かの孫子《そんし》の末孫である。十七歳のとき、父親とともに銭塘《せんとう》へ行ったが、十余人の海賊が商人の金や荷物を強奪して岸辺で分配しているのを見かけた。孫堅《そんけん》は父親に、

「あの賊を捕えて見せます」

と言い、刀をひっさげてひらりと岸に下り立つなり、あたかもあたりに配下の面々を従えた如く、左右を顧みながら大音あげて下知した。賊は官兵が来たと思い、獲物を棄てて散りぢりに逃げた。孫堅《そんけん》はそれを追い、賊の一人を殺した。以来、その名が郡内に知れわたり、推挙されて校尉《こうい》となった。のち会稽《かいけい》郡の妖法を使う許昌《きょしょう》という男が叛乱《はんらん》を起こし、「陽明《ようめい》皇帝」と自称して賊徒数万を集めたとき、孫堅《そんけん》は郡の司馬《しば》(4)とともに民兵千余人を徴募し、州・郡の軍勢と合流してこれを破り、許昌《きょしょう》とその子許《きょ》韶《しょう》を斬った。刺史《しし》臧旻《そうびん》が上奏文を奉ってその功を奏上したので、塩瀆《えんとく》県の丞《じょう》(5)に任ぜられ、のち盱眙《くい》県の丞、下邳《かひ》県の丞を歴任した。そしてこのとき、黄巾の賊起こると聞き、郷里の若者や行商人を集め、淮《わい》水・泗《し》水一帯の精兵をあわせて、加勢に馳《は》せ参じたものである。

朱儁《しゅしゅん》は大いに喜び、孫堅《そんけん》を南門より、玄徳《げんとく》を北門よりかからせ、己は西門に攻めかかって、東門を賊の退路に残しておく。孫堅《そんけん》が一番乗りして二十人あまりを斬り殺せ

ば、賊の軍勢は右往左往して逃げ散った。趙弘《ちょうこう》が馬を飛ばせ槊《さく》（矛の一種）を繰り出して孫堅《そんけん》に突きかかれば、孫堅《そんけん》は城頭から身を躍らせ、趙弘《ちょうこう》の槊を奪い取って馬より突き落とし、その馬にまたがって縦横に殺しまわった。孫仲《そんちゅう》は賊軍をひきいて北門から討って出たが、待ちかまえた玄徳《げんとく》とぶつかり、戦う心もなくして逃げようとした。朱儁《しゅしゅん》が、玄徳《げんとく》の放った矢にあたって、馬よりころげ落ちる。朱儁《しゅしゅん》の大軍は逃げる賊軍を追い討って数万の首級と無数の捕虜をえ、南陽《なんよう》（宛城）方面の十数郡を平定した。朱儁《しゅしゅん》が軍をひきいて都に帰ると、詔あって車騎《しゃき》将軍に封ぜられ、河南《かなん》の尹《いん》(6)に任ぜられた。孫堅《そんけん》はつてをもとめて別郡司馬《べつぐんしば》(7)に任ぜられ赴任したが、玄徳《げんとく》には久しく待ってもいっこうにご沙汰がおりない。朱儁《しゅしゅん》は孫堅《そんけん》・劉備《りゅうび》らの功績を述べた上奏文を奉った。

三人が心中面白からず、気散じに街を歩いているとき、郎中《ろうちゅう》の張鈞《ちょうきん》の車と行き会った。玄徳《げんとく》は彼の前に進み出て自分の功績を訴えた。張鈞《ちょうきん》は大いに驚き、ただちに参内して、

「さきの黄巾の謀反は、すべて十常侍が官職を売り、近しき者のみを用い、刑罰を私《し》怨《えん》を晴らすためにのみ用いたがために、かくは天下の大乱を招いたものにござります。すみやかに十常侍を斬って南門外に梟首《きょうしゅ》し、勅使《ちょくし》を天下につかわして、功のあった者に厚く恩賞を賜《たま》わらんことを伏してお願い申しあげます。かくすれば四海おのずと安らかになるでござりましょう」

と奏上した。

しかるに十常侍が、

「張鈞《ちょうきん》は陛下を欺《あざむ》くものにござります」

と奏上したため、帝は刑手に命じて張鈞《ちょうきん》を叩き出された。

十常侍は寄り合って、

「これは黄巾討伐に功労のあった者が、官を授けられないのを恨んで訴え出たからに違いない。とりあえず小さな役職をあたえておいて、あとで処分することにすればよかろう」

と決めた。かくて玄徳《げんとく》は定《てい》州中山《ちゅうざん》府安喜《あんき》県の県尉に任ぜられ、日を定めて赴任することとなった。玄徳《げんとく》は手勢を解散して兵士を故郷へ帰し、従者二十人あまりだけを引き連れて関《かん》・張《ちょう》とともに安喜県の役所に着任した。県政を見ること一カ月、寸毫《すんごう》も領民を苦しめることがなかったので、領民はみなその徳になついた。着任ののちは、関《かん》・張《ちょう》と食事には食卓をともにし、夜は同じ寝台に寝た。玄徳《げんとく》が広間に出て政務を見るときには、二人は終日侍立《じりつ》して離れようとしなかった。

県に着任して四カ月にもならないうち、軍功で地方官に任命された者は、審査の上で不適格者を罷免《ひめん》とするとの詔が降り、玄徳《げんとく》は自分もその一人ではないかと不安に思った。おりしも督郵《とくゆう》（郡の行政監察官）が視察に回って来た。玄徳《げんとく》は城外に出迎えて丁重に挨拶をした。督郵は鞭の先を動かして見せただけで馬から下りようともしない。関《かん》公と張飛《ちょうひ》はその無礼な仕草に唇をかんだ。宿舎に着くと、督郵は正面に向かって坐り、玄徳《げんとく》は庭に立って督郵の言葉を待った。しばらくして、ようやく督郵がたずねた。

「劉《りゅう》県尉はいかなる功によって現職に着かれたのかな」

「小官は中山靖王《ちゅうざんせい》の末孫で、涿《たく》郡より黄巾賊討伐に立って大小三十余回の合戦に加わり、いささか功あってこの職に任ぜられたものにござります」

督郵は大喝した。

「その方は皇族を詐称《きしょう》し、ありもせぬ功績を申し立てる気か。さきに朝廷より詔があったのは、まさしくその方どものような貪官汚吏《たんかんおり》を処分せよとの御旨なのじゃ」

玄徳《げんとく》はひたすらに恐縮して引き退がり、役所に帰って県吏に諮《はか》ると、

「督郵が事を荒ら立てるは、袖《そで》の下を催促しているのでございます」

「わしは領民からなに一つとったこともなし、出すようなものはないわ」

あくる日、督郵はまず県の下役人を引っ立てて行き、県尉が民を苦しめているとの弾劾《だんがい》文をむりやり書かせようとした。玄徳《げんとく》は放免を願おうと何度も出向いたが、その都度《つど》門番にはばまれ、目通りさせてもらえなかった。

さて張飛《ちょうひ》はやけ酒を何杯もあおり、馬に乗って督郵の宿舎の前を通りかかると、年寄連中が五、六十人、門前でわあわあ泣いている。わけをたずねると、年寄たちが

口々に訴えた。

「督郵が県のお役人を責めたて、劉《りゅう》さまにあらぬ罪を着せようとしているのでございます。わたくしどもがこうしてお許しを願いに上がったところ、中に入れてくれないばかりか、反対に門番に殴りちらされたのでございます」

張飛《ちょうひ》は大いに怒り、まるい眼をはりさけんばかりにむき、鋼《はがね》のような歯をばりばりと嚙《か》みならして馬からまろび下りるや、宿舎に突き進み、とめだてする門番を張りとばして奥に駆けこんだ。見れば、督郵が正面に坐り、役人が縛られて地面に転がっているので、

「やい、人民を食い物にする盗っと野郎。おれさまを知らねえか」

大喝一声、督郵が口をきく隙もあたえず、髪の毛をひっつかんで外へ引きずり出した。そのまま県役所の前までずるずる引きずって来て馬つなぎの柱に縛りつけると、柳の枝を折り、督郵の両の腿《もも》を力まかせに打ちすえて、柳の枝を十何本も叩き折ってしまった。いっぽう玄徳《げんとく》は悶々《もんもん》としていたところ、役所の門前がにわかに騒がしくなったので、左右の者にたずねると、

「張《ちょう》将軍が誰かを縛って門前で打ちすえているのでございます」

という返事。

玄徳《げんとく》が急いで出てみれば、縛られているのは督郵である。驚いてそのわけをたずね

れば、

「こんな不届きな野郎は、叩き殺してやらずばおさまらん」

と張飛《ちょうひ》。

督郵は悲鳴をあげて、

「玄徳《げんとく》殿、命ばかりはお助け下され」

玄徳《げんとく》はさすがに仁慈の心深い人であるから、急いで張飛《ちょうひ》を叱《しか》って手を止めさせたところへ、関《かん》公も駆けつけて来た。

「兄者は数々の大功を立てられながら、得たものといえばたかが一介の県尉、そのうえ今日は今日で督郵ごときに恥をかかされる羽目《はめ》。思うに、いばらの中は鳳凰《ほうおう》の棲《す》むべきところではない。いっそ、こやつを殺し、官を棄てて故郷へ帰り、別に遠大の計をはかろうではござりませぬか」

聞いて玄徳《げんとく》、官印をはずし、督郵の首にかけて荒々しく、

「うぬごとき不届きな奴ばらは生かしては置けぬところだが、今日のところはひとまず命だけは助けてやる。官印は返上した。わしは立ち退くぞ」

督郵は帰って定《てい》州の太守にこの由を報じ、太守から中央へ報告されて、追手が差し向けられた。玄徳《げんとく》・関《かん》・張《ちょう》の三人は代《だい》州へ行って劉恢《りゅうかい》のもとに身をよせ、劉恢《りゅうかい》は玄徳《げんとく》が漢の皇族であることを知って館《やかた》に匿《かくま》うことになるが、その次第はさておく。

さて十常侍は大権をわがものとしたので、自分らに従わぬ者は誰であろうと誅戮《ちゅうりく》してしまおうと話しあった。そこで趙忠《ちょうちゅう》・張譲《ちょうじょう》は黄巾賊討伐に功のあった軍人のところへ使者を出して金帛《きんぱく》を強要し、従わない者は奏上して罷免《ひめん》した。皇甫嵩《こうほすう》・朱儁《しゅしゅん》らは応じなかったため趙忠《ちょうちゅう》らの手で罷免された。帝は趙忠《ちょうちゅう》らを車騎《しゃき》将軍に任ぜられ、張譲《ちょうじょう》ら十三人をみな列侯に封《ほう》ぜられた。朝政はいよいよ紊《みだ》れ人民の怨嗟《えんさ》の声は高まった。かくて長沙《ちょうさ》では賊区星《おうせい》が乱を起こし、漁陽《ぎょよう》(北京市密雲県西南)では張挙《ちょうきょ》・張純《ちょうじゅん》謀反して、張挙《ちょうきょ》は天子と称し、張純《ちょうじゅん》は将軍と自称した。急を告げる報告はあたかも雪の降りしきるが如くであったが、十常侍らは片端から握りつぶし帝に聞こえまいらせなかった。

一日、帝が後園《こうえん》にて十常侍らと宴を開かれていたおりしも、諫議大夫《かんぎたいふ》(天子の顧問官)劉陶《りゅうとう》が御前に進み出て声をあげて泣いた。帝がそのわけをご下問になると、

「天下の危きこと正に旦夕《たんせき》にござりまするに、宦官《かんがん》どもをお相手に何故のご酒宴にござりまするか」

「国家は安泰じゃ。危急なことなどありはせぬ」

「各地の賊群がり起こり、州郡を侵し奪っておりまする。この禍《わざわ》いはすべて十常侍が官を売り民を虐《しいた》げ、君を欺きたてまつりしより起こりしもの。朝廷の正しき人物はみな去り、禍いはもはや目前に迫っております」

十常侍は一同冠をぬいで平伏し、

「大臣のお気に召さぬとあっては、臣らは生きていることかないませぬ。なにとぞ臣らの命を助けて国許へ帰らしめ、家産をすべて軍費にあてられまするよう」

とはげしく泣いた。

帝は、

「そなたも家では近侍の者を用いているであろう。なにゆえ朕《ちん》のみそれが許されぬのか」

と劉陶《りゅうとう》をなじり、彼を引きだして首を斬るよう衛士に命じられた。

「臣は死すとも惜しくはございませぬ。ただ惜しむらくは漢室の天下、四百余年にして、いま終わらんとしていることにござりまする」

絶叫する劉陶《りゅうとう》を衛士が取り囲んで引き出し、正に刑を行なわんとしたとき、一人の大臣が叱咤《しった》した。

「斬るのは待て。わしがお諫《いさ》めしてみる」

みなが見れば、司徒《しと》(8)の陳耽《ちんたん》である。彼は参内して帝に、

「劉《りゅう》諫議はいかなる罪によって誅《ちゅう》を受けることになったのでござりますか」

「近臣を謗《そし》り、朕を冒瀆《ぼうとく》したからじゃ」

「天下の人民は十常侍の肉を喰《くら》わんと欲しておりまするのに、陛下は彼らを父母のご

とく敬《うやま》われ、身に寸功もない彼らを列侯に封ぜられました。まして封諝《ほうしょ》らの如きは黄巾の賊と結び、謀反を企んだ者にござります。いま陛下がお改めなくば、社稷《しゃしょく》はたちどころに崩れ去るでござりましょう」

「封諝《ほうしょ》が乱を謀《はか》ったとか申すが、明らかな証拠もないぞ。十常侍の中にも、忠臣がいるはずではないか」

陳耽《ちんたん》は額を階《きざはし》に打ちつけてひたすらに諫めまいらせたが、帝はお怒りになり、衛士に命じて引きだし、劉陶《りゅうとう》とともに獄に下したもうた。その夜、十常侍は二人を獄中において謀殺し、偽りの詔を発して孫堅《そんけん》を長沙《ちょうさ》太守とし、区星《おうせい》の討伐に当たらせた。五十日せずして勝報いたり、江夏《こうか》は平定された。詔あって孫堅《そんけん》を烏程《うてい》侯に封ぜられた。また、劉虞《りゅうぐ》を幽《ゆう》州牧に封じ、張挙《ちょうきょ》・張純《ちょうじゅん》討伐のため兵をひきいて漁陽へ向かわしめられた。代《だい》州の劉恢《りゅうかい》は書面をもって劉虞《りゅうぐ》に玄徳《げんとく》をすすめた。劉虞《りゅうぐ》は大いに喜んで玄徳《げんとく》を都尉《とい》に取り立てるとともに兵をひきいて賊の本拠を衝《つ》き、数日にわたる激戦のすえ賊の鋭鋒を挫《くじ》きさった。張純《ちょうじゅん》は陣中で兇暴をきわめたので賊徒どもに見放され、頭目の一人が張純《ちょうじゅん》を刺し殺し、一同をひきい首《くび》をささげて降参してきた。張挙《ちょうきょ》は戦勢の非なるを見て自ら縊れ死に、かくて漁陽は平定された。劉虞《りゅうぐ》が劉備《りゅうび》の大功あったことを奏上したので、朝廷は督郵を鞭打った罪を赦《ゆる》されて下密《かみつ》県（山東省昌邑県東）の丞に任ぜられ、のち高堂《こうどう》（正しくは高唐。山東省禹城県西南）の県尉に移された。公孫《こうそん》瓚《さん》も上奏文を奉って先の玄徳《げんとく》の功を奏上したので、別部司馬《べつぶしば》に昇せられ、平原県令《へいげんけんれい》に任ぜられた。玄徳《げんとく》は平原県（山東省）に着任して以来、兵糧・軍資金・兵馬ともに豊かになり、ふたたび昔日の威風を取りもどした。劉虞《りゅうぐ》は賊平定の功により太尉《たいい》(9)に封ぜられた。

中平《ちゅうへい》六年（一八九）夏、霊帝《れいてい》には病《やまい》日々につのらせられたので、後事を議するため大将軍何進《かしん》を宮中にお召しになった。この何進《かしん》はもともと市で食肉を商《あきな》っていたが、妹が宮中に召し出されて貴人《きじん》（皇后につぐ妃の官名）となり、皇子弁《べん》をもうけて皇后に立てられたことで重用されるようになったものである。帝はまた王美人《おうびじん》（美人は貴人につぐ妃の官名）をご寵愛《ちょうあい》になり、皇子協《きょう》をもうけられたが、その王美人《おう》は何《か》皇后の嫉《そね》みを買って毒殺され、皇子協は董《とう》太后のもとで養われていた。この董太后《とう》と申されるのは、霊帝《れい》のご生母で、解瀆亭侯《かいとく》劉萇《りゅうちょう》の妻である。これが霊帝《れい》で、はじめ桓帝《かん》に御子《みこ》がいらせられなかったので、解瀆亭侯《かいとく》の子を迎えられた。帝は御位《みくらい》に即《つ》きたもうや、母君を宮中にお迎えして太后として尊ばれたのである。

董《とう》太后はかつて皇子協《きょう》を東宮に立てられるよう帝にお勧めしたことがあり、帝も協《きょう》を偏愛されておられたのでそのご意向でいらせられた。病篤《あつ》くなられたとき、中常侍蹇碩《けんせき》が、

「もし協《きょう》皇子をお立てになる御心《みこころ》にわたらせられますなら、まず何進《かしん》を誅して禍根を絶っておかれますよう」

と奏上した。

帝もそれをよしとされて、何進《かしん》を宮中に召されたのである。何進《かしん》が御門まで来たとき、司馬《しば》の潘隠《はんいん》が言った。

「参内はなりませぬぞ。蹇碩《けんせき》が将軍のお命を狙っておりまする」

何進《かしん》は大いに驚いて急ぎ帰宅し、諸大臣を集めて宦官をことごとく誅戮《ちゅうりく》せんとした。そのとき席から進み出た者がある。

「今日《こんにち》の宦官の勢いは、沖《ちゅう》・質《しつ》両帝の御時《おんとき》より起こって今や朝廷にくまなくはびこっており、一気に誅滅しつくすことはとうていできかねます。もし機密が洩れれば、一族皆殺しの禍いにあうのは必定。よくよくご考慮なされませ」

何進《かしん》がその男を見れば、典軍校尉《てんぐんこうい》(10)曹操《そうそう》である。何進《かしん》は一喝して退けた。

「その方ごとき小輩に朝廷の大事が分かるものか」

かくていまだ方策も立たずにいるとき、潘隠《はんいん》が来て報告した。

「陛下はすでにお隠れになり、いま蹇碩《けんせき》が十常侍と協議のうえ喪《も》をかくして偽りの詔を宣し、国舅《こくきゅう》(11)殿をお呼びのうえ禍根を絶って、協《きょう》皇子を冊立《さくりつ》しようといたしております」

その言葉の終わらぬうちに勅使が到着し、後事を定めるため速やかに参内せよとのお言葉を伝えた。

「いまやまず君の御位を正し、しかるのち賊を亡ぼすことこそ肝要と存じます」

と曹操《そうそう》。

「誰ぞ余がために御位を正し賊を討つ者ありや」

という何進《かしん》の言葉に、一人が進み出た。

「精兵五千の借用かないますれば、禁裡《きんり》に斬り入って新君を冊立《さくりつ》し、宦官を誅滅して朝廷を祓《はら》いきよめ、天下を安んずるでありましょう」

何進《かしん》が見れば、司徒《しと》袁逢《えんほう》の子、袁隗《えんかい》の甥、名は紹《しょう》、字は本初《ほんしょ》といい、いま司隷校《しれいこう》尉《い》(12)をつとめる男である。何進《かしん》はいたく喜び、近衛の軍五千を動員した。袁紹《えんしょう》は甲冑《かっちゅう》に身を固め、何進《かしん》は何顒《かぎょう》・荀攸《じゅんゆう》・鄭泰《ていたい》ら重臣三十余人を従えてともに宮中に入るや、霊帝《れいてい》の柩《ひつぎ》の前で太子弁《べん》を擁立して皇帝の御位に即かせた(13)。

百官みな万歳をとなえて式を終わるや、袁紹《えんしょう》は蹇碩《けんせき》を捕えんと禁裡に踏みこんだ。蹇碩《けんせき》はあわてふためいて御園に逃げこんだところを、花のかげで中常侍郭勝《かくしょう》に殺され、蹇碩《けんせき》の指揮下にあった禁衛軍はすべて降参した。

袁紹《えんしょう》が何進《かしん》に言った。

「宦官どもは徒党を組んでおります。この機に皆殺しにしてくれようではありませぬか」

張譲《ちょうじょう》らは事態のただならぬことを知り、何《か》太后のもとに駆けこんだ。

「もともと大将軍を陥れようと謀ったのは蹇碩《けんせき》だけで、臣らは全く存じませぬこと。大将軍はいま、袁紹《えんしょう》の言をいれて臣らを皆殺しにされようとしております。なにとぞ皇太后さまのお力でお救い下さりませ」

「よいよい、心配しやるな。わたしがよいようにしてつかわす」

何《か》太后はただちに何進《かしん》を召してひそかに言った。

「わたしもそなたも元は微賤《びせん》の生まれ、こうしていられるのもみな張譲《ちょうじょう》たちのお蔭ですよ。いま、蹇碩《けんせき》が悪事をたくらんですでに誅に伏したというのに、宦官を皆殺しにするなぞ、いったい誰にそそのかされたのです」

何進《かしん》はこれを聞き終わって退出し、一同に向かって、

「蹇碩《けんせき》は余を亡きものにせんとした。よって一族を誅滅するに値いする。その他の者には危害を加えるでないぞ」

「そんな中途半端なやりかたでは、先ざき身の禍いのもととなりましょうぞ」

と袁紹《えんしょう》が言ったが、

「余の心はすでに決まっておる。そちは黙っておれ」

と聞きいれなかったので、一同はそのまま引き退がった。

次の日、何《か》太后は何進《しん》に命じて録尚書事《ろくしょうしょうじ》(14)を兼ねさせ、その他の者をことごとく官職に封じた。董《とう》太后は張譲《ちょうじょう》らを禁裡に召して、

「何進《かしん》の妹はわたしが引き立ててやったものです。それが今ではどうです。わが子を御位に即け、朝廷の内外を腹心で固めて、わがもの顔に振舞っています。あれを抑えるには、どうしたらよいでしょう」

と諮《はか》られると、張譲《ちょうじょう》が言った。

「皇太后さまがお出ましになって簾《みす》のかげで政務をおとりになり、協《きょう》皇子さまを王に封ぜられ、国舅董重《とうちょう》殿（董《とう》太后の甥）を高位に昇せられて兵馬の権をさずけられ、臣らを重くお用い下さりますれば、万事御心のままになるでござりましょう」

董《とう》太后は大いに喜んだ。あくる日、董《とう》太后は朝廷にお出ましになり、宣旨《せんじ》を下して、皇子協《きょう》を陳留《ちんりゅう》王に封じ、董重《とうちょう》を驃騎《ひょうき》将軍とし、張譲《ちょうじょう》らを朝政に預らしめることとした。〔ひと月あまりするうち、権力はすべて董《とう》太后の手に帰した。(15)〕何《か》太后は董《とう》太后が権勢をほしいままにしているのをみて、一日、宮中に宴席を設け、董《とう》太后を招いた。宴半ばしたとき、何《か》太后がやおら立って盃を董《とう》太后に献じ再拝して申されるのに、

「わたくしどもは女の身にござりますれば、自ら政《まつりごと》にあずかるのはいかがかと存ぜられます。そのむかし呂《りよ》后（漢の高祖《こうそ》の妻）は重権を握りしがゆえ、その一族千人ことごとく亡ぼされることとなりました。いまわたくしどもは九重《きゅうちょう》の奥深く引きこもっ

て、朝廷の大事は大臣元老どもが議するにまかせられれば、これ国家の幸いでございます。なにとぞお聞きとどけのほど願わしゅう存じます」

董《とう》太后は大いに怒り、

「そなたは、はしたなくも王《おう》美人を嫉《そね》んで毒殺し、近頃はわが子を御位に即け、兄の何進《かしん》の勢いがいかに強いからとて、よくもそのような人もなげな言い草、お控えなさい。わたくしが驃騎将軍にひと言いえば、そなたの兄の首を斬ることなぞ、掌《たなごころ》をかえすようなものを」

何《か》太后も怒って、

「わたくしが腰を低うしてのお勧めに、それはあまりなお言葉」

「そなたのような軽輩者に、なにが分かるものですか」

お二方《ふたかた》いずれ劣らじと言いつのられるのを、張譲《ちょうじょう》らがおとりなししてそれぞれの御殿へお送りした。何《か》太后は、その夜ただちに何進《かしん》を召してこのことを告げた。何進《かしん》は退出すると急ぎ三公《さんこう》を呼び寄せて協議し、翌日、朝廷において廷臣に、董《とう》太后は本来諸侯の妃《きさき》ゆえ宮中に長く留まらせるはよろしからず、河間《かかん》(16)国に送り帰して監視すべく、日を限って都を立ち退かせるべしと奏上させた。同時に人をやって董《とう》太后を送り出す一方、近衛の兵を召集して驃騎将軍董重《とうちょう》の館《やかた》を取り囲ませ、印綬《いんじゅ》の返上を迫らせた。事態の急変を知った董重《とうちょう》は奥の間で自ら果て、家人の哀悼《あいとう》の泣声が起こるのを聞いて兵士たちはようやく引き揚げた。張譲《ちょうじょう》・段珪《だんけい》は董《とう》太后一門の没落を見るや、一同打ち揃い金銀珍宝をもって何進《かしん》の弟何苗《かびょう》、その母舞陽君《ぶようくん》にとりいり、朝夕、何《か》太后のもとに伺候してよしなに取り成してもらうよう頼みこんだ。かくて十常侍はふたたび側近に用いられることとなった。

六月、何進《かしん》はひそかに人をやって董《とう》太后を河間の駅舎で毒殺し、柩《ひつぎ》を都へ運んで文《ぶん》陵《りょう》(17)に葬った。その後、彼は病気と称して朝見しなかったが、司隷校尉袁紹《えんしょう》が訪ねて来て言うのに、

「張譲《ちょうじょう》・段珪《だんけい》らが外に噂《うわさ》をひろめ、殿が董《とう》太后を毒殺して大権を握ろうとしたのだと申しております。いまのうち宦官《かんがん》らを始末しておかねば、のちのち大きな禍いをもたらすこと必定です。むかし竇武《とうぶ》が彼らを誅《ちゅう》せんとして事露《あらわ》れ、かえってわが身を亡ぼした例もあります。いま殿のご兄弟、配下の将士の面々は、いずれ劣らぬ英俊の士ばかり、もし一同力を尽くして働けば、大事はすでに掌中にあるが如きものです。まさに天与のとき、躊躇《ちゅうちょ》されるときにはございりませぬぞ」

「さらば、そのことを考えることとしよう」

この由、左右の者が張譲《ちょうじょう》に注進に及んだので、張譲《ちょうじょう》らはそれを何苗《かびょう》に伝え、あわせて多額の贈物を届けた。何苗《かびょう》は何《か》太后のもとに伺候して、

「大将軍は新君を補佐しながら、仁政を布くどころか、もっぱら殺伐なことのみに明

け暮れいたしております。このたびはまた、いわれもなく十常侍を殺そうとしておりまするが、これは乱を招くもとにござります」

太后はその言をいれた。まもなく何進《かしん》が参内し、宦官を誅せんとの企てを奏上した。何《か》太后はそれに答えて、

「宦官が禁裡の用事万端をつかさどるのは、漢皇室のしきたり。先帝がお隠れになって日も浅い今日《こんにち》、そなたが旧臣を誅戮《ちゅうりく》しようと企てたりするのは、国家のことを忘れた仕儀というものではありませぬか」

何進《かしん》はもともと決断に欠けた人物、太后の言に唯々《いい》として従って退出した。

「大事いかがでござりました」

と待ちかねた袁紹《えんしょう》に、

「太后にはお聞きとどけがない。どうしたものだろう」

「全国の英雄に兵をひきいて上京するよう呼びかけ、宦官どもを皆殺しにさせましょう。そのときになっては太后も従わずにはおれますまい」

「それは妙計」

と何進《かしん》、すぐさま各地へ檄《げき》を飛ばし、都へ召しよせようとした。そのとき主簿《しゅぼ》（文書係）陳琳《ちんりん》が、

「それはなりませぬぞ。俗に『目を覆って雀を捕らえる』と申しまするが、これは己

を欺くのたとえ。かほど微細なものすらなお己の思い通りにならぬものを、ましてや国家の大事でござりまする。いま将軍は皇威をかりて兵権を掌握せられ、まさに竜虎の勢い、何事も思いのままになるのではござりませぬか。もし、宦官を誅せられんとなら、燃えさかる炉《ろ》で髪の毛を焼くが如きもの。ただ一言下知せられて兵権を発動なされれば、天人ともに従うでありましょう。それを、かえって外より大将を招いて都を侵させるようなことがあっては、英雄豪傑むらがり集まっておのおのよからぬ心をも起こすこととなります。これ正に矛《ほこ》を逆しまにして柄《え》を相手にあたえるというところ。事破れて、かえって乱を来たすことは必定でござります」

「臆病者めが、なにをぬかすか」

と何進《かしん》が笑いとばしたそのとき、かたわらで手を叩き大声に笑う者がある。

「かかるいとやすきことに、何を大仰《おおぎょう》な」

一同が見れば、誰あろう曹操《そうそう》その人。正に、君側《くんそく》の小人《しょうじん》ばらを除こうとなら、まずは聞くべし宮中智者の計、というところ。さて曹操《そうそう》はなにを言い出すか。それは次回で。

注1　**車騎将軍**　大将軍の下に、驃騎・車騎・衛・前・後・左・右の七将軍がある。

2 **牧** 州の長官。中平五年（一八八）、刺史にかわって設けられた。刺史には本来軍権がなく非常の場合に限り勅命によって軍を動かすことができるだけだったのに対し、牧は軍権をあたえられているので、その権限は大いに強化された。

3 **相** 王国・侯国に中央より派遣されて民政をつかさどる。王国の相は郡太守に、侯国の相は県令に相当する。

4 **司馬** 普通、司馬は漢以降、将軍府に一名置かれ、将軍の補佐として、平時には府の事務を総括し、戦時には参謀をつとめた。郡司馬は変事に際して臨時に置かれたものと思われる。

5 **県丞** 県令の補佐官。副知事。

6 **河南の尹** 首都洛陽を含む二十一県をおさめ、一般の太守に相当する。

7 **別郡司馬** 大将軍に直属しない司馬である別部司馬の誤用。

8 **司徒** 太尉・司空とともに三公の一人。民政・教育をつかさどる。

9 **太尉** 三公の最上位にあり、天下の兵事をつかさどる。

10 **典軍校尉** 霊《れい》帝が中平五年に新設した「西園《せいえん》八校尉」（八人の首都守備隊長）の一人で、その筆頭は上軍校尉の蹇碩《けんせき》だった。

11 **国舅** 時の皇后の父兄にたいする尊称。

12 **司隷校尉** 漢代の十三州のうち洛陽・長安を含む首都圏は司隷校尉部と呼ばれ、刺史を置かず司隷校尉が置かれた。軍・政両権を握り、その権力は三公を除く諸大臣にまで及ぼすことができた。

13 **太子弁即位**　この時、十七歳（『資治通鑑《しじつがん》』では十四歳）、在位五ヵ月にして、九月董卓《とうたく》によって廃された。史上では霊《れい》帝の次に献《けん》帝（協《きょう》）がおかれ、弁（正しくは辯）は少帝と呼ばれている。

14 **録尚書事**　録は統《す》べる意味。尚書は政治の機密に参与する重要な地位にあるので、これを管轄することは行政の権を握ったことになり、内閣総理大臣のようなものである。

15 〔……〕　この括弧内は嘉靖本（最終巻・解説参照）によって補った個所を示す。以下同じ。

16 **河間国**　董《とう》太后の夫　劉萇《りゅうちょう》の封地で、太后がここから迎えられたので、送り帰すと言ったもの。

17 **文陵**　霊《れい》帝の陵。実際に董《とう》太后が葬られたのは劉萇《りゅうちょう》の陵である慎陵《しんりょう》である。

第三回　温明殿《おんめいでん》に議《ぎ》して　董卓《とうたく》　丁原《ていげん》を叱《しっ》し
金珠《きんしゅ》を贈《おく》って　李粛《りしゅく》　呂布《りょふ》を説《と》く

さて曹操《そうそう》はそのとき何進《かしん》に答えて言った。

「宦官《かんがん》が国の大事を誤ったことは、今に始まったことではございません。このたびは今上《きんじょう》陛下が彼らをご寵愛《ちょうあい》のすえ大権を授けられたが故に、かようなことになったものでございます。処分なさろうとのご所存なら、その元兇を除けばよろしく、一人の獄吏の手に引き渡すことで事たりましょう。ことさらに諸国の兵をかり集めるなぞ無用のこと。彼らを残らず誅戮《ちゅうりく》いたそうとされれば、事かならず露《あらわ》れ、仕損ずること必《ひつ》定《じょう》と存じます」

「ふむ、その方も二心《ふたごころ》あるか」

と何進《かしん》は怒った。

曹操《そうそう》は退出してから、

「何進《かしん》こそ、天下を乱す者だ」

と言ったものであったが、その何進《かしん》は、その日のうちに密使を八方に出し、密詔《みっしょう》をとどけさせたのであった。

ところで前《ぜん》将軍（1）鰲郷侯《ごうきょう》西涼《せいりょう》の刺史《しし》董卓《とうたく》は、さきの黄巾賊討伐のさいの不手際で罪に問われるところであったが、十常侍に賄賂《まいない》して免れ、のちにはまた重臣と誼《よし》みを結んで顕官に着き、涼州二十万の大軍を統《す》べて、かねてよりふとどきな野心を抱いていた。このとき詔《みことのり》を受けて大いに喜び、兵馬を揃《そろ》えて陸続進発させるとともに、女婿《じょせい》の中郎将牛輔《ぎゅうほ》に陝西《せんせい》の守備をまかせて自らは李傕《りかく》・郭汜《かくし》・張済《ちょうせい》・樊稠《はんちゅう》らをともない、軍をひきいて洛陽《らくよう》めざし打ち立った。董卓《とうたく》の女婿、幕僚の李儒《りじゅ》が言った

「このたびは詔を受けたとはいえ、なお不審の点が多々ございます。あらかじめ上奏文を呈しておけば名分が立ち、大事もかなうのではござりませぬか」

董卓《とうたく》は大いに喜び、上奏文を奉った。その大略は、

ひそかに聞くに、天下の乱れて止まざるは、みな張譲《ちょうじょう》ら宦官が君臣の道を紊《みだ》すが故なりと。たぎる湯を冷まさんには釜《かま》をおろすより薪《まき》を除くにしかず、はれものを潰すは苦痛なれど毒を養うに勝《まさ》るとか。臣あえて張《ちょう》らの非を鳴らし、洛陽に入りて彼らを除かんと願う。これ社稷《しゃしょく》の幸、天下の幸ならん。

何進《かしん》がこれを受け取って大臣らに示すと、侍御史《じぎょし》（検察官）鄭泰《ていたい》が諫《いさ》めて、

「董卓《とうたく》は山犬でございます。都に引き入れれば、必ずや人を嚙《か》むでございましょう」

と言うと、何進《かしん》は、

「疑り深い奴め、その方ごときに大事は諮《はか》れぬわ」

と言い、盧植《ろしょく》も、

「わたくし平素より董卓《とうたく》の人となりを知っておりますが、面《おもて》に善意をあらわしながら内に悪心を隠しおる者でございます。禁裡に立ち入れば、禍いを成すこと必定。上京をとどめて乱を未然に防ぐことにしたほうがよろしいと存じます」

と言ったが、何進《かしん》が聞き入れないので、鄭泰《ていたい》・盧植《ろしょく》は官を棄てて去り、朝廷の大臣たちの大半も去った。何進《かしん》は迎えの使者を澠池《べんち》（洛陽の西約七十キロ）まで出したが、董卓《とうたく》は兵を留めて動かない。

張譲《ちょうじょう》らは外州の兵来たると知り、寄りより話し合った。

「これは何進《かしん》の企みに違いない。われわれが先に手を下さなければ、一族皆殺しの目に会おうぞ」

かくて刑手五十名を長楽宮《ちょうらく》嘉徳《かとく》門内に潜《ひそ》ませ、太后のもとに伺候《しこう》して、

「いま大将軍は偽りの詔を発して外州の兵を都へ召しよせ、臣らを成敗しようとされております。なにとぞ皇太后さまのお力でお救い下さいませ」

「そなたたちが大将軍府へ参ってお詫《わ》びすればよいではないか」

「滅相もないことでございます。骨も肉も粉々にされてしまいます。どうぞ皇太后さま、大将軍を召されてお諭《さと》しになって下さいませ。それもお聞きいれ下さらぬとあらば、御前にて死を賜《たま》わりまするよう」

太后は詔を下して何進《かしん》を召された。何進《かしん》が詔を受けて行こうとすると、主簿陳琳《しゅぼちんりん》が諫めた。

「このたびのお召しは十常侍の企みに相違ございませぬ。お出ましは切にお控《ひか》えなされませ。必ず禍いにあうでござりましょう」

「太后のお召しというのに、なんでそのようなことがある」

袁紹《えんしょう》、

「計洩《も》れて事露《あらわ》れたいま、将軍は何とて参内されるのでござるか」

曹操《そうそう》、

「まず十常侍を呼びつけておいたうえ、参内されるがよろしかろうと存じます」

「小児の見とはそのことじゃ。天下の大権を握っておる余に、十常侍ごときが何ができる」

袁紹《えんしょう》、

「将軍がどうあっても参内されるとなら、われら物の具をつけた兵士をひきいてお供つかまつり、万一にお備えいたしましょう」

かくて袁紹《えんしょう》・曹操《そうそう》はそれぞれ屈強の兵五百をえりすぐり、袁紹《えんしょう》の弟袁術《えんじゅつ》に命じてこれを指揮させれば、袁術《えんじゅつ》は甲冑《かっちゅう》もいかめしく、兵を青瑣《せいさ》門外に堵列《とれつ》させた。袁紹《えんしょう》と曹操《そう》が剣を佩《はい》し、何進《かしん》を護《まも》って長楽宮の前まで行くと、宦官が詔をつたえ、

「太后は特に大将軍をお召しである。余人は立ち入ること相成りませぬ」

と袁紹《えんしょう》らを阻《はば》んだ。

何進《かしん》が臆《おく》する色もなく門をくぐり、嘉徳殿の前まで行くと張譲《ちょうじょう》と段珪《だんけい》が出てきて、左右にぴたりと寄りそった。何進《かしん》が愕然《がくぜん》としたとき、張譲《ちょうじょう》がたけだけしく何進《かしん》に迫り、

「董《とう》太后さまは何の罪あって毒殺されたのか。国母さまのご葬儀にも仮病を使って出なかったのは何故か。貴様なぞもとをただせば市で肉を商っていた小《こ》商人《あきんど》。われらが天子におすすめしたればこそ今日の栄華をいたしおるのに、その恩に報いようともせず、かえってわれらが命を狙うとは何事か。貴様はわれらを不正よばわりいたしおったが、正しいのはいったい誰か」

何進《かしん》はあわてて逃げ道を求めたが、門はすべて固く閉ざされている。そのとき伏せ勢一度に現われ、何進《かしん》を真っ二つとした。後の人が嘆じた詩に、

漢室傾き　天数終わらんとして、

策なき何進《かしん》　三公となる。
幾番《いくたび》か聴かず　忠臣の諫め、
免れ難し　宮中に剣峰を受くるを。

張譲《ちようじよう》らが何進《かしん》を殺したあと、袁紹《えんしよう》は何進《かしん》の退出が遅いので門外から叫んだ。

「将軍、お車をお召し下されませ」

張譲《ちようじよう》たちは何進《かしん》の首を壁の上から投げ下ろして詔を伝え、

「何進《かしん》は謀反《むほん》を企てしゆえ、すでに誅に伏したり。その余の心なく従いおりし者どもはすべて赦《ゆる》す」

袁紹《えんしよう》が大音に、

「宦官が大臣を謀殺したるぞ。悪党を誅せんとする者は出て戦え」

と下知すれば、何進《かしん》の部将呉匡《ごきよう》が青瑣門外に火を掛け、袁術《えんじゆつ》は兵をひきいて禁裡に斬り入り、宦官とみれば老幼を問わず殺しまくる。袁紹《えんしよう》・曹操《そうそう》は門衛を斬り捨てて宮中深く踏み込み、趙忠《ちようちゆう》・程曠《ていこう》・夏惲《かうん》・郭勝《かくしよう》の四人は翠花楼《すいかろう》の前に追いつめられ、切りきざまれて肉泥《にくでい》と化した。この間に宮中の火の手は天を焦《こ》がさんばかりになったので、張譲《ちようじよう》・段珪《だんけい》・曹節《そうせつ》・侯覧《こうらん》は皇太后、皇太子および陳留王《ちんりゆう》を禁中よりむりやり連れだして、渡り廊下づたいに北宮へ向かった。このとき、盧植《ろしよく》は官を棄てたのちもまだ都を立ち去らずにいたが、宮中の変事出来を見て甲冑に身を固め矛を手にして渡り廊下の下に立っていた。と彼方《かなた》から段珪《だんけい》が何太后《か》をせきたてて来るのが見えたので、大音に呼ばわった。

「逆賊段珪《だんけい》。皇太后をどこにお連れ申そうというのか」

段珪《だんけい》が身をひるがえして逃げたので、太后は窓から身を躍らせ、盧植《ろしょく》が急ぎ助けまいらせた。呉匡《ごきょう》は禁裡に斬りこみ、何苗《かびょう》が同じく剣をひっさげて出て来たのに行きあった。

「何苗《かびょう》は己が兄の謀殺に与《くみ》したる者ぞ、斬って捨てい」

との呉匡《ごきょう》の下知に、みなの者、

「おのれ憎っくき奴」

と斬りかかる。

何苗《かびょう》は逃れようとしたが、ひしひしと取り囲まれ粉微塵《こなみじん》に斬りきざまれた。袁紹《えんしょう》はさらに兵士たちに十常侍の家族を殺しつくせと命じ、老幼を分かたずことごとく斬り殺させたが、鬚《ひげ》のないために誤って殺される者も数多くあった。曹操《そうそう》は宮中の火を鎮める一方、何《か》太后におすすめして暫時政務をとっていただき、張譲《ちょうじょう》らに追手をさしむけて少帝をたずねさせた。

さて張譲《ちょうじょう》・段珪《だんけい》は少帝と陳留《ちんりゅう》王を擁して炎の下をくぐりぬけ、夜道を北邙《ほくぼう》山まで逃

れた。二更ごろ（午後十時前後）、後方でどっと喊声《かんせい》があがり人馬が迫って来た。その先頭に立った河南中部の掾吏《えんり》(2)閔貢《びんこう》が、

「逆賊、待てい」

と叫ぶと、張譲《ちょうじょう》はもはやこれまでと河に身を投げて死んだ。帝と陳留王《ちんりゅう》はまだ事の次第をご存じないので、息を殺して河辺の叢《くさむら》に身を伏せておられた。兵士どもは馬を駆って八方おたずねしたが、帝のお姿を見出すことが出来ない。帝と王は真夜中過ぎまで隠れておいでになったが、露は下りる飢《ひも》じくはなるで、ひしと抱きあって泣きだしたが、ふとまた、人に知られてはと声を呑んで叢の中に潜まれた。

「ここには長くはいられませぬ。ほかに活路を見つけましょう」

と陳留王《ちんりゅう》が申され、お二方は御衣の袖を結びあわせて岸辺へ這《は》い上がられた。しかし一面の茨《いばら》、一寸先も見えぬ闇では、道もお分かりにならない。途方にくれるおりしも、幾百千の蛍《ほたる》がむらがり集まってあたりを照らしだし、帝のご前を去ろうとしない。

「これはわたくしども兄弟に天がお授け下されたものです」

と陳留王《ちんりゅう》がおっしゃり、蛍の火に従って行くと、ようやく道に出ることができた。明け方ごろには、もはや足が痛んで進むこともようおできにならなくなった。と、丘の裾《すそ》に高く草が積んである。帝と王はそのわきに横になられた。草の山の前に屋敷がある。屋敷の主は、その夜の夢に二つの真紅の太陽が屋敷の裏に落ちたのを見て驚い

てはね起き、着物を羽織り外に立ちいでてあたりを見廻した。すると草の積んであるところから真紅の光が一筋天に射しのぼっている。急いで近寄ってみれば、お二方がそのわきに横になっておられた。

「これ、お前たちはどこの家の子じゃ」

帝はご返事もできない。陳留王《ちんりゅう》が帝を指さして、

「このお方は今上陛下におわすぞ。十常侍の乱に遭《あ》われて、ここまで避難あそばされたのである。わたしは帝の弟の陳留王《ちんりゅう》だ」

屋敷の主は大いに驚き、再拝して、

「臣は先朝の司徒《しと》であった崔烈《さいれつ》の弟崔毅《さいき》と申し、十常侍が官を売り賢者を嫉《ねた》むを見て、ここに隠棲《いんせい》いたしておるものでございます」

と帝をたすけて屋敷へお迎えし、食事をおすすめした。

さて閔貢《びんこう》は段珪《だんけい》に追いついて引っ捕らえ、天子のご所在を訊《たず》ねた。ところが途中にて見失い行方が分からぬとの答えに、閔貢《びんこう》はその首を刎《は》ねて馬の首に掛け、兵を四方へ出して行方を尋ねさせるとともに、自分もただ一騎であちこち尋ねまわった。たまたま崔毅《さいき》の屋敷に立ち寄ったところ、崔毅《さいき》が首を見てわけをたずねたので、閔貢《びんこう》は事の次第を詳しく話し聞かせた。崔毅《さいき》は閔貢《びんこう》を帝のご前に案内し、君臣ともどもに声をあげて泣いた。閔貢《びんこう》が、

「国には一日たりと君主がなくてはかないませぬ。すみやかに都へご還御《かんぎょ》下されますよう」

と奏上、崔毅《さいき》の屋敷の一頭きりの痩《や》せ馬を帝のお召馬とし、閔貢《びんこう》は陳留《ちんりゅう》王と同じ馬に乗った。屋敷を出て三里たらずのところで、司徒《しと》王允《おういん》・太尉《たいい》楊彪《ようひゅう》・左軍校尉淳于瓊《じゅんうけい》・右軍校尉趙萌《ちょうぼう》・後軍校尉鮑信《ほうしん》、中軍校尉袁紹《(3)えんしょう》らの一行数百人がお迎えし、君臣相ともに涙にくれた。まず段珪《だんけい》の首を都へ送って晒《さら》しものとし、帝と陳留《ちんりゅう》王に良馬に乗りかえていただいて、まわりを厳しく警固して都に帰った。これより先、洛陽の童《わらべ》の間に、「天子と言っても天子じゃない。王といっても王じゃない。万乗の君、北邙《ほくぼう》に走る」と歌われたことがあったが、このときになって初めてさこそとうなずけたものであった。

帝のご一行が数里も行かぬとき、とつじょ、日を遮るばかりの旗指物をおしたてた一群の人馬が、天をおおうばかりの黄塵《こうじん》をけたてて殺到してきた。百官色を失い、帝も大いに驚かれた。袁紹《えんしょう》が馬を乗り出して、

「何者か」

と問うと、錦の旗のかげから一人の大将が飛び出してきて、

「天子はいずくにおわすか」

と荒々しく叫んだ。

帝がわなわなと身をふるわせて口をきくこともお出来にならぬところ、陳留王《ちんりゅう》が手綱《たづな》をさばいて駒を進め、

「何者か」

「西涼《せいりょう》の刺史董卓《とうたく》」

「貴様は陛下の守護に参ったのか。それとも陛下を奪いに参ったのか」

「守護したてまつらんと参ったもの」

「さらば、天子がここにおわすに、なぜ下馬いたさぬ」

董卓《とうたく》は大いに驚き、あわてて馬を下りて道の左側に平伏した。陳留《ちんりゅう》王は董卓《とうたく》にねぎらいの言葉をおかけになったが、終始見事に振舞われた。董卓《とうたく》はひそかに感じいると同時に、このとき早くも少帝《しょう》を廃し王を立てんとの志を抱いたのであった。帝はその日宮中に還御され、何《か》太后に見《まみ》えてお二人していたくお泣きになった。宮中を点検してみると伝国の玉璽《ぎょくじ》がなくなっていた。董卓《とうたく》は城外に駐屯し、毎日、甲冑《かっちゅう》に身を固めた部隊をひきいて入城、市内をわがもの顔にのしまわったので、人民は生きた心地もなかった。また彼は、憚《はばか》るところなく禁裡に出入した。後軍校尉鮑信《ほうしん》は、袁紹《えんしょう》をたずねて、董卓《とうたく》はよからぬ心をもっておるゆえ早々に除いた方がよいと進言したが、袁《えん》紹《しょう》は、

「朝廷が治まったばかりのいま、軽挙妄動するのはよくない」

と取りあわない。

鮑信《ほうしん》はさらに王允《おういん》をたずねて同じく進言したが、王允《おういん》も、

「まあゆっくり相談してきめたらよい」

と言うので、鮑信《ほうしん》は手勢をひきいて故郷の泰山へ引き揚げた。

董卓《とうたく》は何進《かしん》兄弟配下の兵士に声をかけてことごとく己が手におさめ、ひそかに李儒《りじゅ》に言うのに、

「わしは帝を廃して陳留王《ちんりゅう》を立てようと思うが、どうだ」

「いま朝廷には力ある者がおりませぬ。このときをはずしたら、いろいろと差しさわりも起きましょう。明日、温明園《おんめい》に百官を集めて廃立のことを告げ、従わぬ者は斬って棄てますれば、天下の大権を握るのも今日明日のことと申せましょう」

董卓《とうたく》は喜んだ。次の日、さかんな宴席を用意して百官を招待すれば、百官は董卓《とうたく》の威勢をおそれて一人残らず出席した。董卓《とうたく》は百官が揃うのを見計らって、おもむろに乗馬のまま門前にあらわれ、剣を帯びて席に着いた。酒が数巡したとき、董卓《とうたく》は盃を置かせ奏楽をやめさせて、

「われら一言申したき議あり、おのおの方お聞き下されい」

と大声で言った。一同しんとなるところ、

「天子は万民の主であり、威儀そなわらずば社稷《しゃしょく》をたもちがたい。今上《きんじょう》陛下は懦弱《だじゃく》に

おわせられ、陳留王《ちんりゅう》こそ聡明にして学を好まれ、まさに御位に昇られるべき方とお見受け申す。われらは帝を廃して陳留王《ちんりゅう》を立てたく思うが、おのおの方のご意見はいかに」

聞き終わっても百官の中からは声も起こらない。そのとき、一人が宴卓を押しのけてつかつかと進みいで、大声に叫んだ。

「ならぬ、ならぬ。貴様は何の権あってそんな大言をほざくのか。天子は先帝のご正嫡におわし何らの過失もなきに、みだりに廃立のことを云々するとは何事か。簒奪《さんだつ》の心ありと見受けたぞ」

董卓《とうたく》が見れば、荆州《けい》の刺史《しし》丁原《ていげん》である。卓《たく》は、

「わしに従わぬ者は生かしておかぬぞ」

と怒鳴り、剣に手をかけて丁原《ていげん》を斬ろうとした。このとき李儒《りじゅ》は、丁原《ていげん》の後ろに意気天を衝《つ》くばかりの男が、方天画戟《ほうてんがげき》（矛の一種）を手に眼《まなこ》を怒らせて控えているのを見て、急いで進みいで、

「今日は酒宴の席、国政を談ずる場所ではありませぬ。明日、都堂《とどう》（朝廷の大会議室）で論議することにしても遅くはございますまい」

と董卓《とうたく》を引きとめ、一同も丁原《ていげん》にすすめて馬に乗って帰らせた。

董卓《とうたく》が百官に向かって、

「わしの申したことが、天下の公道に違《たが》っているか」

と問うと、盧植《ろしょく》が言った。

「もちろん間違いでござる。むかし太甲《たいこう》（殷第二代の帝王）は不明であったため、伊《い》尹《いん》が桐宮《とうきゅう》に放逐し、昌邑王《しょうゆう》（前漢武帝の庶子）は即位二十七日にして三千余の悪事を重ねましたが故に、霍光《かくこう》が太廟《たいびょう》に報告してこれを廃したことがありました。しかるに今上陛下はご幼少なりとは申せ、仁慈の御心ふかく聡明にわたらせられ、寸毫《すんごう》の過ちとてござらぬ。貴公は外州の刺史にすぎず、もとより国政に参与する権もなければ伊《い》・霍《かく》の才もなし、廃立のことを云々するなぞもっての外と申すもの。聖人も『伊尹《いいん》の志あらば可、伊尹《いいん》の志なくんば則ち簒奪《さんだつ》なり』と言っているではござらぬか」

董卓《とうたく》は大いに怒り、剣を引き抜いて植《しょく》に斬りかかろうとしたが、侍中《じちゅう》・（顧問官）蔡邕《さいよう》、議郎彭伯《ほうはく》が、

「盧《ろ》尚書は天下の人望をあつめる方、その盧植《ろしょく》殿を第一に害《あや》めたりしては、おそらく天下の動揺をきたすでありましょう」

と諫めたので、ようやく思いとどまったところ、司徒王允《おういん》が、

「廃立といったことは、酒のあとで話すべきことではない。日をあらためて論議することにしよう」

と言ったので、百官はそれぞれ引き取った。

董卓《とうたく》が剣をひっさげて園門に出ると、一人の男が馬上に戟を持って門外を右に左に駆けまわっている。

「あれは何者だ」

と李儒《りじゅ》に尋ねると、

「あれは丁原《ていげん》の養子で、姓は呂《りょ》、名は布《ふ》、字を奉先《ほうせん》と申す者です。殿はしばらく身を隠されたがよろしかろうと存じます」

という返事。董卓《とうたく》は急いで園内に潜んだ。

翌日、丁原《ていげん》が軍をひきいて城外で戦を挑んで来たとの知らせに、董卓《とうたく》は怒って軍をひきい李儒《りじゅ》とともに出陣した。対陣すると、呂布《りょふ》が髪をたばね黄金の兜《かぶと》をいただき、きらびやかな戦袍《じんばおり》を着用し、唐猊《からじし》の甲冑をよろい、獅子の縫取りある玉帯（宝石をちりばめた帯）をしめて、戟を片手に馬にまたがり丁建陽《ていけんよう》（丁原《ていげん》、建陽《けんよう》は字）に従って陣頭に立ちあらわれた。

丁建陽《ていけんよう》は董卓《とうたく》に指をつきつけ、

「われらが国は不幸にして宦官どもが大権をも弄《もてあそ》び、もって万民塗炭《とたん》の苦しみを嘗《な》めるにいたったるに、貴様は何らの功もなくして、廃立のことを口にするとは、朝廷を乱さんとの心だな」

と罵《ののし》り、董卓《とうたく》が言葉を返す暇《いとま》もあたえず、呂布《りょふ》が馬を飛ばせて斬ってかかった。董《とう》卓《たく》はあわてて逃げ、丁建陽《ていけんよう》が軍をひきいて襲いかかったので、董卓《とうたく》の軍勢は大敗し、三十里あまり退いて陣をかまえた。董卓《とうたく》は諸将を集めて軍議をこらしたが、

「呂布《りょふ》という男はたいした奴だ。もしあの男を手に入れたら天下を恐《おそ》れることもないのだが」

と言うと、言下に一人が進み出て、

「殿、その心配はご無用にござる。それがし呂布《りょふ》とは同郷、彼は勇あって策なく、利の前には義をも忘れる男であります。それがし三寸不爛《ふらん》の舌をもって呂布《りょふ》を説き伏せ、お味方に参じさせようと存じますが、いかがでございましょう」

董卓《とうたく》が大いに喜んでその男を見れば、虎賁《こほん》中郎将李粛《りしゅく》(4)である。

「そなたはどうして説こうというのじゃ」

「うけたまわりますれば殿には一日千里を行く『赤兎《せきと》』とやらいう名馬をお持ちとのこと。それをいただき、さらに金銀珍珠をもって彼の心を動かし、加えてそれがしが好言をもって勧めますれば、呂布《りょふ》は必ずや丁原《ていげん》にそむき、殿のご前に馳せ参ずるでございましょう」

董卓《とうたく》は李儒《りじゅ》にたずねた。

「これはどんなものじゃ」

「天下を取らんとなら、殿、馬の一匹惜しむことはござりますまい」

あたえた。
董卓《とうたく》は欣然《きんぜん》として李粛《りしゆく》に馬をあたえ、さらに黄金一千両・珠玉数十粒・玉帯一本を

李粛《りしゆく》は贈物をたずさえて呂布《りよふ》の陣を訪ねた。と、物蔭から兵士が現われてまわりを取り囲んだ。

「呂《りよ》将軍の旧友だ。早う取り次いでくれい」

兵士が知らせると、呂布《りよふ》は通すように命じた。李粛《りしゆく》は呂布《りよふ》を見るなり、

「おう弟、その後、変わりないか」

呂布《りよふ》は頭を下げ、

「しばらくお目にかかりませんでしたが、いまはどちらに」

「いま虎賁中郎将をつとめておる。貴公が国家のために働きおると聞き、心から喜んでおったが、このたび、日に千里を行き、山河を越えるも平地を行くが如き『赤兎』という名馬を手に入れたので、貴公に贈って一段と力を奮ってもらおうと思ってやってきたのじゃ」

呂布《りよふ》がさっそく引いてこさせて見れば、言に違《たが》わず、その馬は全身燃えたつ炭のように赤く、雑毛一すじも混じらず、頭より尾まで一丈、蹄《ひづめ》より頭まで八尺、高くいななけば、正に天にものぼり海をもこえよう姿である。のちの人がこの赤兎馬を歌った

詩に、
奔騰《ほんとう》千里　塵埃《じんあい》をゆるがし、
渡水登山　紫霧《しむ》を開く。
糸《きぬ》の手綱引切り　玉轡《ぎょくひ》をゆるがして、
火竜　九天より飛び下《くだ》り来たる。

呂布《りょふ》はその馬を見て大いに喜び、

「このような名馬をいただいても、それがしお礼のしようもございませぬ」

「わしは義によって来たのだ。返礼なぞ望んではおらぬわ」

呂布《りょふ》は酒を出してもてなした。酒もたけなわとなったとき、李粛《りしゅく》が言った。

「貴公とは滅多に会わぬが、貴公の父上とはよくお会いしておるぞ」

「兄者酔われましたな。それがしの父は世を去って久しくなります。お会いするはずなぞないではございませんか」

李粛《りしゅく》はからからと笑い、

「おおそうだったな。わしの言ったのは、丁《てい》刺史のことよ」

呂布《りょふ》は肩身が狭そうに、

「それがし丁建陽《ていけんよう》のもとにおりますのは、ほかに行くところもないからなのです」

「貴公の天をもささえ海をもおさえる才は、天下でうらやまぬ者はないわ。功名も富貴も嚢中《のうちゅう》の物を取るようなものであるのに、その情ない言い草はなんだ。なんで人の下について小さくなってなぞいるのだ」

「残念なことに名君に会えぬのです」

「『良禽《りょうきん》は木を選んで棲《す》み、賢臣は主を選んで事《つか》う』と言うではないか。時をつかまねば、後で悔んでも間に合わぬぞ」

「兄者は朝廷に出仕しておられて、誰を当世の英雄と見られますか」

「わしの見たところ、まあ董卓《とうたく》殿の右に出るものはない。董卓《とうたく》殿は平素から賢人を敬い士を厚く用い、賞罰も明らかだ。先ざき大業をなしとげる人だろうな」

「それがしお仕えしたく思いますが、いかがしたらよいものでしょう」

すると李粛《りしゅく》は、金や珠玉を取り出して呂布《りょふ》の前に並べた。

「これは一体なんです」

と呂布《りょふ》が驚くと、李粛《りしゅく》は左右に控える者を退けて、

「これは董卓《とうたく》殿が貴公の大名を慕って、わしに特に命じて届けられたもの。赤兎馬も実は董卓《とうたく》殿の贈られたものだ」

「董卓《とうたく》殿がかほどまでそれがしに目をかけて下さるとなら、それがし何でお礼をした

ものでしょう」

「わし如き非才の輩《やから》ですら虎賁中郎将になっているものを、貴公がもし来るなら、どれほど高い地位が得られるか知れぬわ」

「したが、お目通りせんにも、ご進物にすべき手柄とてなくては」

「さればさ、その手柄も掌《たなごころ》をかえすほどにたやすいものなのだが、さて、貴公にできるかどうか」

呂布《りょふ》はじっと考えこんでいたが、ややあって、

「それがし丁原《ていげん》を殺し、軍をひきいて董卓《とうたく》殿の御前に馳《は》せ参じようと存じますが、いかがでしょう」

「貴公がもしそうしたら、この上もない手柄だ。が、やるなら遅れてはならぬ。すぐやらねばな」

呂布《りょふ》は次の日に投降する旨を約し、李粛《りしゅく》は帰って行った。

その夜の二更ごろ、呂布《りょふ》は刀をひっさげて丁原《ていげん》の幕中《ばくちゅう》に踏みこんだ。丁原《ていげん》は灯の下で書見をしていたが、呂布《りょふ》が来たのを見て、

「息子か、何か用か」

「おれは人にも知られた男、お前に息子よばわりされてたまるもんか」

「どうしたのだ、奉先《ほうせん》。その言い草は」

呂布《りよふ》は一歩踏み出して一刀のもとに丁原《ていげん》の首を斬り落とし、大音あげて、

「丁原《ていげん》は情義をわきまえぬ奴だから、おれが殺した。おれに従う者は残り、従わぬ者はどこへなりと行け」

と叫べば、兵士はあらかた落ち去った。

次の日、呂布《りよふ》は丁原《ていげん》の首を持って李粛《りしゆく》をたずね、李粛《りしゆく》は呂布《りよふ》を董卓《とうたく》に引き合わせた。董卓《とうたく》が大いに喜んで酒を出してもてなし、先に席を下りて、

「それがし、このたび将軍のお味方を得たのは、正に干天に慈雨を得た如きものにござる」

と挨拶すれば、呂布《りよふ》は董卓《とうたく》をもとの座になおして再拝した。

「殿がお見棄てなくば、それがし義理の父上と仰いでお仕えさせていただきとう存じます」

董卓《とうたく》は黄金の鎧《よろい》、錦の直垂《ひたたれ》をあたえ、大いに歓をつくして別れた。董卓《とうたく》の威勢はこれよりますますふるい、自らは前将軍(5)の職をあずかり、弟董旻《とうびん》を左将軍・鄠《こ》侯に封じ、呂布《りよふ》を騎都尉・中郎将・都亭侯《とていこう》に封じた。

李儒《りじゆ》が、早急に廃立の企みを進めるよう董卓《とうたく》に進言したので、董卓《とうたく》は禁中に酒宴を設けて百官を集め、呂布《りよふ》に命じて甲冑の兵千名あまりを左右に立たせた。当日、太傅《たいふ》袁隗《えんかい》が百官とともに席に着き、酒が数巡したとき、董卓《とうたく》は剣の柄に手をかけて言った。

「今上陛下は暗弱にして、国家の主たることができぬ。わしは伊尹《いいん》・霍光《かくこう》の故事にならって、帝を廃して弘農王《こうのうおう》とし、陳留王《ちんりゅうおう》を帝に立てる所存だ。不服な者はこの場で斬って捨てる」

群臣おそれおののき、言葉を発する者もない。そのとき中軍校尉袁紹《えんしょう》が進み出た。

「今上陛下はご即位あってまだ日も浅く、失徳のこともなにひとつない。貴様がご正嫡を廃して庶子を立てんとするのは、謀反の心あってと見受けたり」

董卓《とうたく》は怒って、

「天下の事はわしの手にある。わしのやることに逆らう気か。貴様、この剣の切れ味でもみよ」

袁紹《えんしょう》も剣を抜き、

「貴様の剣が切れるとなら、わしの剣もなまくらではないぞ」

二人は酒宴の真っ只中に睨《にら》みあう、正に、丁原《ていげん》大義に命を落とし、袁紹《えんしょう》歯向かってまた危うし、というところ。さて袁紹《えんしょう》の命はどうなるか。それは次回で。

注1　**前将軍**　大将軍につぐ七将軍の一。次の西涼は通称で、正しくは涼州。

2　**河南中部の掾吏**　「掾史」の誤り。河南の尹（第二回注六）の下にある督郵（行政監察官）の一人で最上席にある。

3　**左軍・右軍・後軍・中軍校尉**　左・右・後の三校尉は七将軍中の左・右・後の三将軍に属する校尉。中軍校尉は西園八校尉の一。

4　**虎賁中郎将**　禁裡の警固にあたる旅団長。

5　**前将軍**　正しくは司空。司徒・太尉と並ぶ三公の一人。土木・水利事業を統轄する。

第四回

漢帝《かんてい》を廃《はい》して　陳留《ちんりゅう》　位《くらい》に即《つ》き
董賊《とうぞく》を謀《はか》らんとして　孟徳《もうとく》　刀《かたな》を献《けん》ず

さて董卓《とうたく》が袁紹《えんしょう》を斬ろうとしたとき、李儒《りじゅ》がおしとどめた。

「大事もきまっておらぬいま、みだりに殺したりするのはよくありません」

袁紹《えんしょう》は宝刀をひっさげたまま百官に別れを告げて退出すると、節《せつ》(1)を東門にかけて、冀《き》州へ落ちて行った。

董卓《とうたく》は太傅袁隗《えんかい》に、

「貴公の甥《おい》は無礼千万な奴だが、貴公の顔に免じて、ひとまず見逃してやったのだ。ところで、廃立のことについてはどうお思いかな」

「太尉《たいい》のお考え、まことにもっともと存じます」

「よし。この儀に異議をとなえる者は、軍律をもって処断することにする」

群臣は恐れおののき、口々に、

「謹んで御諚《ごじょう》に従います」

宴がすんでから、董卓《とうたく》は侍中周毖《しゅうひ》・校尉伍瓊《ごけい》に尋ねた。

「袁紹《えんしょう》の奴これからどうするつもりだろう」

周毖《しゅうひ》、

「袁紹《えんしょう》は一時の怒りにかられて去ったものでありますから、手厳しく追いたてたりすれば、かえって謀反《むほん》の心を起こさせるようなものです。それに袁《えん》の一家は四代にわたる名家、その恩顧にあずかった連中が天下にちらばっております。もし彼が自分の息のかかった有力者に呼びかけて軍勢を集め、地方の暴徒がそれに応じて謀反すれば、山東《さんとう》（函谷関から東の広大な地域をいう）は殿の手を離れることになりましょう。ここは見逃しておいて一郡の太守にでもしてやれば、彼も罪を免れて喜び、後の心配もおのずとなくなるでございましょう」

伍瓊《ごけい》、

「袁紹《えんしょう》は何か企むのは好きですが決断力のない男ですから、恐れるには足りません。周毖《しゅうひ》の言ったように、郡守にでもしてやって民衆の心をつかむようにしたほうが得策です」

董卓《とうたく》はこれに従い、即日使者をやって袁紹《えんしょう》を渤海《ぼっかい》郡の太守とした。

九月一日、嘉徳《かとく》殿に帝の出御《しゅつぎょ》を請うて、文武百官を集めた。董卓《とうたく》は白刃を手にして、

「天子は暗弱にして、天下の君となすにたらぬ。ここに策文《さくぶん》を用意したによって、読み聞かす」

と言い、李儒《りじゅ》に命じて読みあげさせた。

孝霊《こうれい》皇帝、早く臣民を棄てたまい、今上《きんじょう》皇帝、嗣《あと》を承《う》けたもうに、海内《かいだい》の人民あげて望みを寄せたり。しかるに帝、天資軽佻《けいちょう》にして、威儀に慎みなく、喪中《そうちゅう》におけるも礼にしたがわず、徳を失うことすでにして彰《あら》われ、大位を辱《はずか》しむるものあり。皇太后、母として教えるところなく、政《まつりごと》を統《す》べて荒乱にみちびく。永楽《えいらく》太后（董《とう》太后の諡《おくりな》）にわかに崩ぜらるるに、世論の不審をいだくあり。三綱の道、天地の紀《のり》に、欠くるところ果たしてなきや。陳留《ちんりゅう》王協《きょう》は、聖徳大いに盛んにして、規矩《きく》粛然たり。喪におりて哀しみ悼《いた》み、言に邪《よこしま》なく、美しき御名《みな》、天下に聞こえたり。洪業《こうぎょう》を承《う》けて、万世の統たるにかなうと言うべし。ここに皇帝を廃して弘《こう》農《のう》王とし、皇太后をして政を還《かえ》さしめ、請うて陳留《ちんりゅう》王を奉じて皇帝となし、天に応じ人に順《したが》いて、もって百姓《ひゃくせい》の望みをかなうべし。

李儒《りじゅ》が策文を読み終わると、董卓《とうたく》は左右の者に命じて帝を玉座より引き下ろさせ、天子の璽綬《じじゅ》を解き去って北面して跪《ひざまず》かせ、臣下の列に加えた。また太后を引き出して朝服を脱がせ、お言葉を待たせせた。帝と太后は声をあげてお泣きになり、群臣たち一人として面を曇らせぬはなかった。そのとき、階《きざはし》の下から一人の大臣が、

「賊臣董卓《とうたく》、天を欺《あざむ》く所業とはこのことぞ、わが首の血でも喰《くら》え」

と大音に叫ぶなり、手にした象簡《ぞうかん》(2)をふるって董卓《とうたく》におどりかかった。

卓《たく》が大いに怒って、武士に引きすえさせれば、尚書丁管《ていかん》である。卓《たく》は引き出して斬り棄てるよう命じた。丁管《ていかん》は息もつがせず罵りつづけ、死ぬるときまで神色自若《しんしょくじじゃく》たるものがあった。のちの人が嘆じた詩にも、

董《とう》賊　ひそかに廃立の図《はかりごと》をいだき、
漢家の宗社　丘墟に委《す》てらる。
満朝の重臣　みな嚢括《のうかつ》さるるに、
ただあり　丁《てい》公の丈夫なる。

董卓《とうたく》は陳留《ちんりゅう》王に登殿を請うた。群臣の拝賀が終わると、董卓《とうたく》は何《か》太后、弘農王および帝の妃唐《とう》氏を永安《えいあん》宮におしこめて宮門を封鎖するよう命じ、群臣がみだりに立ち入ることを禁じた。不憫《ふびん》や少帝は四月に即位され、九月には早くも廃されることとなったのである。董卓《とうたく》の立てた陳留《ちんりゅう》王協《きょう》は、字《あざな》を伯和《はくか》と申され、霊《れい》帝の次子におわせられる。これすなわち献《けん》帝である。このとき御年《おんとし》九歳。初平《しょへい》と改元(3)あった。董卓《とうたく》は相国《しょうこく》(4)となって、謁見《えっけん》するにも名を言わず、後前において小走りせず、剣を佩《はい》し履《くつ》のまま殿上

に昇り(5)、その威勢ならぶ者もなかった。李儒《りじゅ》が名士を抜擢して人望をあつめるよう進言して蔡邕《さいよう》を推挙したので、董卓《とうたく》は蔡邕《さいよう》に出仕を命じたが、彼はそれに応じなかった。

董卓《とうたく》は怒って、

「もし来なければ、お前の一族を皆殺しにする」

と使者に言わせた。

蔡邕《さいよう》は恐懼《きょうく》して、やむなく出頭した。董卓《とうたく》は蔡邕《さいよう》に会っていたく喜び、ひと月のうち三度も官をすすめて侍中とし、はなはだ重く用いた。

一方、少帝と何《か》太后・唐《とう》妃は永安宮におしこめられて、衣服・飲食にも次第に事欠く御有様。少帝の涙は乾く日とてなかったが、ある日、二羽の燕《つばめ》がお庭に飛びいったのを見かけられて、思わず口ずさまれた。

嫩草《わかくさ》　緑にして烟《けむり》を凝《ぎ》し、
裊裊《じょうじょう》たり双飛燕《ひえん》
洛《らく》水は一条　青く、
陌上《はくじょう》に人　称羨《しょうせん》す、
遠く望めば　碧雲《へきうん》深きところ、
是《こ》れ吾《わ》が旧宮殿。

何人《なんぴと》か忠義に仗《よ》り、
我が心中の怨《うら》みを洩《も》らさん。

董卓《とうたく》はかねがね人をやって帝の身辺を探らせていたが、その日、部下がこの詩を手にいれて、董卓《とうたく》のもとへ差し出した。

「こんな怨みの詩を作るようなら、殺しても名分が立つ」

董卓《とうたく》はこう言って、李儒《りじゅ》に衛士十人を連れて永安宮へおもむき、帝を殺《あや》めることを命じた。

帝は、太后・妃とごいっしょに楼上におられたが、女官から李儒《りじゅ》の来着を知らされて愕然《がくぜん》とされた。李儒《りじゅ》が鴆毒《ちんどく》を盛った酒をすすめたので、帝がそのわけをお尋ねになると、

「うららかな小春日和《びより》のおりからとて、董《とう》相国よりわざわざ奉《たてまつ》られたご長寿祈願の御《ご》酒《しゅ》にござります」

何《か》太后、

「めでたき酒とならば、お前が先に飲んだらよい」

「飲まぬというのか」

李儒《りじゅ》は供の者に命じて短刀と白の練り絹を御前にすえさせ、

「酒が飲めぬとあらば、これをとられい」

唐《とう》妃が跪《ひざまず》いて、

「わたくしが代わってお酒をいただきますゆえ、お二方《ふたかた》をお助け下さりませ」

「お前が王の身代りになると。身のほど知らずめ」

李儒《りじゅ》は一喝し、酒をとって何《か》太后におしつけた。

「さあ、お前から飲むのだ」

何《か》太后は、何進《かしん》が無謀にも賊を都へ引き入れたために、今日のような禍いを招いたのだとさんざんに罵《ののし》られた。李儒《りじゅ》がさらに帝に迫ると、帝は、

「皇太后さまにお別れを言わせてくれ」

と、はげしく咽《むせ》び泣かれて歌を歌われ、

天地　易《あらたま》りて日月　翻《ひるがえ》り、
万乗を棄てて退いて藩を守る。
臣に逼《せま》られて命久しからず、
大勢去りて空しく涙潸《さん》たり。

唐《とう》妃も、

皇天将《こうてんまさ》に崩れんとして　后土《こうど》崩れ、
身は帝姫《ていき》と為《な》るも命《めい》　随《したが》わず。
生死路を異にして　此より畢《おわ》り、
奈《なん》何ぞ煢速《すみやか》なる　心中悲し。

歌い終わり、相擁して涙にくれるお二方に、李儒《りじゅ》は語気鋭く迫った。

「相国が返事を待っておられるのだ。ぐずぐずしおって、誰か助けにくるとでも思っているのか」

「国賊董卓《とうたく》め、われら母子をかような目にあわせたからには、天罰を免れぬぞ。お前たち悪業に加担した者らも、一族誅滅《ちゅうめつ》の目にあうは必定じゃ」

何《か》太后に罵られて、李儒《りじゅ》は大いに怒り、両手で太后を引っつかむと楼上から突き落とし、衛士に唐《とう》妃を絞め殺させ、少《しょう》帝には力ずくで毒酒を飲ませておいて、帰って董《とう》卓《たく》に報告した。董卓《とうたく》は屍《しかばね》を城外に葬るよう命じた。

それより董卓《とうたく》は夜ごとに宮中に踏みこんで女官を姦《おか》しまわり、天子の床《とこ》に寝た。またあるときは、軍をひきいて城を出、陽城《ようじょう》のあたりまで来ると、おりから二月のこととて、村の社の祭り（仲春にあたり、村社をまつる古来の習慣）に村の男女があげて集まっているところに行きあたった。董卓《とうたく》は兵士たちに命じてかれらを包囲し、男を一人残らず殺した。女や金目の物は掠奪《りゃくだつ》して車に積み、千余の首は車の下にかけて車をつらね、賊を殺して大勝利を収めたと言いたてて帰京すると、城門の下で首を焼いて女や品物を兵士たちに分けあたえたようなこともあった。

越騎《えっき》校尉伍孚《ごふ》(6)、字《あざな》は徳瑜《とくゆ》は、董卓《とうたく》の残虐無道の振舞いを見るにつけ憤懣《ふんまん》にたえず、出仕のたびに服の下に細身の鎧《よろい》をつけ、短刀をかくして彼の命を狙っていた。ある日、董卓《とうたく》の出仕を宮門の下で迎えた伍孚《ごふ》は、刀を抜くなり彼に躍りかかった。が、強力の董卓《とうたく》に逆におさえつけられ、駆けつけた呂布《りょふ》に引き倒された。

「誰に謀反をそそのかされたか」

と董卓《とうたく》に聞かれ、伍孚《ごふ》は眼《まなこ》をいからせて大喝した。

「貴様はわしの主人ではなく、わしは貴様の家臣ではない。謀反とは何事だ。貴様の罪は天をおおうばかりに重なり、みながみな殺してくれようと思っているのだ。貴様を車裂きにして天下に曝《さら》してやれぬとは無念だ」

董卓《とうたく》は大いに怒り、引き出して五体ばらばらに斬りきざむよう命じた。伍孚《ごふ》は死の間際まで罵りつづけた。のちの人が彼を讃《たた》えた詩に、

　漢末の忠臣　伍孚《ごふ》を説《い》わん、

沖天の豪気　世間に無《み》ず。
朝堂に賊を殺さんとして　名なお在り、
万古称《たた》うるに堪えたり　大丈夫。

以来董卓《とうたく》は、出入りにはつねに甲冑《かっちゅう》の兵を護衛につけるようになった。時に袁紹《えんしょう》は渤海《ぼっかい》にあり、董卓《とうたく》が権をもてあそぶと伝え聞いて、ひそかに王允《おういん》のもとに密書を送った。その密書の大略は、

国賊董卓《とうたく》は天を欺《あざむ》いて主を廃し、まことに忍ぶべからざるものがあります。しかるに公はその跋扈《ばっこ》を許し、あたかも聞かざるが如くにしておられますが、これ国に報い忠をいたさんとする臣と申せましょうか。それがしはいま兵を集め訓練して、王室を祓《はら》いきよめんものと思っておりますが、まだ自重して動かずにおります。公にもしその心がおありなら、時機をみて行動を起こすべきであると存じます。もしお役に立つとあらば、即日にも仰せに従うでございましょう。

王允《おういん》は密書を得て思いをこらしたが良い計も浮かばなかった。一日、宮中の控えの間に旧臣たちの揃っているのを見かけて言った。

「今日はわたしの生まれた日なので、夜分ご一同でおいでを願えぬでござろうか。ささやかな祝いごとでもいたしたいと存ずるが」

「必ず参上させていただきます」

その夜、王允《おういん》は席を奥の間にしつらえ、大臣たちの顔も揃った。酒が数巡したとき、王允《おういん》はとつぜん顔をおおってはげしく泣きだした。

一同驚いて、

「司徒殿にはお誕生のおめでたき日と申すに、これはどうなされましたか」

「実は今日はわたしの生まれた日でもなんでもありませぬ。ご一同とお話しいたしたく思いましたが、董卓《とうたく》に疑われてはと、かく申したのです。董卓《とうたく》は主を欺き大権を弄《ろう》して、国の前途は今日明日をも知れぬありさま。高祖《こうそ》皇帝が秦《しん》を討ち楚《そ》を亡ぼし天下を平らげたもうたことを思うにつけ、それが今日にいたって董卓《とうたく》の手に葬り去られようとは誰が考えたでしょうか。これを思い、わたしは泣いたのです」

聞いて一同も涙を流した。と、一人、手を叩き声をあげて笑いながら、

「朝廷の大臣諸公が、あげて夜は終夜《よもすがら》、昼は終日《ひねもす》、泣き通したところで、それで董卓《とうたく》を泣き殺すことができるものでござろうか」

王允《おういん》が見れば、驍騎《ぎょうき》校尉曹操《そうそう》(7)である。

「そなたも代々漢朝の禄を食《は》む者ではないか。このようなときに国に報いようともせ

で笑うとは何事か」

王允《おういん》が怒ると、

「それがし笑いましたのはほかでもない、ご一同が董卓《とうたく》を殺す計をなに一つお持ちにならぬのを笑ったまでにござる。それがし非才といえども、即刻董卓《とうたく》の首をかき斬って都の門にかかげ、天下のみせしめにして進ぜましょう」

王允《おういん》は座より滑り下りて、

「孟徳《もうとく》殿にはいかなる計略をお持ちでござるか」

「先頃よりそれがしが節を屈して董卓《とうたく》に仕えておったのも、実を申せば機をうかがいおりしもの。このほどでは彼はすこぶるそれがしを信頼いたしおりますれば、それがしも幸い彼に近づけるようになりました。司徒殿には七星の宝刀を一振りご所有とのこと、それがし拝借がかないますれば相国の館《やかた》にて彼を刺し殺してご覧にいれます。それがしたとい一命を失おうとも悔《く》ゆるものにはござりませぬ」

「貴公がそのような決意をお持ちとあらば、正に天下にとってこの上のしあわせはない」

王允《おういん》は自ら曹操《そうそう》に盃を献《ささ》げた。曹操《そうそう》が酒を地に滴らせて誓えば、王允《おういん》は宝刀を取りだして彼にあたえた。曹操《そうそう》は刀を受けて酒を飲みほし、一同に別れを告げて立ち去った。大臣たちもしばらくしてから引き取った。

あくる日、曹操《そうそう》は宝刀を佩《はい》して董卓《とうたく》の館にいたり、丞相《じょうしょう》の所在を尋ねた。

「居間においでてござります」

という従者の返事に、そのまま奥へ通った。董卓《とうたく》は寝台の上に坐り、呂布《りょふ》がかたわらに控えている。

「孟徳《もうとく》、遅いではないか」

「馬が痩《や》せ馬なので早く歩まぬのでございます」

「わしは西涼《せいりょう》から良い馬を持ってきておる」

と言って董卓《とうたく》は呂布《りょふ》に、

「これ奉先《ほうせん》、孟徳《もうとく》によい奴を一頭えらんできてやれ」

呂布《りょふ》は命をうけて出て行った。

曹操《そうそう》は、

「こ奴、運が尽きたか」

と刀を引き抜いて刺そうとしたが、董卓《とうたく》の力の強いのをおそれて、よう抜けずにいるところ、董卓《とうたく》は肥満しているため長く坐っていられず、横になって壁の方を向いた。

曹操《そうそう》はかさねて、

「賊め、死にどきだ」

と宝刀を抜きはなった。あわや刺さんとした刹那《せつな》、何気なく鏡に目をやった董卓《とうたく》は、

曹操《そうそう》が背中で刀を抜いたのを見たので、はっと体をもどし、

「孟徳《もうとく》、なにをするか」

このとき、呂布《りよふ》が馬をひいてやってきた。曹操《そうそう》はあわてて刀を持ちかえて跪《ひざまず》き、

「それがし宝刀を所持いたしおりましたので、献上いたさんものと思ったのでございます」

董卓《とうたく》が受け取って見れば、言に違《たが》わずその刀長さ一尺あまり、七宝を嵌《ちりば》めた業物《わざもの》であったので、呂布《りよふ》に渡して収めさせた。曹操《そうそう》は鞘《さや》もはずして呂布《りよふ》に渡した。董卓《とうたく》が曹《そう》操を連れて庭に下り立ち馬を見せると、曹操《そうそう》は礼を述べてから言った。

「さっそく試させていただきとう存じまするが」

董卓《とうたく》は鞍《くら》と手綱をおかせる。曹操《そうそう》は馬をひいて館を出るや、一鞭くれて東南の方へ走り去った。

呂布《りよふ》が、

「さきほど曹操《そうそう》は殿を刺そうといたしたように見受けましたが、見破られたので刀を献じたのではござりませぬか」

「うむ、わしもおかしく思っていたのだ」

そこへ李儒《りじゅ》が来たので、董卓《とうたく》がそのことを話すと、李儒《りじゅ》は、

「曹操《そうそう》は妻子を都においておらず、一人で仮り住まいをしております。ただちに人を

やって呼び寄せ、何事もなく参るようでしたら、刀を献じたのでありましょう。もし言を左右にして参らぬようなら、必ずや殿のお命を狙ったに相違なく、引っ捕えて訊問《じんもん》いたさねばなりませぬ」

董卓《とうたく》はいかにもと、ただちに獄卒四人を曹操《そうそう》のもとへ差し向けた。しばらくして帰って来ての報告に、

「曹操《そうそう》は住居に帰らず、東門より乗馬にて逃げ去ってござります。門衛が咎《とが》めたところ、『丞相より申しつかった緊急の用事』と申し、馬を駆って立ち去った由」

李儒《りじゅ》、

「曹操《そうそう》め怯気《おじけ》づいて逃げたのなら、お命を狙ったこと間違いございませぬ」

董卓《とうたく》大いに怒り、

「わしがあれほど目をかけてやったのに、よくも裏切りおったな」

「これは彼一人の考えではござりますまい。曹操《そうそう》を捕えますれば分かりましょう」

かくして董卓《とうたく》は各地へ人相書と文書を発して曹操《そうそう》の逮捕を命じ、生捕りにした者は賞金千金、万戸の侯に封じ、匿《かく》まった者は曹操《そうそう》と同罪にすると触れた。

さて曹操《そうそう》は城外に逃れ、譙《しょう》郡めざして馬を飛ばせた。途中、中牟県《ちゅうぼう》の関所で捕えられ、県令の前に引き出された。曹操《そうそう》は言った。

「わたくしは旅の商人で、姓を皇甫《こうほ》と申す者でございます」

県令はよくよく曹操《そうそう》を見詰め、しばらく考えこんでいたが、

「わしは以前洛陽にてつてを求めて官につくのを待っておったとき、貴様をよく見かけて知っておる。曹操《そうそう》、隠し立てしてもとおらぬぞ。よろしい。ひとまず牢《ろう》に入れておけ。明日都へ護送して恩賞にあずかろう」

と、関守の兵士たちに酒肴《しゅこう》を出して引き取らせた。

夜半、県令は側近の者に命じてひそかに曹操《そうそう》を牢より引き出し、奥の私室に連れて来させた。

「貴様は丞相に重く用いられていると聞き及んでおったが、なにゆえ自ら禍《わざわ》いを求めるようなことをしたのか」

「『燕雀《えんじゃく》いずくんぞ鴻鵠《こうこく》の志を知らんや』貴様はこうして身どもを捕えしうえは、早々都へ連行して恩賞にあずかればよいのだ。いらざることを聞くな」

すると県令は左右の者を退け、

「貴殿はなにゆえそれがしを軽んぜられるのか。それがしとて俗吏にはあらず。まことの主を探しもとめておる者だ」

「身どもは代々漢室の禄を食《は》む者。もし報国の心なくば、禽獣《きんじゅう》と同じこと。身どもが節を屈して董卓《とうたく》に仕えておったのも、おりを見て国のために害を除かんとの心あった

からだ。が、それも仕損じた。これも天意であろうか」

「孟徳《もうとく》殿には、どこへ逃れようとされたのでござるか」

「郷里へ帰り、偽りの詔書を発して天下の諸侯を集め、兵を挙げてともに董卓《とうたく》を倒さんこと、これが身どもの願いであった」

これを聞くと県令は自らそのいましめをとき、上座になおして再拝した。

「貴殿はまことに天下の忠義の士でござる」

曹操《そうそう》も礼をかえして、県令の名をたずねた。

「それがし姓は陳《ちん》、名は宮《きゅう》、字を公台《こうだい》と申す者。老母妻子はみな東《とう》郡におります。只今、貴殿の忠義の心に感じいり、これより官を棄てて貴殿のお供をいたしとう存じます」

曹操《そうそう》はいたく喜んだ。その夜のうち陳宮《ちんきゅう》は路銀をととのえ、曹操《そうそう》に衣服をかえさせ、おのおの剣を一振りずつ背に負って馬で故郷へ向かった。

行くこと三日、成皐《せいこう》（河南省滎陽《けいよう》市汜水鎮）のあたりへさしかかったときには日も暮れかかってきた。曹操《そうそう》は鞭をあげて、とある森の奥をさししめした。

「ここには姓は呂《りょ》、名を伯奢《はくしゃ》といって、わが父と義兄弟の契りを結んでおる方がいる。訪ねてみて家郷の消息を聞き、一夜の宿を求めてみるのはどうだろう」

「それは結構なことと存ずる」

二人は屋敷の前で馬を棄てると、中にはいって伯奢《はくしゃ》に会った。

「朝廷では各地へ触れを廻して、そなたを厳しく追及しておると聞いているぞ。そなたの父御《ててご》もいまは陳留《ちんりゅう》（河南省開封市）へ難を避けておられる。よくここまで来ることが出来たのう」

伯奢《はくしゃ》に言われて、曹操《そうそう》はこれまでのことを告げ、

「陳《ちん》県令に出会わなかったら、いまごろは五体ばらばらになっていたことでしょう」

伯奢《はくしゃ》は陳宮《ちんきゅう》に頭を下げて、

「この甥が、もし貴殿にお会いせねば、曹《そう》家の一族は死に絶えていたでござろう。あばら家ではござるが、今宵《こよい》はごゆるりとお休み下されい」

と立って奥へはいった。しばらくして出てきて陳宮《ちんきゅう》に、

「拙宅には良い酒もござらぬゆえ、西の村まで行って購《もと》めて参ります」

と言うと、急いで驢馬《ろば》に乗って出て行った。

曹操《そうそう》は陳宮《ちんきゅう》とそのまましばらく待っていたが、にわかに屋敷の裏手で刀を磨《と》ぐ音が起こった。

「呂伯奢《りょはくしゃ》とて、血のつながった縁者ではなし、出て行くというのも解《げ》せぬことだ。ひとつ様子をうかがってみよう」

曹操《そうそう》が陳宮《ちんきゅう》とともに足音を殺して裏手に廻ると、

「ふん縛って殺したらよかろう」

と言う声。

「思った通りだ。先手を打たねば、危いぞ」

言うなり、二人は剣をひき抜いて躍り出し、男女の見さかいなく、居合わせた八人を皆殺しにした。厨《くりや》を探してみると、豚が一頭、縛って殺すばかりになっている。

「これはしたり、孟徳《もうとく》殿疑いが過ぎて罪もない者を手にかけてしまいましたな」

二人は急いで屋敷を出、馬に乗って逃げた。

二里も行かぬところで、驢馬の鞍に酒を二甕《ふたかめ》かけ、果物や野菜を手にした伯奢《はくしゃ》に行き会った。

「これは孟徳《もうとく》と県令殿。なにゆえ早々に帰られるのか」

「追われる身ゆえ、長居もかないませぬので」

「わしは家人に豚をつぶしておもてなしするよう申しつけておいた。なんでそのようなことを言われる。さ、馬をお返しなされ」

曹操《そうそう》は返事もせずに馬に鞭をくれて行きすぎた。と、数歩も行かぬうち、不意に剣を引き抜いてとって返し、伯奢《はくしゃ》に呼びかけた。

「そこへ行くのは誰だ」

伯奢《はくしゃ》が振り向いた瞬間、曹操《そうそう》は剣をふるって伯奢《はくしゃ》を斬り落とした。陳宮《ちんきゅう》はあっと驚

き、

「先ほどは思い違いでござったに、これはなんとしたことでござる」

「伯奢《はくしゃ》が家にたち帰って家人どもが殺されているのを見れば、黙ってはおるまい。もし人々をかり集めて追って来たなら、大変なことになるではないか」

「しかし罪もないのを承知のうえで殺すのは、大なる不義と申せましょうぞ」

「わしは、自分が天下の人にそむこうと、天下の人にそむかれることは我慢ならんのだ」

陳宮《ちんきゅう》は返すことばもなく黙りこんでしまった。

その夜のうち数里行って、月の光を浴びて宿屋の門を叩き宿をとった。馬に十分秣《まぐさ》をやって、曹操《そうそう》は先に眠った。陳宮《ちんきゅう》は、つくづく考え、

「わしは曹操《そうそう》をりっぱな男と見たればこそ、官を棄ててついて来たのに、かくも残忍な男とは知らなんだ。このまま生かしておけば、必ずやのちの禍いとなるであろう」

と、白刃をかざして曹操《そうそう》の胸に擬した。正に、あな恐ろしやその心底、曹操《そうそう》・董卓《とうたく》いずれ劣らず、というところ。さて曹操《そうそう》の命はどうなるか。それは次回で。

注1　節　天子の使者に授けられた「認旗《しるしばた》」。「節を返す」とは、天子より授けられた官を去る

ことを意味する。

2 **象簡**　臣下が天子の御前に出るときに持つ象牙の笏《しゃく》で、用事があればこれに書きつけてメモのかわりともした。

3 **初平と改元**　少《しょう》帝劉弁《りゅうべん》は四月即位して「光熹《こうき》」と改元、八月「昭寧《しょうねい》」と改元したが、九月に廃位、献《けん》帝が即位して「永漢《えいかん》」と改元、十二月ふたたび「中平」にもどして「中平六年」とした。「初平」と改元したのは翌年（一九〇）一月のことである。

4 **相国**　天子をたすけ政治のいっさいを処理する。宰相に同じ。

5 **謁見するにも名を言わず云々**　原文「賛拝不名、入朝不趨、剣履上殿」。臣下は天子に拝謁する際、官職と姓名を呼びあげられ、御前では、命令を待つ意味で小走りに歩まなければならず、佩剣《はいけん》して履《くつ》のまま殿上に上ることは許されない。それらを免除される特権。

6 **越騎校尉**　大将軍直属の五営の一である越騎営の隊長。

7 **驍騎校尉**　同前。驍騎営の隊長。

第五回　矯《いつわり》の詔《みことのり》発《はっ》せられて　諸鎮《しょちん》曹公《そうこう》に応《おう》じ　関兵《かんぺい》を破《やぶ》って　三英《さんえい》呂布《りょふ》と戦《たたか》う

さて陳宮《ちんきゅう》はあわや曹操《そうそう》に手を下さんとしたが、そのとき、「わしは国のために彼に従ってここまで来た、これを殺せば義が立たなくなる。ままよ、こ奴を棄ててほかへ行こう」と思いなおし、剣を鞘《さや》にもどすと馬を引き出して、夜の明けるのも待たずに一人東《とう》郡へ立ち去った。曹操《そうそう》は目を醒《さ》まして陳宮《ちんきゅう》の姿がないのに気づき、「あの男は、昨夜のわしの言葉から、わしを不仁な男と思い、一人で行ってしまったのだろう。わしも急ごう。ぐずぐずしてはおれぬ」と考え、夜を日についで陳留《ちんりゅう》に着いた。父親に対面してこれまでのことを話すとともに、家産を投げ出して義兵を募りたいと訴えると、父親が言った。

「軍用金が少のうては事もなるまい。この土地に衛弘《えいこう》という孝廉《こうれん》がおるが、巨万の富をもち、義のためには金を惜しまぬ男じゃ。あの男の力添えが得られれば、お前の志もかなうだろう」

曹操《そうそう》は酒を用意して宴席を設け、衛弘《えいこう》を招いた。

「いまや漢皇室には主もなく、董卓《とうたく》が権力をほしいままにして、君を欺《あざむ》き民を害し、天下の者あげて無念の牙《やいば》を嚙みしめております。それがし国のために力をいたそうとの志ありながら、力の足らぬのを口惜しく感じている者にござるが、お手前が忠義の士と承知して、ご援助のほどをお願いいたしたく存じます」

「わたしもかねがねその心はありましたが、これまで英雄に会えぬのを残念に思っていた次第。貴公の大志を知った上は、家産をかたむけてもお力添えいたしましょう」

曹操《そうそう》は大いに喜んで、まず偽《いつわ》りの詔《みことのり》を発して各地へ使者を立て、その上で義兵を募った。そして義兵募集の白旗を一旒《りゅう》しつらえ、「忠義」の二字を大書すれば、二、三日のあいだに、勇士たちが降る雨の如く馳せ集まって来た。

ある日、陽平《ようへい》郡衛《えい》国の人、姓は楽《がく》、名は進《しん》、字《あざな》は文謙《ぶんけん》が配下に加わり、山陽《さんよう》郡鉅鹿《きょろく》県の人、姓は李《り》、名は典《てん》、字を曼成《まんせい》も馳《は》せ参じて来た。曹操《そうそう》はこの二人を陣前吏《じんぜんり》（幕僚）とした。また、沛《はい》国譙《しょう》県の人、夏侯惇《かこうとん》、字は元譲《げんじょう》もやって来た。夏侯嬰《かこうえい》（漢の高《こう》祖《そ》の重臣）の末孫たるこの人は、幼少より槍術・棒術を学び、十四歳のとき、師について武術を学んでいたが、ある者が師を罵《ののし》り辱《はずかし》めたのでその男を殺し、各地を浪々していたところ、曹操《そうそう》が兵を起こすと聞いて、従弟の夏侯淵《かこうえん》とともにそれぞれ壮丁千人をひきいて加わって来たものである。この二人は、もともと曹操《そうそう》の従兄弟にあたっている。すなわち曹操《そうそう》の父曹嵩《そうすう》はもと夏侯《かこう》家の出で、曹《そう》家へ養子にはいった者であるから、本来同族なのである。日ならずして、曹《そう》家の従兄弟、曹仁《そうじん》・曹洪《そうこう》がそれぞれ千余の兵をひきいて助勢に来た。曹仁《そうじん》は字を子孝《しこう》、曹洪《そうこう》は子廉《しれん》といい、ともに弓馬に熟達し、武芸百般に通じている。曹操《そうそう》は大いに喜び村内で軍馬を調練した。衛弘《えいこう》は家財を投げ出して軍衣・甲冑《かっちゅう》・旗指物をととのえ、四方から兵糧《ひょうろう》を送って来る者は数知れなかった。

時に袁紹《えんしょう》は曹操《そうそう》よりの偽りの詔に接し、麾下《きか》の謀臣・武将、兵三万をこぞって渤海《ぼっかい》から曹操《そうそう》の軍に合流してきた。曹操《そうそう》は檄《げき》を諸郡に飛ばした。その檄文にいわく、

　操《そう》らは謹んで大義をもって天下に布告する。董卓《とうたく》は天を欺き地を蔑《なみ》し、国を亡ぼし君を弑《しい》し、禁裡《きんり》を土足に踏み荒らし、民草《たみくさ》を害《そこ》ね、虎狼《ころう》にひとしき不仁、罪状みちみちたり。いま天子の密詔を奉じ、大いに義兵を集め、誓って中華を祓《はら》いきよめ、兇悪の輩《やから》を掃滅《そうめつ》せん。大義の軍を起こし、ともに公憤を洩らし、王室を助け、民草を救わんことを望む。檄文いたらば、即日打ち立たれよ。

この檄文が発せられるや、各地鎮護の諸侯、みな兵を起こしてこれに応じた。

第一鎮　後《ご》将軍南陽《なんよう》の太守《たいしゅ》　袁術《えんじゅつ》

第二鎮　冀《き》州の刺史《しし》　韓馥《かんふく》
第三鎮　豫《よ》州の刺史　孔伷《こうちゅう》
第四鎮　兗《えん》州の刺史　劉岱《りゅうたい》
第五鎮　河内《かだい》の太守　王匡《おうきょう》
第六鎮　陳留《ちんりゅう》の太守　張邈《ちょうばく》
第七鎮　東《とう》郡の太守　喬瑁《きょうぼう》
第八鎮　山陽《さんよう》の太守　袁遺《えんい》
第九鎮　済北《せいほく》の相《しょう》　鮑信《ほうしん》
第十鎮　北海《ほっかい》の太守　孔融《こうゆう》
第十一鎮　広陵《こうりょう》の太守　張超《ちょうちょう》
第十二鎮　徐《じょ》州の刺史　陶謙《とうけん》
第十三鎮　西涼《せいりょう》の太守　馬騰《ばとう》
第十四鎮　北平《ほくへい》の太守　公孫瓚《こうそんさん》
第十五鎮　上党《じょうとう》の太守　張楊《ちょうよう》
第十六鎮　烏程《うてい》侯長沙《ちょうさ》の太守　孫堅《そんけん》
第十七鎮　祁郷《ききょう》侯渤海《ぼっかい》の太守　袁紹《えんしょう》

諸軍の兵馬は大小不同で、ある者は三万、ある者は一、二万と、それぞれ謀臣・部将を引き連れて洛陽めざし攻めのぼった。

さて北平太守の公孫瓚《こうそんさん》は精兵一万五千をひきいて徳州《とくしゅう》（正しくは青州）の平原県《へいげん》にさしかかった。進むうち、はるかな桑のしげみから黄色の旗を一旒《りゅう》なびかせて、五、六騎の武者が迎えに出た。瞳《ひとみ》をこらして見れば、劉玄徳《りゅうげんとく》である。

「やあ弟、なんでここに」

と尋ねると、

「先に兄者のお引き立てにてそれがし平原の県令となっておりましたが、このたび兄者の大軍が当地をお通りと聞き、なにとぞお立ち寄り願ってご休息いただこうと思い、ここにお待ちしておりました」

公孫瓚《こうそんさん》は、関《かん》・張《ちょう》をさし、

「この者たちは」

「関羽《かんう》・張飛《ちょうひ》と申し、それがしの義兄弟にござる」

「さらばともに黄巾を破った者たちか」

「あれはすべてこの二人の力によるものでござる」

「いまは何の職におる」

「関羽《かんう》は馬弓手《ばきゅうしゅ》、張飛《ちょうひ》は歩弓手《ほきゅうしゅ》(1)にござる」

「あたら英雄を惜しいことじゃ。当今、董卓《とうたく》が国政を乱し、天下の諸侯ともどもに立って、きゃつを亡ぼさんといたしているのだ。そなたもこんな下らぬ官を棄ててともに賊を討ち、漢室のために力を尽くすことにしたらどうだ」

張飛《ちょうひ》、

「ぜひお供させていただきます」

「あのとき、おれにあの野郎を殺させておいてくれれば、こんなことにはならなかったろうに」

関羽《かんう》、

「かくなるうえは、ただちに用意して打ち立ちましょうぞ」

玄徳《げんとく》・関《かん》・張《ちょう》が数騎を従えて公孫瓚《こうそんさん》とともに到着すれば、曹操《そうそう》はこれを迎えいれた。諸侯も陸続到着しておのおの陣を構え、掛けつらねた陣屋は二百余里に及んだ。かくて曹操《そうそう》は牛馬をほふり、諸侯を集めて軍議を催した。

太守王匡《おうきょう》、

「いま大義の旗を挙げるからには、盟主《めいしゅ》を立てて、一同その命令に服することとしたうえ、兵を進めるべきと存ずる」

曹操《そうそう》、

「袁本初《えんほんしょ》殿は四世三公《さんこう》の名家(2)、その恩顧の臣も数多く、漢朝名宰相の後裔《こうえい》におわせば、盟主と仰ぐにふさわしき方と存ずる」

袁紹《えんしょう》は再三辞退したが、一同に、

「本初《ほんしょ》殿でなくばかないませぬ」

と言われてようやく承知した。

次の日、三層の壇を築き、五方の旗(3)を立てつらね、上に白旄《はくぼう》の旗・黄金の鉞《まさかり》(4)を立て、軍令の割符《わりふ》・将軍の印をととのえて、袁紹《えんしょう》の登壇を請うた。紹は衣冠を整え、剣を佩《はい》して昂然《こうぜん》と壇にのぼり、香を焚《た》き再拝して盟文を読み上げる。

漢室不幸にして綱紀《こうき》紊乱《びんらん》し、賊臣董卓《とうたく》これに藉口《しゃこう》して悪逆をほしいままにし、ために禍い至尊に及び、残虐の行ないあまねく人民に加えらる。紹《しょう》ら社稷《しゃしょく》の亡びんことをおそれ、ここに義兵を糾合して国難におもむかんとす。およそわれらが盟《ちかい》に加わる者、心を一にし力を合わせ、もって臣たるの節を全うし、必ず二心あるべからず。この盟にもとることある者は、その命を落とし、子孫絶えるべし。天神地祇《てんじんちぎ》、祖宗の明霊、明らかに照覧あれ。

読み終わって、誓いの血をすすれば、人々はその言に感じて涙を流した。血をすすり終わって壇を下りれば、一同、袁紹《えんしょう》を助けて大将の座につかせ、爵位と年齢に従っ

て両側に分かれて席を定めた。酒が数巡したとき、
曹操《そうそう》、

「ここに盟主を立てたうえは、おのおのその命令に従って相ともに国家のために力を出し合い、味方同士強弱をくらべ合うようなことはいたさぬようにしようではござらぬか」

袁紹《えんしょう》、

「身ども不肖なりといえど、諸公のご推挙によって盟主となりしうえは、功あらば必ず賞し、罪あらば必ず罰する所存。国には定法あり、軍には紀律がある。おのおの方にもよくよくお守りあって、違犯のなきようにされたい」

一同、

「ご諚《じょう》しかと承ります」

袁紹《えんしょう》、

「弟袁術《えんじゅつ》は糧秣《りょうまつ》を監督し、諸軍への分配に遺漏《いろう》なきようにせよ。さらに誰か先陣として、これよりただちに汜水関《しすいかん》に攻めかかり、他の方々には後詰《ごづめ》をいたしていただきたい」

長沙太守の孫堅《そんけん》進み出て、

「それがしに先陣お申しつけ下されい」

「文台《ぶんだい》殿か、貴公の武勇、正にうってつけじゃ」

孫堅《そんけん》はただちに手勢をひきいて汜水関に押し寄せ、関を守る部将は早馬をもって洛《らく》陽《よう》の丞相府へ急を告げた。董卓《とうたく》は大権を握って以来、連日酒宴にふけっていたが、李《り》儒《じゅ》はこの急報を得て、ただちに董卓《とうたく》に報告した。仰天した董卓《とうたく》が急ぎ諸将を召して協議すると、温侯《おんこう》呂布《りょふ》が進み出て、

「父上、ご案じ召されるな。外藩の諸侯どもなぞ、われらが目から見れば塵芥《ちりあくた》の如きもの。それがし屈強の者どもをひきいてきゃつらの首をことごとく斬り落とし、都門にかけつらねてご覧にいれましょうぞ」

と言うと、董卓《とうたく》は喜んで、

「そなたがおれば、余は枕を高くしていられるというものじゃ」

その言の終わらぬうち、呂布《りょふ》の背後で声はりあげて叫んだ者があった。

「『鶏をさくに何ぞ牛刀を用いんや』温《おん》侯のご出馬を願わずとも、それがし、諸侯の首を斬ること、嚢中《のうちゅう》の物をとるようなものにござる」

董卓《とうたく》が見れば、身の丈九尺、虎の如き体軀狼の如き腰、豹《ひょう》の如くひしゃげた頭に猿《ましら》の如き肱《ひじ》という、これぞ関西《かんせい》（函谷関以西地方）の人、姓は華《か》、名は雄《ゆう》である。董卓《とうたく》はその言に大いに喜び、驍騎《ぎょうき》校尉に昇せて、歩騎五万をさずけ、李粛《りしゅく》・胡軫《こしん》・趙岑《ちょうしん》を差し添えてただちに関へおもむかせた。

諸侯の一人済北《せいほく》の相鮑信《しょうほうしん》は、孫堅《そんけん》が先陣となった上は、一番手柄を彼に奪われると考え、ひそかに弟鮑忠《ほうちゅう》に歩騎三千をひきいて先まわりさせ、関下に寄せかからせた。華雄《かゆう》は鉄騎（精鋭の騎兵）五百をひきいて関から馳《は》せ下り、

「逆賊逃げるな」

と大音声に呼びかける。鮑忠《ほうちゅう》急いで退こうとしたとき、華雄《かゆう》の薙刀《なぎなた》一閃、馬から斬り落とされ、将校を多数生捕りにされた。華雄《かゆう》は使者に鮑忠《ほうちゅう》の首をもたせて相府に勝利を報じ、董卓《とうたく》は彼を都督《とく》（隊長）とした。

さて孫堅《そんけん》は四人の大将をひきいて汜水関の前に到着した。その四人の大将とは、第一に、右北平《ゆうほくへい》郡土垠《どぎん》県の人、姓は程《てい》、名は普《ふ》、字を徳謀《とくぼう》という鉄脊蛇矛《てつせきじゃぼう》（矛の一種）の使い手。第二に、姓は黄《こう》、名は蓋《がい》、字は公覆《こうふく》、零陵《れいりょう》の人で鉄の鞭《むち》の使い手。第三は、姓は韓《かん》、名は当《とう》、字を義公《ぎこう》、遼西《りょうせい》郡令支《れいし》県の人で薙刀《なぎなた》の使い手。第四は、姓は祖《そ》、名は茂《ぼう》、字を大栄《だいえい》、呉《ご》郡富春《ふしゅん》県の人で二本太刀の使い手である。孫堅《そんけん》は皓々《こうこう》たる白銀《しろがね》の鎧《よろい》をつけ、真紅の頭巾で頭をつつみ、古錠刀《こていとう》を横たえ、たてがみまだらの馬にまたがって関上に指突きつけ、

「やあやあ逆賊に与《くみ》する悪人ばら、早々に降参いたせ」

と罵《ののし》った。

華雄《かゆう》の副将胡軫《こしん》が迎え撃つべく兵五千をひきいて関門から討って出れば、程普《ていふ》が馬を飛ばせ矛をしごいて突きかかり、数合とせず胡軫《こしん》の喉を突きとおして蹄《ひづめ》の下に殺した。孫堅《そんけん》が手勢をはげまして関門に殺到すれば、関の上から矢や石を雨のように射かけて来る。孫堅《そんけん》は兵を退いて梁《りょう》県東方に陣をかまえ、使者を立てて袁紹《えんしょう》に勝利を報告するとともに、袁術《えんじゅつ》に兵糧《ひょうろう》を催促した。

ある者が袁術《えんじゅつ》に進言した。

「孫堅《そんけん》は江東の猛虎でございます。もし彼が洛陽を陥し、董卓《とうたく》を殺したりすれば、狼を除いて虎を得るも同然。いま、ここで兵糧をあたえなければ、彼の軍勢は必ず離散いたすでございましょう」

袁術《えんじゅつ》がこの意見をいれて糧秣《りょうまつ》を出さなかったため、孫堅《そんけん》軍は兵糧が尽き、兵士たちが騒ぎはじめた。この旨間者《かんじゃ》から関に報告があると、李粛《りしゅく》が華雄《かゆう》に献策して、

「今夜それがし一隊をひきいて討って出、間道づたいに孫堅《そんけん》の陣屋の背後を襲いましょう。そして将軍が正面から攻めたてられれば、孫堅《そんけん》を手捕りにできましょう」

華雄《かゆう》はこれに従い、全軍に指令して腹一杯食わせたうえ、夜にまぎれて討って出た。

この夜、月皓々《こうこう》として風涼しく、孫堅《そんけん》の陣屋に至ったときはすでに真夜中、太鼓を打ちならし喊声《かんせい》をあげてまっしぐらに斬りこんだ。孫堅《そんけん》があわてて鎧《よろい》をつけ馬にまたがったところへ、華雄《かゆう》が迫る。両将馬を合わせ、数合も戦わぬうち、背後から李粛《りしゅく》の

一隊が殺到して、八方に火を掛ける。孫堅《そんけん》の軍勢がどっと浮き足立ち、諸将散りぢりになって混戦するとき、祖茂《そぼう》ひとり孫堅《そんけん》の後について、囲みを切りぬけ逃れ出た。後ろから華雄《かゆう》が追い迫れば、孫堅《そんけん》矢をとって、つづけて二本放ったが、いずれも華雄《かゆう》にかわされ、三本目の矢をつがえたとき、力あまって鵲画《しゃくが》の弓真っ二つに折れたので、もはやこれまでと弓を棄て馬を飛ばして逃げた。

「殿、その赤の頭巾《ずきん》が目立ち、賊の目印になりますぞ。それがしにお貸し下されい」

言われて孫堅《そんけん》は、頭巾を脱いで祖茂《そぼう》の兜《かぶと》とかえ、左右に分かれて逃げれば、華雄《かゆう》の手勢はひたすら赤い頭巾を追いかけたので、孫堅《そんけん》は間道をつたって逃げおおせることができた。祖茂《そぼう》は華雄《かゆう》が身近に迫ったので、赤い頭巾を人家の焼け残った柱にかぶせ、林の中に身を潜めた。華雄《かゆう》の手勢は月光のもとはるかに赤い頭巾を見つけ、周りをきびしく囲んで近づこうとしない。矢を射かけてみて、はじめて計略と知り、近寄ってそれを分捕った。そこへ祖茂《そぼう》、林のかげから飛びだし、二本の刀をふるって華雄《かゆう》を斬り落とさんとしたが、華雄《かゆう》は大喝一声、一刀のもとに祖茂《そぼう》を斬り落とした。かくて夜の明けるまで揉《も》み立てたうえ、ようやく兵をひきいて関に引き揚げた。

程普《ていふ》・黄蓋《こうがい》・韓当《かんとう》らは孫堅《そんけん》をたずねあて、ふたたび兵馬をととのえて陣をとった。孫堅《そんけん》は祖茂《そぼう》を失ったことで大いに悲しみ、ただちに人をやって袁紹《えんしょう》に報告した。

袁紹《えんしょう》は、

「孫文台《そんぶんだい》が華雄《かゆう》に敗れるとは思いもよらなんだ」

と大いに驚き、協議のため諸侯を呼んだ。一同揃《そろ》ったところに、ただ一人公孫瓚《こうそんさん》が遅参したので、袁紹《えんしょう》が幕中に請じいれた。

袁紹《えんしょう》、

「先に鮑《ほう》将軍の弟が命令に従わず、みだりに兵を進めて自らの命を棄て、多くの将兵を失ったが、いままた孫文台《そんぶんだい》が華雄《かゆう》に敗れたとあっては士気にもかかわる。いかがいたしたものだろう」

諸侯は一人として声もない。袁紹《えんしょう》がぐるりと見渡すと、公孫瓚《こうそんさん》の後ろに立った三人、ひときわ目につく容貌の者どもが、いずれも冷笑を浮かべている。

「公孫《こうそん》太守、貴公の後ろに控《ひか》えておるのは何者でござるか」

公孫瓚《こうそんさん》は玄徳《げんとく》を前に呼んで、

「これは身どもが幼少よりの同学の兄弟にて、平原の県令、劉備《りゅうび》と申す者」

曹操《そうそう》、

「黄巾を破った劉玄徳《りゅうげんとく》殿ではござらぬか」

「左様」

と公孫瓚《こうそんさん》は、玄徳《げんとく》に挨拶をさせ、さらに玄徳《げんとく》の功績ならびに家柄を逐一披露《ひろう》した。

袁紹《えんしょう》、

「漢室のご一門とあらば、敷物をもて」

と席になおるよう命じ、劉備《りゅうび》が謙遜して辞退すると、

「わしは貴公の官職を尊んでおるのではない。貴公が皇室の末流にあることを尊んでおるのだ」

と言うので、玄徳《げんとく》は末座に坐り、関《かん》・張《ちょう》は拱手《きょうしゅ》してその後ろに立った。

このとき物見の者が報告に来て、

「華雄《かゆう》が鉄騎をひきいて関を下り、長い竿《さお》の先に孫《そん》太守の赤頭巾をさし上げ、陣屋の前で戦を挑みおります」

「誰ぞ行く者はおらぬか」

袁紹《えんしょう》の言葉とともに、袁術《えんじゅつ》の後ろから猛将兪渉《ゆしょう》が進み出て、

「それがしにお申しつけ下されい」

袁紹《えんしょう》は喜び、ただちに兪渉《ゆしょう》に出陣させる。と、たちまち知らせがあり、

「兪渉《ゆしょう》殿は華雄《かゆう》の手にかかり三合せずして討ち取られました」

一同大いに驚くところに、太守韓馥《かんふく》が、

「身どもが手の大将の潘鳳《はんほう》と申す者、華雄《かゆう》を討ち取るでござろう」

袁紹《えんしょう》はただちに出陣を命じる。潘鳳《はんほう》、大斧《おおおの》をひっさげ馬を進めたが、待つほどもなく、知らせの者が馬を飛ばして来て、

「潘鳳《はんほう》殿も華雄《かゆう》に討ち取られました」

一同色を失い、袁紹《えんしょう》が、

「わが手の大将顔良《がんりょう》・文醜《ぶんしゅう》がまだ来ていないのが残念じゃ。彼らのうち一人でもおれば、華雄《かゆう》なぞ恐れることはないのに」

その言の終わらぬうち、段の下から一人が大音に、

「それがし討って出て華雄《かゆう》の首をとり、ご前に献じましょうぞ」

一同が見れば、その人身の丈九尺、髯《ひげ》の長さ二尺、切れながの目、太く濃い眉、顔色はくすべた棗《なつめ》の如く、声はわれ鐘の如きが、幕の前に立っている。袁紹《えんしょう》が何者とたずねると、
公孫瓚《こうそんさん》、

「これは劉玄徳《りゅうげんとく》の弟関羽《かんう》と申す者」

袁紹《えんしょう》が、

「いま何の職におるか」

と訊《き》けば、

「劉玄徳《りゅうげんとく》のもとにて馬弓手《ばきゆうしゅ》をつとめおります」

すると、袁術《えんじゅつ》が上座から怒鳴った。

「控えおれ。貴様はわれら諸侯に大将もいないと侮《あなど》る気か。一介の弓手《きゆうしゅ》風情が、なに

をぬかす。叩き出してくれるぞ」

曹操《そうそう》が急いでとめ、

「袁術殿《えんじゅつ》お待ちなされ、この者大言を吐きしうえは、それだけの武勇もあるのでござろう。まず戦わせてみて、かなわず逃げもどったなら、そのとき責めても遅くはござるまいに」

袁紹《えんしょう》、

「弓手風情を出したとあらば、華雄《かゆう》に笑いものにされるであろうが」

曹操《そうそう》、

「いや、このもの並の者には見えませぬゆえ、華雄《かゆう》もまさか弓手とは思いますまい」

関公《かん》、

「もし打ち勝たずば、それがしの首をお召し下されい」

曹操《そうそう》は熱い酒を盃につがせ、馬に乗る前に飲むよう関公《かん》にすすめた。

「酒はしばらくお預り下され、それがし直ちにもどるでござろう」

と関公《かん》、幕を出て薙刀《なぎなた》をとるや、ひらりと馬にまたがった。

諸侯耳をすますうち、たちまち関外に太鼓の響き湧《わ》き、鬨《とき》の声轟《とどろ》いて、天地もくだけ、山も崩れんばかりとなったので、一同驚いて様子を聞きに行かせようとしたとき、鈴の音も高く馬が本陣に駆けもどり、雲長《うんちょう》、ひっさげた華雄《かゆう》の首を地上に投げだした。

そのとき酒はまだ温かかった。のちの人が讃えた詩に、

威は乾坤《けんこん》を鎮《しず》む 第一功、
轅門《えんもん》の画鼓《がこ》 冬々《とうとう》と響く。
雲長《うんちょう》 盞《さかずき》を停めて 英勇を施し、
酒なお温かき時に 華雄《かゆう》を斬る。

曹操《そうそう》は大いに喜んだ。と、玄徳《げんとく》の後ろから張飛《ちょうひ》が踊り出て大音声に、

「おれの兄貴が華雄《かゆう》を討ちとったうえは、いまのうち関に攻めこみ、董卓《とうたく》を生捕りにしてやろう。時が大切だ」

袁術《えんじゅつ》大いに怒って、一喝した。

「われら大臣すら互いに譲って控えておるを、一県令の足軽風情が、かような席でなんたる出過ぎたまねをするか。者ども叩き出せい」

曹操《そうそう》、

「功ありし者を賞するのに、貴賤《きせん》の別はないではござらぬか」

袁術《えんじゅつ》、

「貴公らが県令ごときを左様に重んぜらるるとあらば、身どもは同座ご免こうむる」

「大事の瀬戸際、それはちとお言葉が過ぎましょうぞ」

と曹操《そうそう》は公孫瓚《こうそんさん》に命じ、玄徳《げんとく》・関《かん》・張《ちょう》をつれていったん陣屋へ引き取らせた。諸侯も一同引き取ったのち、曹操《そうそう》はひそかに人をやって肉や酒を届け三人をなぐさめた。


さて華雄の手の敗軍がこの旨を関へ知らせ、李粛《りしゅく》があわてふためいて董卓《とうたく》へ早馬を立てれば、董卓《とうたく》は急いで李儒《りじゅ》・呂布《りょふ》らを召し寄せて協議した。李儒《りじゅ》が言うのに、

「賊はいま味方の大将華雄《かゆう》を討ち取り、勢いますます盛んであります。盟主袁紹《えんしょう》の叔父袁隗《えんかい》は現に太傅《たいふ》をつとめておりまするが、もし彼が内応するようなことあっては、由々しき大事、まずもって彼を除いたうえ、丞相じきじきに大軍を進められ、賊を平定されんことこそ望ましく存じます」

董卓《とうたく》はその言をいれ、李傕《りかく》・郭汜《かくし》に兵五百をさずけて、太傅袁隗《えんかい》の館を取り囲ませると、年寄子供にいたるまで皆殺しにして、袁隗《えんかい》の首を送って関頭に曝《さら》させた。それより董卓《とうたく》は二十万の兵を起こし、二手に分けて進発した。一手にはまず李傕《りかく》・郭汜《かくし》に兵五万をあたえて汜水関《しすいかん》を守らせ、討って出ることを固く禁じた。董卓《とうたく》自らは十五万をひきい、李儒《りじゅ》・呂布《りょふ》・樊稠《はんちゅう》・張済《ちょうせい》らを従え、虎牢関《ころうかん》を固めた。この関は洛陽を去る五十里。関に着くと、董卓《とうたく》は呂布《りょふ》に三万の大軍をさずけて関の前に大きな砦《とりで》を築かせ、己は関に本陣をおいた。

この旨、探知した物見の者が袁紹《えんしょう》の陣へ注進に及んだので、袁紹《えんしょう》が諸侯を集めて軍議を開くと、曹操《そうそう》が、

「董卓《とうたく》が虎牢関に兵を籠《こも》らせたのは、わが軍の背後を断たんとの所存、軍勢を分けて彼にあたらせるがよろしかろう」

と言うので袁紹《えんしょう》は王匡《おうきょう》・喬瑁《きょうぼう》・鮑信《ほうしん》・袁遺《えんい》・孔融《こうゆう》・張楊《ちょうよう》・陶謙《とうけん》・公孫瓚《こうそんさん》ら諸侯の八軍を虎牢関へ差しむけ、曹操《そうそう》を遊軍として双方の急に備えさせた。八軍の諸侯はそれぞれ兵を起こして、河内《かだい》の太守王匡《おうきょう》が第一番に虎牢関に到着した。呂布《りょふ》は鉄騎三千をひきいてこれを迎え撃つべく出陣する。王匡《おうきょう》将軍が騎馬武者を並べて陣を組み、門旗⑸の下に馬を進めて見やるおりしも、呂布《りょふ》が陣頭に姿を現わした。そのいでたちは、頭は髪を三つにたばねて紫金《しきん》（赤銅）の冠をいただき、身には美しい模様の紅《くれない》の錦の戦《じん》袍《ばおり》の下に獣面呑頭《じゆうめんどんとう》模様の鎧《よろい》をつけて、獅子《しし》の模様をつけたきらびやかな玉帯をきりりとしめ、背に弓矢を負って手に画戟《がげき》をひっさげ、風にいななく赤兎《せきと》馬に打ち乗ったありさま、正しく「人中の呂布《りょふ》、馬中の赤兎」との言に違《たが》わぬ勇姿。

王匡《おうきょう》ふりかえって、

「彼を討ち取る者があるか」

言下に後ろから一人の大将が槍をしごき馬を駆って進み出た。王匡《おうきょう》が見れば、河内の名将方悦《ほうえつ》である。両将は切先を交えたが、呂布《りょふ》はわずか五合もせぬうちに方悦《ほうえつ》を突

き落とし、余勢を駆って襲いかかったので、王匡《おうきよう》勢は大敗して四方八方へ逃げ散った。それを追って呂布《りよふ》、あたかも無人の境を行くが如く西に東に突いてまわる。ところへ幸い喬瑁《きようぼう》・袁遺《えんい》の両軍が到着して加勢したので、呂布《りよふ》はようやく退き、三軍の諸侯それぞれ兵馬を失って、三十里退いて陣をかまえた。やがて他の五軍の兵馬も到着し、集まって話し合ったものの、呂布《りよふ》の武勇にあっては、かなう者はあるまいと言い合うばかり。

　考えあぐねているところへ、将校が駆けつけて、

「呂布《りよふ》が寄せて参りました」

　八軍の諸侯は一斉に馬にまたがり、八隊に分かれて高い丘に陣を布《し》いた。はるかに呂布《りよふ》の一隊が、縫取《ぬいと》りした旗をひらめかして進んで来る。上党《じようとう》の太守張楊《ちようよう》の手の部将穆順《ぼくじゆん》が、馬を乗り出し槍をしごいて迎え撃ったが、一撃で突き落とされる。一同息を呑むところ、北海の太守孔融《こうゆう》の手の部将武安国《ぶあんこく》が鉄鎚《てつつい》を打ちふり馬を飛ばせて討って出た。呂布《りよふ》は戟を舞わし馬に鞭くれてこれを迎え、十余合戦った末、安国の腕を叩き落としたので、安国《あんこく》は鉄鎚を棄てて逃げかえり、八軍の兵が一斉に進み出て武安国《ぶあんこく》を救う間に、呂布《りよふ》は引き返した。諸侯は陣に帰って協議したが、曹操《そうそう》の言うのに、

「呂布《りよふ》の武勇の前には、相手となる者もおりますまい。八軍の諸侯を集めて何とか良い計を考えようではござらぬか。もし呂布《りよふ》を生捕りにできれば、董卓《とうたく》を誅するのも箇

単なことにござれば」

協議するおりしも、呂布《りょふ》が再び寄せて来た。八軍の諸侯一斉に出陣し、公孫瓚《こうそんさん》が槊《さく》（矛の一種）を揮《ふる》って自ら呂布《りょふ》に打ちかかった。数合せぬうち、公孫瓚《こうそんさん》が身を翻《ひるがえ》して逃げれば、呂布《りょふ》は赤兎馬を駆ってこれを追い、日に千里を行く名馬のこととて、飛び走ること風の如く、みるみる追い迫って、画戟を高々とさし上げ公孫瓚《こうそんさん》の背中から心臓を一撃せんとした。そのとき、横合いより一人の大将、まんまるの目を怒らせ、虎のような鬚《ひげ》を逆立て、一丈八尺の矛をしごいて躍り出し、

「ひかえろ、親父を三度もかえた畜生野郎。燕人張飛《えんひとちょうひ》ここにあり」

と大喝一声。

呂布《りょふ》これを見るや、公孫瓚《こうそんさん》を棄てて張飛《ちょうひ》に打ってかかり、張飛《ちょうひ》も渾身《こんしん》の勇をふるって呂布《りょふ》と火花を散らし打ちあう。戦うこと五十余合、勝負の分かたぬところ、雲長《うんちょう》、八十二斤の青竜偃月刀《せいりょうえんげつとう》をふるって呂布《りょふ》を挟撃すれば、三頭の馬、丁の字なりになっての打ち合いとなる。三十合しても呂布《りょふ》を倒すことができずにいるとき、劉玄徳《りゅうげんとく》雌雄《しゆう》二振りの剣をふるい赤いたてがみの馬を飛ばせて、横合いより加勢に出る。この三人が呂布《りょふ》を囲んで、廻り燈籠《どうろう》の如くに攻めかかれば、八軍の将兵たち、ただ酔ったように眺めるばかり。呂布《りょふ》は応戦に疲れ、玄徳《げんとく》目掛けて戟を突き出すと見せ、玄徳《げんとく》が身をかわす隙に画戟をかかえ馬を飛ばせて逃げはじめる。三人逃がさじと馬を鞭打ち追いか

ければ、八軍の兵どっと鬨《とき》をつくって打ってかかり、呂布《りよふ》の軍勢が関をめざして潰走《かいそう》するのを、玄徳《げんとく》・関《かん》・張《ちよう》、逃さじと追い迫った。この玄徳《げんとく》・関《かん》・張《ちよう》三人が呂布《りよふ》と戦ったありさまを、むかしの人がこう詠《よ》んでいる。

漢《かん》朝の天数《てんすう》　桓《かん》・霊《れい》に当たり、
炎々《えんえん》たる紅日《こうじつ》　将《まさ》に西に傾かんとす。
奸臣董卓《とうたく》　少《しよう》帝を廃し、
劉協《りゆうきよう》　懦弱《だじやく》にして　魂　夢に驚く。
曹操《そうそう》　檄《げき》を伝えて　天下に告げれば、
諸侯　奮《ふる》い怒りて　皆兵を興《おこ》す。
議して袁紹《えんしよう》を立てて　盟主《めいしゆ》となし、
誓って王室を扶《たす》け　太平を定めんとす。
温《おん》侯呂布《りよふ》　世に比《たぐ》いなく、
雄才《ゆうさい》　四海《しかい》に英偉《えいい》を誇る。
軀《み》を護《まも》る銀鎧《ぎんのよろい》は　竜鱗《りゆうのうろこ》を砌《かさ》ね、
髪を束《たば》ねる金冠は　雉尾《きじのお》を簪《かざ》る。
参差《きらめ》く宝帯《ほうたい》には　獣平呑《きばをむ》き、

美々《びび》しき錦袍《きんぽう》には　飛鳳《ひほう》起《た》つ。
竜駒《りゅうく》跳踏《とびた》って、天風《てんぷう》起こり、
画戟《がげき》熒煌《きらめ》いて　秋水《しゅうすい》（目）を射る。
関《かん》を出でて戦いを搦《いど》めば　誰か敢《あ》えて当たらん、
諸侯　肝《きも》裂け　心惶々《こうこう》たり。
踊り出づ　燕人《えんひと》張翼徳《ちょうよくとく》、
手に持ったるは　蛇矛《じゃぼう》丈《じょう》八の槍。
虎鬚《こしゅ》倒《さか》しまに堅《た》って金線翻《かがや》き、
環眼《かんがん》円睜《いか》って雷光《いなずま》を起こす。
酣《さか》んに戦って未《いま》だ能《よ》く勝負を分かたず、
陣前に悩《いか》り起つ関雲長《かんうんちょう》。
青竜の宝刀　霜雪《そうせつ》を燦《きら》めかせ、
鸚鵡《おうむ》（模様）の戦袍《せんぽう》　蛺蝶《ちょう》を飛ばす。
馬蹄《ばてい》到る処《ところ》　鬼神嚎《さけ》び、
目前の一怒《いちど》　応《まさ》に血を流すべし。
梟雄玄徳《きょうゆうげんとく》　双《ふた》ふりの鋒《けん》を掣《と》り、
天威《てんい》を抖擻《ふる》って勇烈を施《ほどこ》す。

三人囲繞《とりかこ》み戦うこと多時、
遮攔架隔《ちょうちょうはっし》　休歇《いきもつが》せず。
喊声《かんせい》震動《とよ》もして天地　翻《ひるがえ》り、
殺気　迷漫《みなぎ》って牛《ぎゅう》・斗《と》（牽牛《けんぎゅう》・北斗《ほくと》）も寒《おのの》く。
呂布《りょふ》　力窮《きわ》まって走路を尋《たず》ね、
遥かに家山《せき》を望み馬に拍《むちう》って還《かえ》る。
倒《さか》しまに拖《ひ》く画《が》桿方天《かんほうてん》の戟、
乱れ散る銷金《きんし》五彩の幡《はた》。
頓《にわ》かに絨縧《たづな》を断って赤兎《せきと》走らせ、
身を翻し飛んで上る虎牢関《ころうかん》。

三人が呂布《りょふ》を追って関の下まで行くと、関の上に青い薄絹の傘が西風を受けて揺れている。張飛《ちょうひ》が、

「あれは董卓《とうたく》だぞ。呂布《りょふ》を追ったところでどうにもなりはせん。まず国賊董卓《とうたく》を手捕りにして、悪党を根絶やしにしてやろう」

と叫び、馬に鞭あて、関に駆け上がって董卓《とうたく》を捕えんとする。正に、賊を討つにはまず頭《かしら》から、奇功立てるはこれ奇人、というところ。さてこの勝負どうなるか。それ

は次回で。

注1 **馬弓手・歩弓手** 弓手は弓の射手。漢代にはこの職名は見えない。宋代以降、各地で県尉の配下に属していた警察官。

2 **四世三公の名家** 袁《えん》氏は袁紹《えんしょう》の高祖父袁安《えんあん》以下、四世代にわたり三公を出した。三公は皇帝の補佐にあたる太尉（軍事担当）・司徒（人事）・司空（民政）の三高官。

3 **五方の旗** 中国古来の五行思想にもとづく木・火・土・金・水は方位では東・南・中央・西・北の五方に当たり、色では青・赤・黄・白・黒の五色に当たる。ここでは、この五色の旗を五方に立てたこと。

4 **白旄の旗・黄金の鉞** いずれも軍の最高司令官を象徴するもの。

5 **門旗** 大将の所在を示すために、一軍の本隊最前列に立てる二本の赤い旗。

第六回

金闕《きんけつ》を焚《や》いて　董卓《とうたく》　兇《きよう》を行《おこ》ない
玉璽《ぎよくじ》を匿《かく》して　孫堅《そんけん》　約《やく》に背《そむ》く

さて張飛《ちようひ》は馬を飛ばして虎牢関《ころうかん》の下まで迫ったが、上から矢石《やだま》を雨あられとそそぎかけられ、やむなく引き返した。八軍の諸侯はともどもに玄徳《げんとく》・関《かん》・張《ちよう》を招いて勲功《くんこう》を讃え、袁紹《えんしよう》の陣へ勝利を報ずる使者を立てた。報を得て袁紹《えんしよう》は孫堅《そんけん》へ檄《げき》を飛ばし、兵を進めるよう指令した。孫堅《そんけん》は程普《ていふ》・黄蓋《こうがい》を随えて袁術《えんじゆつ》の陣へおもむき、袁術《えんじゆつ》と対面すると杖《つえ》の先で地面に線を引きながら言った。

「董卓《とうたく》と身どもとの間には元来なんの怨恨《えんこん》もなく、当今、身どもが一身をも顧みず自ら矢石《やだま》を冒して命を的に戦っているのも、上は国家のために賊を討ち、下は将軍のご一門との義理のためにござる。しかるに、将軍は讒言《ざんげん》をいれて糧秣《りようまつ》を絶ち、身どもを苦《にが》い目にあわせられたが、これはいかなるご所存によったものか、おうかがいしたい」

袁術《えんじゆつ》は恐れいって返す言葉もなく、讒言した者を斬って、孫堅《そんけん》に詫《わ》びた。

そのとき、孫堅《そんけん》に、

「関より一人の大将が乗りつけ、将軍に対面したいと申しております」

と知らせてきた。

孫堅《そんけん》は袁術《えんじゅつ》に別れを告げて陣屋に帰り、その者を呼び入れさせてみると、董卓《とうたく》気に入りの李傕《りかく》である。

「そのほう何用あって参った」

「丞相《じょうしょう》はかねてよりことのほか将軍を重んぜられておりまするが、このたびそれがしにお命じあって、ご両家の縁組みを取り結ぶようとのこと、丞相にはご息女を将軍のご令息にさしあげたいとの思し召《おぼめ》しにございます」

孫堅《そんけん》は大いに怒って、怒鳴りつけた。

「董卓《とうたく》は悪逆無道、王室の転覆を謀《たくら》んだ奴。その一門を皆殺しにして、天下の見せしめとしてくれようと思っとるわしが、逆賊と縁組みなぞすると思うのか。この場でうぬが首をかき斬ってやるところなれど一応うぬに預けておく。早々に立ち帰って関を献ずればよし、ぐずぐずすると粉微塵《こなみじん》にしてくれるぞ」

李傕《りかく》はほうほうの態《てい》で逃げ帰り、董卓《とうたく》に孫堅《そんけん》はかくも無礼な言を吐いたと告げた。董卓《とうたく》が怒って、どうするかと李儒《りじゅ》に問うと、

「温侯《おんこう》が敗れたいま、兵には戦意もございません。このうえは兵を退いて洛陽《らくよう》に帰り、帝を長安《ちょうあん》へうつして、童謡《わらべうた》の申すところに従ったがよろしかろうと存じます。近頃、

巷《ちまた》に歌われておりますの文句に、『西の漢に、東の漢。鹿、長安へ逃げ込めば、こんな苦しみなくなろう』というのがございます。臣の思いまするに、この『西の漢』と申すは、高祖《こうそ》皇帝が西の都長安に興って十二帝に伝わったことに応じ、『東の漢』と申すは、光武《こうぶ》皇帝が東の都洛陽に興って今日まで同じく十二帝まで伝わったことに応ずるものにございます。さらば、天運の回帰すべきときにあたった今日、丞相が長安へのご遷都《せんと》を行なわれますれば、事なきを得るものと存じます」

「そなたが言ってくれねば、余は気づかなかったぞ」

と董卓《とうたく》は大いに喜び、呂布《りょふ》を引き連れてただちに洛陽に帰り、遷都のことを協議した。そして、文武百官を朝堂に集めて言うのに、

「漢の東都洛陽は、二百年あまりつづいて運気もすでに衰えて来た。わしの見るところ興隆の気は実に長安にあるゆえ、聖駕《せいが》を奉じて西の方《かた》へ行幸をお願いいたす所存である。おのおの方も早急に準備をされたい」

司徒楊彪《ようひゅう》、

「関中《かんちゅう》（長安を中心とした地方）は当今すっかり荒廃いたしております。今いわれもなしに宗廟《そうびょう》を棄て、皇陵を棄てるようなことをされれば、おそらく人民どもは驚き動揺いたすでありましょう。天下の動揺を招くことは容易ですが、これを安んずることは容易なことではありませぬ。ご再考を望むものであります」

「黙れ。貴様は国家の大計を阻《はば》むつもりか」

太尉黄琬《こうえん》、

「まこと楊司徒の言に相違ございませぬ。往年、王莽《おうもう》の簒奪《さんだつ》、更始《こうし》帝の御時《おんとき》の赤眉《せきび》の乱とつづきしおり(1)、長安は焼き払われて瓦礫《がれき》の巷《ちまた》と化し、人民もすべて流浪の途にのぼり、残るは百に一、二もないというありさま。いまこの宮殿を棄てて荒廃した土地へ移ることは、良策とは思えませぬ」

「関東《かんとう》(函谷関以東の地。山東ともいう)は賊が起こり天下乱れ切っておるではないか。長安には崤山《こうざん》・函谷《かんこく》の険があり、隴右《ろうゆう》(隴山の西方、現甘粛《かんしゅく》省)にも近いから、木材、石材、瓦などの調達も容易、宮室の造営もひと月とかかるまい。その方どもは口が過ぎるぞ」

「丞相がもし遷都を強行なさるとあらば、人民どもの動揺はひとかたならぬものでござりましょうぞ」

と司徒(正しくは司空)荀爽《じゅんそう》が諫《いさ》めると、董卓《とうたく》は大いに怒り、

「わしは天下のためを計っておるのだ。人民なぞどうなろうと知ったことではないわ」

と、即日、楊彪《ようひゅう》・黄琬《こうえん》・荀爽《じゅんそう》を罷免《ひめん》して庶民とした。

董卓《とうたく》が外に出て車に乗ったところへ、二人の者が前に進み出て頭《こうべ》を垂れた。見れば、

尚書周毖《しゅうひ》・城門校尉伍瓊《ごけい》(2)である。何の用かと董卓《とうたく》がたずねると、周毖《しゅうひ》が、

「只今、丞相が長安への遷都をお考えと聞き、お諫《いさ》めに参ったものにござります」

董卓《とうたく》は大いに怒り、

「わしは前に貴様たちのいう事を聞いて袁紹《えんしょう》の命をたすけ官をあたえてやったのだ。その袁紹《えんしょう》が謀反したからは、貴様たちも同罪だ」

と衛士に命じ都の門外に引き出して首を打たせ、遷都の命令を出して、翌日出発することとした。

李儒《りじゅ》、

「只今、軍用金や糧食が不足しておりますが、洛陽には分限者《ぶげんしゃ》が数多《あまた》おりますので、このおりに官に没収したらよいと存じます。また袁紹《えんしょう》につながりある者はすべて、その一族を殺して財産を取り上げますれば、巨万の富を得ることができましょう」

董卓《とうたく》はただちに鉄騎五千を差しむけて、洛陽の分限者数千名をことごとく捕えさせると、「反臣逆党」と大書した旗を頭上にかざさせ、城外に引き出して斬り殺したうえ、その財産を取り上げた。李傕《りかく》・郭汜《かくし》は洛陽の民あげて数百万をかり立て、長安へ向かわせたが、人民の行列のあいだに兵士の隊を挟んで追い立てたので、道端の溝や谷にはまって死んだ者は数知れぬほどであった。また兵士どもが思うまま他人の妻や娘を姦《おか》し食糧を奪うのを許したので、泣き叫ぶ声、天地をゆるがした。遅れがちの者

は、後ろに抜き身を持った兵士三千が控えていて道みち斬り殺した。董卓《とうたく》は出発に当たり都の諸門に火を掛けて住民の家を焼き払わせ、また宗廟《そうびょう》や宮殿、各役所を焼かせた。南北両宮は炎の海となり、長楽の諸宮（後宮）もことごとく灰燼《かいじん》に帰した。また呂布《りょふ》を差しむけて先帝および皇后・妃《きさき》の御陵をあばき、その金銀財宝を奪わせた。兵士どもはその機に乗じ官人や人民の塚をほとんどすべてあばいた。董卓《とうたく》は金銀・宝玉・反物など貴重な品々を数千の車に積み、天子と皇后・妃をむりやり車にお移しして、一路長安へ向かった。

ところで董卓《とうたく》の部将趙岑《ちょうしん》は董卓《とうたく》がすでに洛陽を棄て去ったのを見て、汜水関《しすいかん》を明け渡した。孫堅《そんけん》が軍勢をひきいて一番に乗りこみ、玄徳《げんとく》・関《かん》・張《ちょう》らが虎牢関《ころうかん》に斬りいったので、諸侯もそれぞれ軍をひきいて後につづいた。

さて孫堅《そんけん》は洛陽目指して急進したが、はるか遠方より火焰《かえん》天に沖《ちゅう》し、黒煙地を覆うのが望まれ、二、三百里の間、鶏一羽犬一匹見えず人の住む気配もない。孫堅《そんけん》はまず兵をやって火災を消し止めさせるとともに、諸侯に軍馬を焼跡で休ませるよう触れた。

曹操《そうそう》は袁紹《えんしょう》を訪ねて言った。

「董卓《とうたく》が西方へ逃げた今こそ、一気に追撃すべきときと思われるのに、本初《ほんしょ》殿はなぜ軍を止めて動かれぬのでござる」

「諸侯の兵は疲れきっているゆえ、進んだところでおそらく益はあるまい」

「董卓《とうたく》が宮殿を焼き、天子を無理にお移ししたことで、天下は動揺し、帰するところを知らざるありさま。いまこそ天が彼を亡ぼさんとしているとき、一戦にして天下は定まるのではござらぬか。おのおの方は何でぐずぐずしておられるのか」

諸侯は口々に、軽々しく動くべきではないと言った。

「豎子《じゅし》ともに謀《はか》るにたらず」、曹操《そうそう》は大喝一声、自ら一万余騎をひきい、夏侯惇《かこうとん》・夏侯淵《かこうえん》・曹仁《そうじん》・曹洪《そうこう》・李典《りてん》・楽進《がくしん》らを従え、即刻、董卓《とうたく》の後を追った。

さて董卓《とうたく》が滎陽《けいよう》(3)のあたりまで行くと、太守徐栄《じょえい》が出迎えたが、李儒《りじゅ》が董卓《とうたく》に言った。

「この度、洛陽を棄てし上は、追手を防がねばなりません。徐栄《じょえい》の軍を滎陽城外の山かげに伏せおき、もし追手きたらばやり過ごしておいてそれがしが打ち破り、後ろより退路を絶って皆殺しとし、二度と追う気を起こさせぬようしてやりましょうぞ」

董卓《とうたく》は、その計に従い、呂布《りょふ》に精兵をひきいさせて後詰をさせた。呂布《りょふ》が行軍をつづけているところに、曹操《そうそう》の軍が追い迫って来た。

呂布《りょふ》は「李儒《りじゅ》の思ったとおりだ」と、大笑して軍勢を展開させた。

曹操《そうそう》が馬を乗り出して、

「逆賊。天子を奪い、人民を連れだし、どこへ行くつもりか」

と大音に呼ばわれば、呂布《りょふ》も負けずに、

「主《あるじ》に背を向けた匹夫《ひっぷ》め、なにをほざくか」

と罵《ののし》り返す。

夏侯惇《かこうとん》が槍をしごき馬を躍らせて呂布《りよふ》に突いてかかり、数合も戦わぬとき、李傕《りかく》が一隊をひきいて左から殺到して来たので、曹操《そうそう》が急いで夏侯淵《かこうえん》に命じ迎え撃たせれば、右からどっと喊声《かんせい》あげて郭汜《かくし》の一隊が殺到し、急いで曹仁《そうじん》に迎え撃たせたが、呂布《りよふ》の軍をまじえた三軍の勢い当たるべからざるものがあった。夏侯惇《かこうとん》が呂布《りよふ》に斬り立てられ陣へ馬を飛ばして逃げ帰れば、呂布《りよふ》が鉄騎をひきいて襲いかかったので、曹操《そうそう》の軍勢は大敗し、滎陽目指して潰走《かいそう》した。ある禿《は》げ山の麓《ふもと》まで来かかったときは二更前後、月の光は真昼の如くであった。ようよう敗残の兵を寄せ集め、鍋《なべ》をすえて飯をつくろうとしたとき、とつぜん四方に鬨《とき》の声が湧き、徐栄《じよえい》の伏せ勢が一時に討って出た。曹《そう》操《そう》あわてて馬に鞭くれ斬りぬけて逃げようとするところを徐栄《じよえい》とぶつかり、身をひるがえして逃げれば、徐栄《じよえい》矢をつがえて、曹操《そうそう》の肩先を射ったが、曹操《そうそう》は矢を突き立てたまま辛くも逃れて、山の裾《すそ》をまわった。と、叢《くさむら》にかくれた二人の兵士が曹操《そうそう》の馬を狙って一斉に槍を突き出したので、馬はどうと倒れ、ころげ落ちたところを捕えられた。そのとき、一人の大将が馬を飛ばせて来るなり二人を斬り殺し、馬を下りて曹操《そうそう》を助け起こした。見れば曹洪《そうこう》である。

「わしはここで死ぬ。そなたは早く行け」

「早く馬をお召しなされませ。それがしお供つかまつります」

「賊が追って参ったら、どうするのか」

「天下にそれがしなくとも、殿なくばかないませぬ」

「わしが生きのびることあらば、みなそなたが力、忘れぬぞ」

曹操《そうそう》は馬に乗り曹洪《そうこう》は戦袍《じんばおり》・鎧《よろい》を脱ぎすて、薙刀《なぎなた》をひきずって馬のあとに従った。四更をまわったと思われるころ、大きな川が行く手に横たわり、後ろからは喊声が次第に近づいて来る。

「わしの命もこれまでじゃ。もはや生きる道はない」

曹操《そうそう》が言うとき、曹洪《そうこう》は急いで曹操《そうそう》を馬から助け下ろし、戦袍と鎧を脱がせて背に負うや、川の中にはいって行った。ようやく向う岸についたとき、追手の兵も追いついて来て、対岸から矢を射かけて来たが、二人はずぶ濡れのまま逃げた。夜の明けるころまでに三十里あまり来て、丘の麓で息を入れるところへどっと喊声が起こり、一群の人馬が追ってきた。徐栄《じょえい》が上流を渡って追って来たものである。曹操《そうそう》が驚きあわてるとき、夏侯惇《かこうとん》・夏侯淵《かこうえん》が「徐栄《じょえい》、殿に手出しする気か」と大喝しながら、十数騎をひきいて駆けつけた。

徐栄《じょえい》が斬ってかかれば、夏侯惇《かこうとん》、槍をしごいてこれに応じ、数合せずして徐栄《じょえい》を突き落とし、追手の兵士どもを駆け散らした。やがて曹仁《そうじん》・李典《りてん》・楽進《がくしん》らもおのおの兵をひきいてたずねあつまり、曹操《そうそう》と悲喜こもごもの対面をし、かくて敗残の兵五百人あまりをよび集めて河内《かだい》へ引き揚げた。董卓《とうたく》はこの間にも長安へ向かっていた。

さて諸侯はそれぞれ洛陽に屯営《とんえい》したが、孫堅《そんけん》は宮中の火災をすっかり消しとめて城内に駐屯し、陣屋を建章殿《けんしょう》の焼跡にかまえた。そして兵士たちに命じて宮中の瓦礫《がれき》を片づけさせ、董卓《とうたく》があばいた陵を修復させた上で、太廟の跡に仮り屋をしつらえ、諸侯に列席を請うて漢室歴代の霊位を安置、犠牲《いけにえ》の牛・羊・豚を供えてお祭りした。祭典がすみ諸侯はそれぞれ引き取った。孫堅《そんけん》は陣屋に帰ったが、夜空に雲一つなく月と星の輝きかわすありさまに、剣を帯びたまま露天に坐り、空を仰いで星の動きを観察したところ、紫微垣《しびえん》(4)に白色の気が立ち籠《こ》めているので、

「帝星の明らかならざるは、賊臣の国を乱せる印。万民塗炭《とたん》の苦しみを嘗《な》め、都は廃墟《はいきょ》と化してしまった」

と嘆息して、思わず涙を落とした。

と、かたわらにいた兵士が指差した。

「御殿の南の井戸から五色の光が立ちのぼっております」

孫堅《そんけん》は兵士に火炬《たいまつ》をつけさせ、井戸におりて水中を探させたところ、一人の女の屍《むくろ》が引き揚げられた。久しく浸っていたらしいのに、腐乱《ふらん》の気配少しもない。宮中の装束で、首に一つの錦の袋がかかっている。取って開いてみると、赤い漆《うるし》の小筺《こばこ》があり、

金鎖で固くしばってある。蓋《ふた》を開いてみれば、玉璽《ぎょくじ》である。その大いさ四寸、上部は五匹の竜が彫られてつまみとなっている。一方の角が欠けて金でうめられ、篆書《てんしょ》で八字「受命於天《めいをてんにうけ》、既寿永昌《すでにじゅえいしょう》」とある。

孫堅《そんけん》が玉璽を手にして程普《ていふ》に問うと、

「これは伝国の玉璽でございます。昔、卞和《べんか》と申す者が荊《けい》山の下で鳳凰《ほうおう》が岩の上に巣をいとなんでいるのを見つけ、その岩を運んで楚《そ》の文王《ぶんのう》に献上したので、王がその岩を割らせてみたところ、この玉を得たもの。秦《しん》の二十六年（前二二一）に、玉工に命じてこれを磨かせ、李斯《りし》(5)が篆書にてこの八字を書きつけ彫ったのでございます。二十八年、始皇帝巡行の際、洞庭《どうてい》湖にいたって風浪はげしく舟も覆《くつが》えりそうになったので、急ぎこの玉璽を湖に投げたところたちまち静まりました。三十六年、始皇帝が巡行して華陰《かいん》にいたりましたとき、一人の者が玉璽を持って道をさえぎり、従者に『これを祖竜《そりゅう》（始皇帝をさす）にかえせ』と手渡すや消え去りました。かくて玉璽は再び秦にかえり、その翌年、始皇帝崩じ、のち子嬰《しえい》（始皇帝の孫、秦の三世の王）がこの玉璽を漢高祖《こうそ》皇帝に献じたものにござります。その後王莽《おうもう》が簒奪をはかりしとき、孝元《こうげん》皇太后が玉璽を王尋《おうじん》・蘇献《そけん》に投げつけられたがため、一方の角を欠き、金でそこをうめました。光武《こうぶ》皇帝はこの宝物《ほうもつ》を宜陽《ぎよう》(6)にて得たまい今日まで御位を伝えられたもの。先頃、十常侍《じゅうじょうじ》が謀反し少帝を奪って北邙《ほくぼう》山へ走ったおり、還幸《かんこう》されたときにはこの宝物が紛失していたと申します。いま天がこれを殿に授けられしは、九五《きゅうご》の位（天子の位）に登られんことの知らせ。もはやここに長く留まるはよくありませぬ。すみやかに江東《こうとう》に帰り、大計をお立てになられますよう」

「わしもそう思っていたところじゃ。明日、さっそく病気と偽ってここを引き揚げよう」

そう決まり、ひそかに兵士たちに触れて外にこれを洩らさぬよう命じた。

はからずも軍中に一人、袁紹《えんしょう》と同郷の者がおり、これをもって立身のよすがにしようと、夜のうちに陣を脱け出て、袁紹《えんしょう》に注進に及んだ。袁紹《えんしょう》はこの男に引出物を与え、ひそかに自分の陣屋にかくまっておいた。翌日、孫堅《そんけん》が袁紹《えんしょう》のもとに別れを告げに来た。

「身ども、身体の具合が思わしくないので長沙《ちょうさ》へ帰ろうと存じ、お別れに参上つかまつった」

「わしは貴公の病気を知っておるぞ。伝国の玉璽のためであろうがな」

袁紹《えんしょう》が笑うと、孫堅《そんけん》は色を失った。

「な、なんと言われる」

「われわれがいま兵を起こし賊を討たんとしているのは、国のために害を除こうがためであろうが。玉璽は朝廷の宝であって、貴公がこれを手に入れたからには、当然われわれに披露《ひろう》して盟主のもとに預けおき、董卓《とうたく》を誅したのち朝廷にお返しすべきではないか。それを隠して持ち去ろうとは、いかなる所存からかな」

「玉璽がなんで身どものもとにあると言われるのか」

「建章殿の井戸にあった物はなんじゃ」

「身どもはもともとそのような物を持ってはおらぬ。何故そのように責められるのか」

「早く出した方が貴公のためじゃぞ」

孫堅《そんけん》は天を指さして誓った。

「身ども、もしかかる宝を得て手許に隠しておくことあらば、他日良き終わり得られず、刀槍のもとに死なん」

諸侯が、

「文台殿《ぶんだい》がかように誓われるからは、必ずお持ちにならぬのではないか」

と言うと、袁紹《えんしょう》は例の兵士を呼び出して、

「井戸を浚《さら》ったとき、この者がおったであろうに」

孫堅《そんけん》は大いに怒り、腰の剣を引き抜いてその兵士を斬ろうとした。

袁紹《えんしょう》も、

「この者を斬る気か。貴様の偽りあらわれたぞ」

と剣を抜けば、後ろに控えた顔良《がんりょう》・文醜《ぶんしゅう》も剣の鞘を払い、孫堅《そんけん》の後ろの程普《ていふ》・黄《こう》蓋《がい》・韓当《かんとう》らも剣を抜きはなつ。諸侯一斉に出て中にはいり、孫堅《そんけん》は急ぎ引き返し、陣を引き払って洛陽を離れた。袁紹《えんしょう》は大いに怒り、書面を腹心の者に持たせて荊《けい》州へ走らせ、刺史劉表《りゅうひょう》に孫堅《そんけん》の帰路を遮《さえぎ》って玉璽を奪うよう伝えた。

次の日、董卓《とうたく》を追った曹操《そうそう》が滎陽《けいよう》の合戦で大敗してもどったとの知らせがあった。袁紹《えんしょう》は使いをやって曹操《そうそう》を陣屋に招き、酒宴を開いて彼を慰めた。席上で曹操《そうそう》が、

「身どもが大義の軍を起こさんとしたるは、国家のため賊を除かんと思いしゆえ。おのおの方が集まられたのも義によったものでござる。身どもの当初の所存を申さば、本初《ほんしょ》殿（袁紹《えんしょう》）を煩《わずら》わして河内《かだい》の軍勢にて孟津《もうしん》（黄河の渡河点）を抑えていただき、酸《さん》棗《そう》の諸将（劉岱《りゅうたい》・張邈《ちょうばく》・張超《ちょうちょう》・袁遺《えんい》・鮑信《ほうしん》・喬瑁《きょうぼう》・曹操《そうそう》）が成皐《せいこう》を固め敖倉《ごうそう》を拠点に轘《かん》轅《えん》・大谷《たいこく》の山間部を封鎖して要害の地を抑え、公路《こうろ》殿（袁術《えんじゅつ》）には南陽《なんよう》の軍勢にて丹《たん》・析《せき》（丹水・析県一帯）に駐屯のうえ武関《ぶかん》を越えて三輔《さんぽ》（長安を中心とする地方）をおびやかしていただき、おのおの陣を固めて進んで戦わず、さらに疑兵《ぎへい》(7)を出して敵をまどわし、天下の形勢を示さば、順をもって逆を誅するの理により、立ちどころに平定もかなうものと思っておった。しかるにいまおのおの方が進軍をためらわれるのは、大いに天下の望みを失うもの。身どもは心中恥ずかしく思っております」

と言えば、袁紹《えんしょう》らは返す言葉もなく黙りこんだ。曹操《そうそう》は袁紹《えんしょう》たちがそれぞれ野心を

抱いているのを見抜き、大事成りがたしと思ったので、宴果ててから手勢をひきいて揚《よう》州へ向かった。

公孫瓚《こうそんさん》は玄徳《げんとく》・関《かん》・張《ちょう》に向かい、

「袁紹《えんしょう》は能なしだ。ぐずぐずしておるうち必ず変事が起こる。われわれはいったん引き揚げよう」

と言い、陣を引き払って北へ向かった。平原《へいげん》まで行って玄徳《げんとく》を同地の相《しょう》（諸王国の知事）とし、自分は本拠に帰って軍勢の整備につとめた。

兗《えん》州太守劉岱《りゅうたい》は東郡太守喬瑁《きょうぼう》に兵糧《ひょうろう》の借用を申しこんだが、喬瑁《きょうぼう》が言を左右にして応じなかったので手勢をひきいて喬瑁《きょうぼう》の陣へ斬りこみ、喬瑁《きょうぼう》を殺したうえその手勢をことごとく配下におさめた。袁紹《えんしょう》は各人が勝手に立ち去って行くので陣を引き払い、洛陽を離れて関東へ去った。

さて荆《けい》州刺史劉表《りゅうひょう》、字景升《あざなけいしょう》は、山陽《さんよう》郡高平《こうへい》（山東省魚台県東北）の人、漢皇室の一族である。年少の頃より人との交際を好み、名士七人と友となって、人々から「江夏《こうか》の八俊」と呼ばれていた。その七人とは、汝南《じょなん》の陳翔《ちんしょう》、字は仲麟《ちゅうりん》、同郡の范滂《はんぼう》、字は孟博《もうはく》、魯《ろ》国の孔昱《こういく》、字は世元《せいげん》、渤海《ぼっかい》郡の范康《はんこう》、字は仲真《ちゅうしん》、山陽《さんよう》郡の檀敷《たんふ》、字は文友《ぶんゆう》、同郡の張倹《ちょうけん》、字は元節《げんせつ》、南陽《なんよう》郡の岑晊《しんし》、字は公孝《こうこう》これである。劉表《りゅうひょう》はこの七人を友とし、延平《えんぺい》の人蒯良《かいりょう》・蒯越《かいえつ》、襄陽《じょうよう》の人蔡瑁《さいぼう》を補佐としていた。このとき、袁紹《えんしょう》の書簡に接して蒯越《かいえつ》・蔡瑁《さいぼう》に命じ、兵一万をひきいて孫堅《そんけん》の帰路をさえぎらせた。孫堅《そんけん》の軍勢が進んでくると、蒯越《かいえつ》は陣容をととのえて馬を乗りだした。

「これは蒯異度《かいいど》殿、われらの行手をさえぎられるとは、いかがなされてか」

「きいたことを。漢朝の臣でありながら、伝国の宝物を隠すとは何事か。おとなしく引き渡すなら、通してやろう」

怒った孫堅《そんけん》が黄蓋《こうがい》に出馬を命じれば、蔡瑁《さいぼう》が薙刀《なぎなた》をきらめかせて迎え撃つ。数合せずして黄蓋《こうがい》が鞭をふるって蔡瑁《さいぼう》の護心鏡（胸当て）のまっただ中を打ったので、蔡瑁《さいぼう》は馬首を返して逃走し、孫堅《そんけん》勢いに乗って襲いかかり、国境を越えて侵入したとき、山の向うに銅鑼《どら》太鼓の音一斉に湧き起こって、劉表《りゅうひょう》自ら軍をひきいてたち現われた。

孫堅《そんけん》、馬上より挨拶して、

「景升《けいしょう》殿にはなにゆえ袁紹《えんしょう》の言を信じて隣郡を圧迫されるのでござるか」

「貴様が伝国の玉璽を隠したのは、謀反しようとの下心からか」

「身どもがもしそのようなものを持っておらば、刀槍の下に果てるでござろう」

「その言葉に偽りなくば、軍の行李《こうり》をわしに検分させよ」

「貴様、何をたのみにわしを馬鹿にするのか」

と孫堅《そんけん》が怒って兵を進めれば、劉表《りゅうひょう》が引き退がったので、馬を急がせ追い迫ろうとしたとき両側の山かげから一時に伏せ勢が討っていで、背後からは蔡瑁《さいぼう》・蒯越《かいえつ》が迫って、孫堅《そんけん》を真ん中にひしひしと取りこめる。正に、玉璽にぎって使い場所なく、宝かえって戦《いくさ》のもと、というところ。さて孫堅《そんけん》いかにしてこの危地を脱するか。それは次回で。

注1　**王莽《おうもう》・更始《こうし》帝・赤眉の乱**　王莽《おうもう》は前漢平《へい》帝（在位西暦一―五年）の外戚。漢王朝を簒奪して国号を新《しん》とかえたが十五年間で亡ぼされた（西暦九―二三年）。更始《こうし》帝は漢王朝再建に立った人々がいただいた劉玄《りゅうげん》のことで在位は二年、光武《こうぶ》帝がこれに代わった。史上では後漢の創始者を光武《こうぶ》帝とし、更始《こうし》は加えられない。赤眉の乱は王莽《おうもう》の簒奪が行なわれたとき、樊崇《はんすう》が山東に兵を起こし、漢に背いて一時、長江下流地帯に勢力をふるった。この軍が王莽《おうもう》の軍と区別するため眉を赤くしていたので赤眉と呼ばれたが、のち光武《こうぶ》帝に平定された。

2　**城門校尉**　都の十二の城門にそれぞれ配置された守備隊の長。

3　**滎陽**　ここでは滎陽は洛陽《らくよう》西方となっているが、実は洛陽東方約一〇〇キロ。董卓《とうたく》の長安《あん》遷都は初平《しょへい》元年（一九〇）二月から三月にかけて強行された。曹操《そうそう》はこの間に洛陽へ向かい、途中、滎陽で徐栄《じょえい》の待ち伏せに遭ったもの。

4　**紫微垣**　中国古代の天文学にある星座名。北斗の北にあって天子の居所を示す。

5　**李斯《りし》**　秦の宰相。時に司法長官に当たる廷尉の職にあった。

6 **宜陽にて** 光武《こうぶ》帝は建武《けんぶ》三年（二七）、宜陽（河南省）で赤眉《せきび》軍の劉盆子《りゅうほんし》の投降を受け入れ、劉盆子《りゅうほんし》から伝国の玉璽《ぎょくじ》を献上された。

7 **疑兵** 敵をまどわすため兵がいるように見せかけるもの。山上に旗を立てならべたりする。

第七回

袁紹《えんしょう》　磐河《ばんが》に公孫《こうそん》と戦《たたか》い
孫堅《そんけん》　江《こう》を越《こ》えて劉表《りゅうひょう》を撃《う》つ

孫堅《そんけん》は劉表《りゅうひょう》に取り囲まれたが、程普《ていふ》・黄蓋《こうがい》・韓当《かんとう》三人の必死の働きに救われ、兵の大半を失って辛くも江東《こうとう》に逃げかえった。これより孫堅《そんけん》と劉表《りゅうひょう》は仇同士《かたき》となる。

さて袁紹《えんしょう》は河内《かだい》に駐屯していたが、糧秣《りょうまつ》にも事欠くようになった。冀州《き》の牧（長官）韓馥《かんふく》はこれを見て、軍用にあてるようにと食糧を送ってよこした。このとき、幕僚の逢紀《ほうき》が袁紹《えんしょう》に進言して、

「大丈夫たる者、天下に横行してこそしかるべきであるのを、人に兵糧《ひょうろう》を乞うなぞとは情ない。冀州は兵糧にも富み、きわめて豊かなところ、いっそ乗っ取ってしまったらいかがですか」

「それは承知しているが、良い策がないのだ」

「ひそかに公孫瓚《こうそんさん》へ使いをやり、当方からも攻めこむからと言って彼に冀州を攻めさせるのです。彼は必ず兵を起こすでしょう。さすれば韓馥《かんふく》は無分別な男でございます

から、将軍に領地を預ってもらいたいといって来るでございましょう。その機をはずさず策を用いれば、何の労することもなく乗っ取ることができるというものです」

袁紹《えんしょう》は大いに喜び、ただちに書面を公孫瓚《こうそんさん》のもとへ送った。公孫瓚《こうそんさん》は書面を受け取り、ともに冀州を攻めて領地を分け取りにしようとあるのを見て大いに喜び、即日兵を起こした。一方、袁紹《えんしょう》は密使をやって韓馥《かんふく》に公孫瓚《こうそんさん》のことを知らせた。韓馥《かんふく》は狼狽《ろうばい》して幕僚の荀諶《じゅんしん》・辛評《しんぴょう》を呼びよせ協議した。辛評《しんぴょう》が言うのに、

「公孫瓚《こうそんさん》が燕《えん》・代《だい》二ヵ国の兵をもって長駆押し寄せきたるとあっては、その鋭鋒《えいほう》当たるべからざるものがありましょう。しかも劉備《りゅうび》・関《かん》・張《ちょう》がこれに加わらばとてもかないますまい。当今、袁本初《えんほんしょ》殿は、智勇群を抜き、配下の名将も少なくありません。彼を招いて共に州を治めてもらうことにすれば、彼も必ず将軍に厚く報いるでありましょうし、公孫瓚《こうそんさん》を恐れることもなくなりましょう」

韓馥《かんふく》はただちに別駕《べつが》(1)関純《かんじゅん》を使者としてこの旨、袁紹《えんしょう》に申しいれることにした。

長史《ちょうし》(2)耿武《こうぶ》はこれを諫《いさ》めて、

「袁紹《えんしょう》は寄る辺もなく力もつきてひたすらわれわれの鼻息をうかがっているばかり、たとえて申さば赤子を掌にのせているようなもので、乳をやらなければたちどころに餓死させることもできるのでございます。それを何を好んでこの大任を委ねたりしようとなされるのです。これでは虎を羊の群に引き入れるようなものにござりまする

ぞ」

「わしはもともと袁《えん》家の恩顧に与《あずか》った者。才能も本初殿《ほんしょ》には及ばぬ。賢者を選んで任を譲るは古《いにしえ》よりのならわし、みなは何を嫉《そね》むのか」

耿武《こうぶ》は、

「冀州もこれで終わりだ」

と嘆息し、かくて職を棄てて立ち去った者三十余人に及んだ。ただ耿武《こうぶ》・関純《かんじゅん》の二人は城外に潜んで袁紹《えんしょう》を待ち伏せた。数日して袁紹《えんしょう》が軍勢をひきいて到着した。二人は袁紹《えんしょう》を狙い、白刃をきらめかせて躍り出したが、耿武《こうぶ》は袁紹《えんしょう》の部将顔良《がんりょう》に、関純《かんじゅん》は同じく文醜《ぶんしゅう》に、苦もなく斬り棄てられた。袁紹《えんしょう》は冀州にはいると韓馥《かんふく》を奮威《ふんい》将軍とし、田豊《でんほう》・沮授《しょじゅ》・許攸《きょゆう》・逢紀《ほうき》らを州の行政に当たらせて韓馥《かんふく》の権力をことごとく奪ってしまった。韓馥《かんふく》は後悔のほぞを噛んだものの及ばず、ついに妻子を棄ててただ一人陳留《ちんりゅう》の太守張邈《ちょうばく》のもとへ身を寄せた。

さて公孫瓚《こうそんさん》は袁紹《えんしょう》が冀州を乗っ取ったことを知り、弟公孫越《こうそんえつ》を使いとして領地を分けるよう申し入れた。ところが袁紹《えんしょう》が、

「兄御《ご》が自らおいでいただけばご相談いたすであろう」

と言うので、公孫越《こうそんえつ》は引き返した。五十里も行かぬところで不意に道端から一隊の人馬が現われ、口々に、

「われらは董丞相《とうじようしよう》の部将だ」

と言いながら雨のように矢を射かけて公孫越《こうそんえつ》を殺した。部下が逃げもどってこの旨、公孫瓚《こうそんさん》に告げると、公孫瓚《こうそんさん》は大いに怒り、

「袁紹《えんしよう》はわしを誘って韓馥《かんふく》を攻めさせておき、蔭で立ち廻ってわしを欺《あざむ》いたうえ、今度は董卓《とうたく》の兵と偽《いつわ》って弟を射殺したもの。この恨みはきっと晴らしてやるぞ」

と麾下《きか》全軍をあげて冀州へ殺到した。

袁紹《えんしよう》は公孫瓚《こうそんさん》の軍勢いたると知り、同じく軍勢をひきいて出陣した。両軍は磐河《ばんが》（鉤磐河《こうばんが》。山東省陵県）において遭遇し、袁紹《えんしよう》の軍は橋の東に、公孫瓚《こうそんさん》の軍は西に陣取った。公孫瓚《こうそんさん》は橋のなかほどに馬を進めて大音に呼ばわった。

「人でなしめ。よくもわしを虚仮《こけ》にしおったな」

袁紹《えんしよう》も馬を橋のたもとまで出して公孫瓚《こうそんさん》に指突きつけ、

「韓馥《かんふく》は己が非才を悟ってわしに冀州を譲ろうとしたのじゃ。貴様と何のかかわりがある」

「かつては貴様を忠義の男と見込んで盟主に立てたが、当今のやりようを見ればまことに狼か犬のたぐい、よくも世間に顔出しできるわ」

袁紹《えんしよう》は大いに怒って、

「誰か奴を手捕りにいたせ」

その言も終わらぬうち、文醜《ぶんしゅう》が馬を飛ばせ槍《やり》をしごいて、橋上に躍り出た。公孫瓚《こうそんさん》は橋のたもとで文醜《ぶんしゅう》と切先を交えたが、十合あまりしてかなわずに敗走し、文醜《ぶんしゅう》、勢いに乗って追いかけ、公孫瓚《こうそんさん》が陣中へ走りこむのを追って本陣へ突きいり縦横に駆け散らす。公孫瓚《こうそんさん》の手の勇将四人が一斉に迎え撃ったが、文醜《ぶんしゅう》の槍がひらめいて一突きに一人を突き落とせば、残り三人は散りぢりに逃げたので、文醜《ぶんしゅう》はひたすら公孫瓚《こうそんさん》を追って陣から追いだし、瓚《さん》は谷あい目指して逃げた。

「いさぎよく馬を下りて降参せよ」

文醜《ぶんしゅう》が大音声で馬を飛ばせば、公孫瓚《こうそんさん》は弓矢をかなぐり棄て、兜《かぶと》もふり落として、髪ふりみだし馬に鞭うって山坂を駆けめぐるうち、馬が前脚をつっかけて跌《つまず》いたのでまっさかさまに坂下に転げ落ちた。文醜《ぶんしゅう》してやったりと槍をひねって突き刺そうとしたとき、一人の若武者が、左手の叢《くさむら》から馬を躍らせて飛び出し、槍をしごいて文醜《ぶんしゅう》に突きかかった。公孫瓚《こうそんさん》が坂から這《は》い上がってその若武者を見れば、身の丈八尺、眉太く目大きく、顔広く、頤《おとがい》重なり、威風堂々、文醜《ぶんしゅう》とはげしく渡り合って五、六十合しても勝負が見えない。そこへ公孫瓚《こうそんさん》の部下が救援に駆けつけたので、文醜《ぶんしゅう》は馬首を返して逃げた。その若武者もあえて追おうとはしない。瓚《さん》は急いで山を下り、姓名をたずねた。その若武者は頭を下げ、「それがしは常山《じょうざん》国真定《しんてい》の者にて、姓は趙《ちょう》、名は雲《うん》、字《あざな》を子竜《しりょう》と申すもの。袁紹《えんしょう》の手についておりましたが、袁紹《えんしょう》に忠君救民の心のないのを見とどけたので、彼を棄て殿を慕《した》って馳《は》せ参じたもの。はからずもここで見参つかまつった次第でございます」

公孫瓚《こうそんさん》は大いに喜び、ともどもに帰陣して陣を立てなおした。

次の日、公孫瓚《こうそんさん》は軍を左右に分け羽翼の形とした。馬五千余頭はほとんど白馬である。これはかつて公孫瓚《こうそんさん》が羌《きょう》人(3)と戦ったとき、白馬ばかりを選《えら》んで先手としたので、「白馬将軍」と呼ばれ、羌人は白馬と見れば逃走した。このゆえに白馬が多いのである。袁紹《えんしょう》は顔良《がんりょう》・文醜《ぶんしゅう》を先手とし、おのおの弓と弩弓《いしゅみ》の射手一千をさずけてこれまた左右両隊に分け、左の者は公孫瓚《こうそんさん》の右翼を打ち、右の者は公孫瓚《こうそんさん》の左翼を狙うよう命じた。さらに麴義《きくぎ》に射手八百、歩卒一万五千をさずけて中軍とさせた。袁紹《えんしょう》は自ら歩騎数万の軍勢をひきいて後詰に控えた。

公孫瓚《こうそんさん》は趙雲《ちょううん》を部下に加えたばかりのこととてその心根もはかり知れないので、一隊をさずけて後詰をさせ、大将厳綱《げんこう》に先手を命じて己は中軍をひきい、真赤な丸の中に金糸で「帥《すい》」という字を縫取《ぬいと》りした旗を前にひらめかせて橋上に馬を乗り出した。辰《たつ》の刻(午前八時頃)に両軍陣太鼓を鳴らしたが、巳《み》の刻(午前一〇時頃)になっても袁紹《えんしょう》の軍は進もうとしない。麴義《きくぎ》は射手を楯《たて》の後ろに伏せさせ、号砲を合図に一斉に射かけるよう命じた。厳綱《げんこう》は太鼓を打ち鳴らし、どっと麴義《きくぎ》の陣へ寄せかかった。麴義《きくぎ》の軍勢は厳綱《げんこう》の兵の進出を楯の後ろで見守り、目前に迫って来たとき号砲一発、八百の弩弓を一斉に発射した。あわてて引き返そうとした厳綱《げんこう》は薙刀《なぎなた》をひらめかせて馬を乗り出した麴義《きくぎ》に斬って落とされ、公孫瓚《こうそんさん》の軍は大敗した。左右両軍はこれを助けようとしたが、顔良《がんりょう》・文醜《ぶんしゅう》のひきいる弩弓の隊に射すくめられる。袁紹《えんしょう》の本隊はこの間に橋のほとりまで押し出し、先頭きって進んだ麴義《きくぎ》はまず旗手の将校を斬り伏せ、縫取りの旗を斬り倒す。公孫瓚《こうそんさん》は旗が斬り倒されたのを見て、馬首を返し橋を下りて逃走した。麴義《きくぎ》が手勢をひきいて一気に後詰の陣まで突入したとき、正面に趙雲《ちょううん》が現われ、槍をしごき馬をおどらせて打ちかかり、数合もせずに麴義《きくぎ》を突き落とした。趙《ちょう》雲《うん》はただ一騎、袁紹《えんしょう》の軍中へ躍りこみ、左に突き右に突き伏せてあたかも無人の境を行くが如く荒れ狂い、公孫瓚《こうそんさん》も軍をひきいてとって返し、袁紹《えんしょう》方をさんざんに打ち破った。さてそれより先、袁紹《えんしょう》は物見を出して様子を探らせたところ、麴義《きくぎ》が敵将の旗を斬って敗残の兵を追っているとの報告があったので、本陣の戟を持った兵数百、弓手数十騎を従えただけで田豊《でんほう》とともに観戦に乗り出し、

「公孫瓚《こうそんさん》は能なしじゃのう」

と笑いとばした。ところへ、突如真正面に趙雲《ちょううん》が躍り出た。弓手が急いで矢をつがえたが、たちまち、五、六人つづけざまに突き倒されて、他の者たちはどっと逃げ出し、背後から公孫瓚《こうそんさん》の軍勢が現われて取り囲もうとする。

「殿、ひとまずあの築地《ついじ》のかげにお隠れ下されい」

田豊《でんほう》に言われて、袁紹《えんしょう》は兜を地面に叩きつけた。

「男と生まれ、陣中に死ぬるは本望じゃ。逃げ隠れまでして生きのびようとは思わぬわ」

趙雲《ちょううん》は袁紹《えんしょう》の軍勢の必死の防戦にはばまれて突きいることが出来ず、敵の大軍に襲いかかられたところへ駆けつけた顔良《がんりょう》の軍勢にも攻めかかられたので、公孫瓚《こうそんさん》をかばいながら重囲を斬りぬけてようよう橋までもどって来た。袁紹《えんしょう》は余勢を駆って息もつがせず追いすがり、再び橋を越して揉み立てたが、このため公孫瓚《こうそんさん》の兵士は数知れず水中で溺れ死んだ。袁紹《えんしょう》は先頭きって進んでいたが、五里も行かぬところで、山かげからどっと鬨《とき》の声があがり、一隊の軍勢が三人の大将を先頭に現われた。これぞ劉玄《りゅうげん》徳《とく》・関雲長《かんうんちょう》・張翼徳《ちょうよくとく》、三人は公孫瓚《こうそんさん》が袁紹《えんしょう》と戦うと聞き、平原《へいげん》から加勢に駆けつけたものである。たちまち三人は得意の業物《わざもの》をふるって袁紹《えんしょう》めがけ飛ぶように襲いかかる。袁紹《えんしょう》、魂も消えるばかりに驚き、手にした宝刀を落として一目散に逃げ、部下たちがこれを助けてからくも橋を越えた。公孫瓚《こうそんさん》も軍勢をまとめて陣に帰った。玄徳《げんとく》・関《かん》・張《ちょう》の挨拶あってから、公孫瓚《こうそんさん》は、

「玄徳殿《げんとく》が遠路加勢に来てくれなければ、われわれはどうなっていたことか」

と言い、趙雲《ちょううん》に引き合わせた。玄徳《げんとく》と趙雲《ちょううん》は互いに敬愛の情を抱き、離れ難い思いにかられた。

さて袁紹《えんしょう》はこの一戦に敗れて以来、守備を固めて出ず、両軍睨《にら》み合いのままひと月あまりになったところ、これを長安の董卓《とうたく》に知らせた者がある。李儒《りじゅ》が董卓《とうたく》に、

「袁紹《えんしょう》と公孫瓚《こうそんさん》はいずれも近頃の豪傑。いま磐河に合戦中とあらば、天子に詔《みことのり》を請い、使者を遣わして二人を和解させたらよろしゅうございましょう。かくすれば二人は徳に感じて太師《たいし》(4)に従うは必定にございます」

「よし」

と董卓《とうたく》はうなずいた
次の日、太傅《たいふ》馬日磾《ばじってい》・太僕《たいぼく》(5)趙岐《ちょうき》を勅使《ちょくし》として打ち立たせた。二人が河北に到着すると、袁紹《えんしょう》は百里さきまで出迎え、再拝して詔をいただいた。あくる日、二人が公孫《こうそん》瓚《さん》の陣屋へ行って詔を伝えれば、公孫瓚《こうそんさん》は使者を立てて袁紹《えんしょう》へ書面を送り、講和が成り立ったので、勅使二人は都へ帰って復命した。公孫瓚《こうそんさん》は即日陣を引き払って帰郷し、また、上奏文を奉って、劉玄徳《りゅうげんとく》を平原の相《しょう》に推挙した。玄徳《げんとく》と趙雲《ちょううん》は別れにのぞんで手をとりあって落涙し、いつまでも離れようとせず、

「それがし先に公孫瓚《こうそんさん》を誤って英雄と思いましたが、今となってみれば、彼も袁紹《えんしょう》と同じ穴のむじなでございました」

と趙雲《ちょううん》が言えば、玄徳《げんとく》も、

「しばらくがまんしておられい、いずれ会う日がありましょうぞ」

と二人は涙を払って別れた。

さて袁術《えんじゅつ》は南陽《なんよう》にあって袁紹《えんしょう》が新たに冀州を得たと伝え聞き、使者を立てて馬千頭を所望したが、袁紹《えんしょう》に断わられて怒り、以来兄弟の仲も思わしくなくなった。袁術《えんじゅつ》はまた使いを荊《けい》州へやり、劉表《りゅうひょう》に兵糧二十万石の借用方を申し入れたが、劉表《りゅうひょう》も断ったので、袁術《えんじゅつ》はこれを恨みとして密書を孫堅《そんけん》のもとに送り、劉表《りゅうひょう》を討たそうとした。その密書は、

先に劉表《りゅうひょう》が公の帰路を遮《さえぎ》りしは、わが兄本初《ほんしょ》が謀《はか》りしこと。今また本初《ほんしょ》は劉《りゅう》表《ひょう》を語らって江東を襲わんとす。公速《すみ》やかに兵を起こして劉表《りゅうひょう》を討ちたまえ。われらも公のために本初《ほんしょ》を討ち、重なる仇を晴らさん。公は荆州を取り、われらは冀州を取るべし。切に誤りなからんよう。

孫堅《そんけん》は密書を得て、

「こしゃくなり劉表《りゅうひょう》。先に帰路を邪魔立てされた恨み、今こそ晴らしてやるぞ」

と幕下の程普《ていふ》・黄蓋《こうがい》・韓当《かんとう》らを集めて協議した。程普《ていふ》が、

「袁術《えんじゅつ》は策士ゆえ、信用なりませぬぞ」

と言ったが、孫堅《そんけん》は、

「わしはかねてより復讐を考えておった。袁術《えんじゅつ》の助けなぞあてにしてはおらん」

と、ただちに黄蓋《こうがい》を長江のほとりへ先発させて軍船の整備にあたらせ、武器糧秣《りょうまつ》を十分積み、大船には軍馬を積ませたうえ、吉日を選《えら》んで出陣することとした。長江に出ていた間者がこれを探知して劉表《りゅうひょう》に報告したので、劉表《りゅうひょう》は大いに驚き、急ぎ文武諸官を召集して協議したが、蒯良《かいりょう》が言うのに、

「恐れるには及びませぬ。黄祖《こうそ》に命じて江夏《こうか》の兵をひきいて先手とさせ、殿には荊州・襄陽《じょうよう》の勢をひきいて後詰をなさりませ。孫堅《そんけん》は長江を越え湖を渡って参ることゆえ、疲労で戦うどころではありますまい」

劉表《りゅうひょう》はいかにもと黄祖《こうそ》に守り固めさせ、ただちに大軍を起こした。

さて孫堅《そんけん》には四人の子がいて、みな呉《ご》夫人から生まれたが、長男は名を策《さく》、字を伯《はく》符《ふ》、次男は名を権《けん》、字を仲謀《ちゅうぼう》、三男は名を翊《よく》、字を叔弼《しゅくひつ》、四男は名を匡《きょう》、字を季佐《きさ》という。呉《ご》夫人の妹は孫堅《そんけん》の第二夫人であったが、これまた一男一女をもうけた。男子の名は朗《ろう》、字は早安《そうあん》、女子は名を仁《じん》(6)という。ほかに兪《ゆ》家の子を養子としていたが、名を韶《しょう》、字を公礼《こうれい》といった。孫堅《そんけん》には弟が一人おり、名を静《せい》、字を幼台《ようだい》という。孫堅《そんけん》が出陣の日、孫静《そんせい》は孫堅《そんけん》の子供たちを引き連れて孫堅《そんけん》の馬前に立ち、

「近頃、董卓《とうたく》、権を専《もっぱ》らにし、天子懦弱《だじやく》におわせられるため、海内《かいだい》千々《ちぢ》に乱れて群雄各地に覇をとなえております。江東の地はようやく小康を得ておりますのに、わずかな怨恨をもとに再度の兵を起こすはいかがかと存じられます。よくよくのご考慮を願い上げます」

「弟、そなたは黙っておれ。つねに天下を縦横に斬り従えんことを願っているこのわしが、仇をそのままにしておけると思ってか」

長子孫策《そんさく》が言った。

「父上が是非ともご出陣とあらば、なにとぞわたくしをお供させて下さりませ」

孫堅《そんけん》はこれを聞きいれ、孫策《そんさく》と同船して樊《はん》城に殺到した。黄祖《こうそ》は弩弓手を長江の岸に潜伏させておき、船が近づくとみるや一斉に射かけさせた。孫堅《そんけん》は諸軍が軽率に動くことを禁じ、ひたすら船中に身を隠したまま敵前を往来して敵を挑発、三日の間に数十回も上陸するような気配を見せた。黄祖《こうそ》の軍勢が矢を射るのに狂奔して矢種がつきたところに、船にささった矢を抜かせたところなんと十数万本もあった。その日、おりからの順風に乗じて兵士たちに一斉に矢を射かけさせると、岸を固めた軍勢はたまらずに退却した。それを追って上陸すると同時に程普《ていふ》・黄蓋《こうがい》は二手に分かれて黄祖《こうそ》の本陣を襲い、韓当《かんとう》は軍勢をはげまして裏手へ廻りこみ、敵の背後を衝《つ》いた。三方から攻め立てられて黄祖《こうそ》は大敗し、樊城を棄てて鄧《とう》城に逃げこんだ。孫堅《そんけん》は黄蓋《こうがい》に船を守らせておいて、自ら兵をひきいて追撃した。黄祖《こうそ》は軍をひきいて迎え撃ち、草原に陣を布《し》いた。孫堅《そんけん》は陣形をととのえて門旗の下に馬を乗り出し、孫策《そんさく》も甲冑《かっちゅう》姿もかいがいしく槍をひっさげて父の横に馬を進めた。黄祖《こうそ》は二人の大将、江夏の張虎《ちょうこ》、襄陽の陳生《ちんせい》を従えて出馬し、鞭をあげて、

「江東の鼠めら、漢皇室ご一門の領土を犯すとは何事か」

と大音声に罵《ののし》り、張虎《ちょうこ》に戦いを挑《いど》ませた。

孫堅《そんけん》の陣からは韓当《かんとう》がこれを迎え、両馬馳《は》せちがい馳せちがい三十余合に及んだとき、陳生《ちんせい》が張虎《ちょうこ》の力の弱ったのを見て馬を飛ばし加勢に出た。はるかにこれを見た孫《そん》策《さく》は手にした槍を小脇にはさんで弓をとり、きりりと引きしぼってひょうと放てば、みごと陳生《ちんせい》の顔に突き立ってたちまち落馬し、張虎《ちょうこ》は陳生《ちんせい》が落馬したのを見て度を失い、怯《ひる》むところに韓当《かんとう》の薙刀一閃、頭を半分そぎ落とされた。程普《ていふ》は黄祖《こうそ》を生捕りにせんと馬を駆って斬りこみ、黄祖《こうそ》は兜を棄て馬を下りて歩卒の中に紛《まぎ》れこみ辛くも一命を拾った。孫堅《そんけん》は逃げる敵軍に襲いかかり、揉みに揉んで漢水まで押し出すと、黄《こう》蓋《がい》に命じて船を漢江に進ませた。

黄祖《こうそ》は敗軍をまとめて劉表《りゅうひょう》に見《まみ》え、孫堅《そんけん》の勢い当たるべからざるものがあると報告した。劉表《りゅうひょう》があわてて蒯良《かいりょう》をよんで協議すると、

「今は敗戦そうそうのこととて、兵士どもも戦意を失っております。ここのところは

陣を固めて敵の矛先を避け、その間に袁紹《えんしょう》殿へ使者をやって加勢を頼みますれば、囲みはおのずと解けるでございましょう」

するると蔡瑁《さいぼう》が言った。

「あいや、その子柔《しじゅう》殿の策は下の下策。敵が城下に迫り、壕に臨もうとしているいま、手をこまねいて死を待つ要はござりませぬ。それがし非才ながら一手の軍勢を拝領して討っていで、一戦つかまつりましょう」

劉表《りゅうひょう》これを許し、蔡瑁《さいぼう》は一万余の軍勢をひきいて襄陽城外の峴《けん》山に布陣した。孫堅《そんけん》が余勢を駆って長駆進撃して来ると、蔡瑁《さいぼう》が馬を乗り出した。

「あれは劉表《りゅうひょう》の後妻の兄なるぞ、誰か生捕りにして参れ」

孫堅《そんけん》の声に、程普《ていふ》が鉄脊《てっせき》の矛をしごいて馬を乗り出し、蔡瑁《さいぼう》と切先を交えると、数合せずして蔡瑁《さいぼう》は敗走した。孫堅《そんけん》が大軍をもって駆け散らせば、敵兵の死体、野に満ち、蔡瑁《さいぼう》は襄陽城に逃げこんだ。蒯良《かいりょう》が、蔡瑁《さいぼう》は良策を聞きいれずに惨敗したのだから軍律に照らし斬首にせよと言ったが、劉表《りゅうひょう》は彼の妹（正しくは姉）を娶《めと》ったばかりなので処刑しようとしなかった。

さて孫堅《そんけん》は軍勢を四方に分け、襄陽を取り囲んで攻めたてた。ある日、狂風にわかに吹き起こって、本陣の「帥」の字の旗竿を吹き折った。韓当《かんとう》が、

「これは不吉の兆。いったん兵を引き揚げるがよろしいと存じます」

と言ったが、孫堅《そんけん》は、

「わしはこれまで連戦連勝、襄陽を取るも旦夕《たんせき》に迫っておるではないか。旗竿が風に折れたほどのことで、あわてて兵を退く法なぞないわ」

と、いっそう力攻めにでた。

一方、城中では蒯良《かいりょう》が劉表《りゅうひょう》に言った。

「それがし天文を見まするに、将星が一つ落ちようとしております。分野《ぶんや》（星宿）によって推し測ったところまさに孫堅《そんけん》がこと。殿にはすみやかに袁紹《えんしょう》殿へ書面を送り、加勢をもとめたがよろしかろうと存じます」

劉表《りゅうひょう》が書面をしたため、囲みを破って出る者があるかと問うと、勇将呂公《りょこう》が声に応じて進み出た。

蒯良《かいりょう》、

「そちが行くと申すなら、わしに一計がある。そちに五百騎をあたえるから、弓勢《ゆんぜい》のすぐれた者を選んで引き連れ、囲みを破ったら一気に峴山へ走れ。孫堅《そんけん》は必ず軍勢をひきいて追うであろうが、そちは百人を山頂に伏せて大石を集めさせておき、百人は弓や弩弓を持たせて林の中に潜ませるのだ。追手が来たら、まっすぐ逃げてはいけない。あちこち逃げまわった末、兵を伏せたところへ誘《おび》き寄せておいて、矢と大石を一斉に喰《くら》わせてやるのだ。もし計が当たったら連珠号炮《れんじゅごうほう》(7)を打て。城中から応援を出す。

またもし追手がかからずばその要はない。先を急げばよい。今夜は月も暗いゆえ、黄昏《たそがれ》どきに城を出るがよい」

呂公《りよこう》は計を受けて軍勢をととのえ、黄昏どき、ひそかに東門を開いて討って出た。孫堅《そんけん》は幕中にあったが、どっと喊声《かんせい》が起こったので、急ぎ三十騎あまりを従えて陣の外に出ると、兵士が、

「ただいま騎馬の一隊が斬って出、峴山の方へ走り去りました」

と報告する。

孫堅《そんけん》は諸将を呼びもせず、三十騎あまりだけを引き連れて後を追った。呂公《りよこう》はすでに山林の深まったあたりに、上下の伏兵を配置し終わった。孫堅《そんけん》の馬は早く、ただ一騎飛ばして追いすがり、

「逃げるな」

と叫べば、呂公《りよこう》は馬を返して孫堅《そんけん》に立ち向かったが、ただ一合交えただけで山道に逃げこんだ。孫堅《そんけん》が後を追って駆けいれば呂公《りよこう》の姿はない。山頂へ登ろうとしたとき、突如銅鑼《どら》の音一声、山上から大石どっと落ちかかり、林中から矢を雨あられと射かけられた。孫堅《そんけん》は全身石と矢を浴び、脳味噌をふき出して人馬もろとも峴山の山中に死んだ。享年三十七。〔時に漢の献《けん》帝の初平《しよへい》三年、辛未《かのとひつじ》、十一月七日のことであった。〕(8)

呂公《りよこう》が後から来た三十騎をせきとめ、一人残らず殺して連発号砲を打つや、城中か

ら黄祖《こうそ》・蒯越《かいえつ》・蔡瑁《さいぼう》らがおのおの兵をひきいて討ってでたので、江東の諸軍は不意を衝かれて総くずれとなる。黄蓋《こうがい》は天をゆるがす喊声を聞き、水軍をひきいて押しよせたところを黄祖《こうそ》にぶつかり、二合と戦わずに彼を生捕りにした。程普《ていふ》は孫策《そんさく》を守って血路をもとめているところに呂公《りよこう》と行きあったので馬を躍らせて突きかかり、数合せずして呂公《りよこう》を馬から突き落とした。両軍夜の明けるまで大合戦の末それぞれ軍を退き、劉表《りゆうひよう》の軍は城内へ引き揚げた。孫策《そんさく》は漢水にもどってはじめて父親が矢の雨にさらされて死に、遺体がすでに劉表《りゆうひよう》の兵士によって城内へ運び去られたと知ると、声をあげて泣きさけび、軍をあげてともに号泣した。

「父のご遺体を敵の手に残して、故郷へ帰ることは出来ない」

孫策《そんさく》の言葉に、黄蓋《こうがい》が、

「わが軍中に黄祖《こうそ》を生捕ってござりますゆえ、誰かを城へやって和議を結ばせ、黄祖《こうそ》を主君のご遺体と引き換えることにいたしましょう」

と言ったとき、言下に軍の属吏桓階《かんかい》が進み出て、

「それがし劉表《りゆうひよう》と旧交がござります。なにとぞ、使者の役目をお申しつけ下さりませ」

孫策《そんさく》はこれを許した。桓階《かんかい》が城内へ入って劉表《りゆうひよう》に対面し、この由を申し入れると、劉表《りゆうひよう》が言った。

「文台殿《ぶんだい》の遺体はもはや棺におさめてここに置いてある。早く黄祖《こうそ》を送り返すよう。そのうえは両家兵を退いて、再び侵しあうことはやめにしよう」

桓階《かんかい》が礼を述べて帰りかけたとき、階《きざはし》の下に蒯良《かいりょう》が進み出た。

「なりませぬ。なりませぬ。それがしに一計あり。江東の諸軍一兵たりと家郷の土を踏ませますまい。まずは桓階《かんかい》をお斬り下さりませ。計を用うるはその後のこと」

まさに、孫堅《そんけん》敵を追って落命すれば、桓階《かんかい》和を求めてまた危うし、というところ。

さて、桓階《かんかい》の命はどうなるか。それは次回で。

注1 **別駕** 別駕従事史のこと。州刺史の補佐官。
2 **長史** 漢朝のとき丞相府に置かれた事務官の長。定員は二名。内閣官房長の如きもの。このほか、将軍の幕府に置かれた幕僚長相当のものもあり、また、軍をひきいる「将兵長史」もあった。辺境の郡太守の補佐官も「長史」と呼ばれた。
3 **羌人** 現在の甘粛・青海・西康・西蔵一帯に散居していた遊牧民。
4 **太師** 前漢平帝のときに置かれた。百官の最高位にある職であるが、後漢にはこの職名はなかった。
5 **太僕** 太僕卿のこと。天子の車馬をつかさどり、行幸には鹵簿《ろぼ》を指揮する。
6 **女子は名を仁**《じん》 『呉書・孫破虜伝』注に、「孫堅《そんけん》には男子が五人いて……末子の朗は庶腹の子である。一名、「仁《じん》」とある。

7　**連珠号炮**　未詳。炮はもともと石をはじきとばすもので、砲にも通じている。弩弓の連続発射できるものか。矢を連続発射できるものは「連弩《れんど》」といい、すでに戦国末期(紀元前三世紀)頃からあらわれている。号炮とあるからは火薬を使って大きな音を立てるものだろうが、火薬が軍事に使用されたのは下って宋・元以降である。以下、仮りに連発号砲と訳す。

8　**漢の献《けん》帝の初平三年・辛未**　ここは嘉靖本によって補った。ただし、孫堅《そんけん》の没年は諸説があり、『呉書』も初平三年としているが、辛未にあたるのは初平二年。したがって初平二年辛未とするのが正しいようである。

第八回　王司徒《おうしと》　巧《たく》みに連環《れんかん》の計《けい》を使《つか》い　董太師《とうたいし》　大《おお》いに鳳儀亭《ほうぎてい》を鬧《さわ》がす

さて蒯良《かいりょう》はそのとき、

「いまや孫堅《そんけん》は死し、彼の息子たちは年端《としは》のゆかぬ者ばかり。この虚に乗じて一気に攻めれば、江東《こうとう》は一押しでわれらのものとすることができましょう。遺体を返して戦いをやめるようなことをすれば、かえって彼らの気力を養わせることとなり、荊《けい》州の禍《わざわ》いのもととなりましょうぞ」

と言ったが、劉表《りゅうひょう》は、

「黄祖《こうそ》が彼の陣中におるのに、見殺しにはできぬ」

「黄祖《こうそ》如き無能な者一人くらい棄てても、江東が取れればいいではございませぬか」

「わしは黄祖《こうそ》とは心を打ちわった仲。彼を見棄てては義が立たぬ」

劉表《りゅうひょう》はついに桓階《かんかい》を送り返し、孫堅《そんけん》の遺体と黄祖《こうそ》を引き換えることを約束した。

劉表《りゅうひょう》は黄祖《こうそ》を取りもどし、孫策《そんさく》は霊柩《れいきゅう》を迎えて戦いをやめ、江東に帰って父親を曲阿《きょくあ》（江蘇省丹陽）の墓地に葬った。葬儀をすませてから軍をひきいて江都《こうと》（江蘇省揚州市）に居を定め、賢士を招き辞を低くして厚遇したので、天下の豪傑が次第に集まって来たが、それはさておく。

さて董卓《とうたく》は長安にあって孫堅《そんけん》死すと聞き、

「これでわしの胸のしこりが一つ落ちたぞ」

と言い、

「跡取はいくつになる」

とたずねると、一人が、

「十七歳になります」

と答えた。

董卓《とうたく》はこれを聞いて、これでひと安心とばかり、以来ますます暴威をふるい、自ら「尚父《しょうほ》(1)」と号し、出入にあたっては天子の儀仗《ぎじょう》そのままの供揃えを立て、弟董旻《とうびん》を左将軍鄠《こ》侯に封じ、甥の董璜《とうこう》を侍中《じちゅう》として近衛の兵を統率させた。董《とう》家の一族は、老幼を問わず、みな列侯に封じた。さらに、長安城を去る二百五十里の郿《び》に城を築いたが、そのため人民二十五万人を徴発し、その城壁の高さ厚さすべて長安そのままであった。城内には宮殿や倉庫を建てて、二十年分の食糧を蓄えた。民間から年若い美女八百人を選んでここにおき、黄金・珠玉・絹布・真珠など数えきれぬほど集めて、家族をすべてそこに住まわせた。

董卓《とうたく》は半月に一度、あるいはひと月に一度長安へ出向いたが、大臣たちはその都度横門《こうもん》（長安の北西の城門）の外まで出迎えまた見送った。董卓《とうたく》はつねに途中に幕舎を設けて大臣たちと酒を飲んだ。ある日、董卓《とうたく》が横門を出るのを例によって大臣たちが見送ったが、董卓《とうたく》がこれを引き留めて宴を張っていたところへ、北地《ほくち》郡で投降してきた捕虜数百人が護送されて来た。董卓《とうたく》はただちにその席で捕虜たちの手足を斬らせ、目をえぐらせ、舌を抜かせ、あるいは大鍋の中で煮殺させた。泣き叫ぶ声天にこだまし、百官ら震えおののいて箸《はし》を落とすほどであったが、彼は平然として飲み食いし談笑をつづけた。またある日、董卓《とうたく》が宮中で大宴会をもよおし、百官たちは両側に居流れていたが、酒が何回か巡ったところへ呂布《りょふ》がずかずかとはいって来て彼の耳もとで何事かささやいた。

「うむ、そうであったか」

彼は笑うと、呂布《りょふ》に命じて宴席から司空《しくう》(2)張温《ちょうおん》を引きずり出させた。百官ら色を失うところ、間もなく侍従の者が朱塗りの盆に張温《ちょうおん》の首をのせてきた。百官は魂も消えるほど驚いたが、董卓《とうたく》が笑って、

「おのおの方、驚かれるには及ばぬ。張温《ちょうおん》が袁術《えんじゅつ》の奴と結託してわしを亡きものにせんとしていたのだが、袁術《えんじゅつ》の使いがその手紙をわしの息子の奉先《ほうせん》のところへ間違えて

とどけおったので、斬って棄てたまでじゃ。おのおの方には関係なきことゆえ、そう驚かれることはない」

と言うので、百官らはひたすら恐れいるばかりで散会した。

司徒《しと》王允《おういん》は館に帰ってからも、宴席での出来事が頭から離れず、居ても立ってもいられぬ思いにかられるまま、夜も更《ふ》け月冴《さ》えわたる頃おい、杖《つえ》をとり裏庭にはいって荼蘼《とび》の棚のかたわらに立つと、天を仰いではらはらと涙を落とした。と、そのとき牡《ぼ》丹《たん》を植えこみした亭《ちん》のほとりで、誰やら嘆息する気配がする。足音を忍ばせ近づいて見れば、館の歌妓貂蟬《ちょうせん》である。彼女は幼い頃からこの館に抱えられて歌や舞を仕込まれている者で、このとき十六歳であったが、容色技量ともにすぐれ、王允《おういん》はわが子同然に可愛がっていた。王允《おういん》はしばらく耳をすませていてから、大喝した。

「こりゃ、そちは男のことでも思っているのか」

貂蟬《ちょうせん》は驚いて跪《ひざまず》き、

「滅相もないことでござります」

「そうでなくて、なんでこのような夜更け、こんなところで溜息《ためいき》なぞついているのか」

「わたくしの胸のうちを申し上げてもよろしいでござりましょうか」

「おお隠しだてはならぬぞ、なんなりとありていに申してみよ」

「わたくしをこの年まで育て、歌や舞を教えて下さり、実の子同然に可愛がっていただいたお殿さまのご恩、わたくしかねてより、身を粉にしてもご恩返しの万分の一もかなうまいと思っております。このところお殿さまのご心配ありげなご様子を拝見いたしますにつけ、必ずや国家の大事ならんとは思っておりましたものの、わたくしの方からおうかがいいたすこともできずにおりましたところ、今夜もまた何やら大変お悩みの御気色《みけしき》を拝見し、それでついつい溜息を洩《も》らしましたのを、思いがけなくお殿さまのお目にとまってしまったのでござります。もしわたくしでお役に立つようなことがございましたら、わたくし命も厭《いと》いませぬ」

王允《おういん》は杖で地面を叩き、

「おおそうだ。漢の天下はそなたの手にあったのじゃ。いっしょに画閣《がかく》（彩色をほどこした建物）に来なさい」

貂蟬《ちょうせん》が王允《おういん》について室内に入ると、王允《おういん》はそこにいた女たちを退け、貂蟬《ちょうせん》を正面の席に着かせて、その前にぱっとひれ伏した。

貂蟬《ちょうせん》、驚いて平伏し、

「お殿さま、なんでこのようなことを」

「漢の天下の人民たちのことを思ってやってくれ」

と王允《おういん》は、それだけ言って涙を落とした。

「ただいま申し上げたとおり、わたくしにてかないますことなら、たとえいくたび死のうと厭うものではございりませぬ」

王允《おういん》は跪いて、

「いまや天下の民草《たみくさ》は生死の関頭に立たされ、君臣ともに累卵《るいらん》の危きにある。これを救うことができるのは、そなたしかない。と申すのは、国賊董卓《とうたく》は天子の御位を奪おうとしているのに、朝廷の文武百官、何のてだても施す術《すべ》もないありさま。董卓《とうたく》には姓を呂《りょ》、名を布《ふ》と申す養子があって、これが天下に並びない剛の者。わしが見るにこの二人はいずれも色好みの輩《やから》ゆえ、『連環《れんかん》の計』を用いようと思うのじゃ。それには、まずそなたを呂布《りょふ》にやると約束し、後で董卓《とうたく》に献ずるから、そなたは二人の間に立って彼ら親子を反目するようにしむけ、呂布《りょふ》の手で董卓《とうたく》を殺させて悪逆無道の根を絶ってもらいたいと思っておるのじゃ。傾いた国を再び建てなおし、天下を再び定めるのは、みなそなたの力一つなのじゃ。そなたの覚悟はどうじゃ」

「お殿さまのためには死をも厭わぬわたくしでございます。なにとぞわたくしを董卓《とうたく》におあたえ下さいませ。そのうえは、わたくしに考えがございります」

「事洩れなば、われら一族は破滅するのじゃぞ」

「ご安堵《あんど》下さいませ。わたくしがもしお殿さまのご恩顧におこたえできぬようなことがあれば、地獄に落とされようとかまいませせぬ」

王允《おういん》は感謝して別れた。

あくる日、王允《おういん》は秘蔵の真珠を数粒出し、細工師に命じて黄金の冠にはめこませると、ひそかに呂布《りよふ》のもとに届けさせた。呂布《りよふ》は大いに喜び、答礼のために王允《おういん》の館を訪ねた。王允《おういん》は酒肴《しゅこう》をととのえて呂布《りよふ》の来るのを待ちうけ、門前に出迎えて奥に通すと彼を上座にすえた。

「それがしは丞相府《じょうしょうふ》の一介の侍大将、司徒殿は朝廷の大臣におわすに、なんでこのようなことをされるのでござるのか」

「当今、天下に英雄と言えるのは、将軍ただお一人。わたくしは将軍の官職を敬っておるのではなく、将軍の才能に尊敬をはらっておるのです」

呂布《りよふ》は大いに喜び、王允《おういん》が丁重に酒をすすめながらも、口をきわめて董《とう》太師と呂布《りよふ》の徳を讃えれば、相好《そうごう》をくずして盃をかさねた。王允《おういん》は側の者を退け、侍女を五、六人だけ残してもてなさせたが、酒がほどよくまわったころ、

「娘をこれへ」

と命じた。

ややあって二人の侍女が粧《よそお》いをこらした貂蟬《ちょうせん》を案内してきた。呂布《りよふ》が驚いてどういう人かと尋ねると、王允《おういん》は、

「娘の貂蟬《ちょうせん》と申す者。わたくし、将軍よりひとかたならぬご愛顧を受けて他人とも思

われませんので、これにもお目見《めみ》えいたさせたのでござる」

と言って、貂蟬《ちょうせん》に呂布《りょふ》へ盃を献ずるよう命じた。貂蟬《ちょうせん》は酌《しゃく》をしながら、呂布《りょふ》に意味あり気な眼差《まなざ》しを送った。王允《おういん》は酔ったふりをして、

「これ娘、もっと将軍にあがっていただかぬか。わしたち一家にとって将軍はなくてはならぬお方なのじゃぞ」

呂布《りょふ》は貂蟬《ちょうせん》に席につくようすすめたが、貂蟬《ちょうせん》はわざと奥へ引き取ろうとした。すると王允《おういん》が、

「将軍はわしが極く親しくしていただいているお方、そのような遠慮には及ばぬぞ」

と言ったので、貂蟬《ちょうせん》は王允《おういん》の横に坐った。呂布《りょふ》は彼女を食い入るように見詰めて瞬《まばた》きもしない。また何度か盃をかさねるうち、王允《おういん》が貂蟬《ちょうせん》を指さしながら、

「それがしこの娘を将軍のお側に差し上げたいと存じまするが、お受け下さるでしょうか」

呂布《りょふ》は座をはずして礼を述べ、

「もしそうしていただけるなら、それがしご恩に報ずるためには犬馬の労も厭いませぬ」

「では近々のうち、吉日を選《えら》んで輿入《こしい》れいたさせましょう」

呂布《りょふ》が天にも昇る心地で、しきりに貂蟬《ちょうせん》の方へ目をやると、貂蟬《ちょうせん》も情をこめた秋波

をおくる。しばらくして宴果てたとき、王允《おういん》が、

「実は今夜もお引きとめいたしたいところなのですが、太師がお疑いあるといけませんので」

と言うと、呂布《りよふ》はくりかえし礼を言って帰った。

それから数日、王允《おういん》は宮中で董卓《とうたく》に会い、呂布《りよふ》が側にいないのを見すまして平伏し、

「それがし、太師のご光臨を仰いでそれがしがあばらやに一席設けたいと思っております が、ご承知いただけるでござりましょうか」

「ほかならぬ司徒殿のお招きとあらば、即刻にも参らずにはおかぬわ」

王允《おういん》は礼を述べて館に帰ると、山海の珍味をつらね、母屋の正面に座をつくって、地には綾錦《あやにしき》を敷きつめ、建物の内外に幔幕《まんまく》を張りめぐらせた。翌日の昼、董卓《とうたく》が来た。王允《おういん》は礼服に威儀を正し、出迎えてご機嫌をうかがった。董卓《とうたく》が車を下りるや、左右に戟《げき》をもった甲冑《かっちゅう》の衛士たち百人あまりが従い、一同奥に通って両側に居流れた。王允《おういん》が庭先で再拝すると、董卓《とうたく》は左右の者に命じて彼を上に助けあがらせ、自分の横に坐らせた。

「太師のご盛徳は、まことに伊《い》・周《しゅう》(3)も及ばぬほどでござります」

王允《おういん》の言葉に董卓《とうたく》は相好をくずし、王允《おういん》は酒をすすめ音楽を奏させて、うやうやしく仕えた。夜に入り酒もたけなわとなったころ、王允《おういん》は董卓《とうたく》を奥の部屋へ請じいれた。

董卓《とうたく》が衛士たちを退けると、王允《おういん》は盃を捧げて、

「それがし幼少の頃より天文を見ることを学んでまいりましたが、昨今の天文を見まするに、漢朝の運命はもはや尽きたかに見受けられます。ご功徳《くどく》天下にたぐいなき太師が、舜《しゅん》が堯《ぎょう》の譲りを受け、禹《う》が舜の譲りを受けた例にならわれてこそ、正に天の心、人の心にかなったものと存じあげます」

「そのような大それたことをわしが考えておると思うのか」

「古《いにしえ》より『道あるは道なきを討ち、徳なきは徳あるに譲る』と申します。どうして過分なぞと申せましょうや」

「もし天命わしに帰することあらば、司徒殿を第一の元勲としようぞ」

と董卓《とうたく》が悦《えつ》にいっているところ、允は拝謝し、燭台に灯をいれさせ、女たちだけを残して酒食をすすめさせた。

「教坊《きょうぼう》(4)の演目は珍しくもございますまい。ちょうど家で抱えている娘がおりますから、恐れながらお目にかけたく存じます」

「ほほう、それはさぞ面白かろうな」

王允《おういん》が御簾《みす》を下ろさせると、奏楽の音嫋々《じょうじょう》と起こり、女たちに囲まれた貂蟬《ちょうせん》が御簾の外にあらわれて舞いはじめた。その姿を讃えた詞に、

もとこれ昭陽《しょうよう》宮裏の人、
鷩鴻《きょうこう》がごと　宛転《えんてん》たり掌中の身、
只《ひとえ》に疑う　飛んで洞庭《どうてい》の春を過ぐるかと。

梁《りょう》州（の曲）舞いおえて　蓮歩隠《おだや》かに、
好《うるわ》しき花風にそよぎて　一枝新たなり、
画堂香煖《あたた》かにして　春に勝《た》えず。

また詩にも、

紅牙《こうが》　催拍《なりひび》き　燕《つばめ》飛ぶがごと忙しく、
一片の行雲《こううん》　画堂《がどう》に到る。
眉黛《まゆ》促《ひそ》めて成す　遊子《ゆうし》の恨《うら》み、
瞼容《かんばせ》初めて断《た》つ　故人の腸《はらわた》。
楡銭《かね》もて買えず　千金の笑い、
柳帯《りゅうたい》何ぞ須《もち》いん　百宝の粧《よそお》い。
舞い罷《おわ》り簾《みす》を隔《へだ》て　偸《ひそ》かに目を送《や》れば、

知らず誰か是《こ》れ　楚《そ》の襄王《じょう》なるかを。

舞い終わると、董卓《とうたく》は側近く寄るように言った。貂蟬《ちょうせん》は御簾のうちにはいり、深く身をかがめて再拝した。董卓《とうたく》が貂蟬《ちょうせん》の美しい容貌を見て、

「この女は」

と訊《き》くと、王允《おういん》が、

「歌妓の貂蟬《ちょうせん》にございます」

「歌の方はどうじゃ」

王允《おういん》は貂蟬《ちょうせん》に命じ、拍子木をとって低く歌うよう命ずる。そのときのありさまは正に、

一点の桜桃《おうとう》　絳唇《こうしん》啓《ひら》き、
両行《りょうこう》の砕玉《さいぎょく》　陽春《ようしゅん》（の曲）を噴《ふ》く。
丁香の舌《ちょうじのはな》は　銜鋼《まがね》の剣を吐き、
姦邪《かんじゃ》乱国の臣を　斬らんと要す。

董卓《とうたく》が口をきわめてほめそやすと、王允《おういん》は貂蟬《ちょうせん》に命じて酒をすすめさせる。董卓《とうたく》は

盃を手に、

「年はいくつじゃ」

「十六歳でございます」

董卓《とうたく》が笑って、

「まるで仙女のようじゃな」

と言うと、王允《おういん》が座を立ち、

「それがし、この娘を太師に献上いたしたく存じまするが、ご嘉納《かのう》いただけるでござりましょうか」

「そのようなことをされては、礼に困るぞ」

「いやいや、この娘も太師にお仕えできますれば、この上もない幸せにござります」

董卓《とうたく》はくりかえし礼を言った。王允《おういん》はただちに氈車《せんしゃ》（フェルトをはった婦人用の車）の支度を命じ、先に貂蟬《ちょうせん》を丞相府へ送りとどけた。董卓《とうたく》も立って暇《いとま》を告げ、王允《おういん》は董《とう》卓《たく》を丞相府まで見送ってからもどって来た。

騎馬で途中まで来ると、前方より二列の赤い提灯《ちょうちん》が現われ、呂布《りょふ》が馬上に戟を抱えてやって来る。王允《おういん》のまん前まで来ると馬をとめ、一方の手で王允《おういん》の襟《えり》もとをひっつかんで大音声《だいおんじょう》に、

「司徒殿は先日貂蟬《ちょうせん》をそれがしにくれると言ったはず、それを今日はまた太師に贈ら

れたとはどうなされたのだ。人を馬鹿にするにもほどがある」

「いやこれについては訳があります。こんなところでは話もできかねますから、まずは拙宅《せったく》までお越し下されい」

と王允《おういん》、呂布《りょふ》を館に案内して奥に通した。挨拶を終えて、

「将軍はなぜそれがしのような年寄りをお疑いなされるのです」

「貴殿が氈車《せんしゃ》にて貂蟬《ちょうせん》を丞相府へ送ったとの知らせがあったのだ。これは何故でござる」

「おや将軍はご存じなかったのでござりますか。昨日、太師が宮中で、『わしはちょっと用事があるによって、お宅へ伺いたい』と仰せられたので、それがしささやかな支度なぞしてお待ち申したところ、太師はお酒をあがりながら、『貴公、娘の貂蟬《ちょうせん》とやら申すのをわが息子の奉先《ほうせん》にくれると約束いたしたとか。実は貴公が心変りでもされるといけないと思い、こうしてわしからも頼みにあがったのじゃ。ことのついでに、引き合わせてもらいたい』との仰せ、お言葉に違《たが》うわけにもゆかずに貂蟬《ちょうせん》を呼んでご挨拶いたさせました。すると太師が仰せられるには、『今日は吉日、これからさっそくわしが連れ帰って、奉先《ほうせん》にやることにしよう』とのこと。太師じきじきのお成りに、それがし如きがいやとは申せましょうか。ご推察下され」

「これは申しわけなし。司徒殿、それがしの思い違いにござった。明日あらためてお

「娘にもいささか嫁入道具などござりますゆえ、いずれ将軍の御許《おんもと》へまいりましたら、お届けいたしましょう」

呂布《りょふ》は礼を言って帰った。

あくる日、呂布《りょふ》は丞相府で様子をうかがってみたが、なんの音沙汰もない。奥へ踏みこんで、侍女たちにたずねてみると、

「昨夜来、太師さまには新しいご寮人《りょうにん》とお休みのまま、まだお目ざめになりません」

呂布《りょふ》は大いに怒って、ひそかに董卓《とうたく》の寝室の裏手へ忍びこんだ。そのとき、貂蟬《ちょうせん》は起きて窓のところで髪を梳《す》いていたが、窓外の池に束髪冠《そくはつかん》をつけた大きな人影が映ったので、そっとうかがうと、呂布《りょふ》である。貂蟬《ちょうせん》はことさらに眉をひそめ、いかにも思い屈した風情《ふぜい》で、薄絹で瞼《まぶた》をしきりに拭《ぬぐ》ってみせた。呂布《りょふ》はその様子を長いあいだ盗み見ていて姿を消したが、しばらくして、またはいって来た。董卓《とうたく》はすでに起きて広間に坐っていたが、呂布《りょふ》の来たのを見て、

「外に異常はないか」

「はっ」

と答えて、呂布《りょふ》は董卓《とうたく》のかたわらに侍立した。

董卓《とうたく》が食事をする間に、呂布《りょふ》がひそかにあたりをうかがうと、御簾《みす》の中を一人の女

が行ったり来たりしながらこちらをうかがっていたかと思うと、ついに顔を半ばのぞかせて目で媚《こび》を送って来る。呂布《りよふ》は貂蟬《ちようせん》と気づくや、魂もそぞろに宙に浮かぶ思い。董卓《とうたく》は呂布《りよふ》のそのありさまを見とがめて心中不審に思い、

「こりゃ、そちは用なくば退がっておれ」

と言ったので、呂布《りよふ》は暗い顔で退出した。

董卓《とうたく》は貂蟬《ちようせん》を手に入れてからというもの、彼女にうつつをぬかしてひと月あまりも政務を見ようとしなかった。董卓《とうたく》がたまたまちょっとした病気にかかったとき、貂蟬《ちようせん》は夜も帯をとかず、我が意にもあらで看病これつくすふりをしたので、董卓《とうたく》はいよいよ憎からず思っていた。呂布《りよふ》がある日見舞に上がると、ちょうど董卓《とうたく》が眠っているところだった。貂蟬《ちようせん》が寝台の後ろから半身をのり出し、手で自分の胸を指さし、また董《とう》卓《たく》を指さして涙をほろほろ落とした。呂布《りよふ》がこれを見て心も張り裂けんばかりの思いをしているとき、董卓《とうたく》はうつつのうちに、呂布《りよふ》がまばたきもせで床の後ろを見詰めているのを見、振り返って見れば、そこに貂蟬《ちようせん》が立っている。董卓《とうたく》はかっとして、

「貴様、わしの可愛がっている女にいたずらする気か」

と叱咤《しった》し、控えの者を呼んで彼を追いださせると今後の出入りを禁じた。

呂布《りよふ》は無念やるかたなく怒りをこらえて帰る途中で李儒《りじゆ》に行きあったので、この由を話した。李儒《りじゆ》は急いで董卓《とうたく》の前に伺候し、

「太師は天下をお取りなされようとしておられるに、何故ささいなことで温侯《おん》をとがめ立てなぞされたのでござりますか。もし彼が心変りでもすれば、万事休しまするぞ」

「では、どうせよというのじゃ」

「明朝さっそくに彼を召して金帛《きんぱく》を賜《たま》わり、慰めのお言葉をかけておやりになれば、無事に相すむでござりましょう」

董卓《とうたく》は言われたとおり、翌日人をやって呂布《りょふ》を呼びよせ、

「昨日は病中のこととて、いらざることにも気が立ち、誤ってそなたを叱ったりしてしまったが、気にせんでくれ」

と黄金十斤、錦二十疋をあたえた。呂布《りょふ》は礼を述べて帰ったが、その後、身は董卓《とうたく》の側近にありながら、心は貂蟬《ちょうせん》から離れなかった。

董卓《とうたく》は病癒《やまいい》え、宮中に参内して政事《まつりごと》にあずかった。ある日、呂布《りょふ》は戟をとって従っていたが、董卓《とうたく》が献《けん》帝と話している間に、隙を見て戟をひっさげて内宮を立ちいで、丞相府に乗りつけた。馬を門前につないで戟をもったまま奥へ通り、貂蟬《ちょうせん》と会った。

「裏庭の鳳儀《ほうぎ》亭でお待ち下さりませ」

貂蟬《ちょうせん》に言われて呂布《りょふ》、戟をもって亭へ駆けつけ、欄干《らんかん》のところに立っていた。しばらくして貂蟬《ちょうせん》が、まこと月の宮居の仙女かと見まがうばかりに花や柳の中から姿を現

わし、涙を落としながら、

「わたくし王司徒さまの実の娘ではありませぬが、実の娘同然に可愛がっていただいて参りました。先に将軍にお目にかかり、お側に仕えさせていただけるとのことに、一生の願いもかなったと喜んでおりましたところ、思いがけない太師さまのなさりよう。わたくしの身は穢《けが》されてしまいました。あのときその場で死のうと思いましたが、将軍に一言のお別れも申せぬのが心にのこり、今日の日まで恥を忍んで生きて参りました。今日、お目にかかることができて、わたくしの願いもかないました。すでに穢れたこの身体、もはやあなたさまにお仕えすることもかないませねば、あなたさまの御前にて命を棄て、わたくしの心をお見せいたします」

と言うや、欄干に手をかけて蓮池に身を躍らせようとした。

呂布《りよふ》はあわてて抱きとめ、涙ながらに、

「わしもお前の心は前から知っておった。ただいっしょに話す折をつかめなかったのだ」

貂蟬《ちようせん》は呂布《りよふ》にとりすがって、

「今生《こんじよう》においてあなたさまの妻とはなれぬわたくし、来世でお会いできますよう」

「この世でお前を妻とできねば、わしも英雄ではない」

「わたくしの一日は一年のよう。なにとぞお助け下さりませ」

「わしはいまちょっと抜けて来ただけで、老いぼれに疑われてもまずい。すぐ行かねばならぬ」

貂蟬《ちょうせん》はその袖《そで》をとらえて、

「あなたさまがそれほどあの老いぼれを恐れていらっしゃるのでは、わたくしこの世で陽《ひ》の目を見ることかないますまい」

呂布《りょふ》は立ち止まり、

「しばらく我慢していてくれ。わしが何とか考えてみるから」

と、戟をとって立ち去ろうとした。

「わたくしは深閨《しんけい》にあって、人々の口に将軍のお名前が雷の轟《とどろ》きわたるばかりに語られるのをうかがい、当世にただ一人の英雄と思っておりましたが、そのあなたさまが人の下についてびくびくしておられるとは思いもよりませんでした」

と貂蟬《ちょうせん》が涙をしとどに流せば、呂布《りょふ》は真赤になって戟をふたたびもとのところに立てかけ、向きなおって貂蟬《ちょうせん》を抱きしめると、やさしい言葉で慰めた。かくて二人は、固くよりそったまま離れようとしなかった。

さて董卓《とうたく》は宮中にあって、ふと振り返ると呂布《りょふ》の姿がないので不審に思い、あわただしく献《けん》帝に暇を告げて車に乗った。丞相府にもどると、呂布《りょふ》の馬が門前につないである。門衛にたずねると、

「温侯《おん》は奥へ通られました」

との答え。

董卓《とうたく》は左右の者を退けておいてまっすぐ奥にはいり、たずねてみたが見当たらない。貂蟬《ちょうせん》の名を呼んだが、やはり出て来ない。急いで侍女にたずねると、

「裏庭で花を見ておいでです」

と言う。

裏庭に行ってみれば、呂布《りょふ》と貂蟬《ちょうせん》が鳳儀亭の下で睦《むつま》じく語りあい、画戟《がげき》がそばに立てかけてある。董卓《とうたく》は烈火の如く怒って大喝一声した。呂布《りょふ》は董卓《とうたく》の姿に仰天し身をひるがえして逃げようとし、董卓《とうたく》は画戟をとりあげいざ一突きと追いかけたが、呂布《りょふ》の足早く、肥満した董卓《とうたく》にはとても追いつけぬ。そこで戟を投げつければ、呂布《りょふ》それを叩き落とし、董卓《とうたく》が拾いあげてふたたび追わんとしたとき、呂布《りょふ》はすでに遠ざかっていた。董卓《とうたく》がなおも追いすがって庭の門を出たとき、あわただしく駆けこんで来た一人の男と真向からぶつかってばったり倒れた。正に、怒り千丈天を沖《つ》き、肥《ふと》っちょばったり肉の山、というところ。さてこの男は誰か。それは次回で。

注1　**尚父**　周《しゅう》の太公望呂尚《りょしょう》は武《ぶ》王をたすけて天下を平定したので、武《ぶ》王は呂尚《りょしょう》を「尚父」と

呼んで尊んだ。ここでは董卓《とうたく》が自分を呂尚《りょしょう》になぞらえたもの。しかし実際には、董卓《とうたく》の配下に彼をこう呼ぼうという者があったが、蔡邕《さいよう》が天下を平定してからにしたがいいと言ったので取り止めになったという。

2 **司空** 太尉・司徒と並ぶ三公の一人。

3 **伊《い》・周《しゅう》** 伊《い》は殷《いん》王朝の始祖湯《とう》王の宰相伊尹《いいん》のこと。湯《とう》王をたすけて夏《か》を亡ぼし天下を平定した。周は周の武《ぶ》王の弟、周公《しゅうこう》のこと。武《ぶ》王の死後、甥の成《せい》王のもとで宰相となり各地の叛乱を平定した。また官制を定め礼法をつくって周の制度を大成した。

4 **教坊** 唐代に宮中に設置され、歌舞・音楽の奉仕にあたったところ。三国の時代にはなかった。

第九回

暴兇《ぼうきょう》を除《のぞ》いて　呂布《りょふ》　司徒《しと》を助《たす》け
長安《ちょうあん》を犯《おか》して　李傕《りかく》　賈詡《かく》に聴《き》く

さて董卓《とうたく》を突き倒した男は、誰あろう李儒《りじゅ》であった。李儒《りじゅ》は急いで董卓《とうたく》を助け起こして書院にはいった。

「その方、何でここへ来たのじゃ」

「それがし、たまたまご門前まで参りましたところ、太師が何事かお腹立ちあって裏庭におはいりになり、呂布《りょふ》殿を探しておられると聞き、急いで参りましたが呂布《りょふ》殿が『太師に殺される』と走って来たのに出会い、あわてておなだめいたさんと駆け入り、ふつつかにも丞相《じょうしょう》をお倒ししてしまったもの。ご容赦のほど願い上げます」

「あの裏切者めが、憎んでも余りある。わしの女に手を出したからには、生かしてはおくまいぞ」

「太師それはいかがかと存じられます。むかし楚《そ》の荘《そう》王がかの絶纓《ぜつえい》(1)の宴に、愛妾にたわむれた蔣雄《しょうゆう》をとがめなかったので、のち秦《しん》の兵に取り囲まれたとき、彼の死力をつくしての働きによって救われた例もございます。いま、貂蟬《ちょうせん》は一介の女子にすぎず、呂布《りょふ》殿は太師腹心の猛将ではございませんか。もし太師がこのおりに貂蟬《ちょうせん》を呂布《りょふ》殿に賜《たま》わりますれば、彼はご恩に感じて、太師の御為《おんため》には命をも捧げるでございましょう。よくよくご考慮たまわりまするよう」

董卓《とうたく》はしばし考えていたが、

「そなたの言うこともっともじゃ。余も考えておく」

と言ったので、李儒《りじゅ》は辞去した。

董卓《とうたく》は奥にはいって、貂蟬《ちょうせん》を呼び、

「そなたは何で呂布《りょふ》と勝手な真似をしたのだ」

貂蟬《ちょうせん》は涙を流し、

「わたくしが裏庭で花を見ているところに、呂布《りょふ》が突然まいりましたので、わたくし驚いて身を隠そうといたしますと、『太師の息子であるわしを何で避ける』と戟《げき》でおどされ鳳儀亭《ほうぎ》まで追いつめられてしまいました。わたくし呂布《りょふ》がよからぬ心を抱いてわたくしを手籠《てごめ》にするのではないかと思い、蓮池に身を投げようとしましたが、あの下郎めに抱きとめられてしまいました。正に生死の瀬戸際のところを、太師さまにお助けいただいたのでございます」

「わしはそなたを呂布《りょふ》にやろうと思うのだが、どうじゃ」

貂蟬《ちょうせん》は大いに驚いて、はげしく泣き、

「わたくしいったんは貴きお方のお情けにあずかったもの。いまにわかに下郎のもとにやられるとは。そんな恥を受けるくらいなら、死んだ方がましでございます」

と壁にかけてある宝剣をとり自分の首を掻《か》き切ろうとした。

董卓《とうたく》はあわてて剣をもぎとり、抱きかかえて、

「いや、冗談じゃ冗談じゃ」

貂蟬《ちょうせん》は董卓《とうたく》の胸に倒れ伏し、顔を押しつけてはげしく泣きながら、

「これは李儒《りじゅ》の差し金でございましょう。李儒《りじゅ》は呂布《りょふ》と仲がよいゆえ、こんなことを考え出して太師さまのご体面を踏みにじり、わたくしの命をおもちゃにしようとしたのです。あの男の生き肉を食ってやりとうございます」

「わしにそなたが棄てられると思うか」

「もったいない思《おぼ》し召《め》しではございますが、わたくしここに長くはおられませんでしょう。きっと呂布《りょふ》の手にかかって殺されてしまいます」

「よいよい、明日そなたと郿《び》城へ帰り、いっしょに楽しく暮らそう。安心せよ」

貂蟬《ちょうせん》はこう聞いてようやく泣きやみ、礼を述べた。

あくる日、李儒《りじゅ》が来て、

「今日は日柄《ひがら》もよし、貂蟬《ちょうせん》を呂布《りょふ》におつかわしになるがよろしゅうございましょう」

「呂布《りょふ》はわしと親子の間柄。このことはよくない。あれの罪はとがめぬことにするか

ら、その方からわしの気持を伝えて、うまくなだめておいてくれ」

「太師、女に惑わされてはなりませぬぞ」

「貴様は自分の妻を呂布《りょふ》にやることができるか。貂蟬《ちょうせん》のことは二度と言うな。言えば斬るぞ」

董卓《とうたく》は色を変えた。

李儒《りじゅ》は引き退がってきて、天を仰いで嘆息した。

「われらはみな女の手にかかって死ぬるのか」

のちの人がここまで読みいたり、嘆じてつくった詩に、

司徒《しと》の妙算　紅裙《こうくん》に託す、
干戈《かんか》用いず　兵を用いず。
虎牢《ころう》の三戦　徒《いたずら》に力を費《つい》やし、
凱歌《がいか》かえって　鳳儀《ほうぎ》亭に奏す。

董卓《とうたく》は即日郿城へ帰る旨を触れ、百官一同これを見送った。貂蟬《ちょうせん》は車上にあって、はるかに呂布《りょふ》が人混みの中から車中に目を注いでいるのを見つけたので、わざと顔をおおってもだえ泣いているさまをよそおった。車はすでに遠ざかったが、呂布《りょふ》はなお

丘の上に馬をとめ、立ちのぼる車塵《しやじん》を眺めて嘆き悲しんでいた。と、不意に後ろで声をかける者がある。

「これは温《おん》侯、太師のお供もせで、こんなところから眺めて嘆いておられるとはどうしたことです」

呂布《りよふ》が振り返って見れば、司徒王允《おういん》である。

挨拶を終えて、王允《おういん》は、

「それがし先頃より身体をこわし、家に引き籠《こも》っておりましたので、将軍とも久しくお目にかかりませなんだが、本日は太師が郿城へお帰りとのことで病をおしてお見送りに参ったところ、幸いにも将軍にお目にかかることができました。ときに、いかがなされたのかな。こんなところで溜息を洩らされるとは」

「ほかでもない貴殿の娘御のためにござる」

王允《おういん》は驚いたふりをし、

「あれからよほどになるに、なんとまだお遣わしになっていないのですか」

「あの老いぼれめが、とうに自分のものにしてしまったのでござる」

王允《おういん》はいっそう驚いた面持で、

「なんと、まさかそのようなことが」

呂布《りよふ》はこれまでのことを事細かに話した。王允《おういん》は天を仰ぎ足踏みならし、しばし声

もなかったが、ややあって、

「太師がこんな禽獣《きんじゅう》にもひとしき行ないをするとは」

と呂布《りょふ》の手をとり、

「まずはわたしのところに参ってお話しいたそうではありませぬか」

呂布《りょふ》が王允《おういん》とともに帰ると、王允《おういん》はあたりに人気《ひとけ》のない部屋に案内し、酒を出してもてなした。呂布《りょふ》はまた鳳儀亭でのことを詳しく話した。

「太師がわたくしの娘を姦し、将軍の妻を奪ったことは、まことに天下の笑い物。しかも笑い物にされるのは太師ではなく、わたくしと将軍ですぞ。とはいえ、わたくしは老いぼれた能なしのことゆえそれも当たり前と申せましょうが、残念なのは、一世の英雄とうたわれた将軍がこのような辱《はずか》しめを受けられたこと」

と王允《おういん》が言えば、呂布《りょふ》は怒髪天を衝《つ》き、机を叩いて怒号した。王允《おういん》が急いで、

「これは口をすべらせてしまいました。お腹立ちなきよう」

と言うと、

「誓ってあの老いぼれを殺し、恥を雪《すす》いでみせます」

王允《おういん》はあわててその口をおおい、

「将軍、言葉にお気をつけ下されい。わたくしまで巻添えをくいますからな」

「大の男がこの世に生を享《う》け、いつまでも人の下で小さくなっておられるものではご

ざらぬわ」

「いかにも。将軍のご器量、とても董太師《とう》に云々できるものではございません」

「それがし、あの老いぼれを殺そうとは存ずるが、気にかかるは父子の間柄、のちの者がとやかく申すのではござらぬか」

「将軍の姓は呂《りょ》、太師の姓は董《とう》ではありませぬか。先日戟を投げつけたとき、彼に親子の情があったと言えましょうか」

と王允《おういん》が微笑すると、呂布《りょふ》は奮然として、

「おお、司徒殿のお言葉なくば、それがし大変な誤りを犯すところにござった」

王允《おういん》は彼の心が決まったのを見てとって、

「将軍がもし漢室を助けられるなら、忠臣として青史に名をとどめ、百世ののちまで名誉が伝わりましょうぞ。またもし董卓《とうたく》を助けたりされれば、逆臣として歴史に載せられ、万代にまで悪名をうたわれることになるでしょう」

呂布《りょふ》は座を下りて頭を下げ、

「それがし決意いたしました。お疑い召されるな」

「ただ、事の成らぬときには大禍《たいか》を招きますぞ」

呂布《りょふ》は刀を抜いて臂《ひじ》を刺し、血を滴《したた》らせて誓った。王允《おういん》が跪《ひざまず》き、

「漢朝をたもつことができるかどうかは、ひとえに将軍のお力によります。けっして

他人に洩らされることなきよう。決行のときの策略は、もちろんお知らせいたします」

と言えば呂布《りよふ》はうなずいて立ち去った。

王允《おういん》はただちに僕射《ぼくや》(2)士孫瑞《しそんずい》・司隷校尉黄琬《こうえん》を呼んで協議した。すると、士孫瑞《しそんずい》の言うのに、

「当今、主上はご不例ご快癒のこととて、能弁の士を郿城へつかわし、政事《まつりごと》にかこつけて卓《たく》を呼びださせる一方、天子の密詔《みつしょう》を呂布《りよふ》に下し、宮門内に兵士を潜《ひそ》ませておいて、卓《たく》を引き入れて誅するのが上策と申せましょう」

黄琬《こうえん》が、

「誰をやるか」

と言うと、

「呂布《りよふ》と同郡の騎都尉李粛《りしゆく》が董卓《とうたく》に冷たくあしらわれて、ひどく恨んでおります。彼をやりますれば、卓《たく》は疑うことありますまい」

王允《おういん》は、

「それがよい」

と呂布《りよふ》を呼ぶと、

「むかしそれがしをそそのかして丁建陽《ていけんよう》を殺させたのもあの男。今度もし行かぬと言

えば、きゃつからまず血祭りに上げてやります」

と言うので、ただちに人をやってひそかに李粛《りしゆく》を呼んだ。

呂布《りよふ》が、

「むかし、貴公はそれがしを説いて丁建陽《ていけんよう》を殺し董卓《とうたく》のもとに投じさせたが、いま、董卓《とうたく》は上《かみ》は天子を蔑《なみ》し下《しも》は万民を虐《しいた》げて、罪悪天地にみちみち、神人《かみひと》ともに憤《いきどお》らぬものはない。貴公、勅使《ちよくし》として郿城へ下り、董卓《とうたく》に宣旨《せんじ》を伝えて入朝させて下さらぬか。そのうえ、伏せおいた兵で奴を誅して漢室中興のために働き、ともに忠臣となろうではないか。ご意見うかがいたい」

と言うと、李粛《りしゆく》が、

「それがしもかねてからあの逆賊を除こうと思っていたのだが、心を同じくする者のいないのを残念に思っていたところ。いま将軍がかく言われるは、天の賜物《たまもの》、それがし二心なぞもちはせぬ」

と矢を折って誓ったので、王允《おういん》が言った。

「そなたがこの事をなしとげられなば、いかなる官位も思いのままじゃぞ」

次の日、李粛《りしゆく》は十数騎を引き連れて郿城へ下向した。勅使到来と聞いて、董卓《とうたく》は中へ通した。李粛《りしゆく》が拝伏すると、

「勅使の用件はなんじゃ」

りますする」

「天子にはご不例のところ、このたびご快癒あらせられましたので、文武百官を未央《びおう》殿に集めて太師に御位《みくらい》を譲られんとの思召、それがし 詔《みことのり》を受けて参ったものにござります」

「王允《おういん》はどう考えておる」

「王司徒殿はすでに受禅台《じゅぜんだい》の建造をお命じになり、殿のおいでをお待ちにございます」

「わしは昨夜一匹の竜がわしの身体にまつわりついた夢を見たが、あれは今日の吉報の知らせだったか。このときを失うことはできぬ」

董卓《とうたく》はただちに腹心の大将李傕《りかく》・郭汜《かくし》・張済《ちょうせい》・樊稠《はんちゅう》ら四人に命じ飛熊《ひゆう》軍三千をひいて郿城を守らせ、自らは即日行列をととのえて帰京することとしたが、李粛《りしゅく》をかえりみて、

「わしが皇帝となったならば、そちを執金吾《しっきんご》(3)としようぞ」

と言った。

李粛《りしゅく》は臣下の礼をとって拝謝した。董卓《とうたく》は母親に暇乞《いとまご》いに行った。そのとき、母親は九十余歳であったが、董卓《とうたく》に尋ねて、

「そなたはどこへ行くのか」

「わたくしは漢の宝祚《ほうそ》を受けにまいります。母上には近々のうち皇太后となられまし

ょうぞ」

「わたしは近頃、皮肉ふるえ心臓がたかぶって仕方ない。吉兆とは思えぬが」

「国母になられようとするのに、心のたかぶることがあって何の不思議がありましょうや」

董卓《とうたく》は母の前を辞したが、出発にのぞんで、貂蟬《ちょうせん》に、

「わしが天子とならば、そなたを貴妃《きひ》(4)に立ててやるぞ」

と言った。貂蟬《ちょうせん》は計画の進んでいることに気づき、笑顔をつくって拝謝した。

董卓《とうたく》は車に乗って郿城を打ち立ち、前後を護られて長安へ向かった。三十里も行かぬところで、とつぜん乗っていた車の一方の車軸が折れたので、馬に乗りかえた。また十里も行かぬうち、馬がはげしくいななき、手綱をふり切った。

「車軸が折れ、馬が手綱を切ったのは、何の兆《きざ》しか」

董卓《とうたく》が李粛《りしゅく》に尋ねると、

「これは太師が漢の宝祚を受け、旧を棄てて新につき、まさに玉輦金鞍《ぎょくれんきんあん》に乗られんとの兆しにございます」

董卓《とうたく》は喜んでその言葉を信じた。次の日、進み行くうち、突如狂風吹き起こり、もうもうたる霧が天地をおおった。

「これ吉凶は」

「殿が御位に登らせたまう御時にてござれば、天、紅の日、紫の霧をあらわし、ご威光をそえたもうものにござります」

董卓《とうたく》は喜んで疑わなかった。かくて城外にいたれば、百官らことごとく出迎えたが、李儒《りじゅ》ひとり、病気のため出ることができなかった。董卓《とうたく》が丞相府に着くと、呂布《りょふ》が祝賀にのぼった。

「わしが九五の位に昇らば、そなたに天下の兵馬を総督させよう」

董卓《とうたく》に言われて布《ふ》は拝謝し、寝間の外に宿直《とのい》した。この夜十人あまりの子供が城外に歌う声が寝間の中まで風に運ばれて来た。「千里の草、何ぞ青々たる。十日の下《のち》、生くるを得ず」(5)という歌声、哀調切々たるものがあった。

「この歌の吉凶は」

董卓《とうたく》が李粛《りしゅく》に問えば、

「これまた劉《りゅう》氏亡び、董《とう》氏の興るを歌ったものでござります」

あくる日の朝、董卓《とうたく》が供揃えを立てて宮中へおもむく途中、とつぜん黒い道袍に白い頭巾《ずきん》の一人の道士が長い竿を捧げ、その先に一丈ばかりの布をたらして現われた。布の先端には左右に「口」という字が書いてある(「口」二つで「呂」。それが布に書かれて「呂布《りょふ》」を現わす)。

「この道士は何の意味じゃ」

「狂人にございます」

と李粛《りしゆく》は武士に命じて追い払わせた。

董卓《とうたく》が宮中にはいると、群臣が礼装して両側に堵列《とれつ》し、李粛《りしゆく》は宝剣を手にして車のわきを進んだ。北掖門《ほくえきもん》にいたると、兵士らをすべて門外に止め、車に従う二十人あまりだけがともに中にはいった。董卓《とうたく》は王允《おういん》らが各自宝剣を手に宮殿の門に立っているのを眺めて驚き、

「剣を持っているとは何事じゃ」

と李粛《りしゆく》にたずねたが、李粛《りしゆく》は答えず、車を擁して中へ押しこんだ。そのとき、

「国賊が参ったぞ、衛士ども出合え」

と王允《おういん》が叫べば、両側から百人あまりが戟《げき》をかまえ槊《さく》をふるって一斉に突いてかか

った。董卓《とうたく》は直垂《ひたたれ》の下に着こんだ鎧《よろい》に穂先を免れ、臂《ひじ》を刺されて車からころげ落ち、

「倅《せがれ》。奉先《ほうせん》はおらぬか」

呂布《りよふ》、車の後ろから、

「詔《みことのり》だ。逆賊、覚悟いたせ」

と高々と名乗って喉もとを突きとおし、李粛《りしゆく》がすばやく首を掻《か》き切った。呂布《りよふ》が左

手に戟をもち、右手で懐中より詔を取り出して、

「詔を奉じて逆賊董卓《とうたく》を討ち取った。その他の者どもはすべて赦《ゆる》される」

と叫べば、武士・役人どもこぞって万歳を称《とな》えた。〔時に卓《たく》、五十四歳。漢の献《けん》帝の初平《しょへい》三年、壬申《みずのえさる》、四月二十二日のことである。〕のちの人が董卓《とうたく》を嘆じた詩に、

覇業成る時は　帝王たり、
成らざるも且《な》お作《な》る　富家の郎。
誰か知らん　天意に私曲無く、
郿塢《びお》まさに成りし時　已《すで》に滅亡せんとは。

さてそのとき、呂布《りょふ》が大音に叫んだ。

「卓《たく》の無道を助けしは李儒《りじゅ》なるぞ。誰か生捕りにして来ぬか」

李粛《りしゅく》が言下に進み出たとき、門外にたちまち喊声《かんせい》が湧き、李儒《りじゅ》の家僕が李儒《りじゅ》を縛って献上して来たと知らせがあった。王允《おういん》は市中に引き出して斬首するよう命じ、また董卓《とうたく》の死骸を都大路に晒《さら》させた。董卓《とうたく》の死骸は丸々と肥っていたので、見張りの兵士がその臍《へそ》に燈心を置いて火をつけたところ、膏《あぶら》があたり一面に流れだした。通りかかりの人民どもも、その頭をなぐり、その屍《むくろ》を踏みにじらぬ者はなかった。王允《おういん》はまた呂《りょ》布《ふ》に命じて、皇甫嵩《こうほすう》・李粛《りしゅく》とともに兵五万をひきい、郿城へおもむいて董卓《とうたく》の財産・家人を官に没収させることとした。

さて李傕《りかく》・郭汜《かくし》・張済《ちょうせい》・樊稠《はんちゅう》らは董卓《とうたく》すでに死し、呂布《りょふ》押しよせきたると聞いて、ただちに飛熊軍をひきい涼州さして奔《はし》った。呂布《りょふ》は郿城に着くや、まず貂蟬《ちょうせん》を引き取った。皇甫嵩《こうほすう》は城内に捕えられていた良家の子女たちをすべて釈放した。だが、董卓《とうたく》の親族は老幼を問わず、一人あまさず誅戮《ちゅうりく》した。卓《たく》の母も殺された。卓《たく》の弟董旻《とうびん》・董璜《とうこう》は晒《さら》し首にされた。呂布《りょふ》たちは、城内に蓄えてあった黄金数十万、白金数百万、絹・珠玉・調度・食糧など数知れず没収して都に持ち帰り、王允《おういん》に復命した。王允《おういん》は兵士らを大いにねぎらい、都堂に宴を設けて百官をよび慶祝《けいしゅく》の酒をくみかわした。

宴の最中に、

「董卓《とうたく》の屍を晒しておりますところで、一人の男が屍の上に倒れ伏して泣き叫んでおります」

と知らせがあった。

怒った王允《おういん》は、

「董卓《とうたく》が誅に伏し国を挙げて喜んでおると申すのに、悲しむとは何やつじゃ」

「ここに引ったててまいれ」

と衛士に命じた。たちまち捕えられて来た者を見れば、驚いたことに、余人にあらず侍中《じちゅう》の蔡邕《さいよう》である。

「逆賊董卓《とうたく》が今日誅に伏したのは、国の大いなる幸せではないか。しかるに、漢朝の臣でありながらこれを喜ばず、国賊のために嘆くとはどうしたことじゃ」

と王允《おういん》が責めると、蔡邕《さいよう》はわが罪をみとめて、

「それがし非才なりとは申せ、大義のほどはわきまえております。国に背いて董卓《とうたく》に従うなぞと申すことを何でいたしましょうや。ただ、一時の知遇にあずかった恩を思い、われにもなく彼のために泣いてしまったもの、大それた罪はとくと承知いたしております。このそれがしの心中ご推察の上、罪を刺青《いれずみ》足斬りにおとどめいただき、漢史を書き継ぐことをもって罪をつぐなわせていただきますれば、それがしの大なる幸せにござります」

百官も蔡邕《さいよう》の才を惜しんで、極力命を救おうとした。太傅《たいふ》馬日磾《ばじってい》も王允《おういん》にささやいて、

「伯喈《はくかい》（蔡邕《さいよう》の字《あざな》）殿は世に並びなき博識の人。もし漢史を書き継いでこれを完成いたせば、まことに一世の盛事ともなりましょう。しかも彼の孝行は世に知られておりますから、いまにわかに殺したりすれば、人心を失うこととなりましょうぞ」

「いやいや。むかし孝武皇帝《こうぶ》（漢の武帝《ぶ》）は司馬遷《しばせん》を殺さずに史書を書かせ、ために誹謗《ひぼう》の書を後世に流したもうた。国運衰え、政事《まつりごと》千々に乱れおるいま、かような佞臣《ねいしん》を幼主の左右において筆をとらせておけば、われわれも後世必ず謗《そしり》を受けるようなことになる」

日磾《じってい》は返す言葉もなく引きさがり、ひそかに百官に向かって言った。

「王允《おういん》の一族亡びずにはおかれまいぞ。善人は国の紀《みち》、制作《せいさく》（礼楽）は国の典《のり》だ。紀《みち》を亡ぼし典《のり》を棄てて生きながらえられる道理があろうか」

そのとき王允《おういん》は日磾《じってい》の言を入れず、蔡邕《さいよう》を獄に下してくびり殺させたが、時の心ある人々、これを聞いて涙せぬ者はなかった。のちの人は、これについて、蔡邕《さいよう》が董卓《とうたく》のために泣いたのはもとよりよくはないが、王允《おういん》が彼を殺したのもあまりに苛酷であったとして詩をつくって嘆じている。

董卓《とうたく》権を専《もっぱ》らにして　不仁を肆《ほしいまま》にし、
侍中何すれぞ　自ら竟《つい》に身を亡ぼす。
当時諸葛《しょかつ》　隆中《りゅうちゅう》に臥し、
安《いずく》んぞ肯《あ》えて身を軽んじ乱臣に事《つか》えんや。

さて李傕《りかく》・郭汜《かくし》・張済《ちょうせい》・樊稠《はんちゅう》の四人は陝西《せんせい》に逃れていたが、使者を長安にのぼせて赦《ゆる》しを請う上奏文を奉って来た。すると、王允《おういん》の言うのに、

「董卓《とうたく》が跋扈《ばっこ》したのは、みなこの四人が助けたもの。いま天下に大赦を行なっているとはいえ、この四人だけは赦すこと相成らぬ」

使者が帰ってこの旨を告げると、李傕《りかく》が言った。

「赦してもらえぬとあらば、それぞれ落ちのびるほかはあるまい」

するとと幕僚の賈詡《かく》が、

「おのおの方がもし軍を棄てて身ひとつで逃れられるとあらば、一介の亭長ですらおのおの方を苦もなく取って押さえられるでござろう。それより陝西の人民を集めて手勢と合わせ、長安に攻め入って董卓《とうたく》殿の仇を討とうではござらぬか。計成らば天子を奉じて天下に号令し、もし敗れなば、そのときに逃げても遅くはござるまい」

李傕《りかく》たちはこれに同意し、西涼州に、

「王允《おういん》がこの地方の人々を皆殺しにするために攻めて来る」

との噂《うわさ》をひろめさせたので、人々は驚き恐れた。そこで重ねて、

「いたずらに死ぬるも益なきこと。われらとともに謀反《むほん》しないか」

と触れまわせば、人々こぞって志願して来た。かくて十余万の勢を集め、四手に別れて長安へ押し寄せた。途中、董卓《とうたく》の女婿《じょせい》、中郎将牛輔《ぎゅうほ》が舅《しゅうと》の仇討ちせんと五千の軍勢をひきいて来るのに出会ったので、李傕《りかく》は兵を合わせ、彼を先鋒とした。かくて四人は一路長安を目指して押し出した。

王允《おういん》は西涼の兵が攻め上ると聞き、呂布《りょふ》と協議したが、呂布《りょふ》は、

「司徒殿、ご案じあるな。奴らごとき、物の数にもござらぬ」

と李粛《りしゅく》を従え兵をひきいて迎え撃った。李粛《りしゅく》が先頭をきって進むところ、牛輔《ぎゅうほ》の軍と遭遇し、大合戦の末、牛輔《ぎゅうほ》はかなわずに逃げ去った。ところがその夜二更頃、牛輔《ぎゅうほ》が李粛《りしゅく》の油断を見すまして夜討ちをかけて来たため、李粛《りしゅく》の軍勢は散りぢりになってり、三十里あまり潰走《かいそう》し、軍の大半を失って呂布《りょふ》のもとにたどりついた。呂布《りょふ》は大いに怒り、

「貴様、われらの鋭気を挫《くじ》くとは何事だ」

と李粛《りしゅく》を斬り、首を軍門に晒《さら》した。

あくる日、呂布《りょふ》が兵を進めて牛輔《ぎゅうほ》と対戦したが、牛輔《ぎゅうほ》かなおうはずもなく、またしても大敗して逃げた。その夜、牛輔《ぎゅうほ》は腹心の胡赤児《こせきじ》を呼び、

「呂布《りょふ》の武勇に会っては、とても歯が立たぬ。李傕《りかく》たち四人の目を盗んで黄金珠玉を奪い、心知った四、五人だけを連れて逃げようではないか」

と言い、胡赤児《こせきじ》もこれを承知したので、その夜のうち黄金や珠玉をかき集め、三、四人だけを連れて陣を逃れ出た。河を渡ろうというとき、赤児《せきじ》は金や玉をわが物にしようとして牛輔《ぎゅうほ》を殺し、首を呂布《りょふ》に献じた。呂布《りょふ》が事情を問いただしていると、従った者が進み出て、

「胡赤児《こせきじ》は牛輔《ぎゅうほ》を殺して金銀を奪ったのでございます」

呂布《りょふ》は怒って、その場で胡赤児《こせきじ》を誅殺した。さらに軍勢をひきいて前進するうち、

李傕《りかく》の軍勢に遭遇した。呂布《りよふ》は李傕《りかく》が陣を布《し》く暇をあたえず、戟をしごき馬を躍らせ軍をひきいて攻めかかった。李傕《りかく》の軍勢は抗しようもなく、五十里あまり逃げて山を背に陣をとった。李傕《りかく》は、郭汜《かくし》・張済《ちょうせい》・樊稠《はんちゅう》を招いて軍議を催し、

「呂布《りよふ》は武勇すぐれたりとはいえ、頭のない奴だから、恐れるには当たらぬ。身どもは手の者をひきいて狭間《はざま》を守り、連日出撃して呂布《りよふ》を誘い出すほどに、郭《かく》将軍、貴公は一隊をもって彼の背後を襲い、彭越《ほうえつ》が楚《そ》を悩ませた法(6)をとって、銅鑼《どら》を合図に兵を出し、太鼓を合図に退いてくれ。張《ちょう》将軍と樊《はん》将軍は、その間に手勢をひきいて長安へ一気に寄せてくれぬか。さすれば彼は応接の暇なく、敗れ去るに違いない」

と言えば、一同これに同意した。

さて呂布《りよふ》が兵をひきいて山麓に攻め寄せると、李傕《りかく》が手勢をひきいて迎え撃った。呂布《りよふ》が怒りもすさまじく一気に寄せかかれば、李傕《りかく》は山へ逃げ登り、矢や石を雨の如く注ぎかけるので進み悩むとき、郭汜《かくし》が背後から寄せてきたとの知らせに、呂布《りよふ》が急いで取って返す。すると太鼓の音とともに、郭汜《かくし》の軍は潮の如く退いてしまう、呂布《りよふ》が軍勢をまとめようとすると、銅鑼の音起こり、李傕《りかく》の軍勢が討って出る。呂布《りよふ》が駆けつければ、太鼓の音とともに退き去る。呂布《りよふ》は胸も張りさけんばかりに怒り狂った。

かくして数日、戦おうにも戦えず、止めようにも止められぬありさまで、呂布《りよふ》がいきり立っているおりもおり、突然早馬が到着して、長安が張済《ちょうせい》・樊稠《はんちゅう》の軍勢に襲われ落

城寸前とのこと。呂布《りよふ》が軍をもどして急げば、背後から李傕《りかく》・郭汜《かくし》が迫る。呂布《りよふ》はもはや戦う心もなく、ひたすら逃走をはかったので、兵馬多数を失った。長安の城下にたどりついてみれば、賊兵雲の如くむらがって城をひしひしと取り囲み、呂布《りよふ》の軍の損害はかさむばかり。兵士らは短気な呂布《りよふ》の乱暴を恐れてぞくぞく賊に寝返り、呂布《りよふ》は一人心を痛めるばかりであった。

数日後、董卓《とうたく》の残党李蒙《りもう》・王方《おうほう》が城内から賊に内応してひそかに城門を開いたので、四方の賊軍は一斉になだれこんだ。呂布《りよふ》は左に突きいり右に突きいって、手向かう賊どもを蹴散らし、数百騎をひきいて青瑣《せいさ》門外にいたり、王允《おういん》を呼びだした。

「もはやこれまででござる。司徒殿、馬をお召し下されい。ともに関外に逃れ出て別に良策を立てようではござらぬか」

「社稷《しやしよく》の霊のご加護によって、国家の安泰をはかろうというのがわしの念願であったが、これが得られねば、一命を捧げて国のために果てんのみ。危急が迫ったからとて逃げるようなことは、わしはせぬ。国のために尽くすよう、くれぐれも関東の諸公へ伝えてくれ」

呂布《りよふ》が再三勧めたが、王允《おういん》は踏みとどまると言ってきかない。間もなく各門に火の手が上がり天に沖《ちゆう》したので、呂布《りよふ》はやむなく妻子を見棄て、百余騎をひきいて関外へ逃れ、袁術《えんじゆつ》を頼って落ちのびた。

李傕《りかく》・郭汜《かくし》は兵士らが市街を掠奪《りやくだつ》し荒らしまわるままにし、太常卿《たいじようけい》(7)种払《ちゆうふつ》・太僕《たいぼく》魯馗《ろき》・大鴻臚《だいこうろ》(8)周奐《しゆうかん》・城門校尉崔烈《さいれつ》・越騎校尉王頎《おうき》らは枕を並べて国難に殉《じゆん》じた。賊兵が宮中を取り囲み乱入しそうな勢いとなったので、侍臣は乱暴をおさえるため天子に宣平門《せんぺい》へ出御あるようお願いした。李傕《りかく》らははるかに黄蓋《こうがい》(9)を望み兵士らをおさえて、口々に万歳をとなえた。

献帝《けん》が楼上から、

「その方たち、詔も受けずに長安に乱れ入るとは、どうしたことか」

とご下問あれば、李傕《りかく》・郭汜《かくし》が仰ぎ見て奏上した。

「董《とう》太師は陛下の無二の臣でございましたるに、王允《おういん》のため故もなく殺されたのでございます。臣らはその復讐に参ったもので、謀反なぞ毛頭も考えてはおりませぬ。王《おう》允《いん》をお出し下さらば、すぐさま兵を退くものにござります」

このとき王允《おういん》は帝のお側にいてこれを聞き、

「臣はもともと国家のために計ったのでありましたが、事ここに至りしうえは、臣を惜しまれて国を誤るようなことをなされてはなりませぬ。臣が賊どものもとへ参ることをお許し下さい」

と奏上したが、帝はためらってご返事なさらない。王允《おういん》は、

「王允《おういん》ここにあり」

と叫ぶなり、楼上から身を躍らせた。

李《り》傕《かく》・郭《かく》汜《し》は剣を抜いてつめ寄り、

「董《とう》太師は何の罪あって殺されたのか」

「董卓《とうたく》の罪は天地にはびこって、言葉にも尽くせないほどだ。誅に伏した日には、長安の人々はあげて喜びあったものだ。貴様たちは聞いていないのか」

「太師にたとい罪あったといえ、わしたちに何の罪があったか。なんで赦さなかったのか」

「黙れ、逆賊。王允《おういん》は今日ここに果てるのみだ」

と王允《おういん》が罵れば、二賊の手あがり、王允《おういん》を楼下に殺した。史官が讃えた詩に、

王允《おういん》　機籌《きちゆう》を運《めぐ》らして、
奸臣　董卓《とうたくや》休む。
心に懐《いだ》く　家国の恨み。
眉は鎖《とざ》す　廟堂《びようどう》の憂い。
英気　霄漢《あまのかわ》に連なり、
忠誠　斗・牛を貫く。
今に至るも　魂《こん》と魄《はく》と、

猶《な》お遶《めぐ》る鳳凰《ほうおう》の楼。

賊徒らは王允《おういん》を殺し、一方、人をやって王允《おういん》の一門を老幼一人残さず殺させたので、官に仕える者、庶民たち一人として涙を流さぬ者はなかった。かくて李傕《りかく》・郭汜《かくし》は、「ここまで来たからには、一気に天子を殺して国を乗っ取ってしまおう。二度とこのようなおりは来まいぞ」

と考え、白刃をとって宮中へ斬り入ろうとする。まさに、巨魁《きょかい》罪に伏して、賊の手下あばれまわる、というところ。さて献《けん》帝のお命はどうなるか。それは次回で。

注1　**絶纓の宴**　春秋《しゅんじゅう》の時代、楚《そ》の荘《そう》王がある夜酒宴を催したおり大風が吹いて席上の灯を全部吹き消してしまった。そのとき一人の者が暗闇をよいことに皇后の着物をひき、たわむれかかったので、皇后はその者の纓（冠のひも）をひきちぎっておいて王に取調べるように願ったが、王は酒の上でのこととして取りあわず、全員の纓をひきちぎらせたうえで灯をつけ宴をつづけた。のちにその者は戦場で大功を立ててそのときの恩に報いた。これは「絶纓の会」として有名な故事となっている。しかし、本書の蔣雄《しょうゆう》という名は作者が作ったもので、秦と戦ったおりとしてあるのも同じである。

2 **僕射** 尚書僕射。尚書令の下にあって、尚書令不在のときには代理をする。
3 **執金吾** 宮中の周囲の警固にあたる軍官。
4 **貴妃** 皇后に次ぐ女官。実際は南朝の宋《そう》の孝武帝《こうぶ》（在位四五四―四六四年）のときに初めて置かれたものである。後漢では貴人に当たる。
5 **千里の草・十日の下** 前の一句は草冠に千・里で董《とう》となり、下の一句は下（三国志注では「卜」）・日・十と並べて卓《たく》となる。
6 **彭越《ほうえつ》が楚を悩ませた法** 彭越《ほうえつ》は漢初の将軍。高祖劉邦《こうそりゅうほう》が楚と戦ったとき、つねに後方に回って攻め、劉邦《りゅうほう》を助けた。
7 **太常卿** 儀礼・祭祀をつかさどる太常の長官。
8 **大鴻臚** 大鴻臚卿。諸侯および帰順した異民族の使者が上京したおりその送迎にあたる。
9 **黄蓋《こうがい》** 黄色の絹傘。本来は皇帝の車に付けられる。

第十回　王室《おうしつ》に勤《つと》めんとして　馬騰《ばとう》　義兵《ぎへい》を挙《あ》げ
父《ちち》の讐《あだ》を報《ほう》ぜんとして　曹操《そうそう》　師《ぐん》を興《おこ》す

さて逆賊李《り》・郭《かく》の二人は献《けん》帝を弑《しい》せんとしたが、張済《ちょうせい》・樊稠《はんちゅう》がこれを諫《いさ》め、

「それはよくない。今日、この場で殺したりすれば、ほかの連中が黙ってはおるまい。これまでどおり天子に祭り上げておいて、諸侯を関内《かんだい》に誘《おび》きよせ、彼らを片づけて手足をもいでおいてから始末すれば、天下もわれらのものになるというものではないか」

李《り》・郭《かく》はこれに従って、武器を収めた。

帝が楼上より、

「すでに王允《おういん》を誅したるに、なにゆえ軍勢を退《ひ》かぬのか」

と仰せられると、李《り》・郭《かく》が言った。

「臣らは王室のために功を立てましたるに、まだ何のご沙汰《さた》もいただきませせぬゆえ、かくはお待ちいたしておるのでござる」

「その方らはどんな官爵《かんしゃく》を望みおるのか」

李《り》・郭《かく》・張《ちょう》・樊《はん》ら四人はそれぞれ官位を書いて差しだし、その官を授けられるよう強要した。帝はやむなく李傕《りかく》を車騎将軍・池陽《ちよう》侯に封じて、司隷校尉に任じ、節《せつ》と鉞《えつ》(1)を賜《たま》わり、郭汜《かくし》を後将軍・美陽《びよう》侯に封じて同じく節と鉞を賜わり、二人を朝政にあずからせることとし、樊稠《はんちゅう》を右将軍・万年《まんねん》侯に、張済《ちょうせい》を驃騎《ひょうき》将軍・平陽《へいよう》侯に封じて、ともに兵をひきいて弘農郡《こうのう》(河南省霊宝市北)に駐屯するよう命じられた。その他、李蒙《りもう》、王方《おうほう》らも、校尉に任じられたので、天恩を謝し、兵をひきいて城を出た。彼らはまた、董卓《とうたく》の死体を探すよう命じ、骨や肉片をわずかばかり拾いあつめると香木で像をつくって棺に納めたうえ仰々しく祭り、王者の衣冠・葬具をもって吉日を選んで郿城に移し葬った。ところが、埋葬の日、大雷雨が起こり、平地でも数尺の水がたまり、棺は雷に引きさかれ屍は棺外に飛び散った。李傕《りかく》は晴れるのを待って改めて葬ったが、その夜もまた前日の如くであった。三度埋葬しなおしたが、ついに葬ることができず、わずかに残った皮や骨片も雷火に打たれ跡形もなくなってしまった。董卓《とうたく》にたいする天の怒り、かくも凄《すさ》まじきものがあったのである。

さて李傕《りかく》・郭汜《かくし》は大権を掌握するや、人民を虐《しいた》げ、また腹心の者を帝の左右に侍《はべ》らせて動静をうかがわせ、〔おのが意に従わぬ者があればただちに斬り棄てたので〕天子はこの間、まこと針の蓆《むしろ》に坐すような御心《みこころ》にあらせられた。朝廷の官吏の任命は、すべてこの二賊の思うままにされた。彼らは人望を得ようとして、特に朱儁《しゅしゅん》を都に呼び、太僕《たいぼく》に封じてともに朝政にあずからせた。ある日、西涼《せいりょう》太守馬騰《ばとう》・并《へい》州刺史韓遂《かんすい》の二将軍が同勢十余万をひきい、賊を討つと称して長安に攻め上るとの知らせがあった。もともとこの二将軍は、あらかじめ使者を長安に上せて、侍中馬宇《ばう》、諫議《かんぎ》大夫种邵《ちゅうしょう》、左中郎将劉範《りゅうはん》の三人としめしあわせ、ともに賊の徒党を誅滅せんとしていたものであり、三人の密奏によって、馬騰《ばとう》は征西《せいせい》将軍、韓遂《かんすい》は鎮西《ちんせい》将軍に封ぜられ、協力して賊を平定するようとの密詔をいただいていた。時に李傕《りかく》・郭汜《かくし》・張済《ちょうせい》・樊稠《はんちゅう》は二将軍迫ると聞き、一同で防御の策をねった。

幕僚の賈詡《かく》が、

「彼らは遠方より攻めのぼって来るものゆえ、味方は要害を固めてかたく守るのがよろしかろう。さらば百日せずして兵糧《ひょうろう》つきはて、みずから兵を退くであろうから、その機に追い討てば、二人を生捕りにすることもできるでござろう」

と言うと、李蒙《りもう》・王方《おうほう》が進み出て、

「それは愚策。精兵一万を下さらば、立ちどころに馬騰《ばとう》・韓遂《かんすい》の首を取って御前に献じましょうぞ」

賈詡《かく》、

「いま戦っても、勝目はござらぬぞ」

「われらが敗れたら、この首を差し上げよう。が、もし勝ったなら、貴公の首を申し受けよう」

賈詡《かく》は李傕《りかく》・郭汜《かくし》に向かい、

「さらば、長安の西二百里（一里は四〇〇メートル余）のところに盩厔《ちゅうちつ》と申す山があり、その道はけわしい要害でござれば、張《ちょう》・樊《はん》両将軍にそこを固めていただいたうえ李《り》蒙《もう》・王方《おうほう》に出陣させるがよろしかろう」

李傕《りかく》・郭汜《かくし》はこの言に従い一万五千の兵馬を李蒙《りもう》・王方《おうほう》にあたえた。二人は欣喜《きんき》して出陣し、長安を去る二百八十里のところに陣をかまえた。

西涼の兵いたるや二人は軍をひきいて迎え撃ち、西涼の軍勢は道をさえぎって陣を布《し》いた。馬騰《ばとう》・韓遂《かんすい》は轡《くつわ》を並べて乗りいだし、李蒙《りもう》・王方《おうほう》に指つきつけて、

「国賊めらが。誰ぞ生捕りにして来ぬか」

その言終わらぬうち、一人の弱年の将軍、顔の色は冠の白玉の如く、眼は流れる星の如く、虎の如き体軀猿の如き臂《ひじ》、腹は彪《ひょう》の如く腰は狼の如きなるのが、手に長柄の槍をしごき、駿馬にまたがって陣中から躍り出した。これぞ馬騰《ばとう》の子の馬超《ばちょう》、字《あざな》を孟《もう》起《き》という、年まさに十七歳、武勇当たる者なき大将である。王方《おうほう》は彼が弱年なのを侮《あなど》り、馬を躍らせて応じて来たが、数合せずして早くも馬超《ばちょう》のひと突きに馬からころげ落ちた。馬超《ばちょう》が馬を返して陣へ引き取ろうとするところ、李蒙《りもう》、王方《おうほう》が刺し殺された

のを見てただ一騎、彼の背後に迫ったが、馬超《ばちょう》はいっこうに気づく風もない。

「後ろが危いぞ」

陣頭から馬騰《ばとう》が叫ぶ間もあらせず、馬超《ばちょう》は李蒙《りもう》を馬上に横抱きにしていた。

馬超《ばちょう》は李蒙《りもう》が追って来ているのを知っておりながら、わざと素知らぬふりをしていたのである。彼が馬を近づけ槍をふりあげて突いてかかった瞬間、身をかわして空《くう》を突かせ、馬が並んだときに猿臂《えんぴ》をのばして手捕りにしたのだ。李蒙《りもう》らの兵士は大将をなくし、どっと崩れたった。馬騰《ばとう》・韓遂《かんすい》は勝ちに乗じて駆けちらし、大勝利をおさめて一気に狭間《はざま》の陣へ押し寄せ、李蒙《りもう》の首を斬って気勢を挙げた。

李傕《りかく》・郭汜《かくし》は李蒙《りもう》・王方《おうほう》がともに馬超《ばちょう》の手にかかったと聞いて、はじめて賈詡《かく》の先見の明を信じ、以来彼の計を重んじてひたすら防備を固め、馬超《ばちょう》が挑戦して来てもけっして出なかった。果たせるかな、西涼の軍勢は二ヵ月に満たずして糧秣《りょうまつ》に窮し、軍を返す相談を始めた。おりもおり、長安城内の馬宇《ばう》家の使用人が、主人が劉範《りゅうはん》・种《ちゅう》邵《しょう》とともに馬騰《ばとう》・韓遂《かんすい》と連絡して内応を企んでいると訴え出た。李傕《りかく》・郭汜《かくし》は大いに怒り、彼ら三人の一家、老人子供から下働きの者たちにいたるまで一人残らず市場に引き出して斬り殺し、三人の首を城門に晒《さら》した。馬騰《ばとう》・韓遂《かんすい》は兵糧も尽きた上に内応のことも洩れてしまったので、やむなく陣を引き払って軍を返した。李傕《りかく》・郭汜《かくし》は張済《せい》に命じて馬騰《ばとう》を追わせ、樊稠《はんちゅう》に命じて韓遂《かんすい》を追わせたので、西涼の軍勢は散りぢりになって敗走したが、馬超《ばちょう》が後詰をして死に物狂いに戦って張済《ちょうせい》を退けた。樊稠《はんちゅう》が韓《かん》遂《すい》を追って、陳倉《ちんそう》（陝西省宝鶏市東）付近で目前にまで迫ったとき、韓遂《かんすい》は馬をとめて樊稠《はんちゅう》に向かい、

「身どもは貴公と同郷の者と申すに、なにゆえかくもつれなき仕打をされるのか」

樊稠《はんちゅう》も馬をとめ、

「主の命とあらばいたし方もござらぬ」

「身どもがこうして参ったのも国のため、貴公もお察し下されい」

樊稠《はんちゅう》はこれを聞くと馬首を返し、軍勢をまとめて陣へ引き取り、韓遂《かんすい》を逃がした。ところが李傕《りかく》の甥《おい》の李別《りべつ》がこれを見て、帰って叔父に報告した。李傕《りかく》は大いに怒り、軍勢を揃えて樊稠《はんちゅう》を討とうとしたが、賈詡《かく》が、

「人心定まらぬいま、あまりたびたび兵を動かすのはよろしくありません。むしろ宴を設け張済《ちょうせい》・樊稠《はんちゅう》の戦功を祝うと言いたてて二人を招き、席上で稠《ちゅう》を斬って棄てれば、何の手間もかからぬではござらぬか」

李傕《りかく》は大いに喜び、さっそく宴席を設けて二人を呼んだ。二将は喜んで宴に赴いた。酒がほどよく廻ったとき、李傕《りかく》がとつぜん色をあらためて、

「樊稠《はんちゅう》、貴様なにゆえ韓遂《かんすい》と語《かた》らい、謀反を企んだのか」

となじり、樊稠《はんちゅう》が狼狽《ろうばい》して言葉を返す間もなく、薙刀《なぎなた》や斧《おの》を持った刑手どもが一斉

に現われて樊稠《はんちゅう》の首を打ち落とした。張済《ちょうせい》が胆をつぶして地面に平伏するのを、李傕《りかく》が助け起こし、

「樊稠《はんちゅう》は謀反を企んだから誅したまで。貴公はわしと心を許し合った仲ではないか。そう驚かれることはない」

と言って、樊稠《はんちゅう》の軍勢を張済《ちょうせい》の配下に収めさせ、張済《ちょうせい》は一人弘農へ帰った。

李傕《りかく》・郭汜《かくし》が西涼の兵を破ってから後、諸侯は一人として事を起こそうとしなくなった。賈詡《かく》が人民を安んじ、賢人豪族を用いることをしばしば勧めたので、朝廷もこれよりようやくわずかながら生気を取りもどした。ところが、青《せい》州の黄巾軍がまたまた事を起こし、宗徒数十万が、てんでに頭目を立てて、良民をおびやかした。時に太僕朱儁《しゅしゅん》が、賊徒を打ち破ることのできる者として一人の者を推挙した。李傕《りかく》・郭汜《かくし》が誰かと尋ねると、

「山東の賊を片づけるなら、曹孟徳《そうもうとく》を使うべきです」

「孟徳《もうとく》はいまどこにおる」

「昨今は東《とう》郡太守として大いに兵を養っております。もし彼に賊徒の平定をお命じあらば、われらが思いのままに打ち破ることができるでござりましょう」

李傕《りかく》は大いに喜び、ただちに詔《みことのり》を起草して使者を東郡へ差し立て、曹操《そうそう》に済北《せいほく》の

相鮑信《ほうしん》とともに賊を平定するよう命じた。曹操《そうそう》は聖旨《せいし》を拝受して鮑信《ほうしん》と兵を合わせ、ともに軍を起こして寿陽《じゅよう》（寿張《じゅちょう》）を攻めた。鮑信《ほうしん》は賊中深く斬りこんで重囲に落ち、賊に殺された。曹操《そうそう》は賊どもを追い散らして済北まで揉み立てたので、投降してくる者数万にのぼった。曹操《そうそう》はそこで投降した賊を先鋒《せんぽう》に使ったので、曹軍のいたるところ、降参せぬ者はなかった。かくて百日たらずで、降参した賊三十万あまり、男女百余万が配下にはいった。曹操《そうそう》はその精鋭をすぐって「青州兵」と名づけ、他はことごとく帰農させた。これより曹操《そうそう》の勇名日ごとに轟《とどろ》き、〔四方の名士がぞくぞく彼のもとに馳せ参じた。初平三年（一九二）冬十二月のことである。〕勝報長安にいたるや、朝廷は曹操《そうそう》を鎮東《ちんとう》将軍に任じた。

曹操《そうそう》は兗州《えん》(2)にあって賢士を集めていたが、叔父甥二人の者が曹操《そうそう》のもとに身を寄せて来た。潁川《えいせん》郡潁陰《えいいん》県の人、姓は荀《じゅん》、名は彧《いく》、字は文若《ぶんじゃく》で、荀昆《じゅんこん》の子であった。もと袁紹《えんしょう》に仕えていたが、このとき袁紹《えんしょう》を棄てて曹操《そうそう》に投じて来た者である。曹操《そうそう》は彼と語り合ってから、

「これぞわが張子房《ちょうしぼう》(3)じゃ」

と大いに喜び、行軍司馬《こうぐんしば》(4)とした。その甥荀攸《じゅんゆう》は字を公達《こうたつ》といい、海内《かいだい》に知られた名士で、かつて黄門侍郎《こうもんじろう》をつとめたこともあるが、のち官を棄てて故郷に帰っていたのを、このとき叔父とともに曹操《そうそう》のもとに投じて来たもの。曹操《そうそう》は彼を行軍教授《こうぐんきょうじゅ》とした。

うか」

荀彧《じゅんいく》が、

「それがし兗州に賢士が一人おる由聞いておりますが、いまでもおるでござりましょうか」

と言うので、曹操《そうそう》が名を問うと、

「東郡東阿《とうぐんとうあ》の人、姓は程《てい》、名は昱《いく》、字を仲徳《ちゅうとく》と申す者にござる」

「おお、その人ならわしもかねてから聞き及んでおる」

とただちに人を在所に遣わしてたずねさせたところ、山中に籠《こも》って学問にふけっていることがわかったので、礼をつくして出仕を請うた。程昱《ていいく》が来ると、曹操《そうそう》は大いに喜んだ。程昱《ていいく》は荀彧《じゅんいく》に言った。

「それがしは見聞もせまく、貴殿のご推挙にあずかるほどの者ではござらぬが、貴殿と同郷の人に、姓を郭《かく》、名を嘉《か》、字を奉孝《ほうこう》と申す仁がおられるはず。彼こそ当今の賢士、お招きになればよいではござらぬか」

荀彧《じゅんいく》は、はっと気がついて、

「これは、とんと失念しておりました」

とただちに曹操《そうそう》に披露して郭嘉《かくか》を兗州に招き、ともに天下のことを論じ合った。郭《かく》嘉《か》はまた、光武《こうぶ》皇帝の嫡流《ちゃくりゅう》で淮南《わいなん》（九江郡）成徳《せいとく》県の人、姓は劉《りゅう》、名は曄《よう》、字は子陽《しよう》をすすめた。曹操《そうそう》はただちに彼を招いた。劉曄《りゅうよう》は、二人の者を推挙した。一人は山陽《さんよう》郡昌邑《しょうゆう》県の人、姓は満《まん》、名は寵《ちょう》、字は伯寧《はくねい》で、他の一人は武城《ぶじょう》の人、姓は呂《りょ》、名は虔《けん》、字は子恪《しかく》である。曹操《そうそう》もこの両者の高名を久しく聞いていたので、二人を招いて軍の従事《じゅうじ》（書記）とした。満寵《まんちょう》・呂虔《りょけん》が、陳留《ちんりゅう》郡平邱《へいきゅう》の人、姓は毛《もう》、名は玠《かい》、字は孝《こう》先《せん》を推挙したので、同じく従事として招いた。

このとき、また一人の大将が配下数百人をひきいて曹操《そうそう》に投じて来た。泰山《たいざん》郡鉅平《きょへい》県の人、姓は于《う》、名は禁《きん》、字は文則《ぶんそく》である。曹操《そうそう》は彼が弓馬にすぐれ、武芸抜群なのを見て、点軍司馬《てんぐんしば》とした。ある日、夏侯惇《かこうとん》が一人の巨漢を引き連れて来て目通りさせた。曹操《そうそう》が何者かと問うと、

「これは陳留《ちんりゅう》郡の者にて、姓は典《てん》、名は韋《い》と申し、武勇衆にすぐれた者でござります。もと張邈《ちょうばく》殿の配下におりましたが、幕下の者と衝突し数十人を打ち果たして山中に逃れておりましたところ、それがし猟に出ましたおりにこの者が虎を追って谷を渡るのを見かけ、召し抱えましたもの。今日特に殿にご推挙つかまつらんとて連れて参ったのでござります」

「なるほど不敵な面魂《つらだましい》じゃ。さぞ力もあろうな」

「この男は、前に友の仇を打って首をとったときに、首をひっさげたまま市場を通り抜けましたところ、いあわせた数百人の者誰一人とがめだてしようとはしなかったとのこと。只今でも目方八十斤の双枝《そうし》の鉄戟《てつげき》を小《こ》脇《わき》に馬に乗り、軽々と使うことができ

ます」

曹操《そうそう》は典韋《てんい》にそれを披露せよと命じた。典韋《てんい》は戟を小脇にかいこんで馬を飛ばし、縦横に馳せまわった。このとき、にわかに吹き起こった烈しい風に本陣の大旗がいまにも倒れそうになり、兵士どもが支えようとしてもかないそうもないありさまに、典《てん》韋《い》は馬を下りて兵士どもを退けると、片手で旗竿をしっかりとつかんで風の中に仁王立ちとなり、小ゆるぎもしなかった。

曹操《そうそう》は、

「これぞ古《いにしえ》の悪来《あくらい》(5)の再来じゃ」

と、その場で本陣づきの都尉に取り立て、着ていた錦の直垂《ひたたれ》と、彫刻した鞍《くら》をおいた駿馬《しゅんめ》一頭を引出物としてあたえた。

これより曹操《そうそう》は配下に文には謀臣、武には猛将を揃えて、山東を威圧するにいたったので、泰山太守応劭《おうしょう》を瑯琊郡《ろうや》へつかわして、父の曹嵩《そうすう》を迎え取ることにした。曹嵩《そうすう》は陳留から避難してこの瑯琊に隠棲《いんせい》していたものであるが、当日、迎えの手紙を受け取ったので、操の弟曹徳《そうとく》および一家の老幼四十余人とともに従者百人あまりを連れ、車百両あまりを連ねて兗《えん》州へと出発した。やがて徐《じょ》州にさしかかる。太守(正しくは牧)陶謙《とうけん》、字恭祖《きょうそ》は温厚篤実な人であったが、かねてより曹操《そうそう》に誼《よし》みを通じようとしてつてを求めていたところであったので、曹操《そうそう》の父親が通過するというのを聞くと州の境まで出迎え、丁重な挨拶をしたうえ盛大な宴席を設けて二日間もてなした。曹《そう》嵩《すう》が出発するというとき、陶謙《とうけん》は自ら城外まで見送り、特に都尉張闓《ちょうがい》に命じ兵五百をもって途中の警固に当たらせた。曹嵩《そうすう》が一家の者を連れて華《か》県と費《ひ》県の県境にさしかかったとき、あたかも夏の末、秋の初めのこととて、はげしいにわか雨に襲われ、やむなくある古寺に宿を求めた。寺僧に迎えられて一家が堂内に落ち着くと、曹嵩《そうすう》は張《ちょう》闓《がい》に軍勢を廻廊に休ませるよう命じた。兵士どもは雨に打たれてしとどに濡れ、さんざんに恨み言を言った。張闓《ちょうがい》は手下の重立った者を人気《ひとけ》ないところへ呼び集めて、

「おれたちはもとはといえば黄巾の残党だ。行くところもないまま陶謙《とうけん》の手についているものの、何一ついいところもねえ。ちょうど曹《そう》の一家には荷物が山ほどある。お前たちも、もし金が欲しければ何の苦もなく手に入るぜ。いいか、今夜の三更、一同で斬りこんで曹嵩《そうすう》一家を皆殺しにし、金目のものを山分けにしたうえ、山賊になろうじゃないか。どうだこの手は」

一同一言もなく同意した。

風雨は夜にはいってもおさまらず、曹嵩《そうすう》が寝つけないでいたところ、にわかに四方からどっと鬨《とき》の声があがった。曹徳《そうとく》は剣を手にして様子を見に出たところを、出会いがしらに突き殺された。曹嵩《そうすう》はあわてて妾の手を引き、方丈の裏へ走り出て塀を越えて逃げようとしたが、妾が肥《ふと》っていて越えられず、おろおろして二人で厠《かわや》に潜んでい

るところを、乱入した兵士に殺された。応劭《おうしょう》は辛くも逃れ、袁紹《えんしょう》のもとへ身を寄せた。張闓《ちょうがい》は曹嵩《そうすう》一家を皆殺しとし、金目の物を奪ったうえ、寺に火を掛け、五百人をひきいて淮南《わいなん》へ逃げ去った。

のちの人の詩に、

曹操《そうそう》の奸雄　世に誇るところ、
曾《かつ》て呂氏《りょし》を将《も》って　全家を殺す。
如今《いま》　戸《いえ》を闔《あ》げ　人の殺すに逢うは、
天理循環　報いて差《たが》わず。

このとき、応劭《おうしょう》の部下に命を拾った者があり、曹操《そうそう》に変事を注進した。聞いて曹操《そうそう》は地にまろび伏して泣いた。人々が助け起こすと、彼は歯をかみならし、

「おのれ陶謙《とうけん》、部下どもに勝手なまねをさせて父上を害《あや》めおったな。この仇、必ずとってみせようぞ。これよりただちに大軍を起こし、徐州を蹂躙《じゅうりん》してこの恨みを晴らしてやる」

と荀彧《じゅんいく》・程昱《ていいく》を残して兵三万をもって鄄城《けんじょう》・范《はん》・東阿《とうあ》の三県を守らせ、その余の軍勢をあげて徐州へ殺到した。先鋒は夏侯惇《かこうとん》・于禁《うきん》・典韋《てんい》である。曹操《そうそう》は城を取ったな

ら城中の領民をことごとく虐殺して父親の仇を雪《すす》げと命令した。そのとき九江《きゅうこう》の太守辺譲《へんじょう》はかねてから陶謙《とうけん》と親交があったので、徐州の難を聞いて兵五千をひきい加勢に駆けつけた。曹操《そうそう》はこれを聞いて大いに怒り、夏侯惇《かこうとん》に命じてこれを途中で殺させた。曹操《そうそう》時に陳宮《ちんきゅう》は東郡の従事をつとめており、同じく陶謙《とうけん》と深く付き合っていたので、曹操《そうそう》が報復の兵を起こして領民を皆殺しにせんとしていると聞き、夜を日についで曹操《そうそう》のもとに駆けつけた。曹操《そうそう》は彼が陶謙《とうけん》のために取り成しに来たと承知していたので、会うまいと思ったものの昔の恩を踏みにじることもならず、やむなく本陣に通させた。

「それがし、このたび閣下がご尊父の讐《あだ》を報ぜんとて大軍をもって徐州を攻められんとし、道みち領民を一人あまさず殺さんとしておられることを伝え聞きましたのでご意見に参上つかまつりました。陶謙《とうけん》殿は仁義を重んずる君子であって、利のために義を忘れるような輩《やから》にはござらぬ。ご尊父を害《あや》めしは、張闓《ちょうがい》のしたことで陶謙《とうけん》殿のあずかり知らぬこと。しかも、州県の領民が閣下になんの讐がありましょうや。それを殺そうとは、正しきこととは申せませぬ。よくよくのご考慮を望みます」

曹操《そうそう》は怒って言った。

「貴公はむかしわしを見棄てて逃げたのを忘れたのか。よく図々しくもわしの前に出られたものだの。陶謙《とうけん》はわしの一族を手にかけた奴、誓って胆をえぐり出し、讐をはらしてやる。貴公が陶謙《とうけん》のために取り成しに来たとて、わしが聞くと思うか」

陳宮《ちんきゅう》は前を辞し、

「陶謙《とうけん》殿に会わせる顔がない」

と嘆息して、馬を飛ばし陳留の太守張邈《ちょうばく》を頼って行った。

さて曹操《そうそう》の大軍の通った跡は、領民は殺しつくされ、墓はすべて掘りかえされた。

陶謙《とうけん》は徐州にあって、曹操《そうそう》が復讐の軍を起こし、領民を殺戮《さつりく》している由を聞き、天を仰いで、

「ああ、わしの不徳から徐州の民をかような大難におとしてしまった」

と慟哭《どうこく》し、急ぎ諸官を集めて評議した。すると曹豹《そうほう》という者が進み出て、

「もはや曹操《そうそう》の軍が寄せて来ているというのに、手をつかねて死を待つ法がありましょうや。それがし、殿のお力となって彼を破ってみせます」

陶謙《とうけん》はやむなく兵をひきいて出陣した。遥かに望めば、曹操《そうそう》の軍勢は霜の如く大地をうずめ、本陣には「報讐雪恨《あだをほうじうらみをすすぐ》」の四字を大書した白旗が二旒《りゅう》ひるがえっている。

両軍の陣形ととのうや、喪服をつけた曹操《そうそう》が陣頭に馬を乗り出し、鞭を突きつけてさんざんに陶謙《とうけん》をなじった。陶謙《とうけん》も門旗の下に乗り出して丁重に挨拶し、

「それがしもともと閣下と誼《よし》みを結ばんとしたればこそ、張闓《ちょうがい》にお送りいたさせたものにござったが、意に反して、きゃつの賊心改まらずあのようなことになりました。まことにそれがしのあずかり知らぬことにござれば、ご推察下されたい」

と言えば、曹操《そうそう》、

「なにが老いぼれ。わが父を害《あや》めておきながら、なお逃げ口上をぬかすか。誰ぞきゃつを生捕ってまいれ」

声に応じて夏侯惇《かこうとん》が出れば、陶謙《とうけん》あわてて陣中へ逃げこむ。夏侯惇《かこうとん》が追いすがれば、曹豹《そうほう》が槍をしごいて馬を躍らせ、迎え撃たんとして進み出る。両馬馳《は》せちがい戦うおりしも、にわかに狂風大いに起こって、砂・石を飛ばし両軍ともに乱れ立ったので、それぞれ兵を退いた。

陶謙《とうけん》は城にはいって諸将に言うのに、

「曹操《そうそう》の軍は多く、とても敵し難い。わしは自縛《じばく》して（みずから縄をまいて罪を謝す心を現わすこと）曹操《そうそう》の陣へおもむき、わが身と引替えに、徐州一郡の領民の命を救おうと思う」

その言終わらぬうち一人が進み出た。

「殿。殿は久しく徐州を治めたもうて、領民みな殿のご恩に感じておりまする。いま曹操《そうそう》がいかに大軍であろうと、にわかに城を破ることはできませぬ。しばらく領民とともに固く守って出陣をお控え下され。それがし非才ながら、いささか計をほどこして、曹操《そうそう》を死すとも葬る場所もなきような目にあわせてくれましょうぞ」

人々は大いに驚いて、その計いかにと尋ねる。正に、付き合いを求めてかえって仇《あだ》となり、道きわまってまた活路開く、というところ。さてこの人は誰か。それは次回で。

注1 **節・鉞** 「節」については第四回注1参照。「鉞」はまさかり、昔、天子から征討の大将軍へ賜わったもの。この二つを賜わったことは、軍事を委任されたことをあらわす。

2 **兗州** ここでは兗州の東《とう》郡東武《とうぶ》陽《よう》県（山東省莘県東南）を指す。曹操《そうそう》は初平《しょへい》二年（一九一）後半、東郡太守となり東武陽県城を郡治として駐屯していた。

3 **張子房**《ちょうしぼう》 漢の高祖《こうそ》の天下統一をたすけた軍師張良《ちょうりょう》のこと。

4 **行軍司馬** 司馬については、第二回注4参照。行軍司馬は唐《とう》以降に設けられたもので、出征将帥および節度使の下に置かれた。

5 **悪来**《あくらい》 殷の紂《ちゅう》王（紀元前十二世紀）の家臣。強力《ごうりき》で知られる。

第十一回

劉皇叔《りゅうこうしゅく》(1)北海《ほっかい》に孔融《こうゆう》を救《すく》い
呂温侯《りょおんこう》　濮陽《ぼくよう》に曹操《そうそう》を破《やぶ》る

さてここに策を献じたのは、東海《とうかい》郡朐《く》県（江蘇省連雲港市西南）の人、姓は糜《び》、名は竺《じく》、字は子仲《しちゅう》。この人、代々の豪家であったが、あるとき、商用で洛陽《らくよう》にのぼっての帰りに、一人の美しい婦人から車に乗せてもらえまいかと頼まれた。そこで彼は車を下りてその女に席を譲り、己は徒歩《かち》で従った。女から同乗するよう言われて竺は車に乗ったが、端座して目も動かさなかった。行くこと数里、女は礼を述べて去ったが、別れにのぞんで、

「わたくしは南方火徳星君《かとくせいくん》です。このたび、上帝の仰せを受けそなたの家を焼きに行くところ。そなたの礼の厚いのに感じいり、前もってお教えします。一刻も早くお帰りのうえ、家財を運び出しておきなさい。わたくしは、今夜まいります」

と言うなり見えなくなった。彼は大いに驚いて家へ馳《は》せもどり、家中の物を大急ぎで運び出した。その夜、果たして厨《くりや》から火が出て家は丸焼けとなった。このことから感ずるところあって家財を人々に施し、貧困の者を助けた。のち陶謙《とうけん》に迎えられて別《べっ》

駕従事《がじゅうじ》（補佐官）となっていたが、このとき進言して、

「それがし北海郡《ほっかい》へ参り、孔融《こうゆう》殿に加勢を求めて参りましょう。ほかに誰か、青州《せい》の田楷《でんかい》殿のもとへ加勢を求めに参ってもらい、この両軍が到着いたしますれば、曹操《そうそう》は必ず兵を退《ひ》くでござりましょう」

陶謙《とうけん》はこの策をいれてただちに書状二通をつくり、青州へ加勢を求めに行く者やあると幕下に問うと、言下に一人が進み出た。一同が見やれば、広陵《こうりょう》の人、姓は陳《ちん》、名は登《とう》、字は元竜《げんりょう》である。陶謙《とうけん》は陳元竜《ちんげんりょう》を青州へ先発させてから、糜竺《びじく》に命じて書状を北海へとどけさせ、己は同勢をひきいて城を固め、曹操《そうそう》の来襲に備えた。

さて北海の孔融《こうゆう》は、字を文挙《ぶんきょ》といい、魯《ろ》国曲阜《きょくふ》の人で、孔子より二十世の孫、泰山《たいざん》郡都尉《とい》の孔宙《こうちゅう》の子である。幼時より聡明で、十歳のとき河南《かなん》の尹《いん》（行政長官）李膺《りよう》を訪ね、門番にとがめられて、

「わたしは李《り》閣下と代々お付き合い願っている家の者だ」

と言って中に通った。李膺《りよう》が、

「そなたの祖先とわたしの祖先とは、どんなお付き合いがあったのかな」

と尋ねると、

「そのかみ孔子《こうし》（姓は孔《こう》、名は丘《きゅう》）が老子《ろうし》（姓は李《り》、名は耳《じ》）に礼を問うたことがあります。わたしが閣下と代々お付き合いしている家柄にあるのは当然ではありませんか

か」

と答えた。

李膺《りよう》はこの言を大いに奇としたが、ややあって、太中大夫《たいちゅうたいふ》（顧問官）陳煒《ちんい》が来たので、孔融《こうゆう》を指さして、

「これは神童だよ」

と言った。

「子供のとき頭がよくとも、大きくなって必ずしも頭がよいとは限りませぬ」

と陳煒《ちんい》が言うと、孔融《こうゆう》は即座に言いかえして、

「そうしますと、あなたがお小さかった頃は、さぞ聡明でいらっしゃったのでしょうね」

一同どっと笑って、口々に言った。

「この子は将来一代の英才となるだろう」

孔融《こうゆう》はこれより名を高め、のち中郎将となり、諸官を歴任して北海太守となった。食客を世話するのを好み、つねづね、「席を客で満たし、樽《たる》に酒を欠かさぬことが、わしの願いだ」と言っていた。このとき、北海にあること六年、領民から厚い信頼を受けていた。

その日、客たちと話しているところに、徐州の糜竺《びじく》まかり越すとの知らせがあった。

孔融《こうゆう》が彼を通して来意を問うと、糜竺《びじく》は陶謙《とうけん》の書状を取り出して、

「曹操《そうそう》の攻撃はなはだきびしく、殿のご加勢を願い上げます」

「わしは陶恭祖《とうきょうそ》殿とは昵懇《じっこん》の間柄じゃ。そのうえお手前までこうして参っておるのに、行かずにおくまいぞ。しかし、曹孟徳《そうもうとく》はわしと別段含むところもないのじゃから、ひとまず書面をもって取り成してみ、彼が応じなければ兵を起こすことにしよう」

「曹操《そうそう》は勢いをたのみおりますれば、とてものこと応ずることはござりますまい」

糜竺《びじく》は答えたが、孔融《こうゆう》は軍勢に出陣の用意を命ずる一方、使者を派遣した。なお商議をつづけるおりしも、思いがけなく黄巾の余党管亥《かんがい》、賊軍数万をひきいて殺到すとの知らせ。孔融《こうゆう》は大いに驚き、急ぎ本陣の軍勢を整えて城外に賊を迎え撃てば、管亥《かんがい》、馬を乗り出して、

「北海には糧穀あり余っておると聞いた。一万石貸してくれれば兵を退こう。聞けぬとあれば城を踏み破り、人っ子一人生かしてはおかぬぞ」

「わしは大漢国の臣にして、大漢の地を預る者。賊にやるものなぞありはせぬ」

孔融《こうゆう》が罵りかえすと、管亥《かんがい》激怒して、馬を躍らせ薙刀《なぎなた》を振りかざして孔融《こうゆう》に襲いかかる。孔融《こうゆう》の部将宗宝《そうほう》が槍をしごいて馬を乗り出したが、数合せずして管亥《かんがい》の薙刀一閃、馬から斬って落とされ、孔融《こうゆう》の手勢は浮き足立って城内に逃げこんだ。管亥《かんがい》が同勢を四手にわけて城をひしひしと取り囲んだため、孔融《こうゆう》は顔を曇らせ、糜竺《びじく》の心中は、

なおさら暗澹《あんたん》たるものがあった。

次の日、物見に上がった孔融《こうゆう》が、地を埋めるばかりの賊の勢いを眺めてますます心を痛めているところに、とつぜん城外に一人の武者、槍をしごき馬を躍らせて賊の陣中に突きいり、あたるを幸い右に左に突き倒して無人の境を行く如く、たちまち城門にいたって、

「開門、開門」

と叫んだ。

孔融《こうゆう》が、何者とも分からないので開門を躊躇《ちゅうちょ》するうち、賊徒どもが濠《ほり》まで追い迫った。するとかの武者、馬首を返してたちまち十数人を馬から突き落とし、賊が退く間に、孔融《こうゆう》が急ぎ門を開いて彼を引き入れさせた。かの武者は、馬を下りて槍を棄て、ただちに物見に上がって孔融《こうゆう》に目通りした。孔融《こうゆう》が姓名を尋ねると、

「それがしは東莱《とうらい》郡黄《こう》県の者で、姓は太史《たいし》、名は慈《じ》、字を子義《しぎ》と申し、かねてより老母が殿のご恩顧をこうむっておる者にございます。それがし昨日遼東《りょうとう》より帰郷したところ、はじめて賊が城下に攻め寄せておる由を知った次第にござりますが、老母より『殿様よりはたびたびご恩をかけていただいているのだから、お前からご恩返しをしておくれ』と言われ、ただ一騎にてまかり越しました」

とのこと、孔融《こうゆう》は大いに喜んだ。元来、孔融《こうゆう》は太史慈《たいしじ》と面識があったわけではなか

ったが、彼の武勇を聞き知っていたがゆえに、彼が遠方に行っている間、城外二十里のところに住む老母につねづね粟や反物を届けさせていたもので、母親はその孔融《こうゆう》の徳に感じて、彼を加勢に差し向けたのである。孔融《こうゆう》は太史慈《たいしじ》を厚くもてなし、鎧《よろい》や鞍を置いた馬を引出物とした。太史慈《たいしじ》が言った。

「それがしに屈強の兵一千をお貸しくださらば、討って出て賊を駆け散らしてくれましょう」

「そなたの武勇は存じておるが、賊の勢いはいかにも多い。軽々しく出るのは控えるがよかろう」

「母は殿のご恩に感じてそれがしを遣わしましたるに、この囲みを解くことかなわずば、それがし母に会わせる顔がありませぬ。なにとぞ決戦をお許し下されい」

「わしは劉玄徳《りゅうげんとく》殿が当世の英雄と聞いておる。もし彼に加勢に来てもらうことがかなえば、囲みもおのずから解けようと思っておるのだが、その使いの者がいないので悩んでおるのじゃ」

「殿のご書面をいただけますれば、それがしただちに参ります」

孔融《こうゆう》は喜んで書面をしたため、太史慈《たいしじ》に託した。太史慈《たいしじ》は甲冑《かっちゅう》に身を固めて馬に乗り、腰には弓矢をたばさみ、手には鉄槍をひっさげ十分腹ごしらえをした上厳重に身づくろいして、城門を押し開くやただ一騎躍り出した。たちまち濠端《ほりばた》より賊徒を従えた部将が討ってかかったが、彼は瞬《またた》く間に数人を突き倒して囲みを破った。管亥《かんがい》は城を討って出た者ありと聞いて、援軍を求めるに相違なしとばかり、自ら数百騎をひきいて追い迫り、四方八方より取り囲んだ。太史慈《たいしじ》が槍を馬腹へ立てかけ、弓をとって矢を放てば、弦音《つるおと》とともに賊が必ず落馬するありさまに、賊どもはそのうえ追おうとはしなかった。

かくて太史慈《たいしじ》は追手を振り切り、夜を日についで平原県にいたって劉玄徳《りゅうげんとく》に見《まみ》えた。挨拶を終えて、孔北海《こうほっかい》が囲まれ援軍を求めている由をつぶさに語るとともに、書面を差し出した。玄徳《げんとく》はそれを読んでから、

「して、貴公は」

「それがし太史慈《たいしじ》と申す東海の田舎者にござります。孔融《こうゆう》殿とは縁つづきにもあらず、同郷の者でもござらぬが、意気投合して、苦難をともにせんと思っておる者。当今、管亥《かんがい》みだりに賊徒を集め、北海《ほっかい》殿は囲まれて孤立無援のありさま、落城も今日明日と迫っておりますところ、殿が仁義に厚く、人の危急を救わるるとのことを伝え聞き、かくそれがしに命じて囲みを破り、ご加勢をお頼みになった次第にござります」

聞くなり玄徳《げんとく》は居住まいを正し、

「なんと、孔北海《こうほっかい》殿には世に劉備《りゅうび》ありとご存じであったか」

とただちに雲長《うんちょう》・翼徳《よくとく》とともに精兵三千をすぐり、北海郡へ進発した。管亥《かんがい》は援軍

いたると見て、自ら兵をひきいて迎え撃ったが、玄徳《げんとく》軍の無勢を見てせせら笑った。玄徳《げんとく》が関《かん》・張《ちょう》・太史慈《たいしじ》とともに陣頭に馬を乗り出すと、管亥《かんがい》が奮然と斬りかかった。太史慈《たいしじ》が受けて出ようとするとき、雲長《うんちょう》躍り出して管亥《かんがい》と渡り合う。馳せちがう両馬に、両軍どっと鬨《とき》の声をあげるところ、管亥《かんがい》なじかは雲長《うんちょう》に敵すべき、数十合ののち、青竜刀きらめいて、管亥《かんがい》真っ二つとなって馬から落ちた。太史慈《たいしじ》・張飛《ちょうひ》がすかさず轡《くつわ》を並べて討っていで、切先を揃えて賊陣に殺到すれば、玄徳《げんとく》も兵を下知してなだれこむ。孔融《こうゆう》は城頭より太史慈《たいしじ》が関《かん》・張《ちょう》とともに羊の群にはいった虎の如く縦横無尽に賊軍を斬り立てるさまを望んで、兵をひきい、城門を押し開いて討って出た。賊軍は前後より攻め立てられてたまらずに大敗し、投降する者数知れず、残党は散りぢりに逃げ失せた。

孔融《こうゆう》は玄徳《げんとく》を城内に迎え入れて、挨拶ののち、盛大な祝賀の宴を張った。席上、麋《び》竺《じく》を玄徳《げんとく》に引き合わせて、張闓《ちょうがい》が曹嵩《そうすう》を殺害したおもむきをつぶさに話し、

「よって、いま曹操《そうそう》が兵をひきいて略奪をほしいままにし、徐州を取り囲みおるゆえ、わざわざ加勢を求めにこられたものでござる」

「陶恭祖《とうきょうそ》殿は仁義を知る君子でござるに、かような筋違いの咎《とが》を受けられるとは、まことに思いもよらぬことでござる」

「貴殿は漢皇室につらなるお方にござれば、曹操《そうそう》が人民を苦しめ、勢いをたのんで弱

者を苦しめおるいま、それがしとともに加勢に参らるるお気持はござりませぬか」

「それがし、もとよりその心はあれど、いかんせん将兵の数少なく、軽々しく出ることもかないませぬ」

「それがしが陶恭祖《とうきょうそ》殿を救わんと思うのは、もとより旧来の誼《よし》みもあることながら、また大義のためでもござる。貴公に大義に立つお心なしとも見受けられぬが」

「しからば、文挙《ぶんきょ》殿には先に打ち立たれたい。それがし公孫瓚《こうそんさん》殿のもとに参って四、五千騎を借りうけたうえ、ただちに参るでござろう」

「しかと間違いござるまいな」

「貴殿はそれがしを何と思し召《おぼめ》されるか。『古より皆死あり、人信なくば立たず』(『論語《ろんご》』顔淵篇《がんえん》)とは聖人の言にもあるではござらぬか。それがし兵馬の借用かなうと否とにかかわらず、必ず推参つかまつるでござろう」

承知した孔融《こうゆう》は糜竺《びじく》に返事を持たせて先発させるとともに、ただちに軍を揃えて出立《しゅったつ》した。

ときに太史慈《たいしじ》は拝謝して、

「それがし母の命によってお力添えに参じましたが、いま幸いに事なきを得ました。実はそれがしと同郡の揚《よう》州の刺史《しし》劉繇《りゅうよう》殿からお招きの手紙をいただいており、どうしても参らねばなりませぬ。いずれまたお目通りのかなうおりもござりましょう」

と暇《いとま》を告げた。孔融《こうゆう》が差し出す金帛《きんぱく》を断って家に帰ると、母親は、

「よくも北海《ほっかい》さまにご恩返しをしておくれじゃった」

と喜び、彼を揚州に行かせた。

孔融《こうゆう》が兵を起こしたことはさておき、玄徳《げんとく》は北海郡を離れて公孫瓚《こうそんさん》のもとにいたり、徐州を救おうとする次第をつぶさに物語った。

「曹操《そうそう》と貴公とは何の恨みもあるわけでなし。わざわざ他人のために苦労をされるまでもなかろうに」

「それがしいったん約束せしうえは、信義にもとるようなことは出来かねますゆえ」

「しからば、歩騎二千をお貸しいたそう」

「できますれば、趙子竜《ちょうしりょう》をお貸しいただきたいもの」

公孫瓚《こうそんさん》が承知したので、玄徳《げんとく》は関《かん》・張《ちょう》とともに手勢三千をひきいて先陣に立ち、趙《ちょう》子竜《しりょう》は二千人をひきい後詰をして徐州へ向かった。

さて糜竺《びじく》が立ち帰って、孔北海《こうほっかい》が劉玄徳《りゅうげんとく》の加勢まで頼んでくれた旨を報告し、陳元《ちんげん》竜《りょう》も青州の田楷《でんかい》が快く兵をひきいて加勢に向かってくれたことを報告したので、陶謙《とうけん》の心はようやく収まった。一方、孔融《こうゆう》・田楷《でんかい》の両軍は、曹操《そうそう》の軍勢の勇猛さに恐れをなして、はるか離れた山麓《さんろく》に陣をかまえ、容易に進みかねていた。曹操《そうそう》も加勢の両軍

の到着を見たので、前後に軍勢を分かち、進んで城攻めにかかろうとはしない。

さて劉玄徳《りゅうげんとく》の軍も到着し、孔融《こうゆう》に対面した。

「曹操《そうそう》の軍勢は多く、しかも用兵に長《た》けておるから、軽々しく戦うのはよろしくない。しばらく彼の動静を見てから兵を進めようではござらぬか」

「しかし城中の兵糧《ひょうろう》が十分のはずはなく、とても長くは耐えられぬでござろう。それがし、雲長《うんちょう》・子竜《しりょう》に兵四千をあたえて貴殿のもとに控えさせておき、張飛《ちょうひ》とともに曹《そう》操の陣中を斬りぬけて徐州へ参り陶謙《とうけん》殿と談合して参りましょう」

孔融《こうゆう》は大いに喜び、田楷と連絡のうえ、掎角《きかく》(2)の陣をなし、雲長《うんちょう》・子竜《しりょう》は兵をひきいて双方の急に備えることとした。この日、玄徳《げんとく》・張飛《ちょうひ》は騎馬武者一千をひきいて曹操《そうそう》の陣に斬りこんだ。突き進むうち、陣屋の中で太鼓の音一声、騎兵歩兵が潮の湧《わ》く如く群がり寄せた。その先頭に立った大将は誰あろう于禁《うきん》、手綱をひきしぼって、

「いずれの狂徒か、どこへ行くか」

と大音に叫ぶ。

張飛《ちょうひ》これを見て、物も言わずに打ってかかる。両馬渡り合って数合するとき、玄徳《げんとく》雌雄の剣をふるい、兵に下知してどっと打ちかかれば于禁《うきん》たまらずに敗走し、張飛《ちょうひ》真っ先かけてこれを追い、徐州の城下まで一気に馳せつけた。城内では赤地に白で「平原　劉玄徳《りゅうげんとく》」と大書した旗を望み見、陶謙《とうけん》が急いで門を開かせる。玄徳《げんとく》が入城すれば、

陶謙《とうけん》がこれを迎えてともどもに役所にはいった。挨拶を終わって、宴席をしつらえてもてなし、兵士らをねぎらった。陶謙《とうけん》は玄徳《げんとく》の人品すぐれ、応対によろしきを得ているのを見て心中大いに喜び、糜竺《びじく》に命じて徐州の牧《ぼく》の印を取り寄せると、玄徳《げんとく》に譲ろうとした。

「これは何事でござるか」

と玄徳《げんとく》が愕然《がくぜん》とすると、

「天下大いに乱れて、王威振わざるいま、貴殿は漢皇室のご一門にござれば、力を社稷《しゃしょく》のためにいたされるご仁と存ずる。それがしいたずらに馬齢を重ねて何の能もござらぬゆえ、徐州をお譲りいたしたいものと思いしもの。なにとぞお受け下されい。それがしただちに上奏文をのぼせて、朝廷にこの由《よし》聞こえ参らせましょう」

玄徳《げんとく》は席を滑って再拝し、

「それがし漢皇室につらなる者とは申せ、功少なく徳薄く、平原の相《しょう》だに過ぎたる任と思っておるもの。このたびは大義によってお力添えに参上つかまつりましたに、かかるお言葉をいただくとは、それがしにご領地乗っ取りの心でもあるかとお疑いあれてか。もしそれがしがそのような心を起こさば、たちどころに天罰が下るでありましょう」

「これは何を言われる。これはそれがしの心より出《い》でしことにござる」

と陶謙《とうけん》、再三譲ろうとしたが、玄徳《げんとく》が受けようはずはない。

このとき、糜竺《びじく》が進み出て、

「いまや敵兵が城下に迫りおるおりにもござりますれば、まずはこれを退ける策を談合いたし、事おさまってから、改めてお譲りなされることにいたしてはいかがでござりますか」

「しからば、それがし曹操《そうそう》に書面をつかわして和議を勧め、もし聞かずば、皆殺しにしてくれましょう」

と言って玄徳《げんとく》はただちに三軍に下知して出陣を控えさせるとともに、使者を曹操《そうそう》のもとに差し向けた。

さて曹操《そうそう》が陣中にあって諸将を集め、軍議をこらしていたおりしも、徐州から挑戦状が届いたとの知らせがあった。曹操《そうそう》が封を開いて見れば、劉備《りゅうび》からの書状である。

その大略、

不肖備《び》、関外にて尊顔を拝せしよりこの方、遥かにかけ離れ見参いたすおりもなかりしところ、先にご尊父が悲運に遭われしは、ひとえに張闓《ちょうがい》が不仁のなせしところにして、陶恭祖《とうきょうそ》の罪にはあらざるもの。当今、黄巾の残党ども各地を紊《みだ》し、内には董卓《とうたく》の余党なお禍いをなしおれり。貴君願わくは朝廷の危急を先として私《し》讐《しゅう》を後とし、徐州の囲みを解いて国難におもむかれんことを。これただに徐州の幸いのみにあらず、天下の幸いとぞ存ずる。

曹操《そうそう》読み終わって、

「無礼な。劉備《りゅうび》め、このわしに指図しようというのか。しかも暗にわしを誹《そし》りおるとは」

と大喝するや、

「使いの者を斬り棄てて、力攻めにいたせ」

と命じた。

郭嘉《かくか》がこれを諫《いさ》めて、

「劉備《りゅうび》が遠路を救援に馳せつけたにもかかわらず、礼を先にし合戦を後にしたるうえは、殿にも好言をもってこれにお答えになり、彼を油断させておいて一気に寄せかかりますれば、城を抜くこともかなうでござりましょう」

曹操《そうそう》がこの言をいれて使者をねぎらい、しばらく待たせておいて策をねるとき、とつぜん早馬が兇報《きょうほう》をもたらした。曹操《そうそう》が何事とたずねると、呂布《りょふ》がすでに兗《えん》州を破り、進んで濮陽《ぼくよう》を取ったとのこと。

元来、呂布《りょふ》は李《り》・郭《かく》の乱に遭って武関から逃れ、袁術《えんじゅつ》のもとに身を寄せようとしたが、袁術《えんじゅつ》が呂布《りょふ》の叛服《はんぷく》つねならざるをきらって受け入れなかったので、袁紹《えんしょう》のもとに投じた。袁紹《えんしょう》は彼を受け入れて、ともに常山郡《じょうざん》に張燕《ちょうえん》を破った。呂布《りょふ》はこれより己の功を鼻にかけ、袁紹《えんしょう》の手の部将を軽んずるようになったので、袁紹《えんしょう》は彼を殺そうとした。かくて呂布《りょふ》は張楊《ちょうよう》のもとに逃れ、楊《よう》は彼を受け入れた。このとき龐舒《ほうじょ》という者、長安《ちょうあん》の城内でひそかに呂布《りょふ》の妻子を匿《かくま》っていたのを呂布《りょふ》のもとに送りとどけたが、李《り》傕《かく》・郭汜《かくし》はこれを知って龐舒《ほうじょ》を斬りすて、張楊《ちょうよう》に書面をやって呂布《りょふ》を殺させようとしたので、呂布《りょふ》は張楊《ちょうよう》のもとを去って張邈《ちょうばく》のもとに身を寄せた。おりしも張邈《ちょうばく》の弟張《ちょう》超《ちょう》が陳宮《ちんきゅう》を兄に引見させたところ、陳宮《ちんきゅう》が、

「いまや天下大いに乱れ、英雄豪傑各地に群がり起こっておりまするに、殿には千里にあまる広大な国を領されながら、人に使わるるとはまことに不甲斐《ふがい》なき仕儀にはござりませぬか。いま曹操《そうそう》東征して兗州に人なく、しかも呂布《りょふ》は当世に並ぶ者なき勇士、もし彼と力を合わせて兗州をお取り召されるなら、天下を定めん覇業は殿のお手にありと申せるでござりましょう」

と勧めたので、張邈《ちょうばく》は大いに喜び、ただちに呂布《りょふ》に命じて兗州を襲わせるとともに、濮陽まで占拠させた。ただ鄄城《けんじょう》・東阿《とうあ》・范県《はんけん》の三城のみ、荀彧《じゅんいく》・程昱《ていいく》の計によって辛くも落城を免れ、他はことごとく破られた。曹仁《そうじん》は数々の戦いに敗れ去って、かく危急を告げ来たったものである。

これを聞いて曹操《そうそう》、

「兗州が落ちたら、わしが帰るところはない。急ぎ手を打たずばなるまい」

と狼狽《ろうばい》するところ、郭嘉《かくか》が、

「殿には、これをしおに劉備《りゅうび》に恩を売り、軍を退いて兗州に帰陣なさるがよろしかろうと存じます」

と言ったので、曹操《そうそう》はげにもとうなずいて、ただちに返書を劉備《りゅうび》にあたえ、陣を引き払って兵を退いた。


さて使者は徐州に立ち帰って、陶謙《とうけん》に書状を差し出すとともに、曹操《そうそう》の軍がすでに立ち退いた旨を言上した。陶謙《とうけん》は大いに喜び、孔融《こうゆう》・田楷《でんかい》・雲長《うんちょう》・子竜《しりょう》らのもとへ使者を遣わして城内での大宴会に招いた。宴果てたとき、陶謙《とうけん》は玄徳《げんとく》を上座になおし、拱手《きょうしゅ》して一同に向かうと、

「それがしすでに老いさらばえ、二児あれどいずれも才なく、とても国家の重任に堪《た》える者にはござらぬ。ここに劉玄徳《りゅうげんとく》殿は皇室のご一門ではあり、徳広く才豊かにして、正に徐州の牧《ぼく》たるにふさわしきお方と存ずる。よって、それがしこれよりお暇《いとま》を請いゆるゆる養生などいたしたく存ずる」

玄徳《げんとく》、

「いやいや、それがしが孔文挙《こうぶんきょ》殿のお勧めにて徐州の救援に参じたのは、義のためでござった。それをいま、故もなくかような大任を犯したりすれば、それがしは天下の人々から義を知らぬ輩《やから》と誹《そし》られるでござりましょう」

糜竺《びじく》、

「いまや漢室衰えて四海ことごとく乱れ、功を立て業を立てるは正にこのときにあると申せまする。徐州は戸口百万、富み栄えるところにござりますれば、曲げてお引き受け賜《たま》わりとう存じまする」

玄徳《げんとく》、

「こればかりはお言葉に従いかねる」

陳登《ちんとう》、

「陶《とう》府君（正しくは使君）にはお体を損《そこ》ねておいでで、お役目を果たすこともむずかしい御有様《おんありさま》ゆえ、まげてお引き受けのほど願い上げます」

玄徳《げんとく》、

「ご家門すぐれ、天下の人心を集めておられる袁公路《えんこうろ》殿がこの近くの寿春《じゅしゅん》におわす。彼に譲られたらよいではござらぬか」

孔融《こうゆう》、

「彼はもはや塚に埋もれた骸骨《がいこつ》も同然、言うにたりませぬ。今日のことは、正に天のあたえしもの。これを取らずば、のちに悔いても及びませぬぞ」

しかし玄徳《げんとく》は頑として聞きいれない。

陶謙《とうけん》は落涙して、

「貴公がもしそれがしを棄て去られるとあらば、それがし死んでも浮かばれませぬ」

雲長《うんちょう》、

「陶《とう》閣下がたってと言われるうえは、兄者、しばらく代わって徐州をおさめられたらいかがでござる」

張飛《ちょうひ》、

「おれたちがむりやり国をよこせと言ったわけでもなし。向うが受けてくれと言っているのだから、何も遠慮することはないじゃないか」

玄徳《げんとく》、

「おまえたちは、わしを不義に陥《おとしい》れようというのか」

陶謙《とうけん》は再三譲ろうとしたが、玄徳《げんとく》はいっかな受けようとしない。そこで、陶謙《とうけん》が、

「もし玄徳《げんとく》殿がどうしてもお聞きいれ下さらぬとあれば、この近くに小沛《しょうはい》と申すところがあり、軍をとどめておくこともできますれば、しばらくかしこに軍をお留めになって徐州をお護り下さらぬか」

と言えば、一同も玄徳《げんとく》に小沛に留まるよう勧めたので、玄徳《げんとく》も従った。

陶謙《とうけん》から兵士らへのもてなしもすんで、趙雲《ちょううん》が辞去するとき、玄徳《げんとく》はその手をとり涙にくれて別れた。孔融《こうゆう》・田楷《でんかい》もそれぞれ別れを告げ、軍をひきいて引き揚げた。玄《げん》徳《とく》は関《かん》・張《ちょう》とともに手勢をひきいて小沛に至り、城壁を繕《つくろ》い、住民に安心して暮すよう触れた。

さて曹操《そうそう》が軍をひきいて引き揚げて来ると、曹仁《そうじん》が途中まで出迎えて、呂布《りょふ》の勢い強く、加えて陳宮《ちんきゅう》がこれを補佐しているため、兗州・濮陽すでに陥ち、鄄城《けんじょう》・東阿《とうあ》・范県《はんけん》の三城だけは荀彧《じゅんいく》・程昱《ていいく》二人が助け合って死守していると報告した。曹操《そうそう》は、

「呂布《りょふ》は勇あれど策なき奴、何ほどのことやある」

と、いったん陣を構えさせておいて、改めて軍議を催した。

呂布《りょふ》は曹操《そうそう》が軍を返してすでに滕《とう》県を過ぎたと聞くと、副将薛蘭《せつらん》・李封《りほう》の二人を呼んで、

「わしはかねてからそなたたちに働いてもらおうと思っておったが、これより兵一万をひきいて兗州(3)の守りを固めてくれ。わしは兵を進めて曹操《そうそう》を打ち破って参る」

と命じ、二人はかしこまって承知した。陳宮《ちんきゅう》は〔この由を聞いて〕急いで呂布《りょふ》に見《まみ》えた。

「将軍は兗州を棄てて、どこへ行かれようとなさるのでございますか」

「わしは濮陽に出陣して、鼎足《ていそく》の陣構えをとろうと思うのだ」

「それはいけません。薛蘭《せつらん》ではとても兗州を守りきることはかないません。これより南へ百八十里行った泰山の谷あいに精兵一万を待機させるがよろしい。曹操《そうそう》の軍は兗州の破れたのを聞き必ずや先を急いで参るでございましょうほどに、その半ばをやり過ごしておいて一撃すれば、一挙に全軍を手捕りに出来ましょう」

「わしが濮陽に布陣するのは、良策あってのこと。そちの知るところではないわ」

呂布《りょふ》はついに陳宮《ちんきゅう》の言を用いず、薛蘭《せつらん》に兗州をまかせて進発した。一方、曹操《そうそう》の軍が泰山の難路にさしかかったとき、郭嘉《かくか》が言った。

「ご用心召され。ここには伏兵がありましょうぞ」

曹操《そうそう》は笑った。

「なにが、呂布《りょふ》は策なき男。薛蘭《せつらん》に兗州をまかせ濮陽へ出陣したのでもそれは知れる。ここに伏兵をするような奴ではない。曹仁《そうじん》に兵をあたえて兗州を囲ませ、わしは濮陽へ進んで呂布《りょふ》の不意を衝《つ》いてくれよう」

陳宮《ちんきゅう》は曹操《そうそう》の軍勢が迫ったと聞いて、

「いま曹操《そうそう》の兵は遠路より来たって疲れきっております。この機に一挙に打ち破るのが最善、気力を養わせるようなことは万々禁物にござりますぞ」

と進言したが、呂布《りょふ》は、

「ただ一騎で天下を馳せ回ってきたこのわしが、曹操《そうそう》ごときを恐れると思うか。奴が陣を張るのを待って、乗りこんで手捕りにしてくれるわ」

とこれを退けた。

さて曹操《そうそう》の軍は濮陽に近づいて陣屋を構えた。あくる日、諸将を従えて出陣し、草原に陣容をととのえると、曹操《そうそう》、馬を門旗の下に乗り出し、はるかに呂布《りよふ》の兵の来るのを待ち望む。陣ととのうや、呂布《りよふ》がまっ先に馬を乗り出し、その左右に八人の勇将が並び進む。その第一は、雁門《がんもん》郡馬邑《ばゆう》の人、姓は張《ちよう》、名は遼《りよう》、字は文遠《ぶんえん》。第二は、泰《たい》山郡華陰《ざんかいん》の人、姓は臧《そう》、名は覇《は》、字は宣高《せんこう》。この二大将また、郝萌《かくもう》・曹性《そうせい》・成廉《せいれん》・魏《ぎ》続《しよく》・宋憲《そうけん》・侯成《こうせい》の六名の勇将を従え、総勢五万、陣太鼓の響き天地にとよもす。

曹操《そうそう》が呂布《りよふ》に指つきつけて、

「わしは貴様からなんの恨みも買った覚えはない。わが国を奪うとは何故か」

と言えば、呂布《りよふ》も、

「誰が取ろうと漢の城は漢の城だ。貴様は一人占めする気か」

と言い返し、臧覇《そうは》に馬を乗り出させて戦いを挑む。曹操《そうそう》の軍中からは楽進《がくしん》これに応じ、両将馬を駆けたがえ、穂先を合わす。三十余合して勝負のほど分かたぬところ、夏侯惇《かこうとん》が馬を飛ばせて加勢に出れば、呂布《りよふ》の陣中からは張遼《ちようりよう》が受けて出て切り結ぶ。呂布《りよふ》がええ面倒とばかり戟を片手に馬を飛ばせて突っこめば、夏侯惇《かこうとん》・楽進《がくしん》は馬首を並べて逃げ帰った。呂布《りよふ》がこれを追って殺到すれば、曹操《そうそう》の軍勢総崩れとなって三、四十里退いたので、呂布《りよふ》も軍をおさめた。曹操《そうそう》は一敗を喫して陣屋にもどり、諸将と協議するところ、于禁《うきん》が進み出て、

「それがし今日、山上より眺めましたるところ、濮陽の西に呂布《りよふ》の砦《とりで》があり、兵もさしたる数とは見えませぬ。今夜はかしこの部将もわが軍の敗戦に気をよくして必ずや備えを怠りおりましょうゆえ、兵を出して討つべきと存じます。もしかの砦を手に収めれば、呂布《りよふ》の軍勢が狼狽《ろうばい》いたすは必定。これこそ上策と存じます」

曹操《そうそう》はこの言をいれて、曹洪《そうこう》・李典《りてん》・毛玠《もうかい》・呂虔《りよけん》・于禁《うきん》・典韋《てんい》の六将を従え、歩騎二万をえりすぐって、夜にまぎれて間道づたいに打ち立った。

一方、呂布《りよふ》は陣屋において将兵をねぎらったが、陳宮《ちんきゆう》が言うのに、

「西の砦は緊要のところ、もし曹操《そうそう》が夜討をかけてきたら、どうなされます」

「奴は今日負けたばかり、出て来るはずがない」

「いやいや、彼は奇策に長《た》けた者。不意を討たれぬ用心が肝要と存ずる」

呂布《りよふ》は高順《こうじゆん》と魏続《ぎしよく》・侯成《こうせい》に命じ兵をひきいて西の砦を固めに行かせた。

さて曹操《そうそう》は黄昏《たそがれ》どきに軍勢をひきいて西の砦に至り、四方から突入した。守備の軍勢は防戦かなわず八方へ逃げ散り、曹操《そうそう》は砦を奪い取った。四更に至って、高順《こうじゆん》がようやく軍をひきいて到着し、まさに攻め入ろうとしたとき、曹操《そうそう》自ら軍勢をひきいて

討っていで、真向から高順《こうじゅん》と出合って両軍入り乱れての戦いとなった。夜も引き明ける頃おい、真西の方に太鼓の音轟《とどろ》き、呂布《りょふ》が自ら援軍をひきいて到着したとの知らせがあったので、曹操《そうそう》が砦を棄てて逃げれば、背後からは高順《こうじゅん》・魏続《ぎしょく》・侯成《こうせい》が追いすがり、正面から呂布《りょふ》自ら軍勢をひきいて現われる。于禁《うきん》・楽進《がくしん》の二将が呂布《りょふ》に立ち向かったがかなおうはずなく、曹操《そうそう》は北をめざして逃げた。ところへ山かげから一隊の軍勢がどっと討って出る。これは左は張遼《ちょうりょう》、右は臧覇《そうは》。曹操《そうそう》は呂虔《りょけん》・曹洪《そうこう》に命じてこれを防がせたが効なく、さらに西を望んで馬を飛ばす。と、またもたちまち天を震わす鬨《とき》の声が湧き起こって一隊の人馬現われ、郝萌《かくもう》・曹性《そうせい》・成廉《せいれん》・宋憲《そうけん》の四将が退路にたちはだかった。曹操《そうそう》の諸将が必死に戦ううちに、曹操《そうそう》は真っ先に囲みを破って駆けぬけようとしたが、拍子木の音とともに矢が雨のように飛びきたって進むことも退くこともできなくなり、

「誰かある、助けてくれい」

と大音に叫べば、騎馬の隊から一人の大将が躍り出た。これぞ典韋《てんい》。手に双枝の鉄戟をひっさげ、

「殿、ご案じあるな」

と一声、ひらりと地面に下り立ち、戟を鞍に掛けると、短戟《たんげき》（短い槍。わが国の手裡《しゅり》剣《けん》に相当）十数本を握り、

「賊めらが十歩のところまで来たら知らせろ」

と供の者に声を掛けるなり、雨とふりそそぐ矢の中に突きいった。

呂布《りよふ》の手の追手十数騎が後ろに迫ったとき、供の者が、

「十歩」

と叫ぶと、典韋《てんい》は言った。

「五歩まで来たら言え」

「五歩」

その声とともに、典韋《てんい》は息もつがせず短戟を飛ばせて、一戟一殺、一本も誤たずにたちまち十数人を倒せば、他の者ども雲を霞《かすみ》と逃げ散った。典韋《てんい》してやったりと馬にとび乗り、双枝戟をきらめかせて喚《おめ》きかかれば、郝《かく》・曹《そう》・侯《こう》・宋《そう》の四大将はたまらずに四散した。典韋《てんい》はさんざんに敵軍を駆け散らして曹操《そうそう》を救い出し、諸将も次第に集まって来たので、血路を開いて陣へ帰ろうとする。おりしも早や日は暮れかかる。と、たちまち背後にどっと鬨の声があがって、呂布《りよふ》が戟をしごき馬を躍らせて追いすがるや、大喝一声、

「曹《そう》賊逃げるな」

時に曹操《そうそう》に従う面々、人馬ともに疲れ果て、逃げ腰となって顔見合わせる。正に、逃げおおせたかと思ったものの、逃れがたきか強敵の手、というところ。さて曹操《そうそう》の

命はどうなるか。それは次回で。

注1　**劉皇叔**《りゅう》　劉備《りゅうび》は前漢景帝《けい》（在位前一五六―一四一）の末孫と称《とな》えており、系図によれば時の献《けん》帝の叔父にあたっているのでこう呼ばれた。第二十回に詳しい。

2　**掎角の陣**　掎角とは鹿を生捕りにするときに足と角を同時に捉《とら》える方法で、これより転じて、軍を左右に展開して相呼応しながら攻撃する戦術のことをいう。

3　**兗州**　ここでは当時、兗州の州治であった昌邑《しょうゆう》（山東省金郷県西北）を指す。以下同じ。

第十二回　陶恭祖《とうきょうそ》　三《み》たび徐州《じょしゅう》を譲《ゆず》り
曹孟徳《そうもうとく》　大《おお》いに呂布《りょふ》と戦《たたか》う

曹操《そうそう》があわてて馬を飛ばすおりしも、真南から一隊の人馬が到着した。これぞ夏侯《かこう》惇《とん》が同勢をひきいて救援に駆けつけたもので、呂布《りょふ》の前に立ちはだかって奮戦した。暮れ方にいたって天を覆《くつが》えすような豪雨となったので、互いに軍を退いた。曹操《そうそう》は陣屋にもどって厚く典韋《てんい》を賞し、領軍都尉《りょうぐんとい》(1)に昇せた。

さて呂布《りょふ》は陣屋に引き取って陳宮《ちんきゅう》と策を練ったが、陳宮《ちんきゅう》の言うのに、

「濮陽《ぼくよう》の城内に田《でん》と申す金持がおり、家の者千人あまりという当郡きっての豪家でありますが、彼に命じて曹操《そうそう》の陣屋へ密使を送らせ、『呂温侯《りょおんこう》は残虐無道のため、領民は大いに恨んでいる。いま彼は高順《こうじゅん》に城をまかせて兵を黎陽《れいよう》（河南省浚《しゅん》県東）に移そうとしているから、夜陰にまぎれて兵を進めよ。さらば自分が内応する』という密書を届けさせましょう。曹操《そうそう》が来たら、城内に誘いこんでおいて四方の門に火を掛け、門外に伏兵しておくのです。かくすれば、たとえ曹操《そうそう》に天地を思うままにするほどの才があろうとも逃れることはかないますまい」

呂布《りょふ》はこの計をいれ、ひそかに田氏《でん》に命じて人を曹操《そうそう》の陣屋へやらせた。曹操《そうそう》は一敗を喫していかにしたものかと思案にくれていたところ、とつぜん田氏《でん》の使者が来て密書を届けて来たとの知らせ。密書には、「呂布《りょふ》すでに黎陽へ向かい、城内の備えなし。伏してすみやかなるご出馬を請う。当方お手引き申さん。城頭に『義』と大書したる白旗を立てるをもって合図となさん」とある。

「これぞ天が濮陽をわしに与えしもの」

と曹操《そうそう》は大いに喜び、使者を丁重にねぎらうとともに、出陣の用意を始めた。ところへ劉曄《りゅうよう》が、

「呂布《りょふ》は策なき男とは申せ、陳宮《ちんきゅう》はなかなかの策士にござりますれば、おそらくは何か企みおるものと存じます。用心が肝要でござります。殿が是非ともお出まし相成るとなら、軍を三手に分けて、二手を緊急の場合に備えて城外に伏せおき、一隊を城内にお差し向けになられますよう」

と進言した。

曹操《そうそう》はこれに従い、軍を三手に分けて濮陽城下に到着した。曹操《そうそう》がまず馬を乗り出して様子をうかがえば、旗指物が城壁一面に立てつらねられてある中に、西門の一角に「義」と書かれた白旗の翻っているのが見えたので心中いたく喜んだ。この日の午《うま》の刻（正午前後）、城門が開かれると見るや、二人の大将が軍をひきいて戦いを挑んで

来た。その先手は侯成《こうせい》、後に控えたのは高順《こうじゅん》である。曹操《そうそう》はただちに典韋《てんい》に出馬を命じて、侯成《こうせい》にかからせた。侯成《こうせい》が敵しきれずに馬首を返して城中に逃げ、典韋《てんい》これを追って吊り橋まで迫れば、高順《こうじゅん》もかなわずに城内に逃げこんだ。この混乱にまぎれて一人の兵士が曹操《そうそう》の陣屋に駆けこみ、田氏《でん》の使いと称して密書を差し出した。「今宵初更時分（夜の八時前後）、城頭で銅鑼《どら》を鳴らすのを合図に兵を進められたい。それがし門を開かん」とのこと。曹操《そうそう》は夏侯惇《かこうとん》に左翼を、曹洪《そうこう》に右翼を固めさせ、己は夏侯《かこう》淵《えん》・李典《りてん》・楽進《がくしん》・典韋《てんい》の四将を従え、兵をひきいて入城しようとした。李典《りてん》が、

「殿にはしばらく城外にお控えあって、まずわれらをお遣わし下されい」

と言ったが、曹操《そうそう》は、

「わしが進まなくて、誰が行くか」

と一喝、自ら兵に下知してまっしぐらに突き進んだ。時あたかも初更の頃合、月もまだ昇っていない。と、西門の城頭に法螺《ほら》貝《がい》の音が響いてどっと鬨《とき》の声があがり、城頭に松明《たいまつ》入り乱れて城門がさっと開かれるや吊り橋が下ろされた。曹操《そうそう》真っ先に馬を躍らせて駆けこみ、一気に州役所の前まで至ったが、人影一つない。さては計られたかと、急いで馬首を返して、

「退《ひ》け」

と怒鳴ったとき、役所内で号砲一発、四方の門から天に沖《ちゅう》する火の手が上がり、銅

鑼・太鼓一斉に鳴り渡って鬨《とき》の声河翻《くつがえ》り海沸き立つばかりに轟く。そこへ東の通りから張遼《ちょうりょう》、西の通りから臧覇《そうは》が討って出て両側から挟撃して来る。北門目指して走るところ、横合から郝萌《かくもう》・曹性《そうせい》が討って出て斬り込んで来る。あわてて南門に走れば、高順《こうじゅん》・侯成《こうせい》が前に立ちふさがる。典韋《てんい》が目をいからせ歯がみして斬り入れば、高順《こうじゅん》・侯成《こうせい》は逆に城外へ逃れ出た。典韋《てんい》が吊り橋まで切りぬけて来てふり返れば曹操《そうそう》の姿がないので、再び城内に斬ってはいったところ、城門の下で李典《りてん》に行き会ったので、

「殿はどこだ」

「俺も捜しているところだ」

「では貴公は城外へ加勢を呼びに行ってくれ。わしは殿を捜して来る」

李典《りてん》は去り、典韋《てんい》は城内に斬り入って探しもとめたが見つからない。再び濠端《ほりばた》まで出て来たとき、楽進《がくしん》に出会った。楽進《がくしん》が、

「殿を知らぬか」

「俺も二度までたずね回ったが、お見えにならぬ」

「さらば、二人して斬り入りお助けいたそう」

二人が門前まで来たとき、矢倉から火の玉を投げかけられて楽進《がくしん》の馬は棒立ちとなる。典韋《てんい》は火煙の真っ只中に飛びこんで三度斬り入り、右に左に尋ねまわった。

さて曹操《そうそう》は典韋《てんい》が斬って出るのを見かけたが、四方から取りこめられて南門を出る

ことができず、再び北門へ向かうおりから、火の光の中を戟を片手に馬を躍らせて来る呂布《りよふ》とばったりぶつかった。曹操《そうそう》は手で顔を隠し、馬に鞭をくれて行き過ぎたが、呂布《りよふ》が馬を急がせて追い付き、戟で曹操《そうそう》の兜《かぶと》を叩いた。

「曹操《そうそう》はどこだ」

曹操《そうそう》は指さして、

「先を栗毛に乗って行くのがそうでございます」

呂布《りよふ》はそう聞くなり曹操《そうそう》を打ち棄てて追いかけた。曹操《そうそう》は馬首をめぐらせて東門目指して走るところを、典韋《てんい》に行き会った。典韋《てんい》が曹操《そうそう》を守って血路を斬り開き、城門のあたりまで来れば、火炎ひときわ激しく、矢倉から投げ下ろす柴《しば》や草に一面火の海。典韋《てんい》が戟でこれをかきわけ、馬を飛ばせ火煙を冒してまず駆け抜ければ、曹操《そうそう》も後を追って出る。ようやく門の下まで来たとき、燃えさかる梁《うつばり》が焼け落ちて曹操《そうそう》の乗馬の尻に当たったため、馬はどうと倒れた。曹操《そうそう》は梁を地面へ抱え下ろしたが、腕から鬚《ひげ》、髪の毛まで、のこらず焼けただれた。典韋《てんい》が馬を返して助けるところ、おりよく夏侯《かこう》淵《えん》が駆けつけ、力を合わせて曹操《そうそう》を火中より救い出した。曹操《そうそう》は夏侯淵《かこうえん》の馬に乗り、典韋《てんい》は血路を斬り開いて前を走る。かくて混戦は夜の引き明けまでつづき、曹操《そうそう》はようやく陣屋にもどった。

諸将が前に拝伏すれば、曹操《そうそう》はからからと笑って、

「匹夫《ひっぷ》の計にかかるとは業腹《ごうはら》な。この恨みは必ず晴らしてやるぞ」

「ではただちに手を打たれますよう」

と郭嘉《かくか》が言えば、

「敵の計の裏をかいてやるのじゃ。わしが火傷《やけど》して死んだと言いふらせば、きゃつは必ず兵をひきいて寄せてくるだろう。わしは馬陵《ばりょう》山中に兵を潜《ひそ》ませておいて、きゃつらが半ば通ったところを一挙に叩いてやる。さらば、呂布《りょふ》を手捕りにできようぞ」

「まことに良計にございます」

かくて兵士に命じて喪服を着けさせ、曹操《そうそう》死すと言いふらさせた。と、早くも人が濮陽の呂布《りょふ》のもとに駆けつけ、曹操《そうそう》は全身火傷して陣屋で死んだと知らせた。呂布《りょふ》はただちに兵馬を整え、馬陵山へ殺到した。曹操《そうそう》の陣を目前にしたとき、太鼓の音一声、伏せ勢が四方から討って出た。呂布《りょふ》はようよう斬り抜け、おびただしい兵馬を失って濮陽へ逃げもどったが、以来守りを固めて討って出ようとしない。この年、にわかに蝗《いなご》が起こって作物ことごとく食い荒らされ、ために関東一帯では穀物一石あたり銭五十貫文の高値を呼び、人々相食《あいは》むありさまとはなった。曹操《そうそう》は陣中の食糧尽きはてたので、軍を鄄《けん》城に引き揚げてしばらく屯営し、呂布《りょふ》も食糧を求めて山陽《さんよう》郡へ向かい、しばしそこに屯営したので、自然、戦いは中休みの状態となった。

さて陶謙《とうけん》は徐《じょ》州にあったが、時すでに六十三歳。ふとしたことで病の床についたのがみるみる重くなったので、糜竺《びじく》・陳登《ちんとう》を召して後事を相談した。糜竺《びじく》の言うのに、

「曹操《そうそう》の軍が引き揚げたのは、ひとえに呂布《りょふ》が兗《えん》州を襲ったがためであります。今年は凶作ゆえ兵を出さずにおりますものの、来春はまた必ずやって参るでございましょう。殿には先に二度まで劉玄徳《りゅうげんとく》殿に位をお譲りになられましたが、あの節は殿がまだご壮健であらせられましたので、玄徳《げんとく》殿もお引き受けなさらなかったのでございます。しかるに、この節は殿のお悩み募らせたもうおりでもあり、これを理由にお譲りになれば、玄徳《げんとく》殿も無下《むげ》には断わりかねることにござりましょう」

陶謙《とうけん》は大いに喜び、使者を小沛《しょうはい》に遣わして軍事上の相談をしたいからと玄徳《げんとく》を招いた。玄徳《げんとく》が関《かん》・張《ちょう》とともに十数騎の供を連れて徐州に着くと、陶謙《とうけん》はさっそく寝室に案内させた。

玄徳《げんとく》が挨拶をすますと、陶謙《とうけん》が言うのに、

「貴殿においでを願ったのは、実は他事にはあらず、それがしもはや病篤《あつ》く今日明日をも知れぬありさまにござれば、貴殿に漢室を思う心を改めて思い起こしていただき、この徐州の印綬《いんじゅ》をお引き受けいただこうと考えてのことでござる。ご承諾賜《たま》わらば、それがし思い残すことなく目をつむることができると申すもの」

「ご子息が二人もおいでで、お譲りになればいいではありませぬか」

「長男の商《しょう》、次男の応《おう》、いずれもこの大任に耐え得るような者ではござらぬ。それがしの死後は、よくよくお導き下されたい。けっしてけっしてこの任につかせぬようお願いいたす」

「したが、かかる大任それがし一身にてはとても果たすことかないませぬ」

「それでは、貴殿のお力になれるような者をひとり推挙つかまつろう。北海国《ほくかい》の者で、姓を孫《そん》、名を乾《けん》、字《あざな》を公祐《こうゆう》と申す男、この者ならなにかとお役に立つでござろう」

と言って、糜竺《びじく》に向かい、

「劉《りゅう》殿は当世の英傑、お許《もと》もよくお仕えするよう」

玄徳《げんとく》は最後まで言を左右にして受けなかったが、陶謙《とうけん》は手で己の胸を指さしながら息絶えた。人々は哀悼《あいとう》の泣声を挙げたのち、ただちに官印を玄徳《げんとく》の前に捧げたが、玄《げん》徳《とく》は固く辞して受けなかった。翌日、徐州の領民たちが役所の前に群がり、泣き泣き拝伏して、

「劉《りゅう》のお殿様が当地をお治め下さらねば、私どもとても安楽には暮らしかねます」

と訴えた。

関《かん》・張《ちょう》両名からもこもごも勧められて、玄徳《げんとく》はようやくのことでしばらく徐州を預かることを承知し、孫乾《そんけん》・糜竺《びじく》を補佐とし、陳登《ちんとう》を幕僚に任じて、小沛の軍勢をすべて城内に移すとともに、告示を出して民心を安んじ、葬儀の準備をした。玄徳《げんとく》は将兵

とともに喪服をつけ、盛んな葬儀をとりおこなった。式終わって黄河のかたわらなる墓地に葬り、陶謙《とうけん》が死に臨んで書き残した上奏文を朝廷へ捧った。

曹操《そうそう》は鄄城《けんじょう》にあって、陶謙《とうけん》すでに死し、劉玄徳《りゅうげんとく》徐州の牧《ぼく》となると知って大いに怒り、

「わしがまだ讐《あだ》を討たぬというのに、一本の矢も使わずに徐州を乗っ取るとは無礼な奴。まず劉備《りゅうび》を血祭りに挙げてから陶謙《とうけん》の屍《しかばね》を粉々にきざみ、先君の恨みを雪《すす》いでくれよう」

と、ただちに命令を下して、即日、徐州討伐の兵を起こそうとした。そこへ荀彧《じゅんいく》が伺候《しこう》して諫《いさ》めるのに、

「そのかみ高祖《こうそ》皇帝は関中を保ち、光武《こうぶ》皇帝は河内《かだい》に拠《よ》って根拠を深く固められ、もって天下を制せられんとなされました。ゆえに進んでは勝ち、退いては固く守ることができたので、困難に遭いながらもついに大業をなしとげられたのでございます。殿には初め兗《えん》州より事を起こされましたが、この黄河・済水の地（ここでは兗州）は天下の要害であり、正に古《いにしえ》の関中・河内にも比すべきところ。今もし徐州を取らんとせられても、兵を多く留めおけば事成り難く、わずかしか留めおかねば、呂布《りょふ》に虚を衝《つ》かれるでございましょう。かくては兗州を失うことになります。もし徐州を取れぬときは、殿はどこに帰られますか。いま陶謙《とうけん》死すといえども、すでに劉備《りゅうび》が守っており

ます。しかも徐州の人民はすでに劉備《りゅうび》になついているうえは、必ず彼のために死をも厭《いと》わず戦うでござりましょう。殿が兗州を棄てて徐州を取らんとなされるのは、大を棄てて小につき、本を去って末を求め、安きをもって危うきにかえるもの。よくよくご考慮召されますよう」

「だが、今年は凶年で兵糧乏《ひょうろう》しいことでもあり、いたずらに軍勢をここに留めておくことも、良策ではなかろうが」

「されば軍を東へ進めて陳《ちん》国をお取りになり、かの地で兵糧を調達いたすがよろしいと存じます。汝南《じょなん》郡・潁川《えいせん》郡の黄巾の残党何儀《かぎ》・黄邵《こうしょう》らは州郡を略奪して回っておることなれば、金帛《きんぱく》・食糧など多量に貯えております。かの賊どもを破るは安きことでありますす故、これを破って食糧を召し上げ、三軍を養うこととといたせば、朝廷も喜び、人民も喜ぶこと、これぞ正に天意に従ったものと申せましょう」

曹操《そうそう》は喜んでこの言に従い、夏侯惇《かこうとん》・曹仁《そうじん》を残して鄄城その他を守らせ、自ら軍をひきいてまず陳国を取り、次いで汝南・潁川に進んだ。黄巾の一党何儀《かぎ》・黄邵《こうしょう》は曹操《そうそう》の軍至ると聞き、部下を引き連れて羊《よう》山に討って出た。時に賊徒どもは多勢とはいえすべて狐狼《ころう》の群れであるから、陣備えもない。曹操《そうそう》は強弓・弩弓を射掛けさせておいて、典韋《てんい》に出馬を命じた。何儀《かぎ》は副将を出して戦わせたが、三合せずして典韋《てんい》の繰りだす戟に突き落とされる。得たりと曹操《そうそう》、勢いに乗って襲いかかり、羊山を越えて陣を取った。翌日、黄邵《こうしょう》自ら軍をひきいて現われ、陣立て決まるや、一人の大将が徒歩《かち》で進み出た。頭を黄巾で包み、身には緑の上衣をまとい、手に鉄棒をひっ下げたこの男、

「截天夜叉何曼《せってんやしゃかまん》とは俺のことだ。誰か俺に掛かって来る奴があるか」

と大音に叫んだ。曹洪《そうこう》これを見て大喝一声、ひらりと馬より飛び下りるなり、薙刀《なぎなた》をひっ下げて歩みいで、両名、陣頭で斬り結ぶこと四、五十合に及んだが、勝負が決しない。かくてはと曹洪《そうこう》、偽って逃げ、何曼《かまん》がこれを追うところ、曹洪《そうこう》、敵の油断を見すまして、ふり向きざまに斬り下ろせば、みごと何曼《かまん》は唐竹割り、すかさずもう一刀浴びせて斬り殺した。李典《りてん》が勝ちに乗って馬を躍らせ、賊陣に突っこめば、黄邵《こうしょう》応戦の暇《いとま》もなく李典《りてん》に生捕られ、曹操《そうそう》の軍勢一斉に襲いかかって、金帛・食糧を数知れず奪い取った。何儀《かぎ》は力を失い、数百騎をひきいて葛陂《かつひ》へ落ちて行く。ところへ、山かげから一隊の人馬が現われ、先頭に立った身の丈八尺、胴まわり十囲《じゅうい》(2)ばかりもある偉丈夫が、手に大薙刀をひっ下げて前に立ちはだかった。何儀《かぎ》が槍をしごいて立ち向かったが、ただ一合にしてかの偉丈夫の小脇に抱えこまれた。他の者どもはあわてて馬を下りて縛《ばく》を受け、一人残らずかの偉丈夫に追い立てられて葛陂の砦《とりで》に押しこめられた。

さて典韋《てんい》が何儀《かぎ》を追って葛陂まで来たところ、偉丈夫が軍勢をひきいてさえぎった。

「貴様も黄巾の輩《やから》か」

と典韋《てんい》が言うと、

「黄巾五、六百騎は、みんなわしの虜《とりこ》になって砦にいるわ」

「なぜ差し出さんのか」

「お前がわしの薙刀を取ることができたら、引き渡してやる」

典韋《てんい》烈火の如く怒り、双枝の戟を高々とかかげて、突きかかる。両名、辰《たつ》の刻（朝の八時前後）から午《うま》の刻まで戦ったが勝負決せず、それぞれ一息いれる。間もなくかの偉丈夫が戦いを挑んで出、典韋《てんい》またこれに応じる。かくて日の暮れ方まで戦ったすえ、双方とも馬が疲れたのでしばらく戦いを止めた。この間、典韋《てんい》の部下が曹操《そうそう》に注進に及び、曹操《そうそう》は大いに驚いて諸将を引き具して観戦に駆けつけた。次の日も偉丈夫はふたたび戦いを挑んで出た。曹操《そうそう》はかの男のあたりをはらう威風を見て心中ひそかに喜び、典韋《てんい》にわざと負けるよう言い含めた。典韋《てんい》は命を受けて戦いに臨み、三十合あまりして打ち負けて陣に逃げもどった。偉丈夫が陣門まで追い駆けて来たとき、弓や弩弓を射掛けて追い返した。曹操《そうそう》は急いで軍を五里退け、ひそかに人をやって陥し穴を掘らせるとともに、熊手（鉤）を持った兵士を潜ませた。翌日、再び典韋《てんい》に百余騎を与えて戦いを挑ませれば、かの巨漢、

「腰抜けめ、よくはずかしくもなくやって来たな」

と笑って馬を躍らせ、斬って掛かった。典韋《てんい》が五、六合して馬首を返せば、その男はこれを追うのにかまけて、あっという間に馬もろとも陥し穴に落ちこみ、熊手にかかって縛り上げられ、曹操《そうそう》の前に引き据えられた。曹操《そうそう》は座を下って兵士どもを退け、自らその縄をほどいてから、急いで着物を取り寄せて着せ、席を与えて改めて彼の本籍、姓名を尋ねた。

「それがし譙《しょう》国譙県の者にして、姓を許《きょ》、名を褚《ちょ》、字を仲康《ちゅうこう》と申す。黄巾の賊起こるに及んで、一門の者数百人を集め砦を固め彼らを防いでおった。一日賊が襲って参ったので、一同に石を用意させ、それがし自ら石を投げたところ、一つとして当たらぬはなく、賊どもはこれにひるんで退散いたした。また一日賊が参ったが砦に食糧がなかったのでやむなく賊と和睦し、耕牛を米と交換することを約束した。米が送りつけられ、賊が牛を追って砦を出たところ、牛がみな走って帰って来たので、それがしが両の手で二頭の尾をとらえて、百歩あまりも引きもどした。賊はこれを見て肝をつぶし、牛も受け取らずに逃げてしもうたので、その後、事もなくここを守って来たものでござる」

「お許《もと》の高名はかねてより聞き及んでおったが、わが手についてはくれまいか」

「もとより望むところにござります」

かくて許褚《きょちょ》は一門数百人を引き連れて投降して来た。曹操《そうそう》は彼を都尉に任じて、手厚くもてなした。そのうえ何儀《かぎ》・黄邵《こうしょう》を斬って棄て、汝南・潁川をことごとく平定した。

曹操《そうそう》が帰陣すると、曹仁《そうじん》・夏侯惇《かこうとん》が出迎えて言うのに、近日来、間者の知らせによれば、兗《えん》州の薛蘭《せつらん》・李封《りほう》の手の兵士たちはみな城外に出払って略奪を働いており、城は空《から》になっておるゆえ、勝利の余勢を駆ってこれを攻めれば、一撃にて落とすことができようとの由。曹操《そうそう》はただちに軍勢をひきいて兗州に殺到した。薛蘭《せつらん》・李封《りほう》は虚を衝《つ》かれて、やむなく兵をひきいて城外に出陣した。許褚《きょちょ》が、

「それがしかの二人を生捕って、お目見得の土産《みやげ》にいたしたく存じます」

と言えば、曹操《そうそう》大いに喜び出陣を命ずる。李封《りほう》は画戟をきらめかせてこれを迎えたが、馬を交えること二合にして許褚《きょちょ》に斬って落とされた。薛蘭《せつらん》はあわてて陣へ逃げ帰るところ、吊り橋のたもとで李典《りてん》にさえぎられ、城にもどるのを諦《あきら》めて同勢とともに鉅野《きょや》へ逃れようとしたが、呂虔《りょけん》が追いすがって一矢で射殺したので全軍四散した。

曹操《そうそう》はふたたび兗州を得たので、程昱《ていいく》がさらに兵を進めて濮陽を取るよう進言した。曹操《そうそう》は許褚《きょちょ》・典韋《てんい》を先手とし、夏侯惇《かこうとん》・夏侯淵《かこうえん》に左備え、李典《りてん》・楽進《がくしん》に右備えを命じ、己は中軍をひきい、于禁《うきん》・呂虔《りょけん》に後詰をさせて打ち立った。曹操《そうそう》の軍勢が濮陽に至るや、呂布《りょふ》は自ら出陣しようとした。陳宮《ちんきゅう》が、

「いま出て戦うのはいかがかと思われます。諸将の集まるのを待ってからがよろしいでしょう」

と諫めたが、呂布《りょふ》は、

「誰が来ようと恐れるわしではないわ」

と聞きいれず、兵をひきいて出陣するや、戟を小脇にかいこんで曹操《そうそう》をさんざんに罵《ののし》った。許褚《きょちょ》がたちまち打ってかかって、二十合も斬り結んだが勝負がつかないので、曹操《そうそう》は、

「呂布はとても一人では討ち取れまい」

と、典韋《てんい》に加勢を命じて挟撃させた。そこを左から夏侯惇《かこうとん》・夏侯淵《かこうえん》、右から李典《りてん》・楽進《がくしん》が一斉に討って出て、大将六名で呂布《りょふ》を攻め立てれば、さしもの呂布《りょふ》もたまらずに、馬首を返して城へ走った。城頭では田氏《でんし》が、呂布《りょふ》が敗れて逃げ帰って来るのを見て、急いで吊り橋を引き上げさせた。呂布《りょふ》が、

「門を開けい」

と叫んだが、田氏《でん》、

「わしはすでに曹《そう》将軍に降参したのだ」

と応じないので、さんざんに罵ってから兵をひきいて定陶《ていとう》県へ落ち去った。陳宮《ちんきゅう》は急いで東門を開き、呂布《りょふ》の家族を守って城を出た。

かくて曹操《そうそう》は濮陽を手に入れ、田《でん》氏の昔日の罪を許した。時に劉曄《りゅうよう》が、

「呂布《りょふ》は猛虎でございます。疲弊しきったいまこそ、討ち取ってしまうべきと存じます」

と進言したので、曹操《そうそう》は劉曄《りゅうよう》に濮陽の守備をまかせ、自ら軍をひきいて定陶へ向かった。このとき、呂布《りょふ》と張邈《ちょうばく》・張超《ちょうちょう》は城内に揃っていたが、高順《こうじゅん》・張遼《ちょうりょう》・臧覇《ぞうは》・侯成《こうせい》は遠く海岸地方へ兵糧調達に出たまま帰っていなかった。曹操《そうそう》は定陶に着いてもいっこうに戦おうとせず、四十里離れて陣をとったが、おりしも済郡《せい》（済陰郡《せいいん》）は麦の盛りのこととて、曹操《そうそう》はこれを刈り取って兵糧とするよう命じた。これを間者が知らせて来たので、呂布《りょふ》は軍をひきいて討って出たが、曹操《そうそう》の本陣間近に迫ったとき、左側に奥深い森のあるのを眺めて伏せ勢を恐れて引き返した。曹操《そうそう》は呂布《りょふ》の軍が引き揚げたと聞き、諸将に向かって、

「呂布《りょふ》の奴は森に伏兵ありと思ったのじゃ。あの中に旗指物を立てつらねて余計疑わせてくれよう。この本陣の西に堤がのびており水が涸《か》れているが、あそこに精兵をすぐって伏せておこう。明日、呂布《りょふ》が必ず森を焼きに来ようから、堤に伏せた者どもがその退路を絶てば、奴を手捕りにできようぞ」

と、鼓手五十名だけを本陣に残して太鼓を打ち鳴らさせ、村からかり立てて来た男女に本陣で喊声《かんせい》をあげさせておいて、屈強の兵士多数を堤のかげに潜ませた。

さて呂布《りよふ》が帰って陳宮《ちんきゅう》にこの旨を話すと、

「曹操《そうそう》は詭計《きけい》を弄《ろう》する奴にござれば、軽々しく出るのは禁物でござります」

「わしは火攻めで、伏せ勢を破ってやる」

と、陳宮《ちんきゅう》・高順《こうじゅん》に留守を命じた。翌日、呂布《りよふ》は大軍をひきいて出陣し、遥かに森の中の旗を見かけるや、一挙に兵を進めて四方から火を掛けた。だが誰一人出て来ないので、本陣へ突き入ろうとしたとき、どっと太鼓の音が響き渡った。これいかにと思い惑うとき、とつぜん本陣の裏手から一隊の軍勢が討って出た。呂布《りよふ》、馬を躍らせてこれを追えば、号砲一発、堤から伏兵一時に討っていで、夏侯惇《かこうとん》・夏侯淵《かこうえん》・許褚《きょちょ》・典韋《てんい》・李典《りてん》・楽進《がくしん》が轡《くつわ》を並べて討ちかかる。呂布《りよふ》かなわじと見て、一目散に逃げれば、これに従う部将成廉《せいれん》は楽進《がくしん》の放った矢に射殺され、呂布《りよふ》は同勢の三分の二を失った。敗卒が逃げ帰って陳宮《ちんきゅう》に知らせると、陳宮《ちんきゅう》は、

「軍勢がなくては城も守りきれぬ。急ぎ落ちよう」

と、高順《こうじゅん》とともに呂布《りよふ》の家族を守って定陶から落ちのびた。曹操《そうそう》は余勢を駆って、破竹の勢いで城内へ殺到、張超《ちょうちょう》は自尽し、張邈《ちょうばく》は袁術《えんじゅつ》のもとを頼って落ちて行った。かくて山東一帯は、ことごとく曹操《そうそう》の手に帰し、曹操《そうそう》が人民を慰撫《いぶ》して城壁を修築したことはさておく。


さて呂布《りよふ》は落ちて行く途中で、追いついて来た諸将と会い、陳宮《ちんきゅう》もたずねあてて来

た。

「味方は無勢なりとはいえ、まだまだ曹操《そうそう》を破るくらいのことはできる」と呂布《りよふ》は、再び軍勢をひきいて取ってかえそうとする。正に、勝敗兵家のつねなれど、捲土重来《けんどちようらい》成るや成らずや、というところ。さて呂布《りよふ》の勝負はどうなるか。それは次回で。

注1　**領軍都尉**　曹操《そうそう》は漢丞相となってから相府に「領軍」を置いており、その役目は近衛の師団長格であった。ここでは親衛隊長とでもいうところか。

2　**十囲**　囲は助数詞。両手の拇指と人差指で作る輪の大きさ。また、木の太さなどを表わすときに、両腕で抱えた太さをいう場合があるが、ここでは前者。

第十三回　李傕《りかく》・郭汜《かくし》　大《おお》いに兵《へい》を交《まじ》え
楊奉《ようほう》・董承《とうしょう》　双《ふたり》して聖駕《せいが》を救《すく》う

さて〔興平《こうへい》二年（一九五）夏四月〕曹操《そうそう》は定陶《ていとう》で呂布《りょふ》をさんざんに打ち破り、呂布《りょふ》は海辺まで逃れて敗残の兵をまとめたが、そのうち諸将も集まって来たので、再び曹操《そう》と雌雄を決せんとした。しかし、陳宮《ちんきゅう》の言うのに、

「いまは曹操《そうそう》の軍勢多く、戦うべきときにはござらぬ。まず落ち着く先を定めてからにしても遅くはござりますまい」

「わしはもう一度袁紹《えんしょう》のところへ身を寄せようと思っているのだが、どうであろう」

「ひとまず冀《き》州へ人を出して様子を探らせてからがよろしかろうと存じます」

呂布《りょふ》はこれに従った。

さて袁紹《えんしょう》は冀州にあって、曹操《そうそう》が呂布《りょふ》と事を構える由を聞き知ったが、幕僚の審配《しんぱい》が言った。

「呂布《りょふ》は虎か豺《やまいぬ》のような者。兗《えん》州を手に入れれば、必ずや冀州を狙うでありましょう。むしろ曹操《そうそう》を助けて彼を亡ぼすことこそ、のちの禍《わざわ》いを絶つことになりましょうぞ」

袁紹《えんしよう》はそれに同意し、将兵五万を顔良《がんりよう》に差し添えて曹操《そうそう》の加勢におもむかせた。間者がこの由を探知、呂布《りよふ》に急報したので、呂布《りよふ》が仰天して陳宮《ちんきゆう》に諮《はか》ると、

「劉玄徳《りゆうげんとく》が近頃徐《じよ》州の牧《ぼく》になったとか、彼を頼って行くのがよろしかろうと存じます」

と言うので、ただちに徐州へ向かった。この知らせが玄徳《げんとく》のもとにもたらされたので、玄徳《げんとく》が、

「呂布《りよふ》は一世の英傑、出迎えよう」

と言うと、糜竺《びじく》、

「呂布《りよふ》は虎狼《ころう》のともがらゆえ、お引きとめにはなりませぬよう。お引きとめになっては身のためになりませぬぞ」

「先にわれらの禍いが解けたのも、呂布《りよふ》が兗州を襲ったからこそではないか。そして今日、彼が行くところもなく、わしのもとを頼って来るというのに、他意のあろうはずはなかろう」

すると張飛《ちようひ》が、

「兄貴は人がよすぎる。が、ともかく支度だけはせずばなるまいて」

玄徳《げんとく》は文武諸官を引き連れて城外三十里まで呂布《りよふ》を出迎え、轡《くつわ》を並べて帰城した。役所に着き、広間で挨拶をすませて席に着くと、呂布《りよふ》が言った。

「わしは王司徒《おうしと》とともに董卓《とうたく》を謀殺してより、李傕《りかく》・郭汜《かくし》の乱にあい、関東を浪々しておったが、諸侯誰一人としてわしを快く置いてくれようとはしない。たまたま、先頃、曹操《そうそう》が不埒《ふらち》にも徐州を侵し、貴公が陶謙《とうけん》殿に加勢された由を耳にしたので、兗州を衝《つ》いて彼の力を削《そ》がんものをと思ったのだが、はからずも彼にたばかられて、手の者を数多《あまた》なくしてしもうた。こんど貴公と心をあわせて曹操《そうそう》を討ち取りたいものと考えてお訪ねしたのでござるが、貴公のお考えのほどをお伺いしたい」

「されば、陶謙《とうけん》殿のご逝去《せいきよ》以来、この徐州を治める者がなく、それがししばらく州を預って参りましたが、今日、将軍のご光来を仰ぎしはもっけの幸い、なにとぞ当州をお受け取り下されい」

と牧の牌《しるしふだ》と官印を呂布《りよふ》に与えようとした。呂布《りよふ》は何気なくこれを受け取ろうとしたが、玄徳《げんとく》の後ろに関《かん》・張《ちよう》二公が満面に怒気をみなぎらせて控えているのに気がつき、わざと笑いとばして、

「身どもが如き武骨者が、州の牧なぞつとまると思われるか」

それでも玄徳《げんとく》は譲ろうとしたが、陳宮《ちんきゆう》に、

「『強賓《つよききやく》は主の上に立たず』とか、お疑いあるな」

と言われてようやく思いとどまり、宴を設けてもてなしたうえ宿所を支度して落ち着かせた。翌日、呂布《りよふ》が玄徳《げんとく》を返礼に招いたので、玄徳《げんとく》は関《かん》・張《ちよう》とともに赴いた。酒

半ばした頃、呂布《りよふ》は玄徳《げんとく》を奥の寝所にいざない、関《かん》・張《ちよう》がこれに従った。呂布《りよふ》が妻に挨拶をさせると言って呼ぼうとするのを、玄徳《げんとく》がそれには及ばぬと再三辞退すると、呂布《りよふ》が言うのに、

「いや弟、そのような遠慮は無用じゃ」

これを聞くや張飛《ちようひ》、眼尻《まなじり》を決して大喝した。

「何をぬかす。おれの兄貴はもったいなくも金枝玉葉《きんしぎよくよう》のお家柄だ。貴様はいったい何でおれの兄貴を弟呼ばわりするんだ。さあ来い、おれと三百合手合わせしてみろ」

玄徳《げんとく》あわてて彼を叱りつけ、関《かん》公がなだめて連れ出した。玄徳《げんとく》が呂布《りよふ》に、

「拙弟が酒の上でのたわ言、平にご容赦いただきたい」

と詫びると、呂布《りよふ》はむっとして言葉も返さなかった。間もなく酒宴が終わり、呂布《りよふ》が玄徳《げんとく》を送って門を出ると、張飛《ちようひ》が槍を小脇に横合から馬を躍らせて出て、

「呂布《りよふ》、さあ、いさぎよくかかって来い」

と叫んだので、玄徳《げんとく》が急いで関《かん》公に引きとめさせた。

次の日、呂布《りよふ》が玄徳《げんとく》に暇《いとま》を告げに来て言った。

「貴殿の温かいお志はかたじけないが、弟御《おとうとご》たちがご承知下さるまい。身どもは他所《よそ》を頼って参ろうと思う」

「将軍がご退去されるとあっては、それがしの気がすみませぬ。弟のご無礼は、他日

改めてお詫びつかまつる所存にござるが、この近くに小沛《しょうはい》と申すところあり、それがしがかつて駐屯いたした場所にござるが、もし将軍さえご異存なくば、手狭ではござろうが、しばらく軍勢を休まされることとされては、いかがなものでござろうか。兵《ひょう》糧《ろう》・武具なぞは、それがしご用立てつかまつるが」

呂布《りょふ》は玄徳《げんとく》に礼を述べ、同勢をひきいて小沛へ向かった。後刻、玄徳《げんとく》が張飛《ちょうひ》を叱責したことはさておく。

さて曹操《そうそう》が山東《さんとう》（兗州）を平らげて朝廷にこの旨、上奏すると、朝廷は曹操《そうそう》を建徳《けんとく》将軍・費亭《ひてい》侯に昇された。時に李傕《りかく》は自ら大司《だいし》馬《ば》(1)となり、郭汜《かくし》は大将軍となって朝廷をわがもの顔にのし歩いていたが、廷臣誰一人としてこれに異をさしはさむ者もないありさま。ここに太尉楊彪《たいいようひゅう》、大司農《だいしのう》(2)朱儁《しゅしゅん》がひそかに献《けん》帝に上奏して、

「当今、曹操《そうそう》は兵二十余万を擁し、軍師部将数十名を抱えておりますれば、彼を社《しゃ》稷《しょく》の柱とし、悪人ばらを除くことができれば、正に天下にとってこの上もなき幸せと存じます」

帝はご落涙《らくるい》あって、

「朕《ちん》はかの二賊がために久しい間ないがしろにされて参った。あの者どもを誅《ちゅう》することがかなわば、嬉《うれ》しく思うぞ」

楊彪《ようひゅう》が、

「されば、臣に一計がござります。まずあの両名に同士討ちをさせたうえ曹操《そうそう》に詔《みことのり》を下して逆賊を残らず攻め亡ぼさせ、朝廷の安泰をもたらさんとの策にござりまするが」

「してそれをどうしてやるか」

「郭汜《かくし》の妻女ははなはだ嫉妬《しっと》深い女と聞いております。されば人を彼の妻女のもとへ遣わして離間の計を打たせれば、かの逆賊どもはおのずと殺しあうことになると存じます」

かくて帝は密詔を楊彪《ようひゅう》に下し賜《たも》うた。楊彪《ようひゅう》はただちに妻を他事にかこつけて郭汜《かくし》の館へやり、あたりに人のいないのを見はからって郭汜《かくし》の妻に吹きこませた。

「郭将軍は李《り》司馬の夫人にお心を寄せられ、お二人とも何やら大層なご執心とか承っておりますが、もし万が一、司馬のお耳にでも入りましたら、将軍さまのお命はお危うございます。何とかお二人を引き離すようなされたらよろしゅうございますよ」

「まあ、主人がここのところ毎日のように家に帰らぬと思っておりましたら、そんなはしたない真似をやっていたのですね。お教えいただかなければ、わたくしとんと気づかぬところでした。よくよく用心するようにいたします」

楊彪《ようひゅう》の妻が辞去しようとすると、郭汜《かくし》の妻は何度も礼を言って別れた。数日して、郭汜《かくし》がまた李傕《りかく》の館の宴会に出掛けようとすると、妻が言った。

「李傕《りかく》さまは裏表のある方。まして当今は両雄並び立たぬご時世。もしあの方に毒でも盛られるようなことでもあれば、わたくしはどうなりましょうか」

郭汜《かくし》がいっこうに聞きいれないのを、しつこく勧めてついに思いとどまらせた。夜になって、李傕《りかく》は宴席での料理を届けてよこした。郭汜《かくし》の妻はひそかにそれに毒を入れておいて郭《かく》の前に出した。郭汜《かくし》が箸《はし》を着けようとしたとき、妻が、

「外から来た物をすぐに食べるものではございません」

と言って、まず犬に食わせたところ、犬はたちまち死んだ。以来、郭汜《かくし》は不信の念を抱くようになった。ある日、朝廷のご用を終わってから、李傕《りかく》がむりやりに郭汜《かくし》を自分の館に誘って酒宴をした。夜にはいり、宴果てて郭汜《かくし》は酔って家にもどったが、にわかに腹が痛み出した。妻が、「毒を盛られたに違いありません」と、糞尿《ふんにょう》を取り寄せて嚥《の》ませると、腹中のものをもどして痛みがとまった。

郭汜《かくし》は大いに怒り、

「わしは李傕《りかく》と力を合わせてこれまでやって来たというのに、今になって何のいわれもなくわしの命を狙うとはけしからん。わしが先に手を下さずば、必ず毒手《どくしゅ》にかかるだろう」

と、ひそかに配下の屈強の兵を集め、李傕《りかく》を討とうとした。早くも人が李傕《りかく》に知ら

せれば、李傕《りかく》も大いに怒り、

「郭阿多《かくあた》めが、こしやくな」〔阿多《あた》は汜《し》の幼名〕

と、部下の精兵をすぐって郭汜《かくし》を襲った。両軍の兵は合わせて数万、長安城下で大乱戦となり、それに乗じて住民に略奪を働いた。李傕《りかく》の甥李暹《りせん》は一隊をひきいて内裏《だいり》を囲み、車二両を引き出して、一両に天子、一両に伏《ふく》皇后を乗せ、賈詡《かく》・左霊《されい》に聖駕を見張らせた。女官・宦官《かんがん》らを徒歩《かち》で追い立てて後宰《こうさい》門から押し出したとき、郭汜《かくし》の兵と真向からぶつかり、やみくもに矢を射かけられて女官が数知れず射殺された。そこへ李傕《りかく》が駆けつけ、郭汜《かくし》の兵が退くところ、聖駕をしゃにむに押し出して、一気に自分の陣中に引きこんだ。郭汜《かくし》は兵をひきいて内裏に踏みこみ、女官をことごとく陣に引きさらって来たうえ、宮殿に火をかけて焼きはらった。あくる日、郭汜《かくし》は李傕《りかく》が天子を奪ったと知り、軍勢をひきいて李傕《りかく》の陣屋の前で合戦に及んだので、帝・皇后ともどもに魂も消えるばかりに驚かれたのであった。のちの人が嘆じた詩に、

光武《こうぶ》中興して　漢の世を興し、
上下相承《しょうかう》けること　十二帝。
桓《かん》・霊《れい》道無くして　宗社堕《くず》れ、
閹臣《かんがん》権をほしいままにして　叔季《まっせい》となる。

謀無き何進《かしん》　三公と作《な》り、
社鼠《かんしん》を除かんと欲して　奸雄を招く。
豺獺《さいたつ》（山犬やかわうそ）は駆れりといえども　虎狼入り、
西《せい》州の逆豎《ぎゃくぞく》　淫凶を生ず。
王允《おういん》　赤心を紅粉《ふじん》に託し、
董《とう》・呂《りょ》をして　矛盾を成さしむるを致す。
渠魁殄滅《きょかいてんめつ》して　天下寧《やす》らかなるに、
誰ぞ知らん李《り》・郭《かく》　心に憤《いきどおり》を懐《いだ》くを。
神州の荆棘《かんなん》　争奈何《いかん》せん、
六宮《ろくきゅう》の饑饉《しょくつき》　干戈《かんか》に愁う。
人心既に離れて　天命去り、
英雄割拠して　山河を分かつ。
後の王此れを規《のり》として　競業を存し（戦々兢々）、
金甌《きんおう》を　等閑《いたずら》に欠《か》かしめること莫《な》かれ。
生霊糜爛《びらん》して　肝脳塗《まみ》れ、
剰水残山に　怨血多し。
我　遺史を観て　悲しみに勝《た》えず、

今古茫々　黍離《ぼうこくのあと》を嘆ず。
人君まさに守るべし　苞桑《もとをかたむべき》の戒め、
太阿《たいあ》（古代の名剣）誰か執《と》りて　綱維《くにののり》を全うせん。

さて郭汜《かくし》の軍勢が押し寄せたので、李傕《りかく》が出陣してこれを迎え撃ち、郭汜《かくし》の軍勢は押し返されて、しばらく出て来なかった。この間に李傕《りかく》は、帝と皇后の聖駕を郿《び》城に移しまいらせて、甥の李暹《りせん》に見張らせ、内外の出入をとめたので、飲食もままならず、近臣たちは飢えに苦しむようになった。帝がお側の者のために、人を李傕《りかく》のもとに遣わせて米五石、牛の骨五頭分をご催促になったところ、李傕《りかく》は、

「朝夕食事をさし上げておるのに、ほかに何の要がある」

と怒り、腐肉や古米を与えたので、とうてい口にすることもできなかった。

「逆賊めが、かくまで朕をないがしろにするか」

と帝が罵《ののし》られると、侍中楊琦《じちゅうようき》があわてて、

「李傕《りかく》は残忍非道の者。かくなりましたるうえは、しばらくお忍び下さりませ。彼の乱暴を招くのはこの際よろしゅうございませぬ」

と奏上したので、帝はさしうつむかれてお言葉もなく、涙に御衣《みころも》の袖をしとどに濡らされたものであった。

と、にわかにお側の者が報告にあがり、

「一隊の軍勢、刀槍《とうそう》をきらめかせ、陣太鼓も高らかに聖駕をお救いに駆けつけて参りまする」

とのこと。帝が何者ならんとお問い合わせになれば、ほかならぬ郭汜《かくし》である。帝がますますお悩みのところ、城外にどっと鬨《とき》の声が上がった。これは李傕《りかく》が兵をひきいて郭汜《かくし》を迎え撃ったもので、鞭を郭汜《かくし》につきつけて罵るのに、

「わしは貴様から恨みを買うようなことをしておらぬのに、なにゆえあってわしを殺そうとしたのだ」

「貴様は逆賊だ。殺さでおくものか」

「わしは聖駕をお守りしておるのだぞ。逆賊とは何事か」

「聖駕をお守りしているとはよくもぬかした。奪ったのではないか」

「黙れ。しからばわしたち二人、雑兵《ぞうひょう》をまじえず、果たし合いをいたそう。勝った者が天子をとるのだ」

かくて二人は陣頭で斬りむすび、十合して勝負決せぬところに、楊彪《ようひゅう》が馬を飛ばせて来て、

「ご両所、しばらくしばらく、それがし諸卿と相計り、ご両所の和睦を取り計らって進ぜよう」

と叫んだ。

李傕《りかく》・郭汜《かくし》がおのおの陣へ引き取れば、楊彪《ようひゅう》は朱儁《しゅしゅん》とともに朝廷の大官六十人あまりを集め、まず郭汜《かくし》の陣を訪ねて和睦を勧めた。が、郭汜《かくし》は大官たちをことごとく監禁してしまった。

大官たち、

「われわれは貴殿のためを思って参ったのに、何としてかようなことをされるのか」

郭汜《かくし》、

「李傕《りかく》は天子を奪ったではないか、わしが公卿をとって何が悪い」

楊彪《ようひゅう》、

「一方は天子を奪い、一方は公卿を奪って、いったい何をしようというのか」

郭汜《かくし》は大いに怒り、剣を引き抜いて楊彪《ようひゅう》を斬ろうとしたが、中郎将楊密《ようみつ》の取り成しで、ようよう楊彪《ようひゅう》・朱儁《しゅしゅん》を放免し、他の者どもをすべて陣中に監禁した。楊彪《ようひゅう》は朱儁《しゅしゅん》に、

「国家の重臣たる者が陛下をお救いできないとあっては、この世に生をうけた甲斐《かい》がない」

と言うなり、相擁してむせび泣き、そのまま昏倒《こんとう》した。朱儁《しゅしゅん》は帰宅して病気になり、身罷《みまか》った。これよりして李傕《りかく》・郭汜《かくし》は日ごと合戦を繰り返し、つづけること五十余日、

死者は数知れなかった。

さて李傕《りかく》は日頃から邪道妖術のたぐいを好み、つねに巫女《みこ》を陣中にともなって太鼓を打ち神降《かみおろ》しをさせ、賈詡《かく》がたびたび諫めたが聞きいれなかった。侍中楊琦《ようき》がひそかに帝に奏上して、

「臣の見ますところ、賈詡《かく》は李傕《りかく》の腹心ではありますが、まだ君恩を忘れてはおりませぬゆえ、なにとぞ彼にお諮《はか》りなされますよう」

と言っているおりしも、賈詡《かく》が伺候した。帝は人払いのうえ落涙されながら、

「そなたには漢朝を憐《あわ》れと思い、朕の命を救うてくれる所存はないか」

賈詡《かく》は地上に拝伏して、

「それはもとより臣の願うところであります。陛下にはしばらくご他言あらせられぬよう。臣がよしなにお取り計らいいたします」

帝は涙を収めて、礼を言われた。間もなく李傕《りかく》が伺候したが、剣を帯びたまま御前にまかり出たので、帝はお顔を土色に変えられた。李傕《りかく》は帝に、

「郭汜《かくし》は不忠至極にも、公卿を監禁いたし、陛下を奪いたてまつらんと計りましたぞ。臣なくんば、陛下は彼の虜《とりこ》とされていたでござろう」

と奏上、帝が拱手《きょうしゅ》して礼を述べられると、そのまま退出した。このとき皇甫酈《こうほれき》が伺候した。帝は酈《れき》が弁舌に長《た》け、かつまた李傕《りかく》と同郷であることをご存じであったので、

両者を和睦せしめるようお命じになった。皇甫酈《こうほれき》は詔を奉じて郭汜《かくし》の陣屋へ赴き、郭《かく》汜《し》を説いた。すると郭汜《かくし》の言うのに、

「もし李傕《りかく》が天子を送り出したら、わしも公卿を放してやろう」

皇甫酈《こうほれき》はただちに李傕《りかく》を訪ねた。

「このたび天子はそれがしが西涼《せいりょう》の人間であり、貴殿と同郷の誼《よし》みなるをもって、特にそれがしを遣わされてご両所の仲をまとめるよう仰せいだされたるに、郭汜《かくし》殿はすでに詔に従われました。貴殿はいかが思《おぼ》し召《め》されるか」

「わしには呂布《りょふ》を破った大功があり、以来大政をおたすけして四年、数々の功績は天下の知るところじゃ。しかるに郭阿多《かくあた》はたかが馬盗人、それがおこがましくも公卿を取りこめてわしに歯向かおうとするからには、きゃつを叩き殺してやるばかりだ。わが方の策士の数をご覧《ろう》じろ、とても郭阿多《かくあた》ごときが及ぶところではあるまいに」

「それは違いましょうぞ。むかし有窮《ゆうきゅう》の后羿《こうげい》(3)は、弓を善くするのをたのんで禍いを思わず、ついに亡ぼされました。近くは董《とう》太師の強大なりしことは貴殿もよくご承知のところ、呂布《りょふ》が恩を讐《あだ》にして裏切り、たちまちのうちに首を都門に晒《さら》される羽目となりました。たとい強大なりともたのむにたらざるはこれによっても明らか。将軍は身は大将軍として鉞《えっ》・節《せつ》を持し、ご一門ことごとく顕職についておられる今日、国恩の薄きを申せましょうや。いま郭阿多《かくあた》は公卿を奪いましたが、将軍は至尊を奪われまし

た。これいずれか軽重を問うことができましょうや」

李傕《りかく》大いに怒って剣を抜き放ち、

「天子はわしを辱《はずか》しめるために貴殿をよこしたのか。手はじめに貴様の素っ首を打ち落としてくれる」

騎都尉《きとい》楊奉《ようほう》が、

「郭汜《かくし》も除かれずにおるいま、勅使《ちょくし》を殺したりすれば、郭汜《かくし》に挙兵の口実を与えることとなり、諸侯もみな彼に加勢いたすこととなりましょう」

と諫め、賈詡《かく》も極力なだめたので、李傕《りかく》の怒りもいくらか収まり、その隙に賈詡《かく》が皇甫酈《こうほれき》を外に連れ出した。

「李傕《りかく》は詔を土足にし、君を弑《しい》して皇位を奪わんとする者ぞ」

と皇甫酈《こうほれき》が大音に叫ぶのを、侍中胡邈《こぼく》があわてて、

「これ、言葉を慎しまれい。身の破滅を招こうぞ」

と制すると、酈《れき》は逆に彼を責め、

「胡敬才《こけいさい》、貴公も朝廷の臣ではないか、賊に与《くみ》するとは何事か。『君辱しめられれば臣死す』(『国語《こくご》』越語《えつご》・下篇)とか、わしは李傕《りかく》に殺されても思い残しはない」

とさんざんに悪口してやめなかった。帝はこれを聞こし召して、急ぎ詔して皇甫酈《こうほれき》を西涼へお帰しになった。

さて李傕《りかく》の軍勢の大半は西涼の者であり、さらに羌《きよう》族の兵の加勢を得ていたが、皇《こう》甫酈《ほれき》が西涼の人々に、

「李傕《りかく》は謀反人だ。きゃつに従う者は逆賊となって、先ざき必ず辛き目にあおうぞ」

と言いふらしたので、多くの兵たちが酈《れき》の言葉に動かされ、士気は次第にゆるんで来た。李傕《りかく》はこの皇甫酈《こうほれき》の言葉を耳にして大いに怒り、虎賁《このえ》の王昌《おうしよう》に追跡を命じた。王昌《おうしよう》は酈《れき》が忠義の士であることを知っていたので深くは追わず、むなしく立ち帰って、

「酈《れき》はいずくへか行方をくらませてしまいました」

と報告した。賈詡《かく》もひそかに羌人たちに言うのに、

「天子はお前たちの忠義と、長い間の軍陣の苦労をみそなわせたまい、お前たちを故郷に帰すようとの密詔を下しおかれた。追って重い恩賞にあずかろうぞ」

羌人は李傕《りかく》が恩賞を行なわないのを不満としていたおりだったので、賈詡《かく》の言葉を信じてこぞって都から引き揚げた。

賈詡《かく》はまたひそかに帝に奏上して、

「李傕《りかく》は貪欲で思慮の浅い男でござります。近頃兵士の脱走が多く、怯《おじ》気づいておりますゆえ、高い官職をお授けになれば飛びついて参りましょう」

帝は詔して李傕《りかく》を大司馬に任ぜられた。

李傕《りかく》は、

「これこそ巫女《みこ》が神降しをして祈禱《きとう》した力だ」

と喜び、巫女を厚く賞しながら部将たちには何の沙汰《さた》もしなかった。

騎都尉楊奉《ようほう》は大いに怒り、宋果《そうか》に向かって、

「われわれは命がけで矢玉の中をくぐって来たのに、なんと巫女にも及ばぬのか」

「あの逆賊を殺して、天子を救おうではないか」

「お許《もと》は陣中に火を掛けて合図してくれ、わしは兵をひきいて外からかかる」

と二人はその夜の二更（夜の十時前後）に事を挙げることを約束した。が、はからずも事洩れて、李傕《りかく》にこれを注進した者がある。李傕《りかく》は大いに怒り、まず宋果《そうか》を捕えさせて殺した。楊奉《ようほう》は兵をひきいて外に待ちうけたが、合図がない。ところを李傕《りかく》自ら将兵をひきいて討っていで、出合い頭に楊奉《ようほう》にぶつかったので、陣の前で四更（夜中の二時前後）に至るまで乱れ戦った。楊奉《ようほう》は打ち破れ、軍をひきいて西安《せいあん》(4)へ落ちのびた。李傕《りかく》の勢いはこれよりして次第に衰え、加えて郭汜《かくし》から頻々《ひんぴん》と攻め立てられて、多数の兵士を失った。時に知らせがあって、

「張済《ちょうせい》が大軍をひきいて陝西《せんせい》より来着し、二公の和睦を計ると申しております。もし聞きいれぬ者は、打ち亡ぼすと称《とな》えております」

とのこと。李傕《りかく》はそれをしおに、使者を張済《ちょうせい》の軍に差し向けて和睦の承諾を申し入

を願った。

れ、郭汜《かくし》もやむなく承知した。かくて張済《ちょうせい》は上奏文をのぼせて、天子に弘農郡《こうのう》への幸

帝は、

「朕は久しく東都《とうと》（洛陽）のことを思っておった。このおりに帰ることがかなえば嬉しく思うぞ」

とお喜びになり、詔して張済《ちょうせい》を驃騎《ひょうき》将軍に封ぜられた。張済《ちょうせい》は食糧・酒肉を献じて、百官の用に供した。郭汜《かくし》が公卿を釈放したので、李傕《りかく》は聖駕《せいが》を整えて東へ向かい、以前の御林《ぎょりん》（近衛）の軍勢数百名を遣わして戟を持たせ、警固に当たらせた。

聖駕が新豊《しんぽう》県を過ぎて覇陵《はりょう》県に至ったとき、あたかも秋も半ばのこととて西の風がにわかに吹き起こった。とみるや、たちまちどっと喊声があがり、数百の兵士が橋上に駆けつけて聖駕の前をさえぎり、

「これは何者か」

と猛《たけ》だけしくとがめた。侍中楊琦《ようき》が橋上に馬を駆って、

「もったいなくも聖上の御車《みくるま》なるぞ。何者か、さえぎる者は」

と言うと、二人の部将が進み出て、

「われらは郭《かく》将軍の命によってこの橋を固め、賊の出入を防ぎおる者だ。聖駕とならば、帝を拝さねば、信用なりかねる」

楊琦《ようき》高々と御簾《みす》をかかげれば、帝、

「朕がここにおるに、そなたらはなぜ退《ひ》かぬか」

諸将が一斉に万歳を唱え、両側に立ち並んだので、聖駕はこともなく通ることができた。二人の部将が立ち帰って郭汜《かくし》に、

「聖駕がお通りになりました」

と報告すると、郭汜《かくし》は、

「わしは張済《ちょうせい》を欺《あざむ》いて聖駕を奪い郿《び》城に連れもどすつもりでいたのだ。お前たちは何で勝手に逃がしたのか」

と二人を斬り棄て、兵を起こして追いかけた。

聖駕が進んで華陰《かいん》県にさしかかったとき、後ろでどっと喊声があがり、大音に、

「その車しばらく待てい」

帝は落涙されて大臣に、

「ようやく狼の巣を逃れたと思うたのに、こんどは虎の穴に会おうとは。どうしたらよいのじゃ」

百官が色を失ううちにも賊軍はますます迫る。おりしも太鼓一声、山かげから一人の大将乗りいだし、『大漢楊奉』なる四字をしるした一条の大旗を押し立て、千余騎を従えて斬って出た。これは李傕《りかく》に敗れて以来、軍をひきいて終南《しゅうなん》山の麓《ふもと》に駐屯して

いた楊奉《ようほう》が、聖駕のご到着を聞いて警固に駆けつけたもの。たちまち陣型をととのえれば、郭汜《かくし》の部将崔勇《さいゆう》が馬を乗り出して、さんざんに楊奉《ようほう》を逆賊呼ばわりする。楊奉《ようほう》は大いに怒って陣中をかえりみ、

「公明《こうめい》やある」

と言えば、一人の大将、手に大斧をひっさげ、栗毛の馬を躍らせて崔勇《さいゆう》に打ってかかる。両馬駆けたがうことただ一合にして、崔勇《さいゆう》斬って落とされ、すかさず楊奉《ようほう》が襲いかかれば、郭汜《かくし》の軍は大敗して二十里あまりも退却した。楊奉《ようほう》が軍をまとめて天子のご前に伺候すると、帝から、

「よくぞ朕を救ってくれた。功績多大であるぞ」

とお言葉を賜わったので、楊奉《ようほう》は平伏して天恩を謝した。

「さきほど賊将を斬ったのは何者であるか」

とのご下問に、楊奉《ようほう》がその大将を御前に平伏させて、

「これは河東《かとう》郡楊《よう》県の者にして、姓を徐《じょ》、名を晃《こう》、字《あざな》を公明《こうめい》と申す者にございます」

と奏上すれば、帝は厚くねぎらわれた。楊奉《ようほう》は聖駕を警固して華陰県城に至り、ここにご仮泊を願った。将軍段煨《だんわい》から御衣・ご食膳が献上され、この夜、天子は楊奉《ようほう》の本陣にご宿泊になった。

郭汜《かくし》は一敗を喫して、次の日再び軍を集め本陣へ殺到して来た。徐晃《じょこう》がまっさきに

出陣したが、郭汜《かくし》の大軍は八方からひしひしと取り囲み、天子・楊奉《ようほう》を真っ只中にとりこめた。もはやこれまでかと見えたとき、にわかに東南の方にあたって鬨《とき》の声天をゆるがし、一人の大将、軍をひきい馬を飛ばせて討ってかかる。賊軍千々に乱れるところ、徐晃《じょこう》得たりと攻めかかって郭汜《かくし》の軍をさんざんに打ち破った。かの大将が天子の御前に伺候すれば、これぞ国戚《こくせき》（国舅《こくきゅう》。董《とう》貴妃の兄）董承《とうしょう》である。帝が涙ながらにこれまでのことをお話しになれば、

「陛下、ご安堵《あんど》下されませ。臣は楊《よう》将軍とともに誓って二賊を亡ぼし、天下をお鎮めいたしまする」

と董承《とうしょう》が奏上したので、帝は急ぎ東都へ向かうようお命じになり、その夜のうち弘農へ向かわれた。

さて郭汜《かくし》は敗軍をひきいての帰途、李傕《りかく》に出会った。

「楊奉《ようほう》・董承《とうしょう》は天子を守って弘農へ行きおった。もし山東（函谷関《かんこくかん》の東。ここでは洛陽《らくよう》）に出て足場を固めれば、天下に触れて諸侯にわれらを討たせるのは必定。さらばわれらの一族もただではすまされまいぞ」

「いまのところ張済《ちょうせい》の軍は長安に坐りこんで、容易には腰をあげまい。この隙に手勢を合わせて弘農を襲い、天子を殺して天下を分け取りにするというのはどんなもの

だ」

郭汜《かくし》は喜んで承知し、二人は手勢を合わせて打ち立ったが途中、切取り強盗を働き、彼らの通った後は何一つ残らなかった。楊奉《ようほう》・董承《とうしょう》は賊軍が長駆して来ると聞くや、兵をひきいてとって返し、東澗《とうかん》で賊軍と大いに戦った。李傕《りかく》・郭汜《かくし》は、

「味方は多勢、敵は無勢、しゃにむに押せば勝てるぞ」

と話し合い、李傕《りかく》は左から、郭汜《かくし》は右から、山野を埋めて押し寄せた。楊奉《ようほう》・董承《とうしょう》は左右に分かれて死に物狂いで戦い、ようやく帝と皇后の聖駕だけを救い出すことができたが、百官や女官、重要書類・御物《ぎょぶつ》などすべてを放棄しなければならなかった。郭汜《かくし》は軍勢をひきいて弘農にはいり、ほしいままに略奪を働いた。董承《とうしょう》・楊奉《ようほう》は聖駕を守って陝北《せんほく》（河南省陝県の北）へ逃れ、李傕《りかく》・郭汜《かくし》は兵を分けてこれを追った。

董承《とうしょう》・楊奉《ようほう》は一方で人を遣わして李傕《りかく》・郭汜《かくし》に和睦を求めるとともに、一方でひそかに河東郡へ聖旨を伝えさせて、もとの白波《はくは》(5)の頭目韓暹《かんせん》・李楽《りがく》・胡才《こさい》の三軍に急遽《きゆうきょ》加勢に駆けつけるよう召し寄せられた。この李楽《りがく》は山賊をやっていたのだが、このときやむなく召したもの。彼らは天子が旧悪を赦《ゆる》して官位を賜うと聞いて否《いな》を言おうはずはない。全軍を挙げて駆けつけ、董承《とうしょう》と合流してふたたび弘農を取った。そのとき、李傕《りかく》・郭汜《かくし》はいたるところで人民から略奪し、老弱者は殺し、強壮の者は軍に加えて、合戦にのぞめば民兵を前に押し立てて「敢死軍《かんしぐん》」と称し、その勢い当たるべからざる

ものがあった。李楽《りがく》の軍は渭陽《いよう》においてこれと遭遇した。郭汜《かくし》が兵士に衣服を道端に棄てさせると、李楽《りがく》の兵らは地をうずめた衣裳を見てわれ先に奪い合い、隊伍もなくなってしまった。そこを李傕《りかく》・郭汜《かくし》が四方から打ってかかったので、李楽《りがく》の軍勢はさんざんに敗れ去った。楊奉《ようほう》・董承《とうしょう》は支えきれず、聖駕を守って北へ逃れたが、賊軍が背後に迫ってきたので李楽《りがく》が、

「事態は迫っております。陛下は馬で先にお落ち下されませ」

と言うと、帝が、

「朕は百官を棄てて行くことはできぬ」

と仰せられたので、一同声をあげて泣き泣き帝に随行した。胡才《こさい》は乱軍のうちに死し、楊奉《ようほう》・董承《とうしょう》は賊の追撃急なのを見て、天子に車駕を棄てるよう願って、徒歩《かち》で黄河の岸辺に着けば、李楽《りがく》らが小舟を一艘さがし出して来て、帝をお渡ししようとした。帝と皇后は厳しい寒さの中をようよう岸まで着かれたものの、切り立った岸から舟に下りることがおできにならず、追手はもはや間近に迫って来た。

「馬の手綱を解《と》いてつなげ、帝のお腰を括《くく》って舟に吊り下ろそう」

と楊奉《ようほう》が言うと、人々の中から国舅《こくきゅう》（皇后の兄）伏徳《ふくとく》が進み出て、白絹十数疋《ひき》を差し出し、

「わしはこれを乱軍の中で拾って来たが、これでお腰をお括りするよう」

行軍《こうぐん》校尉尚弘《しょうこう》が絹で帝と皇后を包み、一同してまず帝を下して、ようやく舟にお乗せした。李楽《りがく》が剣を突き立てて舳《へさき》に立っているうち、皇后の兄伏徳《ふくとく》が皇后を背負って舟に下りた。岸に取り残された者たちが、争って舟の纜《ともづな》につかまろうとしたのを、李《り》楽《がく》はすべて水中に斬って棄てた。帝と皇后を渡し、再び舟を返して人々を渡したが、乗りきれずに船端《ふなばた》にすがろうと争う者たちは、みな指を斬り落とされ、号泣する声は天にこだました。

河を渡ると、帝のお側に残ったのはわずか十五、六人に過ぎず、楊奉《ようほう》が牛車を一台さがして来て帝をお乗せし、大陽《だいよう》（山西省平陸県）まで至った。召し上がる物もなくて、その夜とある瓦屋根の家にご宿泊願ったところ、土地の老人が粟飯《あわめし》を献上して来たので、帝は皇后と召し上がろうとなされたが、とても喉を通らなかった。あくる日、李楽《りがく》を征北《せいほく》将軍に、韓暹《かんせん》を征東《せいとう》将軍に封ずる詔を下され、さらに先を急がれた。行くうちに二人の大臣が追いついて来て、聖駕の前に泣きながら拝伏した。太尉楊彪《ようひゅう》と太僕韓融《かんゆう》であった。お二方もともに涙にくれられた。韓融《かんゆう》は、

「李傕《りかく》・郭汜《かくし》はすこぶる臣の申すことを用いますれば、これより臣は一命をなげうって兵を収めるよう説いてみようと存じます。陛下にはなにとぞ竜体すこやかにあらせられますよう」

と奏上して立ち去った。李楽《りがく》より帝にしばらく楊奉《ようほう》の本陣にてお休みあるよう勧め

があったが、楊彪《ようひゆう》が帝に安邑《あんゆう》県に都されるようお勧めした。聖駕は安邑に至ったものの、しかるべき家もないので、帝と皇后は茅《かや》ぶきのあばらやをご寝所とされたが、門もなく、四方に茨《いばら》を刺して目隠しとした。帝はこのあばらやで大臣と国事を議せられ、諸将は兵をひきいて籬《まがき》の外で警固に当たった。李楽《りがく》らは権力をほしいままにして、百官に少しでも気に障《さわ》ることがあると、帝の御前においてすら悪口雑言して打擲《ちようちやく》し、故意に濁酒や粗食を帝に勧めたが、帝はこらえ忍んでそれをお召しになった。李楽《りがく》・韓暹《かんせん》はまた連名で無頼の徒・奴僕・巫《みこ》や医者・下人など二百余名を推挙し、校尉だの御史《し》（検察官）だのの官につけたが、印を刻むのも間に合わないので、木片に錐で刻むというありさま、諸式全く乱れはてた。

さて、韓融《かんゆう》は言葉を尽くして李傕《りかく》・郭汜《かくし》を説いたので、彼ら両名はその言に従って百官および女官たちを釈放した。この年は非常な凶作で、人民はみな棗《なつめ》や雑草で命をつないだが、餓死者の屍《しかばね》が地を覆った。河内《かだい》太守の張楊《ちようよう》から米肉が献上され、河東《かとう》太守の王邑《おうゆう》から絹などが献上されたので、帝は急場をおしのぎになられた。董承《とうしよう》・楊奉《ようほう》は談合のうえ人を洛陽へ遣わして宮殿を修築させるとともに、聖駕を奉じて東都へ還幸《こう》おうとしたが、李楽《りがく》が聞きいれないので、董承《とうしよう》が、

「洛陽はもともと天子の都である。安邑ごとき手狭なところは、天子のいらせられますところではない。洛陽に還幸を願うことこそ理の当然じゃ」

と言うと、李楽《りがく》が、

「お前たちは天子を連れて行ったらいい、俺はここにいる」

と言うので、董承《とうしょう》・楊奉《ようほう》は聖駕を奉じて打ち立った。

李楽《りがく》はひそかに人をやって李傕《りかく》・郭汜《かくし》と結び、ともに聖駕を奪わんと策した。董《とう》承《しょう》・楊奉《ようほう》・韓暹《かんせん》はそれを知ってただちに兵を備え、聖駕を警固して箕関《きかん》を目指せば、李楽《りがく》これを知り、李傕《りかく》・郭汜《かくし》の軍勢の来着も待たずに、自ら手勢をひきいてその後を追い、四更にかかる頃、箕山の麓で追いつくなり、大音あげて呼ばわった。

「車をとめい。李傕《りかく》・郭汜《かくし》これにあり」

献帝《けんてい》が仰天され、生きた心地も失われるところへ、山上一面に松明《たいまつ》が輝《て》りかがやいた。正に、先には二賊分かれたが、こんどは三賊手を結ぶ、というところ。さて漢の天子、いかにしてこの危難を逃れるか。それは次回で。

注1　**大司馬**　漢においては大将軍に冠せられた称号。
2　**大司農**　税として納められた金・穀物などを管理する省。長官は大司農卿。
3　**有窮の后羿《こうげい》**　伝説中の人物。夏《か》のときに有窮国の王后羿《こうげい》は弓をよくしたが、政治をかえりみず、臣下に殺されたという。

4　**西安**　長安。明代に同地に西安府が置かれ、以来、西安と呼ばれるようになった。

5　**白波**　地名。ここにいう白波の軍勢とは、中平五年（一八八）に白波谷（山西省襄汾県）に起こった賊で黄巾賊の残党といわれる。

第十四回

曹孟徳《そうもうとく》　駕《が》を移《うつ》して許都《きよと》に幸《みゆき》し
呂奉先《りよほうせん》　夜《よる》に乗《じよう》じて徐郡《じよぐん》を襲《おそ》う

さて李楽《りがく》が、同勢をひきいて李傕《りかく》・郭汜《かくし》聖駕を追いきたると呼ばわったので、天子は大いに驚かれたが、楊奉《ようほう》が、

「あれは李楽《りがく》にござります」

と奏上して、徐晃《じよこう》に迎え撃つよう命じた。李楽《りがく》それと見て自ら討って出たが、馬を駆け合わすと見るや、ただ一合、徐晃《じよこう》の斧《おの》を食らって馬からころげ落ち、残余の者どももたちまち駆け散らされた。かくて聖駕を守って箕関《きかん》を通りかかれば、太守張楊《ちようよう》が食糧・反物を整えて軹道《しどう》の駅に奉迎した。帝は張楊《ちようよう》を大司馬に任ぜられ、張楊《ちようよう》は帝にお暇《いとま》を願って野王《やおう》県に駐屯するため打ち立った。洛陽《らくよう》に還幸されたところ、宮殿は灰燼《かいじん》に帰し、街衢《がいく》荒れ果ててただ雑草のみ生い繁り、御殿もわずかに壁のみ残るありさまに、楊奉《ようほう》に仮御殿の建造をお命じになり、しばらくそこにお住まいになったが、おりしも詔《みことのり》あって祝いに参上した百官も、みな茨《いばら》の中に立ち並ぶというありさまであった。詔《みことのり》あって興平《こうへい》を建安《けんあん》元年（一九六）と改元されたが、この年も打ちつづいての大凶作で、洛陽

の住民はわずか数百戸を数えるのみ、食うものもなく、家を挙げて郊外に出、樹の皮を剝《は》ぎ草の根を掘って飢えをしのいだ。尚書郎（中央官庁の課長クラス）以下の諸官も、ことごとく食糧を求めて郊外に出たが、頽《く》ちこぼれた壁の間に餓死する者続出して、漢末の衰微もここに極まったかの感があった。のちの人が嘆じた詩に、

血芒碭《ぼうとう》に流れて　白蛇亡び、
赤幟《せきし》縦横して　四方に遊ぶ。
秦鹿《しんろく》の翻《にげ》るを逐《お》いて　社稷《しゃしょく》を興し、
楚騅《そすい》を推し倒して　封疆《ほうきょう》を立つ。
天子懦弱《だじゃく》にして　姦邪起こり、
気色凋零《ちょうれい》して　盗賊狂う。
看《み》て　両京難に遭う処に到れば、
鉄人涙無きも　また悽惶《せいこう》たり(1)。

太尉楊彪《ようひゅう》、帝に奏上して、
「先に下しおかれたご詔勅《しょうちょく》、今日まで沙汰《さた》いたすおりもなく打ち過ぎておりましたが、当今、曹操《そうそう》は山東《さんとう》にあって屈強の将兵を集めおりますれば、出仕を命じて皇室を補佐

いたさせるのがよろしいと存じまする」

「朕《ちん》がすでに詔書を下しおいたものを、そなたは改めて朕に断わることはない。これよりただちに使いをやったらよい」

楊彪《ようひゅう》は仰せをかしこまって、ただちに山東へ勅使《ちょくし》を下向させ、この由《よし》、曹操《そうそう》に命じた。

さて曹操《そうそう》は山東にあって、聖駕すでに洛陽に帰りたもう由を聞き、幕僚を集めて協議したが、荀彧《じゅんいく》が進言するのに、

「そのかみ晋《しん》の文《ぶん》公が周の襄《じょう》王を擁立して、諸侯みな従い、漢の高祖《こうそ》は楚の義帝《ぎてい》のために喪に服して、天下の心をつかみました。いま天子が蒙塵《もうじん》されたこのおりに、将軍が義兵を挙げることを提唱され、天子を奉じて衆望に応えられるのは、比《たぐ》いなき大略と存じます。早急にこれを計られなければ、余人に先んじられましょうぞ」

曹操《そうそう》が大いに喜んで、出陣の支度を整えるところに、勅使がお召しの詔をもたらしたとの知らせ。曹操《そうそう》は詔を受け、日を定めて打ち立った。

ここに帝は洛陽にいまし、諸事いまだ整わず、崩れた城壁の修復もままならずにおられたところに、李傕《りかく》・郭汜《かくし》が軍をひきいて迫るとの知らせ。帝は大いに驚かれて楊《よう》奉《ほう》に、

「山東へ出した使いも帰らぬというのに、李《り》・郭《かく》の軍が来るという。いかにしたらよいものか」

楊奉《ようほう》・韓暹《かんせん》、

「臣らが命を棄てて賊軍と戦い、陛下をお守りいたします」

董承《とうしょう》、

「城壁は用をなさず、軍勢も手薄な今日、もし戦って敗れなば、いかがいたされます。むしろ、いったん山東に難を避けるのがよろしいと存じます」

帝はその言に従われて、即日鹵簿《ろぼ》を整えて山東へお発《た》ちになった。百官は馬もなく、みな徒歩で聖駕に随った。洛陽を出て、まだ矢のとどくほどしか進まぬうち、空を覆うばかりの砂塵《さじん》があがり、銅鑼《どら》・太鼓の音天にとよもして、数知れぬ兵馬が近づいてきた。帝・皇后ともに震えおののかれ、息をのんでおられるところへ駆けつけてきた騎馬の者、これぞ先に山東へ遣わされた勅使であった。ご前に拝伏して、

「曹《そう》将軍は詔勅を奉じ、山東の全軍をひきいて打ち立ち、李傕《りかく》・郭汜《かくし》が洛陽を侵すと聞いて、夏侯惇《かこうとん》を先鋒として部将十名、精兵五万をつけて先発させ、陛下のご警固に参じさせてござります」

かく聞いて帝はようやくご安堵《あんど》された。間もなく、夏侯惇《かこうとん》が許褚《きよちよ》・典韋《てんい》らをともなって御前にまかりこし、万歳を称《とな》え奉った。帝のねぎらいのお言葉が終わらぬところ

に、真東より大軍迫るとの注進、帝がただちに夏侯惇《かこうとん》に物見をお命じになれば、彼が立ち帰って、

「あれなるは曹操《そうそう》の歩卒の軍勢にございます」

と申し上げるうち、曹洪《そうこう》・李典《りてん》・楽進《がくしん》が御前に伺候《しこう》した。拝謁を終わって、曹洪《そうこう》、

「臣の兄は賊兵間近に迫りおる由を知り、夏侯惇《かこうとん》一人の力では当り難《がた》いのではないかと、臣らを加勢に急派いたしたものにございます」

と奏上すれば、帝は、

「曹《そう》将軍はまこと国家の柱石じゃ」

と仰せられ、彼らに聖駕を警固して先頭に立つよう命ぜられた。

ところへ、物見の騎兵が立ち帰って、

「李傕《りかく》・郭汜《かくし》が軍勢をひきいて長駆おしよせて参りました」

とのこと、帝は兵を分けてこれを迎え撃つよう夏侯惇《かこうとん》にお命じになる。夏侯惇《かこうとん》と曹《そう》洪《こう》は左右に分かれ、騎馬の軍勢を先に立て、徒歩《かち》だちの軍勢を後にそなえて、力の限り攻めかかれば、李《り》・郭《かく》の賊軍はさんざんに駆け散らされて、万余の首をあげられた。かくて、帝に洛陽の御殿へご還幸を請い、夏侯惇《かこうとん》は城外に駐屯した。あくる日、曹操《そうそう》が大軍をひきいて到着すると、陣屋をかまえたのち、登城して帝に謁見《えっけん》し、御殿の階《きざはし》の下に拝伏した。帝は跪拝《きはい》を免じて労をねぎらわれた。曹操《そうそう》が、

「臣はかねてより御国《みくに》の大恩を蒙り、つねづねご恩に報ぜんと考えておりました。このたびの李傕《りかく》・郭汜《かくし》ら二賊の罪悪まことに天にもとどくほどにございます。臣は精兵二十余万をひきい、天意に順《したが》って逆賊を討ち亡ぼすものにございますれば、亡ぼせぬ道理はござりませぬ。陛下におかれては玉体すこやかにわたらせられて、国家の大事を見そなわせられまするよう」

と奏上すれば、帝は曹操《そうそう》を司隷校尉《しれい》（首都圏長官）に任ぜられて節《せつ》と鉞《えつ》（軍事大権の象徴）を賜《たま》い、録尚書事《ろくしょうしょじ》（内閣総理）を兼ねさせられた。

さて李傕《りかく》・郭汜《かくし》は曹操《そうそう》が遠路上京した旨を知って、遠来の疲れの休まらぬうちに戦いを決しようと話し合った。

賈詡《かく》がこれを諫《いさ》めて、

「それはなりますまい。曹操《そうそう》の兵はすぐれ部将は勇猛でありますから、むしろ降参して、これまでの罪を免れるようにするがよいでしょう」

と言うと、李傕《りかく》が怒って、

「貴様はわしの出鼻を挫《くじ》く気か」

と剣を引き抜き、斬って棄てようとしたので、諸将がようよう取り静めた。その夜、賈詡《かく》は単騎故郷へ落ちのびた。

次の日、李傕《りかく》の軍馬が押し出せば、曹操《そうそう》はまず許褚《きょちょ》・曹仁《そうじん》・典韋《てんい》に屈強の騎兵三百を差し添えて、李傕《りかく》の陣を三度駆け散らさせたうえ陣を布《し》いた。双方の陣取りが定まるや、李傕《りかく》の甥《おい》、李暹《りせん》・李別《りべつ》が陣頭に乗り出したが、名乗りもあげぬうち許褚《きよちよ》が馬を躍らせて打ちかかり、一刀のもとに李暹《りせん》を斬り棄てた。李別《りべつ》が驚いて落馬するところを、これまた斬り殺し、二つの首を引きずって引き揚げた。曹操《そうそう》は許褚《きよちよ》の背中を撫《な》でながら、

「そなたはまことわが樊噲《はんかい》じゃ(2)」

と言い、ただちに夏侯惇《かこうとん》に左翼から討って出るよう命じ、みずからは本隊をひきいて突進する手筈《てはず》を決めた。かくて太鼓の音を合図に、三軍どっと攻めかかったので、賊兵かなわず総崩れとなって敗走する。曹操《そうそう》みずから宝剣を揮《ふる》って兵を下知し、全軍をひきいて夜通し追い討ちをかけ、多数を殺し、無数の捕虜を得た。李傕《りかく》・郭汜《かくし》は西をめざして落ちのびたが、その狼狽《ろうばい》ぶりは喪家《そうか》の狗《いぬ》の如く、落ち行く先もないので、やむなく山賊になりはてた。曹操《そうそう》は帰陣して、依然、洛陽城外に駐屯していたが、楊《よう》奉《ほう》・韓暹《かんせん》は、

「いま曹操《そうそう》は大功を立て、大権を握ること必定。われらをそっとしておいてはくれまいぞ」

と話し合った上、参内《さんだい》して李傕《りかく》・郭汜《かくし》を追い討つとの名目でお暇《いとま》を請い、手勢を大《たい》梁《りよう》に移した。

一日、帝は人を曹操《そうそう》の本陣へ遣わし、参内するようお召しになった。曹操《そうそう》は勅使のお成りと聞いて、お通しした。見ればその人、眉目秀麗《びもくしゅうれい》、精気にみちみちている。曹操《そう》ひそかに、

「いま都は大飢饉で、百官軍民とも飢えに苦しむというのに、この男がひとりだけ肥えふとっているとはどうしたことか」

と思い、

「お手前はいかにも福々しいお顔をしておられるが、どのような養生をなされておられるのかな」

「とくに養生法と言うものもやっておりませぬ。ただ三十年間、精進ものしか食わなかったまで」

曹操《そうそう》は大きくうなずいて、さらに、

「して、いまは何の官職に」

「手前は孝廉の出で、袁紹《えんしよう》殿、張楊《ちようよう》殿の従事《じゆうじ》（幕僚）を勤めておりましたが、このたび天子のご還都を聞いて、特に出仕を願い正議郎《せいぎろう》を勤めさせていただいておる、済陰《せいいん》郡定陶《ていとう》の姓は董《とう》、名を昭《しよう》、字《あざな》を公仁《こうじん》と申す者でございます」

聞いて、曹操《そうそう》席をはずし、

「ご高名かねがね伺っておりましたが、ここでこうしてお会いできたのはまたとない

幸せです」

と酒を出して幕中でもてなし、荀彧《じゅんいく》を呼んで相伴《しょうばん》させた。そこへ、

「一隊の軍勢が東へ向かいましたが、何者とも分かりませぬ」

との注進があったので、曹操《そうそう》が急ぎ調べるように命じたところ、董昭《とうしょう》が言うのに、

「それは李傕《りかく》のもとの部下楊奉《ようほう》と白波の頭目韓暹《かんせん》です。将軍がおいでになったので、手勢を大梁に移そうとしているのでしょう」

「身どもを疑ってのことでござるかな」

「あの者どもは策なき輩《やから》、お気になさるには及びませぬ」

「李《り》・郭《かく》両名が逃げ申したが、いかがしたものでござろう」

「爪なき虎、翼《つばさ》なき鳥のたぐい、ほどなく将軍の手に取りおさえられる者ゆえ、意に介すまでもござらぬ」

曹操《そうそう》は董昭《とうしょう》の言うことがいちいちもっともなのを見て、朝廷の大事をたずねると、

「将軍が大義の軍を起こして逆賊を除き、朝廷にのぼって天子を補佐いたされるのは、古《いにしえ》の五覇(3)の功にも比すべきことでございます。とは申せ、諸将方にはいろいろと考えもあり、皆がみな服従いたすとも考えられませぬから、いまここに留っては、不都合なことも起こりましょう。聖駕をお移しして許都《きょと》に幸《みゆき》を願うことこそ上策と思われます。しかしこのたびお上《かみ》には各地に蒙塵《もうじん》のすえご還御《かんぎょ》相成ったばかりのこととて、

天下の人民はしばしの安泰なりと求めており、今また聖駕をお移しするとあっては、なかなかにうるさいこともございましょう。とはいえ、異常なことを行なわば、異常な功ありとか、将軍のご決断を望みます」

曹操《そうそう》は董昭《とうしょう》の手をとって笑いながら、

「それこそ身どもがかねてより考えておったことでござる。だが、楊奉《ようほう》が大梁におり、大臣たちが朝廷におって、変事の起こる気遣いはなかろうかの」

「そのご懸念《けねん》は無用にござります。楊奉《ようほう》に書面をやって安堵させておいたうえ、大臣たちには、都は食糧にとぼしきゆえ、聖駕を許都に移しまいらせん、かの地は魯陽《ろよう》に近く、食糧の搬入に遠路を憂うる用もなくなろうと申せば、みな喜んで従いましょう」

これを聞いて曹操《そうそう》は大いに喜んだ。董昭《とうしょう》が辞去しようとすると、曹操《そうそう》はその手をとって、

「今後とも、よろずご指導下されい」

と言い、董昭《とうしょう》は厚遇を感謝して帰った。

曹操《そうそう》はこの日以来、幕僚を集めて遷都の密議をこらした。時に、侍中・太史令《たいしれい》(4)王《おう》立《りつ》は宗正《そうせい》(5)の劉艾《りゅうがい》にひそかに告げて、

「手前が天文を見ておりますのに、昨年の春より太白《たいはく》(金星)が鎮星《ちんせい》(土星)を斗《と》・

牛《ぎゅう》の間で犯し、天津《てんしん》（白鳥座付近）を過ぎておりますところ、熒惑《けいわく》（火星）まで逆行して参って、太白と天関《てんかん》（アンドロメダ座付近）にて行き逢いました。金・火が交わるは、新しき天子の現われる前兆。手前の見るところ大漢の気数はすでに終末に来ており、晋《しん》・魏《ぎ》の地に、必ず新たに興るものがございましょう」

と言い、献《けん》帝にも密奏して、

「天命には去就あり、五行《ごぎょう》もその一つがつねに栄えるものではござりませぬ。火徳に代わるものは土徳にござりますれば、漢に代わって天下の主《あるじ》となる者は魏の国から出るでござりましょう」

曹操《そうそう》はこれを耳にして、王立《おうりつ》のもとへ人をやり、

「貴殿の忠義の心はよく存じているが、天道は深遠なるものゆえ、みだりに多言されぬよう」

と告げさせるとともに、荀彧《じゅんいく》にこの由を話すと、彼が、

「漢は火徳をもって王となったものでありますが、殿は土徳に属されます。許都はまさに土の位置にあたりますれば(6)、かの地に至りますれば必ず興ることを得ましょう。火はよく土を生じ、土はよく木を生ずとは、正に董昭《とうしょう》や王立の申したところ。他日、王者が興るに違いありません」

と言うので、曹操《そうそう》はついに意を決した。翌日、参内して帝に謁見し、

「東都は久しく荒廃のまま打ち棄てられていたため、容易に修復いたしかねます。加えて、食糧の搬入にもきわめて不便と存ぜられます。許都は魯陽に近く、城郭宮殿ことごとく備わり、人民富み栄えてただちにお役に立ちますれば、恐れながら許都へのご遷都を願いあげます。なにとぞお聞きとどけ下されますよう」

と奏上した。帝はあえてこれに非を称《とな》えることもできず、諸官もみな曹操《そうそう》の威勢を恐れて、誰一人異議をさしはさまなかったので、ついに吉日を選んで都を打ち立った。

曹操《そうそう》は軍をひきいて警固に立ち、百官ことごとく随行した。

行くこと数日して、小高い丘にさしかかったとき、どっと鬨《とき》の声があがり、楊奉《ようほう》・韓暹《かんせん》が軍をひきいて行手をさえぎると見るや、徐晃《じょこう》真っ先に乗り出して大音声で、

「こりゃ曹操《そうそう》、天子を奪ってどこへ行こうと言うのか」

曹操《そうそう》、馬を乗り出してこれを見、徐晃《じょこう》の威風堂々たる姿に心中喝采を送りながら、許褚《きょちょ》に出馬を命じて徐晃《じょこう》にかからせたが、薙刀《なぎなた》と大斧を交えること五十余合しても勝負がつかない。そこで曹操《そうそう》は銅鑼《どら》を鳴らさせて兵を収め、幕僚を呼んで、

「楊奉《ようほう》・韓暹《かんせん》は言うにたらぬ奴だが、徐晃《じょこう》はまことの勇将だ。わしは力で彼を降したくはない。策略でわが手につける法はないか」

と諮《はか》ると、行軍従事満寵《まんちょう》が言うのに、

「殿、ご懸念には及びませぬ。それがしかつて徐晃《じょこう》と一面識あり、今宵《こよい》雑兵に姿を変

えて彼の陣屋にまぎれこみ、弁舌をもって彼の心を動かし、お味方に馳せ参じさせてご覧にいれます」

曹操《そうそう》は喜んで彼を遣わした。

その夜、満寵《まんちょう》は雑兵に扮して敵陣にまぎれこみ、ひそかに徐晃《じょこう》の陣屋に近づくと、彼は鎧《よろい》もとかず灯火の下に坐っている。満寵《まんちょう》はずいと進み出て拱手《きょうしゅ》し、

「その後お変わりございませんか」

徐晃《じょこう》は驚いて立ち上がり、じっと見詰めていたが、

「貴公は山陽《さんよう》の満伯寧《まんはくねい》ではないか。何とてここへ」

「それがしただいま曹《そう》将軍にお仕えいたしておりまするが、本日の合戦のみぎりお懐しきご勇姿を拝見いたし、一言申し上げたく決死の覚悟で参上つかまつりました」

徐晃《じょこう》が座をあたえて来意を問うと、

「貴殿は世にまたとなき武勇と才略をお持ちでござるに、なにゆえ楊《よう》・韓《かん》ごとき輩《やから》の膝下《しっか》に身を屈しておられるのですか。曹《そう》将軍は当代きっての英傑、しかもよく賢者をお用いになることは世に隠れなきこと。本日の合戦に貴殿の武勇のほどをご覧あっていたく敬服され、勇将を出して貴殿の命を奪うに忍びずに、かくそれがしをお迎えに遣わされたのでございます。お手前も暗主を棄てて明君に仕え、ともに大業を果たす志はござりませぬか」

徐晃《じょこう》はしばし沈吟《ちんぎん》していたが、ふっと吐息を洩らし、

「わしとて楊奉《ようほう》・韓暹《かんせん》が語るにたらざる者であるのを知らぬわけではないが、すでに久しく仕えて参ったゆえに、棄て去るに忍びないのだ」

「『良禽《りょうきん》は木を選んで住み、賢臣は主を選んで事《つか》う』と言うではありませぬか。仕うべき主に遇いながら、行きずりに別れてしまうのは、大丈夫のするところではありませぬぞ」

徐晃《じょこう》は立ち上がって礼を述べ、

「貴公の言葉に従おう」

「さらば、これより楊奉《ようほう》・韓暹《かんせん》の首をとって、お目見《めみ》えの引出物とされたらいかがでござる」

「家来の身で主を弑《しい》するはこの上もなき不義、とてもわしにはできぬ」

「それでこそ真の義士と申すもの」

かくて徐晃《じょこう》は部下数十騎をひきい、その夜のうちに満寵《まんちょう》とともに曹操《そうそう》のもとに身を投じた。これを早くも楊奉《ようほう》に知らせた者がある。楊奉《ようほう》は大いに怒り、みずから千騎をひきいて後を追った。

「裏切りもの徐晃《じょこう》、待たぬか」

叫んで追い迫るおりしも、号砲一発、山の上下に松明《たいまつ》が一斉に輝き、四方から伏せ

勢が討って出た。曹操《そうそう》みずからその先頭に立って、「待ちうけたぞ、覚悟いたせ」

と大喝する。

楊奉《ようほう》はあわてふためき、急ぎ兵を返そうとしたが、早くも曹操《そうそう》の軍勢に取り囲まれてしまった。そこへおりよく韓暹《かんせん》が兵をひきいて救援に馳せつけ、両軍入り乱れて戦う中を、ようよう逃れることができた。曹操《そうそう》が敵の乱れに乗じ勢いこんで攻めかかれば、楊《よう》・韓《かん》の同勢は大半降参し、二人は手薄となったため、敗残の兵を引き連れ袁《えん》術《じゅつ》を頼って落ちのびた。

曹操《そうそう》が軍を収めて帰陣すると、満寵《まんちょう》が徐晃《じょこう》を見参させた。曹操《そうそう》はいたく喜んで、徐《じょ》晃《こう》を重くとりたてた。かくて聖駕を許都にお迎えして宮殿を造営し、宗廟《そうびょう》、社稷《しゃしょく》の壇、さまざまの官衙《かんが》を建て、城壁、国庫を修復するとともに、董承《とうしょう》ら十三人を列侯に封じた。論功行賞、罪人の処罰はすべて曹操《そうそう》の思いのままになされた。彼はみずからを大将軍・武平《ぶへい》侯に封じ、荀彧《じゅんいく》を侍中・尚書令に、荀攸《じゅんゆう》を軍師に、郭嘉《かくか》を司馬《しば》祭酒《さいしゅ》に、劉《りゅう》曄《よう》を司空《しくう》の掾曹《えんそう》(副官)に任じ、毛玠《もうかい》・任峻《じんしゅん》を典農《てんのう》中郎将として徴税・徴穀の監督をさせ、程昱《ていいく》を東平《とうへい》国の相《しょう》に、范成《はんせい》・董昭《とうしょう》を洛陽県の令に、満寵《まんちょう》を許都の令に、夏侯《かこう》惇《とん》・夏侯淵《かこうえん》・曹仁《そうじん》・曹洪《そうこう》をみな将軍に、呂虔《りょけん》・李典《りてん》・楽進《がくしん》・于禁《うきん》・徐晃《じょこう》らを校尉に、許褚《きょちょ》・典韋《てんい》を都尉に任じ、その他の将士もそれぞれ官に封じた。以来、大権はすべて曹操《そうそう》に帰し、朝廷の要事はまず曹操《そうそう》に報告ののち天子に聞こえまいらせることとなった。

かくして曹操《そうそう》は大業をなしとげたので、奥の広間に宴を張り、幕僚たちを集めて諮《はか》った。

「劉備《りゅうび》は徐《じょ》州に駐屯して、みずから州を領知しておるが、近頃呂布《りょふ》が敗れて身を寄せたところ、小沛《しょうはい》を与えて住まわせておる。もしかの両名が心を合わせて寄せ来たるようなことがあらば、余の心腹の患《わずら》いともなろう。何ぞ妙計はないか」

許褚《きょちょ》、

「それがしに屈強の兵五万を賜わりますれば、劉備《りゅうび》・呂布《りょふ》の首をとって丞相《じょうしょう》に献上つかまつりましょう」

荀彧《じゅんいく》、

「将軍は武勇に秀でたりとは申せ、謀《はかりごと》を用いることをご存じない。この節は許都に収まったばかりのこととて、軽率に兵を動かすのはよろしくござらぬ。それがしに一計あって、名づけて『二虎競食の計』と申す。ただいま劉備《りゅうび》徐州を領すとは言え、まだ勅命を受けてはおりませぬ。よって殿には詔《みことのり》を請われて劉備《りゅうび》に徐州の牧《ぼく》の任を授け、そのおりに密書をあたえて、呂布《りょふ》を手にかけさせるがよろしいと存じます。この計成らば劉備《りゅうび》は頼むべき猛将を失うこととなって、追って倒すこと容易となり、また計成らざるときは、呂布《りょふ》が劉備《りゅうび》を殺すことになるは必定。すなわち『二虎競食の計』でござる」

曹操《そうそう》はこの策をいれて、ただちに詔を請い、勅使を徐州へ差し立てて、劉備《りゅうび》を征東《せいとう》将軍・宜城亭侯《ぎじょうてい》に封じ、徐州の牧を領せしむるとともに、密書一通を送った。

さて劉玄徳《りゅうげんとく》は徐州にあって、帝が許都に幸《みゆき》されたと聞き、慶賀の上奏文を奉ろうとしていたおりしも、にわかに勅使下向との知らせがあったので、城外に出迎えた。勅《ちょく》諚《じょう》を拝受して、勅使のために宴席を設けて接待したが、席上、勅使から、

「足下がこのたびのご恩命を拝したは、実に曹《そう》将軍のご推輓《すいばん》によるものですぞ」

と言われて玄徳《げんとく》が謝辞を述べると、勅使は密書を取り出して玄徳《げんとく》に渡した。玄徳《げんとく》それを読んで、

「これはよくよく考えさせて下されい」

と言い、宴果てたあと、勅使を客舎に休ませた。この夜、玄徳《げんとく》が一同を呼び集めてこのことを協議すると、張飛《ちょうひ》の言うのに、

「呂布《りょふ》はもともと義理を知らぬ奴だ。遠慮することはない、やるだけだ」

「彼は途方にくれてわれらをたのんで来た者じゃ。それを手にかけたりすれば、われらの義理が立たぬ」

「お人好しにもほどがある」

しかし玄徳《げんとく》は頑《がん》として聞きいれない。

あくる日、呂布《りよふ》が祝賀に来たので、玄徳《げんとく》は中へ通させた。

「貴殿がこのたび勅命を拝したと聞いたので、お祝いに参った」

呂布《りよふ》の言葉に、玄徳《げんとく》が謙遜して返礼するとき、とつぜん張飛《ちようひ》が剣をきらめかせて躍りだし、呂布《りよふ》に斬りかかったので、玄徳《げんとく》があわてて遮った。

「翼徳《よくとく》殿は、なにゆえ身どもを殺そうなどとされるのか」

と驚く呂布《りよふ》に、

「曹操《そうそう》が貴様を不義者と言い、おれの兄貴に殺すよう言いつけたのだ」

と叫ぶ張飛《ちようひ》を、玄徳《げんとく》が叱咤《しつた》して退けた。

その後で吊布を奥の部屋に案内し、この間の経緯《いきさつ》を話すとともに、曹操《そうそう》のよこした密書を呂布《りよふ》に見せた。読んで呂布《りよふ》は涙を落とし、

「これは曹操《そうそう》がわれらの仲を裂かんとの奸計《かんけい》」

「兄者、気にかけられますな。それがし誓ってこのような不義な真似はいたしませぬ」

呂布《りよふ》は再三拝謝し、劉備《りゆうび》は呂布《りよふ》を引き留めて酒を出し、夜に入って別れた。

「兄者はなぜ呂布《りよふ》を殺さないのですか」

と関《かん》・張《ちょう》両名に尋ねられて、玄徳《げんとく》が、

「曹孟徳《そうもうとく》はわれらが呂布《りょふ》と相計って攻めのぼるのを恐れてこの策をとり、われら両名を相食《あいは》ませて漁夫の利を得んとしたのじゃ。その手には乗らぬわ」

と言うと、関公《かん》はなるほどとうなずいたが、張飛《ちょうひ》、

「おれは是非にもあの野郎を片づけて後の憂《うれい》を絶っておきたい」

「それは大丈夫のすべきことではない」

次の日、玄徳《げんとく》は勅使を送り出すにあたって天恩に感謝する上奏文をしたためて渡すとともに、曹操《そうそう》への返書を託したが、そこではゆるゆると手を下すとだけ言っておいた。勅使は帰京して曹操《そうそう》に見《まみ》え、玄徳《げんとく》が呂布《りょふ》を殺そうとしない旨を報告した。曹操《そうそう》は荀彧《じゅんいく》に問うた。

「この計が成らずとすれば、どうしたらよいか」

「なお一計ございます。これを名づけて『虎を駆りて狼を呑ましむるの計』と申すもの」

「その計とは」

「袁術《えんじゅつ》に密使を送って、劉備《りゅうび》から南郡《なんぐん》(7)を攻略せんとの上書があったと言わせるのでございます。さすれば、袁術《えんじゅつ》は聞いて必ず怒り、劉備《りゅうび》を攻めんといたしまするによって、殿より劉備《りゅうび》に袁術《えんじゅつ》討伐の詔を下さればよろしい。両者が戦えば、呂布《りょふ》が必ずや

裏切りの心を生じましょう。すなわち『虎を駆りて狼を呑ましむるの計』でござる」

曹操《そうそう》は大いに喜び、まず人を袁術《えんじゅつ》のもとへ差し向けておいて、次に偽りの詔書をつくり、徐州へ使者を送った。

さて玄徳《げんとく》は徐州にあって勅使下向と聞き、城外に出迎えた。詔書を開いて読めば、袁術《えんじゅつ》討伐の軍を起こせとのこと。玄徳《げんとく》は勅命を承知して使者を送り返した。糜竺《びじく》が、

「これも曹操《そうそう》の計略にござりまするぞ」

と言ったが、玄徳《げんとく》は、

「それはよう分かっておるが、勅命に違《たご》うことはできぬ」

と軍勢を整え、日を決めて打ち立つこととした。

孫乾《そんけん》、

「まず城の留守をする者を決めておかねばなりますまい」

玄徳《げんとく》、

「弟たちのうち、誰が守るか」

関《かん》公、

「それがしにお命じ下されい」

玄徳《げんとく》、

「そなたには朝夕、相談に乗ってもらわねばならぬ。離れることはできぬ」

張飛《ちょうひ》、

「おれにやらせてくれ」

玄徳《げんとく》、

「そなたにはよう守りきれまい。そなたは酒癖が悪く、飲めばやたらに士卒を殴りつけるし、やることが軽率で、人の諫めもよう聞かないではないか。誠に心もとのうてならぬわ」

張飛《ちょうひ》、

「おれが以後酒を飲まず、兵隊どもを殴らず、諸事みなの諫めを聞くことにすればいいのだろう」

糜竺《びじく》、

「口先だけでなければよろしいのだが」

張飛《ちょうひ》怒って、

「おれは長年兄貴に仕えてきて、一度でも信義を破るようなことをしたことがあるか。貴様は何だっておれを馬鹿にするのだ」

玄徳《げんとく》、

「そうは言っても、やはり心もとない。陳元竜《ちんげんりよう》殿、貴公居残って、朝夕の酒をひかえさせ、失態を起こさせぬようにしていただきたい」

陳登《ちんとう》これを承知し、玄徳《げんとく》は手配万端を終わって、歩騎三万をひきい、南陽《なんよう》目指して徐州を打ち立った。さて袁術《えんじゅつ》は劉備《りゅうび》が上書して、配下の州県を取ろうとしている由《よし》を聞いて、

「蓆《むしろ》織り履《くつ》売り風情が、大郡を乗っ取り、諸侯の列に並びおるのさえ不埒《ふらち》千万。こちらから攻め亡ぼそうと思っておったのを、逆に寄せて来るとは不届な。憎んでも余りある」

と大いに怒り、上将紀霊《きれい》に命じ十万の軍勢をひきいて徐州へ急行させた。両軍は盱《く》眙《い》県で遭遇したが、玄徳《げんとく》は無勢なので、山を背にした河原に陣を構えた。この紀霊《きれい》は山東の人で、重さ五十斤の三尖刀《さんせんとう》（切先が三角形に尖《とが》った両刃剣）の使い手。この日軍勢をひきいて出陣するや、大音声で、

「おのれ劉備《りゅうび》、土百姓の分際でわれらの境を侵すとは何事か」

玄徳《げんとく》これに答え、

「われらは天子の詔を奉じて、不忠の臣を討伐いたさんとて参ったもの。汝いらざる手向かいいたさば、その罪《とが》許されぬぞ」

紀霊《きれい》が大いに怒り、大薙刀を振り回し、馬を躍らせて玄徳《げんとく》に打ってかかるところ、関《かん》公、

「下郎、推参なり」

と大喝一声、馬を躍らせて紀霊《きれい》と激しく斬り結ぶ。三十合あまり戦っても勝負分かたず、紀霊《きれい》がしばし息を継がんと叫んだので、関公《かん》は馬首を返して陣にもどり、陣頭に立って相手の出るのを待った。すると紀霊《きれい》は副将荀正《じゅんせい》を出馬させた。

関公《かん》、

「紀霊《きれい》を出せ。きゃつと雌雄を決してくれる」

荀正《じゅんせい》、

「おのれごとき名もなき末輩《まっぱい》が、紀《き》将軍のお相手とは笑止千万」

関公《かん》は大いに怒って荀正《じゅんせい》に打ってかかり、ただ一合で斬り落とした。玄徳《げんとく》が兵に下知して襲いかかれば、紀霊《きれい》はさんざんに打ち崩されて淮陰《わいいん》県の河口まで退き、合戦を避けて、ひたすら兵士に夜討ちをかけさせたが、その都度徐州の軍勢に打ち破られた。かくて両軍対峙《たいじ》のまま打ち過ぎたことは、しばらくおく。

さて張飛《ちょうひ》は玄徳《げんとく》の出立《しゅったつ》を見送ってよりこのかた、いっさいの雑事をすべて陳元竜《ちんげんりょう》にまかせ、己は軍機の要務を一人で見て来たが、一日、宴席を設けて諸官を招いた。一同席が決まると張飛《ちょうひ》がまず口を切って、

「兄貴は出立のとき、おれに酒を慎んで、失態を仕出かさぬよう固く言いつけて行った。みんな今日一日心ゆくまで飲んで、明日からは酒を断ち、おれを助けて城を守っ

てくれ。とにかく今日は存分に飲んでくれ」

言い終わると、席を立って一同に酌をして回った。曹豹《そうほう》の前まで行くと、彼が言った。

「それがし酒断ちをしておりますので、飲むことができませぬ」

「武人たる者、飲まんとは何事。飲めと言ったら飲め」

曹豹《そうほう》は震え上がって一杯だけ飲んだ。張飛《ちょうひ》は一同にくまなく盃をさして回り、みずからは、大盃を傾けて数十杯も立てつづけに飲みほしたので、早くもしたたかに酔って来たところ、またも席を立って一同に盃をさして回った。曹豹《そうほう》の前まで来ると、

「それがし、実は酒が飲めないのでござる」

「さっき飲んだばかりなのに、飲めないとは何をぬかす」

曹豹《そうほう》が頑として飲まないので大酔した張飛《ちょうひ》、いつもの癖で、かっとなり、

「おのれ大将の俺の命令に背く気か。杖《つえ》で百ぶん殴れ」

と兵士に下知して引きすえさせた。陳元竜《ちんげんりょう》が、

「玄徳《げんとく》殿は出立にあたって貴殿になんと言われたか」

と言ったが、張飛《ちょうひ》は、

「なにを、文官は文官の仕事をやっとればいい。つべこべ口出しするな」

と耳もかさないので、曹豹《そうほう》はやむなく、許しを乞うて、

「翼徳殿《よくとくどの》、なにとぞ、それがしの婿《むこ》の顔に免じてご容赦願いたい」

「誰だ、その婿は」

「呂布《りょふ》でござる」〔呂布《りょふ》の先妻は豹《ほう》の娘である〕

張飛《ちょうひ》大いに怒り、

「おれはもともと貴様を殴る気はなかったが、呂布《りょふ》を持ちだして、おれをおどかそうとするからには、我慢ならねえ。殴ってやる。貴様を殴るのは、呂布《りょふ》を殴ることだ」

一同が止めようとしたがかなわず、曹豹《そうほう》に鞭が五十まで下されたとき、みなが頼みこんで、ようよう許してもらった。宴果てて家に帰った曹豹《そうほう》は、恨み骨髄に徹し、その夜のうちに書面を持たせて、人を小沛の呂布《りょふ》のもとへ急行させた。書中、張飛《ちょうひ》の無礼の数々を詳しく述べ、かつ、玄徳《げんとく》すでに淮南《わいなん》へ打ち立ち、今宵張飛《ちょうひ》が酔いつぶれているいま、兵をひきいて徐州を襲いたまえ、この機会逃すべからずとあった。

呂布《りょふ》は書状を見て、陳宮《ちんきゅう》を呼んで相談すると、

「小沛はもともと長く住むべきところではありません。いま徐州に乗ずる隙があるのに、むざむざ取り逃がさば、後で悔んでも間に合いませんぞ」

とのこと。呂布《りょふ》これに従い、ただちに鎧《よろい》を着けて馬にまたがり、五百騎を引き具して先発した。後には陳宮《ちんきゅう》が大軍をひきいてつづき、さらに高順《こうじゅん》がつづいて打ち立った。小沛は徐州から四、五十里のこととて、馬はたちまち到着した。呂布《りょふ》が城下に至った

ときは、あたかも四更（夜中の二時前後）の頃おい、月冷たく冴えて、城中知る者とてない。呂布《りょふ》は城門に乗りつけて、

「御大将より内密の使者だ」

と叫ぶ。城中では曹豹《そうほう》の手の者が曹豹《そうほう》に知らせたので、曹豹《そうほう》が櫓《やぐら》に上ってたしかめたうえ、兵士に門を開かせれば、「それっ」呂布《りょふ》の命令一下、同勢どっと喊声《かんせい》をあげてなだれこんだ。時に張飛《ちょうひ》は寝部屋に酔い伏していたが、左右の者があわててゆり起こし、

「呂布《りょふ》が偽って門を開かせ、攻めこみました」

張飛《ちょうひ》激怒して、鎧を着けるのももどかしく、一丈八尺の蛇矛《じゃぼう》をひっ下げて役所の門に出、馬に跨《またが》ったところを殺到した呂布《りょふ》の軍勢と真向からぶつかった。張飛《ちょうひ》はまだ酔いが残っていて存分には働けない。呂布《りょふ》も彼の武勇を知っているので、遠巻きにして、かかろうとしない。その隙に近臣十八騎(8)が張飛《ちょうひ》を守って東門を一気に走りぬけたが、玄徳《げんとく》の家族には何ら手を打てずに、役所の中に置きすててしまった。

さて曹豹《そうほう》は張飛《ちょうひ》に従う者が十数騎しかなく、酔っているのを見くびって、百人あまりをひきいて追いすがった。張飛《ちょうひ》は曹豹《そうほう》を見て大いに怒り、馬を躍らせて迎え撃った。ただ三合にして曹豹《そうほう》が逃げるのを、張飛《ちょうひ》は河原まで追いすがって一突きで曹豹《そうほう》の背中を刺し貫き、馬もろとも水中に殺した。張飛《ちょうひ》は、城外から兵士たちに声をかけ、出て

来た者たちはすべて張飛《ちようひ》に従って淮南《ゆいなん》へ落ちのびた。(9) 呂布《りよふ》は城内にはいって住民を安堵させ、兵士百人に玄徳《げんとく》の屋敷を守らせて、勝手に人の踏みこむのを禁じた。

さて張飛《ちようひ》は数十騎をひきいて盱眙《くい》へ馳《は》せつけ、玄徳《げんとく》に見《まみ》えて、曹豹《そうほう》が呂布《りよふ》に内応して徐州に夜襲をかけて来た顚末《てんまつ》を詳しく物語った。一同あっと驚くなかで、玄徳《げんとく》吐息して、

「得たところでさして嬉しくもないところ、失ったとて何でもない」

関公《かん》、

「嫂上《あねうえ》はご無事か」

張飛《ちようひ》、

「城内で捕われてしもうた」

玄徳《げんとく》は一言も発しない。

関公《かん》、地団駄ふんで、

「お前は留守をしたいと言ったとき、何と言った。兄者が何と言われたか。今日、城を取られたうえ、嫂上まで敵の手に渡して、よくもおめおめとやって来られたものだな」

張飛《ちようひ》これを聞くや、大いに恥じいり、やにわに剣をとって己が首を掻《か》き切ろうとする。正に、存分飲んだはよいけれど、後悔先に立たずとか、というところ。さて張飛《ちようひ》

の命はどうなるか。それは次回で。

注1 **「血芒碭に」云々** 「芒碭」は江蘇省北部にある芒・碭という二つの山の名。若い頃ここに身を隠していた漢の高祖《こうそ》が秦帝を象徴する白蛇を斬ったと伝えられる。「赤幟」は漢の旗印。「秦鹿」は秦王室。「楚騅」は楚の項羽《こうう》。騅は項羽《こうう》の乗馬の名。

2 **樊噲** 漢の高祖《こうそ》の勇将。いくたびか高祖《こうそ》の危機を救った。

3 **五覇** 春秋時代、周王室を擁して天下に号令した、斉《せい》の桓《かん》公、宋《そう》の襄《じょう》公、晋《しん》の文《ぶん》公、秦《しん》の穆《ぼく》公、楚《そ》の荘《そう》王の五人。「覇」はまた「伯」とも書く。

4 **太史令** 天文・暦法をつかさどる太史の長官。漢初までは、その名のように史官としての任務を主とし、天文・暦法の方は従であった。

5 **宗正** 皇族の管理にあたる大臣。宮内庁長官。

6 **土の位置にあたる** 木・火・土・金・水の五行は、方位では、東・南・中・西・北にあたる。許昌は古来、中原といわれた地方の中央部に位置しているので、このように言ったもの。

7 **南郡** 南郡は袁術《えんじゅつ》の元の駐屯地。このときは寿春《じゅしゅん》に駐屯して淮南《わいなん》を支配していた。したがってここでは「淮南」とするのが正しい。後出の「南陽《なんよう》」も正しくは「寿春」。また後では「淮南」としている。

8　**近臣十八騎**　原文「十八騎燕将」。燕将は燕国出身の部将であり、張飛《ちょうひ》も同地の出身である。

9　**淮南へ落ちのびた**　淮南へ出撃している劉備《りゅうび》のもとへ向った。

第十五回

太史慈《たいしじ》　酣《さか》んに小覇王《しょうはおう》と闘《たたか》い
孫伯符《そんはくふ》　大《おお》いに厳白虎《げんはくこ》と戦《たたか》う

さて張飛《ちょうひ》が剣を引き抜いて己の首を掻《か》き切ろうとしたとき、玄徳《げんとく》が一躍して抱きとめ、剣を奪って投げ棄て、

「古人も『兄弟は手足の如く、妻子は衣服の如し』と言っているではないか。衣服は破れようと、繕《つくろ》うことができるが、手足は一度断たれたら、つなぐことはかなわぬ。われら三人、桃園に義兄弟の契りを結び、同日に生まれじと言えど、同日に死なんことを誓った仲ではないか。今日、たとい城や家族を失ったとは言え、兄弟を道半ばで死なすことができようか。ましてやあの城はもともとわれらのものにはあらず、家族が捕われたと申せ、呂布《りょふ》はけっして手にかけたりする男ではない。また救い出す手もある。そなたは一時《いっとき》あやまちを犯したとて、なにも死に急ぐことはない」

とはげしく泣いたので、関《かん》・張《ちょう》二公もともどもに感泣《かんきゅう》したことであった。

ここに袁術《えんじゅつ》は呂布《りょふ》が徐州を襲ったことを知ると、呂布《りょふ》へ急使を差し立てて、兵糧《ひょうろう》五万石、馬五百頭、金銀一万両、反物一千疋を送ることを約し、劉備《りゅうび》挟撃を申しいれた。

喜んだ呂布《りょふ》は高順《こうじゅん》に命じ、五万の軍勢をもって玄徳《げんとく》の背後を襲わせた。玄徳《げんとく》はこの知らせを聞くと、雨もよいの悪天に乗じて兵を引き払い、盱眙《くい》を棄てて東の方広陵《こうりょう》を取ろうとした。高順《こうじゅん》の軍勢が着いたときには、玄徳《げんとく》がすでに引き払った後で、高順《こうじゅん》は紀《き》霊《れい》に会って約束の物を要求した。しかし紀霊《きれい》が、

「貴公はいったんお引き取り下されい。それがし主君にお伺いしたうえでお送りいたします」

と言うので、高順《こうじゅん》は彼と別れて帰陣し、呂布《りょふ》に紀霊《きれい》の言をつぶさに報告した。呂布《りょふ》が不審に思っているところへ袁術《えんじゅつ》からの書状が届いた。それには、

「高順《こうじゅん》はたしかに参ったが、劉備《りゅうび》を除いたわけではない。劉備《りゅうび》を捕えたあかつきには、お約束の品々お送りいたそう」

とある。呂布《りょふ》は怒って袁術《えんじゅつ》の裏切りを罵《ののし》り、ただちに軍を起こして攻めかかろうとした。このとき、陳宮《ちんきゅう》が言うのに、

「それはなりませぬ。袁術《えんじゅつ》は寿春《じゅしゅん》に拠《よ》って大軍を擁し兵糧も十分そなえておりますれば、軽々に敵とすべきではござらぬ。むしろ、玄徳《げんとく》を呼び返して小沛《しょうはい》に駐屯させ、われらの味方に加えておくのがよろしいと存じます。他日彼に先鋒《せんぽう》を命じて、まず袁《えん》術《じゅつ》を亡ぼし、次に袁紹《えんしょう》を討ち亡ぼして天下をうかがうべきです」

呂布《りょふ》はその言に従い、玄徳《げんとく》のもとへ迎えの使者をやった。

さて玄徳《げんとく》は兵をひきいて広陵を取ろうとしたが、袁術《えんじゅつ》の夜討ちにあって同勢の大半を失い、引き揚げて来る途中で呂布《りょふ》の使者に出会って書状を受け取り、大いに喜んだ。関《かん》・張《ちょう》が、

「呂布《りょふ》は義を知らぬ奴。うかうかと信ずることはできませんぞ」

と言ったが、玄徳《げんとく》は言った。

「彼が厚意で呼んでくれたのに、疑うことはない」

かくて徐州に着くと、呂布《りょふ》は玄徳《げんとく》が疑惑を抱くのを恐れて、まず家族を送り届けさせた。甘《かん》・糜《び》の二夫人は玄徳《げんとく》に会って、呂布《りょふ》が兵士を遣わして館の門に立たせ、諸人の出入りを差し止めたこと、またつねに侍女に物を持たせてよこし、何一つ不自由しなかったことなどをこもごも物語った。玄徳《げんとく》は関《かん》・張《ちょう》に向かって、

「わしは呂布《りょふ》が家族を手にかけたりせぬことを知っておった」

と言い、呂布《りょふ》に礼を述べに登城した。張飛《ちょうひ》は呂布《りょふ》を憎んでいたので、ともに行こうとせず、一足先に二人の嫂《あによめ》を守って小沛に向かった。

玄徳《げんとく》が呂布《りょふ》に会って礼を述べると、

「わしは城を奪うつもりはさらさらなかったが、弟御の張飛《ちょうひ》が酒のうえで人を害《あや》めたりしおったので、万一のことがあってはと、代わりに守りに参ったのだ」

「それがしかねてより兄者にお譲りせんと思っておりました」

呂布《りょふ》はなお心にもなく、玄徳《げんとく》に返すと言ったが、玄徳《げんとく》は固く辞退して、小沛に立ち帰った。関《かん》・張《ちょう》は心中怒りにたえなかったが、玄徳《げんとく》は言った。

「身を屈して分を守り、天の時を待つのじゃ。運命と争うものではない」

一方、呂布《りょふ》は人をやって食糧・反物などを届けさせた。これより両家の仲が睦《むつ》まじくなったことはさておく。

さて袁術《えんじゅつ》が寿春において将士を集め盛大な宴を張っているところへ、孫策《そんさく》が廬江《ろこう》太守の陸康《りくこう》を討ち、大勝して帰陣したとの知らせがあった。袁術《えんじゅつ》に呼ばれて孫策《そんさく》が庭先に拝伏すると、袁術《えんじゅつ》はその労をねぎらって酒宴に同座させた。もともと孫策《そんさく》は父親を失ってから、江南に引き籠《こも》り、広く賢者を求め礼を厚くして教えを請うていたが、のち母方の叔父丹陽《たんよう》太守の呉景《ごけい》が陶謙《とうけん》と不和になったので、母親や家族を曲阿《きょくあ》に移り住まわせ、単身袁術《えんじゅつ》のもとに身を寄せていたもの。袁術《えんじゅつ》は彼を愛して、つねづね、

「わしに孫策《そんさく》のような息子があれば、いつ死んでも思い残すことはないのだが」

と嘆息していた。それで懐義《かいぎ》校尉としていたが、先に兵をひきいて涇《けい》県の大帥(1)祖郎《そろう》を攻めて見事に破ったので、その武勇を見込んでさらに陸康《りくこう》を攻めさせたところ、この日、またも勝利を収めて帰陣したわけである。

その日、宴果てて孫策《そんさく》は己が陣屋に帰ったものの、袁術《えんじゅつ》の宴席での傲慢《ごうまん》な態度に心

中はなはだ面白からず、皓々《こうこう》と月冴《さ》えわたる中庭に歩み出たが、一世の英雄たりし父孫堅《そんけん》のこと、己の今の落ちぶれたさまなどをそぞろ思い浮かべて、われ知らず声を上げて泣いてしまった。とそのとき、一人の者が外からはいってくるなり、からからと笑って、

「これは伯符《はくふ》殿、どうなされた。ご尊父在世のみぎりは、よろず拙者をお用いなされたものじゃ。貴殿も何ぞ思いあまったことでもあらば、拙者に一言いって下さればよいではないか。一人で泣いていても仕方ござるまいに」

何者ならんと見れば、丹陽《たんよう》郡故鄣《こしょう》の人、姓は朱《しゅ》、名は治《ち》、字《あざな》を君理《くんり》というかつての孫堅《そんけん》の部下である。孫策《そんさく》は涙を収めて部屋に請《しょう》じいれ、

「身どもが泣いたのは、父の志を継ぎえぬことを不甲斐《ふがい》なく思ってだ」

「袁公路《えんこうろ》殿に頼んで兵を借り、江東へ進んで、呉景《ごけい》殿を救うに名を仮りて大事を計ればよいではござらぬか。いつまでも他人の下で小さくなっておるには及びませぬぞ」

話し合うおりから、とつぜん一人の者がはいって来て、

「只今のお話、それがしとくと承《うけたまわ》った。それがしの配下に屈強の者が百人ばかりおる。及ばずながら、伯符《はくふ》殿、一臂《いっぴ》の力をお貸し申そう」

これぞ袁術《えんじゅつ》の幕僚で汝南《じょなん》郡細陽《さいよう》の人、姓は呂《りょ》、名は範《はん》、字子衡《しこう》である。孫策《そんさく》は大いに喜んで、座をすすめ共に語り合ったが、呂範《りょはん》の言うのに、

「したが、袁公路《えんこうろ》殿が兵を貸してくれぬとすると」

「身どもは亡父の形見の伝国の玉璽《ぎょくじ》を持っている。あれを質にしよう」

「おお、あれは公路《こうろ》殿がかねてよりご所望《しょもう》の品。あれを質とされれば、必ず兵を出すのを承知するでござろう」

三人の商議一決して、次の日、孫策《そんさく》は袁術《えんじゅつ》の前に出ると、涙ながらに拝伏して言った。

「それがし、いまだ父の讐《あだ》も討てずにおりますところ、今また母舅《おじ》呉景《ごけい》が揚州の刺史劉繇《りゅうよう》に苦しめられ、曲阿に残して参ったそれがしの老母・家族一同が危き目にあうも必定と思われます。ついては屈強の兵数千を拝借してかの地へ渡り、家族を救い出しに参りたく存じます。万一、ご懸念のあろうなら、ここにございます亡父の形見、伝国の玉璽をしばらくお預かり下さりませ」

袁術《えんじゅつ》は玉璽と聞いてそれを手に取り、相好《そうごう》をくずした。

「わしは別にこれが欲しいわけではないが、しばらく預かっておこう。三千の兵と馬五百頭を貸してやるほどに、平定したらただちに返すようにせよ。それから、そなたの官位ではこれだけの大軍を動かすのもやりにくかろう。わしからお上《かみ》へ折衝《せっしょう》校尉・殄寇《てんこう》将軍に昇せるようお願いしておくほどに、日を定めて打ち立つがよろしかろう」

孫策《そんさく》は拝謝して引き退がり、軍勢をひきい朱治《しゅち》・呂範《りょはん》と旧将の程普《ていふ》・黄蓋《こうがい》・韓当《かんとう》らを従えて、吉日を選んで進発した。進んで歴陽《れきよう》県に至ったとき、一隊の軍勢が近づいた。先頭に立った大将、物腰雅《みやび》やかな、容貌端麗な男は、孫策《そんさく》を見るなり馬から飛び下りて拝伏した。見れば、廬江《ろこう》郡舒城《じよじよう》の人、姓は周《しゆう》、名は瑜《ゆ》、字公瑾《こうきん》である。孫堅《そんけん》が董卓《とうたく》を討つにあたって、家を舒城に移したおり、周瑜《しゆうゆ》と孫策《そんさく》が同い年で親交を結び、義兄弟となったが、孫策《そんさく》が二ヵ月早く生まれていたので、周瑜《しゆうゆ》は孫策《そんさく》に兄事していたものであった。時に、周瑜《しゆうゆ》は丹陽の太守をつとめる叔父の周尚《しゆうしよう》という者を訪ねようとしていたところ、ゆくりなくもここで孫策《そんさく》と行き遇《あ》ったものである。孫策《そんさく》は周瑜《しゆうゆ》に会って大いに喜び、己の苦衷《くちゆう》を打ち明けると、

「それがし、ご大業のためには犬馬の労をも厭《いと》いませぬ」

「そなたが加わってくれれば、身どもの望みもかなったようなもの」

と喜んで、朱治《しゆち》・呂範《りよはん》らに引き合わせた。周瑜《しゆうゆ》が孫策《そんさく》に言うのに、

「兄者は大業を果たされんとなら、江東に『二張《ちよう》』があるのをご存じでしょうか」

「『二張《ちよう》』とは」

「一人は彭城《ほうじよう》の張昭《ちようしよう》、字子布《しふ》、一人は広陵《こうりよう》の張紘《ちようこう》、字子綱《しこう》と申し、ともに天下を治めるに足る異才でございますが、乱を避けてここに隠棲《いんせい》いたしおる者です。この両名、ぜひお招《よ》びなされますよう」

孫策《そんさく》は喜んでただちに贈物を届けさせて招いたが、ともに固く拒《こば》んで来ようとしな

かった。そこで孫策《そんさく》じきじき彼らを訪ねて共に語りあい、いたく気に入って極力出馬を勧めたので、二人はようよう承諾した。孫策《そんさく》は張昭《ちょうしょう》を長史《ちょうし》（補佐官）として撫軍中《ぶぐん》郎将を兼ねさせ、張紘《ちょうこう》を参謀・正議《せいぎ》校尉として、ともどもに劉繇《りゅうよう》攻略のことを協議した。

さて劉繇《りゅうよう》は字を正礼《せいれい》といい、東萊《とうらい》郡牟平《ぼうへい》の人で、漢皇室の一門であり、太尉劉寵《りゅうちょう》の甥、兗《えん》州刺史劉岱《りゅうたい》の弟で、揚《よう》州刺史として寿春に駐屯していたところを袁術《えんじゅつ》に追い立てられて江東に渡り、曲阿にやって来たものである。このとき、孫策《そんさく》の軍至ると聞いて、急ぎ諸将を集めて協議すると、部将張英《ちょうえい》が進み出て、

「それがし一隊をひきいて牛渚《ぎゅうしょ》を守り、たとい百万の兵至るとも、一歩も近寄せずに守ってご覧にいれます」

と言いも終わらぬうち、幕下から、

「それがしに先陣お申しつけ下されい」

と高らかに叫ぶ者がある。一同が見ればこれぞ東萊《とうらい》郡黄《こう》県の人、太史慈《たいしじ》である。太《たい》史慈《しじ》は北海《ほくかい》の囲みを解いてから劉繇《りゅうよう》のもとに至り、彼の幕下に留まっていたもの。この日孫策《そんさく》の来襲を知って先鋒を願い出たものであったが、

「そちはまだ若い、大将とはなれまい。わしの側《そば》についておれ」

と劉繇《りゅうよう》に言われて、不服そうに引き退がった。張英《ちょうえい》は兵をひきいて牛渚に出、庫に

兵糧十万石を積みこんだ。かくて孫策《そんさく》が兵をひきいて到着すれば、張英《ちょうえい》がこれを迎え、両軍、牛渚の河原に相対峙した。孫策《そんさく》が馬を乗り出すと張英《ちょうえい》がさんざんにこれを罵り、黄蓋《こうがい》が乗り出して張英《ちょうえい》に打ってかかる。数合せぬうち、にわかに張英《ちょうえい》の軍に上を下への混乱が起こり、陣中に火を掛けた者があるとの注進があった。張英《ちょうえい》が急いで軍を退くところを、孫策《そんさく》一気に進んで追討ちをかけたので、張英《ちょうえい》は牛渚を棄てて山中に逃れた。ここに張英《ちょうえい》の陣中に火を掛けたのは二人の勇将で、一人は九江《きゅうこう》郡寿春の人で姓は蔣《しょう》、名は欽《きん》、字を公奕《こうえき》といい、一人は九江郡下蔡《かさい》の人で姓は周《しゅう》、名は泰《たい》、字を幼平《ようへい》という。この二人、ともに世の乱れに乗じて洋子《ようす》江（揚子江）で人を集め、斬盗《きりと》り強盗を働いて世を渡っていたが、かねがね孫策《そんさく》が江東の英傑で賢士を招いていると聞いていたので、配下三百余人をひきいて身を寄せて来たものである。孫策《そんさく》は大いに喜び、二人を車前《しゃぜん》校尉にとりたてた。かくて牛渚の庫に収められた兵糧・武器を分捕り、降参した兵四千余人を合わせて、軍を神亭《しんてい》に進めた。

　さて張英《ちょうえい》が敗れて帰ると、劉繇《りゅうよう》は怒って斬り棄てようとしたが、幕僚の笮融《さくゆう》・薛礼《せつれい》がそれをなだめ、零陵《れいりょう》城に駐屯させて敵に当たらせることとした。劉繇《りゅうよう》はみずから兵をひきいて神亭嶺の南麓に陣を取った。孫策《そんさく》は山北の麓に陣を構え、住民を呼んで尋ねた。

「この近くの山に漢の光武《こうぶ》皇帝の廟《びょう》はないか」

住民、

「廟ならこの山の上にございます」

孫策《そんさく》、

「わしは昨夜、夢で光武《こうぶ》皇帝のお召しを受けた。これから参詣《さんけい》して来る」

長史 張昭《ちょうしょう》、

「それはなりませぬ。この南麓は劉繇《りゅうよう》の陣でござりますれば、もし伏勢でもあらばいかがされます」

孫策《そんさく》、

「わしには神の助けがある。恐れる者はないわ」

と鎧をつけ槍を引っさげて馬に乗り、程普《ていふ》・黄蓋《こうがい》・韓当《かんとう》・蔣欽《しょうきん》・周泰《しゅうたい》ら都合十三騎を従えて陣を出、山に登って廟に参詣した。馬を下りて参詣をすますと、孫策《そんさく》は廟前にぬかずいて祈った。

「もし孫策《そんさく》が江東において大業を立て、亡き父の志を継ぐことがかないましたら、ただちに廟宇を建てなおして、祭祀《さいし》を絶やさぬでありましょう」

祈願してから廟を立ちいで、馬にまたがると諸将に向かって、

「わしは峠を越して劉繇《りゅうよう》の陣備えを探って来ようと思う」

と言った。一同が思い留まるよう言ったが、孫策《そんさく》は聞きいれず、皆とともに峠に出

て南方の村や林を眺めた。

この知らせが早くも物見の兵から劉繇《りゅうよう》にもたらされた。

「これは孫策《そんさく》の誘いの手じゃ、追うな」

と劉繇《りゅうよう》が言ったが、太史慈《たいしじ》は、

「いま孫策《そんさく》を捕えなければ、二度と機会はない」

と小躍りし、劉繇《りゅうよう》の命も待たずに鎧をつけて馬に飛び乗り、槍をにぎって陣を出るや、

「度胸のある者はついて来い」

と叫んだが、一人として動かない。ただ一人、身分の低い部将が、

「太史慈《たいしじ》殿こそまことの勇士。それがしご加勢いたす」

と馬を躍らせて従ったが、諸将はどっと嘲笑《あざわら》った。

さて孫策《そんさく》はしばらく眺めていて、ようやく馬首を返した。峠を過ぎようとしたとき、上から、

「孫策《そんさく》、待てい」

という叫び。

孫策《そんさく》がふり返って見やれば、二頭の馬が飛ぶように駆け降りて来る。孫策《そんさく》は味方十三騎を横に開かせ、槍を小脇に構えて待ちうける。

太史慈《たいしじ》、荒々しく、

「孫策《そんさく》はどやつか」

「そういう貴様は」

孫策《そんさく》が問い返すと、

「わしは東莱の太史慈《たいしじ》だ。わざわざ孫策《そんさく》を手捕りにしに来たのだ」

孫策《そんさく》はからからと笑い、

「身どもが孫策《そんさく》だ。貴様ら二人でかかって来ようと、逃げるようなわしではない。逃げるようなら孫伯符《そんはくふ》ではないぞ」

「貴様らが一度にかかって来ようと、恐れはせぬ」

言うなり太史慈《たいしじ》は、馬を躍らせ、槍をしごいて孫策《そんさく》に突きかかる。孫策《そんさく》また槍をしごいてこれを迎え、両馬駆け合わすこと五十合に及んだが勝負がつかず、程普《ていふ》らは心中ひそかに舌を巻いた。太史慈《たいしじ》のほうは孫策《そんさく》の隙のない見事な槍さばきを見て、かなわぬ振りをして逃げ、孫策《そんさく》を誘《おび》き出そうとした。太史慈《たいしじ》がもとの道をたどらずに山麓を回れば、孫策《そんさく》追いすがって大喝一声、

「逃げるとは卑怯《ひきょう》だぞ」

太史慈《たいしじ》、心中で「こいつには十二人（正しくは十三人）もついて来ている。おれはただ一人だからたとえ奴を手捕りにしても、また奪いかえされてしまうだろう。もう

しばらく引っぱりまわし、奴を一人きりにしておいて討ち取ってやろう」と考えたので、ときどき戦いながら逃げまわる。孫策《そんさく》、逃さじと追いすがり、ついに平地に出た。太史慈《たいしじ》、馬首を返して戦いを挑み、またも五十合にもなる。孫策《そんさく》が槍をくりだすところを太史慈《たいしじ》さっとかわしてその槍を小脇に掻《か》いこみ、同じく槍をくりだせば、孫策《そんさく》もかわして同じくその槍を小脇に掻いこんで、二人がっしと組み合ったまま、どうと馬から転げ落ち、馬は何処《いずこ》ともなく走り去った。二人は槍を棄て襟首をひっつかんで殴り合い、戦袍《じんばおり》いずれもぼろぼろにちぎれ飛ぶ。孫策《そんさく》、一手早く太史慈《たいしじ》の背中の短戟を取り上げれば、太史慈《たいしじ》も孫策《そんさく》の頭の兜《かぶと》をもぎ取った。孫策《そんさく》が戟で太史慈《たいしじ》を突けば、太《たい》史慈《しじ》は兜で受けとめる。そこへどっと喊声《かんせい》があがり、劉繇《りゅうよう》方の援軍千人余りが馳せきたる。孫策《そんさく》がこれはしたりと焦るところ、程普《ていふ》ら十二騎（同）も駆けつけたので、孫《そん》策《さく》と太史慈《たいしじ》はようように手を離した。太史慈《たいしじ》が軍中から馬を借り受けて槍をとり、馬にまたがって再び寄せかかれば、孫策《そんさく》の馬は程普《ていふ》によってとりおさえられていたので、孫策《そんさく》も槍をとり馬に乗る。劉繇《りゅうよう》軍一千余騎が程普《ていふ》ら十二騎（同）と入り乱れて戦い戦い、次第に神亭の山麓に近づくところ、どっと喊声がわいて、周瑜《しゅうゆ》が援軍をひきいて馳せつけた。劉繇《りゅうよう》もみずから大軍をひきいて山麓に殺到したが、おりしも空は暮れかかって、烈しい雨風となったので、双方軍をまとめて退いた。

次の日、孫策《そんさく》が軍勢をひきいて劉繇《りゅうよう》の陣屋の前に至れば、劉繇《りゅうよう》も軍をひきいて迎え撃つ。両軍の陣容備うや、孫策《そんさく》は槍の穂先に太史慈《たいしじ》の小戟を吊り下げて陣頭に打ち振り、兵士に叫ばせる。

「太史慈《たいしじ》の逃げ足が遅ければ、今頃は串刺しなるぞ」

太史慈《たいしじ》も孫策《そんさく》の兜を陣頭に高々とさし上げ、兵士に叫ばせる。

「孫策《そんさく》の首はもはやここにあるぞ」

両軍たがいに鬨《とき》の声をあげ、いずれも負けじと罵りあう。太史慈《たいしじ》が乗り出して、孫《そん》策《さく》に勝負を決せんと挑めば、孫策《そんさく》我慢ならずに乗り出そうとするのを程普《ていふ》が引き留め、

「殿じきじきのご出馬を願わずとも、それがしが手捕りにしてご覧に入れまする」

と陣頭に馬を乗りいだす。太史慈《たいしじ》、

「貴様では相手にならぬ。孫策《そんさく》を出せ」

程普《ていふ》、大いに怒り、槍をしごいて太史慈《たいしじ》にとってかかる。両馬、駆けたがえて三十合したとき、劉繇《りゅうよう》がにわかに銅鑼《どら》を鳴らして戦いをやめさせた。太史慈《たいしじ》が引き取って来て、

「それがしいま一息にて賊将を手捕りにせんとしたるを、なぜ軍を退かれるのでござる」

と言うと、劉繇《りゅうよう》の言うのに、

「周瑜《しゅうゆ》が軍をひきいて曲阿を襲い、廬江郡松滋《しょうじ》の陳武《ちんぶ》、字を子烈《しれつ》と申す者が内応して

周瑜《しゅうゆ》を引き入れたとの知らせがあったのじゃ。本拠を取られたとあっては、ぐずぐずしてはおれぬ。ただちに秣陵《ばつりょう》（江蘇省江寧県秣陵鎮）へ行って薛礼《せつれい》・笮融《さくゆう》の軍と合流し、急ぎ取りもどしに行かねばならぬのじゃ」

太史慈《たいしじ》が劉繇《りゅうよう》に従って軍を退けば、孫策《そんさく》も追わずに軍勢をととのえた。そのとき長史張昭《ちょうしょう》から、

「敵は周瑜《しゅうゆ》殿に曲阿を取られ、戦意を失っております。今宵こそ夜討ちの好機と存じます」

と言われてげにもとうなずき、軍勢を五手に分けて一挙に突き進んだ。ために劉繇《りゅうよう》の軍勢はさんざんに討ち崩され、四方八方に逃げ散った。太史慈《たいしじ》は単騎踏み止まって戦ったが力及ばず、十数騎を従えて夜のうちに涇県《けいけん》へ落ちて行った。

さて孫策《そんさく》はまた新たに陳武《ちんぶ》を得たが、この人、身の丈七尺、顔は黄色く目赤く、容貌怪異。孫策《そんさく》ははなはだ敬愛して校尉にとりたて、先鋒を命じて薛礼《せつれい》にかからせた。陳武《ちんぶ》は十数騎をひきいて敵陣に突きいり、首級《しるし》五十余をあげたが、薛礼《せつれい》は門を閉ざして出ようとしない。孫策《そんさく》が一挙に敵城を押しつぶそうとしたとき、劉繇《りゅうよう》が笮融《さくゆう》と合流して牛渚を奪ったという思いがけない知らせがあり、激怒した孫策《そんさく》はみずから大軍をひきいて牛渚に押し寄せた。劉繇《りゅうよう》・笮融《さくゆう》の両名が馬を乗り出してこれを迎え撃てば、孫策《そんさく》が、

「こりゃ、わしが参ったに、なぜ早々に降参せぬか」

と叫ぶところ、劉繇《りゅうよう》の背後から一人の荒武者が槍をしごいて躍りでる。これぞ部将の于麋《うび》である。孫策《そんさく》は三合せずしてこれを生け捕り、馬首を返して帰陣した。劉繇《りゅうよう》の部将樊能《はんのう》は于麋《うび》の捕えられたのを見るや槍をかまえて追いすがり、その穂先あわや孫《そん》策《さく》の背中を突き通すかと見えたとき、孫策《そんさく》の陣中の兵士が、

「殿、後ろから狙われておりますぞ」

ふり返った孫策《そんさく》、鼻先に迫った樊能《はんのう》の馬を見て百雷一時に落ちたが如き大喝を浴びせれば、樊能《はんのう》あっと驚いて仰《あお》のけざまに落馬し、頭砕けて死んでしまった。孫策《そんさく》が門旗の下に着いて于麋《うび》を投げ下ろしてみれば、これまた締めつけられて死んでいた。瞬《また》く間に一人の大将を小脇に挟んで締め殺し、一人を怒鳴り殺して、これより孫策《そんさく》は「小覇王」と呼ばれるようになった。

その日、劉繇《りゅうよう》の軍勢は大敗し、人馬大半が孫策《そんさく》に降参した。孫策《そんさく》は一万余の首級をあげた。劉繇《りゅうよう》と笮融《さくゆう》は予章《よしょう》の劉表《りゅうひょう》のもとを頼って落ちて行った。孫策《そんさく》は取って返してふたたび秣陵を攻め、みずから濠のきわまで駒を進めて、薛礼《せつれい》に降参を勧めた。このとき城中から飛来した矢が左足に突き立ち、孫策《そんさく》はどうと落馬した。諸将が急いで陣屋にかつぎこみ、矢を引き抜いて金瘡《きんそう》の薬を塗った。孫策《そんさく》は味方に触れて大将が矢に当たって死んだと言わせ、陣中で哀悼の泣声を挙げさせておいて、陣を引き払って一

斉に立ち退いた。薛礼《せつれい》は孫策《そんさく》死せりと聞くや、その夜のうちに城内の軍勢を動員し、勇将張英《ちょうえい》・陳横《ちんこう》とともに城門から追討ちに討って出た。と、たちまち伏兵四方から起こって、孫策《そんさく》が真っ先に馬を乗り出し、大喝一声、

「孫策《そんさく》ここにあり」

一同はあっと驚き、武器を投げ棄てて残らず地面に平伏した。孫策《そんさく》は一人も殺すなと命じた。張英《ちょうえい》は馬首を返して逃げたが、陳武《ちんぶ》に一突きで刺し殺され、陳横《ちんこう》は蔣欽《しょうきん》のためにたちまち射殺《いころ》された。薛礼《せつれい》は乱軍の中で死んだ。孫策《そんさく》は秣陵に入城して住民を安堵させ、軍を涇県に進めて太史慈《たいしじ》を捕えようとした。

さて太史慈《たいしじ》は屈強の若者二千余人を集めて手勢と合わせ、劉繇《りゅうよう》の仇を討とうとしていたところであったが、孫策《そんさく》は太史慈《たいしじ》を生捕りとする計略を周瑜《しゅうゆ》とねった。周瑜《しゅうゆ》は、県城に三方から寄せかかり、東門を彼らの退路としておいて、城から二十五里離れて三ヵ所に伏兵させた。太史慈《たいしじ》がそこまで来れば、人馬ともに疲れ果てて生捕りとなるのは必定と見たのである。もともと太史慈《たいしじ》が集めた兵士は大半が山家育ちの者とて統制の取りようもなく、しかも涇県県城の城壁もあまり高くはなかった。その夜、孫策《そんさく》は陳武《ちんぶ》に命じて軽装させ、刀をもって真っ先に城壁によじ登って火を掛けさせた。太《たい》史慈《しじ》は城に火の手の上がるのを見て、馬に飛び乗り東門から走り出た。孫策《そんさく》が軍勢をひきいて追ったが、三十里ばかり追って引き上げた。太史慈《たいしじ》は五十里も走りつづけて

人馬ともに疲れ果てた。ところへ葦《あし》の繁みからどっと喊声《かんせい》が湧いたのですわと逃げかけたときには、両側から足がらみの縄を投げかけられて馬もろとも引き倒され、手捕りにされて陣屋に引っ立てられた。孫策《そんさく》は太史慈《たいしじ》が引っ立てられて来たと知るや、自ら立ちいでて兵卒を退《さ》がらせ、その縄をほどいて己の錦の袍《ほう》（厚めの長上着）を与え陣屋に請じ入れた。

「子義《しぎ》殿がまことの大丈夫であることは、わしはよう存じ上げておる。しかし、貴公ごとき大将をよう用いきれずに、敗戦の憂き目にあわす劉繇《りゅうよう》は、また何たる愚物でござろうかの」

太史慈《たいしじ》は孫策《そんさく》の手厚いもてなしに感じて降参を申し出た。

孫策《そんさく》は太史慈《たいしじ》の手をとって笑い、

「神亭での一騎打のおり、もし貴公がわしを手捕りとしていたら、おそらく生かしてはおかなかったであろうな」

と言うと、太史慈《たいしじ》も笑って、

「それは分かりませぬ」

孫策《そんさく》は大いに笑い、幕中に請じ入れて上座に据《す》え、酒宴を開いて歓待した。すると、太史慈《たいしじ》の言うのに、

「劉繇《りゅうよう》殿にはこのたびの敗戦で、士卒の心を全く失っております。それがしが参って

彼らを集め殿のお手許に馳せ参じさせたく存じまするが、この段、お聞き届け下さりますか」

孫策《そんさく》は席を立って礼を述べ、

「それこそわしの望むところ。ここで貴公と約束いたそう。明日の昼に帰ってこられよ」

太史慈《たいしじ》は承知して出た。諸将が、

「太史慈《たいしじ》はこれ限りもどっては参りますまい」

と言うのを、孫策《そんさく》は、

「子義は信義を知る男じゃ、約を違《たが》えることはない」

と言ったが、諸将はなお信じなかった。翌日、竿を陣門に立て、日影を計って待っていたところ、正に正午になろうとするとき、太史慈《たいしじ》が千余の兵を引き連れて陣屋にもどって来たので、孫策《そんさく》は大いに喜び、一同は孫策《そんさく》の人を知る眼力に敬服したものであった。かくて孫策《そんさく》は数万の軍勢を集めて江東に下り、民衆を慰撫《いぶ》したので、降参して来る者数知れず、江東の人民は、みな孫策《そんさく》のことを「孫郎《そんろう》」と呼びならわした。はじめは孫郎《そんろう》の軍来たると聞くや、誰しも肝をつぶして逃げたものであったが、孫策《そんさく》の軍勢が着いてみると、略奪はいっさい禁じられて、鶏一羽犬一匹にも手をつけないので、人民はみな心から喜び、牛や酒を陣屋に届けて軍をねぎらった。孫策《そんさく》はこれに金や反物を引出物として与えたので、歓喜の声、野にみちみちた。劉繇《りゅうよう》の元の部下で従軍を願い出た者はそのまま軍に残し、軍に残るのを望まなかった者は引出物を与えて帰農させた。かくて江南の民、彼を讃えぬ者はなく、これよりして武威とみに盛んになったので、孫策《そんさく》は母親、叔父、弟たちを呼びもどして曲阿に帰らせ、弟の孫権《そんけん》と周泰《しゅうたい》に宣城《せんじょう》の守備を命じたうえ、自らは兵をひきいて南方の呉《ご》郡へ進出した。

時に厳白虎《げんはくこ》なる男が自ら「東呉《とうご》の徳《とく》王」と称《とな》えて呉郡に蟠居《ばんきょ》し、部将を出して烏《う》程《てい》・嘉《か》興《こう》を守らせていた。この日、厳白虎《げんはくこ》は孫策《そんさく》の兵至ると聞き、弟厳輿《げんよ》に命じて楓《ふう》橋《きょう》に出陣させた。厳輿《げんよ》が薙刀を小脇に橋上に馬を止めて控えている旨の注進が中軍にあったので、孫策《そんさく》がただちに出馬しようとするのを張紘《ちょうこう》が諫めて、

「御大将たるお方は三軍の頼みとするところ、軽々しく末輩《まっぱい》に立ち向かうなどということをすべきではありませぬ。ご自重のほど願わしゅう存じます」

と言うと、孫策《そんさく》は、

「先生のお言葉、まこと金石の如きとは存じますが、身どもが自ら矢玉を冒《おか》さでは、将兵も身どもの命令に従いますまいと存じたのでござる」

と詫びて、韓当《かんとう》を出馬させた。韓当《かんとう》が橋上にさしかかったとき、早くも蔣欽《しょうきん》・陳武《ちんぶ》が小舟を操って岸から橋の下に寄せかかるなり、岸の敵勢に矢を浴びせかけ、岸に躍

りあがって斬りこんだので、厳輿《げんよ》はかなわずに敗走した。孫策《そんさく》は軍勢をひきいて閶門《しょう》に押し寄せ、賊軍は城内に逃げこんだ。孫策《そんさく》は軍勢を水陸に分けて進め、呉城を取り囲むこと三日に及んだが、一人として討って出て来ない。孫策《そんさく》が軍をひきいて閶門の前に進み、投降をすすめたところ、矢倉に一人の部将がのぼって、左手を梁《はり》にかけて身を乗り出し、右手で城下を指差してさんざんに罵った。太史慈《たいしじ》はただちに馬上で弓に矢をつがえ、あたりの大将たちを見まわして、

「それがし、きゃつの左手を射通してご覧にいれる」

と言うなり、びゅんと弦《つる》の音響いて、矢は見事かの部将の左手を射通し、梁に縫いつけた。城の内外、これを見て喝采《かっさい》せぬはなかった。あたりの者がその男を矢倉から助け下ろせば、厳白虎《げんはくこ》は、

「あのような者がおるのでは、とてもかなわぬ」

と仰天して、和睦の評定《ひょうじょう》をはじめ、次の日、厳輿《げんよ》を孫策《そんさく》のもとに遣わして来た。孫《そん》策《さく》は彼を幕中に請じてもてなしたが、酒がたけなわとなった頃、孫策《そんさく》は尋ねた。

「其方の兄は何を望んでおるのじゃ」

「将軍と江東を折半することでござる」

孫策《そんさく》は大いに怒って、

「なに、わしと対等のつもりか、鼠輩《そはい》めが何を言うか」

と、厳輿《げんよ》を斬るよう命じた。厳輿《げんよ》がいきなり剣を抜きはなって立ち上がるところを、孫策《そんさく》抜く手も見せずに斬り倒し、首を落として城中に送り届けた。厳白虎《げんはくこ》はとてもかなわぬと見て、城を棄てて落ち去った。

孫策《そんさく》はこれを追い討ち、黄蓋《こうがい》が嘉興を、太史慈《たいしじ》が烏程を取って、数州をことごとく平定した。厳白虎《げんはくこ》は道みち略奪を働きながら余杭県《よこう》まで落ちのびてきたが、住民をひきいた凌操《りょうそう》という者に打ち破られ、さらに会稽《かいけい》めざして落ちていった。凌操《りょうそう》父子が孫《そん》策《さく》を迎え入れると、孫策《そんさく》は彼を従征《じゅうせい》校尉とし、ともに兵をひきいて銭塘《せんとう》江を渡った。厳白虎《げんはくこ》は賊徒を寄せ集めて西津《せいしん》の渡しを固めていたが、程普《ていふ》がさんざんに打ち破り、夜を徹して会稽へ攻めかかった。

会稽太守の王朗《おうろう》は、軍勢をひきいて厳白虎《げんはくこ》を助けようとしたが、一人の者が進み出て言った。

「それはなりませぬ。孫策《そんさく》が仁義の軍であるのに反し、厳白虎《げんはくこ》は暴虐無残のともがら、彼を手捕りとして孫策《そんさく》に献ずることこそ至当と存じます」

見れば、会稽郡余姚《よよう》の人、姓は虞《ぐ》、名は翻《ほん》、字仲翔《ちゆうしよう》その人で、郡吏をつとめている者である。王朗《おうろう》は怒って彼を退け、虞翻《ぐほん》は長嘆して退出した。かくて王朗《おうろう》は兵をひきいて厳白虎《げんはくこ》と合流し、ともどもに山陰《さんいん》県の野に陣を布いた。双方の陣定まるや、孫《そん》策《さく》、駒を進めて王朗《おうろう》に向かい、

「わしが仁義の兵を起こし、浙江《せっこう》を安んぜんとして参ったのに、貴様はなにゆえ賊を助けるのか」

と罵ると、王朗《おうろう》が罵り返し、

「貴様こそ強欲な。呉郡を手に入れたうえわれらが境界に立ち入るとは何事か。今日は、厳《げん》家の仇を返してくれるぞ」

孫策《そんさく》大いに怒って討って出ようとしたところを、早くも太史慈《たいしじ》が躍り出せば、王朗《おうろう》、馬を躍らせ薙刀を振りまわして太史慈《たいしじ》に打ってかかる。数合せぬうち、王朗《おうろう》の手の部将周昕《しゅうきん》が加勢に出、孫策《そんさく》の陣中からは黄蓋《こうがい》、馬を飛ばせて周昕《しゅうきん》に斬りかかり、両軍陣太鼓を高らかに打ち鳴らしての大合戦となる。と、にわかに王朗《おうろう》の陣が乱れ、背後から一手の軍勢が斬りこんだ。王朗《おうろう》があわてて馬首を返してこれを迎え撃てば、これぞ周瑜《しゅうゆ》と程普《ていふ》が軍勢をひきいて横合より斬って入ったもので、前後から挟んで揉み立てる。王朗《おうろう》は衆寡《しゅうか》敵せず、厳白虎《げんはくこ》・周昕《しゅうきん》とともに血路を切り開いて城内に逃げこみ、吊り橋を引き上げて城門を固く閉ざし、孫策《そんさく》の大軍は余勢を駆って城下に押し寄せると、軍勢を分けて四方の門に攻めかかった。王朗《おうろう》は城中より孫策《そんさく》の手きびしい寄せぶりを眺めて、再び討って出て決死の戦いを試みようとしたが、厳白虎《げんはくこ》に、

「孫策《そんさく》の軍勢はなかなかのもの。貴公も守りを固めて出ぬがよろしかろう。ひと月もせで、敵の兵糧は尽きようから、おのずと逃げるに決まっておる。その時、敵の虚を

衝《つ》けば、戦わずして破れようというものだ」

と言われて、会稽城に立て籠《こも》ったまま討って出ようとしなかった。孫策《そんさく》は数日間立てつづけに攻め立てたものの成功しないので、諸将に諮《はか》ったところ、孫静《そんせい》の言うのに、

「王朗《おうろう》がこの堅城によっているうえは、早急に落とすことかなわぬ。会稽の軍用金や兵糧はほとんど査瀆《さとく》にたくわえてある。ここから数十里のところだから、まずはそこを取るがよかろう。その備えなきを攻め、その不意に出づると申すはこのことだ」

孫策《そんさく》は大いに喜び、

「叔父上、まことに妙計でござる。これにて賊は破れまする」

と、ただちに四方の門の寄手に篝火《かがりび》を焚《た》かせ、旗指物を立てつらねて軍勢がいるかの如く見せかけることを命じ、その夜のうちに囲みを解いて南へ向かうこととした。

「殿が大軍を一挙に動かされれば、王朗《おうろう》が討って出るのは必定。奇兵をもって打ち破られるがよろしいと存じまする」

周瑜《しゅうゆ》が言うと、孫策《そんさく》は、

「もはや手配してある。城は今夜中にわれらがものだ」

と言って、軍勢の進発を命じた。

さて王朗《おうろう》は孫策《そんさく》の軍勢が退散したと聞き、みずから一同を引き連れて櫓《やぐら》にのぼって眺めたところ、城下にえんえんと篝火が燃え、旗指物が整然と立ち並んでいるので、

心中不審に思ったが、このとき、周昕《しゅうきん》、

「孫策《そんさく》は逃げたに相違ございませぬ。それゆえ、わざとかような手を用いてわれらをたぶらかさんとしたもの。追討ちをかけるがよろしゅうございましょう」

厳白虎《げんはくこ》、

「孫策《そんさく》が軍を動かしたのは、査瀆へ目をつけたからではないかな。わしも手勢をひいて周《しゅう》将軍とともに追撃しよう」

王朗《おうろう》、

「査瀆はわが方の兵糧を屯積したるところ。是非とも防がねばならぬ。貴公まず兵をひきいておいで下されい。身どももすぐ後より参る」

かくて厳白虎《げんはくこ》は周昕《しゅうきん》とともに兵五千をひきいて追って出た。初更になる頃、城から二十里あまりのところで、にわかに密林木立の中でドンと太鼓の音一声、松明《たいまつ》が一斉に輝きわたった。厳白虎《げんはくこ》大いに驚いて、馬首を返して逃げもどるところ、一人の大将が真向に立ちはだかった。火の光の中で見れば、これぞ孫策《そんさく》である。周昕《しゅうきん》が薙刀をふるってとってかかったが孫策《そんさく》の槍の一突きに敢《あ》えなく命を落とし、他の者どもはすべて降参した。厳白虎《げんはくこ》は血路を切り開いて余杭へ落ちて行った。王朗《おうろう》は先手がすでに敗れたと聞き、再び城へもどるのをあきらめて、部下をひきいて海岸へ逃げ去った。孫《そん》策《さく》は取って返し、余勢を駆って城を乗っ取り、領民を安堵させた。

あくる日、一人の者が厳白虎《げんはくこ》の首級を孫策《そんさく》のもとに献じてきた。孫策《そんさく》がその男に会って見ると、身の丈八尺、四角い顔で大きな口をしている。名を問えば、これぞ会稽郡余姚の人、姓は董《とう》、名は襲《しゅう》、字元代《げんだい》である。孫策《そんさく》は喜んで別部司馬《べっぷしば》に任じた。これより東方の各地はすべて平穏となったので、叔父の孫静《そんせい》にこの城を守らせ、朱治《しゅち》を呉郡太守としておいて、軍をまとめて江東に帰った。

さて孫権《そんけん》は周泰《しゅうたい》とともに宣城を守っていたが、にわかに山賊が事を起こし、四方から攻め寄せてきた。時に夜も更け渡った頃おいとて、応戦の備えも間に合わず、周泰《しゅうたい》が孫権《そんけん》を抱きかかえて馬に乗せたところを数十人の賊が襲いかかってきた。周泰《しゅうたい》は鎧も着けず徒歩《かち》のままで薙刀を片手に十余人を斬り殺した。そこへ一人の賊が馬上から槍をしごいて躍りかかったが、周泰《しゅうたい》はその柄を握りとって、馬から引きずりおろし、槍と馬を奪って血路を切り開き、孫権《そんけん》を救い出したので、他の賊どもは雲を霞《かすみ》と逃げ去った。周泰《しゅうたい》は身に十二カ所も突き傷を受け、金瘡《きんそう》が腫《は》れあがって、命旦夕《たんせき》に迫った。孫策《そんさく》はこれを聞いて大いに驚いたが、幕下の董襲《とうしゅう》が、

「それがし、かつて海賊と戦ったおり、槍を数カ所に受けましたが、会稽の郡吏虞翻《ぐほん》から一人の医者をすすめられて、半月でなおったことがございます」

「虞翻《ぐほん》とは虞仲翔《ぐちゅうしょう》のことではないのか」

「さようでございます」

「彼が人物であることは聞いておる。是非ここで働いてもらいたいものじゃ」

孫策《そんさく》はそう言って張昭《ちょうしょう》に命じ、董襲《とうしゅう》を同道して虞翻《ぐほん》を招きに行かせた。虞翻《ぐほん》が来ると、孫策《そんさく》は丁重にこれを迎えて功曹(2)に任じ、さらに医者を探している旨を話した。すると虞翻《ぐほん》が、

「それは沛国《はいこく》譙《しょう》郡の人で、姓を華《か》、名を佗《た》、字を元化《げんか》と申す人で、まこと当代の神医にございます。お召しになるがよろしゅうございます」

と言って、間もなく連れて来た。見れば、その人、童顔に鶴のような白髪をいただき、飄々《ひょうひょう》としてこの世の人とは思われぬ風采なので、賓客としてもてなし、周泰《しゅうたい》の瘡《きず》を診《み》てもらったところ、

「これはたいしたことはない」

と投薬、ひと月でなおってしまった。孫策《そんさく》は大いに喜び、手厚く報いた。これより兵を進めて山賊を根絶やしにし、江南を平定したので、孫策《そんさく》は将兵を分かって要路の各地を守らせ、朝廷に上奏文を奉ってこの旨を報告し、また曹操《そうそう》に誼《よし》みを通ずる一方、袁術《えんじゅつ》に書面を送って玉璽の返却方を催促した。

ここに袁術《えんじゅつ》はひそかに帝位に昇る心づもりでいたので、他事にかこつけてこれを断

わるとともに、急ぎ長史楊《よう》大将、都督張勲《ちょうくん》、紀霊《きれい》、橋蕤《きょうずい》、上将雷薄《らくはく》、陳蘭《ちんらん》ら三十余人を集めて軍議をもよおした。

「孫策《そんさく》はわしの軍勢を借りて事を起こし、今日、江東の地をことごとく取ったと申すのに、恩を忘れて玉璽を返せと言って来るとはまことに無礼な奴。どうしてくれようぞ」

　袁術《えんじゅつ》の言葉に、長史楊《よう》大将が言うのに、

「孫策《そんさく》は長江の要害に拠り、精兵を備えて兵糧も十分にたくわえておりますれば、今ただちに攻めるのはいかがかと存じられます。今日のところ、まず劉備《りゅうび》を討って、先にゆえもなく攻めかかりおった恨みを晴らし、その後で孫策《そんさく》を討つことをお考えになっても遅くはございますまい。それがしに一計あり、今日の日にも彼を手捕りといたすことがかないましょう」

　正に、江東の虎さしおいて、まずめざすのは徐郡の竜、というところ。さてその計とは。それは次回で。

注1　**大帥**　祖郎《そろう》は賊の頭目らしく、「大帥」は自ら名乗っていたもの。
2　**功曹**　功曹吏ともいわれる。郡の属官で、功績の記録と属吏の任免・賞罰をつかさどる。

第十六回

呂奉先《りよほうせん》　戟《げき》を轅門《えんもん》に射《い》
曹孟徳《そうもうとく》　師《いくさ》を淯水《いくすい》に敗《やぶ》る

さて楊《よう》大将が劉備《りゆうび》を破る計略があると言ったので、袁術《えんじゆつ》が、

「その計略とは」

と聞くと、

「小沛《しようはい》に駐屯する劉備《りゆうび》を破るのはいとも容易《たやす》いことでございますが、気にかかるのは、呂布《りよふ》が徐州《じよ》におること。彼には先に金帛糧馬《きんぱくりようば》を与えると約束しながら、いまもって約を果たしておりませぬので、劉備《りゆうび》に加勢いたすやも知れませぬ。よって、ただちに人を遣わせて兵糧《ひようろう》を送り、彼の心を取り結んで兵を出さぬようさせておけば、劉備《りゆうび》はわが手に落ちましょう。まず劉備《りゆうび》を取りおさえて、しかるのち呂布《りよふ》を討てば、徐州を握ることがかなおうと申すもの」

袁術《えんじゆつ》は喜んで、粟《あわ》二十万石とともに、韓胤《かんいん》に密書を持たせて呂布《りよふ》のもとへやると、呂布《りよふ》はいたく喜んで韓胤《かんいん》をもてなした。韓胤《かんいん》が立ち帰って袁術《えんじゆつ》に報告したので、袁《えん》術《じゆつ》は紀霊《きれい》を大将に、雷薄《らいはく》・陳蘭《ちんらん》を副将として数万の兵を与え、小沛へ打ち立たせた。

玄徳《げんとく》はこの消息を聞いて、軍議を催した。張飛《ちょうひ》が迎え撃とうと言ったが、孫乾《そんけん》が反対して、

「いま小沛には兵糧乏しく、兵も少のうござれば、とても敵し得べくもござらぬ。書面をもって呂布《りょふ》に急を告げるがよろしいと存ずる」

玄徳《げんとく》は、

「まこと孫乾《そんけん》の申す通りじゃ」

と書面をしたためて呂布《りょふ》のもとに届けさせた。その大略は、

　われら小沛に身をいるることかないしは、ひとえに将軍のご厚情によるものと厚く感じおりまするところ、このたび袁術《えんじゅつ》、私怨を晴らさんとて紀霊《きれい》を大将に本県へ襲来いたし、ためにもはや落城も旦夕《たんせき》に迫りおるありさまなれば、将軍の救援を待つこと切なるものあり。願わくは一軍を遣わしてわれらが危急を救われんことを。

呂布《りょふ》はこれを見て陳宮《ちんきゅう》と協議し、

「先頃袁術《えんじゅつ》が兵糧をつけて書面をよこしたのは、わしに玄徳《げんとく》の加勢をさせまいがためだったに違いない。しかし玄徳《げんとく》もこうして加勢を求めて来ている。思うに玄徳《げんとく》が小沛

においても、わしの害になることはあるまいが、もし袁術《えんじゅつ》が玄徳《げんとく》を亡ぼすとなれば、北の泰《たい》山の諸将と語らってわしを取りつぶしにかかるに違いなく、わしとて枕を高くしてはおれぬ。玄徳《げんとく》を助けてやろう」

と、兵をととのえ打ち立った。

さて紀霊《きれい》は大軍をひきいて長駆押し寄せ来たり、すでに沛《はい》県の東南に到着して陣をかまえたが、その勢い、昼は旗指物を立てつらねて山川をおおい、夜は篝火《かがりび》太鼓で天地を輝《てら》し震わすありさま。玄徳《げんとく》は城内にわずか五千余の兵を持つばかりであったが、やむなく城外に陣を張った。〔すぐさま討って出ようとはやり立つ張飛《ちょうひ》を玄徳《げんとく》が止めているところに、〕呂布《りょふ》が兵をひきいて西南一里ばかりに出陣して陣をかまえたとの注進があった。呂布《りょふ》が兵をひきいて劉備《りゅうび》の加勢に来たと知って、紀霊《きれい》は急ぎ呂布《りょふ》に書面をやってその背信をなじった。

呂布《りょふ》は、

「わしに考えがある。袁術《えんじゅつ》・劉備《りゅうび》双方ともわしを恨まぬようにすませてやる」

と笑って使者を紀霊《きれい》・劉備《りゅうび》の陣へやり、二人を酒宴に招いた。玄徳《げんとく》が呂布《りょふ》の招きを受けてすぐさま行こうとすると、関《かん》・張《ちょう》が、

「兄者、行くのはお控えなされ。呂布《りょふ》は信用できませぬぞ」

と言ったが、

「わしが心から尽くしてやったのに、恩を仇《あだ》で返すようなことはよもあるまい」

と馬に乗って立ちいでたので、二人はこれに従った。呂布《りよふ》の陣屋に着いて中に通ると、呂布《りよふ》は、

「今度はわしが貴公の危急を助けて進ぜる。他日、志を得られてもこのことをお忘れあるなよ」

と言い、玄徳《げんとく》は礼を述べた。呂布《りよふ》が玄徳《げんとく》に座をすすめ、関《かん》・張《ちよう》は剣を按《あん》じてその後ろに立った。そこへ紀霊《きれい》が着いたとの知らせがあったので、玄徳《げんとく》が仰天して座をはずそうとすると、呂布《りよふ》が、

「わしは貴公らお二人を呼んで話し合おうと思ったのだ。ご懸念には及ばぬ」

と言うので、玄徳《げんとく》はその真意をはかりかねて不安に思っていた。馬をおりて陣中に通った紀霊《きれい》は、玄徳《げんとく》がいるので、仰天して身を翻えそうとした。左右の者がこれを引き留めようとしたものの、かなわずにいると、呂布《りよふ》がつかつかと進み出て、童《わらべ》をひっさげるようにして連れもどした。

「将軍はそれがしを殺す気か」

「違う」

「ではあの大耳《おおみみ》を殺そうといわれるのか」

「そうでもない」

「ではどうしようと言うのでござる」

「玄徳《げんとく》殿とわしは兄弟の間柄だが、今日《こんにち》、貴公のために苦しめられているので、助けに参ったのだ」

「それでは、それがしを殺す気なのだな」

「馬鹿を言え。わしは日頃から争いを好まぬ。争いを仲裁するのが好きな性分だ。それで、ひとつ両家の仲を取り持とうというのだ」

「で、その方法は」

「天意によってだ」

と呂布《りよふ》は紀霊《きれい》を幕中に引きいれ、玄徳《げんとく》と対面させた。二人が睨《にら》み合っていると、呂《りよ》布《ふ》は紀霊《きれい》を左に、玄徳《げんとく》を右にして真中に坐り、酒宴を開いて酒をすすめた。

酒が何回か巡ったとき、呂布《りよふ》が、

「貴公たちはわしの顔に免じて、戦《いくさ》をやめてくれぬか」

と言ったが、玄徳《げんとく》は黙然として答えない。紀霊《きれい》が、

「それがし主君の命を奉じ、十万の兵をひきいて劉備《りゆうび》を捕えに参ったもの。兵を退《ひ》くなぞもってのほかにござる」

と言うや、張飛《ちようひ》大いに怒って剣を引きぬき、

「おれたちは数こそ少ないが、貴様らごとき屁《へ》でもないわい。貴様は黄巾賊百万を破

れるか。兄貴に手出しするとただではおかんぞ」

関《かん》公が急いでこれをとめ、

「待たぬか、ここはまず呂《りょ》将軍の方法というのを拝見して、帰陣してから合戦しても遅くはない」

呂布《りょふ》、

「わしは貴公らのために仲を取り持とうとして呼んだのだ。合戦なぞ許さぬぞ」

紀霊《きれい》は憤然とし、張飛《ちょうひ》はいきり立つありさまに呂布《りょふ》は大いに怒り、

「わしの戟《げき》をもて」

と側の者に命じて、戟を片手にひっつかんだので、紀霊《きれい》・玄徳《げんとく》ともに色を失った。

すると呂布《りょふ》は、

「わしの和睦のお勧めは、すべて天意にかかっている」

と言って左右の者に戟を渡し、はるか彼方《かなた》の轅門《えんもん》（陣屋の門）の外に突き立てさせておいて、紀霊《きれい》・玄徳《げんとく》をふり返った。

「轅門はこの本陣より百五十歩ばかりある。わしがもし一矢で戟の枝を射当てたら、貴公らは戦いをやめられよ。外れたら、それぞれ帰陣されて合戦されるがよかろう。これも承知できぬという者には、わしも敵にまわる」

紀霊《きれい》は心中、

「百五十歩も離れていれば当たるはずはない。ここは承知しておいて、外れたときに、存分にやってやろう」

と思い、言下に承諾した。玄徳《げんとく》はもとより否《いな》やのあろうはずがない。そこで呂布《りょふ》は二人を坐らせ、三人で盃を乾したうえ、弓矢を持って来させた。

玄徳《げんとく》が、

「命中させたまえ」

と心中に祈りをこめるとき、呂布《りょふ》は袍《ほう》の袖《そで》をたくし上げ、弓に矢をつがえてきりりと引きしぼるや、

「とう」

と一声、弓は秋空を行く満月の如く、矢は流星の地に落ちる如く、みごと画戟《がげき》の枝に命中し、幕中幕外の将校らはどっと歓声をあげた。のちの人がこれを讃《たた》えた詩に、

温《おん》侯の神射　世間に稀《たぐいなく》、
曾《かつ》て轅門に向かいて　独り危きを解けり。
日を落しては果然　后羿《こうげい》を欺《あなど》り、
猿を号《な》かせては　由基《ゆうき》(1)にも勝らんとす。
虎《こ》觔《きん》の弦響き　弓開く処、

雕羽《ちょうう》の翎《れい》飛んで　箭《や》の到る時。
豹子《ひょうし》の尾揺《ゆら》ぎて　画戟《がげき》を穿《うが》ち、
雄兵十万　征衣を脱す。

そのとき、呂布《りょふ》は画戟の枝に射当てて呵々《かか》大笑し、弓を投げ棄てると、紀霊《きれい》・玄徳《げんとく》の手をとって、

「これはご両所に合戦をやめよとの天のお告げじゃ」

と言い、兵卒に命じた。

「酒をつげ、大盃で乾すのじゃ」

玄徳《げんとく》は「これぞ天の助け」と一息つき、紀霊《きれい》はしばらく押し黙っていたが、

「将軍のお言葉、しかと承知いたした。しかし、それがし立ち帰りしうえ、主人に何と申したらよいか」

「わしが書面を差し上げればよいだろう」

かくて酒が数巡してから、紀霊《きれい》は書面を受け取って先に帰った。呂布《りょふ》が玄徳《げんとく》に、

「わしがいなければ危ういところであったな」

と言い、玄徳《げんとく》は厚く礼を述べて関《かん》・張《ちょう》とともに帰った。かくて、三手の軍勢は、あくる日それぞれに陣を引き払った。

玄徳《げんとく》が小沛に入り、呂布《りよふ》が徐州に帰ったことはさておき、紀霊《きれい》は淮南《わいなん》に立ち帰って袁術《えんじゆつ》に見《まみ》え、呂布《りよふ》が轅門に戟を射当てて和睦を取り計らったことを告げて書面を差し出した。袁術《えんじゆつ》は烈火の如く怒って、

「呂布《りよふ》はわしから数多《あまた》の兵糧を受け取っておきながら、そんな児戯を弄《ろう》して劉備《りゆうび》に力添えするとは不届きな。わしが改めてじきじき出陣して劉備《りゆうび》を亡ぼし、かたがた、呂《りよ》布《ふ》に痛い目を見せてくれよう」

と言うと、紀霊《きれい》が言った。

「殿、それはよくよくのご考慮が必要と思われます。呂布《りよふ》の武勇は並なみのものにはあらず、しかも徐州をも領しておることとなれば、もし彼が劉備《りゆうび》と首尾相通じたときには、容易にはあつかいかねます。聞けば、彼の妻厳《げん》氏にすでに妙齢の娘があるとのこと。殿にも若殿がいらっしゃることでありますれば、彼に縁組を申し入れられるがよろしゅうございます。彼がもし承知いたさば、必ず劉備《りゆうび》をそのままにしてはおきますまい。これ『疎《うと》きは親しきを隔《へだ》てずの計』にござります」

袁術《えんじゆつ》はこの言に従って、即日韓胤《かんいん》を使者に立て、進物をたずさえて徐州へ向かわせた。韓胤《かんいん》は徐州に着いて呂布《りよふ》に会い、

「わが殿にはかねてから将軍のご英名を慕っておいででしたが、このたびは是非若殿

がために将軍のご息女を申し受けて、この先末長く誼《よし》みを結びたいと仰せいだされ、それがしかくは参上つかまつった次第にござります」

呂布《りよふ》は奥にはいって妻の厳氏《げんし》に相談した。もともと呂布《りよふ》には夫人二人と妾が一人いた。まず厳氏《げんし》を正妻に迎えて、のちに貂蟬《ちようせん》を妾にとり、小沛にいたとき曹豹《そうほう》の娘を第二夫人に迎えたのであるが、曹《そう》氏は子供もないままですでに死し、貂蟬《ちようせん》にも子ができず、厳《げん》氏に一人だけ娘があって呂布《りよふ》はこれを掌中の珠《たま》のように可愛がっていた。さてこのとき厳《げん》氏は呂布《りよふ》に答えて、

「袁公路《えんこうろ》殿は久しく淮南《わいなん》を治められて、兵糧軍備のたくわえも多く、近々に天子の位にも昇られようとか伺っております。もしその大業成就《じようじゆ》のあかつきには、わたくしの娘も皇后になる望みもあろうと申すもの――したが、あちら様にはお子が何人いらっしゃるのか」

「息子が一人おるだけだ」

「まあ、それなら、さっそくにご承知なさりませ。たとい皇后になれないでも、徐州はこのさき安泰でございますするぞ」

呂布《りよふ》はそこで心を決め、韓胤《かんいん》を厚くもてなして縁組を承諾した。韓胤《かんいん》が立ち帰って袁術《えんじゆつ》に報告すると、袁術《えんじゆつ》は即刻結納《ゆいのう》の品々を用意し、ふたたび韓胤《かんいん》に命じて徐州に届けさせた。呂布《りよふ》はそれを受けて、彼のために酒宴を設け、客舎に泊まらせた。

あくる日、陳宮《ちんきゅう》が何の前ぶれもなしに韓胤《かんいん》の客舎をおとずれた。初対面の挨拶がすんで座が決まると、陳宮《ちんきゅう》は人払いをしてから、

「袁術《えんじゅつ》殿に奉先《ほうせん》殿との婚姻をおすすめしたのはどなたでござるか。劉玄徳《りゅうげんとく》の首が目当てなのではござらぬか」

韓胤《かんいん》は色を変えて立ち上がり、頭を下げた。

「公台《こうだい》殿、この段ご内分のほどお願いいたす」

「それは言わずと知れたこと。ただ、事の運びが遅れれば、必ずや人に知られ、中途で破られるようなことになるのではござるまいか」

「さらば、いかがいたしたものか。お教え願いたい」

「身どもが奉先《ほうせん》殿を説いて、今日中にも息女《とつ》を嫁がせるようにしたらいかがでござるかの」

韓胤《かんいん》は大いに喜んだ。

「もし左様に取り計らうことかないますれば、袁術《えんじゅつ》殿もご貴殿の労を多とせられるでござりましょう」

陳宮《ちんきゅう》はそこで韓胤《かんいん》と別れ、呂布《りょふ》の前にまかりでた。

「承りますれば、このたびは姫君、袁公路《えんこうろ》殿のもとにお輿入《こしいれ》とのこと。まことに祝《しゅう》着《ちゃく》に存じます。して、お日取りはいつとお定めになられましたか」

「それはゆるゆる話し合ってからのことじゃ」

「古《いにしえ》は、婚姻の日取についてそれぞれ決まりがあり、天子は一年、諸侯は半年、大夫《たいふ》は一季、庶民はひと月となっておりました」

「袁公路《えんこうろ》殿は天より賜《たま》わった国宝をもち早晩帝位につく身だ。この際、天子の例に倣《なら》ってはどうか」

「それはなりませぬ」

「しからば諸侯の例に倣うとするか」

「それもいけませぬ」

「しからば公卿《こうけい》・大夫なみとするのか」

「やはりなりませぬ」

「まさか庶民なみにせよと言うのではあるまいな」

と呂布《りよふ》が笑うと、

「そうではござりませぬ」

「では、いったいどうせよと言うのじゃ」

「天下の諸侯、互いに覇を競いおる当今、殿が袁公路《えんこうろ》殿の縁者となられたと聞いて、諸侯のうち嫉《そね》む者がないと申せましょうか。婚礼の日取をはるか先に選ばれたりすれば、それを聞き知って、その当日途中に伏兵して姫君を奪おう輩《やから》も出るやも知れませぬが、そうなったらどうなされます。今日のことは、一刻の猶予も許されませぬ。いったん縁組をお取り決めになったからは、諸侯の聞知《ぶんち》せぬうちに姫君を寿春《じゅしゅん》へおやりになって、しばらく別に住居をかまえおいたうえ、あらためて吉日を選んでお輿入いたすことにされるのが、万全の策でございます」

「貴公の言葉、いかにももっともじゃ」

と、呂布《りょふ》は喜んで奥に入り、厳《げん》氏にこれを話して、その夜のうちに嫁入道具を取り揃え、きらびやかに飾り立てた乗馬や馬車を用意すると、宋憲《そうけん》・魏続《ぎしょく》に命じて韓胤《かんいん》とともに娘を送って行かせることとし、奏楽もにぎにぎしく城外へ送り出した。

時に陳元竜《ちんげんりょう》(陳登《ちんとう》)の父親陳珪《ちんけい》は家にあって老いの身を養っていたが、楽の音を聞きつけて、側の者にわけを尋ねると、かくかくしかじかとの答えに、

「これは『疏《うと》きは親しきを隔てずの計』じゃ。玄徳《げんとく》殿が危い」

と言って、病をおして呂布《りょふ》のもとを訪ねた。

「ご老体、何ぞご用か」

「将軍の死期迫ると聞いて、わざわざ弔問《ちょうもん》に参りました」

「何と言わるる」

「先頃は、袁公路《えんこうろ》は金帛《きんぱく》を殿にとどけて劉玄徳《りゅうげんとく》を亡き者にせんと計りおったが、殿が戟を射て和睦させた。ところが今日、だしぬけに縁組を申し入れきたったは、殿の息

女を質として、そのうえで玄徳《げんとく》を攻め小沛を取らんとの下心からにござるぞ。小沛が亡べば、徐州も危うい。しかも、先方は兵糧を貸せ、兵を貸せと言って来るでござろうし、もし殿がこれをご承知になれば、奔命《ほんめい》に疲れ、また他人と怨恨を結ぶようになるでござろう。またもしご承知なさらなければ、親族の縁なぞ踏みにじって兵を差し向けるでござろう。ましてや袁術《えんじゅつ》は帝位を称《とな》える心を持ちおるとか。これは謀反《むほん》でござる。彼が謀反いたさば、殿は逆賊の縁者となり果て、天下に身の置きどころも失うことになるではござらぬか」

呂布《りょふ》は仰天して、

「陳宮《ちんきゅう》は何たることをしてくれたのか」

と、急ぎ張遼《ちょうりょう》に命じ、兵をひきいて後を追わせた。張遼《ちょうりょう》は三十里あまりして追いつき、娘を奪い返すとともに、韓胤《かんいん》をも連れもどして来たので、これを閉じこめておき、袁術《えんじゅつ》には使者をやって、娘の嫁入道具がととのわないので、用意の終わり次第、輿入させると言わせておいた。陳珪《ちんけい》はさらに韓胤《かんいん》を許都《きょと》へ送りつけるよう呂布《りょふ》に説いたが、呂布《りょふ》はためらっていた。

そのうちとつぜん知らせがあって、

「玄徳殿《げんとく》が小沛にて兵を徴募し馬を買い集めておりますが、何のためかまだ分かりませぬ」

「それは大将たる者の心得、何も怪しむにはたりぬ」

呂布《りよふ》がそう言って話をつづけるおりしも、宋憲《そうけん》・魏続《ぎしよく》が罷《まか》り出て、

「われら両名、仰せによって山東《さんとう》へ参り、良馬三百頭あまりを購《もと》めて沛県の県境まで帰り着いたところを、山賊に襲われてその半ばを奪い去られました。聞けば劉備《りゆうび》の弟張飛《ちようひ》が、山賊と偽《いつわ》って馬を奪ったものとのことにござります」

聞いて呂布《りよふ》は大いに怒り、ただちに兵をととのえて小沛に至り張飛《ちようひ》に挑んだ。玄徳《げんとく》はこれを聞いて大いに驚き、あわてて兵をひきいて出陣した。両軍布陣を終わるや、玄徳《げんとく》馬を進めて、

「兄者、このたびの出陣はいったいいかがなされてか」

呂布《りよふ》は指をつきつけ、

「わしが轅門で戟を射当て、貴様の大難を救ってやったのを忘れたか。なんでわしの馬を奪ったのだ」

「それがし、馬が少ないため、人をやって各地から買い集めておりまするが、兄者の馬を奪おうなぞとは考えたこともござらぬ」

「貴様は張飛《ちようひ》にわしの良馬百五十頭を奪い取らせておきながら、なおしらをきるのか」

張飛《ちようひ》、槍をしごいて馬を乗り出し、

「たしかに、お前の大事な馬を取ったのはおれだ。それで、どうしようと言うのだ」

「目玉野郎。かさねがさねわしを馬鹿にしおったな」

「おれが貴様の馬を取ったと言って怒っているが、貴様だっておれの兄貴の徐州を奪いとったではないか」

呂布《りよふ》は物も言わずに戟をしごき張飛《ちようひ》目がけて躍り出し、張飛《ちようひ》も槍をしごいて迎え撃った。二人、火花を散らして百合あまり戦ったが勝負がつかぬ。玄徳《げんとく》は〔呂布《りよふ》の軍勢がじりじりと囲みにかかったのを見〕、危うしと見て急いで銅鑼《どら》を鳴らし、軍をおさめて城にはいったが、呂布《りよふ》は軍勢を分けて四方から取り囲んだ。

玄徳《げんとく》は張飛《ちようひ》を呼んで叱りつけ、

「このたびのことはすべて、そなたが彼の馬を奪ったりしたので起こったのだ。その馬はどこにおいてあるのじゃ」

「ほうぼうの寺に預けてある」

そこで玄徳《げんとく》は人を呂布《りよふ》の陣屋へやり、馬を返すから兵を退いてくれるよう頼んだ。呂布《りよふ》は承知しようとしたが、陳宮《ちんきゆう》から、

「いま劉備《りゆうび》を殺しておかねば、後で苦しめられることになりましょうぞ」

と言われて思いなおし、玄徳《げんとく》の頼みを蹴って、ますます攻撃の手を強めた。玄徳《げんとく》は糜《び》竺《じく》・孫乾《そんけん》と協議した。

「曹操《そうそう》は呂布《りよふ》をひどく憎んでおります。この際、城を棄てて許都へ逃れ、いったん曹《そう》操《そう》のもとに身を寄せたうえで、軍勢を借りて呂布《りよふ》を破るが上策と存じます」

と孫乾《そんけん》が言うので、

「誰か先手《せんて》になって囲みを破る者はおらぬか」

と玄徳《げんとく》が言うと、張飛《ちようひ》、

「おれがやる。命がけでやってみる」

そこで玄徳《げんとく》は張飛《ちようひ》に先手を、雲長《うんちよう》に後詰《ごづめ》を命じ、己は間に挟まって家族を守ることとして、その夜の三更を期し、月明を頼りに北門から討って出た。出会いがしらに宋《そう》憲《けん》・魏続《ぎしよく》と衝突したが、翼徳《よくとく》が一蹴してのけて重囲を脱し、後から追いすがってきた張遼《ちようりよう》も関《かん》公が食いとめた。呂布《りよふ》は玄徳《げんとく》の落ち去ったのを見て深く追おうともせず、そのまま城内にはいって住民を安堵《あんど》させ、高順《こうじゆん》に小沛の守備を命じて己はまた徐州に帰った。

さて許都に逃れた玄徳《げんとく》は、いったん城外に軍勢をとどめて、まず孫乾《そんけん》を曹操《そうそう》のもとにやり、呂布《りよふ》に追われて頼って来た旨を知らせた。

すると曹操《そうそう》は、

「玄徳《げんとく》殿とわしは兄弟の間柄じゃ」

と言って、城内に招き、あくる日、玄徳《げんとく》は関《かん》・張《ちょう》を城外に残し、孫乾《そんけん》・糜竺《びじく》をともなって曹操《そうそう》を訪ねた。曹操《そうそう》は上賓の礼をもってもてなし、玄徳《げんとく》が呂布《りょふ》のことをつぶさに訴えると、

「布《ふ》は不義の輩《やから》だ。賢弟、力を合わせて亡ぼしてしまおう」

と言い、玄徳《げんとく》は感謝した。曹操《そうそう》は宴席を設けて接待し、日も暮れてから送り出した。

そののちに荀彧《じゅんいく》が罷《まか》り出て、

「劉備《りゅうび》は英雄にござります。今のうち亡き者にせねば、このさき必ずや面倒なことになりましょうぞ」

と言ったが、曹操《そうそう》は答えなかった。荀彧《じゅんいく》が退出すると郭嘉《かくか》が来た。

「荀彧《じゅんいく》はわしに玄徳《げんとく》を殺せと勧めよったが、どうじゃ」

「それはなりませぬ。殿は義兵を起こして人民のために悪人を討ち亡ぼされ、もっぱら信義の名をかかげて英俊豪傑をお招きのところで、なおかつ参らぬ者のあるのを恐れおるようなありさまでござります。玄徳《げんとく》は英雄の聞こえ高き人物、彼が窮迫して身を寄せて参った今、これを殺したりするのは、賢者を危《あや》めることとなり、天下の智謀の士、これを聞いて疑念を抱き、ご前に馳せ参ずるのに二の足を踏むようにもなりましょう。さすれば、殿は誰を頼りに天下を平らげんとなされますか。禍根の一つを絶って天下の人望を失ってよいものか。ここのところよくよくのご考慮を願い上げま

す」

「よくぞ申した。それこそわしの思っていたところじゃ」

と曹操《そうそう》は大いに喜び、次の日、上奏文を奉って劉備《りゅうび》を豫《よ》州の牧《ぼく》に推挙した。

程昱《ていいく》がこれを諫《いさ》めて、

「劉備《りゅうび》は人の下に立って終わる人間ではござりませぬ。今のうち亡き者にするのがよろしいと存じます」

と言ったが、曹操《そうそう》は、

「いまこそ英雄を用うるのときじゃ。一人を殺して天下の心を失うようなことはできぬ。郭奉孝《かくほうこう》の考えもそうじゃぞ」

と言って聞きいれず、兵卒三千、兵糧一万石を玄徳《げんとく》に贈与して豫州へ向かわせ、小沛へ進駐して先に散りぢりになった軍勢を立て直し、呂布《りょふ》を討つよう命じた。玄徳《げんとく》は豫州に着くや、さっそく人をやって曹操《そうそう》と出陣の期日を打ち合わせた。

曹操《そうそう》が、自ら呂布《りょふ》征伐のため出陣しようとしていたおりしも、にわかに早馬が到着した。張済《ちょうせい》が関中《かんちゅう》から軍勢をひきいて南陽《なんよう》に押し寄せ、流れ矢に当たって死んだが、その甥張繡《ちょうしゅう》が後を受けて軍勢を統率し、賈詡《かく》を幕僚として劉表《りゅうひょう》と手を結び、宛《えん》城に駐屯して天子を奪い奉らんがため軍を起こして都に攻め上ろうとしているとのことである。曹操《そうそう》は大いに怒って討伐の兵を起こそうとしたが、呂布《りょふ》がその隙に許都を襲ってはと思ったので、荀彧《じゅんいく》に諮《はか》った。

「それはなにほどのこともござりませぬ。呂布《りょふ》は謀略を知らぬ男で、目先の利益に飛びついて参ります。されば、殿が徐州へ使いをお遣わしになって官位を進め、恩賞をお与えになって玄徳《げんとく》と和解するよういたさせれば、呂布《りょふ》は喜んで先のことなぞ思いもいたしますまい」

「それはよい考えじゃ」

曹操《そうそう》は奉軍都尉《ほうぐんとい》王則《おうそく》を使者として、任官の勅命《ちょくめい》と和解の勧告状を徐州へ届けさせるとともに、十五万の大軍を起こして、みずから張繍《ちょうしゅう》の討伐に打ち立った。軍を三手に分けて進め、夏侯惇《かこうとん》を先鋒とした。〔時に建安《けんあん》二年（一九七）五月〕軍は淯水《いくすい》に至って陣を構えた。一方、賈詡《かく》が張繍《ちょうしゅう》に、

「曹操《そうそう》の軍勢は多く、とても防ぎきれませぬ。全軍あげて降参いたした方がよろしいと存じます」

と勧めたので、張繍《ちょうしゅう》はこれに従い、賈詡《かく》を使者として曹操《そうそう》に降参を申し入れた。曹操《そう》は賈詡《かく》の流暢《りゅうちょう》な弁舌がいたく気に入り、幕僚として用いようとしたが、賈詡《かく》は、

「それがし、かつては李傕《りかく》に従って天下に罪を得、いまはまた張繍《ちょうしゅう》について二心なき者と頼りにされておる身でありますれば、これを見棄てるのは心が許しませぬ」

と言って辞し去った。次の日、張繍《ちょうしゅう》を連れて来ると、曹操《そうそう》はこれをねんごろにもて

なし、一部の兵をひきいて宛城に入城したが、残った軍勢はえんえん十里にわたって城外の各地に屯営した。これより数日、逗留《とうりゅう》する間、張繡《ちょうしゅう》は連日酒宴を設けて曹操《そうそう》をもてなした。

一日、曹操《そうそう》が酔って寝所にはいり、ひそかに側近の者に、

「この城内には妓女《ぎじょ》はおらぬか」

と尋ねると、曹操《そうそう》の兄の子曹安民《そうあんみん》が、曹操《そうそう》の意を悟って、ひそかに答えた。

「昨晩、わたくしは客舎の側で一人の女を垣間見《かいまみ》ましたが、なかなか美しいので問いただしたところ、張繡《ちょうしゅう》の叔父張済《ちょうせい》の妻とのことでございました」

曹操《そうそう》はただちに曹安民《そうあんみん》に命じ、武装した兵士五十名を引き連れてその女を連れに行かせた。ほどなく連れられて来たのを見れば、果たせるかな花の如き美形。その姓を尋ねると、

「わたくしは張済《ちょうせい》の妻、鄒《すう》氏でございます」

「そなたはわしをご存じかな」

「丞相《じょうしょう》のご盛名はかねがね承っておりましたが、今夕お目通りかない、まことに幸せに存じまする」

「わしはそなたのために、張繡《ちょうしゅう》の降参を特に許してつかわしたのじゃ。さもなくば、今頃は一族生き残った者はなかろう」

「ご厚恩のほど、厚く厚く御礼申し上げます」

「今日こうしてそなたに会うことができたのは、天の賜物《たまもの》じゃ。今宵、わしの伽《とぎ》をしてくれれば、都へ連れ帰って思いのままの暮しをさせてもやろうが、どうじゃ」

鄒《すう》氏はひれ伏して礼を述べ、ともに幕中に一夜を送った。

「このまま城内におりましては、張繍《ちょうしゅう》が疑いを持ちましょうし、ほかの者がとやかく申すのではございませんでしょうか」

「明日、そなたを城外の陣屋へ連れて行ってやる」

あくる日、曹操《そうそう》は城外に移り、典韋《てんい》を本陣に呼んで幕外に宿直《とのい》させ、無用の者の立ち入りを禁じた。よって、内外の出入はとだえ、曹操《そうそう》は連日鄒《すう》氏との歓楽に耽《ふけ》って、帰京のことも忘れ果てていた。

張繍《ちょうしゅう》の家人がひそかにこの旨を告げたので、張繍《ちょうしゅう》は、

「おのれ曹操《そうそう》、馬鹿にするにもほどがある」

と怒り、賈詡《かく》を呼ぶと、賈詡《かく》は言った。

「これは外に洩らすことなりませぬ。明日、曹操《そうそう》が軍務を見に出たとき、かくかくしかじかになさいませ」

次の日、曹操《そうそう》が幕中にいるところへ、張繍《ちょうしゅう》が罷《まか》り出て、

「このたび降参いたしましたそれがしの配下に脱走者が多く出ておりますゆえ、本陣

の側に移動させていただきたく存じまする」

と言ったので、曹操《そうそう》これを許し、張繍《ちょうしゅう》は自軍を移して四隊に分け、事をあげる日取を決めた。ただ、典韋《てんい》が邪魔になって、急には近づけないので、部将胡車児《こしゃじ》にこれを諮《はか》った。胡車児《こしゃじ》という男、五百斤の重荷を背負って日に七百里を行けるという剛の者であったが、

「典韋《てんい》の怖るべきは、双枝の鉄戟を使うことだけでござる。明日、彼を酒宴に招き、酔いつぶしてお帰しなさるよう。そのとき、それがし雑兵《ぞうひょう》にまぎれて彼の寝所に忍びこみ、戟を盗んで参りまする。さすれば、恐れることはござりませぬ」

と進言した。張繍《ちょうしゅう》はいたく喜んで、前もって弓矢や武具を用意し、各隊に触れを回した。用意がととのうや賈詡《かく》をやって典韋《てんい》を呼んで来させ、ねんごろにもてなして酒をすすめた。夜に入り彼が泥酔して帰る際、胡車児《こしゃじ》は雑兵にまぎれて、本陣に忍びこんだ。その夜、曹操《そうそう》は幕中で鄒《すう》氏と酒を飲んでいたが、にわかに人の声や馬のいななきが聞こえてきたので、側の者を見にやらせたところ、張繍《ちょうしゅう》の軍が夜警に回っているのだとのこと、曹操《そうそう》はつゆ疑わなかった。二更にかかる頃おい、とつぜん本陣に喊声《かんせい》があがり、糧秣《りょうまつ》車に火がついたとの知らせ。

「陣中のことじゃ。失火ぐらいで騒ぐ奴があるか」

と言ううちにも、四方から火の手が上がったので、はじめてあわてて典韋《てんい》を呼んだ。

酔いつぶれていた典韋《てんい》は、夢うつつに陣太鼓と鬨《とき》の声を聞いてがばと跳ね起きたが、双枝の戟が見当たらない。そのうち早くも敵兵が轅門に迫ったので、急いで兵卒の腰のものを取り上げたが、門にはすでに無数の騎馬武者が、長柄の槍をしごいて殺到している。典韋《てんい》がここを先途《せんど》と斬りまくり、二十人あまりを倒してようやく敵を退けたと思えば、後詰の徒歩《かち》の一隊が進み出て槍ぶすまを作る。典韋《てんい》は鎧《よろい》もつけず、数十の傷を受けながら、死に物狂いに駆けまわった。刀の刃こぼれがはなはだしく物の用に立たなくなるや、それを投げ棄てて素手で立ち向かい、八、九人を殴り殺すありさまに、敵兵は遠巻きにして、矢を雨の如く射かけて来るのを、なおもひるまず門に立ちはだかって寄手をくいとめるうち、いかんせん本陣の裏手が破られ、後ろから迫った敵の槍先が背中に突き立った。典韋《てんい》は数回おめき叫んだかと思うと、血をあたり一面に流して相果てたが、彼が死んでも、しばらくは門をはいろうとする者がなかった。

さて曹操《そうそう》は典韋《てんい》が門を遮《さえぎ》っている間に、裏手から馬に乗って逃れたが、曹安民《そうあんみん》ただ一人、徒歩で従った。曹操《そうそう》は右臂《みぎひじ》に矢を受け、馬も三本受けたが、幸いその馬が大宛《ペルシア》種の良馬であったので、痛みにもめげず、飛ぶように走った。ようよう淯《いく》水のほとりにたどりついた時、賊兵に追いつかれ、曹安民《そうあんみん》は斬りきざまれて肉泥《にくでい》と化した。曹操《そうそう》は馬を急がせ流れを押し分けて向う岸に上がったところ、飛来した矢が馬の目に突き立って、馬はどうと倒れた。長子曹昂《そうこう》が己の乗馬を差し出したので、それに乗りかえて先を急ぎ、曹昂《そうこう》は矢の雨の下で死んだ。曹操《そうそう》はようよう落ちのび、途中諸将に行き会って討ちもらされた兵を手許に集めた。時に、夏侯惇《かこうとん》のひきいる青州兵《せい》(曹操《そうそう》直属の部隊。第十回参照)が、占領下の民家で略奪を働いていたのを、平虜校尉《へいりよこうい》于禁《うきん》が手勢をひきいて掃討し、農民を安堵させた。青州兵は逃げ帰って、于禁《うきん》が謀反して青州軍を攻撃していると曹操《そうそう》に訴えた。曹操《そうそう》が仰天するうち、夏侯惇《かこうとん》・許褚《きょちょ》・李典《りてん》・楽進《がくしん》らが追いついて来たので、于禁《うきん》の裏切りを告げ、軍容を整えて迎え撃とうとした。

さて于禁《うきん》は曹操《そうそう》らが到着したのを見て、ますます手勢をはげまし、射手を陣の四方に配し、堀を掘って陣容を整えた。

「青州軍が、将軍が謀反したと言い立て、丞相がおいでになったと申しますのに、なにゆえ言いわけもせで、陣をつくったりするのでございますか」

と言う者があったが、于禁《うきん》は、

「追手がすぐにも来ようというのに、支度もせでどうする。言いわけなぞは些細《ささい》なこと。まず敵を退けることだ」

と言い、陣容整ったところへ、早くも張繡《ちょうしゅう》の軍勢が二手に分かれて殺到してきた。于禁《うきん》は真っ先に討って出る。張繡《ちょうしゅう》があわてて兵を退くと、曹操《そうそう》に従う諸将もこれを見て、おのおの手勢をひきいて押し出し、百里あまりも追い討って、さんざんに打ち破った。手勢を大半失った張繡《ちょうしゅう》は、敗残の兵をかり集めて劉表《りゅうひょう》のもとに落ちのびた。曹《そう》操《そう》が軍勢を整え部将を点呼しているところに于禁《うきん》が罷り出て、青州軍がほしいままに切り取り強盗を働き、すっかり人心を失ったので殺したのだと申し立てた。曹操《そうそう》が、

「わしの許しも得ずに陣をかまえたのはなにゆえじゃ」

と尋ねると、于禁《うきん》が先の言葉を繰り返して言上したので、

「将軍が危急の際によく兵を整え陣を固めて、人の誹謗《ひぼう》に取り合わず、敗軍に勝利をもたらしてくれたのは、古《いにしえ》の名将もよく及ぶところではない」

と金器一対をあたえ、益寿亭侯《えきじゅ》に封ずるとともに、夏侯惇《かこうとん》の監督不行届の非を責めた。さらに典韋《てんい》のために葬儀をとり行ない、曹操《そうそう》みずから涙ながらに供物《くもつ》を捧げ、諸将を顧みて、

「わしは長男と大事な甥を死なせたが、さまで悲しくはない。ただ典韋《てんい》のために泣いているのだ」

と言ったので、一同感じ入らぬ者はなかった。曹操《そうそう》はあくる日、帰陣を命令した。

曹操《そうそう》が軍を許都に返したことはさておき、王則《おうそく》が詔《みことのり》を奉持して徐州に着くと、呂《りょ》布《ふ》は役所に迎えた。詔書を開けば、平東《へいとう》将軍に封じて特に印綬《いんじゅ》を賜うとのこと。王則《おうそく》はさらに曹操《そうそう》の私信を差し出し、呂布《りょふ》の前で曹操《そうそう》の敬慕の情を口をきわめて聞かせた。呂布《りょふ》が相好《そうごう》をくずすおりしも、にわかに袁術《えんじゅつ》の使者が到来したとの知らせがあり、呂《りょ》

布《ふ》はただちに召し寄せた。

「袁術殿《えんじゅつ》は近々皇位にお昇りになり、東宮をお立てになられますので、お妃《きさき》を早く淮《わい》南《なん》に送られるようご催促にございます」

「逆賊め、何をぬかすか」

呂布《りょふ》は大いに怒り、その使者を斬り棄てるとともに、韓胤《かんいん》に首枷《くびかせ》をして、陳登《ちんとう》にお礼の上奏文を託し、韓胤《かんいん》を護送して王則《おうそく》と同道して許都にのぼらせ、お礼を言上せしめることとし、同時に曹操《そうそう》に返書をしたためて、徐州牧に正式に任命してくれるよう頼んだ。曹操《そうそう》は呂布《りょふ》が袁術《えんじゅつ》との縁談を取りやめたのを知って大いに喜び、韓胤《かんいん》を市《いち》（処刑場）において斬首した。陳登《ちんとう》がひそかに曹操《そうそう》に進言した。

「呂布《りょふ》は山犬のごとき奴。腕力ばかりで頭のないうえ、去就をわきまえぬ男にございますれば、早いうちに片を付けておくがよろしいと存じます」

「奴が大それた野心をもつ男で、末長く味方につけておくことのできぬことは、わしも知っておる。彼の内情を知りつくしているのは汝《なんじ》ら父子だけだが、一つわしの力になってくれい」

「丞相が手を下されるときには、それがし必ずお手引いたすでござりましょう」

曹操《そうそう》は喜んで、陳珪《ちんけい》に中二千石（郡太守の禄高）の秩禄《ちつろく》を贈り、陳登《ちんとう》を広陵《こうりょう》の太守とした。陳登《ちんとう》が辞し去るにあたって、曹操《そうそう》は彼の手をとって言った。

ると、

「東方のことは頼んだぞ」

陳登《ちんとう》はしかとうなずき、徐州に立ち帰って呂布《りょふ》に目通りした。呂布《りょふ》が首尾をたずね

「父は秩禄を贈られ、それがしは太守に任ぜられました」

「なんと、貴様はわしのために徐州牧を手に入れようともせで、己の官位のために働いて来たのか。うぬの父親は曹操《そうそう》殿に味方して袁公路《えんこうろ》との縁談を絶つようにわしに勧めておきながら、わしには何一つとらせず、己ら親子だけ高位をつかみおったわけか。よくもわしを売りおったな」

呂布《りょふ》が剣を引き抜いて斬りかかろうとしたとき、陳登《ちんとう》はからからと笑った。

「将軍がこんなにも愚かだったとは、思いもよりませんでしたぞ」

「なに、わしが愚かだと」

「それがし曹操《そうそう》殿に見参つかまつったおり、将軍を養うはたとえば虎を養うが如きもので、肉を十分あたえておけばよし、足らずば人に嚙みつくでござろうと申しますと、曹操《そうそう》殿の申されるに、『それは違おうぞ。わしは温侯に対しては、鷹《たか》を養うようなつもりでいるのじゃ。狐《きつね》や兎《うさぎ》がまだ残っておるうちは餌も十分にはやれぬ。飢えているうちは役に立つが、くちくなれば飛び去ってしまうからな』とのこと。そこでそれがしが、『狐や兎とは誰のことでござる』と尋ねると、『淮南の袁術《えんじゅつ》、江東《こうとう》の孫策《そんさく》、冀《き》州

の袁紹《えんしょう》、荊襄《けいじょう》の劉表《りゅうひょう》、(2)益《えき》州の劉璋《りゅうしょう》、漢中《かんちゅう》の張魯《ちょうろ》らは、みな狐か兎のたぐいじゃ』

とのこと」

呂布《りょふ》は剣を投げ棄てて、

「さすがは曹操《そうそう》、よくぞわしのことを知ってくれた」

と笑い、なおも語り合うところへ、にわかに袁術《えんじゅつ》の軍勢が徐州に押し寄せ来たるとの注進。聞いて呂布《りょふ》は色を失った。正に、縁組もとどのわぬうち仲違い、婚約かえって合戦のもと、というところ。さてこの始末はどうなるか、それは次回で。

注1　后羿《こうげい》・由基《ゆうき》　いずれも古代の弓の名人で、その故事。

2　荊襄の劉表《りゅうひょう》　劉表《りゅうひょう》は荊州牧で、その居城が襄陽にあったので荊襄と言ったもの。

第十七回

袁公路《えんこうろ》　大《おお》いに七軍《しちぐん》を起《お》こし
曹孟徳《そうもうとく》　三将《さんしょう》を会合《かいごう》せしむ

　さてここに袁術《えんじゅつ》は淮南《わいなん》にあって、広大な領土と豊富な食物に恵まれていたうえ、孫《そん》策《さく》から質に取った伝国の玉璽《ぎょくじ》まで持っていたので、ついに帝号を僭称《せんしょう》せんとの不逞《ふてい》な野望を抱くにいたった。そこで部下たちを一堂に集めて言うのに、

「そのかみ漢《かん》の高祖《こうそ》は泗上《しじょう》の一介の亭長より身を起こして、天下を握った。以来四百年、漢朝の気数すでに尽き、天下は鼎《かなえ》の沸《わ》くが如く乱れておる。わが一門は四代三公《さんこう》の名門で、民の心はすべてわれらになびいている。そこで、わしは天の命に応《こた》え人々の望みに従って九五《きゅうご》の位（天子の位）に即《つ》こうと思うが、皆はどう思うか」

　主簿閻象《えんしょう》がこれに答えて、

「それはなりませぬ。昔、周《しゅう》は后稷《こうしょく》（周の始祖）より始めて代々徳を積み功を重ねて文王《ぶんのう》に至り、天下を三分してその二を領するに至ってもなお殷《いん》に臣事いたしました。しかるに殿は貴顕《きけん》のご家門とは申せ周の盛大なるにはおよばず、漢皇室、衰微いたしたとはいえども殷の紂王《ちゅう》の如き暴虐な所行があるわけでもございませぬ。ただいまお

申しいでの条、断じてなりませぬ」

　袁術《えんじゅつ》は怒った。

「わが袁《えん》家は陳《ちん》国より出た。陳は大舜《たいしゅん》（伝説上の帝王）の末孫《ばっそん》じゃ。（陳の）土徳をもって（漢の）火徳を継ぐのは天運に応ずるもの。また『漢に代わる者は当塗高《とうとこう》ならん』と讖書《せんしょ》（予言書）にもあるが、わしの字《あざな》、公路《こうろ》は正にこの予言に合致しておる（「当塗」は「当路」とも書く）。しかも伝国の玉璽まで持っておりながら皇位に昇らずとあっては、天道に背くものじゃ。わしの心は決まった。いらざることを言う奴は斬って棄てる」

　かくて袁術《えんじゅつ》は年号を仲氏《ちゅうし》と定めて朝廷の諸官を設け、鳳輦《ほうれん》に乗って、南北の郊外で天地の神を祭り、馮方《ふうほう》の娘を皇后に、子を東宮に立てた。よって使者を差し向けて呂《りょ》布《ふ》の娘を召し寄せ、東宮の妃にしようとしたが、逆に呂布《りょふ》が韓胤《かんいん》を許都《きょと》へ送って曹操《そうそう》に斬らせたと聞き、大いに怒って、張勲《ちょうくん》を大将軍に任じて大軍二十万を統率させ、七軍に分けて徐《じょ》州征伐に乗り出した。第一軍は大将張勲《ちょうくん》がひきいて本営とし、第二軍上将橋蕤《きょうずい》は左、第三軍上将陳紀《ちんき》は右、第四軍副将雷薄《らいはく》は左、第五軍副将陳蘭《ちんらん》は右、第六軍降将（投降して来た大将）韓暹《かんせん》は左、第七軍降将楊奉《ようほう》は右と、それぞれ部下の勇将をひきい日を決めて出陣した。また兗《えん》州の刺史《しし》金尚《きんしょう》を太尉として七軍の輜重《しちょう》輸送を監督させようとしたが、金尚《きんしょう》が拒否したので殺し、紀霊《きれい》を全軍の遊撃隊長として、袁術《えんじゅつ》自らは三万の兵をひきい、李《り》豊《ほう》・梁剛《りようこう》・楽就《がくしゆう》を督戦官に命じて七軍の後方支援にあたらせた。

呂布《りよふ》は物見の者から、張勲《ちようくん》の軍は街道沿いに一路徐州に向かい、橋蕤《きようずい》の軍は小沛《しようはい》に、陳紀《ちんき》の軍は沂都《ぎと》に、雷薄《らいはく》の軍は瑯琊《ろうや》に、陳蘭《ちんらん》の軍は碣石《けつせき》に、韓暹《かんせん》の軍は下邳《かひ》に、楊奉《ようほう》の軍は浚山《しゆんざん》に向かい、七軍の兵馬、日に五十里、道みち略奪を働きながら押し寄せきたるとの報告を受けて、急ぎ幕僚一同を呼び集めて協議し、陳宮《ちんきゆう》や陳珪《ちんけい》父子もこれに同席した。

「このたびの徐州の危機はすべて陳珪《ちんけい》父子が招いたものにござる。二人が朝廷に媚《こび》を売って爵禄を申し受けながら、将軍に禍《わざわ》いをふりかえたものにござれば、この二人の首を斬って袁術《えんじゆつ》に差し出せば、彼も引き揚げるでございましょう」

と言う陳宮《ちんきゆう》の言葉に、呂布《りよふ》がげにもと、即座に陳珪《ちんけい》・陳登《ちんとう》の召捕り方を命じたところ、陳登《ちんとう》からからと笑って、

「これは何と情ないことを申されるのか。それがしの目からすれば、かの七軍なぞ塵《ちり》芥《あくた》の如きもの。とやかく申すまでもないことではござらぬか」

「貴様に敵を破る計があるなら、見逃してやる」

「将軍がそれがしの計をお用いくだされば、徐州は安泰におわしますぞ」

「申してみよ」

「袁術《えんじゅつ》の軍は多勢とは申せ、みな烏合《うごう》の衆、互いに信のおける者どもではござりませねば、わが方で要害を固め、かたがた奇兵を出してこれを衝《つ》けば、勝ちを得ること疑いござらぬ。さらに、徐州を安泰に保つのみか、袁術《えんじゅつ》を生捕りとする手もござる」

「してその計とは」

「韓暹《かんせん》・楊奉《ようほう》は漢朝の旧臣で曹操《そうそう》を恐れて逃れたものの寄る辺もなく、やむなく袁《えん》術《じゅつ》を頼っていった者にござれば、袁術《えんじゅつ》は必ずかの両名を疎《うと》んじ、両名もまた甘んじて袁術《えんじゅつ》の配下にいるわけではござらぬ。されば、書面をやって内通を申し合わせ、さらに劉備《りゅうび》殿に加勢を頼めば、袁術《えんじゅつ》を手捕りにできるは必定でござりましょう」

「しからば、そなたがじきじき韓暹《かんせん》・楊奉《ようほう》のもとに書面を届けよ」

陳登《ちんとう》はこれを承知した。かくて呂布《りよふ》は許都へ上奏文を奉り、豫《よ》州（劉備《りゅうび》）へ書面を送ったうえで、陳登《ちんとう》に供の数騎をつけて、下邳《かひ》への道筋に出張《でば》るよう命じ、韓暹《かんせん》を待ち受けさせた。やがて韓暹《かんせん》が軍をひきいて到着し、陣を構えたところへ、陳登《ちんとう》が訪れた。

「貴様は呂布《りよふ》方の者ではないか。何しに来た」

「身どもは大漢の禄を食む者。呂布《りよふ》の家来呼ばわりは奇怪《きっかい》な」

と陳登《ちんとう》は笑い、

「将軍とて、先には漢朝の臣でありながら、今さら逆賊に仕えるとは、まことに昔日、関中で天子を救い奉った大功を烏有《うゆう》に帰するなされよう、身どもは心中将軍のため残念に思いおるところでござる。しかも、袁術《えんじゅつ》は生来の小心者ゆえ、先ざき将軍のお命のほどもはかり知れず。ここで思い直されずば、後悔しても及びませぬぞ」

「それがしも漢朝に帰参したいと思っておるのだが、つてがないのでのう」

韓暹《かんせん》が吐息を洩らすのを見て、陳登《ちんとう》は呂布《りょふ》の書面を取り出した。韓暹《かんせん》はそれを読み終わって、

「しかと承知つかまつった。貴公は先におもどり下され。それがし楊《よう》将軍と語らって内応いたす。火の手を合図に、温《おん》侯よりも攻めかかって下されい」

陳登《ちんとう》は韓暹《かんせん》のもとを辞去すると、これを呂布《りょふ》に急報した。

呂布《りょふ》はそこで軍を五手に分かち、高順《こうじゅん》の一隊は小沛に進んで橋蕤《きょうずい》にあたり、陳宮《ちんきゅう》の一隊は沂都に進んで陳紀《ちんき》にあたり、張遼《ちょうりょう》・臧覇《そうは》の一隊は瑯琊に出て雷薄《らいはく》にあたり、宋《そう》憲《けん》・魏続《ぎしょく》の一隊は碣石に出て陳蘭《ちんらん》にあたり、呂布《りょふ》自らは街道に出て張勲《ちょうくん》にあたることとし、それぞれ一万をひきいて、残った者が城の留守をする手筈を決めた。呂布《りょふ》は城外三十里のところに陣を布《し》いたが、やって来た張勲《ちょうくん》の軍は、呂布《りょふ》を恐れていったん二十里後退して陣を取り、各軍からの加勢を待ち受けた。その夜、二更の頃おい、韓《かん》暹《せん》・楊奉《ようほう》が手勢を散らして手当たり次第に火を掛けさせるとともに、呂布《りょふ》の軍を陣中に引き入れたため張勲《ちょうくん》の軍勢は上を下への大混乱に陥り、その虚に乗じて呂布《りょふ》が揉《も》み

立てたのでさんざんに打ち崩されて敗走した。呂布《りよふ》がこれを追って夜明け方までいったとき、紀霊《きれい》が援軍をひきいて駆けつけた。両軍真向からぶつかって、いざ血戦に及ぼうとするおりしも、韓暹《かんせん》・楊奉《ようほう》が二手に分かれて横合から討って出たので、紀霊《きれい》の軍勢はどっと崩れ立ち、すかさず呂布《りよふ》これを追って襲いかかった。そのとき、前方の山かげからおびただしい軍勢が現われ、門旗がさっと開かれると、竜鳳日月《りようほうじつげつ》の錦旗、四斗五方の軍旗（縦横四尺五尺の大きな旗）、金瓜《きんか》銀斧《ぎんふ》、黄鉞白旄《こうえつはくぼう》など（いずれも天子の印）を押し立てた一隊の人馬が見えた。そして黄絹に金箔を置いた傘の下には袁術《えんじゆつ》が黄金の鎧《よろい》に身を固め、腕に二本の刀をさげて馬を陣頭に立て、

「主にそむく下司《げす》とは貴様のことだ」

と呂布《りよふ》を罵《ののし》った。呂布《りよふ》が大いに怒り戟《げき》をきらめかせて躍り出せば、袁術《えんじゆつ》の部将李豊《りほう》が槍をしごいて立ち向かってきたが、三合せずして呂布《りよふ》の穂先を利き腕に受け、槍を投げ棄てて逃げだした。呂布《りよふ》がすかさず手勢に下知して襲いかかれば、袁術《えんじゆつ》の軍勢総崩れとなり、呂布《りよふ》はこれを追い散らして、馬匹甲冑《ばひつかつちゆう》など数知れず分捕った。袁術《えんじゆつ》が敗軍をひきいて数里も行かぬうち、山かげから一隊の軍勢が押し出して、退路に立ちはだかった。その先頭に立ったは、誰あろう関雲長《かんうんちよう》。

「逆賊。命をもらったぞ」

と大喝すれば、袁術《えんじゆつ》はあわてふためいて逃げ失せ、他の者どもも八方へ逃げ散ると

ころを雲長《うんちょう》にさんざんに打ち崩された。袁術《えんじゅつ》は討ち洩らされた手勢をとりまとめ、ほうほうの態《てい》で淮南に逃げ帰った。

呂布《りょふ》は勝利を得、雲長《うんちょう》や楊奉《ようほう》・韓暹《かんせん》らを迎えて徐州に引き揚げると、盛大な酒宴を開いて労をねぎらい、兵士らにも洩れなく引出物を与えた。あくる日、雲長《うんちょう》が辞し去ったあと、呂布《りょふ》は韓暹《かんせん》を沂都《ぎと》の牧、楊奉《ようほう》を瑯琊《ろうや》の牧(1)に推挙する一方、この両名を徐州に留めおきたく思って、陳珪《ちんけい》を呼んで諮《はか》った。すると陳珪《ちんけい》が、

「それはなりませぬ。韓《かん》・楊《よう》両名を山東にやっておけば、一年を出《い》でずして、山東各地はすべて将軍の手に帰すでござろう」

と言うので、呂布《りょふ》はげにもと、二将に暫時、沂都・瑯琊に駐屯するよう命じて送り出し、任官のご沙汰《さた》を待たせることとした。陳登《ちんとう》はひそかに父親に向かって、

「なぜ二人を徐州に留まらせて、呂布《りょふ》を殺す役に立たせなかったのでございますか」

と聞いたが、

「もし二人が呂布《りょふ》と心を合わせるようにでもなれば、かえって虎に牙を与えるようなことになるではないか」

と言われ、父親の深慮に敬服した。

さて淮南に逃げもどった袁術《えんじゅつ》は、人を江東《こうとう》の孫策《そんさく》のもとにやり、報復のための軍勢を借り受けたいと申し入れた。孫策《そんさく》は、

「おのれ、わしの玉璽《ぎょくじ》を横領し、帝号を僭称《せんしょう》して漢朝に背く大逆無道の所行をやりながら何をぬかす。兵を出して懲《こ》らしめてやろうと思っておったところだのに、逆賊に手を貸すなぞと思ってか」

と怒り、返書をしたためてこれを拒絶した。使者が返書をもって帰ると、袁術《えんじゅつ》これを読んで血相を変え、

「青二才が何をほざくか。そうとあらば、貴様から血祭りにあげてやる」

と言うのを、長史楊《よう》大将がさまざまに諫《いさ》めたので、ようやく思いとどまった。

さて孫策《そんさく》は返書を持ち帰らせてから、袁術《えんじゅつ》の来攻に備えて兵を揃《そろ》え、長江の岸を固めていた。ところへ曹操《そうそう》の使者が来て、孫策《そんさく》を会稽《かいけい》の太守に封じ、袁術《えんじゅつ》討伐の軍を起こすようとの詔《みことのり》を伝えた。孫策《そんさく》が詔を奉じて軍議を催し、ただちに兵を起こそうとすると、長史 張昭《ちょうしょう》が、

「袁術《えんじゅつ》は敗戦後日も浅いとは申せ、なお軍勢兵糧《ひょうろう》ともに十分備えおりますれば、軽々しく立ち向かえる敵にはござりませぬ。この際、曹操《そうそう》へ書面をもって南征を勧め、われらも北上して攻めかかる由を申し送るが至当かと心得ます。さすれば、南北からかかられて袁術《えんじゅつ》の敗れるは必定。また、万一われらが敗れても、曹操《そうそう》の救援が得られようと申すものにござる」

と言うので、孫策《そんさく》は同意して、使者をもってこの旨を曹操《そうそう》に伝えた。

さて曹操《そうそう》は許都《きよと》に帰ってからも、典韋《てんい》を憶《おも》うの情にたえず、祠堂《しどう》を建立《こんりゆう》してその霊を祭るとともに、その子典満《てんまん》を中郎《ちゆうろう》（侍従）に封じて側近に用いていた。そこへにわかに孫策《そんさく》の使者が書面をもたらし、それを読み終えたところに、袁術《えんじゆつ》が食糧に窮して陳留《ちんりゆう》に略奪に出ているとの知らせがはいったので、その虚を衝くべしと兵を起こして南征を行なうこととし、かくて曹仁《そうじん》に許都の守護を命じて他の者どもをあげて従え、総勢歩騎十七万、輜重《しちよう》千余両をつらねて都を打ち立った。（時に建安《けんあん》二年（一九七）秋九月。）出陣に先立ち曹操《そうそう》は使者を孫策《そんさく》と劉備《りゆうび》・呂布《りよふ》へやって共に合戦に出合うよう申し送っておいたが、豫州の境界に着いたとき、玄徳《げんとく》が早くも兵をひきいて出迎えたので、曹操《そうそう》は本陣に通すよう命じた。玄徳《げんとく》は挨拶をすますと、二つの首を差し出した。

曹操《そうそう》驚いて、

「これは誰の首でござるかの」

「韓暹《かんせん》・楊奉《ようほう》の首でござる」

「どうしてこれを」

「この両名は呂布《りよふ》が沂都・瑯琊の二県を与えて駐屯させていた者にござるが、兵卒どもにみだりに略奪を働かせおって下《しも》じもの者の怨嗟《えんさ》の的《まと》となっておりましたので、それがし用談に事寄せて宴席を設け、酒の途中で盃を投げるのを合図に、弟の関羽《かんう》・張《ちよう》飛《ひ》に討ち果たさせ、配下の者をすべて降伏いたさせたもの。よって、それがしかくはお詫《わ》びに罷《まか》り出た次第にござる」

「なんと、貴殿は国家のために害を除かれたのではござらぬか。大功でこそあれ、詫びなどとは滅相もない」

曹操《そうそう》は玄徳《げんとく》を厚くねぎらい、軍勢を合わせてともに徐州の境界に至った。出迎えた呂布《りょふ》を曹操《そうそう》は巧言をもってまるめこみ、とりあえず左将軍《さしょうぐん》に封じて帰京のうえ官印を授けようと約束したので、呂布《りょふ》はいたく喜んだ。かくて曹操《そうそう》は呂布《りょふ》を左翼に玄徳《げんとく》を右翼にして、自らは大軍をひきいて中軍となり、夏侯惇《かこうとん》・于禁《うきん》に先鋒を命じた。

袁術《えんじゅつ》は曹操《そうそう》の軍勢至ると知り、大将橋蕤《きょうずい》に兵五万を授けて先鋒を命じた。両軍は寿《じゅ》春《しゅん》の県境で遭遇し、橋蕤《きょうずい》真っ先に馬を乗り出したが、夏侯惇《かこうとん》と戦って三合せぬうち惇《とん》の槊先《ほこさき》を受けて殺され、袁術《えんじゅつ》の軍勢は大敗して城に逃げもどった。ところへ、孫策《そんさく》が軍船を出して長江沿いに西から、呂布《りょふ》が軍勢をひきいて東から、劉備《りゅうび》・関《かん》・張《ちょう》が軍勢をひきいて南から、曹操《そうそう》自ら十七万の大軍をひきいて北から押し寄せるとの注進。袁《えん》術《じゅつ》仰天して、急遽文武百官を集めて協議すれば、楊《よう》大将の言うのに、

「寿春はうちつづく旱害で人民ども飢えに苦しみおります。しかるに、今また兵を動かして人民を苦しめれば、人民が怨みを抱くようになるは必定《ひつじょう》、かくては敵軍至っても抗《あらが》いかねましょう。むしろ城に立て籠《こも》って戦わぬ方がよろしいと存じます。さすれ

ば敵は兵糧尽きて、騒動するのは必定。陛下はひとまず御林軍《このえ》とともに淮水《わいすい》をお渡り下さりませ。これこそ一つには糧食を得るの道であり、二つには敵の鋭鋒を避けるの道にございます」

袁術《えんじゅつ》はその言を用い、李豊《りほう》・楽就《がくしゅう》・梁剛《りょうこう》・陳紀《ちんき》の四名に兵十万を与えて寿春を固めさせ、その他の将卒ならびに倉庫に納めてあった金玉宝物を洗いざらい取りまとめて淮水を渡った。

さて曹操《そうそう》の兵十七万の日々の兵糧は莫大な量にのぼり、加えての諸郡の旱魃《かんばつ》で、瞬《また》く間に欠乏を告げた。曹操《そうそう》は、軍勢を督促してすみやかに勝負を決しようとしたが、李豊《りほう》らは門を閉ざして合戦に応じようとはしない。取り囲むこと月余に及んで、兵糧全く尽き果てたので、孫策《そんさく》に書面を送って米十万石を借り受けたが、これとて焼石に水。管糧官任峻《じんしゅん》の部下の倉官（倉庫係）王垕《おうこう》が曹操《そうそう》の前に罷《まか》り出て、

「兵糧がとてもまかないかねまするが、いかがいたせばよろしゅうございますか」

「小升《こます》で配って、しばし急場をしのいでおけ」

「兵士が不満を持つようなことあらば、いかがなされますか」

「そのときにはわしに考えがある」

王垕《おうこう》は言われたとおり小升で分配した。曹操《そうそう》がひそかに人を出して各軍中を探らせると、丞相《じょうしょう》の仕打はあまりにも薄情だと恨まぬ者はない様子。そこで曹操《そうそう》はひそかに

王垕《おうこう》を召した。

「一同の心を鎮めるため、是非そちに借りたい物がある。曲げて承知してくれい」

「何をお望みにござりますか」

「そちの首を借りて晒《さら》し物としたいのじゃ」

「何と仰せられますか。それがし罪を犯した覚えはござりませぬ」

「それはわしもよう知っておる。じゃが、そちを殺さないでは軍が紊《みだ》れるのじゃ。そち亡き後の妻子の手当は、わしから十分してつかわすによって心配いたすな」

王垕《おうこう》がかさねて口をきこうとするのを、曹操《そうそう》相手にせずに刑手を呼びつけ、門外に引き出して一刀のもとに首を刎《は》ねさせるや、竿の先に突き刺して「王垕《おうこう》小升を用いて官糧を盗みしゆえ、軍律をもって処刑す」との告示を出したので、兵士らの不平はようやくおさまった。

あくる日、曹操《そうそう》は各軍の将校に、

「三日以内にこの城を攻め落とすべし。怠る者は斬る」

と命令するとともに、みずから城下に出て、兵士らが土や石を運んで濠《ほり》を埋めたてるのを監督した。城内からは矢玉雨の如く、これを恐れて二人の将校が逃げようとしたのを、剣をとってその場で手討ちにし、馬を下りてみずから土を運んだ。これを見て大将から兵卒にいたるまで退くことを忘れ、士気大いにふるった。城内の軍勢がこれを支えかねるところ、曹操《そうそう》の兵士らが先を競って城壁を乗り越え、門の閂《かんぬき》を斬って落としたので、大軍一斉になだれこんで、李豊《りほう》・陳紀《ちんき》・楽就《がくしゅう》・梁剛《りょうこう》らをことごとく生捕りとした。曹操《そうそう》は彼らを市場に引き出して打ち首にするよう命じ、さらに袁術《えんじゅつ》が都に模して造った宮殿や調度の品々を焼き棄てさせた。寿春城内は、兵士らによって一物も余さず略奪された。曹操《そうそう》はなお兵を進めて淮水を越え、袁術《えんじゅつ》を追い討とうとしたが、荀彧《じゅんいく》これを諫めて、

「年来の旱魃で兵糧に苦しみおる今、さらに軍をお進めになるのはいたずらに兵を疲れさせ民を損《そこな》うばかりで、何の得るところもござりませぬ。ひとまず許都にお帰りあって、来春麦が熟し兵糧が十分備わってから、改めてご出馬相成るが至当かと存じます」

曹操《そうそう》がどうしたものかとためらっているおりから、にわかに早馬が到着して、

「張繍《ちょうしゅう》が劉表《りゅうひょう》と結んでふたたび勢いをもりかえし南陽《なんよう》・江陵《こうりょう》の諸県も取り返されました。曹洪《そうこう》殿には敵勢に押されて敗戦を重ね、もはや一刻の猶予もならぬありさまでございます」

とのこと。曹操《そうそう》はただちに孫策《そんさく》のもとに書面を送り、長江を渡って陣をかまえ、劉《りゅう》表《ひょう》を牽制《けんせい》して足留めするよう命ずるとともに、己は即日陣払いして、張繍《ちょうしゅう》討伐のことを考えることとした。出発に当たって、玄徳《げんとく》に前の如く小沛を守らせ、呂布《りょふ》と兄弟

の契りを結ばせて、先ざき互いに助けあい、二度と争うことがないよう言いふくめた。呂布《りょふ》が兵をひきいて徐州へ引き揚げた後で、曹操《そうそう》は玄徳《げんとく》に向かい、

「貴殿を小沛に留まらせたのは、『坑《あな》を掘って虎を待つの計』じゃ。万事、陳珪《ちんけい》父子と結んで、よしなに取り計らって下されい。身どもも何かとお力添えいたそう」

とささやいて別れた。

さて曹操《そうそう》が軍をひきいて許都に帰る早々、段煨《だんわい》が李傕《りかく》を、伍習《ごしゅう》が郭汜《かくし》を殺害、首級を献上して来たとの知らせがあった。段煨《だんわい》はさらに李傕《りかく》の一族老幼二百余名を許都に引っ立てて来たとのこと。曹操《そうそう》が彼らを都の諸門に分けて首を刎《は》ね、その首を晒《さら》し物としたので、人民は口々に快哉《かいさい》を叫んだ。天子も御殿にお出ましあって文武百官をお召しになり、太平の御宴を催されるとともに、段煨《だんわい》を盪寇《とうこう》将軍に、伍習《ごしゅう》を殄虜《てんりょ》将軍に封じて、ともに長安の守護をお命じになれば、二人は天恩に感謝して任地へおもむいた。かくて曹操《そうそう》が張繍《ちょうしゅう》叛乱の趣を奏上し、討伐の軍を起こすべき旨言上すれば、天子は鹵簿《ろぼ》を整えられて、曹操《そうそう》の出征を親しくお見送りになった。時に建安三年（一九八）夏四月のことである。

曹操《そうそう》は荀彧《じゅんいく》を許都に残して将兵の指揮を委ね、自ら大軍をひきいて打ち立ったが、行軍の途次、沿道の麦がすでに実っているにもかかわらず、百姓たちが軍隊の通るの

を恐れて刈り取ろうともせずに遠方へ逃げているのを目にし、使者を出して遠近《おちこち》の村の年寄りたち、および各地の地方官に触れをまわし、「本官は天子の詔を奉じて逆賊を討伐し、人民の害を除かんとするものである。いま麦の熟するとき、やむなく兵を出したが、将校より兵士に至るまで、誰でもあれ麦畑を通るに当たり、踏み荒した者は斬首に処する。軍律は非情である。百姓は恐れず家に帰れ」と告げさせた。百姓たちはこれを聞いて曹操《そうそう》の徳を讃えぬ者はなく、遥かに曹操《そうそう》の軍勢の来るのを見ただけで道端に土下座して伏し拝むというありさま。官軍は麦畑を通るには、みな下馬して手で麦の穂を支え、次つぎに送り渡し、あえて踏みこむ者はなかった。ところが、曹《そう》操《そう》が騎馬で進むうち、一羽の鳩《はと》が畑の中からぱっと飛び立ったので、驚いた馬は畑の中に躍りこんで、麦をさんざんに踏み荒らしてしまった。曹操《そうそう》はただちに行軍主簿《こうぐんしゅぼ》を呼び、自分が麦を踏んだ罪の処分はいかにすべきか質《ただ》した。主簿が、

「丞相を罪する法がありましょうや」

と言ったが、曹操《そうそう》は、

「わしが自ら法を定めながら、それを自ら破るようなことをして、皆にしめしがつくか」

と言うなり、佩剣《はいけん》を抜いて己の首を掻《か》き切ろうとしたのを、一同があわてて止めた。

「『春秋』に、法は尊きに加えずとございます。丞相は大軍を統《す》べるお方、自害召さ

れる道理はございませぬ」

と、郭嘉《かくか》に言われて、曹操《そうそう》はしばし黙然としていたが、やがて、

「『春秋』に『法は尊きに加えず』とあると申すなら、わしはしばらく命を預けてもらおう」

と己の髪を斬り落として地面に投げつけ、

「これをもって首にかえておく」

と髪を三軍に持ち廻らせて、

「丞相麦を踏む。斬首して見せしめとすべきなれど、かりに髪を切ってこれに代える」

と触れさせた。

かくて三軍恐れおののき、軍律を守らぬ者はなかった。のちの人がこれを論じた詩に、

十万の貔貅《つわもの》　十万の心なれば、
一人の号令　衆を禁じ難し。
刀を抜き髪を割《さ》きて　権《かり》に首と為《な》すに、
方《はじめ》て見る　曹瞞《そうまん》の詐術《さじゅつ》深きを。

さて張繍《ちょうしゅう》は曹操《そうそう》の来襲を知り、急ぎ劉表《りゅうひょう》に書面をもって後援を頼むとともに、雷《らい》叙《じょ》・張先《ちょうせん》の二将とともに手勢をひきいて城外へ出陣した。両軍布陣を終わるや、張繍《ちょうしゅう》馬を乗り出して曹操《そうそう》に指つきつけ、

「貴様のような仁義の皮をかぶった破廉恥《はれんち》な輩《やから》は、鳥獣と同じだ」

と罵《ののし》った。曹操《そうそう》大いに怒って許褚《きょちょ》に出馬を命じた。張繍《ちょうしゅう》は張先《ちょうせん》に応戦を命じたが、ただ三合にしてたちまち馬から斬って落とされ、張繍《ちょうしゅう》の軍勢が総崩れとなるところを、曹操《そうそう》が軍勢をはげまして南陽城下に押し寄せた。張繍《ちょうしゅう》は城内に入り、門を閉ざして出ようとしない。曹操《そうそう》は城を取り囲んで攻め立てたが、濠が広く深く、急には近寄り難いのを見て、兵士どもに土を運んで埋め立てさせ、また土の袋や薪《まき》・わら束などを城近くに積み上げて足場をつくらせ、さらにまた櫓《やぐら》を組んで城内をうかがわせた。曹操《そうそう》は自ら騎馬で城のまわりをつぶさに見て回っていたが、三日目に、西門の隅《すみ》に薪を積み上げるよう下知し、諸将を集めて、そこから城壁にとりつくよう命じた。城中では、賈詡《かく》がこの様子を眺めていて、張繍《ちょうしゅう》に言った。

「曹操《そうそう》の手のうち、すでに相《あい》わかりました。このうえは、敵の計略の裏をかいてやりましょう」

正に、なべて上には上がある、騙《だま》そうとしてもそうはいかない、というところ。さ

てその計やいかに。それは次回で。

注1　**沂都の牧・瑯琊の牧**　牧は本来、州の長官のこと。沂都・瑯琊はいずれも県なので、「令」か「長」が正しい。

第十八回

賈文和《かぶんか》　敵《てき》を料《はか》って勝《かち》を決《けっ》し
夏侯惇《かこうとん》　矢《や》を抜《ぬ》いて睛《まなこ》を啖《く》らう

さて賈詡《かく》は曹操《そうそう》の意中を見抜いたので、その裏をかこうと、張繡《ちょうしゅう》に言った。

「それがし櫓《やぐら》より見ておりましたところ、曹操《そうそう》は三日のあいだ当城のまわりを窺《うかが》っておりました。彼は東南角の煉瓦《れんが》の色の違い、逆茂木《さかもぎ》の傷《いた》みのはげしいのを見て、かしこから攻めいる腹を決めたに相違ありません。それゆえ、西北の方に草を積み上げて気勢をあげ、わが方を西北に引きつけようとしておるもの。必ずや夜陰にまぎれて東南角から乗りこんでくるでござりましょう」

「そうとすれば、どうしたものだろう」

「それはいと易《やす》きこと。明日、屈強の者どもに十分の兵糧《ひょうろう》をとらせ、身軽な出立《いでたち》をさせて東南の民家に潜ませた上、百姓どもに兵士の恰好《かっこう》をさせて西北を固めおるよう見せかけ、夜、寄手が東南の隅《すみ》にとりついても相手にならず、城壁を乗り越えたと見るや、号砲一発、一斉に伏兵を繰り出せば、曹操《そうそう》を手捕りともできようものにござる」

張繡《ちょうしゅう》は喜んでその計に従い、手筈《てはず》をととのえた。これを早くも見てとった物見の兵

いると報告してきたので、曹操《そうそう》は、

「わしの思うつぼじゃ」

と、鋤《すき》・鍬《くわ》など城壁によじ登るための道具をひそかに用意するよう命じて、昼のあいだ、軍をひきいて西北角ばかり攻めたて、二更にかかる頃、選《え》りすぐった兵をひきいて東南角の濠《ほり》を越え、逆茂木を切り開いた。それでも城内しんと静まりかえっているので、一斉になだれこむところ、号砲一発、伏兵が四方から討って出た。曹操《そうそう》があわてて軍を退けば、張繍《ちょうしゅう》自ら屈強の者どもをはげまして斬りたてたので、惨敗を喫して数十里も敗走した。張繍《ちょうしゅう》は明け方まで揉《も》み立ててようやく味方をまとめ、城に引き揚げる。曹操《そうそう》が損害を調べたところ、討ち取られた兵五万余、失った輜重《しちょう》数知れず、呂虔《りょけん》・于《う》禁《きん》まで手傷を受けていた。

さて賈詡《かく》は曹操《そうそう》が敗走したのを見るや、張繍《ちょうしゅう》に勧めて劉表《りゅうひょう》へ急使を走らせた。出兵して曹操《そうそう》の退路を断つよう促《うなが》したのである。劉表《りゅうひょう》が書面を受けてただちに軍を起こそうとしていたところへ早馬があって、孫策《そんさく》が湖口《ここう》に兵を出しているとのこと。

「孫策《そんさく》が湖口に兵を出したのは、曹操《そうそう》の計でございます。いま曹操《そうそう》が破れた機に討ち取ってしまわねば、先ざき禍《わざわ》いの種となりましょうぞ」

蒯良《かいりょう》に言われ、劉表《りゅうひょう》は黄祖《こうそ》に命じて長江よりの道筋を固めさせ、己は自ら軍勢をひきいて安衆県《あんしゅう》に出陣、曹操《そうそう》の退路を絶つこととし、張繍《ちょうしゅう》にこの旨を知らせた。張繍《ちょうしゅう》は劉表《りゅうひょう》が出陣したと知るや、賈詡《かく》とともに軍勢をひきいて曹操《そうそう》を追った。

ここに曹操《そうそう》の軍はしずしずと退いて来たが、淯水《いくすい》にさしかかったとき、曹操《そうそう》がにわかに馬上で声をあげて泣き出した。襄城《じょうじょう》県に着いて皆が驚いてそのわけを尋ねると、曹操《そうそう》は、

「去年ここで落命した大将典韋《てんい》のことを思い出し、われにもあらず泣いてしまったのじゃ」

と言い、そこで軍を止めて追悼《ついとう》の祭りを盛大にとり行ない、典韋《てんい》の亡魂をなぐさめたが、曹操《そうそう》がみずから香を焚《た》き涙ながらに礼拝するありさまを見て、全軍深く感じいったものであった。典韋《てんい》の供養《くよう》をすませたあと、甥の曹安民《そうあんみん》と長子曹昂《そうこう》ならびに陣没した将兵を供養し、射殺された大宛馬《ペルシア》までも祭った。あくる日、にわかに荀彧《じゅんいく》からの使者が到着して、

「劉表《りゅうひょう》が張繍《ちょうしゅう》に加勢し、兵を安衆に出して、味方の帰路を断とうとしております」

と知らせて来た。曹操《そうそう》は、

「わしが日に数里しか進まないのは、賊が追ってくるのを知らないからではない。考えあってのことゆえ、安衆に至れば必ず張繍《ちょうしゅう》を破ってみせる。案ずるには及ばぬ」

との返書を使者に渡し、軍を急がせて安衆県にさしかかった。時に劉表《りゅうひょう》の軍勢はす

でに要害を固め、背後からは張繍《ちょうしゅう》の軍勢が迫っている。曹操《そうそう》は夜陰にまぎれて山道を切り開かせ、軍勢を潜ませた。劉表《りゅうひょう》・張繍《ちょうしゅう》の両軍は、空が白んでくるころ合流したが、曹操《そうそう》の軍勢が少ないのを見て曹操《そうそう》が落ちのびたものと思い、兵をひきいて山あいの道に攻めこんだ。そこを、曹操《そうそう》、伏兵を一時に出してさんざんに打ち破り、安衆県境の要害を突破して平地に陣を取った。劉表《りゅうひょう》・張繍《ちょうしゅう》はそれぞれ敗兵をとりまとめていっしょになり、

劉《りゅう》、

「何と、むざむざ曹操《そうそう》の奸計《かんけい》に落ちたな」

張《ちょう》、

「急ぐことはござらぬ。ゆるゆると討ち取ることにいたしましょう」

と、両軍安衆に集まった。

さて荀彧《じゅんいく》は袁紹《えんしょう》が兵を起こして許都《きょと》を侵そうとしているのを探知したので、急遽曹《きゅうきょそう》操《そう》に使者を差したてた。曹操《そうそう》はその書面を得て、あわててその日のうちに引き揚げることとした。間者がこれを張繍《ちょうしゅう》に知らせて来たので、張繍《ちょうしゅう》が追おうとするのを、賈詡《かく》が、

「追うことは禁物、追えば必ず破られましょうぞ」

と止めたが、劉表《りゅうひょう》が、

「今日追わないのは、いたずらに好機を逃すというものじゃ」

としきりに張繡《ちょうしゅう》を誘い、一万あまりの兵をひきいてともに後を追った。十里あまりして曹操《そうそう》の後詰《ごづめ》の軍に追いついたが、曹操《そうそう》の軍勢の思いもよらぬ奮戦に、追手の両軍は大敗を喫してもどった。張繡《ちょうしゅう》が賈詡《かく》に、

「貴公の言を聞かず、見事にやられて参ったわ」

と言うと、賈詡《かく》、

「今こそ軍をととのえて追撃なさいませ」

「破れて帰ったばかりのいま、もう一度追えとは」

と、二人が訊《き》くと、

「今度追えば、必ず快勝することができます。もしできなければ、それがしの首を進ぜましょう」

張繡《ちょうしゅう》はそれを信じたが、劉表《りゅうひょう》は疑って出陣しようとしなかったので、張繡《ちょうしゅう》が手勢をひきいて追撃したところ、曹操《そうそう》の軍は果たしてさんざんに駆け散らされ、軍馬輜重などを道筋に棄てて逃げ去った。張繡《ちょうしゅう》がさらに追い討とうとしたとき、にわかに行手の山かげから一隊の軍馬が押し出したので追撃をあきらめ、軍をとりまとめて安衆に引き揚げた。劉表《りゅうひょう》が賈詡《かく》に尋ねた。

「先には屈強の兵をもって退却する兵を追ったのに、貴公は必ず破られると言われ、

のちには敗兵をもって勝った兵を討つのに、貴公は必ず勝つと言われ、いずれもそのとおりとなった。全く逆のことを言われて、ともにお言葉に違《たが》わなかったのはどうしてでござるか。なにとぞお教え願いたい」

「これはいとたやすきこと。将軍は戦略にたけておいでとは申せ、お見受けいたすところ曹操《そうそう》の敵ではござらぬ。曹操《そうそう》は破れたとはいえ、勇将を後詰として、追手を防ぐこと必定でござれば、味方がいかに手剛《てごわ》くとも相手にはなりませぬ。ゆえに破られるは必定と思ったもの。また曹操《そうそう》が帰陣を急ぐのは、必ず許都に変事出来《しゅったい》したためにござれば、味方の追手を打ち破りしうえは、後詰の手配もいたさずひたすら先を急ぐに相違ござらぬ。その虚に乗じてかさねて追討ちしたがゆえに破ることができたものにござる」

張繍《ちょうしゅう》・劉表《りゅうひょう》ともにその高見に感服したが、賈詡《かく》から劉表《りゅうひょう》は荆州《けい》に帰り、張繍《ちょうしゅう》は襄城《じょう》を守って互いに助けあうよう勧められて、両名それぞれ陣を引き払った。

さて曹操《そうそう》は先を急ぐうち、後詰が追手を受けたと聞き、急いで諸将をひきいて加勢に馳《は》せつけたが、張繍《ちょうしゅう》の軍勢がすでに退いた後であった。敗兵が、

「もし山かげから押し出した軍勢が支えてくれなければ、われらみな手捕りとなっていたところでござりました」

と告げたので、曹操《そうそう》が急いでその者を召すと、槍を小脇に馬を下り、曹操《そうそう》に見参したその武者は、鎮威中郎将《ちんいちゅうろうしょう》、江夏《こうか》郡平春《へいしゅん》の人、姓は李《り》、名は通《とう》、字《あざな》は文達《ぶんたつ》であった。曹操《そうそう》が、どうしてこれへと尋ねると、

「それがし近頃汝南《じょなん》を守りおりますが、このたび丞相《じょうしょう》が張繡《ちょうしゅう》・劉表《りゅうひょう》とご合戦と聞き及び、お力添えに馳せ参じたものにござります」

との答え。曹操《そうそう》は喜んで彼を建功侯《けんこうこう》に封じ、汝南郡の西境を固めて劉表《りゅうひょう》・張繡《ちょうしゅう》に備えるよう命じれば、李通《りとう》は拝謝して任地へ向かった。曹操《そうそう》は許都にもどると、孫策《そんさく》の大功を讃《たた》え、討逆《とうぎゃく》将軍に封じて呉《ご》侯の爵位を賜《たま》わるよう奏上し、勅使《ちょくし》を江東へ下向させて、劉表《りゅうひょう》を防ぎ平らげるようとの詔《みことのり》を伝えさせた。曹操《そうそう》が丞相府に帰り、諸官の挨拶がすんだ後で、荀彧《じゅんいく》がたずねた。

「丞相が安衆まで退く際、わざと行軍を遅らせられ、必ず勝つと仰せられたのは、いかなるわけにござりますか」

「あのときは前後を挟まれて退路もなく、生きるか死ぬかの戦いよりほかになかったので、奇手を用いるため、わざと敵を誘《おび》き出したもの。それゆえ必ず勝つと申したのじゃ」

荀彧《じゅんいく》はこれに感服した。

ところへ郭嘉《かくか》が伺候した。

「どうしたのじゃ。遅いではないか」

と曹操《そうそう》が言うと、郭嘉《かくか》、袖《そで》の中から一通の書面を取り出し、

「ただいま袁紹《えんしょう》の使者が丞相への書面を持参いたし、公孫瓚《こうそんさん》を攻めるため、兵粮《ひょうろう》と軍勢を借用したいと申し越して参ったのでございます」

「袁紹《えんしょう》は許都を狙いおるとか聞いたが、わしが帰ったのをみて気を変えたのじゃな」

と封を切って読めば、その言辞すこぶる傲慢《ごうまん》なので、郭嘉《かくか》にたずねた。

「何たる無礼な奴か。きゃつを討ち平らげたいものじゃが、それには力がたらぬ。どうしたらよいか」

「高祖《こうそ》（劉邦《りゅうほう》）が項羽《こうう》の敵でなかったことは、殿もよくご承知のはず。ただ高祖《こうそ》は智をもって勝ち、項羽《こうう》ごとき剛の者もついに手捕りとされましたが、いま、袁紹《えんしょう》には十の敗因があり、殿には十の勝因がございます。袁紹《えんしょう》は兵力にすぐれたりとは申せ恐るるにはたりませぬ。彼が繁文縟礼《はんぶんじょくれい》であるのに対し、殿はすべて自然にまかせておられます。これは道における勝ち。彼が天下に逆らって動くのに対し、殿は人民の望みに従って天下を従えておられます。これは義における勝ち。桓《かん》・霊《れい》二帝この方、ご大政ゆるきに失しおりまするに、彼がこれに寛大に臨みおるのに対し、殿は一点たりと法をゆるがせにはなさりませぬ。これは治《ち》における勝ち。彼が寛容な外面の裏に深い嫉《しっ》視《し》を隠し、用うる者もほとんど縁者にかぎっておるのに対し、殿は一見粗雑にしてじ

つは高いご見識を蔵《かく》され、人を用うるにもその才を第一に重んじられます。これは度量における勝ち。彼が謀《はかりごと》多く、決断に乏しいのに対し、殿は策を得られればただちに実行に移されます。これは謀における勝ち。彼が名声によって人を見るのに対し、殿は真心から人に対されます。これは徳における勝ち。彼が気を配るのは身近なものばかりであるのに対し、殿のご配慮はいたらぬところございません。これは仁における勝ち。彼が取るにもたらぬ讒言《ざんげん》にも惑わされるのに対し、殿は人の讒言をいれるようなことは露なされません。これは明における勝ち。彼が是非《せいど》を明らかにしないのに対し、殿は法を枉《ま》げられることがございません。これは文における勝ち。彼が虚勢を張るのを好んで、用兵の術を知らないのに対し、殿は寡《か》をもってよく衆《しゅう》を制せられ、その用兵は神の如くであります。これは武における勝ち。殿にこの十の勝因あるうえは、袁紹《えんしょう》を破ることなぞいとも容易《たやす》いものでございます」

曹操《そうそう》は笑って、

「わしはとてもそなたの言うほどの者ではないわ」

荀彧《じゅんいく》、

「郭奉孝《かくほうこう》殿の十勝十敗のお説、それがし全く異議ござりませぬ。袁紹《えんしょう》の軍勢なぞ恐るるにたりましょうや」

郭嘉《かくか》、

「したが、徐州《じょ》の呂布《りょふ》こそはこのうえもなき厄介者。いま袁紹《えんしょう》が公孫瓚《こうそんさん》討伐に北上する隙に、まず呂布《りょふ》を亡ぼして東南の各地を平らげ、その後に袁紹《えんしょう》平定に取りかかるのが上策と心得ます。さもなくば、われらが袁紹《えんしょう》にかかれば呂布《りょふ》がその虚に乗じて許都を襲うことは必定、事面倒になるでござりましょう」

曹操《そうそう》はこの言をいれて、呂布《りょふ》討伐のことを協議したが、荀彧《じゅんいく》に、

「まず劉備《りゅうび》に使者をやって手筈を整え、返事を待って出陣するのが至当かと存じます」

と言われて、玄徳《げんとく》に書面を送るとともに、袁紹《えんしょう》からの使者を厚くねぎらい、袁紹《えんしょう》を大将軍・太尉に封じて冀《き》・青《せい》・幽《ゆう》・并《へい》四州の都督《ととく》を兼ねさせるように奏上し、密書で、

「貴殿は公孫瓚《こうそんさん》を討たれよ。われら十分の援助をいたす」

と答えた。袁紹《えんしょう》はこの密書を得て大いに喜び、ただちに公孫瓚《こうそんさん》討伐に打ち立った。

さて呂布《りょふ》は徐州にあったが、いつも幕僚を集めて宴席を張るごとに、陳珪《ちんけい》父子が口を極めて呂布《りょふ》の徳を讃えるので、陳宮《ちんきゅう》は快からず思って、おりを見て呂布《りょふ》に言った。

「陳珪《ちんけい》父子が将軍に媚《こ》びへつらうのは、何か下心あってのことかも知れませぬ。ご用心召されますよう」

「何をぬかす。貴様は罪もない者を讒言する気か」

呂布《りょふ》の一喝にあって、陳宮《ちんきゅう》は外に出、

「忠言がいれられぬようでは、ここにいてはわしの命も危ういものだ」

と吐息を洩らし、呂布《りょふ》を棄てて立ち去ろうと思ったものの、そこまではようできず、かと言ってまた人の笑い物にされはせぬかとも思って、終日鬱々《うつうつ》として楽しまなかった。一日、数騎の供を引き連れて小沛《しょうはい》の領内に憂《う》さばらしの狩猟に出掛けたところ、街道を飛ばして行く一騎の駅馬（公用の飛脚）を見かけた。不審に思った陳宮《ちんきゅう》が、狩をそのままに供をひきいて近道から追いつき、

「お前はどこの使者か」

と尋ねたところ、その使者は呂布《りょふ》の部下だと知ってあわてて返事もできずにいる。身体を探らせてみると、玄徳《げんとく》より曹操《そうそう》に宛てた密書が出て来たので、密書ともども呂《りょ》布《ふ》の前に引っ立てた。呂布《りょふ》が質《ただ》すと、

「曹丞相《そうじょうしょう》がわたくしに劉《りゅう》豫州殿への書面をとどけさせられ、これはその返書にござりまするが、内容は存じませぬ」

との返事、封を開いて入念に読めば、その大略は、
呂布《りょふ》を討たんとの尊命を奉じ、日夜機を窺《うかが》いおりまするが、それがし無勢にして大将の数少なく、妄動もできかねておるところ、丞相もし大軍を起こされんとなら、それがし先駆けおつとめいたすべく、謹んで兵備を整え、ご下命をお待ち

しております。

呂布《りよふ》は読み終えて、

「おのれ曹操《そうそう》、よくも謀《たばか》りおったな」

と、ただちに使者を打ち首にし、まず陳宮《ちんきゆう》・臧覇《そうは》に命じて泰山の山賊孫観《そんかん》・呉敦《ごとん》・尹礼《いんれい》・昌豨《しようき》らと手を結ばせ、東の方《かた》、山東《さんとう》・兗《えん》州の諸郡攻略に向かわせた。さらに、高順《こうじゆん》・張遼《ちようりよう》を小沛城へ差し向けて玄徳《げんとく》を襲わせ、宋憲《そうけん》・魏続《ぎしよく》を西へ向かわせて汝《じよ》南《なん》・潁川《えいせん》両郡を攻めさせた。呂布《りよふ》は自ら中軍をひきいて、この三軍の危急に備えることとした。


さて高順《こうじゆん》らが兵をひきいて徐州を打ち立ち、小沛に近づいたとき、これを人が玄徳《げんとく》に知らせた。玄徳《げんとく》が急ぎ皆を集めて協議するとき、孫乾《そんけん》が言った。

「すみやかに曹操《そうそう》殿に急を告げるがよろしいと存じます」

「誰ぞ許都へ行ってくれぬか」

「それがしにお申しつけ下さりませ」

と階《きざはし》の下から進み出た者がある。見れば、玄徳《げんとく》と同郷の人、姓は簡《かん》、名は雍《よう》、字憲《けん》和《か》、時に玄徳《げんとく》の幕僚になっている者である。玄徳《げんとく》はすぐさま書面をしたためて簡雍《かんよう》に渡し、急ぎ許都へ加勢をもとめにおもむかせた。同時に、防備の兵器をととのえさせて、玄徳《げんとく》は自ら南門を固め、孫乾《そんけん》を北門に、雲長《うんちょう》を西門に、張飛《ちょうひ》を東門に配し、糜竺《びじく》とその弟糜芳《びほう》に中軍を守らせることとした。元来、糜竺《びじく》には妹が一人あって、玄徳《げんとく》の第二夫人となっていたので、玄徳《げんとく》はこの兄弟と義理の兄弟の間柄にあり、それゆえ中軍の守護を命じて家族を守らせたものである。

高順《こうじゅん》の軍至るや、玄徳《げんとく》は櫓《やぐら》にのぼって、

「身どもは奉先《ほうせん》殿と戦う気はない。何とて押し寄せたのか」

「貴様は曹操《そうそう》と手を結んでわが主君を亡ぼそうとしたではないか。事すでに露見したぞ。早々に縛《ばく》につけ」

言うなり高順《こうじゅん》は、軍勢に下知して寄せかかったが、玄徳《げんとく》は門を固く閉ざして取りあわない。あくる日、張遼《ちょうりょう》が兵をひきいて西門に攻めかかったが、雲長《うんちょう》が櫓から、

「お見受けいたすところ貴公の人品いやしからず。何とて逆賊に与《くみ》されるか」

と言えば、張遼《ちょうりょう》は頭を垂れて物も言わぬ。雲長《うんちょう》はこの人に忠義の心あるのを知って、そのうえ悪罵《あくば》を加えず、討って出もしなかった。張遼《ちょうりょう》が兵を退いて東門へ廻るや、張《ちょう》飛《ひ》がただちにこれを迎えて討って出た。これを早くも関《かん》公に知らせる者があり、関《かん》公急いで東門に駆けつければ、張飛《ちょうひ》が城を討って出て、張遼《ちょうりょう》がすでに退いたあとである。張飛《ちょうひ》が追いすがろうとするのを、関《かん》公は急いで城内に呼びもどした。

「あいつが恐がって逃げているのに、どうして追ってはいけないのだ」

「あの男はお前にも劣らぬほどの剛の者だが、わしが正義をもって説《と》いたので大いに恥じ入り、われらとは戦おうとしないのだ」

張飛《ちょうひ》はその意を悟って、兵士らに城門を固く守るように命じ、かさねて討って出ようとしなかった。

さて簡雍《かんよう》は許都に着いて曹操《そうそう》に見《まみ》え、事の次第をつぶさに報告した。曹操《そうそう》はただちに幕僚一同を呼び集めて協議した。

「わしは呂布《りょふ》を討とうと思うが、袁紹《えんしょう》の手出しはさておき、劉表《りゅうひょう》・張繡《ちょうしゅう》が留守を狙いはせぬか気がかりなのじゃが」

と曹操《そうそう》が言うと、荀攸《じゅんゆう》が、

「かの二人は敗れたばかりのこととて、まだ軽々しくは動きますまい。呂布《りょふ》は勇猛な男。もし袁術《えんじゅつ》と結んで淮《わい》水・泗《し》水一帯に羽根をのばされては、ますます面倒なことになりましょうぞ」

と言い、郭嘉《かくか》も、

「このたび初めて謀反《むほん》いたし、まだ人心をつかまぬいまのうち、早々に攻めるがよろしいかと存じます」

曹操《そうそう》はこれに同意して、すぐさま夏侯惇《かこうとん》と夏侯淵《かこうえん》・呂虔《りょけん》・李典《りてん》らに兵五万をあたえて先行させ、自ら大軍をひきいて陸続と打ち立った。簡雍《かんよう》はこれに随行した。このことを早くも物見の者が高順《こうじゅん》に知らせ、高順《こうじゅん》は呂布《りょふ》に急報した。呂布《りょふ》はとりあえず侯《こう》成《せい》・郝萌《かくもう》・曹性《そうせい》らに二百騎をあたえて高順《こうじゅん》の加勢に差し向け、小沛城から三十里のところで曹操《そうそう》の軍勢を迎え撃たせるとともに、自らも大軍をひきいてその後詰《ごづめ》をした。玄徳《げんとく》は小沛城内から高順《こうじゅん》が退去して行くのを眺めて、曹操《そうそう》の軍勢が来たことを知ったので、孫乾《そんけん》に城を、糜竺《びじく》・糜芳《びほう》に家族をまかせて、己は関《かん》・張《ちょう》二公とともに城内の全軍をひきいて城を出、曹操《そうそう》の軍に呼応すべく、左右に開いて陣をとった。

さて夏侯惇《かこうとん》は軍をひきいて進んで来るうち、高順《こうじゅん》の軍勢と真向からぶつかったので、ただちに槍をしごき、馬を躍らせて戦いを挑んだ。高順《こうじゅん》これを迎え撃って、両馬駆けちがうこと四、五十合に及び、ついに敵しきれず、自陣目指して駆けもどる。夏侯惇《かこうとん》がこれに追いすがれば、高順《こうじゅん》は陣のまわりを回って振りきろうとし、夏侯惇《かこうとん》は執拗《しつよう》にくいさがって、同じく陣のまわりを追い回した。陣中からこれを眺めていた曹性《そうせい》、ひそかに弓に矢をつがえ、よくよく狙いを定めてひょうと放せば、夏侯惇《かこうとん》の左の目にぶつりと突き立った。夏侯惇《かこうとん》わっと一声叫んで、急いで矢を引き抜いたが、目の玉まで抜けて来たので、

「これは父の精《せい》、母の血だ。棄ててなるものか」

とそのまま口に入れて呑みこむや、ふたたび槍をとりなおし曹性《そうせい》めがけて馬を躍らせば、曹性《そうせい》不意を衝《つ》かれ、たちまち顔面に穂先を受けて突き殺され、これを見た両軍

の兵士、ひとしく息をのんだ。夏侯惇《かこうとん》が曹性《そうせい》を討ち取って味方の陣へ馬を飛ばせれば、高順《こうじゅん》その後を追い、全軍に下知してなだれかかったので曹操《そうそう》の軍勢はさんざんに討ち崩され、夏侯淵《かこうえん》は兄を助けて逃れ、呂虔《りょけん》・李典《りてん》も敗軍をひきいて済北《せいほく》まで退き陣をとった。高順《こうじゅん》は余勢を駆って軍勢をもどし、玄徳《げんとく》を討ちとろうとする。ところへ呂布《りょふ》の大軍も到着し、張遼《ちょうりょう》・高順《こうじゅん》とともに三手に分かれて、玄徳《げんとく》・関《かん》・張《ちょう》三人の陣へ押し寄せる。正に、目の玉喰《くら》って戦っても、鏃喰《やじり》ってはとてもたまらぬ、というところ。さて玄徳《げんとく》の勝敗のほどはどうなるか。それは次回で。

第十九回

下邳城《かひじょう》に　曹操《そうそう》　兵《へい》を鏖《みなごろし》にし
白門楼《はくもんろう》に　呂布《りょふ》　命《いのち》を殞《おと》す

さて高順《こうじゅん》が張遼《ちょうりょう》をひきいて関《かん》公の陣地を襲い、呂布《りょふ》が自ら張飛《ちょうひ》の陣を襲えば、関《かん》・張《ちょう》はそれぞれ迎えて撃っていで、玄徳《げんとく》は兵をひきいて両軍の後詰《ごづめ》をしたが、呂布《りょふ》が軍を分けて背後から殺到したので、関《かん》・張《ちょう》の両軍は総崩れとなり、玄徳《げんとく》は数十騎をひきいて小沛城《しょうはい》に逃げもどった。玄徳《げんとく》は急いで城内の兵士に吊り橋を下ろさせたが、そのうちにも、追って来た呂布《りょふ》がすぐ背後に迫って来た。城内から矢を射ようにも、玄徳《げんとく》に当たってはと射ることもならず、おろおろするうちに呂布《りょふ》が一気に城門に斬り入ったので、門を固めた兵士らは八方へ逃げ散り、呂布《りょふ》は味方を城内に呼びこんだ。玄徳《げんとく》は、もはやこれまでと館に立ち寄ることもあきらめ、家族を棄てて城内の大通りを一気に駆けぬけ、西門から走り出てただ一騎落ちて行った。呂布《りょふ》が玄徳《げんとく》の館に駆けつけると、糜竺《びじく》が出迎えて、

「大丈夫たる者は人の妻子を殺《あや》めずとか申します。いま将軍と天下を争うのは、曹操《そうそう》しかおりませぬ。玄徳《げんとく》殿は轅門《えんもん》に戟を射て一命を救っていただいたご恩を片時も忘れ

たことがなく、将軍に背こうなぞとは考えたこともございませんでしたが、このたびは曹操《そうそう》に迫られてやむなく加勢したもの。なにとぞお見逃し下さるよう願いあげます」

「わしも玄徳《げんとく》とは旧知の間柄じゃ。そのようなことはせぬ」

呂布《りよふ》は麋竺《びじく》に命じて、玄徳《げんとく》の家族を徐州《じよ》に移り住まわせた。かくて呂布《りよふ》は高順《こうじゆん》・張遼《ちようりよう》に小沛《しようはい》を守らせ、己は軍をひきいて山東《さんとう》・兗州《えん》の州境に出陣した。このとき、孫乾《そんけん》は逸早《いちはや》く城外へ逃れ、関《かん》・張《ちよう》両名も各自いくらかの兵をひきいて、山中に隠れた。

さて玄徳《げんとく》はただ一騎逃れ出て、いずこともなく落ちて行くうち、一人の者が追いすがって来た。見れば孫乾《そんけん》である。

「弟二人の生死も知れず、家の者もどうなっておるか。この先どういたしたものかな」

「しばらく曹操《そうそう》のもとに身を寄せて、再挙をはかるのが至当と存じます」

玄徳《げんとく》は孫乾《そんけん》の言をいれ、間道づたいに許都《きよと》を目指した。途中食糧が尽きると村里に出て食をもとめたが、どこでも、劉豫州《りゆうよしゆう》と知るや、競《きそ》って食物をすすめた。一日、とある家の戸を叩いて宿を求めたところ、一人の若者がうやうやしく迎えに出た。名を問うと、狩人《かりうど》の劉安《りゆうあん》なる者であった。そのとき彼は、豫州の牧《ぼく》と聞いて獲物を探して献じようとしたが、おり悪《あ》しく何もとれなかったので、己の妻を殺してその肉をすす

めた。玄徳《げんとく》は、

「これは何の肉じゃ」

とたずねたが、劉安《りゅうあん》が、

「狼《おおかみ》の肉でございます」

と言うので、それを信じて腹いっぱい食い、寝床にはいった。明け方、旅をつづけようとして裏庭に馬を出しに行ったところ、厨《くりや》に一人の女の死骸がころがっており、臂《うで》の肉がすっかり削《そ》ぎ落とされているのを目にした。驚いてたずねれば、昨夜食ったのがその殺された妻の肉であったとのこと、玄徳《げんとく》はいたく悲しんで、涙ながらに馬に乗った。〔自分について来ぬかとすすめたが、〕劉安《りゅうあん》が、

「殿様にお供いたしたいのはやまやまにございますが、年取った母親がここにおりますので、残念ながら遠方には参りかねます」

と言うので、玄徳《げんとく》は厚く礼を述べて別れ、梁《りょう》城への道をとった。ところへ、にわかに日をさえぎるばかりの砂塵《さじん》を巻きあげて、無数の人馬が近づいた。玄徳《げんとく》は曹操《そうそう》の軍勢と知って孫乾《そんけん》とともに本陣の旗を尋ねあてて曹操《そうそう》に対面し、小沛城を失ったことから、二人の弟とも別れ家族を敵の手に奪われたことどもをつぶさに物語った。曹操《そうそう》も思わずもらい泣きしたが、さらに劉安《りゅうあん》が己の妻を殺して食べさせてくれた話をすると、ただちに孫乾《そんけん》に金百両を与えて彼に届けさせた。

曹操《そうそう》の軍が済北《せいほく》まで進むと、夏侯淵《かこうえん》が出迎えて陣中に案内し、兄の夏侯惇《かこうとん》が片目を失って臥《ふ》せっている旨を告げた。曹操《そうそう》は病床に夏侯惇《かこうとん》を見舞って、一足先に許都に帰って手当てするよう命じた。一方、物見の者を出して呂布《りょふ》のありかを探らせてみると、

「呂布《りょふ》は陳宮《ちんきゅう》・臧覇《そうは》とともに泰《たい》山の山賊と手を結び、ともどもに兗《えん》州の諸郡に攻めかかっております」

とのこと。曹操《そうそう》はただちに曹仁《そうじん》に兵三千を与えて小沛城攻略に向かわせ、自ら大軍をひきいて、玄徳《げんとく》とともに呂布《りょふ》討伐に向かった。山東に進んで蕭関《しょうかん》（正しくは蕭県。安徽省蕭県西北）に近づいたとき、泰山の山賊孫観《そんかん》・呉敦《ごとん》・尹礼《いんれい》・昌豨《しょうき》が三万あまりの兵をひきいて行手をさえぎった。曹操《そうそう》が許褚《きょちょ》に出馬を命ずるや、敵の大将四人も揃って出馬したが、許褚《きょちょ》の獅子《しし》奮迅《ふんじん》の力闘にあって四方へ逃げ散り、曹操《そうそう》は余勢を駆ってこれを揉《も》み立て揉み立て蕭関まで迫った。これを早馬が呂布《りょふ》に知らせた。

時に呂布《りょふ》は、徐州に帰ると、陳登《ちんとう》とともに小沛の救援に赴くべく、陳珪《ちんけい》に徐州の守備を命じた。陳登《ちんとう》の出陣にのぞんで、陳珪《ちんけい》が言った。

「先に曹操《そうそう》殿は東方のことをすべてそちにまかすと仰せられた。呂布《りょふ》の命も今日明日じゃ、心してやれ」

「外のことはわたくしがよしなに取り計らいます。呂布《りょふ》が敗れて帰って参りましたら、父上は糜竺《びじく》殿と城を固めて、呂布《りょふ》を立ち入らせないで下さりませ。そのときには、わ

たくしは別に逃げる手がございます」

「したが、呂布《りょふ》の家族がここにおり、腹心の者どもも多いが、これはどうしたものか」

「それについては、わたくしに考えがございます」

陳登《ちんとう》は呂布《りょふ》のもとに罷《まか》り出て言った。

「徐州は四方から敵を受けており、曹操《そうそう》が力の限り攻め寄せて来るのも必定《ひつじょう》にござりますれば、われらとしても危急のときに備えておくに越したことはござりませぬ。それには、あらかじめ軍用金、兵糧《ひょうろう》などを下邳《かひ》に移しておくこと。徐州が囲まれるようなことがあっても下邳の兵糧にてまかなうことができましょう。早急に手を打たれるがよろしいかと存じます」

「元竜《げんりょう》、よいことを言ってくれた。家族も移しておくことにしよう」

呂布《りょふ》はただちに宋憲《そうけん》・魏続《ぎしょく》に命じ、家族と軍用金・兵糧などを下邳へ移送させ、自らは軍をひきいて陳登《ちんとう》とともに蕭関の救援に向かった。半ばまで来たとき、陳登《ちんとう》が、

「それがしが先に蕭関へ参って曹操《そうそう》の軍情を探《さぐ》っておき、そのうえで殿のご出馬を願った方がよろしいかと存じます」

と言い、呂布《りょふ》がこれに応じたので、陳登《ちんとう》は蕭関に先行した。陳宮《ちんきゅう》らが迎えると、彼は言った。

「温侯《おん》には貴公らが討って出ようとされないのをいたくご立腹あって、処罰されるとてじきじきご出馬なされたぞ」

「いまの曹操《そうそう》の大軍では、われらも軽々しく出ることもかなわないのだ。この関はわれらがお引き受けいたすによって、殿には小沛城を固められるが第一とお勧め下されい」

陳登《ちんとう》は、いかにも感服したふうに聞いていた。夜にはいってから櫓《やぐら》にのぼって眺めれば、曹操《そうそう》の軍勢が真下に迫っている。そこで夜陰にまぎれて三通の書面をしたため、矢に結びつけて関の下へ射こんだ。そして、次の日陳宮《ちんきゅう》と別れるや、馬を飛ばせて呂《りょ》布《ふ》のもとにもどった。

「関では孫観《そんかん》らが関を明け渡そうとしておりましたので、陳宮《ちんきゅう》を踏み止まらせておきました。殿には暮れ方に押し寄せて、陳宮《ちんきゅう》の危急をお救いなさりませ」

「そなたがなくば、関を失うところであった」

と、呂布《りょふ》は陳登《ちんとう》を関へやって陳宮《ちんきゅう》と手筈をととのえさせ、狼火《のろし》を合図と決めさせた。陳登《ちんとう》は陳宮《ちんきゅう》のもとに駆けつけて言った。

「曹操《そうそう》の軍勢が間道づたいに関にはいったぞ。徐州が危ういから、貴公らは早々にもどられよ」

陳宮《ちんきゅう》が兵をひきい関を棄てて後退するや、陳登《ちんとう》が櫓から狼火をあげたので、呂布《りょふ》は闇にまぎれて押し寄せ、陳宮《ちんきゅう》の軍勢と呂布《りょふ》の軍勢は暗闇ではげしい同士討ちを演ずる。曹操《そうそう》は合図の狼火に、一斉に寄せかかったので、孫観《そんかん》らはさんざんに討ち崩されて逃げ去った。呂布《りょふ》は明け方まで斬ってまわっていたが、はじめて謀られたと知り、急ぎ陳宮《ちんきゅう》とともに徐州に引き返した。城門まできて開門せよと叫んでいると、城中から矢を雨のように射かけて来て、糜竺《びじく》が櫓に立ちいでた。

「貴様はわが殿からこの城を奪いおったが、もはやわれらが取りもどした。ここには一歩も入れぬぞ」

呂布《りょふ》が怒って叫ぶと、

「陳珪《ちんけい》はどうした」

「もうわしが殺した」

呂布《りょふ》が陳宮《ちんきゅう》を顧みて、

「陳登《ちんとう》はどこにおるか」

と尋ねると、

「将軍はまだあの裏切り者に惑わされておいでにござるか」

との返事。軍中を探させたが、姿も見えない。陳宮《ちんきゅう》が小沛へ急ぐようすすめたので、呂布《りょふ》がこれに従って中途まで行ったとき、にわかに一隊の軍馬が行手に現われた。見れば高順《こうじゅん》・張遼《ちょうりょう》である。呂布《りょふ》が何事かと尋ねると、

「陳登《ちんとう》殿が参って、殿が囲まれたゆえ至急救いに参るようとのことでございましたので」

という答え。

「これもあの裏切り者のやったことにござるぞ」

と陳宮《ちんきゅう》に言われて、呂布《りょふ》憤然として、

「おのれ、生かしてはおかぬぞ」

とばかり馬を飛ばせて小沛に至れば、城壁に立てつらねられたのは曹操《そうそう》の軍勢の旗指物。これは曹操《そうそう》がすでに曹仁《そうじん》に命じて乗っ取らせ、立て籠《こも》らせていたものである。呂布《りょふ》が城下からさんざんに陳登《ちんとう》を罵れば、陳登《ちんとう》は櫓から呂布《りょふ》に指つきつけて、

「わしは漢《かん》朝の臣だ。貴様ごとき逆賊の下におれるものか」

と罵り返したので、呂布《りょふ》大いに怒って攻めかかろうとするおりしも、にわかに背後にどっと喊声《かんせい》が湧いて、一隊の人馬が押し寄せた。真っ先に立った大将は、誰あろう張飛《ちょうひ》。高順《こうじゅん》が出馬してこれに挑んだが、とてもかなわず、呂布《りょふ》自ら高順《こうじゅん》といれかわって火花を散らすところへ、横手にどっと喊声が起こって、曹操《そうそう》みずから大軍をひきいて斬りこんで来た。呂布《りょふ》は敵し難しと見て、軍勢をひきいて東方へ逃げ、曹操《そうそう》の軍勢は逃がさじと追い迫る。呂布《りょふ》はひた走りに逃げたが人馬ともに疲れ果ててきたおりもおり、またもや一隊の人馬が討って出て、退路に立ちはだかった。その先頭に乗り出

した一人の大将が薙刀《なぎなた》を片手に、

「呂布《りよふ》、逃げるな、関雲長《かんうんちよう》これにあり」

と大喝する。呂布《りよふ》あわててこれに立ち向かったが、早くも張飛《ちようひ》が背後に迫る。呂布《りよふ》はもはやこれまでと、陳宮《ちんきゆう》らと血路を切り開き、下邳《かひ》めざして一散に落ちて行けば、侯成《こうせい》が兵をひきいてこれを迎え入れた。

関《かん》・張《ちよう》はふたたびめぐり合って、涙ながらに離散して後のことを語り合った。

「わしは海州路《かいしゆうろ》（元代の地名。江蘇省連雲港市西南）に隠れておったが、やっとたよりをつかんで、ここにやって来たのだ」

と雲長《うんちよう》が言えば、張飛《ちようひ》も、

「おれはここしばらく芒碭山《ぼうとう》（河南省永城県東北）で暮らしていたが、今日ここでめぐり会えようとは思わなんだ」

と言い、二人は語り終わって、ともどもに兵をひきいて玄徳《げんとく》の前に出ると、声をあげて泣き伏した。玄徳《げんとく》は悲喜こもごものていで二人を曹操《そうそう》に引き合わせ、彼に従って徐州に入れば、糜竺《びじく》が罷り出て家族の無事を告げたので、玄徳《げんとく》はいたく喜んだのであった。陳珪《ちんけい》父子も曹操《そうそう》に見参した。曹操《そうそう》は盛大な酒宴を開いて、諸将の労をねぎらったが、曹操《そうそう》を中にして、陳珪《ちんけい》が右に、玄徳《げんとく》が左に座をしめ、その他の将士が順次に居流れた。宴果てて、曹操《そうそう》は陳珪《ちんけい》父子の功を多として十県の封禄を授け、陳登《ちんとう》を伏波《ふくは》将軍とした。

さて曹操《そうそう》は徐州を得てその喜びひとかたならず、さらに下邳《かひ》攻略のことを協議したが、程昱《ていいく》の言うのに、

「呂布《りよふ》はいま下邳ただ一城を保つのみでございますから、これをあまり手厳しく攻め立てたりすれば、棄身《すてみ》の戦《いくさ》をした上、袁術《えんじゅつ》に身を寄せること必定。呂布《りよふ》が袁術《えんじゅつ》と結んだなら、なかなか手強き相手となります。むしろこの際、有能の士に淮南《わいなん》への道筋を固めさせて、内は呂布《りよふ》を防ぎ、外は袁術《えんじゅつ》に当らせるのが至当かと心得ます。まして、山東には臧覇《そうは》・孫観《そんかん》らがなお帰順を拒《こば》みおりますれば、これもゆるがせにはできかねまする」

「では山東路はわしが引き受けよう。淮南の道筋は、玄徳殿《げんとく》、貴公お引き受け下さらぬか」

「丞相の仰せ、しかと承知つかまつりました」

あくる日、玄徳《げんとく》は麋竺《びじく》・簡雍《かんよう》を徐州に留め、孫乾《そんけん》・関《かん》・張《ちょう》をともない、軍勢をひいて淮南の道筋に出陣し、曹操《そうそう》は自ら兵をひきいて下邳攻略に向かった。

さて呂布《りよふ》は下邳にあって、十分な兵糧をたのみ、泗《し》水の要害もあることとて、立て籠っていれば敗れることはないと安心しきっていた。陳宮《ちんきゅう》が、

「ただいま曹操《そうそう》の軍勢は到着早々のこととて陣も固まっておりませぬ。力をたくわえた兵をもって倦《う》み疲れた兵を討てば勝たぬはなし、と申しまするぞ」

と言ったが、呂布《りょふ》は、

「味方はもうたびたび敗れてきた。そう軽々しく出るべきではない。敵が寄せて来たときに討って出れば、一人残らず泗水にはまりこむわ」

とはねつけた。数日して曹操《そうそう》の陣屋が定まると、曹操《そうそう》は諸将を引き連れて城下に至り、

「呂布《りょふ》、これにいでよ」

と呼びかけた。呂布《りょふ》が櫓に立ち出でると、曹操《そうそう》が言った。

「聞けば奉先《ほうせん》殿にはまたも袁術《えんじゅつ》と縁組をとりかわしたとのこと。それゆえ、身どもは軍をひきいて参ったのじゃ。袁術《えんじゅつ》は叛逆《はんぎゃく》いたした大罪人。貴公は董卓《とうたく》を討って大功を立てながら、いまとなってその功績を棄ててまで逆賊に従おうとなされるのは何故か。城を失ってからでは、悔いても及ばない。早々に降参して、ともどもに皇室を助け参らすれば、領地を失わずともすもうものを」

「丞相殿、しばらくお控え下されい。よくよく談合いたしてご返事いたす」

呂布《りょふ》が言ったとき、側に控えていた陳宮《ちんきゅう》が奸賊《かんぞく》曹操《そうそう》なにをぬかすかと大いに罵り、弓をとるなりひょうとばかりに曹操《そうそう》の傘を射抜いた。

「おのれ、誓って貴様の命を取ってやるぞ」

曹操《そうそう》は陳宮《ちんきゅう》に指を突きつけ、軍勢に下知して寄せかかった。

陳宮《ちんきゅう》は呂布《りょふ》に言った。

「曹操《そうそう》は遠路はるばる来たったものゆえ、長く耐えられようはずがござらぬ。将軍は屈強の者どもをひきいて城外に出陣なされませ。それがし他の者をひきいてこの城を固めます。曹操《そうそう》が将軍に攻めかかれば、それがし討って出て彼の背後を衝き、彼が城に寄せかかれば、将軍がその背後にお回り下されい。かくすれば十日もせずに、曹操《そうそう》の軍は兵糧尽きましょうゆえ、ただ一揉《ひとも》みにて破ることもかなおうもの。すなわち掎《き》角《かく》の陣（第十一回注2参照）にござる」

「いかにも、もっともじゃ」

呂布《りょふ》はただちに屋敷に帰って武装をととのえたが、時に厳寒の頃とて、従者に綿入れを十分用意して行くよう命じていたところ、妻の厳《げん》氏がこれを耳にして奥から出て来た。

「どこへお出ましですか」

呂布《りょふ》が陳宮《ちんきゅう》の計略を話すと、

「お殿様が城を人にまかせ妻子を棄てて遠方へお出ましなされては、もし変事出来《しゅったい》のときは、わたくしお殿様に二度とお会いできなくなるのではございませんでしょう

呂布は思いまどって三日間引き籠っていた。陳宮が罷り出て言った。

「曹操《そうそう》の軍勢は四方から囲みにかかっております。今のうちに出陣いたさねば、出るにも出られなくなりましょうぞ」

「わしは、遠方へ出陣するより城を固めた方がよいと思うのじゃが」

「近頃、曹操《そうそう》の軍勢は兵糧欠乏し、人を出して許都に取りにやったとか聞いておりますゆえ、早晩着くことにございましょう。将軍は精兵をひきいてその糧道を絶たれるがよろしゅうございます。これが最上の策でございます」

呂布《りょふ》はまた奥にはいって厳氏《げん》にこの由を告げた。すると厳氏《げん》は涙ながらに、

「将軍がお出ましのあと、陳宮《ちんきゅう》・高順《こうじゅん》にここの城を守りきれましょうか。もし万一のことがあったら、悔いても及びませぬぞ。わたくしは以前長安におりました頃に一度将軍に棄てられましたが、あのときは幸い龐舒《ほうじょ》殿が匿《かくま》ってくれましたので、また将軍にお会いすることができました。それが、今日また棄てられるとは夢にも思いませなんだ。お出ましのうえは、どうかわたくしのことなぞお忘れ下さいませ」

と言うなり、わっと泣き伏した。

言われて呂布《りょふ》はまた心をかき乱され、貂蟬《ちょうせん》に話すと、

「わたくしのためを思って軽々しく出るのはおやめ下さりませ」

「よいよい、心配いたすな。わしには画戟《がげき》もあれば、赤兎《せきと》馬もある。わしに近寄れるような者はおらぬわ」

そして部屋を出て陳宮《ちんきゅう》に言った。

「曹操《そうそう》の兵糧が着くとか申すのは、嘘《うそ》じゃ。曹操《そうそう》は詭《き》計《けい》を弄《ろう》する奴じゃが、わしはその手には乗らぬぞ」

陳宮《ちんきゅう》は呂布《りょふ》の前を辞して出ると、嘆息した。

「これでわしたちは野垂死《のたれじに》と決まったか」

これより呂布《りょふ》は終日館を出ることなく、厳《げん》氏・貂蝉《ちょうせん》とともに酒で憂《う》さを晴らしていた。ところへ幕僚の許汜《きょし》・王楷《おうかい》が罷り出て、

「いま袁術《えんじゅつ》は淮南《わいなん》にあって、威勢大いにふるっております。将軍は先に彼とご縁組を結ばれた間柄ではあり、援助をもとめられたらよろしいではございませぬか。もし袁術《じゅつ》の軍勢いたり、内外より挟撃いたせば、難なく曹操《そうそう》の軍勢を破ることができると存じまするが」

と献策した。呂布《りょふ》はその計に従って、その日のうちに書面をしたため、二人をつかわすこととしたが、許汜《きょし》が、

「一隊に先に討って出てもらわねば、とても行かれませぬ」

と言うので、張遼《ちょうりょう》・郝萌《かくもう》の二人に兵一千を与え、玄徳《げんとく》の固める山あいの外まで送り

出させることとした。この夜の二更、張遼《ちょうりょう》が先に立ち、郝萌《かくもう》が後ろを固めて、許汜《きょし》・王楷《おうかい》を守って城から討って出た。玄徳《げんとく》の陣屋の脇を駆け抜けたとき、諸将がこれを追ったが、振り切って山あいを突破した。郝萌《かくもう》が五百人をひきいて許汜《きょし》・王楷《おうかい》とともに先を急ぎ、張遼《ちょうりょう》は残った半分の軍勢をひきいて引き返したが、山あいまで来たとき雲《うん》長《ちょう》がこれを遮った。あわや一戦に及ぼうとしたとき、高順《こうじゅん》が兵をひきいて討っていで、彼を城内に迎えいれた。

さて許汜《きょし》・王楷《おうかい》は寿春《じゅしゅん》に着いて袁術《えんじゅつ》に見《まみ》え、持参した書面を差し出した。

袁術《えんじゅつ》、

「先にはわしの使者を殺して当方よりの縁組を踏みにじりおったに、今またこのようなことを申して来るとは、何事じゃ」

許汜《きょし》、

「それは曹操《そうそう》の奸計にまどわされたものにござりますれば、ご明察のほど願い上げます」

袁術《えんじゅつ》、

「お前の主人は曹操《そうそう》の兵に攻め抜かれて、娘を差し出すと言い出したのであろうが」

王楷《おうかい》、

「お上《かみ》がいまお救い下さらねば、『脣《くちびる》亡びて歯寒し』とか、お上の御為《おんため》にもならぬことではないかと存じまするが」

袁術《えんじゅつ》、

「奉先《ほうせん》は口先だけの男ゆえ、まず娘を送ってよこせば、兵を出してやろう」

許汜《きょし》・王楷《おうかい》もこう言われてはいたし方なく、袁術《えんじゅつ》のもとを辞して郝萌《かくもう》とともに引き返した。玄徳《げんとく》の陣屋の近くまで来たとき、許汜《きょし》が、

「日中には通れまい。夜中にわれら二人が先行するゆえ郝《かく》将軍には後詰をお願いいたす」

と言い、手筈を決めた。夜にはいって玄徳《げんとく》の陣屋にさしかかり、許汜《きょし》・王楷《おうかい》が先に駆け抜けた。郝萌《かくもう》がこれにつづこうとしたおりしも、張飛《ちょうひ》が陣屋から躍り出してこれを遮った。郝萌《かくもう》馬を駆って立ち向かったが、ただ一合にして生捕られ、五百の同勢はことごとく斬り散らされた。張飛《ちょうひ》が郝萌《かくもう》を玄徳《げんとく》の前に引っ立てれば、玄徳《げんとく》は彼を本陣へ引っ立てて曹操《そうそう》に見《まみ》えた。郝萌《かくもう》が加勢をもとめるために縁組をした一件をつぶさに話すと、曹操《そうそう》は大いに怒って陣門で郝萌《かくもう》の首を刎《は》ね、各陣へ防備を固めるよう触れて、呂布《りょふ》およびその配下の者を取り逃がした者は軍律によって処断する旨を告げさせたので、各陣とも恐れおののいた。玄徳《げんとく》が陣屋にもどって、

「ここは淮南《わいなん》への要路ゆえ、そなたたちもよくよく心して、曹操《そうそう》殿の命令に違《たが》わぬよういたせ」

と関《かん》・張《ちよう》に言うと、張飛《ちようひ》、

「賊の大将を捕《つか》まえたのに、恩賞の沙汰《さた》をするどころか逆におどかすとは曹操《そうそう》の奴、無礼じゃないか」

「それは違う。曹操《そうそう》殿は大軍を統率しておられるのだ。軍律を正しくせねば、人々を服従させることもかなわない。そなたも背いてはならぬぞ」

関《かん》・張《ちよう》は承知してそこを出た。

さて許汜《きよし》・王楷《おうかい》は帰って呂布《りよふ》に見《まみ》え、袁術《えんじゆつ》が娘をもらったら加勢の兵を出すと言った由を詳しく告げた。

呂布《りよふ》、

「どうして送り届けたらよいかの」

許汜《きよし》、

「郝萌《かくもう》が捕われたいまとなっては、曹操《そうそう》もわれらの内情を知って手配をいたしおるのは必定。将軍がじきじきにお送りなされませねば、他の者であの重囲を破ることはできますまい」

「では、今日ただちに送り届けてはどうじゃ」

「本日は凶の日、出るべきではありません。明日は大吉なので、戌《いぬ》から亥《い》の刻（午後七時―十一時）にお出かけになるがよろしゅうございます」

呂布は張遼・高順に命じた。

「騎兵三千を揃え、小さな車を用意いたせ、わしが二百里先まで送って行くから、その先はそちたち二人で送って行くのじゃ」

翌日の夜二更頃、呂布《りよふ》は娘に綿入れを着せ、その上を鎧《よろい》でくるんで背中に負うと、戟《(1)》をひっさげて馬にまたがった。城門を押し開くや、呂布《りよふ》真っ先に討っていで、張《ちよう》遼《りよう》・高順《こうじゆん》がこれにつづいた。玄徳《げんとく》の陣屋にさしかかるや、太鼓の音一声、関《かん》・張《ちよう》二人が行手に立ちふさがって、

「止まれ」

と叫ぶ。呂布《りよふ》が戦う気もなく、ひたすら押し通ろうとするところ、玄徳《げんとく》、自ら軍勢をひきいて駆けつけ、両軍入り乱れての合戦となった。さすがの勇者呂布《りよふ》も、娘が背中にいるので、怪我をさせてはと思うと十重《とえ》二十重《はたえ》の囲みをしゃにむに斬り抜けることもできない。そのうち後ろから徐晃《じよこう》・許褚《きよちよ》らが殺到して、口々に、

「呂布《りよふ》を逃がすな」

と叫び立てる。呂布《りよふ》はこのありさまにやむなくいったん城内へとって返した。玄徳《げんとく》は陣に引き揚げ、徐晃《じよこう》らもおのおのの陣へ引き取ったが、ついにこのとき一人も外へ出た者がなかった。呂布《りよふ》は城内にもどってからも悶々《もんもん》として、酒に浸っていた。

さて曹操《そうそう》は、城を取り囲んで二カ月しても落とすことができずにいたところ、にわかに、

「河内《かだい》の太守張楊《ちょうよう》が東市《とうし》（河南省沁陽市《しんようし》）に出兵し、呂布《りょふ》の加勢に出ようとしたところを部将楊醜《ようしゅう》がこれを殺しました。彼は首を丞相に捧げようといたしましたが、張楊《ちょうよう》の腹心の眭固《けいこ》に殺され、眭固《けいこ》は犬城《けんじょう》（沁陽市東北）へ落ち去りました」

との知らせがはいった。曹操《そうそう》はこれを聞いて、ただちに史渙《しかん》をやって眭固《けいこ》を追い討たせたが、これより考えるところあって諸将をあつめて言った。

「張楊《ちょうよう》は幸い自滅しおったが、なお北には袁紹《えんしょう》があり、東（正しくは西）には劉表《りゅうひょう》・張繡《ちょうしゅう》があって一刻の油断もならぬうえ、この下邳もいっかな落とすことができない。わしは呂布《りょふ》を見棄てて都に帰り、しばらく戦《いくさ》を休みたいと思うのじゃが、どうであろう」

荀攸《じゅんゆう》急いでこれを止め、

「それはなりませぬ。呂布《りょふ》は度重なる敗北に、意気沮喪《そそう》しております。およそ軍隊は大将によって左右されるもの、大将の鋭気衰えれば軍隊の士気も消え失せます。陳《ちん》宮《きゅう》は術策に長《た》けたりとは申せ、機を見るに疎《うと》く、ただいま呂布《りょふ》の鋭気のまだ回復せず、陳宮《ちんきゅう》の策まだ定まらぬうちに早々に攻め立てれば、呂布《りょふ》を手捕りともできましょうぞ」

と言うと、郭嘉《かくか》の言うのに、

「それがし、下邳城にたとい二十万の兵ありとも、たちどころに破ってのける計がございます」

荀彧《じゅんいく》が、

「沂《ぎ》水、泗《し》水の水を切って落とすのではござらぬか」

と言うと、郭嘉《かくか》笑って、

「おお、いかにも」

曹操《そうそう》は大いに喜び、すぐさま兵士に命じて両河の水を決壊させた。曹操《そうそう》の軍勢がみな高原に陣取って、下邳の城が水に囲まれるありさまを目の下に眺めていれば、城はただ一ヵ所東門を余して、他の各門はすべて水につかった。兵士らがこの由を知らせに駆けつければ、呂布《りよふ》は、

「わしには、水中も平地を行くが如き赤兎《せきと》馬がある。それくらい何でもないわ」

と、連日妻妾《さいしょう》を侍《はべ》らせて美酒にふけっていた。しかし、酒色が過ぎて、衰えの色は次第に相貌にも現われて来た。一日、鏡を手にして己の顔を見た呂布《りよふ》は、驚いて、

「わしは酒色に身を誤った。今日から、断じて手を触れぬぞ」

と言い、酒を口にした者は斬って棄てると城内に触れた。

さて侯成《こうせい》は馬十五頭を持っていたが、これを廏《うまや》の小者が盗み出して玄徳《げんとく》に献上しよ

うとした。侯成《こうせい》はこれを追いかけて斬り殺し、馬を奪い返した。諸将が祝いに来たので、酒を五、六石醸《かも》し、一同と酒盛りをしようとしたが、呂布《りよふ》の達しもあることなので、まず酒五甕《かめ》をたずさえて呂布《りよふ》を館《やかた》に訪ね、

「将軍のご威光によりまして、奪われた馬を取りもどすことができました。朋輩《ほうばい》たちがその祝いに参ったので、いささか酒をつくりましたが、勝手にいただくのもいかがかと思い、まずお口よごしに一献《いっこん》持参いたしました」

と言った。呂布《りよふ》は、

「わしが禁酒を命じたばかりだのに、酒をつくって酒盛りをやろうというのか。わしの言うことが聞けぬというのだな」

と大いに怒り、引き出して打ち首にしろと命じた。宋憲《そうけん》・魏続《ぎしよく》ら諸将が許しを請うたが、呂布《りよふ》は、

「知っておりながらわしの命令に背いたのだから、打ち首にするところじゃが、今日のところはみなの顔に免じて、罰棒百回とする」

と言い、一同がなお哀願したので、五十回打ったところで釈放した。諸将はせっかくの気勢を削《そ》がれてしまった。宋憲《そうけん》・魏続《ぎしよく》が侯成《こうせい》を家に見舞うと、侯成《こうせい》は泣きながら言った。

「貴公らがとりなしてくれなければ、わしは死ぬところであった」

宋憲《そうけん》、

「呂布《りよふ》は妻子のことばかり考えて、わしらのことは塵芥《ちりあくた》同然に思っているのだ」

魏続《ぎしよく》、

「城下はことごとく囲まれ、城壁も水びたし、わしらの命も長いことはないな」

宋憲《そうけん》、

「呂布《りよふ》は仁義を知らぬ男。いっそ奴を見棄てて逃げたらどうだろう」

魏続《ぎしよく》、

「逃げるとはだらしのない。呂布《りよふ》をひっくくって曹操《そうそう》殿に献上しようではないか」

侯成《こうせい》、

「わしは馬を追いかけて罰を喰《くら》ったが、呂布《りよふ》がたのみとしているのも赤兎馬だ。貴公らが呂布《りよふ》を手捕りとして城を明け渡すと言われるなら、わしはまず馬を盗み出して曹《そう》操《そう》殿に見参しよう」

かくて三人は手筈をととのえ、この夜、侯成《こうせい》は闇にまぎれて廏《うまや》に忍びこみ、赤兎馬を盗み出して東門へ走った。待ちかまえていた魏続《ぎしよく》が門を開き、これを追いかけるふりをした。侯成《こうせい》は曹操《そうそう》の陣屋に着いて馬を献上し、宋憲《そうけん》・魏続《ぎしよく》が白旗を合図に門を開く旨をつぶさに言上した。聞いて曹操《そうそう》はこれを信じ、署名入りの布告数十枚を城内に射込ませた。その布告、大将軍曹操《そうそう》、このたび詔《みことのり》を奉じて呂布《りよふ》を征伐す。もし官軍に抗《あらが》う者あらば、落城の日、一族誅滅《ちゆうめつ》せん。上は将校より、下は庶民に至るまで、呂布《りよふ》を手捕りとして献ずる者、もしくはその首を献ずる者は、厚く恩賞をとらすものなり。この趣、しかと心得よ。

次の日の明け方、城外に天地を震わすような鬨《とき》の声が起こった。呂布《りよふ》は大いに驚いて、戟を片手に城壁にのぼり、各門を視察したが、魏続《ぎしよく》が侯成《こうせい》をとり逃がし、愛馬を盗み去られたのを知って、いずれその罪を糾《ただ》してやると罵った。城下からは曹操《そうそう》の軍勢が、城壁にかかげられた白旗を見て一斉に寄せかかって来たので、呂布《りよふ》はやむなく自ら応戦した。夜明けより昼まで戦ったすえ、曹操《そうそう》の軍勢が少し退いたので、櫓で一息いれていた呂布《りよふ》は、いつか椅子に座ったまま眠ってしまった。おりやよしと宋憲《そうけん》、側の者を追い散らして画戟を取り上げておいたうえ、魏続《ぎしよく》とともに一斉に躍りかかって、呂布《りよふ》を高手小手に縛り上げた。呂布《りよふ》は夢から醒《さ》めて、あわてて左右の者を呼んだが、二人がこれを追いはらって、約束の白旗を一振り、曹操《そうそう》の軍勢がどっと城下に押し寄せた。魏続《ぎしよく》が、

「呂布《りよふ》を生捕ったぞ」

と叫んだが、夏侯淵《かこうえん》がなお不審気にしているので、宋憲《そうけん》が呂布《りよふ》の画戟を投げ下ろして城門を開ければ、曹操《そうそう》の軍勢は一斉になだれこんだ。高順《こうじゅん》・張遼《ちょうりょう》は西門を守っていたが、水で逃げることができずに曹操《そうそう》の軍勢にとりおさえられ、陳宮《ちんきゅう》は南門まで逃れて徐晃《じょこう》に捕えられた。

入城した曹操《そうそう》は、ただちに命令を出して決壊させた水を退かせ、告示を出して住民の不安をとりのぞくよう取り計らわせるとともに、玄徳《げんとく》とともに白門楼（西門の櫓）上に座を占めて関《かん》・張《ちょう》をかたわらに控えさせ、生捕った者どもを引っ立てて来させた。さしも大男の呂布《りよふ》も、がんじがらめにされては息もつけず、大声でわめいた。

「これではたまらぬ、もう少しゆるめてくれ」

しかし曹操《そうそう》は、

「虎を縛るには、それくらいが適当じゃ」

と相手にしない。呂布《りよふ》は侯成《こうせい》・魏続《ぎしよく》・宋憲《そうけん》が曹操《そうそう》の側に立ち並んでいるのを見て言った。

「わしはおまえたちを重く用いたはずだ。どうして裏切ったりしたのか」

「女房や妾の言葉に惑わされて、大将の言うことも聞かなかったのに、重く用いたとは片腹痛いわ」

宋憲《そうけん》に言われて、返す言葉もないところ、兵士らが高順《こうじゅん》を引っ立てて来た。曹操《そうそう》が言った。

「貴様、何か言うことがあるか」

高順《こうじゅん》が返答もしないので、怒った曹操《そうそう》は打ち首にしろと命じた。

徐晃《じょこう》が陳宮《ちんきゅう》を引っ立てて来ると、曹操《そうそう》が言った。

「公台《こうだい》、その後変わりないか」

「貴様は心が汚いので、見棄てたのだ」

「さらば、呂布《りょふ》なぞに仕えたとはどうしたわけじゃ」

「呂布《りょふ》は能なしとはいえ、貴様のような奸賊とは違うからだ」

「そなたはかねがね智謀をもって自慢しておったが、今日のざまはいったいどうしたことじゃ」

陳宮《ちんきゅう》は呂布《りょふ》を顧みて、

「この男がわしの言を聞かなかったからだ。聞いておれば、こんなざまにはなっておらぬ」

「それで、今日はどうするつもりじゃ」

「死あるのみだ」

「したが、年老いた母親や妻子をどうする」

「孝をもって天下を治める者は人の親を害《あや》めず、仁政を天下に施《し》く者は人の祀《まつり》を絶やさずと聞いておる。母や妻子の命は貴公の心次第だ。こうして捕われたうえは、早々に首を斬ってくれ、何も思いのこすことはない」

曹操《そうそう》は心中殺すに忍びずに躊躇《ちゅうちょ》していたが、陳宮《ちんきゅう》が自ら下におりて行って、側の者が引き留めても止まらないので、立ち上がって涙ながらにこれを見送った。陳宮《ちんきゅう》は振り返ろうともしない。曹操《そうそう》が従者に、

「公台《こうだい》の老母と妻子を許都に送り帰して安楽に暮らさせるようにいたせ。怠ったりすれば斬るぞ」

と言うのを、陳宮《ちんきゅう》は耳にしながらも一言も言わず、みずから首をさしのべて刑に服した。一同これを見て涙を流さぬ者とてない。曹操《そうそう》はその屍《しかばね》を丁重に棺におさめ、許都に葬った。のちの人が嘆じた詩に、

生死　二志なし、
丈夫　何ぞ壮なる。
金石の論　従われず、
空しく負《にな》う　棟梁《とうりよう》の材。
主を輔《たす》けて　真《まこと》に敬《うやま》うに堪《た》え、
親を辞して　実に哀れむべし。

白門に　身死するの日、
誰か肯《あ》えて　公台《こうだい》に似《しか》んや。

曹操《そうそう》が下りて行く陳宮《ちんきゅう》を見送っている間に、呂布《りょふ》が玄徳《げんとく》に言った。

「貴公は賓客《ひんきゃく》、わしは捕われの身、一言ぐらい口添えしてくれてもよいではないか」

玄徳《げんとく》はうなずいた。

曹操《そうそう》がふたたび元の座になおると、呂布《りょふ》が叫んだ。

「殿が悩んでおられたのは、このわしじゃったが、わしもすでにこのとおり降参いたした。このうえは、殿が大将となり、わしが副将となったら、天下の平定も意のままではござらぬか」

曹操《そうそう》は玄徳《げんとく》を顧みた。

「どうであろう」

「丁建陽《ていけんよう》・董卓《とうたく》のことをお忘れでござるか」

「おのれ、二枚舌め」

呂布《りょふ》が玄徳《げんとく》を睨《にら》みすえるところ、曹操《そうそう》が引きずり下ろして縊《くび》り殺すように命じた。

呂布《りょふ》がさらに玄徳《げんとく》を振り返って、

「大耳《おおみみ》め。轅門《えんもん》で戟を射たときのことを忘れたのか」

そのとき、大音に叫んだ者がある。

「呂布《りよふ》、見苦しいぞ。死ぬときは死ね。何だ、そのざまは」

一同これを見れば、刑手らに引っ立てられて来た張遼《ちようりよう》である。曹操《そうそう》は呂布《りよふ》を縊り殺して、晒《さら》し首とさせた。〔時に建安《けんあん》三年（一九八）十二月。〕のちの人が嘆じた詩に、

洪水滔々《とうとう》として　下邳《かひ》を淹《ひた》す、
当年　呂布《りよふ》　擒《とりこ》と受《せら》るるの時。
空しく　赤兎馬の千里なるを余《あま》し、
漫《いたずら》に　方天の戟一枝あり。
虎を縛《いまし》むるに寛を望む　今はなはだ懦《だ》、
鷹《たか》を養うに飽《あ》かしむるなかれと　昔（の言）疑いなし。
妻を恋いて　陳宮《ちんきゆう》の諌めを納《い》れず、
枉《むな》しく罵る　大耳《だいじ》児《じ》恩を無《しら》ずと。

また玄徳《げんとく》を論じた詩に、

人を傷つくる餓虎《がこ》　縛《いまし》めを寛《ゆる》めるなかれ、

董卓《とうたく》・丁原《ていげん》の血　いまだ乾《かわ》かず。
玄徳《げんとく》　既に能《よ》く父を啖《くら》うを知れば、
争《いか》でか留め取《おい》て　曹瞞《そうまん》を害せしめんや。

さて刑手たちが張遼《ちょうりょう》を引っ立てて来ると、曹操《そうそう》は張遼《ちょうりょう》を指さして、

「はて、この男は、どこかで見たことがある」

「濮陽《ぼくよう》城内で会ったのを忘れたか」（第十二回参照）

曹操《そうそう》笑って、

「おお、あのときのことを覚えておったか」

「あのときは惜しいことをした」

「惜しいとは、何じゃ」

「あのとき、火が少なくて国賊を焼き殺せなかったことがよ」

「敗将、なにをほざく」

曹操《そうそう》大いに怒って剣を引き抜くなり、自ら張遼《ちょうりょう》の首を刎《は》ねようとすれば、張遼《ちょうりょう》恐れる色もなく、首をさしのべて待ちかまえる。そのとき、曹操《そうそう》の後ろから一人が利《き》き腕をとらえ、一人が前に跪《ひざまず》いて、

「しばらく、丞相、しばらくお待ち下さりませ」

正に、腰抜け呂布《りよふ》は相手にされず、罵った張遼《ちようりよう》命を拾う、というところ。さて張《ちよう》遼《りよう》を救おうとしたのは誰か。それは次回で。

注1　**綿入れ**　テキストでは「以綿纏身」とある。これは嘉靖本によったものだが、毛宋崗《もうそうこう》本では、ここは「以錦纏身」すなわち錦の晴着を着せたとなっている。綿入れを着せたのは怪我をおもんぱかってのことであろうし、錦を着せたのは婚礼衣裳のつもりであろうから、いずれをとっても妥当のようだが、ここでは嘉靖本によって訂正したテキストにのっとった。ちなみに『魏書』呂布《りよふ》伝の注では「以綿纏女身」となっている。

第二十回

曹阿瞞《そうあまん》　許田《きよでん》に打囲《まきがり》し
董国舅《とうこくきゆう》　内閣《ないかく》に詔《みことのり》を受《う》く

さて曹操《そうそう》が剣を振りあげて張遼《ちようりよう》を斬ろうとしたとき、玄徳《げんとく》がその利《き》き腕をとらえ、雲長《うんちよう》がその前に跪《ひざまず》いた。

玄徳《げんとく》、
「かかる至誠の士こそ、取り立ててお用いになってしかるべきと存じます」

雲長《うんちよう》、
「文遠殿《ぶんえん》が忠義の士であること、それがしかねてより存じおります。それがし、命にかけてお引き受けいたします」

曹操《そうそう》は剣を投げ棄てて、
「それはよう知っておる。戯《たわむ》れてみたまでじゃ」

と笑い、自ら張遼《ちようりよう》の縄目を解き、着ていた着物を脱いで与えると、堂上に請じ上げた。張遼《ちようりよう》がその厚意に感じて、降参を申し出たので、曹操《そうそう》は彼を中郎将とし、関内侯《かんだいこう》(1)の爵位を授けて、臧覇《そうは》に帰順をすすめるよう命じた。臧覇《そうは》は、呂布《りよふ》すでに死し、張《ちよう》遼《りょう》がすでに降参したと聞いて、手勢をひきいて降参したが、曹操《そうそう》が十分な恩賞を与えたところ、臧覇《そうは》はまた孫観《そんかん》・呉敦《ごとん》・尹礼《いんれい》を説《と》いて帰順させたので、残るは昌豨《しょうき》ただ一人となった。曹操《そうそう》は臧覇《そうは》を瑯琊《ろうや》の相《しょう》に封じ、孫観《そんかん》らにもそれぞれ官位を授けて青《せい》州・徐《じょ》州の沿海地方を守らせた。かくして、曹操《そうそう》は呂布《りょふ》の妻子を許都《きょと》へ送り、三軍に十分の手当てをしたのち、陣を引き払って帰京の途についた。途中、徐州を通ったとき、領民たちが道端に香を焚《た》いて出迎え、劉玄徳《りゅうげんとく》を牧《ぼく》として留め置かれるよう願い出た。

曹操《そうそう》が、

「劉《りゅう》使君(2)は大功を立てられたので、天子に拝謁《はいえつ》して爵位を受けられたうえ、帰って来られるであろう」

と言うと、人民は叩頭《こうとう》して喜び、曹操《そうそう》は車騎《しゃき》将軍車冑《しゃちゅう》に暫時徐州を治めるよう命じた。曹操《そうそう》は許昌《きょしょう》に凱旋《がいせん》して、出征将兵にそれぞれ恩賞を与え、玄徳《げんとく》を丞相府《じょうしょうふ》の近くの館《やかた》に落ち着かせた。

あくる日、献《けん》帝が朝廷にお出ましになると、曹操《そうそう》は玄徳《げんとく》の戦功を奏上し、玄徳《げんとく》を御前に伺候させた。玄徳《げんとく》が礼服に威儀を正して階《きざはし》の下に拝伏すると、帝は殿上に昇るよう仰せ出だされて、

「そなたの先祖は誰か」

とご下問あったので、玄徳《げんとく》は、

「臣は中山靖王《ちゅうざんせいおう》の末孫《ばっそん》、孝景《こうけい》皇帝陛下の玄孫、劉雄《りゅうゆう》の孫、劉弘《りゅうこう》の子にございます」

と奏上した。帝が皇室の系図をお取り寄せになって、宗正《そうせい》卿（宮内庁長官）に読み上げるようお命じあれば、

孝景《こうけい》皇帝十四子を生む。第七子は中山靖王劉勝《りゅうしょう》なり。勝《しょう》は陸城《りくじょう》亭侯劉貞《りゅうてい》を生み、貞《てい》は沛《はい》侯劉昂《りゅうこう》を生み、昂《こう》は漳《しょう》侯劉禄《りゅうろく》を生み、禄《ろく》は沂水《ぎすい》侯劉恋《りゅうれん》を生み、恋《れん》は欽《きん》陽《よう》侯劉英《りゅうえい》を生み、英《えい》は安国《あんこく》侯劉建《りゅうけん》を生み、建《けん》は広陵《こうりょう》侯劉哀《りゅうあい》を生み、哀《あい》は膠水《こうすい》侯劉《りゅう》憲《けん》を生み、憲《けん》は祖邑《そゆう》侯劉舒《りゅうじょ》を生み、舒《じょ》は祁陽《きよう》侯劉誼《りゅうぎ》を生み、誼《ぎ》は原沢《げんたく》侯劉必《りゅうひつ》を生み、必《ひつ》は潁川《えいせん》侯劉達《りゅうたつ》を生み、達《たつ》は豊霊《ほうれい》侯劉不疑《りゅうふぎ》を生み、不疑《ふぎ》は済川《せいせん》侯劉恵《りゅうけい》を生み、恵《けい》は東《とう》郡范《はん》県の令劉雄《りゅうゆう》を生み、雄《ゆう》は劉弘《りゅうこう》を生む。弘《こう》は出仕せず。劉備《りゅうび》は劉弘《りゅうこう》の子なり。


帝が系図をお繰《く》りになれば、玄徳《げんとく》は帝の叔父にあたっている。帝は御感《ぎょかん》ななめならず、玄徳《げんとく》を便殿《びんでん》に迎え入れられて叔父甥の礼を取り交されたが、心中、

「曹操《そうそう》が権力を握り、国事すべて朕《ちん》の思うままにならずにいるいま、こうした屈強な叔父を得たのは、願ってもない幸せ」

と思《おぼ》し召《め》されて、玄徳《げんとく》を左《さ》将軍・宜城《ぎじょう》亭侯に封ぜられた。おもてなしの宴が終わっ

て、玄徳《げんとく》は天恩を謝して御前を退出したが、これよりして人はみな劉皇叔《りゅうこうしゅく》と呼びなすようになった。

曹操《そうそう》が館に帰ると、幕僚の荀彧《じゅんいく》らが罷《まか》り出て言った。

「天子が劉備《りゅうび》を叔父と認められたのは、殿にとって不利なことではありますまいか」

「皇叔と認められたからは、わしが天子の詔《みことのり》じゃと言って命令することに、彼はますます逆らえなくなるだろう。その上、彼を許都に引き留めておけば、名目は天子に近づいたとは申せ、実はわしの手の内にあるのじゃから、恐れる謂《いわ》れはないではないか。むしろわしの気掛りは、太尉楊彪《ようひゅう》が袁術《えんじゅつ》の縁者（妻が袁《えん》家の出）であることじゃ。もし彼が袁術《えんじゅつ》・袁紹《えんしょう》と内通するようなことがあれば、事重大じゃ。早々に始末しておこう」

かくして曹操《そうそう》は、ひそかに人に命じて楊彪《ようひゅう》が袁術《えんじゅつ》と通じていると讒訴《ざんそ》させ、彼を捕えて獄に下し、満寵《まんちょう》に命じて糾問《きゅうもん》させた。時に北海《ほっかい》太守の孔融《こうゆう》が許都に出て来ていたが、これを聞いて曹操《そうそう》を諫《いさ》めた。

「楊彪《ようひゅう》殿は四代にわたってお上《かみ》に仕えられたお家柄、袁《えん》氏とのことぐらいで罪せらるるには及びますまい」

「これは天子のご意向なのじゃ」

「成王《せいおう》に召公《しょうこう》を殺させておいて、周公《しゅう》が知らぬと言えましょうか(3)」

曹操《そうそう》はやむを得ず、楊彪《ようひゅう》を罷免《ひめん》して国許へ放逐《ほうちく》するにとどめた。この曹操《そうそう》の専横を見て議郎《ぎろう》の趙彦《ちょうげん》は憤懣《ふんまん》やる方なく、上書して曹操《そうそう》が勅命《ちょくめい》も仰がず、ほしいままに大臣を捕えた罪を弾劾《だんがい》したが、曹操《そうそう》は大いに怒って、ただちに趙彦《ちょうげん》を捕えて殺したので、百官らは一人として恐れおののかぬはなかった。幕僚の程昱《ていいく》が曹操《そうそう》に勧めて言った。

「今日、殿のご威勢は天にも昇る勢い。覇業をなしとげられる好機ではございませぬか」

「朝廷にはまだまだ股肱《ここう》の臣がおる。そう軽はずみなことはできぬ。天子を巻狩に招《よ》んで、様子をうかがってみよう」

かくて良馬、手なれた鷹《たか》・犬を選《え》りすぐり、弓矢を揃え、あらかじめ城外に軍勢を集めておいたうえで、参内《さんだい》して巻狩にお出ましあるよう奏上した。

「巻狩は聖人の正しい道ではあるまい(4)」

「古《いにしえ》の帝王は、春には蒐《しゅう》、夏には苗《びょう》、秋には獮《せん》、冬には狩《しゅう》と申して四季それぞれ郊外に狩猟をもよおされ、武威を天下に示されました。天下みだれたる当今こそ、巻狩をもって武をはげむべきときと存じます」

帝はこれに同意するほかなく、逍遥《しょうよう》と名づけられたお召馬を召され、朱に金泥《きんでい》をかけた弓、鏃《やじり》に金象眼《きんぞうがん》した矢をたずさえられて、鹵簿《ろぼ》をつらねてお出ましになった。玄《げん》徳《とく》と関《かん》・張《ちょう》もそれぞれ弓矢をたずさえ、胸当《むねあて》をつけ、えものを手に数十騎を従えて、天子に随行して許昌を出た。曹操《そうそう》は爪黄飛電《そうこうひでん》と名づける馬にまたがり、十万余騎をひきいて、天子とともに許田《きょでん》において巻狩を行なった。兵士らの囲った猟場は、広さ二百余里。曹操《そうそう》は一馬首ほど退がって、ほとんど天子と轡《くつわ》を並べるばかりにして進み、その後ろはすべて腹心の将校が固めていたので、文武百官は遥か離れて従い、誰も近寄ろうとしないありさまであった。この日、帝は許田に馬を馳《は》せてお出ましあったところ、劉玄徳《りゅうげんとく》が道筋に控えてご機嫌をうかがった。帝が、

「今日は皇叔の手なみを見たいものじゃ」

と仰せられ、玄徳《げんとく》が仰せを受けて馬にまたがったところ、にわかに叢《くさむら》から一匹の兎がとびだした。玄徳《げんとく》すかさず矢を放てば、見事命中したので、帝は口をきわめておほめになった。丘を回ったとき、にわかにいばらの林から一頭の大きな鹿が躍り出た。帝はつづけざまに三本の矢を射かけられたが、ともに外れたので、曹操《そうそう》を振り返って、

「そなた射てみられよ」

と仰せられた。曹操《そうそう》は天子より弓矢を拝借して、満月の如くひきしぼるやひょうと放った。矢は見事に鹿の背に突っ立ち、鹿は叢の中に倒れた。群臣将校らは、金象眼の鏃を見て天子の射られたものと思い、口々に万歳を称《とな》えて駆け集まって来た。そのとき曹操《そうそう》、馬を躍らせて天子の前に立ちふさがりその万歳を受けたので、一同あっと顔色を変えた。玄徳《げんとく》の後に控えていた雲長《うんちょう》は憤然として、蚕《かいこ》のような眉をきりきりと

逆立て、切長の眼尻《まなじり》を張りさけんばかりにして、薙刀《なぎなた》片手に馬を躍らせて曹操《そうそう》を斬り棄てようとした。玄徳《げんとく》それを見て、あわてて手を振り目くばせしたので、関《かん》公は兄のこの態度に、逸《はや》る心をじっと抑えた。玄徳《げんとく》が会釈して、

「丞相のお手並、まことに神技とも申せましょうか」

と言うと、曹操《そうそう》は、

「これも天子のご威光じゃ」

と、馬首を返して天子に祝詞を申し上げたものの、弓はお返しせずに、そのまま自分の腰にかけてしまった。巻狩のすんだあと、許田で宴を張り、天子は許都にご還幸になった。みなもそれぞれ引き取ったが、雲長《うんちょう》が玄徳《げんとく》に言うのに、

「曹操《そうそう》の仕打は天子を天子とも思わぬもの。それゆえ、それがしが討ち果たして国の害を除こうとしたのに、兄者はなぜ止められたのでござるか」

「『鼠《ねずみ》に投げんとして器《き》を忌《い》む(5)』と言うではないか。曹操《そうそう》は天子のすぐお側におり、腹心の者どもがまわりを固めておるというのに、そなたが一時の怒りにかられて軽率な振舞いに及び、万が一仕損じて天子を傷つけるようなこととなれば、かえってわれらが罪に陥されてしまうではないか」

「したが、今日あの国賊を殺しておかなかったうえは、のちのち必ず悪事を働くでござろう」

「このことはしばらく胸におさめておけ。きっと口外するでないぞ」

さて献帝《けんてい》は還御《かんぎょ》されて、涙ながらに伏皇后《ふくこうごう》に仰せになった。

「朕《ちん》が即位してよりこの方、奸雄一時に起こり、董卓《とうたく》の禍《わざわ》いや、李傕《りかく》・郭汜《かくし》の乱にあって、世の人の受けたこともない苦しみを、朕はすべて一身に受けて参った。その後、曹操《そうそう》を得て、はじめて忠義の臣を得たと思ったも束の間、案に相違して大権をほしいままにし、人もなげなる振舞いよう。朕は見るたびに針の蓆《むしろ》に坐っておるような思いをしておる。今日の巻狩でも、朕をさしおいて臣下の祝詞を受けおった。まことに無礼このうえもないではないか。思えば、彼が近々に謀反《むほん》の企てをいたすは必定。われら夫婦もいつどこで死ぬることになるか知れたものではない」

「朝廷に仕えおりまする大臣たちは、みな漢《かん》の禄を食《は》んでおりまするに、国難を救おうという者は一人もおらぬのでございますか」

その言葉も終わらぬとき、とつぜん一人の者がはいって来て、

「陛下、皇后さま、心配はご無用。わたくし、国賊を除く者を一人推挙つかまつります」

帝がご覧になられると、伏《ふく》皇后の父親伏完《ふくかん》である。帝は涙をおさえて、

「皇丈《こうじょう》（天子の岳父）殿にも曹操《そうそう》の専横を心よからず思っておいでであったか」

「許田の巻狩にての振舞い、知らぬ者がおりましょうか。しかし、朝廷の中はすべて曹操《そうそう》の一族か、その息のかかった者ばかり。皇室につらなる者でなければ、誰が忠義を尽くすでありましょう。わたくしには権力もなく、とてものことかないませぬが、車騎《しゃき》将軍の国舅董承《こくきゅうとうしょう》殿なら頼みにできると存じまする」

「董《とう》国舅が進んで国難におもむく人であることは、朕もかねてより承知いたしておる。参内《さんだい》を命じて、大事を謀《はか》ろうではないか」

「陛下のお側の者どもはすべて曹操《そうそう》の腹心にござりまする。もし事洩《も》れなば一大事にござりまする」

「では、どうしたらよいのじゃ」

「されば、陛下には御衣一重《かさ》ねをお仕立ての上、玉帯をお添えになり、ひそかに董承《とうしょう》殿にご下賜《かし》なされませ。その玉帯の芯《しん》に密詔を縫いこんでおいて、帰宅後それを読むよう仰せになれば、国舅殿は昼夜画策いたし、誰も悟ることがかないませんでございましょう」

帝はこれをお聞きいれになり、伏完《ふくかん》は退出した。かくして帝は御自ら一通の密詔をお作りになり、指先を噛みやぶられて、それを血書されると、ひそかに伏《ふく》皇后に玉帯の裏地の紫錦《しきん》の内側に縫いこませた上、錦袍をお召しになって、その玉帯をおつけになり、近侍の者に命じて董承《とうしょう》をお召しになった。董承《とうしょう》が伺候すると、

「朕は昨夜も皇后と覇河《は》での苦しみ（第十三回）を語り合ったが、国舅殿の大功を思い出したので、一言お礼を申したいと思って来てもらったのじゃ」

と仰せられ、董承《とうしょう》は頓首《とんしゅ》して天恩を感謝した。帝は董承《とうしょう》を召し連れられて御殿をお出ましになり、太廟《たいびょう》（皇帝の祖廟）におはいりになると、功臣閣にお上りになった。香を焚いてお参りになった後、帝は董承《とうしょう》を従えて四面に描かれた画像をご覧あそばされた。その真中に描かれているのは、漢の高祖《こうそ》のお姿である。

「わが高祖《こうそ》皇帝はどこから身をお立てになり、どうして国家の基礎を定められたのであろうか」

「陛下、お戯れにござりまするか。聖祖陛下のことを、ご存じないことはござりますまい。高祖《こうそ》皇帝は泗上《しじょう》の亭長から身をお起こしになり、三尺の剣をひっさげて、白蛇を斬って義兵を挙げられてより天下を縦横され、三載にして秦《しん》を亡ぼし、五年にして楚《そ》を平定されて、ついに天下を掌握され万世の基《もとい》をお立てになったのでござります」

「先祖にこのような英雄を持ちながら、このような懦弱《だじゃく》な子孫で、まことに恥ずかしい」

と帝は仰せられ、左右に描かれた二人の重臣の像を指さされて、

「この二人は留侯《りゅう》の張良《ちょうりょう》と酇侯《さん》の蕭何《しょうか》ではないかな」

「御意《ぎょい》にござります。高祖《こうそ》皇帝が万世の基《もとい》を開かれたのは、実にこの二人の力あって

のことにござります」

帝は顧みられて左右の者が少し離れているのをご覧のうえ、董承《とうしよう》にささやかれた。

「そなたもこの二人のように朕の側に描かれるようになってくれい」

「臣には何の功もござりませぬに、もったいなき仰せ」

「朕はそなたが西都（長安）において朕を救ってくれた功績を片時も忘れたことがない。なにか取らせるものをと思っても、ようないので」

とお召しになった錦の袍《ほう》と玉帯を指し示されて、

「そなた、朕のこの袍を身につけ、朕のこの帯をつけて、つねに朕の左右におるつもりでおってくれい」

董承《とうしよう》が平伏してお礼を申し述べれば、帝はそれをお脱ぎになって董承《とうしよう》に賜《たま》いながら、

「帰宅のうえ、ようくこれを調べて見よ。朕の気持を無にすることのないよう」

とささやかれた。

董承《とうしよう》は、はっと平伏してそれを着こみ、お暇《いとま》を請うて閣を下りた。早くもこれを曹《そう》操《そう》のもとに知らせた者がある。

「帝は董承《とうしよう》殿と功臣閣にのぼられてお話しなされました」

曹操《そうそう》は様子を探《さぐ》ろうとただちに参内した。董承《とうしよう》は閣を下り御殿の門を出ようとしたところで、参内して来る曹操《そうそう》にばったり出会った。急のこととて身を隠すこともなら

ず、やむなく道のかたわらに立って挨拶をした。

「おお、国舅殿、何のご用でいらっしゃったのじゃ」

「天子のお召しを受けて、この御衣と玉帯を賜わりました」

「してそのいわれは」

「身どもが昔日《せきじつ》、西都において聖駕《せいが》をお護りした功績を思い起こされて、賜わったものにござる」

「その帯を見せてくれぬか」

董承《とうしょう》は御衣と帯の内に必ず密詔があるものと思っていたので、それを見破られてはと、解くのを躊躇《ちゅうちょ》していた。すると曹操《そうそう》、

「取り上げて来い」

と側の者に命じ、しばらく眺めていたが、笑いながら、

「なるほど、結構なものじゃ。その袍も脱いで見せてくれぬか」

董承《とうしょう》は心中生きた心地もなかったが、否と言うわけにもゆかず、御衣を脱いで差し出した。曹操《そうそう》はそれを取り上げて、日にかざし、隅々まで調べた。見終わると、それを羽織り、玉帯を着けて、側の者に、

「どうじゃ、わしに似合うか」

左右の者たちが、よく似合いまするると言うと、

「国舅殿、この御衣と帯をわしに下さらぬかな、どうじゃ」

「恩賜《おんし》の品ゆえ、それだけは平にご容赦を。身どもが別に作らせて差し上げます」

「国舅殿がこれをいただいたのは、何か裏があるのではござらぬか」

「滅相もない。身どもが何をいたしましょう。もし丞相のお気に召したとあれば、どうぞお持ち帰り下されい」

「いやいや、貴公が賜わった物を取ったりするものか。ちと戯れを申したまでじゃ」

曹操《そうそう》は御衣と玉帯をとって董承《とうしょう》に返した。

董承《とうしょう》は曹操《そうそう》と別れて家に帰り、夜になるまで書院に籠《こも》って御衣を隅々まで調べて見たが、何一つ見当たらない。

「天子がこれを賜わるとき、よく調べるよう仰せられたからは、何かあるに違いない。しかし、何の痕跡も見当たらないのは、どうしたことか」

と思って、次に玉帯を取り上げて調べた。表には美しい白玉が、小さな竜が花にたわむれる形にちりばめられ、裏地は紫の錦で、縫い目もととのい、とくに目にとまる点もない。董承《とうしょう》はなお疑念をもち、卓上に置いて裏表を細かく調べてみた。かくするうちに、疲れ切ってしまったので、そのまま机に突っ伏してひと眠りしようとしたとき、とつぜん灯心が玉帯の上に落ちかかって、裏地を焦《こ》がした。あわててその跡をはたいたが、すでにひとところ焼け焦げができていて、白い練り絹があらわれ、かすかに血の跡が見えるではないか。急いで小刀で切り開いてみれば、まごうかたなき天子が血で認《したた》められた密詔である。

朕聞くに、人倫《じんりん》の大なるは、父子を先とし、尊卑の殊《こと》なるところは、君臣を重しとなすと。近日曹操《そうそう》、権を弄《もてあそ》んで、君父を欺《あなど》り圧し、徒党を結んで、朝綱を破り、勅賞封罰、朕を主とすることなし。朕、夙夜《しゅくや》憂思し、天下のまさに危うからんことを恐る。卿《けい》はすなわち国の大臣、朕が至戚なれば、まさに高祖《こうそ》皇帝が創業の艱難《かんなん》を思い、忠義両全の烈士を糾合《きゅうごう》して奸党を滅ぼしつくし、社稷《しゃしょく》を安きに復せしむべし。祖宗の幸い甚だしからん。指を破り血を洒《そそ》ぎ、詔を書《しる》して卿に付す。よくよくこれを慎《つつし》み、朕が意に負《そむ》くことなかれ。建安四年春三月、詔《みことのり》す。

董承《とうしょう》これを読んで、涙ひきもきらず、その夜は眠ることもできなかった。朝、床より出るや、また書院に行って、詔を繰り返し読んだが、すぐには打つ手も思いつかないので、詔を机にひろげて、さまざまに思いをめぐらすうち、いつかそのまま寝入ってしまった。このとき、何の前触れもなく侍郎《じろう》の王子服《おうしふく》が訪ねて来た。門番は彼が董《とう》承《しょう》と親しいことを知っているので、そのまま奥へ通した。書院にはいると、董承《とうしょう》が机に突っ伏して眠っており、その袖の下に敷かれた白い絹地に、「朕」という字がかすかに見てとれる。不審に思った王子服《おうしふく》は、そっとそれを抜き取って読み、袖の下に隠してから、董承《とうしょう》を呼び起こした。

「国舅殿、お気持よさそうですな。よくお眠りではござらぬか」

驚いて目を醒《さ》ました董承《とうしょう》、見れば詔書がないので、あっと胆を冷やし、あわてふためいてあたりを探す。そこを、

「貴様は曹操《そうそう》殿を殺そうとしているのだな。わしが訴え出てやる」

董承《とうしょう》、涙を流して、

「おお、それでは、漢皇室の命運も尽きてしまう」

「いやいや、今のは戯れでござる。それがしとて代々漢朝の禄を食《は》む者、忠義の心なくてかないましょうや。それがし、貴公に一臂《いっぴ》の力を貸し、ともどもに国賊を討ち亡ぼしましょうぞ」

「おお、それこそ、国の幸いと申すもの」

「内々《ないない》に連判状をつくり、おのおの家族を棄てて、漢室のご恩に報じようではござらぬか」

董承《とうしょう》は喜んで白の練り絹を取り出し、第一に署名書判《かきはん》をし、王子服《おうしふく》も同じく署名書判した。終わって王子服《おうしふく》の言うのに、

「将軍呉子蘭《ごしらん》殿は身どもの親友にござれば、われらの企てに加わるでござろう」

「朝廷の大臣のうち、長水校尉《ちょうすい》种輯《ちゅうしゅう》と議郎呉碩《ごせき》の二人だけは信が置ける。必ずこれに加わってくれよう」

と密議をこらしているおりしも、下僕が种輯《ちゅうしゅう》と呉碩《ごせき》の来訪を取り次いで来た。

「これぞ天の助けじゃ」

と董承《とうしょう》は王子服《おうしふく》を衝立《ついたて》のかげに潜ませておいて、二人を書院に迎え入れた。座に着いて茶をすすめ終わると、

种輯《ちゅうしゅう》、

「許田での巻狩のことについては、殿にも無念にお思いでござるか」

董承《とうしょう》、

「無念とは思っておるが、どうしようもないのじゃ」

呉碩《ごせき》、

「それがし誓ってあの国賊を殺してみせましょうぞ。ただ残念なのは、それがしに力を貸そうという者がないことにござる」

种輯《ちゅうしゅう》、

「国のために害を除こうとするうえは、死をも厭《いと》うものではござらぬ」

このとき王子服《おうしふく》、衝立《ついたて》のかげから立ちいで、

「その方らは曹丞相《そう》を殺そうというのだな。わしが訴え出てやる。董《とう》国舅殿が証人

だ」

种輯《ちゅうしゅう》怒って、

「忠臣は死を恐れずだ。われらは死んでも漢の鬼となってみせる。貴様のように国賊におもねる奴とは違うわ」

董承《とうしょう》笑って、

「わしらもこのことで、貴公たちに会いたく思っていたところなのじゃ。王《おう》侍郎が言われたのは冗談じゃ」

と袖から詔《みことのり》を取り出して二人に見せた。二人は詔を拝読、涙にかきくれたので、董承《とうしょう》は連判状に署名するよう求めた。子服《しふく》が言った。

「お二方《ふたかた》、しばらくここでお待ち下されい。身どもは呉子蘭《ごしらん》殿を呼んで参る」

王子服《おうしふく》は間もなく呉子蘭《ごしらん》を伴ってき、呉子蘭《ごしらん》は一同と会って、同じく署名した。董《とう》承《しょう》は一同を奥の部屋にさそって共に酒をくんだ。

そこへ、とつぜん西涼《せいりょう》太守の馬騰《ばとう》の来訪が報ぜられたので、董承《とうしょう》が、

「わしは病気でお会いできぬと言え」

と言い、門番がそれを伝えると、馬騰《ばとう》は大いに怒った。

「わしは昨夜東華《とうか》門外で、董承《とうしょう》殿が錦の袍に玉帯をつけて退出されるところをこの目

で見た。仮病《けびょう》をつかうとは何事だ。用があって来たのに、なにゆえ会わぬのか」

門番が、馬騰《ばとう》の怒っている由を伝えると、董承《とうしょう》は席を立ち、

「おのおの方しばらくお待ち下されい。ちょっと会って参るによって」

と言って、客間に出て馬騰《ばとう》を通させた。挨拶がすんで席に着くと、馬騰《ばとう》が言った。

「それがし上京の用務を終え帰任いたすについてわざわざご挨拶に上がったのに、なんで避けようとなされたのか」

「急に加減が悪くなったものでお出迎えもいたさず、平にご容赦下されい」

「したが、お顔の色つや、とてもご病気とは見えませぬな」

董承《とうしょう》が返す言葉もなく口をつぐんでいるとき、馬騰《ばとう》は荒々しく立ち上がり、階《きざはし》を下りながら吐き出すように言った。

「誰も腰抜けばかりか」

董承《とうしょう》はその言葉にはっとなって、彼を引き留めた。

「腰抜けとは誰のことでござるか」

「許田の巻狩のことでは、それがしでさえ憤《いきどお》りを抑えかねているほどなのに、貴公は皇室につらなる身でありながら、酒色に溺《おぼ》れ、国賊を討とうとも思わぬこのありさま。皇室のため難を除こうとする人などとは口が腐っても申せぬわ」

董承《とうしょう》は敵の回し者であってはと、わざと驚いたふりをして、

「曹《そう》丞相は国の大臣、天子のご信任厚いお方でござるに、貴公はなんでそのようなことを仰せられるのか」

馬騰《ばとう》は大いに怒って、

「貴様は、まだ曹操《そうそう》を信じているのか」

「壁に耳ありと申す。お声が高うござるぞ」

「何たる腰抜け。お前ら如きとは話もできぬわ」

言うなり馬騰《ばとう》はふたたび席を立とうとした。

董承《とうしょう》はその忠義の心を見抜いたので、

「あいや、しばらくお待ち下され。貴公にお見せしたいものがござる」

と彼を書院に伴い、詔を取り出して見せた。

馬騰《ばとう》はそれを読むや、髪を逆立て、きりきりと歯嚙《はが》みした。そして、嚙み破った唇から血を滴《したた》らせながら言うのに、

「貴公が事を起こされるときには、それがし西涼の軍勢をひきいて馳せ参じましょうぞ」

董承《とうしょう》は彼を一同に引き合わせ、連判状を取り出して、馬騰《ばとう》にも名を連ねさせた。

馬騰《ばとう》は盃をとって血を滴らせ、それを飲んで誓った。

「われらは死しても盟約に背くまいぞ」

そして席上の五人を指さしながら、

「これが十人になれば、大事の成就《じょうじゅ》疑いないのだが」

「忠義の士は、なかなかおるものではない。いかがわしい者を加えたりすれば、かえって為にならぬ」

と董承《とうしょう》が言うと、馬騰《ばとう》は鴛行鷺《えんこうろ》序簿《じょぼ》（職員録）を取りよせて繰っていたが、劉《りゅう》氏の一門まで来たとき手を打って、

「この人こそ、その人だ」

一同がその名を尋ねると、馬騰《ばとう》はあわてず騒がず、その人の名を言い出す。正に、
国舅に下った詔、ここに皇族乗りいだす、というところ。さてその馬騰《ばとう》の言葉とは。

それは次回で。

注1 **関内侯** 秦・漢代の二十等爵の第十九等の爵位（最高は第二十等爵の列侯）。封邑はなく、関内（首都圏）に住む。
2 **使君** 漢代における刺史およびこれに準ずるものの尊称。都の太守は府君。劉備《りゅうび》は先に徐州牧の職を預ったことがある。
3 **「成《せい》王に……」** 成《せい》王は周朝第二代の天子。周《しゅう》公は武《ぶ》王の弟で、幼少の成《せい》王を補佐した。召《しょう》

公は周公《しゅう》の弟。ここでは権力を握っている曹操《そうそう》を周公《しゅう》にたとえたもの。

4 **巻狩は聖人の……**　巻狩の原文は「田猟」。『礼記』王制に、「天子は合囲（取り囲んで獲りつくす）せず」とある。

5 **「鼠に投げんとして……」**　物を鼠に投げつけて打ち殺そうとしても、側の器物をこわすといけないと心配する。君側の奸を除こうとして、かえって君を傷つけるのを恐れることにたとえる。

第二十一回　曹操《そうそう》酒《さけ》を煮《に》て英雄《えいゆう》を論《ろん》じ　関公《かんこう》城《しろ》を賺《あざむ》きとって車冑《しゃちゅう》を斬《き》る

さて董承《とうしょう》らが、

「それは誰のことでござるか」

と尋ねると、馬騰《ばとう》の言うのに、

「豫《よ》州の牧　劉玄徳《りゅうげんとく》殿が都におられるではござらぬか。なぜ呼ばれぬのじゃ」

「彼は皇叔《こうしゅく》とは申せ、このところ曹操《そうそう》の鼻息をうかがっておる。なかなか乗ってはするまい」

「先日の巻狩にて曹操《そうそう》が一同の万歳を受けおったおり、雲長《うんちょう》が玄徳《げんとく》殿の後ろにおって、曹操《そうそう》に斬ってかからんといたし、それを玄徳《げんとく》殿が目顔で抑えたのを、それがししかと見届け申した。玄徳《げんとく》殿に曹操《そうそう》を殺そうとの心がないからではなく、あのとき曹操《そうそう》の腹心が多かったので力の及ばぬのを恐れたからに違いござらぬ。貴公それとなく当たってみてはいかがでござるか。必ず応じましょうぞ」

呉碩《ごせき》、

「これは焦ってはなりませぬ。とくと談合いたすがよろしいと存じます」

かくて一同散会したが、翌日の夜、董承《とうしょう》は詔《みことのり》を懐中にして玄徳《げんとく》の館《やかた》を訪れた。門番の知らせに玄徳《げんとく》は門まで出迎え、奥の小部屋に請《しょう》じ入れた。それぞれ座につけば、関《かん》・張《ちょう》がかたわらに侍立した。

「国舅《こくきゅう》殿にはこのような夜更《よふ》けのお出まし。ただごととは存じられませぬが」

「白昼公然と伺ったりしては、曹操《そうそう》に疑いをかけられるやも知れぬと思い、夜分に参ったのでござる」

玄徳《げんとく》が酒を取り寄せてもてなすところ、董承《とうしょう》の言うのに、

「先日の巻狩のおり、雲長《うんちょう》殿が曹操《そうそう》を斬ろうとしたのを、将軍は目顔で止められたが、あれはなにゆえにござる」

玄徳《げんとく》、さっと顔色を変え、

「なんと、貴殿ご存じでござったか」

「人は気づかずとも、身どもはしかと拝見つかまつりましたぞ」

玄徳《げんとく》はもはやこれまでと、

「弟は曹操《そうそう》の言語道断の振舞いに、覚えず怒りにかられたもの」

董承《とうしょう》は袖《そで》に顔を埋めて泣き出した。

「朝廷の臣下がすべて雲長《うんちょう》殿のようでござったら、天下の乱れようはずもござらない

のにのう」

玄徳《げんとく》は曹操《そうそう》がよこした回し者ではないかと疑ったので、わざと素知らぬ顔で、

「曹丞相《そうじようしよう》が国を治めておられるのに、天下の乱れなぞ心配されることはないではありませぬか」

董承《とうしよう》は血相変えて立ち上がり、

「貴殿が漢の皇叔でござればこそ、身どもも心の底を打ち明け申したに、なんとてそのような心にもないことを言われるのか」

「もしや偽りではと思ったのでご無礼つかまつった」

すると董承《とうしよう》は、懐中から詔を取り出して玄徳《げんとく》に見せた。玄徳《げんとく》が悲憤にたえずにいるところ、さらに連判状を示された。見れば、第一に車騎《しやき》将軍董承《とうしよう》、第二に工部《こうぶ》侍郎《じろう》王子服《しふく》、第三に長水校尉《ちようすいこうい》种輯《ちゆうしゆう》、第四に議郎《ぎろう》呉碩《ごせき》、第五に昭信《しようしん》将軍呉子蘭《ごしらん》、第六に西涼《せいりよう》太守《たいしゆ》の馬騰《ばとう》の六人だけである。

「貴殿が、かく国賊討伐のご詔勅を仰がれしうえは、それがし犬馬の労も厭《いと》う者にはござらぬ」

董承《とうしよう》は厚く礼を述べて署名を請うた。玄徳《げんとく》も「左将軍劉備《りゆうび》」と書いて書判《かきはん》をし、董《とう》承《しよう》に返した。

董承《とうしよう》、

「なお三人の同志を集めて十名とならば、国賊を誅《ちゅう》することもかなうでござろう」

玄徳《げんとく》、

「けっして焦ることはなりませぬぞ。軽々しく口外なさらぬよう」

かくして二人は五更まで語り合って別れた。

玄徳《げんとく》はこれより曹操《そうそう》の疑いを避けるため、仮住いの裏庭に野菜をつくり、自ら世話をやいて韜晦《とうかい》の策とした。関《かん》・張《ちょう》は、

「天下の大事も顧みず、下々《しもじも》の者がやるようなことを始められるとは、兄者、どうしたことでござる」

と不審気な顔をしたが、

「これはそなたたちの知ったことではない」

と言われて、黙ってしまった。

一日、関《かん》・張《ちょう》が外に出て、玄徳《げんとく》一人裏庭で野菜に水をやっているところへ、許褚《きょちょ》と張遼《ちょうりょう》が数十騎の供を連れてはいって来た。

「丞相がお召しにございます」

「いったい何事にござる」

と玄徳《げんとく》は驚いたが、許褚《きょちょ》の言うのに、

「存じませぬ。ただお迎えいたして来るようとの仰せ」

玄徳《げんとく》は是非なく二人に従って曹操《そうそう》の館《やかた》に罷《まか》り出た。すると、曹操《そうそう》が笑いながら、

「お宅で何やら面白いことをやっておられるようじゃな」

驚いた玄徳《げんとく》が顔色を土のように変えるとき、曹操《そうそう》その手をとって、そのまま裏庭まで案内し、

「畑仕事はなかなか難しかろうな」

玄徳《げんとく》はようよう安心して、

「暇に任せてやっているのでござる」

「実はさっき梅の枝に青々とした実のついておるのを見て、ふっと去年の張繡《ちょうしゅう》征伐のおりのことを思い出したのだが、あれは途中水がなくて、者ども喉の渇きに参っておったときじゃ、わしが一計を案じて、『先に梅林があるぞ』と、ありもせぬのに鞭で指し示したところ、兵士どもは聞いただけで唾《つば》を湧《わ》かせて、それから喉の渇きも忘れおった。それで、いまこの梅を見て、これは是非一緒に見てもらおうと思い、それに仕込んでおいた酒も飲み頃になっておるので、お招きしてあの亭《ちん》で一献《いっこん》さしあげようと思ったのじゃ」

玄徳《げんとく》はこの話にようよう胸をなでおろし、案内されるままに亭にはいった。中にはすでに酒宴の用意がととのえられて、盤には青梅が盛られ、酒も置いてある。二人は差し向かいで、大いに酒を飲んだ。

宴たけなわとなった頃、にわかに真黒な雨雲が空一面に垂れこめた。側の者が遥か天の一角を指さして、竜が登る（竜巻）のが見えると言うので、曹操《そうそう》と玄徳《げんとく》は欄干《らんかん》にもたれてそれを眺めた。

「玄徳《げんとく》殿には竜の変化をご存じかな」

「まだ存じておりませぬ」

「竜は大きくもなれば小さくもなる。天に昇ることもできれば、水中に隠れることもできる。大きくなれば雲を呼び霧を吐き、小さくなるときは塵芥《ちりあくた》の中に身を隠すこともできる。天に昇れば宇宙の間を駆けめぐり、身を隠せば波の間にも潜《ひそ》むという。春たけなわの今こそ、竜が変化をあらわすとき、正に人の志を得て四海を縦横するようなものじゃ。まこと、竜は人の世の英雄にも比すべきものじゃが、時に貴公は久しく各地をめぐられたがゆえ、さぞかし当世の英雄をご存じであろう。ひとつお教え下さらぬか」

「それがしのような俗眼では、とても英雄の分かろうはずもござりませぬ」

「あいや、ご謙遜《けんそん》には及ばぬぞ」

「それがしも丞相のお引き立てによって出仕がかないましたものの、天下の英雄には、まことまだ会ったことがござりませぬので」

「会ったことがなくとも、名前ぐらい聞いておられるだろうに」

「淮南《わいなん》の袁術《えんじゅつ》は軍勢も多く、兵糧《ひょうろう》の貯えも多いとか、彼なぞを英雄というのでござりましょうか」

曹操《そうそう》は笑った。

「あれは古塚のしゃれこうべ同然、近ぢかのうちに手捕りにしてご覧に入れる」

「河北《かほく》の袁紹《えんしょう》は四代三公《さんこう》の名門、息のかかった役人も多く、いま冀州《きしゅう》に蟠居《ばんきょ》して、有能の士を多く抱えておりますことにござれば、彼こそ、英雄でござろうか」

曹操《そうそう》またも笑って、

「袁紹《えんしょう》は上面《うわべ》ばかりの小心者で、陰謀を好むが決断に乏しく、大事に身を惜しんで、下らぬ利益に命を忘れるような奴じゃ。英雄なぞとは申せぬ」

「八俊《はっしゅん》と称《とな》えて九州に名を轟《とどろ》かせているかの劉景升《りゅうけいしょう》（劉表《りゅうひょう》・第六回参照）こそ、英雄でござろうか」

「劉表《りゅうひょう》は虚名ばかりで、英雄とは言えぬ」

「いま血気さかんな、江東の領袖《りょうしゅう》孫伯符《そんはくふ》は英雄でござろうか」

「孫策《そんさく》は父親の威光あっての男。英雄ではない」

「益州《えきしゅう》の劉季玉《りゅうきぎょく》、彼はいかがでござる」

「劉璋《りゅうしょう》は皇室のご一門ではあるが、死んでも主人の門を離れぬ番犬のような男。とても英雄の器《うつわ》ではない」

「張繡《ちょうしゅう》・張魯《ちょうろ》・韓遂《かんすい》らはいかがでござる」

曹操《そうそう》は手を叩いてからから笑い、

「彼ら如き小人《しょうじん》ばらは、話にもならぬわ」

「これよりほかは、身どもは全く存じませぬ」

「英雄と申すのは、胸に大志を抱き、腹中に大謀を秘め、宇宙をも包む豪気と、天地を呑吐《どんと》する志を抱く者のことじゃ」

「して、それは」

曹操《そうそう》は玄徳《げんとく》を指さし、その指を己に返して、

「当今、天下の英雄と申せるのは、それ、貴公と、このわしじゃよ」

その一言に、玄徳《げんとく》ははっと息をのみ、手にしていた箸《はし》を思わず取り落とした。このとき、雷鳴天地を貫き、沛然《はいぜん》たる豪雨になった。玄徳《げんとく》は悠然と箸を拾いあげて、

「あの雷で、醜態《しゅうたい》をお見せしました」

曹操《そうそう》は笑った。

「大丈夫たる者でも、やはり雷が恐ろしゅうござるかの」

「聖人すら迅雷風烈《じんらいふうれつ》、必ず変ず(1)とか、恐れずにおれましょうか」

玄徳《げんとく》がこう言って、先の曹操《そうそう》の言葉で箸を取り落としたことを、軽くそらしたので、曹操《そうそう》はついにそれに気づかずに終わった。のちの人の讃えた詩に、

勉《つと》めて虎穴《こけつ》より　しばし身を趨《さ》けしに、
英雄を説き破りて　人を驚殺《きょうさつ》す。
巧《たくみ》に雷を聞くを借り来《きた》りて掩飾《えんしょく》し、
機に随《したが》い変に応ずること　信《まこと》に神の如し。

雨がやむとみるや、二人の男が裏庭に闖入《ちんにゅう》し、止め立てする左右の者を払いのけて、宝剣片手に亭の前に躍り出た。曹操《そうそう》が見れば、関《かん》・張《ちょう》二人である。もともとこの二人は城外で狩をして帰って来たところ、玄徳《げんとく》が許褚《きょちょ》・張遼《ちょうりょう》に連れ去られたと聞いてあわてて丞相府に駆けつけ、裏庭にいるとのことなので大事があってはと飛びこんで来たもの。ところが玄徳《げんとく》が曹操《そうそう》と差し向かいで酒を飲んでいるので、剣を手にしたままその場に立ち止まった。何事かと曹操《そうそう》に尋ねられて、雲長《うんちょう》が言った。

「丞相が兄者と酒を召し上がられると承り、座興に剣舞なりと進ぜようかと罷《まか》り越しました」

「これは『鴻門《こうもん》の会』(2)ではない。項荘《こうそう》も項伯《こうはく》もいらぬぞ」

と曹操《そうそう》が笑い、玄徳《げんとく》も笑った。曹操《そうそう》は、酒をやってこの「二人の樊噲《はんかい》」を落ち着かせてやれと命じ、関《かん》・張《ちょう》は平伏して盃を受けた。間もなく宴果てて、玄徳《げんとく》は曹操《そうそう》のも

とを辞した。雲長《うんちょう》に、

「死ぬほどびっくりいたしましたぞ」

と言われて、箸を取り落としたことを二人に話したが、二人からその意味を尋ねられて、

「わしの野菜づくりは、曹操《そうそう》の目をくらます手じゃったのに、だしぬけに英雄じゃと図星をつかれ、あっと思って箸を落としてしもうたが、曹操《そうそう》に疑念を持たれてはと、雷にかこつけてごまかしたのじゃ」

関《かん》・張《ちょう》、

「恐れ入りました」

曹操《そうそう》は次の日もまた玄徳《げんとく》を招いた。二人が酒をくみかわしているとき、袁紹《えんしょう》の様子を探《さぐ》りに行っていた満寵《まんちょう》がもどったとの知らせ、曹操《そうそう》はさっそく彼を呼んで結果を尋ねた。すると、

「公孫瓚《こうそんさん》はすでに袁紹《えんしょう》によって打ち破られました」

とのことなので、玄徳《げんとく》がせきこんで、

「それは、なにとぞ詳しくお話し下されい」

と言うと、

「公孫瓚《こうそんさん》は袁紹《えんしょう》との数度の合戦に敗れて城を築き、城壁を固めて、そのうえに易京楼《えきけい》と名づける高さ十丈の楼閣を建て、粟《あわ》三十万石を城内にたくわえて籠城《ろうじょう》に備えたうえ、しきりに軍勢を出して戦わせておりましたるところ、一隊が袁紹《えんしょう》の軍に取り囲まれ、城内の者どもがこれを救いに討って出たいと願い出ました。しかるに公孫瓚《こうそんさん》が『一人を救えば、このさき誰も救援ばかり当てにして命がけの戦いをしようとしなくなろう』と一蹴《いっしゅう》したので、袁紹《えんしょう》の軍が攻め寄せたおりに、多くの者が降参してしまいました。公孫瓚《こうそんさん》は無勢となったので、許都《きょと》へ加勢を求めるべく使者を出しましたが、はからずもその使者は袁紹《えんしょう》の軍に取りおさえられ、次には張燕《ちょうえん》へ使者をやって、火の手を合図に内と外から攻めかかる旨を申し送ったところ、これまた袁紹《えんしょう》の手に落ちて、袁《えん》紹《しょう》の軍勢が城外に火の手をあげましてございます。かくして公孫瓚《こうそんさん》が自ら出陣したところ、伏せ勢に四方から討って出られ、軍勢の大半を失ったのでございます。そこで城中に立て籠《こも》ったところ、袁紹《えんしょう》の軍勢が公孫瓚《こうそんさん》の本陣とした楼閣の下まで坑道を掘りぬいて火を掛けましたため、公孫瓚《こうそんさん》は逃げる術《すべ》もなく、妻子を殺したうえで自ら縊《くび》れて果て、一家ことごとく灰となりました。かくて今や袁紹《えんしょう》は公孫瓚《こうそんさん》の軍勢をも配下に収め、大いに威勢をふるっております。一方、袁紹《えんしょう》の弟袁術《えんじゅつ》は淮南《わいなん》にあって栄耀栄華《えいようえいが》をきわめ、兵士や人民のことを忘れ果てておったため、人心ことごとく離れるありさま。よって袁術《えんじゅつ》は人を袁紹《えんしょう》のもとにつかわして帝号を譲りましたるに、袁紹《えんしょう》から玉璽《ぎょくじ》を所望されて、自らそれを送りとどけることとし、淮南を棄てて河北へ帰ろうといたしております。もしこの両名が力を合わせれば事面倒。丞相には早急に手を打たれるがよろしかろうと存じます」

玄徳《げんとく》は公孫瓚《こうそんさん》すでに死すと聞いて、彼が己を推挙してくれた昔日の恩をそぞろに思って悲しみにたえず、また趙子竜《ちょうしりょう》の身の上が案じられ、思うに、「脱出するのは今だ、これを逃がしては二度とおりはあるまい」と、席を立って言った。

「袁術《えんじゅつ》が袁紹《えんしょう》を頼り行くとならば、徐《じょ》州を通るに相違ござらぬ。それがしに一軍をお貸しいただければ、中途で遮《さえぎ》って手捕りといたしましょうぞ」

曹操《そうそう》は笑った。

「では明日帝に申し上げて、すぐにも打ち立たれるがよかろう」

あくる日、玄徳《げんとく》は帝のご前に参上してこの旨を奏上し、曹操《そうそう》は玄徳《げんとく》に歩騎五万をあたえて、朱霊《しゅれい》・路昭《ろしょう》両名に玄徳《げんとく》に同道するよう命じた。玄徳《げんとく》が帝にお暇《いとま》を告げると、帝は涙ながらに彼を送り出された。玄徳《げんとく》は仮住いにもどって急ぎ出陣の支度をととのえると、将軍の印を腰に帯びて早々に出立《しゅったつ》した。董承《とうしょう》はこの由を聞いて後を追い、十里も来たところで見送ったが、

「国舅殿、よくよくご辛抱なされませ。このたびの出陣、それがし必ずやよいお便りをもたらしまするぞ」

「貴公も約束を心にとめられ、帝の御心に背かれぬようにの」

と語り合って二人は別れた。

関《かん》・張《ちょう》が馬上から尋ねた。

「兄者。今度の出陣は、どうしてこう急がれたのでござる」

「これまでわしは籠《かご》の中の鳥、網の中の魚同然じゃったが、今こうして出て来たからには、魚が大海に入り、鳥が青空にかけのぼったようなもの。もはや籠や網に自由を縛られることもないのじゃ」

玄徳《げんとく》は関《かん》・張《ちょう》に、朱霊《しゅれい》・路昭《ろしょう》を督促《とくそく》して軍勢を急がせることを命じた。

時に郭嘉《かくか》・程昱《ていいく》は年貢取り立てを監督して帰って来たが、曹操《そうそう》がすでに玄徳《げんとく》を遣わして軍を徐州へ進めさせたと聞き、あわてて諫《いさ》めに罷り出た。

「丞相はなにゆえ玄徳《げんとく》に軍勢を与えられたのでござりますか」

「袁術《えんじゅつ》を途中にて遮《さえぎ》ろうと思ったのじゃ」

程昱《ていいく》、

「その昔、劉備《りゅうび》が豫州牧であったときに、それがしらが彼を殺すように申し上げましたところ、丞相にはお取り上げ下さりませんでしたが、今また兵を与えたりいたすのは、竜を海に放し虎を山に帰すようなもの。後になって従えようと思われても、それはかないませんぞ」

郭嘉《かくか》、

「丞相がたとい劉備《りゅうび》を殺すに忍びぬとは申せ、さらばとて彼を放すべきにはございませぬ。古人も『一日敵を縦《ゆる》すは、万世の患《うれ》い』（『左伝《さでん》』僖《き》公三十三年）と申しております。よくよくご考慮召されますよう」

曹操《そうそう》はいかにもと、許褚《きよちょ》に五百の軍勢を引き連れ、至急玄徳《げんとく》を追って連れもどすよう命じ、許褚《きよちょ》は承知して出立した。

さて玄徳《げんとく》が兵を進ませるうち、にわかに後方に砂煙の巻き起こるのが見えたので、玄徳《げんとく》は、

「あれは曹操《そうそう》の追手に相違ない」

と関《かん》・張《ちょう》に言って陣屋をかまえ、二人にえものを持って左右に控えているよう命じた。追いついた許褚《きよちょ》は、物々しい陣容を見て、馬から下りて玄徳《げんとく》の陣屋に通った。

「これは何のご用でござるかな」

「丞相の仰せにて、他にご相談いたしたきことがござれば、ご足労ながら都にお立ち帰り願いたいとのことにござります」

「『将は外にあっては、君命も受けざる所あり』（『孫子《そんし》』九変篇《きゅうへん》）とか申す。身どもは天子にお目通りいたしたうえ、丞相よりもじきじきお言葉を賜《たま》わっておる。このうえ、

あらためてご意見を承ることもござらねば、すみやかにご帰京の上、この由よしなにお取り次ぎ下されい」

許褚《きょちょ》は、心中、「丞相はこの男とこれまで親しくして来たのだし、今度も特に斬って棄てろとは申されなかった。ひとまずこの旨を報告して、ご判断を仰ぐこととしょうか」と考え、玄徳《げんとく》の前を辞すと、兵をひきいて引き返した。都に帰って曹操《そうそう》に玄徳《げんとく》の言葉を伝えると、曹操《そうそう》も心を決しかねていた。程昱《ていいく》・郭嘉《かくか》が、

「玄徳《げんとく》が軍を返さぬとあらば、彼の変心はもはや明らかとなりましたぞ」

と言ったが、

「朱霊《しゅれい》・路昭《ろしょう》がつけてある。玄徳《げんとく》も心変りしたくもできはしまい。ましていったん出したものだ。今さら考えたところではじまるまい」

と、二度と玄徳《げんとく》を追おうとはしなかった。のちの人の玄徳《げんとく》を嘆じた詩に、

兵を束《つか》ね馬に秣《くさか》いて　去ること怱々《そうそう》、
心に天言を念《おも》う　衣帯の中。
鉄籠を撞破《つきやぶ》りて　虎豹《こひょう》逃れ、
頓《にわか》に金鎖を開いて　蛟竜《こうりょう》走る。

さて馬騰《ばとう》は、玄徳《げんとく》が去ったうえ、辺境から急を告げて来たりしたので、同じく西涼《せいりょう》州の任地へ帰った。玄徳《げんとく》の軍勢が徐州に着くと、刺史車冑《しゃちゅう》が出迎え、歓迎の酒宴がすんで孫乾《そんけん》・糜竺《びじく》らが目通りした。玄徳《げんとく》は家に帰って家族たちと久々に対面し、かたがた人をやって袁術《えんじゅつ》の様子を探らせた。その間者が帰ってきての報告に、

「袁術《えんじゅつ》のあまりの贅沢《ぜいたく》な暮らしように、雷薄《らいはく》・陳蘭《ちんらん》らはこぞって嵩《すう》山(3)に引き籠ってしまい、威勢全く衰えた袁術《えんじゅつ》は、袁紹《えんしょう》に帝号を譲る旨の書面をやりましたところ、袁《えん》紹《しょう》からじきじき出向くようとの使者が参ったので、彼は軍勢・宮中の御物《ぎょぶつ》などを取りまとめて、まず徐州を押し通らんとしております」

とのこと。

玄徳《げんとく》は袁術《えんじゅつ》が迫っていると聞き、関《かん》・張《ちょう》・朱霊《しゅれい》・路昭《ろしょう》らを従え五万の軍勢を揃えて出陣したところ、進んで来た敵の先鋒紀霊《きれい》と遭遇した。張飛《ちょうひ》が物も言わずにこれに打ってかかり、十合とせぬうち大喝一声、紀霊《きれい》を馬から突き落としたので、敵勢はどっと崩れたった。これを見て袁術《えんじゅつ》、自ら軍をひきいて進み出た。玄徳《げんとく》は軍勢を三手に分かち、朱霊《しゅれい》・路昭《ろしょう》を左に関《かん》・張《ちょう》を右翼に展開させて、自らは本陣をひきい、袁術《えんじゅつ》の姿を見るや、門旗の下に馬を乗り出して罵った。

「おのれ謀反《むほん》を企みし不届者。身どもこのたび詔を奉じて貴様を征伐いたしに参った。手向かいせずに降参いたせば、罪を赦《ゆる》してつかわそう」

「蓆《むしろ》織りの下郎めが、何をほざくか」

袁術《えんじゅつ》が言い返すなり軍勢に下知して襲いかかるところ、玄徳《げんとく》は退くとみせて、左右の両軍を討って出させたので、袁術《えんじゅつ》の軍勢はさんざんに討ち崩されて屍《しかばね》、野をおおい、血は流れて河の如きありさま、逃亡した兵士は数知れなかった。かてて加えて嵩山に籠っていた雷薄《らいはく》・陳蘭《ちんらん》に金銀・糧秣《りょうまつ》などを略奪され、寿春《じゅしゅん》に引き返そうとしたところを、盗賊に襲われてやむなく江亭《こうてい》に留まったものの、あますところはわずか一千余、みな老弱の者ばかり。おりしも夏の盛りであったが、兵糧尽き果てて麦三十石を余すだけであったのを兵士らに分けあたえた。家人は食う物もなく、つぎつぎに死んでいった。袁術《えんじゅつ》は固い飯が喉を通らず、喉の渇きに蜜の水を料理番に命ずると、

「蜜の水なぞございませぬ。あるのは血の水ばかりでござる」

と言われ、寝床に坐ったまま、一声叫んだかと思うと下にころげ落ち、一斗余りも血を吐いて死んだ。時に建安《けんあん》四年（一九九）六月のことである。のちの人の詩に、

漢末　刀兵《とうへい》　四方に起こり、
端無《はしな》くも袁術《えんじゅつ》　太《はなは》だ猖狂《しょうきょう》なり。
累世《るいせい》　公相《こうしょう》と為《な》るを思わず、
便《すなわ》ち孤身《こしん》　帝王作《た》らんと欲す。

強暴にして枉《まげ》て誇る　伝国の璽《じ》、
驕奢《きょうしゃ》にして妄《みだ》りに説《と》く　天祥《てんしょう》に応ずと。
渇きて蜜水を思うも　得るに由《よし》なく、
独り空牀《くうしょう》に臥《ふ》し　血を嘔《は》きて亡《ほろ》ぶ。

袁術《えんじゅつ》死し、その甥袁胤《えんいん》は霊柩《れいきゅう》と妻子を守って廬江《ろこう》郡へ逃れたが、徐璆《じょきゅう》のために一人残らず殺された。徐《じょ》は玉璽を奪って許都にのぼり、それを曹操《そうそう》に献じたので、曹操《そうそう》は大いに喜んで高陵《こうりょう》の太守に封じ、玉璽はこのときより曹操《そうそう》の手に帰した。

さて玄徳《げんとく》は袁術《えんじゅつ》死せりと聞くや、この由、朝廷に上奏し、曹操《そうそう》にも書面を送ったのち、朱霊《しゅれい》・路昭《ろしょう》を許都へ返し、軍勢はそのまま留めて徐州の防備にあたらせるとともに、自ら城外に出て離散した領民にもとの仕事にもどるよう諭《さと》して回った。

ここに朱霊《しゅれい》・路昭《ろしょう》が許都に立ち帰って曹操《そうそう》に見参し、玄徳《げんとく》が軍勢を離さぬ由を語ると、曹操《そうそう》は大いに怒って、この二人を斬ろうとした。ところを荀彧《じゅんいく》から、

「劉備《りゅうび》に軍権を与えておりましたからには、この二人ではどうしようもござらぬではありませぬか」

と言われて、これを赦《ゆる》した。荀彧《じゅんいく》から重ねて、

「車冑《しゃちゅう》に書面をやって騙討《だましうち》にさせるがよろしゅうございます」

と言われて、曹操《そうそう》これに従い、ひそかに人を車冑《しゃちゅう》のもとにやって、命令を伝えさせた。車冑《しゃちゅう》はただちに陳登《ちんとう》を招いて協議した。

陳登《ちんとう》は、

「それはいと易きこと。いま劉備《りゅうび》は領民を呼び返すために城外に出ておりますが、間もなく帰って参りましょう。将軍にはあらかじめ甕城《おうじょう》（城門防御用の外郭門）に兵を伏せておき、出迎えると見せかけて、帰ったところを一刀のもとに斬って棄てられれば、それがし櫓《やぐら》から後につづく者どもを射すくめて進ぜます。事はこれにて片づきましょう」

と言い、車冑《しゃちゅう》はこれに従うこととした。

陳登《ちんとう》が帰宅して父陳珪《ちんけい》にこの由を話すと、陳珪《ちんけい》から前もって玄徳《げんとく》に知らせておくよう命じられ、すぐさま馬を飛ばすところ、関《かん》・張《ちょう》が帰って来るのに出会ったので、かくかくしかじかと告げた。もともと関《かん》・張《ちょう》は玄徳《げんとく》より一足先に帰って来たものであったが、張飛《ちょうひ》はこれを聞くなり、ただちに城へ攻めかかろうとした。ところを雲長《うんちょう》に、

「向うが甕城で待ちうけているというからには、行けば必ずやられる。わしに車冑《しゃちゅう》を殺す手がある。夜陰にまぎれ、曹操《そうそう》の軍勢が徐州に着いたように騙《あざむ》いて車冑《しゃちゅう》を誘《おび》き出したうえ殺すのだ」

と言われて、いかにももっともと思いとどまった。おりもよし彼らの部下は曹操《そうそう》の旗印を前々から持っており、軍衣や鎧《よろい》もすべて同じであったので、その夜の三更に城下に行って門を開けろと叫んだ。城壁の上から誰何《すいか》されると口々に曹《そう》丞相より派遣されて来た張文遠《ちょうぶんえん》（張遼《ちょうりょう》）の軍勢だと答えた。知らせを受けて車冑《しゃちゅう》が、急いで陳登《ちんとう》を呼んでこれを諮《はか》り、

「迎えに出ねば、疑いをかけられる恐れがあるし、また迂闊《うかつ》に出て企みにかかるのも困る」

と言って櫓にのぼり、

「この闇夜では見分けがつきかねる。夜の明け次第お目にかかろう」

と言ったところ、下からは、

「劉備《りゅうび》に知られては一大事。早く開けて下されい」

との答え。なお心を決めかねているところへ、城外の開門開門の声しきりに起こったので、えいままよと車冑《しゃちゅう》、鎧を着、馬にまたがり、兵一千をひきいて城門を駆けて出、吊り橋を一気に渡って、

「文遠《ぶんえん》殿はどこにおわす」

と叫んだ。そのとき、雲長《うんちょう》、火の光を受け薙刀《なぎなた》片手に馬を躍らせて車冑《しゃちゅう》にとってかかった。

「下郎、よくもわしの兄者を殺そうなどと企みおったな」

車冑《しゃちゅう》は仰天し、数合もせぬうち、かなわじとみて馬首を返すやまっしぐらに逃げもどった。吊り橋まで来ると、上から陳登《ちんとう》に矢を浴びせかけられ、城壁の外を回って落ちのびようとしたが、追いすがった雲長《うんちょう》が一刀のもとに馬から斬って落とし、首を手にして門前にもどると、

「謀反人車冑《しゃちゅう》はわしが討ち取った。他の罪なき者は、降参すれば赦《ゆる》してつかわそうぞ」

と城壁の上に呼びかけた。かくて城内の者どもは武器を投げ棄てて降《くだ》り、軍民ともに平常にかえった。

雲長《うんちょう》は車冑《しゃちゅう》の首をもって玄徳《げんとく》の到着を迎え、車冑《しゃちゅう》が危害を加えようとしたので、首を取った由を細大もらさず語った。玄徳《げんとく》は、

「曹操《そうそう》が来たら、どうするつもりだ」

と大いに驚いたが、雲長《うんちょう》、

「それがし張飛《ちょうひ》とともに迎え撃ちます」

と言い、玄徳《げんとく》が大いに悔みながら徐州に入れば、長老・人民たちが道端に平伏してこれを迎えた。役所につくなり張飛《ちょうひ》を探すと、彼はすでに車冑《しゃちゅう》の一家を皆殺しにしたあと、

「曹操《そうそう》の腹心を殺したとあっては、とうてい穏やかにはすまされまい」

と玄徳《げんとく》が言うと、陳登《ちんとう》の言うのに、

「それがしに一計あり、曹操《そうそう》を退けることがかないましょう」

正に、たった一人で虎口を逃れ、干戈《かんか》静める妙計まであり、というところ。さて陳《ちん》登《とう》いかなる計を言い出すか。それは次回で。

注1　**迅雷風烈、必ず変ず**　『論語《ろんご》』郷党《きょうとう》篇より。孔子《こうし》は雷鳴が轟いたり突風が吹いたときには、必ず居住いを正したという。

2　**「鴻門の会」**　秦《しん》滅亡の年（紀元前二〇六年）漢《かん》の高祖《こうそ》（劉邦《りゅうほう》）と項羽《こうう》が鴻門で酒宴を行なったとき、項羽《こうう》の従弟項荘《こうそう》が高祖《こうそ》を斬ろうとして剣舞を舞えば、高祖《こうそ》を救おうとした項伯《こうはく》（項羽《こうう》の叔父）が同じく剣舞を舞って高祖《こうそ》をかばい、そこへ高祖《こうそ》の部下樊噲《はんかい》がおし入って高祖《こうそ》を救った故事。

3　**嵩山**　河南省登封県北。『魏書』袁術《えんじゅつ》伝によれば、このとき雷薄《らいはく》らが籠ったのは安徽省霍山県南の灊《せん》山だった。

第二十二回　袁《えん》・曹《そう》　各《おのおの》　馬歩《ばほ》三軍《さんぐん》を起《お》こし　関《かん》・張《ちょう》　共《とも》に王《おう》・劉二将《りゅうにしょう》を擒《とりこ》とす

さて陳登《ちんとう》は玄徳《げんとく》に献策して、

「曹操《そうそう》が恐れているのは袁紹《えんしょう》でござります。袁紹《えんしょう》は冀《き》・青《せい》・幽《ゆう》・幷《へい》四州の諸郡に威を振るって、その軍勢百万、文官武将を多数召し抱えておることなれば、書面をしためて彼のもとに使者を遣わし、助けを求めたらよろしいではござりませぬか」

「袁紹《えんしょう》とはこれまで誼《よし》みを通じたこともなく、あまつさえ弟の袁術《えんじゅつ》を破ったばかりのことじゃ。とうてい応じてはくれまい」

「当地に袁紹《えんしょう》と三代にわたって親しくしておる方がおわします。もしその方より一札《いっさつ》いただければ、袁紹《えんしょう》も必ず加勢に出てくれましょう」

玄徳《げんとく》が誰かと尋ねると、

「その方は、殿がかねてより礼を厚くして敬《うやま》われておる方。よもやお忘れではござるまいが」

「おお、それは鄭康成《ていこうせい》先生ではないか」

陳登《ちんとう》笑って、

「さようでござる」

元来、この鄭康成《ていこうせい》は名を玄《げん》といい、好学多才の士で、かつて馬融《ばゆう》の門に学んだ者。馬融《ばゆう》は講義のとき、必ず赤い紗の帷《とばり》をおろして、前に門人を集め、後ろに歌姫を侍《はべ》らせ、左右を侍女で囲ませていたが、鄭玄《ていげん》は聴講していた三年間、一度として彼女らに目を向けたことがなかったので、馬融《ばゆう》ははなはだこれを奇としていた。鄭玄《ていげん》が修業を終えて帰るにあたり、馬融《ばゆう》は、

「わしの学問の深奥《しんおう》を究《きわ》めた者は、けだし鄭玄《ていげん》ただ一人であろう」

と嘆息したという。

鄭玄《ていげん》の家中の侍女たちは、すべて毛詩《もうし》（詩経）に通じていた。一人の侍女が鄭玄《ていげん》の言葉に背いて、庭先に跪《ひざまず》いているよう命じられたことがあったが、その朋輩《ほうばい》が、

「胡為《なにす》れぞ泥の中に（どうしてそんなところに）」（邶風《はいふう》・式微《しきび》）

とからかったところ、その侍女が言下に言いかえして、

「薄《いささ》か言《ここ》に往《ゆ》きて愬《うった》うれば、彼の怒りに逢いぬ（不平を言ったら、反対に叱られた）」（邶風・柏舟）

と。その風流のありさまは、これほどのものがあった。桓《かん》帝の御代（一四七—一六七年）、鄭玄《ていげん》は尚書《しょうしょ》に昇ったが、のち十常侍《じゅうじょうじ》の乱にあい、官を棄てて故郷の徐《じょ》州に隠《いん》

棲《せい》していた。玄徳《げんとく》は涿郡《たく》にいたころ彼に師事したことがあったが、徐州の牧《ぼく》となってからはつねにその住居を訪ねて教えを請い、すこぶる尊敬していたのである。

そのとき、玄徳《げんとく》はこの人を思い出して大いに喜び、ただちに陳登《ちんとう》とともに鄭玄《ていげん》の家を訪ねて書面を書いてくれるよう頼んだ。鄭玄《ていげん》はこころよく承知して、一通の書面を書き、玄徳《げんとく》にあたえた。玄徳《げんとく》は孫乾《そんけん》に命じて急ぎ袁紹《えんしょう》に届けさせた。袁紹《えんしょう》は読み終わって、

「玄徳《げんとく》はわしの弟を攻め亡ぼした者、本来なら加勢すべきではないが、鄭《てい》尚書のお口添えがあるのでは助けに行かずばなるまい」

と考え、文武諸官を集めて、曹操《そうそう》討伐の是非を諮《はか》った。

幕僚田豊《でんほう》、

「打ちつづいた戦乱に、人民は疲弊し、兵糧の貯えも底をついているいま、かさねて大軍を起こすはいかがと存じられます。まず使者を遣わして天子に勝利（公孫瓚《こうそんさん》にたいする）を奏上し、もしこれがお耳に達しなかった時、曹操《そうそう》がわれらの尊王の道をふさぎおるとの上奏文を奉った上で、黎陽《れいよう》に出兵駐屯し、さらに河内《かだい》（黄河北岸）の船舶を増強し、兵器をととのえ、精兵を辺境各地に進駐せしめるがよろしゅうございます。かくすれば、三年のうちに、大勢決しましょうぞ」

幕僚審配《しんはい》、

「それは違う。わが君のご威光にて河朔《かさく》（河北）の雄（公孫瓚《こうそんさん》をさす）を討ちとったうえは、軍を起こして曹操《そうそう》を討つことなぞ掌《たなごころ》を反《かえ》すが如きもの。空しく日を延ばす要はござらぬ」

幕僚沮授《しょじゅ》、

「いやいや勝を制するのは、ただ力のみではござらぬ。曹操《そうそう》の威令は隅々にまで行なわれ、士卒の調練もよく行き届いていて、とても公孫瓚《こうそんさん》が坐して囲まれるのを待っていた如きものではござらぬ。いま、せっかくの良策を棄てて、無名の師を起こすのは、殿の御為にもならないのではないかと存ぜられまする」

幕僚郭図《かくと》、

「左様なことはござるまい。曹操《そうそう》を討つのが、なぜ名目も立たぬことにござるか。殿には今こそ大業をお定めになるときと存ずる。鄭《てい》尚書のお言葉をいれ、劉備《りゅうび》とともに大義に立って国賊曹操《そうそう》を討ち亡ぼすことこそ、上は天意に合し、下は民意にも添うことと存ずる」

四人の論争いずれが是《ぜ》いずれが非《ひ》とも定まらず、袁紹《えんしょう》も心を決めかねていたとき、許攸《きょゆう》・荀諶《じゅんしん》が来たので、袁紹《えんしょう》は、

「二人はなかなかの見識があるから、意見を聞いてみよう」

と言い、彼らの挨拶の終わるのを待って、

「鄭《てい》尚書から、劉備《りゅうび》を助けて曹操《そうそう》を討つようとの手紙を頂戴《ちょうだい》いたしたのだが、軍を起こしたがよいか、起こさぬがよいか」

二人は一斉に、

「いまや衆をもって寡《か》を破り、強きをもって弱きを攻むるとき、また漢《かん》の賊を討って皇室をお助けいたすとき、殿には兵を起こされるがよろしいと存じます」

「そなたたちの申し条、いちいちわしの思うとおりじゃ」

かくて袁紹《えんしょう》はただちに出陣の協議をはじめ、まず孫乾《そんけん》を帰して鄭玄《ていげん》にこの由を伝えさせ、また玄徳《げんとく》に手筈をととのえるよう伝えさせた。同時に、審配《しんはい》、逢紀《ほうき》を総指揮に、田豊《でんほう》・荀諶《じゅんしん》・許攸《きょゆう》を幕僚に、顔良《がんりょう》・文醜《ぶんしゅう》を将軍にそれぞれ任命して、騎馬の軍十五万、徒歩《かち》の軍十五万、合わせて三十万の精兵を打ち揃え、黎陽《れいよう》めざして出発することとした。手配がいっさい終わったとき、郭図《かくと》が言った。

「殿には大義に立って曹操《そうそう》を討たれるからには、まず曹操《そうそう》の悪業を数え上げ、各郡に檄《げき》を馳《は》せて、討伐のことを宣言されることが肝要と存じます。かくしてこそ大義の師と申せましょう」

袁紹《えんしょう》はこれに同意して、書記陳琳《ちんりん》に檄文《げきぶん》の起草を命じた。この陳琳《ちんりん》は字《あざな》を孔璋《こうしょう》といい、かねてより文筆の才を謳《うた》われていた。桓《かん》帝の御代に主簿《しゅぼ》をつとめていたが、何《か》進《しん》を諫《いさ》めて聞きいれられず(第二回)、また董卓《とうたく》の乱にあって冀州に難を避けていたのを、袁紹《えんしょう》が記室《きしつ》（官名、書記役）として用いていたもので、そのとき、起草の命を受けて筆を取り上げるや、一気に書きあげた。その文章は、

思うに明主《めいしゅ》は危きに図《はか》りてもって変を制し、忠臣は難を慮《おもんぱか》りてもって権を立つとか、これ非常の人あってはじめて非常の事あり、非常の事あってはじめて非常の功を立てるの謂《いい》、非常とは非常の人にしてはじめて思い得ることと承知す。往時、秦《しん》二世皇帝懦弱《だじゃく》にして趙高《ちょうこう》、権をもっぱらとし、賞罰思いのままになせしといえども、時の人その威を恐れてあえて正言せず、ついに二世の望夷宮《ぼうい》におい て趙高《ちょうこう》に弑《しい》せらるるに及び、祖宗亡《ほろ》び去って、その汚辱《おじょく》、今に至るまで永く世の戒《いまし》めとなる。呂后《りょ》（漢高祖《こうそ》の后）の末年にいたりて、呂産《りょさん》・呂禄《りょろく》、政《まつりごと》をもっぱらにし、朝にあっては南北二軍の将となり、外にあっては梁《りょう》・趙《ちょう》二国を治めて、ほしいままに万機を決し、禁中に威をふるいたれば、君臣ところを異にし、ために国を挙げて心を痛めたり。かくして絳侯周勃《こうしゅうぼつ》・朱虚侯《しゅきょ》劉章《りゅうしょう》、兵を起こし怒りをふるい、逆賊を誅《ちゅう》して太宗《たいそう》（漢の文《ぶん》帝）を立つ。ために王道大いに興《おこ》り、御稜威《みいつ》、海内《かいだい》を照らすにいたる。これすなわち権勢を立てるの任、大臣にあることを示すもの。

司空曹操《しくうそうそう》が祖父中常侍曹騰《そうとう》は、（中常侍）左悺《さわん》・徐璜《じょこう》と語らって害悪をなし、

貪婪《たんらん》をきわめて、政《まつりごと》を紊《みだ》り民草を虐《しいた》ぐ。父曹嵩《そうすう》はその養子となり、賄賂《まいない》によって位をうけ、金宝珠玉を権門につらね納めて三公《さんこう》の位をぬすみ、ついに天下を傾けるにいたる。曹操《そうそう》はかかる醜き宦官輩《かんがんばら》の後にして徳行とてこれなく、狡猾《こうかつ》たぐいなく、乱を好み禍を楽しむ。

余、精兵をひきいて宦官どもを討ちしに、つづいて董卓《とうたく》の官を犯し遷都の暴挙に出づるにおよび、剣をひっさげ鼓を鳴らし渤海《ぼっかい》に兵を挙げて天下の英雄を幕下に集め、賢を用い愚を棄つ。故についに曹操《そうそう》と事を謀《はか》り、一軍を授けたるが、これ用うるにたると思いしによる。しかるに曹操《そうそう》に策なく軽挙妄動《もうどう》して、敗北を重ね、しばしば軍勢を失いしが、余はただちに兵を分け与えて補強せしめ、上奏して東郡《とう》の太守《たいしゅ》とし、兗州《えん》の刺史《しし》にのぼせ、威力を貸し与えて威権を振るわしめ、もって勝利の報の来たらんことを願いおりたり。しかるに曹操《そうそう》、ひとたび力を得るや四方に跋扈《ばっこ》してほしいままの姦悪《かんあく》を働き、民草を虐げ賢人を殺し善行の人を害す。

ゆえに九江《きゅうこう》の太守辺譲《へんじょう》、英才をもって世に知られしが、直言してその意に従わず、ために梟首《きょうしゅ》せられ、一家ことごとく殺害さる。これより天下の士、憤《いきどお》らぬはなく、民草の怨嗟《えんさ》の声いや高まりて、一人臂《ひじ》を奮わば、天下声を同じゅうしてこれを討たんとするにいたる。ゆえに徐州において（陶謙《とうけん》に）破られ、（濮陽《ぼくよう》の）地、呂布《りょふ》に奪われて、東辺に彷徨《ほうこう》して安息の地すらなし。余、幹《みき》（君）を強め枝（諸侯）を弱めんと欲したれば、逆徒（呂布《りょふ》）に与《くみ》せずして、再び軍を起こし、席巻《せっけん》して征討すれば、金鼓（銅鑼《どら》・太鼓）轟《とどろ》くところ、呂布《りょふ》の衆、潰走《かいそう》せり。かくて曹操《そうそう》が死を救い、その位に復せしむ。余、実に兗州の民草に徳なくして（曹操《そうそう》を刺史としたために）、曹操《そうそう》がために大恩を施したるものなり。

のち、天子ご還幸あり、群兇（李傕《りかく》ら）の乱入するに会う。時に冀州《きしゅう》（袁紹《えんしょう》の所領）まさに北辺（公孫瓚《こうそんさん》）より襲われ、冀州を離るるいとまあらず、ゆえに従事中郎徐勛《じょくん》をして、曹操《そうそう》を遣《つか》わしめ、宗廟《そうびょう》を修復し、幼主（献《けん》帝）を補佐せしむ。ここに曹操《そうそう》は専横の振舞いに及び、天子を脅して遷《うつ》し奉りて、官衙《かんが》を掌中におさめ、王室を侮《あなど》りて、法紀を紊《みだ》り、居ながらにして三台（尚書・御史・謁者）を召し寄せて、朝政をほしいままにし、賞罰を意のままに行なって、一言をもって人を刑死せしむ。ひとたび愛すれば、福を五族（祖父より孫まで）に及ぼし、ひとたび憎めば罪を三族（父・母・妻の親族）に及ぼす。党をなして論議する者は人々の面前において殺され、心中にこれを誹謗《ひぼう》する者はひそかに葬り去らる。ために百官、口をつぐみ、互いに目をもって語りあい、尚書は参賀の者を控え、公卿《こうけい》はただ官位をふさぐためのものたるに過ぎず。

ゆえに太尉楊彪《ようひゅう》は二司（司空と司徒）を歴任し、位人臣を極めたれど、曹操《そうそう》は小憤《しょうふん》より、これに冤罪《えんざい》を加え、笞刑《ちけい》に加えて極刑をもってす。曹操《そうそう》の情のおもむくままにはしりて法を重んぜざること、およそかくの如し。また議郎趙彦《ぎろうちょうげん》は直言を憚《はばか》らず、その言まことに聞くべきところあり。よって朝廷これを重用せしに、曹操《そうそう》は賢者を朝廷より奪い去り、正義の言を除かんとして、ほしいままにこれを捕えて殺し、上聞に達することもいたさず。また梁《りょう》の孝《こう》王(劉武《りゅうぶ》、文《ぶん》帝の兄、景《けい》帝の弟)は先帝(景《けい》帝)のご同腹にして、その陵《みささぎ》尊く、その樹木すらなおよく恭《うやま》うべきを、曹操《そうそう》は恐れおおくも兵士をひきいて自らその陵をあばき、棺を破り屍を裸とし、金宝を奪い取りたり。ために天子は涙され、天下あげて悲しむ。

曹操《そうそう》はまた「発丘《はっきゅう》中郎将」、「摸金《もきん》校尉」を置き、到るところ墓所をあばきこぼち、金宝を取り屍を天日に晒《さら》さぬなし。身三公の位にありながら、悪業を重ね、国を汚し民を害《そこな》い、その毒を人鬼(現世の人や死人)におよぼせり。その法令苛酷にして、百般の罪科を設け、法網蹊《こみち》にまで充《み》ち、坑穽《こうせい》路を塞《ふさ》ぎ、一挙一動すべて法に触る。ために兗《えん》・豫《よ》両州(曹操《そうそう》の所領)の民、楽しまず、帝都に怨嗟《えんさ》の声あがる。史書を見るに、無道の臣、残酷を極めし者、曹操《そうそう》に及ぶ者なし。

余はまさに外賊を討つにかまけて、未《いま》だ曹操《そうそう》を戒めるいとまなく、しばらく容《よう》赦《しゃ》し、自ら己が過《あやま》ちを悔い改めんことを願いおりたり。しかるに曹操《そうそう》ますます野心を逞《たくま》しゅうして、ひそかに謀反の心を抱き、かくて棟梁《とうりょう》(楊彪《ようひゅう》を指す)をくだいて漢室を弱め、忠正の士を除き去って、己ひとり梟雄《きょうゆう》たらんと欲せり。さきに余の軍を起こして公孫瓚《こうそんさん》を征するに当たり、逆賊、不逞《ふてい》にも余が包囲の中にあって抗《あらが》うこと一年。曹操《そうそう》、その破れざるを見て、ひそかに書面をもって公孫瓚《こうそんさん》に通じ、外は官軍を助ける如く装い、内はかえって余を襲わんとせしも、その使者は捕われ、公孫瓚《こうそんさん》また亡びしより、軍を収めて、ついにその企《くわだ》てを果たさざりき。しかして今、敖倉《ごうそう》に兵を留め、河を阻《へだ》てて固めとなし、螳螂《とうろう》の斧《おの》をもって余が大軍に立ち向かわんとす。余は漢室の命を奉じて天下を平定せんとす。余に長戟《ちょうげき》百万、胡騎《こき》千隊あり、中黄《ちゅうこう》・育《いく》・獲《かく》（ともに古代の勇士）に劣らぬ士、屈強の兵をもって押し出《い》だし、幷《へい》州（甥の高幹《こうかん》）は太行山を越え、青《せい》州（長子の袁譚《えんたん》）は済《せい》・漯《とう》両河を渡り、大軍（主力）は黄河に浮かんで正面を衝《つ》き、荊《けい》州（劉表《りゅうひょう》）は宛《えん》・葉《しょう》両県に出でて背後を衝き、雷進虎歩《らいしんこほ》すれば、あたかも炎《も》えさかる火もて風にただよう蓬《よもぎ》を焼き、大海を覆《くつがえ》して一点の火に注ぐが如く、亡びざる者あらんや。

また曹操《そうそう》が軍の士卒の戦場に臨みおる者は、みな幽・冀二州より出で、またかつて余がもとにおりし者どもにして、みな家族を慕い涙して北帰を思う。その他の兗・豫二州の民、および呂布《りょふ》・張楊《ちょうよう》が残党は、力尽きてやむをえずして従いおる者にして、すべて身に創痍《そうい》を負い、曹操《そうそう》を仇《かたき》となす。もし軍を進めて高き丘に登りて気勢を挙げ、白旗《はくき》を掲げて降参を勧めなば、必ずや刃《やいば》に血ぬらずして土崩《どほう》瓦解《がかい》せん。

今、漢室衰微《すいび》して綱紀ゆるみ、朝廷に補佐の臣一人だになく、臣下に逆賊を破るの勢いなし。都の内、忠誠の臣もみな頭《こうべ》を垂れ翼をおさめて、兢々《きょうきょう》たり。忠義の臣ありといえども、忠義の臣ありといえども、暴虐の臣に脅されては、よくその忠節を尽くすことかなうるの勢いなし。べけんや。

また曹操《そうそう》、配下の精兵七百をもって皇宮を守らしむ。宿衛を名とするも、実は天子を押し籠め奉るものにして、簒奪《さんだつ》の兆《きざし》これより起こらん。これぞ忠臣の命を抛《なげう》って立つの秋《とき》、烈士《いさおし》功を立つるのときなり。よろしく忠勤をはげむべし。

曹操《そうそう》また勅命《ちょくめい》と偽り使者を遣わして各地の兵を召す。遠方の州郡、これを誤り信じて兵を与えなば、これ天下に逆《さか》いて賊に与《くみ》すること、悪名を高くして、天下の物笑いともなるべし。これすなわち明哲の士の取らざるところなり。

これよりただちに幽・并・青・冀四州の兵を進む。本状、荆州にいたらば、兵を整えて建忠将軍《けんちゅう》（張繡《ちょうしゅう》。このとき宛城にあった）と合流すべし。州郡おのおの義兵を挙げて出陣し、武威を輝かして社稷《しゃしょく》を助けなば、非常の功ここにおいてあらわれん。

曹操《そうそう》が首を得し者は、五千戸の侯に封じ、賞金五千万を与えん。将卒の降《くだ》り来たる者はその罪を問わじ。広くこの由を宣布し、天下に布告して、天子の危急の難を蒙《こうむ》れるを知らしむるものなり。右、布告するものなり。

袁紹《えんしょう》はこの檄文を読んで大いに喜び、すぐさま人に命じて諸州郡へ送らせるとともに、各地の渡し場、交通の要地に貼り出させた。檄文が許都《きょと》に伝わったとき、曹操《そうそう》は頭痛で床に臥《ふ》せっていた。側近の者からこの檄を渡されて一読し、たちまち背筋に冷たいものが走るのを覚え、どっと冷汗を出し頭痛たちまち消え、むっくり身体を起こすと曹洪《そうこう》を顧みて言った。

「これを書いたのは誰か」

「陳琳《ちんりん》とか聞いております」

「文事ある者には、相応の武略が必要なものだ。陳琳《ちんりん》の文章はたしかに見事だが、袁《えん》紹《しょう》の武略の不足の方は、どうともなるまい」

と曹操《そうそう》は笑い、幕僚たちを呼んで敵を迎え撃つ策を練った。

孔融《こうゆう》がこれを聞き、曹操《そうそう》を訪ねて、

「袁紹《えんしょう》の勢いはなかなかのものにござれば、合戦を避け、和を講ぜらるるが至当かと存じます」

と言うと、荀彧《じゅんいく》が、

「袁紹《えんしょう》は無能な男、和睦なぞする要がどこにござる」

「袁紹《えんしょう》の領土は広く、兵は強く、配下の許攸《きよゆう》・郭図《かくと》・審配《しんはい》・逢紀《ほうき》らは、いずれも智謀に長《た》け、田豊《でんほう》・沮授《しょじゅ》らはみな無二の忠臣。また顔良《がんりょう》・文醜《ぶんしゅう》ごとき三軍に冠たる勇者あり、その他の高覧《こうらん》・張郃《ちょうこう》・淳于瓊《じゅんうけい》らはいずれ劣らぬ当代の名将。袁紹《えんしょう》の無能呼ばわりは解《げ》せませぬが」

荀彧《じゅんいく》はからからと笑って、

「袁紹《えんしょう》の兵は多いとは申せ軍律乱れ、田豊《でんほう》は剛直にして上に逆らい、許攸《きよゆう》は貪欲《どんよく》であくことなく、審配《しんはい》は我意強くして策なく、逢紀《ほうき》は勇あれど人の言を用いぬ。これらの者はともすれば意見合わず、必ず内紛を生じましょう。顔良《がんりょう》・文醜《ぶんしゅう》は匹夫《ひっぷ》の勇に過ぎぬゆえ、一戦にして手捕りとすることもかないましょう。その他の取るにもたらぬ者どもは、たとい百万ありとも、恐れるには及びませぬ」

孔融《こうゆう》はぐっと詰まった。

曹操《そうそう》は大いに笑い、

「荀文若《じゅんぶんじゃく》の言い分いちいちもっともじゃ」

と、劉岱《りゅうたい》を先鋒《せんぽう》に、王忠《おうちゅう》を後詰《ごづめ》に命じて兵五万を与え、丞相《じょうしょう》の旗印を掲げさせて徐州の劉備《りゅうび》討伐に向かわせることとした。この劉岱《りゅうたい》は兗州刺史のとき、曹操《そうそう》に攻められて降伏、曹操《そうそう》配下の部将となっていたが、このたび王忠《おうちゅう》とともに起用されたのである。

かくて曹操《そうそう》は自ら二十万の大軍をひきいて黎陽《れいよう》に進出し、袁紹《えんしょう》の軍勢を食いとめるこ

とした。程昱《ていいく》が、

「劉岱《りゅうたい》・王忠《おうちゅう》ではちと心もとのうございますが」

と言うと、曹操《そうそう》は、

「劉備《りゅうび》の敵でないのは知っておる。しばらく気勢をあげさせておくだけじゃ」

と言い、二人に向かって言った。

「軽々しく進むではないぞ。袁紹《えんしょう》を破ったうえでわしが軍をひきいて出向くからな」

劉岱《りゅうたい》・王忠《おうちゅう》は軍をひきいて出立《しゅったつ》した。

曹操《そうそう》は自ら兵をひきいて黎陽に出陣し、両軍八十里隔てて対陣したが、それぞれ濠《ほり》を深くし堡塁《ほるい》を高く積んで合戦に出ようとはせず、八月から十月に至った。もともと許攸《きょゆう》は審配《しんはい》が指揮するのを快からず思い、沮授《しょじゅ》は沮授《しょじゅ》で袁紹《えんしょう》が己の策を用いないのを恨んで、おのおの心中に不平を抱きあって進んで戦おうともせず、袁紹《えんしょう》も心もとなく思って、軍を進めようとしなかったのである。そこで、曹操《そうそう》は降参した呂布《りょふ》の部将臧《ぞう》覇《は》に青《せい》州・徐州方面を固めさせ、于《う》禁《きん》・李《り》典《てん》を黄河の河畔に留め、曹仁《そうじん》に本隊の指揮を委《ゆだ》ねて官渡《かんと》（河南省中牟《ちゅうぼう》県東北）に駐屯させておいて、一軍をひきいて許都に帰った。

さて劉岱《りゅうたい》・王忠《おうちゅう》は兵五万をひきいて徐州（下邳《かひ》）から百里あまりのところに陣をと

ると、本陣に曹丞《そう》相の旗印を掲げて、それ以上進まず、もっぱら戦線の動きをうかがっていた。一方、玄徳《げんとく》も曹操《そうそう》の腹のうちが分からないので、やはり進んで動こうとはせず、ひたすら河北の様子を探《さぐ》っていた。と、にわかに劉岱《りゅうたい》・王忠《おうちゅう》のもとに曹操《そうそう》からの使者が到着、軍を進めよとのこと、二人は陣中で協議した。

「丞相には城を攻めろとのご命令じゃ。貴公、先にかかられい」

と劉岱《りゅうたい》が言えば、王忠《おうちゅう》は、

「丞相は貴公を先陣にお命じになったのではないか」

「わしは主将だ。先に出る筋合はない」

「ではいっしょに兵をひきいて寄せかかろうではござらぬか」

「さらば籤《くじ》を引き、当たった者が行くこととしよう」

かくて王忠《おうちゅう》が「先」の字を引きあてたので、やむなく半数の兵をひきいて徐州へ寄せかかった。玄徳《げんとく》は敵勢来たると聞き、陳登《ちんとう》を招いて諮《はか》った。

「袁本初《えんほんしょ》殿は黎陽に陣を取っておるものの、幕僚間の不和のため、兵を進めようとされず、曹操《そうそう》の所在はよう分からぬ。聞けば黎陽の陣中には彼の旗印が上がっておらぬとか言うが、ここにそれがあるのは、どうしたことであろう」

「曹操《そうそう》は詭計《きけい》百出の男にござれば、河北に重きを置いて自ら監督にあたりおるに相違ござりませぬ。ゆえにわざと旗印を立てず、ここにことさらに立てて見せておるもの。

それがしは、曹操《そうそう》はここにおらぬと思います」

「関羽《かんう》・張飛《ちょうひ》、おまえたちのうち誰ぞ実状を探りに行って参らぬか」

張飛《ちょうひ》、

「おれに行かせてくれ」

張飛《ちょうひ》、

「おまえは粗暴で、だめじゃ」

「曹操《そうそう》がいたらひっつかまえて来てやるわ」

雲長《うんちょう》、

「それがしが行って様子を探って参りましょう」

「そなたが行ってくれるなら、わしも安心じゃ」

かくて雲長《うんちょう》は兵三千をひきいて徐州の城を出た。

時に冬の初め、厚い雲たれこめ、雪霏々《ひひ》と乱れ飛ぶ中を、兵馬ものともせで陣を布《し》いた。雲長《うんちょう》は馬を駆り薙刀《なぎなた》片手に進み出るや、王忠《おうちゅう》、出でよと呼ばわった。王忠《おうちゅう》が進み出て、

「丞相じきじきのご出陣なるぞ。すみやかに降参せい」

「丞相を出していただきたい。それがしじきじきお話しいたしたい」

「その方ごとき弱輩に、丞相がお会いすると思うてか」

雲長《うんちょう》、烈火の如く怒り、馬を躍らせて打ってかかれば、王忠《おうちゅう》、槍をしごいてこれを迎えたが、両馬接近すると見る間に、雲長《うんちょう》、馬を飛ばせて走りぬける。王忠《おうちゅう》これを追って、山の麓《ふもと》を回ったとき、雲長《うんちょう》、馬首を返すなり、大喝一声、薙刀を舞わしてとってかかる。王忠《おうちゅう》、支えきれず、馬を飛ばして逃げようとするのを、雲長《うんちょう》、薙刀を左手に持ちかえ、右手で王忠《おうちゅう》の鎧《よろい》の上帯をむずとつかんで鞍《くら》から引きずり下ろし、小脇に抱えて帰陣したので、王忠《おうちゅう》の軍勢は四方八方に逃げ散った。雲長《うんちょう》は王忠《おうちゅう》を引っ立てて徐州に帰り、玄徳《げんとく》の前に出た。

「そなたは何と申す。いま何の職にあるのか。よくも曹《そう》丞相の名を騙《かた》りおったな」

「名を騙ったものにはござりませぬ。丞相のご命令によって、それがし虚勢を張り、牽制《けんせい》の作戦に出ておったもの。実は丞相はここにはおられませぬ」

玄徳《げんとく》は王忠《おうちゅう》に衣服、酒食を与えてしばらく監禁しておくよう命じ、劉岱《りゅうたい》を捕えてから改めて処分を決めることとした。

「それがし、兄者に和睦のお心あるのを知って、わざわざ生捕りにして参ったのでござる」

「わしも翼徳《よくとく》が乱暴者じゃから、王忠《おうちゅう》を殺しては困ると思って、やらなかったのじゃ。あの者どもは殺したところで益もなし、生かしておいて和睦のために使った方がよいからの」

「関《かん》の兄貴が王忠《おうちゅう》を生捕ったのなら、おれが劉岱《りゅうたい》を生捕りにして来よう」

「劉岱《りゅうたい》は先には兗州刺史をつとめ、虎牢関《ころうかん》に董卓《とうたく》を討ったときは一軍をひきいた男、それが今日は先陣をつとめおるのだから、うかとはできぬぞ」

「あんな奴らは屁《へ》でもないわ。おれも関《かん》の兄貴のように生捕って来て見せる」

「殺しでもしたらわしが困るからな」

「もし殺したら、おれの首をやる」

そこで玄徳《げんとく》は三千の兵を与え、張飛《ちょうひ》はそれをひきいて出陣した。

さて劉岱《りゅうたい》は王忠《おうちゅう》が虜《とりこ》となったのを知って、陣を固めて出ようとしない。張飛《ちょうひ》は連日陣の前まで行っては罵《ののし》ったが、劉岱《りゅうたい》は張飛《ちょうひ》と知って、ますます出ようとしない。張飛《ちょうひ》は数日しても劉岱《りゅうたい》が出て来ないので、心中一計を案じた。そこで、その夜二更に夜討ちを掛けると陣中に触れさせておいて、昼の間、本陣の中で酒を飲んで酔いしれたふりをし、兵士の些細《ささい》な罪を咎《とが》め立てしてひとしきり殴ったうえで、陣中に縛りつけ、

「今夜わしが出陣するとき、貴様を血祭りにあげてやる」

と言った。そのうえひそかに側の者に命じて、その兵士を逃げさせた。兵士は縄を解かれるや、ひそかに陣を脱出し、劉岱《りゅうたい》の陣中に駆けこんで夜討ちの企てを訴え出た。劉岱《りゅうたい》は降参して来た兵士が重傷を負っているのを見て、その言葉を信じ、陣を空にして、全軍を陣屋の外に潜ませた。この夜、張飛《ちょうひ》は軍勢を三手に分け、中軍の三十数名

が敵陣に突入して火を掛け、左右二手の軍勢が敵後方に迂回《うかい》し、火の手を合図に左右から攻めかからせるよう手配した。三更にかかる頃、張飛《ちょうひ》は自ら選り抜きの兵をひきいて劉岱《りゅうたい》の退路を断ち、中軍の三十人が敵陣に殺到して火を掛けた。劉岱《りゅうたい》の伏兵がどっと討ちかかろうとしたところを、張飛《ちょうひ》の潜ませた二手の軍勢が一斉に討って出たので、劉岱《りゅうたい》の軍勢はわっと浮足立ち、張飛《ちょうひ》の軍勢の多寡《たか》も分からないまま、総崩れになった。劉岱《りゅうたい》は討ち洩らされた一隊をひきいて血路を開き、逃げようとしたところを、ばったり張飛《ちょうひ》とぶつかった。狭い道のこととて、逃げるに逃げられず、ただ一合にして早くも張飛《ちょうひ》に手捕りにされ、他の者どももすべて降参した。この旨ただちに早馬で徐州へ知らせれば、これを聞いた玄徳《げんとく》は、

「翼徳《よくとく》はこれまでともすれば乱暴ばかりやって来たが、こういう策略を用いるようになれば、わしも安心じゃ」

と雲長《うんちょう》に言い、自ら城外に出迎えた。

「おれを乱暴者とか言ったが、兄貴、今日のところはどうだ」

「わしにああまで言われては、そなたも策略を使わぬわけにはゆかなかったであろうが」

張飛《ちょうひ》はからからと笑った。

玄徳《げんとく》は劉岱《りゅうたい》が縛り上げられて来たのを見て、あわてて馬を下りるやその縄を解き、

「弟の張飛《ちょうひ》が思い違いをして、大変ご無礼つかまつりました。平にご容赦下されい」

と言って徐州の城内に迎え入れ、王忠《おうちゅう》も呼び出して、二人をもてなした。

「先には車冑《しゃちゅう》がそれがしの命を狙いましたので、仕方なく討ちとりましたところ、丞相はそれがしが謀反《むほん》を企てておるやに誤解せられ、お二方を差し遣わされましたが、それがし丞相より大恩を蒙《こうむ》った身、恩に報いようとは思っても、何で謀反など企てましょうか。許都にお立ち帰りのうえ、なにとぞそれがしのためによしなにお取り成し下さりませ。くれぐれもお頼みいたします」

「命をお助け下されたご恩、何で忘れましょう。丞相には必ずわれらよりお取り成しし、貴殿のためとあらばわれらの家族を質に入れもいたしましょう」

玄徳《げんとく》は厚く礼を述べ、あくる日、二人に軍勢をそっくり返して城外に送り出した。劉岱《りゅうたい》・王忠《おうちゅう》が十里余りも行かぬところで、太鼓が鳴ったと見るや、張飛《ちょうひ》が行手に躍り出した。

「兄貴の物が分からぬにもほどがある。一度捕えた奴を逃がす手があるものか」

仰天した劉岱《りゅうたい》・王忠《おうちゅう》が馬上で震え上がり、張飛《ちょうひ》が目の玉をむき槍をしごいて躍りかかろうとしたとき、後ろから馬を飛ばして来た者が、

「無礼者、何をするか」

と大声に叫んだ。見れば、これぞ雲長《うんちょう》。劉岱《りゅうたい》・王忠《おうちゅう》はほっと胸を撫《な》でおろした。

「兄者が許されたものを、そちは何で命《めい》にそむくのか」

「ここで逃がせば、またやって来るじゃないか」

「もし来たら、そのときこそ殺せばいいではないか」

劉岱《りゅうたい》・王忠《おうちゅう》が口々に、

「丞相がわれらの三族を殺されようと、二度と参りはいたさぬ。どうぞお見逃し下されい」

と言えば、張飛《ちょうひ》、

「たとい曹操《そうそう》が来ようと、鎧《よろい》の一片たりと返しはしないからな。とにかく、ここはお前たちに首を預けておこう」

劉岱《りゅうたい》・王忠《おうちゅう》は頭をかかえ、ほうほうの態《てい》で逃げ去った。

雲長《うんちょう》・翼徳《よくとく》は立ち帰って玄徳《げんとく》に、

「曹操《そうそう》は必ずやって来ますぞ」

と言うと、孫乾《そんけん》も、

「徐州は攻めるに易《やす》きところゆえ、長居は無用。むしろ軍勢を分けて小沛《しょうはい》と下邳《かひ》の城を守らせ、掎《き》角《かく》の陣容を整えておいて曹操《そうそう》に備えるがよろしいと存じます」

玄徳《げんとく》はその言をいれて、雲長《うんちょう》に下邳を守らせ、甘《かん》・糜《び》両夫人も下邳に落ち着かせた。この甘《かん》夫人は小沛の人で、糜《び》夫人は糜竺《びじく》の妹である。孫乾《そんけん》・簡雍《かんよう》・糜竺《びじく》・糜芳《びほう》には徐州（ここでは彭城《ほうじょう》）の守備を命じ、玄徳《げんとく》は張飛《ちょうひ》とともに小沛に駐屯した。さて劉岱《りゅうたい》・王忠《おうちゅう》が帰京して曹操《そうそう》に見《まみ》え、劉備《りゅうび》に謀反の心のないことを言上すれば、曹操《そうそう》、怒って、

「よくも恥をさらしおったな。貴様ら如きは生かしておいても役に立たぬ」

と罵り、側の者に引き出して斬るよう命じる。正に、虎に犬では相手にならぬ、竜にかかってざこてんてこ舞い、というところ。さて二人の命はどうなるか。それは次回で。

第二十三回
禰正平《でいせいへい》　衣《ころも》を裸《ぬ》いで賊《ぞく》を罵《ののし》り
吉太医《きったいい》　毒《どく》を下《も》って刑《けい》に遇《あ》う

さて曹操《そうそう》が劉岱《りゅうたい》・王忠《おうちゅう》を斬らせようとしたとき、孔融《こうゆう》がそれを諫《いさ》めて、

「あの両名はもともと劉備《りゅうび》の敵でなかった者。もし彼らを斬れば、将兵の心を失うことになりましょうぞ」

と言ったので、曹操《そうそう》は二人の死罪を免じて爵禄《しゃくろく》を召し上げるにとどめ、自ら玄徳《げんとく》討伐の兵を起こそうとした。すると孔融《こうゆう》が、

「ただいまは寒気厳しい冬の盛りにござれば、出兵の時機ではなく、来春を待たれても遅くはないと存じます。それより、まず人を遣わして張繡《ちょうしゅう》・劉表《りゅうひょう》をお味方に馳《は》せ参じさせ、しかるのち徐州《じょ》をお攻めになるのがよろしいと存じます」

と言うので、曹操《そうそう》はその言をいれ、まず劉曄《りゅうよう》を張繡《ちょうしゅう》のもとへ遣わした。劉曄《りゅうよう》は襄城《じょう》に着くや、まず賈詡《かく》を訪ねて曹操《そうそう》の仁徳を讃えた。賈詡《かく》は彼を家に引き留めておいて、あくる日、張繡《ちょうしゅう》の前に出、曹操《そうそう》が劉曄《りゅうよう》を使者として帰順をすすめて来た由を話した。談合するおりしも袁紹《えんしょう》からの使者が到着したとの知らせがあった。張繡《ちょうしゅう》が通すよう命

じれば、使者は一通の書面を差し出した。見れば、これまた帰順をすすめたもの。賈《か》詡《く》が使者に尋ねた。

「近頃、兵を出して曹操《そうそう》を攻めたとかいうことだが、勝負はどうなされた」

「ただいまは冬の最中《さなか》のことにござれば、しばらく合戦をやめております。このたびは将軍と荊《けい》州の劉表《りゅうひょう》殿のお二方、いずれも国士の風をお具《そな》えなるをもって、お招きに参上いたした次第でござります」

賈詡《かく》はからからと笑って、

「そなたは帰って本初《ほんしょ》殿にこう申せ。『貴様は弟ですら信じられないのに、天下の国士を何で使いこなせるか』とな」

と、その場で書面を引き裂き、使者を追い返した。

「袁紹《えんしょう》はいま曹操《そうそう》をも凌《しの》ぐ勢いをもっているのだぞ。その彼の書面を引き裂き、使者を追い立てたりして、袁紹《えんしょう》が攻めて参ったらどうするつもりか」

張繡《ちょうしゅう》が言うと、賈詡《かく》、

「曹操《そうそう》の手につけばよいのでござる」

「わしは前に曹操《そうそう》の恨みを買っておる。いまさら許してはくれまい」

「曹操《そうそう》の手につけば利益が三つござる。曹操《そうそう》は天子の詔《みことのり》を奉じて天下を平定せんとする者、これ従うべき第一の点。袁紹《えんしょう》は勢い盛んでござれば、われらがわずかの手勢をひきいて従ったとて、われらを厚遇する由はござらぬが、曹操《そうそう》は無勢にござれば、われらを味方につけることがかなえば、喜ぶに相違ござらぬ、これ従うべき第二の点。曹操《そうそう》は天下を取らんとの志を抱くゆえ、私怨《しえん》を棄てて徳の広さを世に示そうとするに相違ござらぬ、これ従うべき第三の点にござる。ご躊躇《ちゅうちょ》には及びませぬぞ」

張繍《ちょうしゅう》は彼の意見に従って、劉曄《りゅうよう》を引見した。劉曄《りゅうよう》は口をきわめて曹操《そうそう》の徳を讃え、

「もし丞相《じょうしょう》が昔日の恨みを忘れずにおられるとすれば、将軍と誼《よし》みを結ぶためにそれがしを遣わされるでしょうか」

と言ったので、張繍《ちょうしゅう》は大いに喜び、すぐさま賈詡《かく》らとともに許都《きょと》におもむいて帰順した。張繍《ちょうしゅう》が曹操《そうそう》に目通りして庭先に平伏すると、曹操《そうそう》は急いで助け起こしてその手をとり、

「些《さ》細《さい》な間違いなぞお気に掛けられるな」

と言い、張繍《ちょうしゅう》を楊武《ようぶ》将軍に封じ、賈詡《かく》を執金吾《しっきんご》使《し》（正しくは執金吾。第九回注3）に封じた。曹操《そうそう》がその場で劉表《りゅうひょう》に帰順をすすめる書面を張繍《ちょうしゅう》に書くよう命じると、賈詡《かく》が進み出て、

「劉景升《りゅうけいしょう》殿は名士と誼みを結ばれるのを好む方ゆえ、この際、文名の高い方を説得に差し遣わされるのが至当かと存じます」

曹操《そうそう》は荀攸《じゅんゆう》に尋ねた。

「誰をやったものだろう」

「孔文挙殿《こうぶんきよ》がよろしいと存じます」

曹操《そうそう》はこれに同意した。

荀攸《じゆんゆう》は孔融《こうゆう》を訪ねて、

「ただいま丞相が、文名のある者で使者に立てられるような方をお探しなのですが、貴公お受けになる気はござりませぬか」

「身どもの知人に禰衡《でいこう》、字《あざな》を正平《せいへい》と申し、身どもなぞ及びもつかぬ才能の持主がござる。天子のお側にお仕えしてしかるべき人物であって、使者ぐらいでは役不足と存ずるが、さっそく身どもより天子にご推挙つかまつろう」

と孔融《こうゆう》は言って、上奏文を奉った。その文面は、

臣聞くに、堯《ぎよう》のとき、洪水天下に横流するや、帝これを治めんとして、あまねく四方に賢俊の士を求め招けりと。昔、世宗《せいそう》（漢の武《ぶ》帝）統を継ぎ、基業を弘めんとして、広く賢才を求むるや、諸士、響《ひびき》に応じて至れり。英明なる陛下（献《けん》帝）大業を継承されるや、厄運（董卓《とうたく》の乱）に遭遇せられ、畏《おそ》れ多くもいたく宸《しん》襟《きん》を悩まし奉る。ここにおいて岳神霊を降して、異人並び出《い》づ。ひそかに惟《おも》みるに、処士（無官の士）、平原《へいげん》の禰衡《でいこう》、年二十四、字正平《せいへい》は、性善良にしてその才抜

群なり。学芸を修めて深奥をきわめ、一度《ひとたび》目にしたところはすべて誦《そら》んじ、一度《ひとたび》耳にせることは心に記して忘れず、その性、道と合し、思慮、神の如くして、弘《こう》羊《よう》が潜計（桑弘羊《そうこうよう》、前漢の理財家。暗算の名手）、安世《あんせい》が黙識（張安世《ちょうあんせい》、前漢の宰相。強記をもって有名）も、禰衡《でいこう》をもって計れば、誠に怪しむに足りず。かつ忠誠果敢にして志、潔白なること霜雪の如く、善を見ては己の至らざるを恥じ、悪を憎むこと仇の如くして、任座《じんざ》（戦国魏《ぎ》の人）がおもねることを知らぬ言行、史魚《しぎょ》（春秋衛《えい》国の人）が死を厭《いと》わぬ節操も、禰衡《でいこう》を越ゆるところなし。鷙鳥《もうきん》百羽をかさぬとも、鶚《わし》一羽に如《し》かずとか。禰衡《でいこう》をして朝廷に立たしめなば、必ず観るべきあらん。弁を飛ばし詞《し》を騁《は》せて、気、人を圧し、疑点を氷解して、敵を屈せしめてなお余りあり。

そのかみ賈誼《かぎ》（前漢の論客）は求めて属国（典属国。夷狄《いてき》をつかさどる官）に試用され、詭《いつわ》りて単于《ぜんう》（匈奴《きょうど》の王）を帰順せしめ、終軍《しゅうぐん》（前漢の人）は長纓《ながきつな》をもって南《なん》越《えつ》の王を牽《ひ》き来たらんと欲す。弱冠にして慷慨《こうがい》なるを、前世これを美とす。近日、路粋《ろすい》・厳象《げんしょう》また異才をもって擢《ぬき》んでられて尚書郎《しょうしょろう》を拝せしが、禰衡《でいこう》もよろしくこれに比せらるべし。もし竜、天衢《てんのみち》に駆けり、翼を雲漢《あまのかわ》に揮わせ、声を紫微《しび》（星宿名。天子の居所を示す）に揚げ、光を虹蜺《にじ》に垂れなば（以上四句、禰衡《でいこう》が朝廷に用いられればの意）、側近の諸士を昭《あきらか》にし、四門（四方の門）和親を増すに足らん。鈞《てんじ》天広楽《ようのがくのね》、必ず奇麗の観あり、帝室の皇居、必ず非常の宝を蓄う。禰衡《でいこう》ら如きの士、多く得べからず。激楚《げきそ》・陽阿《ようあ》（楽曲名）が如き至妙の容《かたち》は、楽人の貪《むさぼ》りとるところ、飛兎《ひと》・騕褭《ようじょう》（古代の駿馬の名）が如き絶足奔放なるは、王良《おうりょう》・伯楽《はくらく》（古代のよく馬を操った人。ここでは馬をあつかう者のこと）の競い求めるもの。臣すんでこれを上聞に達するものなり。陛下、士を召すを篤《あつ》く慎《つつし》まれど、必ずかの者をお試みあってしかるべし。願わくは、禰衡《でいこう》をして賤衣のままご引見あらせられんことを。もしご引見のうえ、採るにたらずと思《おぼ》し召《め》さるるところあらば、臣甘んじて偽証の罪に服さん。

帝はこれをご覧のうえ、曹操《そうそう》にお下げ渡しになり、曹操《そうそう》はただちに人をやって禰衡《でいこう》を召し出したが、対面の挨拶をすませても、席をあたえようとしなかった。

禰衡《でいこう》、天を仰いで嘆息し、

「天地広しといえど、真当《まっとう》な人物は一人もいないのか」

「わしの配下数十人は、いずれ劣らぬ当代の英雄じゃ。人物がおらぬとは、異なことを申すの」

「それは誰のことでござる」

「荀彧《じゅんいく》・荀攸《じゅんゆう》・郭嘉《かくか》・程昱《ていいく》らの深慮遠謀は、蕭何《しょうか》・陳平《ちんぺい》（漢の高祖《こうそ》の功臣）も遠く及ばぬところ。張遼《ちょうりょう》・許褚《きょちょ》・李典《りてん》・楽進《がくしん》らの万夫不当の勇は、岑彭《しんほう》・馬武《ばぶ》（光武《こうぶ》帝の勇将）といえども及ばざるところ。呂虔《りょけん》・満寵《まんちょう》は従事、于禁《うきん》・徐晃《じょこう》は先鋒をつとめおり、夏侯惇《かこうとん》は天下の奇才、曹子孝《そうしこう》（曹仁《そうじん》）は世に聞こえた名将じゃ。人物がおらぬとは言わせまいぞ」

禰衡《でいこう》、からからと笑い、

「殿のお言葉とも思えませぬな。その者どもはそれがしよく存じておりますが、荀彧《じゅんいく》は見舞弔問の使者によく、荀攸《じゅんゆう》は墓守りによく、程昱《ていいく》は門番によく、郭嘉《かくか》は詩歌の読み役によく、張遼《ちょうりょう》は陣太鼓を打たせるによく、許褚《きょちょ》は牛馬の番人によく、楽進《がくしん》は書面・詔の読み上げ役によく、李典《りてん》は飛脚が適役、呂虔《りょけん》は刀鍛冶《かじ》でもやらせればよく、満寵《まんちょう》は酒の滓《かす》でも喰《くら》わせておくによく、于禁《うきん》は左官屋、徐晃《じょこう》は料理人でもやらせておくによい男。夏侯惇《かこうとん》は『己が大事将軍』、曹子孝《そうしこう》は『銭とり太守《たいしゅ》』とでも申そうか、いやはやどれもこれも衣桁《いこう》か飯袋、酒桶か肉袋が如き代物ばかりにござる」

曹操《そうそう》怒って、

「しからば、貴様にどれほどの能があると申すか」

「天文地理、一つとして通ぜぬはなく、三教九流《がくもんなべて》知らぬものはない。上は堯《ぎょう》・舜《しゅん》の世にかえすことができ、下は孔子《こうし》・顔淵《がんえん》の徳を広めることもでき申す。とても凡俗な輩《やから》と一つに論ぜられるものにはござらぬ」

この時、ただ一人側に控えていた張遼《ちょうりょう》が剣を引き抜いて斬って棄てようとしたが、曹操《そうそう》、

「いまちょうど太鼓番が一人欠けておる。朝夕の朝見《ちょうけん》や宴席に、こやつを使うことにしよう」

禰衡《でいこう》は断わりもせず、言下に承諾して引き退がった。

「余りといえば余りな悪口雑言、斬って棄てればよいではござりませぬか」

と張遼《ちょうりょう》がいきり立つのを、曹操《そうそう》は、

「あの男はかねてより虚名を謳《うた》われ、天下に名を知られておる。いまここで殺せば、世の者はわしを腹の小さな男と言って笑うであろう。奴は自惚《うぬぼ》れておるから、太鼓番にして恥をかかせてやったのじゃ」

あくる日、曹操《そうそう》は役所の広間に盛んな宴席を設け、太鼓番に太鼓を打つよう命じた。先任の役人が、

「太鼓を打つには新しい着物と着かえなければならぬぞ」

と言うのを、禰衡《でいこう》は着古した着物のままでその場に出て「漁陽《ぎょよう》の三撾《さんた》」（曲名。禰衡《でいこう》より始まったと言われている）を打ち出したが、とうとうと響きわたる絶妙の楽の音に、満座の客、心うたれて落涙せぬはなかった。

「なぜ衣服をあらためぬか」

と、側の者が叱咤《しった》したとき、禰衡《でいこう》はやにわに古い着物をかなぐり棄て、すっ裸となって、人々の面前に突っ立った。客たちがあっと袖で顔を隠したので、彼は悠然と褌《こ》（ズボン）を着けたが、顔色、全く変わらない。

「朝廷にて、無礼であろうぞ」

と曹操《そうそう》がなじると、

「君を蔑《なみ》するをこそ無礼と言うのだ。わしは父母から授かった身体を出して、潔白なところを見せてやったまでだ」

「うぬが潔白だとすれば、濁り汚れておるのは誰か」

「貴様に賢愚の見さかいのつかないのは、目が濁っておるからだ。詩書（詩経・書経）を読まないのは、口が濁り、忠言をいれないのは、耳が濁り、古今に通じないのは、身が濁り、諸侯をいれないのは、腹が濁り、つねに簒奪《さんだつ》の心を抱くのは、心が濁っておる証拠だ。わしのような天下の名士を太鼓番にするとは、陽虎《ようこ》が孔子《こうし》を軽んじ、臧倉《ぞうそう》が孟子《もうし》を謗《そし》った(1)ようなもの。天下を取ろうと考えておる者のやることではないわ」

このとき、同席していた孔融《こうゆう》は曹操《そうそう》が禰衡《でいこう》を殺してはと思ったので、やおら進み出て、

「禰衡《でいこう》の罪は労役につけるに値いするもの、とうてい〔殷《いん》の〕高宗が夢みて得た傅説《ふえつ》(2)が如き者ではございませぬ」

曹操《そうそう》は禰衡《でいこう》を指さして、

「貴様を荆州《けい》への使者に命ずる。首尾よく劉表《りゅうひょう》を帰順させたら、重くとりたててやるぞ」

禰衡《でいこう》はこれを断わったが、曹操《そうそう》は馬を三頭用意させ、二人の者に両方から抑えて行かせるとともに、配下の文武百官に命じ、酒の支度をととのえて東門外まで見送りに出させた。

「禰衡《でいこう》の奴がやって来ても、立つのではないぞ」

と荀彧《じゅんいく》が言い、禰衡《でいこう》がそこへ来て下馬し、皆に挨拶しようとしても、一同じっと坐ったままでいる。すると禰衡《でいこう》、とつぜん大声で泣き出した。

「何で泣かれるのか」

と荀彧《じゅんいく》が言うと、

「死人の棺桶《かんおけ》の中を行くのに、泣かずにいられるか」

一同、

「われらが死人なら、貴様は気が触れた首なし亡者だ」

「わしは漢朝の臣、曹瞞《そうまん》に与《くみ》するやからとは違う。首なしでいられるか」

皆が斬り棄てようとするのを、荀彧《じゅんいく》が急いで押しとどめた。

「鼠《ねずみ》同様のくだらぬ奴だ。刀を汚すこともない」

「わしは鼠でも、人間の性《しょう》を持っておるが、貴様らはとるにたらぬ虫けらだ」

一同は大いに怒って立ち去った。

禰衡《でいこう》は荊州に到着して劉表《りゅうひょう》に対面したが、彼の徳を讃えるようなことを言いながら、実は辛辣《しんらつ》な皮肉に満ちていたので、劉表《りゅうひょう》は心中面白くなく、江夏郡《こうか》（ここでは郡治の沙美《さい》のこと。湖北省武昌西南）へ行って黄祖《こうそ》に会うように命じた。ある者が劉表《りゅうひょう》に、

「禰衡《でいこう》は殿に無礼なことをぬかしましたるに、斬って棄てればよいではござりませぬか」

と言うと、劉表《りゅうひょう》が、

「禰衡《でいこう》がさんざん曹操《そうそう》を辱《はずか》しめたのに、曹操《そうそう》が殺さなかったのは、人望を失うのを恐れたからじゃ。それゆえ、わしのところへ使いに立てて、わしの手で殺させ、わしに賢人を殺したとの汚名を着せようとしたわけじゃ。わしがまた黄祖《こうそ》の方へ差し向けたのは、曹操《そうそう》にわしの智慧《ちえ》のあるところを知らせようがためよ」

と言ったので、一同はげにもと感じいった。

このとき、袁紹《えんしょう》からも使者を出して来た。劉表《りゅうひょう》は幕僚一同に諮《はか》った。

「袁本初《えんほんしょ》からも使者が参ったし、曹孟徳《そうもうとく》も禰衡《でいこう》を差し向けて来た。いずれに付くがよいと思うか」

従事中郎韓嵩《かんすう》が言った。

「ただいま両雄相対峙《たいじ》いたしておるときでござりますれば、将軍に天下を取らんとのお志あらば、この機に乗じて敵を破るのがよろしく、もしそのお志なくば、よき方を選んで味方につかれるがよろしいと心得ます。いま曹操《そうそう》は用兵に長《た》け、俊英の士が多くその幕下に集まりおりまするが、彼は必ずやまず袁紹《えんしょう》を破り、その後、兵を江東へ移して参るに相違なく、その期《ご》に及んでは将軍とて防ぐことかないますまい。むしろ荆州を引出物に曹操《そうそう》にお付きになれば、曹操《そうそう》は必ずや将軍を重くお用いになることとなりましょう」

「さらば、そなたしばらく許都へ行って動静をうかがって参れ。そのうえで改めて考えることとしよう」

「君臣には定まった分がござります。それがしただいまは将軍に仕えておる身にござれば、ご命令とあらば、水火も厭うものではござりませぬ。将軍がもし上《かみ》は天子に順《したが》い、下《しも》は曹操《そうそう》に従われようとのお心なら、それがしを出されるのもよろしいと存じまするが、もしお心いずれとも定まらぬなら、それがし都へのぼったおりに天子より官を賜《たま》わらば、天子の臣となり、再び将軍の御為には死をかけての働きいたしかねるようになりますぞ」

「よいよい、とにかくそなたは行って参れ。わしに別に考えがある」

かくて韓嵩《かんすう》は劉表《りゅうひょう》の前を辞し、許都にのぼって曹操《そうそう》に見《まみ》えた。曹操《そうそう》は彼を侍中《じちゅう》とし、

零陵《れいりょう》の太守に封じた。荀彧《じゅんいく》が、

「韓嵩《かんすう》はわが方の動静を探《さぐ》りに参ったもので、まだ何の功績もござりませぬのに、かような重職におつけになり、また禰衡《でいこう》より何の音沙汰もないにもかかわらず、そのままにしておかれますのは、なにゆえにござりますか」

と言うと、曹操《そうそう》は、

「禰衡《でいこう》はわしをいたく侮《あなど》ったがゆえ、劉表《りゅうひょう》の手を借りて殺させたまでじゃ。何も尋ねることはない」

と言い、劉表《りゅうひょう》を説得させに、韓嵩《かんすう》を荊州に帰らせた。韓嵩《かんすう》は立ち帰って劉表《りゅうひょう》の前に出、朝廷のご盛徳を讃えて、劉表《りゅうひょう》に息子を朝廷に出仕させるようすすめた。劉表《りゅうひょう》が大いに怒って、

「貴様、わしを裏切るのか」

と斬ろうとすると、韓嵩《かんすう》は大声で、

「将軍こそそれがしとの約束を破られたもの、それがし約束を違《たが》えはいたしませぬぞ」

と叫び、蒯良《かいりょう》も、

「韓嵩《かんすう》は出立に先立って、こう申しておりました」

と言ったので、劉表《りゅうひょう》は彼を赦《ゆる》した。

かくするうち黄祖《こうそ》が禰衡《でいこう》を斬ったとの知らせをもたらした者があったので、劉表《りゅうひょう》が事の次第を尋ねると、それに答えて、

「黄祖《こうそ》が禰衡《でいこう》と酒盛りして、ともに酔っておったおり、黄祖《こうそ》が、『貴公、許都での人物は誰だと思うかな』と尋ねたところ、禰衡《でいこう》が、『大児《だいじ》は孔文挙《こうぶんきょ》（孔融《こうゆう》）、小児《しょうじ》は楊徳祖《ようとくそ》（楊修《ようしゅう》。正しくは楊脩《ようしゅう》）、この二人のほか、人物らしいものはおらぬ』と言い、『では、わしなどは』と黄祖《こうそ》が訊《き》いたところ、禰衡《でいこう》が、『貴公なぞはさしずめ祠《ほこら》の神様といったところだな。供物《くもつ》だけもらって、いっこうに験《げん》を見せぬというやつだ』と言ったので『おのれ、わしを木偶《でく》あつかいするか』と怒って斬ったのでございます。禰衡《でいこう》はしかし、いまわの際《きわ》まで罵りつづけておりました」

とのこと。劉表《りゅうひょう》は禰衡《でいこう》の死を聞いて、大いに嘆き、鸚鵡洲《おうむしゅう》（長江の中州）のほとりに葬らせた。のちの人の嘆じた詩に、

黄祖《こうそ》の才　長者の儔《ともがら》にあらず、
禰衡《でいこう》の珠　この江頭に砕けぬ。
今来たりて鸚鵡洲《へきすい》の辺《ほとり》を過ぐれば、
ただ無情の碧水の流るるあり。

さて曹操《そうそう》は禰衡《でいこう》が殺されたのを知って、

「腐れ儒者めが、われとわが首を刎《は》ねおったな」

と笑い、劉表《りゅうひょう》が降参して来ないので、問責の兵を起こそうとした。それを荀彧《じゅんいく》に、

「袁紹《えんしょう》なお平定されず、劉備《りゅうび》もまだ亡びておりませぬいま、兵を長江・漢水方面に動かすのは、心腹を棄てて手足をかまうが如きもの。まず袁紹《えんしょう》を亡ぼし、しかるのち劉《りゅう》備《び》を亡ぼされれば、江・漢なぞただの一薙《ひとなぎ》にて平定することができましょうぞ」

と諫められ、これに従った。


ここに董承《とうしょう》は、劉玄徳《りゅうげんとく》の去った後、日夜王子服《おうしふく》らと密議をこらして来たが、良い策もないままに打ち過ぎて来たところ、建安《けんあん》五年（二〇〇）元旦の朝賀のおり、曹操《そうそう》の横暴のますます募《つの》ったのを見て憤慨のあまり病に倒れた。帝は国舅《こくきゅう》が病を得た由を聞こしめされ、太医《たいい》(3)を差しつかわされた。この太医は洛陽《らくよう》の人で、姓を吉《きっ》、名を太《たい》、字を称平《しょうへい》、人呼んで吉平《きっぺい》という、当代きっての名医であった。吉平《きっぺい》は董承《とうしょう》の館《やかた》に行って薬剤を調合し、日夜、側に付き添っていたが、つねづね、董承《とうしょう》がなにやら吐息をついているのを目にしながら、進んで尋ねてみるわけにもゆかずにいた。

この日、元宵《げんしょう》の節句（正月十五日）であったが、吉平《きっぺい》が辞し去ろうとするところを董承《とうしょう》が引き留めて、二人で酒を飲んだ。夜も更けた頃、董承《とうしょう》は疲れを覚えて、着物の

ままで眠ってしまった。と、とつぜん王子服《おうしふく》ら四名が訪ねて来たので、中に迎え入れると、王子服《おうしふく》が、

「いよいよ大願成就《じょうじゅ》にござるぞ」

と言う。

「なんと、詳しくお聞かせ下されい」

「劉表《りゅうひょう》が袁紹《えんしょう》と手を結んで五十万の兵を起こし、十手に分かれて攻めのぼり、馬騰《ばとう》殿は韓遂《かんすい》と結んで、西涼《せいりょう》の軍勢七十二万を起こし、北方より殺到いたしております。曹《そう》操は許昌《きょしょう》にある軍勢を駆り出し、手分けしてこれに当たり、城中は全く空《から》。われら五人の家の子郎党《ろうとう》を集めれば千人あまりにもなりましょう。今宵、丞相府《じょうしょうふ》では元宵節の祝宴を張っておりますゆえ、取り囲んで突き入ろうではござりませぬか。これぞ、またとないおりにござりまするぞ」

董承《とうしょう》大いに喜んで、すぐさま家の者たちにえものをもたせ、己も甲冑《かっちゅう》姿もかいがいしく槍をひっさげて馬にまたがるや、御所の門前にて勢揃いのうえ、打ち揃って攻めかかる手筈《てはず》を決めた。夜も更けて二番太鼓（二更）が鳴る頃、一同勢揃いを終わった。董承《とうしょう》が宝剣を手に奥に踏みこむと、曹操《そうそう》が酒盛りをしていたので、「曹操《そうそう》、逃げるな」と大喝一声、宝剣を斬りおろせば、曹操《そうそう》はどうと倒れた。そのとき、はっと目を開けば、なんと一場の夢、口だけはなお曹操《そうそう》を罵りつづけているありさま。そこへ吉平《きっぺい》、

進み出て、

「あなたは曹操《そうそう》殿の命を狙っておいでですか」

董承《とうしょう》、あっと仰天して返事もできかねているところ、

「国舅殿、お静まり下されませ。わたくしは一介の医者に過ぎませぬが、漢のことを忘れたことはありませぬ。わたくし連日、国舅殿がお嘆きのご様子を拝見いたして参りましたが、お伺いもできかねていた次第でございます。それがただいまのお休みちゅうのお言葉で、はじめてご本心を承知つかまつりました。なにとぞお隠しなされますな。わたくしにてお役に立つことあらば、一族皆殺しとせられても、後悔なぞいたしませぬ」

董承《とうしょう》が袖に顔を埋めて泣きながら、

「それは本心であろうな」

と言うと、吉平《きっぺい》は一本の指を咬《か》みきって誓いを立てた。

そこで董承《とうしょう》は玉帯とともに賜わった詔《みことのり》を取り出して吉平《きっぺい》に読ませ、

「いまもって謀《はかりごと》が成らずにいるのは、劉玄徳《りゅうげんとく》殿と馬《ば》騰《とう》殿が行ってしまったため、手のほどこしようがないのじゃ。わしの病もその心痛からなのじゃ」

「殿様方のご心痛は無用にございます。曹操《そうそう》の命はすべてわたくしの手中にございます」

董承《とうしょう》がそのわけを尋ねると、吉平《きっぺい》、つづけて、

「曹操《そうそう》には頭痛の持病があり、頭のしんまでこたえるはげしい痛みに、その気配でもあれば、すぐわたくしを呼びます。近ぢか呼ばれることがありましょうから、そのとき毒を一服盛るだけで、命をおとすは必定。討入り騒ぎなぞ無用と存じます」

「おお、そのときには、貴公こそ漢朝第一の功臣となられましょうぞ」

かくて吉平《きっぺい》が帰り、董承《とうしょう》が喜びをおさえて奥にはいると、下僕の秦慶童《しんけいどう》が妾の雲英《うんえい》と物かげでささやきあっているのが目にはいった。董承《とうしょう》は大いに怒り、側の者を呼んで二人を引っ捕えると殺そうとしたが、夫人から見逃してやるよう頼みこまれて、それぞれ棒を四十喰《くら》わせ、秦慶童《しんけいどう》を空き部屋に閉じこめた。秦慶童《しんけいどう》はこれを恨んで深夜、錠をねじ切り、塀を乗り越えて逃げ出すと、曹操《そうそう》の館に駆けこんで、一大事でございますと訴え出た。曹操《そうそう》が密室に呼び入れて質《ただ》すと、秦慶童《しんけいどう》の言うのに、

「王子服《おうしふく》・呉子蘭《ごしらん》・种輯《ちゅうしゅう》・呉碩《ごせき》・馬騰《ばとう》の五人が主人の家でよりより何か相談いたしておりますが、丞相のお命を狙っておるに相違ござりませぬ。主人は白い練り絹を一巻持っておりましたが、なにが書いてあるか分かりませぬ。近頃は吉平《きっぺい》も指を咬みきって誓いを立てておったのを、わたくしこの目で見ております」

とのこと。曹操《そうそう》は彼を館の中に匿《かくま》っておいたが、董承《とうしょう》は彼が逃げただけと思ったので、ことさら行方を探そうともしなかった。

あくる日、曹操《そうそう》は頭痛が起こったと偽って吉平《きっぺい》を召し出した。吉平《きっぺい》は「国賊めが、とうとう運が尽きおったな」と、ひそかに毒薬をたずさえて館に参上した。曹操《そうそう》は床に寝たままで、薬をつくるよう命じた。吉平《きっぺい》は、

「このご容態では一服でご快癒《かいゆ》されるでございましょう」

と言いながら、薬罐《やかん》を取り寄せて、その場で薬を煎《せん》じ、煮つまって半分になったとき、ひそかに毒薬を仕込んでおいて、自らすすめた。曹操《そうそう》は毒の盛ってあるのを知っているので、わざと嚥《の》もうとしない。

「熱いうちにお上がりになって、少し汗を出されればそれで治ります」

曹操《そうそう》は起きなおって、

「そちも学問の心得があるからは、礼儀を存じておろう。君、疾《やまい》ありて薬を飲むときは、臣、先にこれを嘗《な》め、父、疾ありて薬を飲むときは、子、先にこれを嘗む（『礼《らい》記《き》』曲礼《きよくれい》下）とあるではないか。そちはわしの腹心の身でありながら、なぜまず自分で試してからにしないのだ」

「薬は病を治すためのもの、他人が嘗める要なぞありましょうや」

と言いながらも、すでに事の露見したのを悟り、つかつかと進み出るや、曹操《そうそう》の耳をつかんで、口に流しこもうとした。曹操《そうそう》さっと薬をはねのけたので、敷瓦はしたたった毒のため一面にひびわれ、曹操《そうそう》の命令もまたずに左右の者が早くも吉平《きっぺい》を取り押

えた。

曹操《そうそう》は、

「頭が痛いと申したは真赤な嘘、そちを試してみたまでよ。貴様の心とくと分かったぞ」

と笑い、たくましい獄卒二十人に命じて、彼を裏庭に引き出させ、拷問《ごうもん》にかけることとした。曹操《そうそう》が亭《ちん》に坐れば、吉平《きっぺい》は高手小手に縛《いま》しめられて地面に転がされたが、泰然自若として恐れる色もない。

曹操《そうそう》笑いながら、

「貴様のような医者風情に、毒を盛るなぞという大それたことを考えつくはずがない。誰かにそそのかされたのに違いなかろう。それを言えば、赦《ゆる》してもつかわそうぞ」

吉平《きっぺい》は怒鳴った。

「貴様は君を欺《あざむ》き上《かみ》を蔑《なみ》する逆賊、天下の者こぞって貴様の命を狙っておるわ、わし一人ではないぞ」

曹操《そうそう》が繰り返し訊問するところ、
吉平《きっぺい》は怒って、

「わしは自分で貴様を殺そうと思ったのだ。そそのかした者なぞおりはせぬ。ここで仕損じたうえは、死ぬるばかりじゃ」

曹操《そうそう》は怒って獄卒に思いきり痛めつけるよう命じた。二刻《ふたとき》ばかり打ちすえるうち、全身の皮肉破れ、血が一面に流れ出たので、曹操《そうそう》は殴り殺しては生き証人がなくなってしまうと考え、人気《ひとけ》のないところに引きずって行ってしばらく息をつかせるよう獄卒に命じた。

あくる日、宴会を催すと言って、大臣たちを招いた。董承《とうしょう》は病気と称して出なかったが、王子服《おうしふく》らは曹操《そうそう》に疑いをもたれるのを恐れて、揃って出席した、曹操《そうそう》は奥の部屋に席を設けたが、酒がほどよく回ったとき、

「せっかくの宴席に余興がなくては面白くもない。ここに一人、おのおの方の酒の肴《さかな》に頃合いな者がござる」

と言って、二十人の獄卒に、

「引っ立てて参れ」

と命じた。たちまち首枷《くびかせ》をはめられた吉平《きっぺい》が庭先に引きすえられれば、

「おのおの方にはご存じござるまいが、こやつ悪人ばらと徒党を組み、朝廷に背き、身どもを殺そうと企《たくら》みおったが、天罰下って今日こうして縛《ばく》についたのじゃ。ひとつここで白状させてみよう」

と言い、まずひとしきり打ちすえさせたところ、気絶したので、顔に水を浴せかけさせた。

吉平《きっぺい》、息を吹きかえすや、目を怒らし歯をかみならして罵った。

「曹操《そうそう》。おのれはわしをいつまで半殺しにしておくのか」

「共謀の者は先に六人、貴様を入れて七人であろう」

吉平《きっぺい》は返答せずにひたすら罵りつづけ、王子服《おうしふく》ら四人は顔見合わせて、針の蓆《むしろ》に坐るが如き心でいた。曹操《そうそう》は殴りつけては、水を浴せかけて繰り返し繰り返し責めつけさせたが、吉平《きっぺい》がいっこう弱音を吐かないので、とても白状させられぬと見て連れ去らせた。

一同が宴果てて引き取ったとき、曹操《そうそう》は王子服《おうしふく》ら四人だけを夜の宴会に引き留めた。四人は生きた心地もなく、やむなくそこに居残った。

「別に引き留める気もなかったのだが、少し尋ねたいことがあってな。そちたちは董《とう》承《じょう》と何か話し合ったとか言うではないか」

と曹操《そうそう》に訊かれて、王子服《おうしふく》、

「別にそのようなことはいたしませぬ」

「白絹に書いてあったのはなんじゃ」

王子服《おうしふく》たちがひた隠しに隠すので、曹操《そうそう》は秦慶童《しんけいどう》を呼び出して対決させた。

王子服《おうしふく》、

「貴様はどこで見たと言うのか」

秦慶童《しんけいどう》、

「お前らは人目を避けて、六人いっしょに書判《かきはん》したじゃないか、隠しても始まらねえぜ」

王子服《おうしふく》、

「こやつは国舅殿の侍妾《じしょう》と姦通し、お叱りを頂戴《ちょうだい》したのを根に持って讒訴《ざんそ》いたしたもの、お取り上げにはなりませぬよう」

曹操《そうそう》、

「吉平《きっぺい》が毒を盛りおったのは、董承《とうしょう》がそそのかしたのでなくば誰がやるものか」

王子服《おうしふく》らは口を揃えて知らぬと言い張る。

曹操《そうそう》、

「いま自首いたせば、赦してもつかわそうが、もし事が露見してからでは、ただではすまされぬぞ」

それでもなお王子服《おうしふく》らがそのようなことは万々ないと言い張るので、曹操《そうそう》は左右の者に命じて四人を監禁させた。

あくる日、曹操《そうそう》は大勢の供を連れて董承《とうしょう》の館に見舞に行った。董承《とうしょう》がやむなく出迎えれば、曹操《そうそう》、

「昨夜はおいでいただけませんでしたな、いかがなされた」

「少々身体を悪くいたしましてまだよくなっておりませぬため、外に出ることを控えておりますもので」

「それは国を憂えての病でござろうが」

董承《とうしょう》、愕然《がくぜん》とするところを、重ねて、

「国舅殿には、吉平《きっぺい》のことをご存じかな」

「存じよりませぬが」

曹操《そうそう》はせせら笑って、

「ご存じないことはあるまいに」

と、側の者に、

「引っ立てて参って国舅殿を治してさしあげろ」

董承《とうしょう》ただおろおろするうち、たちまち二十人の獄卒が吉平《きっぺい》を庭先に引きすえた。吉《きっ》平《ぺい》、大音に、

「国賊曹操《そうそう》」

と罵れば、曹操《そうそう》は彼を指さして董承《とうしょう》に、

「こやつが王子服《おうしふく》ら四名の名を明かしたので、すでに廷尉《ていい》（刑獄をつかさどる）の手に渡したが、もう一人おるのが、まだ捕まらないのじゃ」

と言って、吉平《きっぺい》に向かい、

「誰がわしに毒を盛れとそそのかしたのだ。早々に白状いたせ」

「天がわしに国賊を殺すよう命じられたのじゃ」

曹操《そうそう》怒って打てと命じたが、もはや殴るべき個所もないありさま。董承《とうしょう》は打つ手もないまま、刀で斬りさかれる思いであった。

「貴様の指は十本あったはず、今九本しかないのはどうしたわけか」

と曹操《そうそう》が言えば、吉平《きっぺい》は、

「咬みきって誓ったのじゃ。国賊を殺すことをな」

曹操《そうそう》は庖丁《ほうちょう》を持って来させて、その場で残った九本の指を斬り落とさせ、

「すっかり斬り落とせば、誓いを立てるのにさもよかろうが」

「まだ口があれば賊を呑める。舌があれば賊を罵れるわ」

曹操《そうそう》が舌を抜かせようとすると、

「待ってくれ。わしはとても耐えきれぬ。白状するによって、縄をといてくれ」

曹操《そうそう》が、

「苦しゅうない、解いてつかわせ」

と縄を解かせれば、吉平《きっぺい》、立ち上がって、はるかに皇居を拝し、

「臣、国家のためにこの逆賊を除くことかなわず、これ天命にございます」

と言うなり、階《きざはし》の角に頭を突きあてて死んだ。曹操《そうそう》はその五体を斬りはなして、晒《さら》

し物とするよう命じた。時に建安五年正月のことである。史官の詩に、

漢朝　起色なかりしに、
国を医《いや》す　称平《しょうへい》あり。
誓いを立てて　姦党を除かんとし、
軀を捐《す》てて　聖明に報ぜんとす。
極刑にも　詞《ことば》いよいよ烈《はげ》しく、
惨死して　気は生けるが如し。
十指　淋漓《りんり》たる処、
千秋　異名を仰ぐ。

曹操《そうそう》は吉平《きっぺい》が死んだのを見るや、左右の者に命じて秦慶童《しんけいどう》を連れて来させた。

「国舅殿はこの男をご存じかな」

董承《とうしょう》、大いに怒り、

「おのれここにおったか。殺してくれる」

「あいや、この者は謀反《むほん》のことを訴え出た者、いまは証言をさせに連れて参ったものゆえ、そうはさせぬ」

「丞相には、なぜこのような奴の言うことをのみ信じられるのでござるか」

「王子服《おうしふく》らがすでにわしの手に落ち、ことごとく白状いたしたに、貴様はまだしらをきるのか」

と、左右の者に取り押えさせ、従者に命じて、董承《とうしょう》の寝室に踏み込んで玉帯とともに賜わった詔書と連判状を探し出させた。それを見て曹操《そうそう》、

「鼠どもが、何をやりおるか」

と笑い、

「董承《とうしょう》の家中一人残さず取り押え監禁しておけ。一人でも逃がすでないぞ」

と命じた。かくて曹操《そうそう》、館にもどり、詔と連判状を幕僚らに示して、献帝《けん》を廃し、新君を立てんと諮《はか》る。正に、数行の血詔望みはかなく、一枚の連判状あとに祟《たた》る、というところ。さて献《けん》帝のお命はどうなるか。それは次回で。

注1　**陽虎《ようこ》・臧倉《そうそう》**　陽虎《ようこ》（原文では陽貨《ようか》）は春秋《しゅんじゅう》時代の魯《ろ》の権力者季孫《きそん》氏の重臣（『論語《ろんご》』陽貨篇）。臧倉《そうそう》は戦国時代の魯の平公《へい》の寵臣（『孟子《もうし》』梁恵王《りょうけいおう》・下篇）。

2　**「高宗」云々**　殷の高宗（武丁《ぶてい》）は、夢で説《えつ》という聖人を得、傅巌《ふがん》で徒刑囚として道路工事をしていた説《えつ》をたずねだして宰相としたところ、国は大いに治まった、という故事。

3

『史記』殷本紀に見える。

太医　侍医。吉平《きっぺい》、正しくは吉本は、この太医の長、太医令であった。また、『魏書』によれば、彼は董承《とうしょう》らの事件とは無関係で、彼の曹操《そうそう》暗殺計画の発覚は、建安二十三年春のことである。

第二十四回　国賊《こくぞく》　兇《きよう》を行《な》して貴妃《きひ》を殺《ころ》し　皇叔《こうしゆく》　敗走《はいそう》して袁紹《えんしよう》に投《とう》ず

さて曹操《そうそう》は玉帯にこめられた詔《みことのり》を見て幕僚たちと話し合い、献《けん》帝を廃して別に徳のある君を立てようとしたが、程昱《ていいく》に、

「殿が威名を四海に轟《とどろ》かせ、天下に号令できるのも、漢《かん》の天子の御名《みな》を戴《いただ》いておるからでござる。諸侯の平定もすませておらぬいま、にわかに廃立のことを行なわれるのは、兵火を招くもととなりましょうぞ」

と諫《いさ》められて、思いとどまった。ただ董承《とうしよう》ら五人と、その一族の老弱男女をことごとく都の各門に引き出して打ち首としたが、その死者合わせて七百余人。城内の官民、これを見て涙を落とさぬ者はなかった。のちの人の董承《とうしよう》を嘆じた詩に、

密詔　衣帯に伝えて、
天言《そのかみ》　禁門を出《い》づ。
当年　曾《かつ》て駕《てんし》を救い、

此の日　更に恩を承《う》く。
国を憂えて　心疾《しんしつ》を成し、
奸を除かんとして　夢　魂に入る。
忠貞　千古も在り、
成敗　復《ま》た誰か論ぜん。

また王子服《おうしふく》ら四人を嘆じた詩に、

名を尺素《しらぎぬ》に書し　忠謀を矢《ちか》い、
慷慨《こうがい》　君父に酬《むく》いんことを思う。
赤胆憐れむべし　百口を捐《うしな》い、
丹心自《おの》ずから是れ　千秋に足る。

さて曹操《そうそう》は董承《とうしょう》らを殺したものの、怒気なお消えやらぬままに、剣を佩《はい》して宮中に踏み入り、董《とう》貴妃を弑《しい》し奉ろうとした。貴妃は董承《とうしょう》の妹（正しくは娘）で、帝のご寵《ちょう》愛《あい》をうけて御懐妊すでに五カ月になっていた。
この日、帝は後宮にて伏《ふく》皇后とひそかに董承《とうしょう》のことを語り出だされ、今もって音沙汰のないのをどうしたことかと申されているおりしも、にわかに曹操《そうそう》が剣を帯びて現われた。その怒気を含んだ面持に、あっと顔色を失われるところ、

「董承謀反《とうしょうむほん》のこと、陛下はご存じか」

「董卓《とうたく》はとうに誅《ちゅう》に伏したではないか」

曹操《そうそう》、荒々しく、

「董卓《とうたく》ではない。董承《とうしょう》だ」

帝はわなわなと身体を慄《ふる》わせられ、

「朕《ちん》は知らぬ」

「指を咬《く》い破って詔を書いたのをお忘れか」

帝がお言葉につまるところ、曹操《そうそう》は衛士に命じて董《とう》貴妃を引っ立てて来させた。

「貴妃は身重《みおも》のことゆえ、赦《ゆる》してやってくれい」

と帝が仰せられたが、

「天の助けがなければ、わしが殺されておったところだ。この女を生かしておけば、後でわしが苦しむばかりだ」

「せめて御所の片隅になりと追いやって、御子《みこ》を生み落とされるまでも生かしておいてたもれ」

と伏《ふく》皇后が仰せられたが、曹操《そうそう》は、

「逆賊の種子をのこして、母親の仇を討たそうというのか」

「せめて死後にまで見苦しい目にはお会わせ下さいますな」

と董《とう》貴妃が泣かれれば、曹操《そうそう》は白の練り絹を目の前に持ち出させた。

帝は泣き泣き、

「黄泉《よみじ》においても、朕を恨まないでくれ」

と言われてしとどに涙を流され、伏《ふく》皇后もはげしくお泣きになった。

曹操《そうそう》は、

「いまさらなにをめそめそするか」

と怒り、衛士に命じて貴妃を引き出させ、御所の門外において縊《くび》り殺させた。のちの人の董《とう》貴妃を嘆じた詩に、

春殿に恩を承《う》くるも　亦枉然《むなし》、
傷《いたま》しきかな竜種　時を並《おなじ》く捐《すて》られんとは。
堂々たる帝王　相救《あいすく》うに難《かた》く、
面《おもて》を掩《おお》うて徒《いたずら》に看ては　涙　泉と湧く。

曹操《そうそう》は禁裡《きんり》の門衛を呼んで、

「今後、外戚皇族を問わず、わしの許しを得ずにみだりに中に立ち入る者があったら、その場で斬れ。守備を怠れば、同罪にするぞ」

と命じ、さらに腹心の配下三千をもって御林軍《このえ》とし、曹洪《そうこう》に指揮を命じて厳重に監視させることとした。

曹操《そうそう》が程昱《ていいく》に言った。

「これで董承《とうしょう》たちは片付いたが、まだ馬騰《ばとう》と劉備《りゅうび》が残っておる。これも棄《す》てておくわけにはいかんな」

「馬騰《ばとう》は軍勢を西涼《せいりょう》に抱えておりますれば、破ることはなかなか容易ではございませぬ。労をねぎらう書面をやり、それとなく都に誘《おび》きよせて討ち取るのがよろしゅうございましょう。劉備《りゅうび》の方は徐州《じょ》において掎角《きかく》の陣容を構えておりますれば、これもたやすくは破れませぬ。まして袁紹《えんしょう》が官渡《かんと》に軍勢を出して都を窺《うかが》いおるいま、われらがもし東征に出れば、劉備《りゅうび》が袁紹《えんしょう》に加勢をもとめること間違いなく、袁紹《えんしょう》もわれらの虚に乗じて攻め寄せるでございましょう。これをなんといたされまするか」

「それは違う。劉備《りゅうび》はひとかどの人物じゃ。いまのうちに討たずば、ますます勢力を固めて、手の打ちようもなくなるであろう。袁紹《えんしょう》はたしかに手強《てごわ》い相手だが、何事につけ決断のない男だ。恐れるには及ばぬ」

話し合うおりしも、郭嘉《かくか》がはいって来たので、

「劉備《りゅうび》を征伐したいのじゃが、袁紹《えんしょう》のことが気掛りなのじゃ。どうすればよいかな」

と訊くと、

「袁紹《えんしょう》は血のめぐりが悪く疑り深い男であり、幕僚どもは互いに嫉《そね》み合っておりますれば、別に恐れるには足りませぬ。劉備《りゅうび》は新たに軍勢を揃えたばかりで、いまだ人心をつかんでおりませぬ。丞相《じょうしょう》がご出馬になればただ一戦にて打ち破ることかないましょう」

「わしもそう思っておった」

と曹操《そうそう》は大いに喜び、かくて二十万の大軍を起こし、全軍を五手に分けて徐州へ向かった。

間者がこれを探知して、徐州へ注進する。孫乾《そんけん》はまず下邳《かひ》に行って関公《かん》にこの由を知らせ、その足で小沛《しょうはい》に回って玄徳《げんとく》に知らせた。玄徳《げんとく》は、

「このうえは、是非とも袁紹《えんしょう》殿の加勢を頼まねばなるまい」

と、一通の書面をしたためて、孫乾《そんけん》を河北《かほく》へ向かわせた。孫乾《そんけん》はまず田豊《でんほう》に会って事の次第をつぶさに物語り、袁紹《えんしょう》への取り成しを頼んだ。田豊《でんほう》は孫乾《そんけん》をともなって袁《えん》紹《しょう》に目通りさせ書面を差し出したが、袁紹《えんしょう》がいたくやつれて、装束もしどけないありさまなので、

「殿には、今日はいかがなされました」

「わしの命も、もう長くはない」

「なんと仰せられますか」

「五人の息子のうち、末の子をわしはもっとも気に入っていたのじゃが、それが疥癬《かいせん》を患《わずら》いよって、今日明日をも知れないありさまじゃ。それでほかのことなぞ考えることもできんのじゃ」

「ただいま曹操《そうそう》は劉玄徳《りゅうげんとく》殿の攻撃に向かって、許昌《きょしょう》を空《から》にしております。この機に義兵を起こして攻め入るなら、上《かみ》は天子を救い奉り、下《しも》は万民を救うことができようというもの。まさに千載一遇《せんざいいちぐう》の好機にござりまするぞ。ご決断のほど望ましゅうござります」

「それがよいことは、わしにもよう分かっておる。じゃが、心もうつろになっているいま、出兵したとて不利であろうが」

「心もうつろになられているとは」

「五人の子のうちこの末っ子だけが見込みがあるのじゃ。もし手当を怠って死なせでもすれば、わしは生きている甲斐《かい》もなくなってしまう」

袁紹《えんしょう》はついに出兵しないことに決め、孫乾《そんけん》に言った。

「そなたは帰って、わしの方の事情をよう玄徳《げんとく》殿に話してくれい。で、もし万一のことがあったら、わしのところに来てくれれば、いかようにもお力になろうとな」

田豊《でんほう》は杖《つえ》で地面を叩き、

「かかる好機にめぐり合いながら、赤子《あかご》の病気ぐらいにかかずらって、せっかくの機会を逃がすとは、ああ、大勢は去った。惜しいことだ、惜しいことだ」

と地団駄ふみ、長い吐息をついて退出した。

孫乾《そんけん》は袁紹《えんしょう》が出兵しようとしないのを見て、やむなく夜を日についで小沛《しょうはい》に立ち帰り、玄徳《げんとく》に見《まみ》えてこの由を告げた。

玄徳《げんとく》が大いに驚いて、

「さらば、どうしたものじゃろう」

と言うと、張飛《ちょうひ》が、

「兄貴、心配することはないぞ。曹操《そうそう》の軍勢は遠路はるばる寄せて来るのだから、疲れきっている。だから着いて早々のところを、こちらから夜討ちをかければ、曹操《そうそう》ぐらいひとひねりだ」

「前にはそなたを武勇一方の男と思っておったが、先頃、劉岱《りゅうたい》を手捕りとしたとき、なかなかの機智を働かせたし、今度の計略も兵法にかなっておるぞ」

と言って彼の策をいれ、軍勢を分けて夜討ちをかけることとした。

さて曹操《そうそう》は軍勢をひきいて小沛に差しかかったが、にわかに吹きつのった風が、はげしい音とともに一本の牙旗《おおはた》(1)を吹き折った。曹操《そうそう》はただちに軍勢を止めさせ、幕僚たちを集めて吉凶を問うた。すると荀彧《じゅんいく》が、

「風はどちらより参り、何色の旗が折れましたか」

「風は東南《たつみ》の方《かた》より参り、隅の牙旗を吹き折ったのじゃが、色は青と赤だ」

「さらば、今夜、劉備《りゅうび》が夜討ちをかけて来る兆《きざ》しでございます」

曹操《そうそう》がうなずくところへ、毛玠《もうかい》が罷《まか》り出て、

「ただいま東南《たつみ》の風が起こり、青赤の牙旗を吹き折りましたが、殿にはいかなる兆しと思《おぼ》し召《め》されまするか」

「そなたはどう見る」

「さらば、それがし、今夜、夜討ちをかけられる兆しと見ました」

のちの人の嘆じた詩に、

吁嗟《ああ》帝の冑《みすえ》　勢孤窮《とぼしく》して、
全てを仗《たく》す　分兵劫寨《きしゅう》の功。
争奈《いかんせん》　牙旗折れて兆しあり、
老天　なにゆえぞ奸雄を縦《はな》てる。

曹操《そうそう》は、

「天のお告げじゃ、ただちに備えを固めよう」

と、軍勢を九隊に分け、一隊だけを前進させて陣をとらせ、他の八隊をすべて潜伏させた。この夜、月明りほのかな中を、玄徳《げんとく》は左、張飛《ちょうひ》は右と二手に分かれて打ち立ち、孫乾《そんけん》一人、小沛《しょうはい》の留守を守った。

さて張飛《ちょうひ》はしてやったりと、軽装の騎馬武者をひきいて真っ先を進み、曹操《そうそう》の陣屋に突き入ったが、静まりかえって、わずかな人馬を見るばかり。そこへ四方から火の手、一斉にあがってどっと喊声《かんせい》が起こる。

計られたかと張飛《ちょうひ》、急いで脱け出そうとするところ、東から張遼《ちょうりょう》、西から許褚《きょちょ》、南から于禁《うきん》、北から李典《りてん》、東南から徐晃《じょこう》、西南から楽進《がくしん》、東北から夏侯惇《かこうとん》、西北から夏侯淵《こうえん》が八方から大挙殺到する。張飛《ちょうひ》、前後左右と暴れまわったが、配下の者どもはすべて元の曹操《そうそう》の部下であったから、危うしとみてことごとく降参してしまった。張飛《ちょうひ》は奮闘するうち、徐晃《じょこう》と出会ってはげしく斬り結ぶところへ、背後から楽進《がくしん》が迫ったので、ようよう血路を切り開いて囲みを脱れ出たが、従って来たのは数十騎のみ。小沛に帰ろうと思ったがすでに退路を断たれ、徐州、下邳《かひ》に落ちようかと思ったものの、これまた敵に遮《さえぎ》られそうで、もはやこれまでと芒碭《ぼうとう》山めざして落ちのびた。

さて玄徳《げんとく》は軍勢をひきいて夜討ちに出たが、敵陣間近に迫ったとき、にわかに鬨《とき》の声があって背後から一隊の軍勢が襲いかかり、早くも軍のなかほどを絶ちきった。そこへ夏侯惇《かこうとん》が殺到したので、玄徳《げんとく》、囲みを破って逃げれば、新手《あらて》の夏侯淵《かこうえん》が追いすがる。振り返って見れば、従って来る者はわずか三十騎余り。急ぎ小沛に逃げもどろうとしたが、小沛の城には早くも火の手が上がっている。小沛を見棄てて徐州か下邳へ逃れようと思ったが、曹操《そうそう》の大軍が山野を埋めて退路を遮っている。もはや帰る先はなしと観念し、

「そうだ、袁紹《えんしょう》が『もし万一のことがあったら、わしのところへ来い』と言っていた。このうえはしばらくかしこに身を寄せて、再起をはかろう」

と、青州《せい》への道筋を目指して馬を飛ばすおりしも、李典《りてん》が真向に立ちはだかったので、玄徳《げんとく》ただ一騎、馬首を北へ向けて落ちのびれば、李典《りてん》は残った将兵をすべて虜《とりこ》とした。

さても玄徳《げんとく》はただ一騎青州をめざし、日に三百里も飛ばして城下に着き、開門を頼んだ。番卒は姓名を尋ねて刺史《しし》に報告した。刺史は袁紹《えんしょう》の長子袁譚《えんたん》である。袁譚《えんたん》はかねてから玄徳《げんとく》を慕っていたので、彼がただ一騎で到着したと聞くや、ただちに門を開いて迎え入れ、役所に案内して事の次第を尋ねた。玄徳《げんとく》が、合戦に敗れて頼って来た仔細《しさい》を物語れば、袁譚《えんたん》はとりあえず玄徳《げんとく》を客舎に休ませておいて、父袁紹《えんしょう》にこの由通報するとともに、一方、配下の兵を出して、玄徳《げんとく》を送らせた。平原県《へいげん》境に至れば、袁《えん》

紹《しょう》自ら大勢の部下を引き連れ、鄴城《ぎょう》から三十里も出張って玄徳《げんとく》を迎えた。

玄徳《げんとく》が拝謝《はいしゃ》すれば、袁紹《えんしょう》も急いで礼を返し、

「先日は息子が患《わずら》っていたため、加勢にも出られず、いたく気にかけておったが、今日、幸いにもこうしてお目にかかれ、平生の望みもかない嬉しく存ずる」

「身どもかねてよりお膝許《ひざもと》に馳せ参ぜんものと思っておりながら、そのおりもなかったところ、このたび曹操《そうそう》に攻められて妻子まで奪われ、四方の士を広く迎えいれられる将軍のご器量を頼みに、かくは恥をもかえりみず頼って参りました。ご憐憫《れんびん》を賜《たも》うことがかないますれば、誓ってご恩に酬《む》ゆる所存にござります」

袁紹《えんしょう》はいたく喜んで手厚くもてなし、ともに鄴城に住まわせた。

さて曹操《そうそう》はその夜、小沛を取り、ただちに軍を進めて徐州に押し寄せた。糜《び》竺《じく》・簡《かん》雍《よう》が敵しようもなく、やむなく城を棄てて落ちのびれば、陳登《ちんとう》が徐州を曹操《そうそう》に献じたので、曹操《そうそう》は大軍をひきいて入城し、城内の人民を安堵《あんど》させたあと、幕僚たちを集めて下邳攻略の策を練った。荀彧《じゅんいく》の言うのに、

「雲長《うんちょう》は玄徳《げんとく》の妻子を任されております手前、あの城を死守いたしましょうから、早急に攻め取らぬことには、袁紹《えんしょう》に隙を襲われましょうぞ」

「わしはかねがね雲長《うんちょう》の武芸、人材に感心しておるので、何とかわしのもとで働かせたいのじゃ。で、攻めるより誰かに行ってもらって降参させたいのじゃが」

「雲長《うんちょう》は義を重んずる人間でございますゆえ、降参はいたしますまい。人をやっても、殺されるだけではないかと心得ます」

と郭嘉《かくか》が言ったそのとき、幕下から進み出た一人の者、

「それがし関《かん》公と面識がございます、なにとぞ使者の役目お申しつけ下さりませ」

一同が見やれば、誰あろう張遼《ちょうりょう》である。すると、程昱《ていいく》が言った。

「文遠《ぶんえん》殿がいかに雲長《うんちょう》と旧交ありとは申せ、それがしの見るところ、彼は言葉だけで説き伏せることのできる人間ではございませぬ。それがしに一計あり、これにて彼を進退きわまらせ、しかるのち文遠《ぶんえん》殿に説得に行ってもらえば、必ずや丞相のご膝下《しっか》に参じましょう」

正に、隠し弓にて猛虎を射、好餌《こうじ》もて大魚を釣る、というところ。さてその計とは。それは次回で。

注1　**牙旗**　大将の旗。陣頭に立てる大きな旗で、竿の先を象牙で飾るからこう言うともいわれる。

第二十五回

土山《はげやま》に屯《たむろ》して　関公《かんこう》　三事《さんじ》を約《やく》し
白馬《はくば》を救《すく》って　曹操《そうそう》　重囲《じゅうい》を解《と》く

さて程昱《ていいく》の言う計略とは、

「雲長《うんちょう》は万夫不当の勇者でござりますゆえ、智謀を用いねば降《くだ》すことはかないませぬ。されば、劉備《りゅうび》のもとより降参して参った兵士を下邳《かひ》に遣わし、逃げもどったと言いつくろわせて、あとで城内より内通させることといたします。そのうえで彼を合戦に誘《おび》き出して負けたふりをしながら遠方に誘い出し、精兵をもって退路を絶ったのち降参をすすめればよいのでござります」

曹操《そうそう》はそれに従って、すぐさま徐《じょ》州から投降して来た兵数十人を下邳へ差し向け、関《かん》公に降参させた。関《かん》公はもとの部下であるから、そのまま城内において疑いもしなかった。次の日、夏《か》侯惇《こうとん》が先鋒となって兵五千をひきい、戦いを挑んだ。関《かん》公が取り合わずにいると、夏《か》侯惇《こうとん》が人を出して城下でさんざんに悪口を言わせたので、大いに怒った関《かん》公は三千の兵馬をひきいて討っていで、夏《か》侯惇《こうとん》と切先を交えた。十合あまり打ち合ったとき、夏《か》侯惇《こうとん》が馬首を返して逃げれば、関《かん》公これに追いすがり、夏《か》侯惇《こうとん》は戦いながら逃げた。関公は二十里ばかり追ったが、城に万一のことがあってはと、兵をひきいて引き返そうとした。そこへ号砲一発、左から徐晃、右から許褚が討っていで、退路に立ちふさがる。関公、しゃにむに押し通れば、今度は両側に潜んだ伏兵が百張の強弩を並べ蝗のようにはげしく射かけて来る。たまらずに再び兵を返すところ、徐晃・許褚が前に立ちはだかり、力戦奮闘の末ようやくこの二人を追いはらって下邳にとって返そうとすれば、夏侯惇がそれをさえぎってはげしい揉み合いとなる。かくて日の暮れるまで戦いつづけたが帰る術もなく、近くの土山にたどりついて頂でしばらく兵士たちを休ませることとすれば、曹操の軍勢はその麓をひしひしと取り囲んだ。

山頂から遥かに眺めれば下邳の城内には天に沖する炎が立ちのぼっている。これは、先にもぐりこませた投降兵たちがひそかに城門を開いたので、自ら大軍をひきいて城内に乱入した曹操が、わざと関公の心を乱させようとして挙げさせた火の手である。

関公は下邳に火の手のあがったのを見て、すわ一大事とその夜の間に何度か山から斬って下ったが、その都度はげしい弓勢に射すくめられて追い返された。

かくするうち夜も明けて来たので、ふたたび兵をととのえて斬り下ろうとしているところへ、一人の武者が馬を駆ってのぼって来た。よくよく見れば、張遼である。

関公はその前に立ちはだかった。

「これは文遠殿、貴公、勝負をしに来られたか」

「いやいや。昔日の誼《よし》みを思い、久々にお話でもいたそうかと思って参上いたした」

張遼《ちょうりょう》は刀を投げ棄てて馬を下り、久闊《きゅうかつ》を叙して山頂に対座した。

「貴公はそれがしに降参をすすめに参ったのだな」

「違う。先にそれがしの危急を救っていただいた、そのご恩返しに参ったものにござる」

「さらば、それがしに加勢いたしてくれようと言われるのか」

「それも違う」

「加勢でもないとすれば、何のために来られたのか」

「玄徳《げんとく》殿・翼徳《よくとく》殿の生死はまだ分かっておらぬ。曹《そう》公は昨夜すでに下邳を破られたが、城中の軍民には何のお咎《とが》めもなく、そのうえ、玄徳《げんとく》殿のご家族に護衛をつけられて、兵士らがみだりに立ち入るのを禁じられた。ご案じではないかと、お知らせに参ったのでござる」

「さてはわしに降参をすすめに参ったのだな。わしはいま、こうして死地に追いつめられておるとはいえ、死ぬることなぞ何とも思ってはおらぬ。貴様は早々に帰れ。わしはこれから斬りこんでやる」

　と関《かん》公が怒ると、張遼《ちょうりょう》からからと笑って、

「そのお言葉、天下の笑い物となりましょうぞ」

「忠義のために死ぬのが、何で天下の笑い物だ」

「貴殿がこの場で命をお棄てになれば、三つの罪を犯すことになりましょう」

「その三つの罪とは」

「はじめ貴殿が劉玄徳《りゅうげんとく》殿と義兄弟の契りを結ばれたおりに、生死を共にせんと誓われたにもかかわらず、玄徳《げんとく》殿が敗れたからとて、貴殿が討死され、もし玄徳《げんとく》殿がふたたび姿を現わされて貴殿のお力を借りようとされてもそれがかなわなかったら、貴殿は往年の誓いに背かれることになるではござらぬか。これその罪の一。劉玄徳《りゅうげんとく》殿がご家族を貴殿に任せられたのに、貴殿がいま討死されれば、二人のご夫人は路頭に迷われることとなり、貴殿は玄徳《げんとく》殿のご信頼に背くことになるではござらぬか。これその罪の二。貴殿は武芸人《ひと》にすぐれ、経史にも通じておられるにかかわらず、玄徳《げんとく》殿とともに漢室を助けることを忘れて、いたずらに火中におもむき、匹夫《ひっぷ》の勇を奮《ふる》わんとなされるのは、義のためと申せましょうや。これその罪の三にござる。貴殿がかような罪を犯されようとしているので、それがしあえてご忠告いたす次第にござる」

関《かん》公しばし考えてから、

「しからば、それがしにどうせよと言われるのか」

「四面みな曹操《そうそう》殿の軍勢に囲まれておるいま、貴殿がもしあくまで戦われれば、討死は必定。いたずらに死ぬるも無益なことでござれば、ひとまず曹操《そうそう》殿に降参され、そのうえで玄徳殿《げんとく》の便りを集めて、居処が明らかになり次第すぐさまそこへ行かれたらよろしいではござらぬか。これ一つには二人のご夫人の無事をはかり、二つには桃園での約束に背かずにすみ、三つには先のある命を長らえることもできると申すもの。この三条、とくとお考え下されい」

「貴公は、いま三条の利点をあげられたが、さらばそれがしにも約束していただきたい三つのことがある。もし丞相《じょうしょう》が聞きいれてくれるなら、それがしただちに武器を棄てるが、聞き入れられねば、それがし三条の罪を蒙《こうむ》ろうとも甘んじて命を棄てよう」

「丞相のお心は広い。何なりとお聞き届けになるでござろう。その三つとは、お聞かせ願いたい」

「一つは、それがしは皇叔《こうしゅく》とともに漢室《かん》を助け参らせんことを誓ったものゆえ、それがしが降《くだ》るのは漢の天子にだけであって、曹操《そうそう》にではないということ。二つは、二人の嫂《あによめ》には皇叔の知行《ちぎょう》を賜《たま》わり、いかなる者も門内に立ち入ることは禁ずること。その三つは、皇叔のご所在が明らかになり次第、たとい千里万里の遠方といえどもただちに馳せ参ずるということ。この三つに一つ欠けても、断じて降参いたさぬ。貴公、早急にご返事下されい」

張遼《ちょうりょう》これを承知して馬に乗り、曹操《そうそう》のもとに立ち帰って、まず漢には降参するが曹《そう》操《そう》には降参しないという一条を話すと、曹操《そうそう》は笑って、

「わしは漢の丞相であり、漢とはわしのことじゃ。それは聞いてつかわそう」

「それから二人の夫人には皇叔の知行を賜わり、何者も門内に立ち入ってはならぬとのことにございます」

「知行は倍にして与えよう。立ち入りを禁ずるというのが家法なら、別に不思議はないではないか」

「もう一つございます。それは、玄徳《げんとく》の消息が知れ次第、遠方であろうと必ずここを立ち退くとのこと」

曹操《そうそう》は頸《くび》を振った。

「それでは彼の面倒をみてやっても何もならないではないか。それは承知できぬ」

「古《いにしえ》の予譲《よじょう》の衆人国士《しゆうじんこくし》(1)の論もあるではございませぬか。劉玄徳《りゅうげんとく》の如きも、雲長《うんちょう》に厚く恩をかけてやっただけに過ぎませぬ。丞相がそれにも増して厚遇し、その心を取り結ばれれば、いかな雲長《うんちょう》とて従わぬはずはございませぬ」

「なるほど、よう申した。では、その三条、聞き届けてつかわそう」

張遼《ちょうりょう》は再び山に登って、関《かん》公に返答したところ、関《かん》公が、

「さらば、それがしいったん城内にはいってこの由を嫂《あによめ》方にお話しいたし、そのうえで降参することにいたしたいゆえ、丞相の軍勢はしばらく退いていただきたい」

と言うので、ふたたび立ち帰ってこのことを曹操《そうそう》に告げた。曹操《そうそう》はただちに軍勢を

三十里退くよう命令し、荀彧《じゅんいく》が、

「それはなりませぬ。策略かも知れませぬぞ」

と言ったが、

「雲長《うんちょう》は義を知る男じゃ、言を違《たが》えたりはいたさぬ」

と軍勢をひきいて陣を退いた。関《かん》公は兵をひきいて下邳にはいり、城内の人民が全く元どおりに暮らしているのを見ながら玄徳《げんとく》の館《やかた》に至って嫂二人に会った。甘《かん》・糜《び》両夫人は関《かん》公が来たと聞いて、急いで出迎えた。

関《かん》公は階《きざはし》の下に立って、

「このたびはご心労をおかけいたし、申しわけございませぬ」

二夫人、

「皇叔さまはいまどこにおいでございますか」

「いずことも分かりかねております」

「それで、あなたさまはこれからいかがなされます」

「それがし討って出て戦いまわるうち、土山《はげやま》に取りこめられましたるが、張遼《ちょうりょう》より降参をすすめられ、三つの条件を持ち出しましたるところ、曹操《そうそう》はこれをすべて承知し、特に兵を退いてこうしてそれがしを城にはいらせてくれたのでござります。さらば、嫂上《あねうえ》方のご意向をお伺いいたしたうえで、いずれとも決する所存にござります」

「その三つのこととは」

関公《かん》は前に述べた三つの約束を詳しく話した。すると甘夫人《かん》が言うのに、

「曹操《そうそう》の軍勢は昨日入城いたし、わたくしどもも命はないものと思っておりましたところ、なんと指一本触れようともせず兵隊も一人もはいって参りませんでした。あなたがそれをご承知なされたのなら、わざわざわたくしどもにご相談なさるまでもないではございませぬか。ただ、後日あなたが皇叔さまをお訪ねするのを曹操《そうそう》が許さないのではないかと気掛りでございます」

「それはご案じ召されますな。それがしに考えがござります」

二夫人、

「どうかよろしいようにお決め下さりませ。わたくしども女にご相談いただくには及びませせぬ」

かくして関公《かん》は二夫人に別れ、数十騎をひきいて曹操《そうそう》に見参した。曹操《そうそう》みずから陣屋の入口まで出迎え、関公《かん》が下馬して拝礼すれば、曹操《そうそう》もあわててそれに応えた。

「敗軍の将の命をお救い下さいましたご恩、厚く御礼申し上げます」

「雲長《うんちょう》殿の忠義には、かねがね感じいっておったが、今日こうして会うことができ、日頃の望みもかなって嬉しく思うぞ」

「文遠《ぶんえん》殿を通じて申し上げた三つのこと、お聞き届けをいただきましたが、相違ござ

りませぬな」

「一度言ったからには、約束を破るようなことはせぬ」

「それがし、もし皇叔のご所在が分かりましたときは、水火をいとわず、御許《みもと》を慕って参る所存にござりますが、その節にはお暇乞《いとまご》いにも上がれぬやも知れず、この段、平にご容赦下さりませ」

「玄徳《げんとく》殿がご存命とあらば、そなたのよいようにいたしたらよかろう。乱戦の中で亡《な》くなられておらねばよいがの。まあ、焦らず八方尋ねてみるがよい」

関《かん》公が拝謝すれば、曹操《そうそう》は宴席を設けて彼をもてなし、あくる日、陣払いして許《きょ》昌《しょう》へ引き揚げた。関《かん》公は車をととのえて嫂たちを乗せ、みずから脇《わき》に付き添って出立《しゅったつ》した。途中宿場に着くたびに、曹操《そうそう》は君臣の礼を乱させようとして、関《かん》公を二人の嫂と同室させたが、関《かん》公は灯を手にして、夜の明けるまで戸外に立ちつくし、疲労の色をいささかも見せなかった。曹操《そうそう》はこのありさまに、ますます敬服するばかりであったが、許昌に着くと、関《かん》公たちのために一戸の屋敷を与えた。関《かん》公はその屋敷を二分し、内門に年取った兵士を十人回して警護させ、己は外側の建物に寝起きした。曹操《そうそう》が関《かん》公をともなって献《けん》帝に謁見《えっけん》させると、帝より偏将軍の位を賜《たま》い、関《かん》公はお礼を言上して退出した。あくる日、曹操《そうそう》は盛大な酒宴を張って、幕僚・武将を一堂に集め、関《かん》公を賓客として上座になおらせて、綾錦《あやにしき》や金銀の器を贈ったが、関《かん》公はそれらをすべて嫂たちに渡して保管を頼んだ。関公《かん》が許昌に着いて以来、曹操《そうそう》は彼をとりわけ丁重にもてなし、三日ごとに小宴会、五日目ごとに大宴会を開いたうえ、十人の美女を側使いにと言って関公《かん》に贈った。しかし関公《かん》は彼女らをすべて奥へ差しだして二人の嫂に仕えさせ、かつまた三日に一度は内門の前に伺候《しこう》して嫂たちのご機嫌を伺ったが、両夫人が皇叔のことを尋ね終わって、「どうぞお引き取り下さい」と言うまでは退がらなかったので、これを聞いた曹操《そうそう》は、感嘆してやまなかったことであった。

一日、曹操《そうそう》は関《かん》公の着ている緑色の戦袍《じんばおり》が相当古くなっているのを見て、ゆきたけをはからせ、高価な錦の戦袍を贈ったが、関公《かん》はそれを受けとると、下に着込んで上にはもとの古いのを着けた。

「雲長《うんちょう》そう始末《しまつ》にすることはないではないか」

と曹操《そうそう》が笑うと、

「始末にいたすわけではござらぬ。この古いのは劉《りゅう》皇叔より賜わったものゆえ、これを着ておりますと兄者のお顔を見るような心地がいたします。丞相より新しいものを頂戴《ちょうだい》いたしたからとて兄者よりの賜わりものを忘れることはできかねますゆえ、上に着ておる次第にござります」

「まことの義士とはそなたのような人物を言うのじゃのう」

曹操《そうそう》は感嘆したが、それは口先だけで、内心、面白からず思っていた。

またある日、関公《かん》が屋敷にいたとき、とつぜん、

「奥のお二方が地面に泣き伏しておいででございます。どうしたことか存じませぬが、お早くおいで下さいませ」

との知らせ。関公《かん》は装束をととのえて内門の前に跪《ひざまず》き、二人の夫人になにゆえ泣いておられるのかと尋ねた。すると甘《かん》夫人が、

「わたくし昨夜の夢に皇叔さまが穴に落ち込まれたのを見、目が醒《さ》めてから糜《び》夫人とお話しいたしたところ、もはやこの世にはおいでなさらぬように思われてきたので泣いていたのでございます」

「夢の中のことは、信じられませぬ。それは嫂上《あねうえ》のご心配から出たことゆえ、けっしてお気になされませぬよう」

ところへ、曹操《そうそう》からの使者が宴会の迎えに来たので、関公《かん》は嫂の前を辞して曹操《そうそう》のもとに赴いた。曹操《そうそう》が関公《かん》の目に涙がたまっているのを見て、そのわけを問うと、

「嫂方が兄者のことを思っていたくお泣きなされたので、覚えず悲しゅうなったのでござる」

とのこと。曹操《そうそう》は笑ってこれを慰め、しきりに酒をすすめた。

関《かん》公は酒がまわると、その髯《ひげ》をしごきながら、

「生きながらえて国に報《むく》ゆることもできず、そのうえ兄者に背くとは、全く不甲斐《ふがい》な

い次第でござる」

と言ったので、曹操《そうそう》が、

「雲長《うんちょう》、お許《もと》の髯はどれくらいあるかの」

「およそ五、六百本はございましょうか。毎年秋になると三本五本と抜けますので、冬は紗《しゃ》の袋で、切れぬよう包んでおりますが、〔人に会うときには、はずすのでござります〕」

そこで曹操《そうそう》は髯を包むようにと、紗の錦で袋をこしらえて、関公《かん》に贈った。あくる日の朝見《ちょうけん》のおり、帝は関公《かん》が錦の袋を胸に垂らしているのをお目にとめられてご下問あったので、関公は、

「臣の髯がすこぶる長いため、たくわえおくよう丞相より袋を頂戴いたしたものにござります」

と奏上した。帝がその場で袋をはずすよう仰せられれば、その髯は下腹にとどくほどであったので、

「まことの美髯《びぜん》公じゃの」

と仰せられたが、これより人呼んで美髯公と言うようになった。

ある日、宴果てて曹操《そうそう》が関公《かん》を見送って丞相府の門外に出たとき、関公《かん》の馬が痩《や》せているのを見かけ、

「貴公の馬はどうして痩せておるのか」

と尋ねると、

「それがしえらく重いので、馬がたえきれずに、いつもこのように痩せておるのでござります」

という返事。曹操《そうそう》が側の者に馬を引いて来るように命じれば、たちまち引いて来られたのは、燃えさかる炭火のように赤く、見るからに勇壮な名馬である。曹操《そうそう》これを指さして、

「この馬を知っておいでかな」

「呂布《りよふ》の乗っておった赤兎馬《せきと》ではござりませぬか」

「そうじゃ」

と曹操《そうそう》は、鞍《くら》や轡《くつわ》をつけて関《かん》公に贈った。関《かん》公が繰り返し礼を述べると、曹操《そうそう》は不満の面持で、

「これまでたびたび美しい女や金帛《きんぱく》なぞを差し上げたが、一度も礼を言ってくれたことがなかったのに、馬を差し上げたらこうも喜んで礼を言うとは、人間よりも畜生の方が大事だとでもお思いか」

「それがしこの馬が日に千里を走ることを存じております。今日《こんにち》幸いにもこれが手に入りしうえは、いったん兄者の行方が分かりましたときに、一日にて対面することが

かないましょう」

曹操《そうそう》が愕然《がくぜん》として後悔の臍《ほぞ》をかむうち、関《かん》公は辞し去った。のちの人が嘆じた詩に、

威は三国を傾けて　英豪を著《あら》わし、
一宅分居して　義気高し。
奸相枉《ま》げて虚礼をもって待すも、
豈《いず》ぞ知らん関羽《かんう》　曹《そう》に降らざるを。

曹操《そうそう》が張遼《ちょうりょう》に、

「わしは雲長《うんちょう》を粗略に扱った覚えはないのじゃが、彼がつねに立ち去ろうとしておるのは、なにゆえじゃろう」

と尋ねると、張遼《ちょうりょう》は、

「それがし探《さぐ》って参ります」

と言って、あくる日、関《かん》公を訪ねた。挨拶がすんで、

「それがしが貴殿を丞相に推挙つかまつってから、なにかお気に召さぬことでもございましたか」

「丞相のご厚意にはかねがね感じ入っておるが、それがし身はここにあるとはいえ、

心は皇叔を思って忘れられぬのでござる」

「それは違いましょうぞ、世に処するに軽重の見分けもつけないとは、大丈夫のなすことではござらぬ。玄徳《げんとく》殿が貴殿になされたことは、よもや丞相よりは厚いはずはござるまいに、なおここを去ろうと考えられるはなにゆえにござるか」

「それがしももとより曹操《そうそう》殿のひとかたならぬご厚情のほどを存じておるが、劉《りゅう》皇叔には大恩あるうえ、死をともにせんとまで誓った間柄ゆえ、背くことはできないのだ。いずれは立ち去らねばならぬ身だが、それは何か手柄を立てて曹操《そうそう》殿にご恩返しをした後にいたす所存」

「もし玄徳《げんとく》殿がすでに世を去られておいでだったら、いかがされる」

「地下にお供いたす」

張遼《ちようりよう》は関《かん》公を引き留めるのはかなわぬことと知って別れを告げ、曹操《そうそう》にありのままを話した。曹操《そうそう》が、

「ひとたび主に仕えてその本を忘れないとは、これぞ天下の義士であるよなあ」

と嘆息すると、荀彧《じゆんいく》が、

「手柄を立ててからでなければ行かぬと申したなら、彼に手柄を立てさせなければ、行くことはござりますまい」

と言い、曹操《そうそう》もうなずいた。

さて玄徳《げんとく》は袁紹《えんしょう》のもとにあって、日夜、悶々《もんもん》としていた。

「玄徳《げんとく》殿にはなにゆえ毎日考えこんでおられるのじゃ」

「弟たちの行方は知れず、妻子は曹操《そうそう》の手に陥《お》ちて、上は国に報ずることかなわず、下は家すら保つことができぬとあっては、平静な心でおられましょうか」

玄徳《げんとく》の言うのを聞いて、袁紹《えんしょう》は、

「身どもは許都《きょと》へ兵を進めようとしてすでに久しくなるが、今は春先のことゆえ、軍を起こすにちょうどよいと思うのじゃが」

と、曹操《そうそう》打倒の策を練りはじめた。

田豊《でんほう》が、

「先に曹操《そうそう》が徐《じょ》州を攻めたおりは、許都が空《から》になっておったときとて、兵を進めるのにまたとなきよいおりにございましたが、いまは徐州も破れ、曹操《そうそう》の軍勢も気負い立っておりまするゆえ、軽率には当たることができませぬ。むしろ、気長に構えて、隙を見て出た方がよろしくはないかと存じます」

と諫《いさ》めると、

「うむ、さようか」

と言って、玄徳《げんとく》に諮《はか》った。

ましょう」

「田豊《でんほう》は出ぬように勧めておるが、貴公はどう思われるな」

「曹操《そうそう》は君を欺《あざむ》く国賊、殿がもし彼をお討ちにならねば、天下の信を失うことになりましょう」

「よく申してくれた」

と出兵の支度にとりかかろうとしたところ、田豊《でんほう》が重ねて諫めたので、

「貴様いささか文筆の才があるからと言って武事をないがしろにし、わしに大義を失わせようというのか」

田豊《でんほう》、頓首《とんしゅ》して、

「たってご出陣召されても、勝ち目はございませぬ」

袁紹《えんしょう》、大いに怒ってこれを斬ろうとしたが、玄徳《げんとく》が言葉をつくして取り成したので、死を免じて牢獄に下した。沮授《しょじゅ》は田豊《でんほう》が下獄したのを見て、一門の者たちを集め、家財をことごとく分けあたえて、

「わしは軍とともに行くが、もし勝てば思うままの威勢を振るえるが、敗れればこの命も計りがたい」

と別れを告げ、一同涙ながらに彼の出陣を見送った。

袁紹《えんしょう》は大将顔良《がんりょう》を先鋒として、白馬《はくば》県に向かわせることとし、沮授《しょじゅ》が、

「顔良《がんりょう》は勇猛ではござりますが、偏狭な者ゆえ、彼一人にまかせるはいかがかと心得

ます」

と諫めたのを、

「わしの大将に、お前らがとやかく口を出すことはない」

と退けて、大軍をひきいて打ち立ち、黎陽《れいよう》に到着した。東《とう》郡太守の劉延《りゅうえん》が急を許《きょ》昌《しょう》に告げれば、曹操《そうそう》は急ぎこれに応ずる策を協議した。関《かん》公はこれを耳にして、曹操《そうそう》の前に罷《まか》りいで、

「承りますれば丞相にはご出陣とのこと、なにとぞそれがしに先陣をお申しつけ下さりませ」

と言ったが、

「将軍のお骨折りを煩《わずら》わすまでもない。そのうち事があれば、こちらからお迎えにあがる」

と言われて、引き退がった。曹操《そうそう》は十五万の軍勢を三手に分けて進んだが、ひきもきらぬ劉延《りゅうえん》よりの早馬に、まず自ら五万をひきいて白馬県に進出し、土山《はげやま》を背に陣を布《し》いた。眼前に広がる平野を眺めやれば、顔良《がんりょう》のひきいる先鋒の精兵十万が堂々の陣形を張っている。曹操《そうそう》は鼻白んだが、かつて呂布《りょふ》の配下にあった宋憲《そうけん》を顧みて、

「そなたは呂布《りょふ》の配下でも名だたる猛将と聞いた。顔良《がんりょう》と勝負してみよ」

と命じた。宋憲《そうけん》は言下に槍を小脇にして馬にまたがり、陣頭に乗り出した。顔良《がんりょう》も

薙刀《なぎなた》を手に門旗の下に駒をとめていたが、宋憲《そうけん》の馬が近づくや、一声おめいて馬を躍らせ、三合とせぬうち、薙刀一閃、宋憲《そうけん》を斬り落とした。

「ううむ、見事な腕前じゃ」

と曹操《そうそう》が舌を巻くところ、魏続《ぎしょく》が、

「朋輩《ほうばい》の仇、拙者に討たせて下さりませ」

と言うので、曹操《そうそう》これを許した。魏続《ぎしょく》、馬にまたがるや矛《ほこ》をしごき、陣頭に躍り出して、さんざんに顔良《がんりょう》を罵った。顔良《がんりょう》は物も言わずに斬ってかかり、ただ一合にして、魏続《ぎしょく》を真っ二つにした。

「誰ぞ出ぬか」

曹操《そうそう》が言うや徐晃《じょこう》が言下に躍り出したが、二十合も打ち合ったすえ、本陣に逃げもどったので、諸将、震え上がり、曹操《そうそう》は軍勢をまとめて陣地に帰り、顔良《がんりょう》も引き揚げた。

曹操《そうそう》は目の前で大将二人を失い、心中暗澹《あんたん》たるものがあったが、程昱《ていいく》が、

「顔良《がんりょう》を相手にできる者を、それがし一人存じております」

と言うので、曹操《そうそう》が誰かと尋ねると、

「関公《かん》でなくてはかないますまい」

「したが、彼に手柄を立てさせれば、すぐにも行ってしまうのではないか」

「もし劉備《りゅうび》が生きておれば、袁紹《えんしょう》のもとに身を寄せておるに相違ございませぬ。いまもし雲長《うんちょう》を使って袁紹《えんしょう》の軍勢を破らせれば、袁紹《えんしょう》は必ずや劉備《りゅうび》を疑って殺すでございましょう。劉備《りゅうび》が死ねば、雲長《うんちょう》とて出て行きようがありますまい」

曹操《そうそう》は大いに喜び、人をやって関公《かん》を迎えに行かせた。関公《かん》がただちに嫂たちに暇乞いに行くと、嫂たちの言うのに、

「お出かけのうえは、どうぞ皇叔さまの消息を探《さぐ》ってきて下さりませ」

関公《かん》は仰せをかしこまって引き退がり、青竜刀をひっさげ赤兎馬《せきと》に打ちまたがり、従者数人を連れて、ただちに白馬に至って曹操《そうそう》に見《まみ》えた。

「顔良《がんりょう》のために大将二人をつづけざまに討ち取られ、どうにも手が出せないので、ご足労を願ったのじゃ」

「しばらく様子を見させて下さりませ」

曹操《そうそう》が酒を出してもてなすところへ、とつぜん、顔良《がんりょう》が戦いを挑んで来たとの知らせに、曹操《そうそう》は関公《かん》をともなって土山《はげやま》の頂にのぼり、形勢を見た。大将たちがぐるりを取りまいて立った中に関公《かん》とともに坐った曹操《そうそう》は、山麓に色とりどりの旗指物を立てつらね、槍薙刀を林立させた顔良《がんりょう》の堂々たる陣容を指さしながら、

「どうじゃ河北《かほく》の軍勢は。なかなか見事なものであろうが」

「それがしの目からすれば、焼物の鶏、土器《かわらけ》の犬のようなものにござる」

「あの絹傘の下に、錦の戦袍《じんばおり》に金の鎧《よろい》を着、薙刀を手に馬をとめておるのが、顔良《がんりょう》じや」

関公《かん》、きっと見やって、

「あの男は、首に売り物の札を下げておるように見えまする」

「うかとは侮《あなど》れぬぞ」

関羽《かんう》、立ち上がって、

「それがし不束《ふつつか》ながら、敵陣の真只中にてあの首を取り、丞相に献上つかまつりましよう」

張遼《ちょうりょう》、

「雲長殿《うんちょう》、陣中にての戯言《ざれごと》は許されませぬぞ。侮って仕損じられるな」

関公《かん》、勇躍馬にまたがって、薙刀片手に山を駆け下り、切れ長の眼《まなこ》かっと怒らせ、太い眉をきりりと逆立てて敵陣に駆け入れば、河北の軍勢わっと波のように分かれるところを、顔良《がんりょう》めざして殺到した。顔良《がんりょう》は絹傘の下にあったが、関公《かん》がすさまじい勢いで突き進んで来たので声をかけようとしたとき、赤兎馬早くも眼前に迫り、薙刀を構えるいとまもなく、雲長《うんちょう》の薙刀一閃して馬下に斬って落とされていた。関公《かん》ひらりと飛びおりてその首を搔《か》ききり、馬首にくくりつけるなり馬に飛び乗って、敵陣を駆け出でたが、その勢いあたかも無人の境を行くが如く、河北の将兵はただただ仰天して、戦わずして総崩れとなった。曹操《そうそう》の軍勢はその機に乗じて攻めかかり、首級無数をあげ、馬、物の具、槍などおびただしく分捕った。関《かん》公は一気(2)に山を駆け上がり、大将たちのやんやの喝采の中を、曹操《そうそう》の前に首級を差し出した。

「将軍、恐れ入りましたぞ」

「なんのそれがし如き。舎弟張翼徳《ちょうよくとく》なら、百万の軍中にて大将の首を取るにも、袋の中の物を取るが如きものにござる」

曹操《そうそう》は大いに驚き、左右を顧みて、

「この先、張翼徳《ちょうよくとく》に会うようなことあらば、よくよく用心いたせ」

と言い、着物の襟にその名を書きつけておくよう命じた。

さて顔良《がんりょう》の敗軍が逃げもどって来ると、途中で進んで来た袁紹《えんしょう》に会ったので、赤面《せきめん》長髯《ちょうぜん》の大薙刀《おおなぎなた》を使う猛将がただ一騎で駆け入り、顔良《がんりょう》を斬って立ち去ったため、この惨敗を喫したのだと報告した。袁紹《えんしょう》が驚いて、

「それは何者じゃ」

と尋ねると、沮授《しょじゅ》が、

「それは劉玄徳《りゅうげんとく》の弟、関雲長《かんうんちょう》に相違ございませぬ」

と答えたので、袁紹《えんしょう》は大いに怒り、玄徳《げんとく》に指突きつけて、

「おのれ敵に内通して、弟にわしの気に入りの大将を斬らしおったな。もはや生かしてはおけぬ」

と、刑吏に玄徳《げんとく》を引き出して打ち首にするよう命ずる。正に、賓客となったのもつかの間に、今日は死を待つ捕われの身、というところ。さて玄徳《げんとく》の命はどうなるか。それは次回で。

注1　**予譲《よじょう》の衆人国士の論**　予譲《よじょう》は春秋《しゅんじゅう》末の晋《しん》の人。はじめ六卿の范・中行《ちゅうこう》氏に仕えたが重用されなかったため辞して同じ六卿の智伯《ちはく》に仕えて厚遇された。のち智伯《ちはく》が趙襄子《ちょうじょうし》に亡ぼされると、「士は己を知る者のために死し、女は己を説《よろこ》ぶ者のために容《かたちづく》る（よそおう）」と復讐を誓い、何度か趙襄子《ちょうじょうし》を刺そうとして失敗、ついに自殺した。そのとき、襄子《じょうし》に、二君に仕えたことを責められ、「范・中行《ちゅうこう》氏は自分を衆人（並みの人間）として遇したので自分も衆人として報いたが、智伯《ちはく》は自分を国士として遇してくれたので自分も国士として報いるのである」と言った。『史記』刺客列伝に見える故事。

2　**関羽《かんう》、顔良《がんりょう》を斬る個所**　ここに、嘉靖本では次のように注している。「もともと顔良《がんりょう》が袁紹《えんしょう》の前を辞し去るとき、玄徳《げんとく》が『身どもに関雲長《かんうんちょう》と申す弟がござる。その身の丈九尺五寸、鬚《ひげ》の長さ一尺八寸、顔はくすべた棗《なつめ》の如く、目は切れ長、太く濃い眉をした男で、緑色の戦袍《じんばおり》を着用し乗馬は黄驃《きいろまだら》、青竜の大薙刀の使い手じゃが、曹操《そうそう》のところにおるに相違ござらぬから、もし見かけられたら、急いで来るようお伝え下さらぬか』とひそかに頼んだ。それゆえ、顔良《がんりよう》は関《かん》公の来たのを見て、彼が逃れて来たものとのみ思いこみ、手向かいする心もないうち関《かん》公に斬って落とされたのである」

第二十六回

袁本初《えんほんしょ》　兵《いくさ》に敗《やぶ》れ将《しょう》を折《う》た れ
関雲長《かんうんちょう》　印《いん》を挂《か》け金《きん》を封《ふう》ず

さて袁紹《えんしょう》が玄徳《げんとく》を斬らせようとしたとき、玄徳《げんとく》が従容《しょうよう》として進み出《い》で、

「殿には一方の言葉にのみ耳を傾けられて、これまでの誼《よし》みを絶とうとされるのでござるか。身どもは徐《じょ》州にて別れ別れになって以来この方、弟たちの生死すら存ぜずにおります。天下に似た者は数あり、赤面長髯《せきめんちょうぜん》なればとて、雲長《うんちょう》とは限りますまい。この段とくとお考え下され」

袁紹《えんしょう》は己の考えを持つ人間ではないので、玄徳《げんとく》の言葉を聞くや、沮授《しょじゅ》を叱って、

「そなたのおかげで、罪もない方を殺すところであった」

と、元どおり玄徳《げんとく》を上座になおし、顔良《がんりょう》の仇を討つ術《すべ》を諮《はか》った。その声に応じて進み出た一人の武者、

「顔良《がんりょう》はそれがしが兄弟同然に親しくしておった者。それが曹操《そうそう》に討たれたとあっては、仇を返さでおられましょうか」

玄徳《げんとく》がその人を見れば、身の丈八尺、顔は獬豸《かいち》（伝説上の神獣）の如き、河北《かほく》の名

将文醜《ぶんしゅう》である。

袁紹《えんしょう》が大いに喜び、

「そなたでなければ顔良《がんりょう》の仇は討てぬ。兵を十万与えるから、すぐさま黄河を渡って、曹操《そうそう》を討ち取って参れ」

と言うと、また沮授《しょじゅ》が、

「それはなりませぬ。ここしばらく延津《えんしん》に本陣を置き、軍勢を分けて官渡《かんと》に出しておくのが上策でござります。軽々しく黄河を越えたりして、もし味方に不利となったときは、全軍無事には帰れませぬぞ」

袁紹《えんしょう》は怒って、

「その方どもが志気を乱し、いたずらに日を費やして、大事を妨《さまた》げておるのじゃ。『兵は神速を貴《たっと》ぶ』と申すことを知らぬのか」

沮授《しょじゅ》は退出して、

「上《かみ》は驕《おご》り、下《しも》は功を焦《あせ》る。悠々たるこの黄河を、わしは二度と渡ることはできまい」

と嘆息し、その後、病《やまい》と称して引き籠《こも》ってしまった。

玄徳《げんとく》が、

「身ども、かずかずの大恩を蒙《こうむ》りながら、なに一つお報いすることができずにおりまするゆえ、このたびはなにとぞ文《ぶん》将軍に同道することをお許し下されたい。殿のご恩徳に応《こた》え、一方で、雲長《うんちょう》の消息を探《さぐ》って参りたくもございますれば」

と言うと、袁紹《えんしょう》は喜んで文醜《ぶんしゅう》を呼び、玄徳《げんとく》とともに先手をつとめるよう命じたが、文醜《ぶんしゅう》は、

「劉玄徳《りゅうげんとく》は敗戦を重ねて来た大将で、さして役に立つとも思われませぬ。したが殿がたってと仰せられるのなら、それがしの軍勢を三万分けて後詰《ごづめ》をいたさせましょう」

と言い、かくして文醜《ぶんしゅう》は自ら七万の軍勢をひきいて先行し、玄徳《げんとく》には三万の兵をひきいて後につづくよう命じた。

さて曹操《そうそう》は、雲長《うんちょう》が顔良《がんりょう》を斬ったのを見てますます感服し、天子に上奏文を奉って雲長《うんちょう》を漢寿亭侯《かんじゅていこう》に封じ、印を鋳《つく》らせて関《かん》公に与えた。ところへ、袁紹《えんしょう》が大将文醜《ぶんしゅう》を出して黄河を渡らせ、すでに延津の上流に陣を取ったとの注進があった。そこで曹操《そうそう》はまず住民を西河《せいが》に移しておき、自ら軍勢をひきいて出陣することとしたが、先手に後詰をあて、後詰に先手をあてて糧秣《りょうまつ》を先行させ、軍勢が後につづくよう命令した。

「兵糧《ひょうろう》を先にし、軍勢を後にするとは、いかなるお考えにござりまするか」

と呂虔《りょけん》が尋ねると、

「兵糧を後にしておくと、よく敵に奪われるので、前にやったのじゃ」

「もし敵に襲われたら、いかがなされます」

「それは敵が来たときに分かる」

呂虔《りょけん》はなお不審な面持をしていたが、曹操《そうそう》は兵糧輜重《しちょう》を河岸ぞいに延津へ運ばせた。

曹操《そうそう》は後詰の軍中にあって、先手で鬨《とき》の声のあがったのを聞き、急いで人を見にやらせた。

すると、

「河北の大将文醜《ぶんしゅう》の軍勢が寄せて来たので、味方は兵糧を打ち棄てて逃げ散りました。後詰とは離れ過ぎておるようでござりますが、どうなされますか」

とのこと、曹操《そうそう》は鞭をあげて南側の丘をさした。

「そこにしばらく避けよう」

軍勢が丘に駆け上がると、曹操《そうそう》は兵士たちに鎧《よろい》をとって息を入れ、馬をすべて放しておくよう命じた。やがて文醜《ぶんしゅう》の軍勢が押し寄せて来た。大将たちが、

「賊が参りましたぞ。早々に馬をとりまとめて、白馬《はくば》に退きましょうぞ」

と言うのを、荀攸《じゅんゆう》が急いで、

「退くことはない、これは敵を釣るための餌だ」

と止めれば、曹操《そうそう》がちらりと目くばせして笑ってみせたので、荀攸《じゅんゆう》はその意を悟って口をつぐんだ。

文醜《ぶんしゅう》の軍勢は糧秣や輜重を奪ったのに気をよくして、てんでに馬を分捕ろうと隊伍

を乱して駆け出した。そこを曹操《そうそう》、それかかれと将兵を一斉に駆け下りさせたから、文醜《ぶんしゅう》の軍勢があわてふためくところ、曹操《そうそう》の軍勢がひしひしと取り囲んだ。文醜《ぶんしゅう》はただ一人奮闘したが、あわてた兵士らは味方同士斬り合ったりする始末。文醜《ぶんしゅう》はとうてい支えきれず、もはやこれまでと馬首を返して逃れた。丘の上にあってこれを眺めた曹操《そうそう》、

「文醜《ぶんしゅう》は河北の名将なるぞ、誰か手捕りにして参れ」

張遼《ちようりよう》・徐晃《じよこう》の両名が轡《くつわ》を並べて馬をとばし、

「文醜《ぶんしゅう》、待てい」

と呼びかける。文醜《ぶんしゅう》は振り返って二人が追って来るのを見るや、鉄の槍を小脇にかいこんで弓に矢をつがえ、張遼《ちようりよう》目掛けてひょうと放った。徐晃《じよこう》、

「おのれ、弓はやめい」

と叫び、張遼《ちようりよう》さっと前にかがめば、矢は兜《かぶと》に当たって緒を絶ちきった。張遼《ちようりよう》がなにくそと馬に乗りなおして追いすがるところを、またも文醜《ぶんしゅう》の放った矢がはっしと頬に突き立ち、馬も前足を折ってのめったので、まっさかさまに落馬した。文醜《ぶんしゅう》してやったりと馬首を返して駆け寄ろうとするのを、徐晃《じよこう》は車輪のように大斧を振りまわしてさえぎったが、文醜《ぶんしゅう》の軍勢が押し寄せて来たのを見て、とてもかなわずと馬を返して逃れた。文醜《ぶんしゅう》、河に沿ってこれを追ったが、にわかに旗印をひるがえして十騎あまり

が現われ、一人の大将が真っ先に薙刀《なぎなた》をきらめかせて近づいた。これぞ関雲長《かんうんちょう》、

「賊将、止まれ」

と大喝一声、文醜《ぶんしゅう》と馬を馳《は》せ違《たが》えたが、三合せずして文醜《ぶんしゅう》はやくも怯気《おじけ》づいて河づたいに逃れようとする。関《かん》公の馬は早く、文醜《ぶんしゅう》に追いすがるなり背後から薙刀一閃、文醜《ぶんしゅう》を斬って落とした。曹操《そうそう》、丘の上から関《かん》公が文醜《ぶんしゅう》を斬ったのを見て、大軍を一挙にかからせれば、河北の軍勢は大半、河中に落ち、兵糧、馬などはふたたび曹操《そうそう》の手にもどった。

雲長《うんちょう》が数騎を従えて、東に西に敵勢を駆け散らすおりしも、劉玄徳《りゅうげんとく》が三万の軍勢をひきいて到着した。先に出してあった物見の者が、

「今度も顔が赤く髯《ひげ》の長い男が文醜《ぶんしゅう》殿を斬りました」

と注進に来たので、玄徳《げんとく》、急いで馬を進めて見れば、河をへだてて一群の人馬、飛ぶが如く馳せめぐり、旗には大きく「漢寿亭侯関雲長《かんうんちょう》」の七字が書かれている。

「おお、やはり曹操《そうそう》のところにおったのか」

玄徳《げんとく》はひそかに天地の神々に礼を述べ、呼び寄せて対面しようとしたが、曹操《そうそう》の大軍が寄せて来たので、やむなく軍をまとめて引き返した。袁紹《えんしょう》は官渡まで救援に出て陣を取ったが、郭図《かくと》・審配《しんはい》が本陣に罷《まか》り出て、

「このたびも関雲長《かんうんちょう》が文醜《ぶんしゅう》を殺しましたのに、劉備《りゅうび》は知りながら知らぬ振りをしてお

るものにございます」

と言ったので、袁紹《えんしょう》、

「大耳《おおみみ》の奴、よくもやりおったな」

と大いに怒り、間もなく玄徳《げんとく》が来ると、引き出して首を刎《は》ねるよう命じた。玄徳《げんとく》、

「身どもに何の罪があると申されるのか」

「貴様はまた弟にわしの大将を斬らせたではないか。罪がないと言えるか」

「死ぬ前に一言いわせていただきたい。曹操《そうそう》はかねてより身どもを忌《い》みきらっておりましたが、このたび身どもが殿の御許にあるのを知り、身どもが殿のお力となるのを恐れて、わざわざ雲長《うんちょう》に二人の大将を討たせたもの。殿のお怒《いか》りはごもっともなれど、これは殿の手を借りて身どもを亡《な》き者にせんとの彼の策略にござる。よくよくお考え下されい」

「おお、いかにももっとものこと。その方どもは、危うくわしに賢者を害《あや》める汚名を着せるところであったぞ」

と、左右の者を引き退がらせ、玄徳《げんとく》を上座になおした。

玄徳《げんとく》が礼を述べて、

「殿の大恩、まことにお応《こた》えしようにも術《すべ》もないほどでございますが、それがし腹心の者に密書を授けて雲長《うんちょう》のもとへ走らせ、それがしの消息を知らせますれば、雲長《うんちょう》は

必ずやただちに馳せ参じますから、殿にお力添えして、ともどもに曹操《そうそう》を討ち取り、顔良《がんりょう》・文醜《ぶんしゅう》殿の仇を討ちたいものと存じますが、いかが思《おぼ》し召《め》されますか」

袁紹《えんしょう》は大いに喜び、

「雲長《うんちょう》が来てくれれば、顔良《がんりょう》・文醜《ぶんしゅう》を十人得たにもまさるものじゃ」

玄徳《げんとく》はただちに書面をしたためたが、適当な使者が見つからない。袁紹《えんしょう》は軍勢を武《ぶ》陽《よう》まで退かせ、陣屋を数十里にわたって連ね、そのまま兵を出そうとしなかったので曹操《そうそう》は夏侯惇《かこうとん》に一隊をひきいて官渡の要害を守るよう命じて己は軍勢をひきいて許都《きょと》にもどり、盛んな宴会に文武百官を集めて雲長《うんちょう》の大功を讃えた。席上、曹操《そうそう》が呂虔《りょけん》に向かって、

「あのときわしが糧秣を先に行かせたのは、敵を釣り寄せる計略だったのだ。このわしの心を知っておったのは荀攸《じゅんゆう》ただ一人であった」

と言ったので、一同感服した。宴たけなわのとき、にわかに知らせがあって、汝南《じょなん》郡で黄巾《こうきん》の余党劉辟《りゅうへき》・龔都《きょうと》が猖獗《しょうけつ》をきわめ、曹洪《そうこう》がうちつづく敗戦に、援軍を求めて来たとのこと。

雲長《うんちょう》、これを聞くや進み出て、

「それがし、犬馬の労をいたして、汝南の賊を平らげて参りとう存じます」

「いやいや、貴公には大功を立てていただいたのに、まだ何のお礼もいたしておらぬ

のじゃから、重ねてのご苦労はお願いできかねる」

「それがしはしばらくぶらぶらしておると必ず身体の具合が悪うなります。なにとぞお許し下さりませ」

曹操《そうそう》はその意気を壮として兵五万を与え、于禁《うきん》・楽進《がくしん》を副将に差し添えて、次の日に立つよう言った。荀彧《じゅんいく》が、

「雲長《うんちょう》はつねづね劉備《りゅうび》のところへ帰ろうといたしておりますゆえ、劉備《りゅうび》の消息を知れば立ち去るに相違ござりませぬ。たびたび出陣させるのはお控え召されませ」

とささやくと、曹操《そうそう》は言った。

「今度手柄を立てたら、もう二度と出陣させぬ」

さて雲長《うんちょう》は軍勢をひきいて汝南の近辺に進出し、陣を構えた。その夜、陣屋の外で二人の間者が捕えられた。雲長《うんちょう》が見れば、その一人はまぎれもない孫乾《そんけん》である。関《かん》公は左右の者を退けて尋ねた。

「貴公は先の敗戦以来、絶えて行方が知れなかったが、いまはどうしてここに」

「身どもは難を逃れてよりこの方、汝南を渡り歩いておりましたが、幸い劉辟《りゅうへき》に拾われましてござる。将軍がいま曹操《そうそう》のもとにおられるとはいかなるわけにございますか。で、奥方はご無事にございますか」

そこで関公がこれまでのことをくわしく物語れば、孫乾《そんけん》は、

「近頃、玄徳《げんとく》殿が袁紹《えんしょう》のもとにおられる由を耳にしたので、ご膝下に馳せ参ぜんものをと思っておるものの、いまだにおりもなくて打ち過ぎて参りました。劉辟《りゅうへき》・龔都《きょうと》の両名はこのほど袁紹《えんしょう》に帰順いたしてともに曹操《そうそう》を攻めようとしておるわけにござるが、幸いにも将軍がここにおいでになられたので、この由お知らせいたすべく、それがし間者を申しつかって、雑兵に案内させて参ったものにござる。明日二人が負けた振りをいたしますから、貴公は奥方をお連れして袁紹《えんしょう》のもとへ赴《おもむ》き、玄徳《げんとく》殿に対面なされませ」

「兄者が袁紹《えんしょう》のもとにおられるとならば、わしはすぐさま参る。ただ、わしが袁紹《えんしょう》の手の大将二人を斬ったので、袁紹《えんしょう》が心変わりしてはおらぬだろうか」

「さらば、身どもが先に向うの様子を探《さぐ》って参り、もう一度将軍にお知らせいたすことにいたしましょう」

「兄者に会うためとあらば、わしは死を冒《おか》しても参る。では、ひとまず許昌《きょしょう》に立ち帰って、曹操《そうそう》に暇乞いをすることとしよう」

かくてその夜、関《かん》公はひそかに孫乾《そんけん》を送り返した。あくる日、関《かん》公が軍勢をひきいて出陣すれば、龔都《きょうと》も甲冑《かっちゅう》に身を固めて出陣したので、関《かん》公が、

「貴様らはなにゆえ天子に背くのか」

と言うと、龔都《きょうと》が、

「主に背いたは貴様ではないか、そのような言い草は聞けぬぞ」

「わしが主に背いたとは聞きずてならぬ」

「劉玄徳《りゅうげんとく》殿が袁本初《えんほんしょ》殿のもとにおいでであるのに、貴様が曹操《そうそう》についたのはなにゆえだ」

関《かん》公は物も言わず、馬を躍らせ薙刀《なぎなた》を舞わせて斬りかかった。龔都《きょうと》が逃げるのに追いすがれば、龔都《きょうと》がもどって来て、

「旧主の恩をお忘れあるな。身どもが汝南をお譲りいたすによって、貴公すみやかに進まれよ」

関《かん》公がその意を悟って、全軍に下知して寄せかかれば、劉《りゅう》・龔《きょう》両名は敗れたふうをよそおって散りぢりに逃げ去った。雲長《うんちょう》は汝南を奪回し、住民を安堵《あんど》させて許昌に引き揚げた。曹操《そうそう》は城外に出迎えて、将兵をねぎらった。

慰労の宴果てて家に帰った雲長《うんちょう》は、内門の前で二人の嫂《あによめ》に挨拶したが、甘《かん》夫人に、

「両度のご出陣で、皇叔《こうしゅく》さまのお便り、なにかお分かりでございましたか」

と尋ねられ、

「いまだ分かりませぬ」

と答えた。関《かん》公が退がったあと、二人の夫人は門内で、

「ああ、皇叔さまはもうお亡くなりあそばしたのじゃ。雲長《うんちょう》さまはわたくしどもが心を痛めてはと、隠しておられるのに違いない」

とはげしく泣いた。泣きつづけているときに、合戦に従った一人の老兵が、あまりいつまでも泣き声がとまらないので、門外から声をかけた。

「奥方さま、ご安堵なされませ。ご主君はいま河北《かほく》の袁紹《えんしょう》殿のもとにおいでてでござりまするぞ」

「それをどうして知ったのじゃ」

「関《かん》将軍のお供をして出陣いたしたおり、陣中にて伝え聞いたのでございます」

夫人方は急ぎ雲長《うんちょう》を召し寄せ、

「皇叔さまはこれまでそなたを裏切ったことなぞ一度もありませぬのに、そなたはいま曹操《そうそう》の恩を受けてむかしの恩を忘れ果て、わたくしどもに本当のことを話してくれぬとは、どうしたわけですか」

となじれば、関公《かんこう》、頓首《とんしゅ》して、

「兄者が河北におられるのは相違ござりませぬが、嫂上《あねうえ》に申し上げなかったのは、外にこれが洩れてはと気遣ったがゆえにほかなりませぬ。事を急ぐはしそんずるもと、それがしゆるゆると考えまする」

「どうぞ早くして下さりませ」

甘《かん》夫人にこう言われて引き退がって来た関《かん》公は、種々思いをめぐらせ、いても立ってもおられぬ思いであった。

一方、このとき、于《う》禁《きん》は劉《りゅう》備《び》が河北にあることを探知して、曹《そう》操《そう》に知らせていたので、曹《そう》操《そう》は張《ちょう》遼《りょう》に関《かん》公の腹を探《さぐ》らせた。おりしも関《かん》公は思い屈して坐っていたが、張《ちょう》遼《りょう》はさりげなく、

「聞けば、貴殿は陣中にて玄《げん》徳《とく》殿の消息を聞かれたとか。お祝いに参上つかまつった」

「旧主はおられてもまだお会いしたわけではなし、別にめでたいことでもござらぬ」

「貴殿と玄《げん》徳《とく》殿とのご交情は、それがしと貴殿との間とくらべてどうであろう」

「貴公とわしとは朋友の交わりじゃ。が、身どもと玄《げん》徳《とく》さまとは朋友であって兄弟であり、兄弟であって主従じゃ。同一に論ぜられるものではない」

「玄《げん》徳《とく》殿が河北においでと分かったいま、貴殿はあちらへ参られるご所存か」

「昔日の契《ちぎ》り、背くことはできぬ。貴公より丞《じょう》相《しょう》によしなにお取り次ぎいたしおいて下されい」

張《ちょう》遼《りょう》が関《かん》公の言葉を、そのまま曹《そう》操《そう》に告げると、彼は言った。

「よし、わしに考えがある」

さて関《かん》公が考えこんでいるおりしも、とつぜん、知り人が訪ねて来ているとの知ら

せ。請《しょう》じ入れてみると、一面識もない人である。

「どなたにおわすか」

「それがし袁紹《えんしょう》殿に仕える南陽《なんよう》の陳震《ちんしん》と申す者にござる」

関公《かん》、大いに驚き、急いで左右の者を退けると、

「わざわざおいでをいただいたのは、なにか仔細《しさい》あってのことにござりましょうな」

陳震《ちんしん》は一通の書面を取り出した。関公《かん》が受け取って見れば、まさしく玄徳《げんとく》の筆。その大略は、
それがしと足下《そっか》は、桃園にて契りを結び、共に死せんことを誓った仲。いま中道にしてこの約を違《たが》え、恩義の絆《きずな》を絶つということがあろうか。貴公がもし功名を立て、富貴を得んことを考えておられるなら、それがし喜んで首を進ぜよう。書面にて意をつくせぬのが無念であるが、ひたすらご返書を待つ。

関公《かん》は読み終えて号泣し、

「身どもは兄者を忘れていたのではない。ご所在が分からなかったのじゃ。富貴のためにむかしの誓いを反故《ほご》にするなど考えたこともござらぬ」

「玄徳《げんとく》殿は貴殿のおいでを待ちのぞんでおられまするぞ。貴殿が昔日の誓いをお忘れ

ないとなら、早々に参られよ」

「人としてこの世に生を享《う》け、終りを全《まっと》うせぬ者は君子とは言えぬ。わしはここに参ったとき、公明正大にして参った。去るときもそうせねばならぬ。これより書面をしたためるによって、ご面倒でも兄者におとどけ下さらぬか。それがし曹操《そうそう》に暇乞《いとまご》いし、嫂《あによめ》方をお連れしてご当地へ参る」

「もし曹操《そうそう》が許さねば、どうなさるご所存かな」

「死んでもここに留まる心はない」

「では早く書面をおつくりくだされい。玄徳《げんとく》殿が待ちかねておいでであろうから」

関《かん》公は書面をしたためて玄徳《げんとく》に答えた。

　そもそも義は心に背かず、忠は死を顧みずとか。それがし幼少の頃より書物に親しんでいささか礼儀をわきまえており、かつて羊角哀《ようかくあい》・左伯桃《さはくとう》の故事(1)を読んで三嘆して涙を落としたことがあります。先頃、下邳《かひ》を守りしおりは、内に兵糧《ひょうろう》のたくわえなく、外に援軍なきため、一度は死を決意いたしましたが、二人の嫂上《あねうえ》の身がおもんぱかられて、身を棄《す》てることもなり難く、ゆえにしばらくここに身を寄せて再度のご対面のおりをお待ちいたしておりました。近頃、汝南《じょなん》に参ってはじめて兄者のお便りを耳にし、ただちに曹操《そうそう》殿に暇を乞うたうえ、嫂方をお守りして御許に馳せ参ずる所存にございました。それがしもし心変わりいたすことあらば、神人《かみひと》ともにそれがしを罰せられるものにござりましょう。思いのたけを申し述べたくも、筆紙にては尽くし難く、ひとえに見参のときを待ちおります。右、伏してご推察のほどを願い上げます。

陳震《ちんしん》は返書を得て帰った。

関公《かん》は奥へ行って二人の嫂にこの由を知らせ、曹操《そうそう》に暇乞いをするためただちに丞《じょう》相府《しょうふ》にまかり出でた。曹操《そうそう》はその来意を知ると、門に回避牌《ことわりふだ》を掛けた。関公《かん》は空しく立ち帰って、以前からの従者たちに、車馬をととのえ、いつでも出立《しゅったつ》できるようにしておくことを命じ、屋敷にある拝領の品々をすべてそのまま残して、一品たりと持って行くことがないよう言いつけた。あくる日、ふたたび丞相府へ暇乞いに行ったが、門にはまた回避牌が掛かっていた。こうして何度行っても会うことができないので、張遼《ちょうりょう》の家を訪ねてこのことを取り次いでもらおうとしたところ、張遼《ちょうりょう》も仮病をつかって会おうとしない。関公《かん》は、「これは曹《そう》丞相がわしを立ち退かせまいとしているに違いない。しかし、いったん決意したうえは、これ以上留まってはおれぬ」と思い、曹操《そうそう》に暇《いとま》を告げる書面をしたためた。その大略は、それがし若くして皇叔《こうしゅく》に仕え、皇天后土の前に生死を共にせんとの誓いを固めましたゆえ、先に下邳《かひ》失陥のおり、三条の約束お聞き届けをいただきましたものにございます。このたび旧主が袁紹《えんしょう》の軍中にあるを探知いたしましたるが、昔日の誓いを思えばとうてい背くことかないませぬ。丞相のご厚恩はさることながら、古き恩義黙《もだ》しがたく、ここに書面をもってお暇《いとま》を乞うそれがしの心、伏してご推察のほど願い上げます。なお、ご恩のかずかずは他日お返しいたす所存にございます。

書き終わって封をし、人をやって丞相府に届けさせるとともに、数度にわたって贈られた金銀をいちいち封じて庫におさめ、漢寿亭侯の印を部屋に残して、二夫人に車を召していただいた。かくして関《かん》公は赤兎《せきと》馬にまたがって手には青竜偃月刀《せいりゅうえんげつとう》をひっさげ、下邳《かひ》城以来の従者どもを従えて、車を守って許都《きょと》の北門を出ようとした。さえぎろうとした門吏どもは、眼《まなこ》を怒らせ、薙刀《なぎなた》を小脇にした関公に大喝され、ことごとく逃げてしまった。門を出るや、関《かん》公は従者たちに、

「お前たちは車をお守りして先に参れ。追手がかかったなら、わしが引き受けるによって、奥方に無用なご心配をおかけせぬよう」

と命じ、従者らは車を押して街道筋へ向かった。

さて曹操《そうそう》が関《かん》公をどうしたものかと協議しているおりしも、左右の者が関《かん》公の書面を差しだした。ただちに読んで、

「雲長《うんちょう》が立ち退いたぞ」

と大いに驚くところへ、北門を固めた大将から、

「関《かん》公が門を押し通り、車馬二十余人、打ち揃って北方へ立ち去りました」

との急報があり、そこへ関《かん》公の屋敷からも、

「関《かん》公は拝領の品々をすべて封じ、美女十人を奥におき、漢寿亭侯の印を部屋に残して、丞相より差しつかわされた者どもはそのままに、己の連れて参った従者と荷物だけを持って、北門より立ち退きました」

と注進して来た。一同があっと驚くところ、一人の大将が進み出て、

「それがし屈強の者ども三千騎をひきい、関雲長《かんうんちょう》を手捕りとして丞相のご覧に供しましょう」

皆が見やれば、これぞ将軍蔡陽《さいよう》。正に、万丈の蛟竜《こうりゅう》の穴、逃げようとして、また行きあう虎狼《ころう》三千騎、というところ。蔡陽《さいよう》が関《かん》公を追おうとするが、さてこの先どうなるか。それは次回で。

注1　**羊角哀《ようかくあい》・左伯桃《さはくとう》の故事**　戦国時代、二人は楚《そ》王に仕えようとして出掛けたが、途中はげしい雪にあい、衣服食糧の用意の少ない二人はともに凍死しそうになった。そのとき、左伯桃《さはくとう》が「ぼくの学問はとうてい君には及ばない。君が行け」と言って、自分の着物と食糧を羊角哀《ようかくあい》に与え、自分は木のうろにはいって死んだ。羊角哀《ようかくあい》は楚に至って大臣に昇り、大いに名を挙げたが、ある日、左伯桃《さはくとう》が夢枕に立って、「ぼくは日夜荊《けい》将軍に苦しめられている」と言うので、「わしが地下へはいって見てやろう」と言い、自ら首を掻《か》き切って死んだという。これより、後世、友誼《ゆうぎ》の厚い者のことを羊《よう》・左《さ》と言うようになった。

第二十七回　美髯公《びぜんこう》　千里《せんり》を単騎《たんき》で走《はし》り　漢寿侯《かんじゅこう》　五関《ごかん》に六将《ろくしょう》を斬《き》る

さて曹操《そうそう》配下の諸将のなかで、張遼《ちょうりょう》のほかに徐晃《じょこう》が雲長《うんちょう》と親交があり、そのほかの者もみな敬服していたが、ただひとり蔡陽《さいよう》だけは関《かん》公に反感をいだいていたので、立ち退いたと聞くや後を追おうとしたのである。だが曹操《そうそう》は、

「旧主を忘れず、去就《きょしゅう》を明らかにいたすやりよう、まことの大丈夫じゃ。そちたちもよう見習え」

と言って蔡陽《さいよう》を叱り、追い討ちを許さなかった。程昱《ていいく》が、

「丞相《じょうしょう》のご厚遇にもかかわりませず、このたび立ち退くに当たっては暇乞《いとまご》いにも参上いたさず、無礼な書面一片で事をすますとは、ご威光を汚すいたしよう、その罪大なるものがあります。またもし彼を袁紹《えんしょう》のもとに走らせたりいたさば、正に虎に翼を添えるが如きもの。むしろ後を追って彼を討ち取り、のちの禍根を絶っておくのが至当かと心得ます」

と言うと、曹操《そうそう》は、

「いったん承知したものを、破ることはできぬ。それぞれ主《あるじ》を思ってのこと、追うではない」

と言って、張遼《ちょうりょう》に、

「雲長《うんちょう》は金帛《きんぱく》を封じ官印を遺して参ったが、財物に心を動かさず、爵禄《しゃくろく》にも志を移さぬとは、まことに敬服のいたりじゃ。おそらくまだそう遠くには行っておるまい。わしは誼《よし》みをいっそう固め、いささか餞別《せんべつ》の品物も贈りたいから、そなた先に参って彼を引き留めておいてくれ。見送りかたがた、後日の思い出のよすがに路用や道中着なぞを贈ろうと思うのじゃ」

張遼《ちょうりょう》は命を受けてただ一騎で先発し、曹操《そうそう》は数十騎を従えて後を追った。

さて雲長《うんちょう》の乗った赤兎馬《せきと》は、日に千里を行く駿足であるから、本来なら追い着けるはずはなかった。しかし、車の列につき添っているため、馬の足をゆるめ、手綱をとってゆるゆると進んでいるところへ、とつぜん後ろで、

「雲長《うんちょう》殿しばらくお待ち下されい」

と言う叫び声。振り返れば、張遼《ちょうりょう》が馬を飛ばせて追って来る。関《かん》公は従者たちに命じて車を街道の方向へ急がせ、己は赤兎馬を止め薙刀《なぎなた》を突き立てて、

「文遠《ぶんえん》殿、貴公はわしを連れもどしに参られたのか」

「そうではござらぬ。丞相が貴殿の旅立ちを知られてお見送りなさろうと仰せられ、

貴殿にお待ちいただくためそれがしを一足先にお差し遣わしになったもの、別に他意はござらぬ」

「たとい丞相が屈強の者どもを繰り出そうと、わしは命の限り戦ってみせるぞ」

と雲長《うんちょう》が馬を橋の上に止め、遥かに眺めやれば、曹操《そうそう》が数十騎を従え馬を飛ばせて来るのが見えた。後につづくのは許褚《きょちょ》・徐晃《じょこう》・于禁《うきん》・李典《りてん》らの面々である。曹操《そうそう》は関《かん》公が薙刀を小脇にして馬を橋上に止めているのを見ると、諸将に馬を止めて脇に立ち並ぶよう命じ、関《かん》公は皆が武器を手にしていないのを見て、ようやく緊張を解いた。

「雲長《うんちょう》殿、いかがなされたな、このとつぜんの旅立ちは」

関《かん》公は馬上で身をかがめ、

「かねて丞相のお許しをいただいておりましたるが、このたび旧主が河北《かほく》におることを知りましたので、かくは急いだものにござります。何度かお館《やかた》に参上つかまつりましたが、お目通りがかなわなかったので、是非なく書面にてご挨拶にかえ、金は封じ印は遺《のこ》しおいて、丞相にお返しいたしてござる。当初のお約束、なにとぞご想起下さりますよう」

「天下の信頼を得ようとしておるこのわしが、前言を翻《ひるがえ》すようなことはせぬ。ただ将軍が途中お困りになることがあってはと気掛りじゃったので、路用を受け取っていただこうと思って参ったのじゃ」

一人の大将が乗馬のまま黄金を盆にのせて差し出すと、

「たびたび頂戴《ちょうだい》いたした物だけでもあり余るほどでござります。これはお手許に留めて将兵への引出物にお当て下さりませ」

「貴殿のお立てになった大功に比すればまことに少なすぎようが、快くおさめておいていただきたい」

「いやいやあれほどのこと、取り立てて申すもおこがましゅうござる」

曹操《そうそう》は笑って、

「天下の義士たる貴殿をお引き留めできなかったのはわしの不運、何としても残念なことじゃ。ともあれ、この錦の袍《ほう》、わしの寸志じゃ、受け取ってくれい」

と、一人の大将に命じて、馬から下りて彼の前に捧げさせた。

雲長《うんちょう》はなお曹操《そうそう》の心を計りかねていたので、馬から下りず、薙刀の穂先にそれを引っかけて身体に打ちかけるや、馬首を立てなおし、

「引出物、有難く頂戴つかまつります。また他日お目通りいたすおりもござりましょう」

と一言、橋を渡って北の方へ立ち去った。

「ううむ無礼な。なぜ手捕りにいたされませぬか」

許褚《きょちょ》がいきり立ったが、曹操《そうそう》はこれを止め、

「彼はただ一騎、こちらは数十騎。疑うのは当然じゃ。いったん約束いたしたことじゃ。追うでない」

かくて曹操《そうそう》は一同を従えて帰城したが、道みち雲長《うんちょう》のことを思って嘆息してやまなかった。

曹操《そうそう》が帰ったことはさておき、関公《かん》は一行の後を追って三十里あまりも来たが、影も形もない。胸を騒がせて八方を探しまわるおりしも、不意に山の頂から、

「関将軍《かん》、お待ち下さりませ」

と叫ぶ声。見上げると、黄巾《こうきん》・錦衣の一人の若者が、槍を小脇に馬にまたがり、その馬首に一つの首をくりつけて、歩卒百人あまりをひきいて駆け下りて来た。

「何者か」

と関公《かん》が尋ねると、若者は槍を投げ棄てて馬を下り、地面に平伏した。不審に思った雲長《うんちょう》は、馬を止め薙刀を手にしたままで重ねて尋ねた。

「名をうけたまわりたい」

「それがしはもと襄陽《じょうよう》の者、姓は廖《りょう》、名は化《か》、字《あざな》を元倹《げんけん》と申しまするが、兵乱のため各地を渡り歩き、五百人あまりの者を集めて山賊をいたしております。今日たまたま仲間の杜遠《とえん》が山を下りて獲物を探すうち、誤って奥様方をかどわかして参りました。

それがしがお供の方に訊《き》いたところ、大漢の劉皇叔《りゆうこうしゆく》の奥方と知り、また将軍がここまで付き添われて来られたと聞きましたので、すぐさまお返しいたそうとしたところ、杜遠《とえん》が無礼なことを申しましたので斬って棄て、その首を持ってお詫びに罷《まか》り出ました」

「して奥方はどこにおわす」

「山の中におられます」

関《かん》公がすぐお連れいたすように言えば、たちまち百人あまりの者が車を取り囲んで現われた。

関《かん》公は馬から下りて薙刀を脇へ置き、車の前に拱手《きようしゆ》して、

「嫂上《あねうえ》、ご心配をおかけいたしました」

と言うと、二夫人が、

「もし廖《りよう》将軍がお助け下さらなければ、杜遠《とえん》に手籠《てごめ》にされているところでありました」

と言うので、関《かん》公が左右の者に、

「廖化殿《りようか》はどのようにして奥方を助けたのか」

と訊くと、左右の者、

「杜遠《とえん》は山に連れこんで、廖化殿《りようか》に一人ずつ分けようと申し、廖化殿《りようか》が身許を尋ねら

れて丁重におもてなししようといたしたところ、杜遠《とえん》が聞きいれませんでしたので、廖化殿《りょうか》が斬り殺したのでございます」

関公《かん》がこれを聞いて、廖化《りょうか》に厚く礼を言うと、廖化《りょうか》は配下の者に送らせようと申し出た。関公《かん》は、この男は立派な者であるが黄巾の残党と知りながら途連《みち》れにすることはできないと考えたので、それを断わった。廖化《りょうか》はまた金や反物を贈りたいと申し出たが、関公《かん》はそれも受け取らなかった。廖化《りょうか》は別れを告げ、配下をひきいて山の中へ立ち去った。

雲長《うんちょう》は曹操《そうそう》から袍《ほう》を贈られたことを二人の嫂《あによめ》に告げたのち、車をうながして先を急いだ。その日の暮れ方、とある荘園に宿を求めると、鬚《ひげ》も髪も真っ白な主《あるじ》が出迎えた。

「将軍、お名前は」

関公《かん》は頭を下げて、

「身どもは劉玄徳《りゅうげんとく》の弟の関羽《かんう》でござる」

「すると顔良《がんりょう》・文醜《ぶんしゅう》を討ち取られた関公《かん》でおわしますか」

「さよう」

老人は大いに喜んで、内に請《しょう》じ入れた。関公《かん》が、

「車の中にまだ二人のご夫人がおいでなのじゃ」

と言うと、老人は妻女を迎えにやらせた。二人の夫人が草堂《ざしき》に来ると、関公《かん》は拱手

してそのかたわらに立った。老人が関公《かん》に坐るようすすめると、関公《かん》が、

「嫂上がおられるのに、それはできませぬ」

と言ったので、妻女に二人の夫人を奥へ案内してもてなさせ、自分はそこで関公《かん》をもてなした。関公《かん》が老人の姓名を尋ねると、老人が言った。

「わたくしは姓を胡《こ》、名を華《か》と申します。桓《かん》帝の御時《おんとき》には議郎《ぎろう》となったこともありますが、その後、職を辞してこうして郷里《くに》に引っこんでおります。いま息子の胡班《こはん》と申すのが、滎陽《けいよう》の太守王植《おうしょく》殿のもとで従事《じゅうじ》をいたしておりますが、将軍がもしあのあたりをお通りになるようでしたら、息子に手紙をことづかっていただけないでしょうか」

関公《かん》はそれを承知した。

あくる日、朝食のあと二人の嫂を車にのせ、胡華《こか》の手紙を預って別れを告げると、洛陽《らくよう》への道をとった。やがてさしかかった関所、東嶺《とうれい》関と呼ばれるところで、関を預る大将は姓を孔《こう》、名を秀《しゅう》といい、五百の兵をひきいて峠を固めている。その日、関公《かん》が車を守って山道を登って行くと、兵士よりの知らせで、孔秀《こうしゅう》が関所の門に出迎えた。関公《かん》が馬を下りて挨拶すると、

「将軍はどちらへおいでてござるか」

「それがし丞相にお暇を告げて、河北へ兄者を尋ねに参る」

「河北の袁紹《えんしょう》は、当今、丞相に歯向かいおる奴。そこへおいでとあらば、丞相の手形をお持ちであろうな」

「早々の出立《しゅったつ》に取りまぎれて、いただいて参らなかった」

「手形をお持ちでないとならば、それがしが人をやって丞相にお伺いしたうえ、お通しいたそう」

「それは、とても待ってはおれぬ」

「天下のご法度《はっと》ゆえ、いたしかたござらぬ」

「では、関を通さぬと申すのか」

「どうでも通ると言わるるなら、連れの者どもを質において行かれい」

関《かん》公が大いに怒って、薙刀を振り上げ孔秀《こうしゅう》に斬ってかかれば、孔秀《こうしゅう》は関所に逃げこみ太鼓を打ちならして兵を集めると、甲冑《かっちゅう》に身を固め馬にまたがって関から討って出た。

「通れるものなら通ってみよ」

関《かん》公が車を後ろに引き退がらせておいて、馬を躍らせ薙刀をひっさげて物も言わずに斬りかかれば、孔秀《こうしゅう》は槍をしごいて立ち向かう。両馬、馳せ違うことただ一合。薙刀さっと上がると見るや、孔秀《こうしゅう》の屍《むくろ》は馬蹄《ばてい》の下に横たわっていた。関《かん》公が、

「雑兵《ぞうひょう》ども、逃げることはない。孔秀《こうしゅう》を成敗いたしたのは是非なくやったもの、その

方らとは関係ない。孔秀《こうしゅう》がわしを殺そうとしたのでやむなく斬ったものであることを、その方らから丞相に伝えておいてくれ」

と言えば、兵士らは馬前で拝謝した。

かくして関《かん》公は二人の夫人の車をうながし関を通り、洛陽《らくよう》をめざして進んだ。この由を早くも洛陽の太守韓福《かんふく》に注進した兵士があり、韓福《かんふく》は部下の諸将を集めて協議したが、部将孟坦《もうたん》が言うのに、

「丞相の手形を持たぬとあらば、密行にござる。もし黙って通せば、罪を免れますまい」

「関《かん》公は顔良《がんりょう》・文醜《ぶんしゅう》をも斬った剛の者。まともには当たれぬによって、計略を用い手捕りとするほかあるまいが」

「されば、逆茂木《さかもぎ》にて関の入口をふさぎおき、彼が参ったときそれがしが兵をひきいて討って出て、負けをよそおって誘いこみますれば、殿が物陰から射とめて下さりませ。彼が落馬いたすところを手捕りとして許都《きょと》へ送り届けますれば、恩賞にあずかれること間違いござりませぬ」

軍議一決したとき、関《かん》公の一行が到着したとの知らせがあった。韓福《かんふく》は弓矢をたずさえ、軍勢一千を関所の前に並べて、

「これは何者か」

関公《かん》、馬上で身をかがめて、

「それがしは漢寿亭侯《かんじゅてい》関羽《かんう》にござる。なにとぞお通し願いたい」

「して丞相の手形は」

「取り急いだため頂戴いたして参りませんでした」

「わしは丞相の命によってこの関を守り、間者の往来をもっぱら詮議《せんぎ》いたしておるが、手形を持たぬとあらば、ひそかに脱出して来た者じゃな」

関公《かん》は怒って、

「東嶺の孔秀《こうしゅう》がわしの手にかかって死んだのを知らぬか。貴様も死にたいと申すか」

「誰ぞ召捕れい」

韓福《かんふく》の声に、孟坦《もうたん》が出馬し、二振りの刀を舞わして関公《かん》に斬りかかった。関公《かん》は車の一行を引き退がらせておいてこれを迎えたが、孟坦《もうたん》は三合と戦わずに馬首を返して逃げ、関公《かん》これを追った。孟坦《もうたん》は関公《かん》を誘いこむつもりでいたが、いかんせん関公《かん》の馬早く、たちまち追い着いてただの一刀で真っ二つとした。関公《かん》が馬首を返してもどるところを、門のかげに潜んだ韓福《かんふく》、弓を十分に引きしぼってひょうと放せば、見事、関公《かん》の左の臂《うで》に突きたった。関公《かん》が口で矢を抜きとるなり、流れ出る血をそのままに、馬を躍らせて韓福《かんふく》に迫れば、軍勢どっと逃げ散り、韓福《かんふく》は逃げる暇もなく、関公《かん》の薙刀を頭から肩に喰《くら》って、馬からころげ落ちた。かくて軍勢を駆け散らし、一行を無事に通すことができた。

関《かん》公は布をひきさいて傷口を手当すると、途中の闇討ちを気づかって、息つぐ間もなく夜道を汜《し》水《すい》関まで来た。この関を守る大将は、并《へい》州の人で姓を卞《べん》、名を喜《き》といい、流星鎚《りゅうせいつい》(1)の使い手、黄巾の残党だったが、その後曹操《そうそう》に帰順、この関所をあずかっている者である。そのとき、関《かん》公が間もなく到着すると聞いて一計を案じ、関所の門前の鎮国寺《ちんこくじ》に刑手二百人あまりを潜ませておいて、関《かん》公を寺に誘いこみ、盃を投げるのを合図に斬り殺す手筈《てはず》を決めた。彼はいっさいの手配をすますや、関を出て関《かん》公を迎えた。関《かん》公は卞喜《べんき》が迎えに来たのを見て、馬を下りて挨拶した。卞喜《べんき》が、

「将軍のご高名、かねがね承っておりまするが、このたびは皇叔の御許《おんもと》にお帰りとは、世にもまれな忠義のお志、つくづく感服いたしおります」

と言い、関《かん》公が孔秀《こうしゅう》・韓福《かんふく》を斬った次第を逐一《ちくいち》述べると、

「それは当然のこと。丞相へはそれがしよりよしなに申し伝えておきまする」

と言うので、関《かん》公はいたく喜び、轡《くつわ》を並べて汜水関を通り、鎮国寺門前で馬を下りれば、僧侶たちが鐘を鳴らして出迎えた。元来、この鎮国寺というのは漢の明《めい》帝の菩《ぼ》提《だい》所で、寺内には三十人あまりの僧がおり、そのうちの一人に、たまたま関《かん》公と同郷の法名を普浄《ふじょう》という僧侶があった。時に普浄《ふじょう》はその企《たく》みを知っていたので、進み出て関《かん》公に言った。

「将軍は蒲東《ほとう》を出られて何年になられますかな」

「もはや二十年にもなりましょうか」

「愚僧を覚えておられるかな」

「郷里《くに》を出て久しくなるので、とんと覚えがござらぬ」

「愚僧の家は将軍のお宅と河一つ隔てていただけですぞ」

下喜《べんき》は普浄《ふじょう》が懐しそうに話しはじめたのを見て、秘密が洩れては事面倒とばかり叱りつけた。

「宴席の用意もできておるのに、控えおらぬか、くそ坊主め」

「いやいや。久方ぶりに行き逢うたのじゃ。昔話ぐらいかまわぬでござろうが」

と関公《かん》が言うと、普浄《ふじょう》は茶を一服さしあげたいからと方丈へ誘ったが、関公《かん》に、

「車におられる夫人方にまず差しあげて下されい」

と言われ、人に茶を持たせてやってから改めて方丈に案内した。そして、手で己の腰の戒刀を持ち上げ、関公《かん》に目くばせしたので、関公《かん》ははっと悟って、左右の者に薙刀を持って側についているよう命じた。やがて下喜《べんき》が関公《かん》を本堂の宴席に案内すると、関公《かん》、

「下喜《べんき》殿、貴公がわしをお招き下さったのは本心からか、それとも何ぞ下心あってからか」

と一言、卞喜《べんき》が返答に詰まるところ、目ざとく幔幕《まんまく》のかげに刑手らのいるのを見つけて大喝した。

「貴様は物の分かった男と思ったのに、これは何事か」

卞喜《べんき》は事洩れたと知るや、

「それ、かかれ」

と叫び、一同斬りかかろうとするところを、剣を引きぬいた関公《かん》にばたばた斬り伏せられた。卞喜《べんき》が本堂を飛びおりて回廊を逃げれば、関公《かん》は剣を投げ棄て薙刀をひっつかんで追いかけ、卞喜《べんき》が不意に飛鎚《ひつい》を飛ばすのを、薙刀で受けとめ、踏みこむなり一刀両断にして二人の嫂の様子を見にもどる。早くもまわりを取り囲んでいた兵士らが、関公《かん》の姿を見て逃げ散るのを、すっかり追い払ってから、普浄《ふじよう》に、

「ご坊がおられなければ、それがし命のないところでございました」

と言うと、

「愚僧もここにはおられぬから、衣鉢《いはつ》をまとめて他国を回ることにしよう。いずれお会いすることもござろうほどに、将軍もお大事にな」

関公《かん》は繰り返し礼を述べ、一行を守って滎陽《けいよう》へ向かった。

滎陽の太守王植《たいしゆおうしよく》は、韓福《かんふく》とは姻戚《いんせき》関係にあったので、韓福《かんふく》が関公《かん》に殺されたと聞くや、関公《かん》を闇討《やみうち》しようと協議し、関所を固めさせた。関公《かん》が着くと、王植《おうしよく》が関を出て

にこやかに迎え、関公《かん》が兄を尋ねて行く由を語るのを聞いて、

「ご遠路のところまことにご苦労に存じます。またご夫人も車上にて大変お疲れでございましょうし、まずまず城内で一晩ごゆるりとお休みの上、明日、出掛けられたらよろしいではござりませぬか」

と言った。関公《かん》がその慇懃《いんぎん》な態度を見て、二人の嫂を連れて城に入ると、客舎にはすっかり支度がととのえてある。王植《おうしょく》は関公《かん》を宴会に招いたが、関公《かん》がそれを断わると、王植《おうしょく》は使いの者に酒肴《しゅこう》を持たせて宿舎にとどけさせた。関公《かん》は道中のひとかたならぬ苦労を思って、夕食をすますとただちに二人の嫂を奥の部屋で休ませ、従者たちにも、馬に十分秣《かいば》をやって各自休むように言いつけると、己も鎧《よろい》を脱いでくつろいだ。

さて王植《おうしょく》は、ひそかに従事《じゅうじ》の胡班《こはん》を呼んで命じた。

「関雲長《かんうんちょう》は丞相に背いて逃げたうえ、途中で太守や関所の大将を殺して来た重罪人じゃ。真向から立ち向かってはとても勝味のない奴じゃから、そなたは今夜、一千の軍勢で客舎を取り囲み、一人一束ずつ松明《たいまつ》を持たせて、三更の頃おいに一度に火を掛けよ。よいか、誰でもかまわぬから、一人残らず焼き殺すのじゃぞ。わしも軍勢をひきいて後詰《ごづめ》をいたす」

胡班《こはん》は命を受けて軍勢を揃え、ひそかに薪や焔硝《えんしょう》などを客舎の門前に運ばせておいて、約束のときの来るのを待ったが、「関雲長《かんうんちょう》の名はかねがね聞いているが、どんな

男なのだろう、ちょっとのぞいて見よう」と思い、客舎の中にはいってそこの小役人に、

「関《かん》将軍はどこにおられるのか」

と尋ねると、

「表の間で書見をされておられます」

との答え。忍び足に表の間に近づいて見れば、関《かん》公が灯の下で机に向かい、左手で髯《ひげ》をしごきながら書物を読んでいる。その姿に、胡班《こはん》は思わず、

「ああ、聞きしにまさるお方だ」

と嘆声をあげた。関《かん》公に誰かと問われて、中に進み入って丁重に挨拶し、

「滎陽太守幕下の従事、胡班《こはん》にござります」

「さらば、許都城外にお住まいの胡華《こか》殿のご子息ではないか」

「さようでございます」

関《かん》公は従者を呼んで荷物の中から書面を取り出させて胡班《こはん》に渡した。それを読んだ胡班《こはん》は、

「危うく忠義の人を殺すところだった」

と嘆息し、ひそかに、

「王植《おうしょく》は悪心を抱き、将軍を殺害せんものと、ひそかに命令してこの客舎を取り囲ま

せ、三更を期して火を掛ける手筈をととのえておりまする。これよりただちにそれがしが城門を開けまするによって、将軍は早々にお支度のうえ、ここを立ち退かれますよう」

と告げた。関公《かん》、大いに驚いて、急いで鎧《よろい》を着こんで薙刀《なぎなた》をとるや馬に乗り、二人の嫂を車に乗せて、一行、客舎を立ちいでれば、なるほど兵士らがそれぞれ松明《たいまつ》を持って待機している。城門に駆けつけると、すでに開いてあるので、一行を急がせて城外に逃れいで、胡班《こはん》はとって返して客舎に火を掛ける。関公《かん》が数里と行かぬうち、後方に松明が輝き、人馬が追いすがるや、真っ先に立った王植《おうしょく》が、

「関雲長《かんうんちょう》、逃げるな」

と大音に呼ばわった。関公《かん》、馬を止めて、

「匹夫《ひっぷ》。わしは貴様に何の仇もない。なにゆえわしを焼き殺させようとしたのか」

と罵れば、王植《おうしょく》、馬を躍らせ槍をしごいて打ってかかったが、関公《かん》の薙刀の一薙《ひとなぎ》に胴中から真っ二つとなり、他の者ども追い散らされた。関公《かん》は一行をうながして先を急いだが、道みち胡班《こはん》のことを思ってやまなかった。

滑州《かつ》の境まで来ると、人が劉延《りゅうえん》に知らせたので、劉延《りゅうえん》は数十騎をひきいて城外に出迎えた。

関公《かん》、馬上で会釈して、

「太守、その後お変わりござらぬか」

「貴公どちらへお出かけにござる」

「丞相にお暇《いとま》をいただいて、兄者を尋ねに参る」

「玄徳《げんとく》殿は袁紹《えんしょう》のところにおられるのではござらぬか。袁紹《えんしょう》は丞相の仇、貴公が行かれるのをお許しになるはずがなかろうに」

「これはむかし、しかとお約束いたしてあるのじゃ」

「したが、いま黄河の渡しの関門は、夏侯惇《かこうとん》の部将秦琪《しんき》が固めておることとなれば、おそらく貴公がお渡りになるのを許しはしますまい」

「太守殿の船をお貸し下さるまいか」

「船はござるがお貸しすることはできませぬ」

「それがし、先には顔良《がんりょう》・文醜《ぶんしゅう》を斬って、貴公の危急をお救い申したに、今日《こんにち》たった一艘《いっそう》の船すらお貸し下さらぬとは、どうしたわけでござる」

「夏侯惇《かこうとん》に知られればただではすみますまいからな」

関《かん》公は劉延《りゅうえん》が物の用に立たぬ男と知り、一行をうながして先へ進んだ。黄河の渡り口に至るや、秦琪《しんき》が軍勢をひきいて現われ、

「そこへ来るのは何者か」

「漢寿亭侯関羽《かんう》にござる」

「お渡し願いたい」

「どこへ参るる」

「河北へ兄の劉玄徳《りゅうげんとく》を尋ねて参る。お渡し願いたい」

「して丞相の手形は」

「わしは丞相の指図は受けぬ。手形なぞ持っておらぬ」

「わしは夏侯《かこう》将軍の命によって、この関門を固めておるのじゃ。たとい翼を挿《さ》そうと、飛び越させはいたさぬぞ」

関《かん》公大いに怒り、

「わしが途中を遮《さえぎ》った者を斬って通って来たのを知らぬのか」

「名もない雑輩《ざっぱい》は斬れようと、このわしはそうはいかぬぞ」

関《かん》公、怒って、

「おのれ、貴様は顔良《がんりょう》・文醜《ぶんしゅう》にも優《まさ》るとぬかすか」

秦琪《しんき》は大いに怒り、馬を躍らせ薙刀《なぎなた》をきらめかせて、関《かん》公に斬ってかかったが、駆けたがうことただ一合にして、関《かん》公の薙刀一閃、秦琪《しんき》の首はふっ飛んだ。関《かん》公が、

「手向かった奴は死んだ。他の者は逃げるな。すぐさま船を支度してわしを渡せ」

と言えば、兵士たちが急いで船を岸に漕《こ》ぎよせたので、関《かん》公は二人の嫂を乗せて河を渡った。黄河を渡れば、もはや袁紹《えんしょう》の領地である。関《かん》公が通りすぎた関所は五ヵ所、斬った大将は六人であった。のちの人の嘆じた詩に、

印を掛け金を封じて漢の相《しょう》を辞し、
兄を尋ねて遥かに遠途を望みて還《かえ》る。
馬は赤兎《せきと》に騎《の》りて行くこと千里、
刀は青竜を偃《よこた》えて五関を出《い》でたり。
忠義　慨然《がいぜん》として宇宙を沖《つ》き、
英雄　此より江山を震《ゆる》がしむ。
独行　将を斬りて応《まさ》に敵なく、
今古　題を留むる翰墨《かんぼく》の間。

関《かん》公は馬上で誰にともなく嘆息して言った。

「わしは途中、人を殺す気はなかった。みな是非なくしたことじゃ。曹操《そうそう》殿がこれを知られたら、わしを恩知らずの男と思われることであろう」

かくて先へ進むところ、とつぜん北の方から、

「雲長《うんちょう》殿、しばらくしばらく」

と叫びながら馬を飛ばせてくる者がある。馬を止めてよくよく見れば、なんと孫乾《そんけん》である。

「汝南《じょなん》でお別れして以来、そちらの様子はどうなっておるかな」

「劉辟《りゅうへき》・龔都《きょうと》は、将軍が帰陣なされたのち再び汝南を奪い返し、それがしを使者として河北の袁紹《えんしょう》と誼みを通じさせ、玄徳《げんとく》殿をお誘いしてともどもに曹操《そうそう》を討とうとしたのでござるが、参ってみれば河北の将士らは互いに嫉《そね》みあい、田豊《でんほう》はなお獄中にあり、沮授《しょじゅ》は退けられて用いられず、審配《しんはい》・郭図《かくと》は実権を握ろうとしのぎを削り、袁紹《えんしょう》は疑心多く、一つとして事を決められぬありさま。それゆえ、それがし劉《りゅう》皇叔とお話しして、まず河北より脱《のが》れることとし、皇叔はすでに劉辟《りゅうへき》に会うため汝南へ向かわれましたが、将軍がこれを知らずに袁紹《えんしょう》のもとに参られて危害でも加えられてはと、それがしを途中に出迎えにつかわされ、幸いここでお会いできたものにござる。将軍、すぐさま汝南へ行かれて皇叔に対面なされませ」

関《かん》公が孫乾《そんけん》を夫人に対面させると、夫人が玄徳《げんとく》の消息を尋ねられたので、孫乾《そんけん》が袁紹《えんしょう》は二度まで皇叔を斬ろうとしたが、いま幸いに脱け出して汝南へ行ったから、そこでお目にかかることができようと逐一《ちくいち》話して聞かせれば、二人の夫人は顔を覆って落涙した。関《かん》公は孫乾《そんけん》の言に従って河北へ行くことをやめ、一路、汝南をめざした。行くうち、背後に砂煙舞いあがると見るや、一隊の軍勢が追いすがってきて、真っ先に立った夏侯惇《かこうとん》が大声に、

「関雲長《かんうんちょう》、待てい」

と叫ぶ。正に、邪魔した六人手もなく死んだが、またまた一人立ちはだかる、というところ。さて関《かん》公いかにしてこの難を逃れるか。それは次回で。

注1　**流星鎚**　また飛鎚ともいう。縄の両端に鉄の錘《おもり》がつけてあり、その一方で敵を撃ち、一方で身を守るもの。

第二十八回　蔡陽《さいよう》を斬《き》って　兄弟《けいてい》　疑《うたがい》を釈《と》き　古城《こじょう》に会《かい》して　主臣《しゅしん》　義《ぎ》に聚《あつま》る

さて関《かん》公が孫乾《そんけん》とともに二人の嫂《あによめ》を守って汝南《じょなん》へ向かおうとしたとき、はからずも夏侯惇《かこうとん》が三百余騎をひきいて後を追って来たので、孫乾《そんけん》は車を守って先に進み、関《かん》公は馬首をたてなおし薙刀《なぎなた》を握って、

「おのれわしを追ったりして、丞相《じょうしょう》せっかくのお志を無にしようとする気か」

と言うと、夏侯惇《かこうとん》、

「丞相からは何のお触れもいただいてはおらぬぞ。貴様、道みち人を害《あや》め、しかもわしの部将を斬るとは無礼にもほどがある。ひっくくって行って、丞相のご沙汰《さた》を仰がねばならぬわ」

と言うなり、馬を躍らせ槍をしごいて突きかかろうとした。ところへ飛来した一騎の者が、

「雲長《うんちょう》殿と戦ってはなりませぬぞ」

と叫んだので、関《かん》公、馬を控えて待てば、その使者は懐中から公文を取り出して夏《か》

侯惇《こうとん》に、

「丞相には、関《かん》将軍の忠義の志をいたくめでられ、途中をさえぎることのないようと、特にそれがしにお命じあって公文を各地に回されたのでございます」

「こ奴が道みち、関所の将兵を殺して来たのを丞相はご存じか」

「それはまだご存じありませぬ」

「とにかくわしはこ奴をひっ捕えて丞相の御前に突きだし、丞相がお許しになるかどうか見てやるのだ」

関《かん》公、怒って、

「おのれ、貴様ごときを恐れるわしではないぞ」

と、馬を躍らせ薙刀をかまえて斬りかかれば、夏侯惇《かこうとん》また槍をしごいて受けていで、双方、馬を駆け違《たが》わせて戦うこと十合にもならぬとき、また一騎、

「将軍方しばらく、しばらく」

と叫んで飛来した。

夏侯惇《かこうとん》は槍を片手にして、

「雲長《うんちょう》を手捕りにいたせとの仰せか」

「いいや。丞相は関を固める大将がたが関《かん》将軍をさえぎったりしてはと気遣われ、それがしを触れに回されたのでございます」

「丞相はご奴が道みち人を害《あや》めて来たのをご存じか」

「まだご存じありませぬ」

「人を殺したのをご存じないとすれば、逃しはせぬ」

と夏侯惇《かこうとん》、配下の兵士に下知して関《かん》公を取り囲ませた。関《かん》公が大いに怒って薙刀をひらめかせ、二人が正に切先を交えようとしたとき、一人の武者が馬を飛ばして到着し、

「雲長《うんちょう》殿、元譲《げんじょう》殿、馬を退かれい」

と叫んだ。みなが見れば、これぞ張遼《ちょうりょう》である。二人が手綱をひかえて待てば、張遼《ちょうりょう》、近づいて、

「それがし丞相のご命令によって参った。丞相には雲長《うんちょう》殿が関所の大将を斬られた由をお聞きになり、途中をさえぎるようなことあってはと懸念されて、各地の関所すべてお通しするよう仰せいだされた」

「秦琪《しんき》は蔡陽《さいよう》殿の甥で、わしが蔡陽《さいよう》殿からよくよく頼まれて目をかけて来た者。それをこ奴に討ち取られたとあっては、黙って見過ごすことはできぬ」

と夏侯惇《かこうとん》が言うと、張遼《ちょうりょう》、

「それは、それがしが蔡《さい》将軍に会って話をつけましょう。丞相が大度量をもって雲長《うんちょう》殿を許されたものを、貴公まさか背くことはできぬはずですぞ」

夏侯惇《かこうとん》が仕方なく軍勢を退くことを約束すると、張遼《ちょうりょう》が言った。

「して雲長《うんちょう》殿、これからいずれへ」

「兄者がもはや袁紹《えんしょう》のところにおられぬと聞いたので、これから天下をへめぐってお尋ねする所存でござる」

「玄徳《げんとく》殿のご所在が分からぬとあらば、いまいちど丞相の御許《おんもと》にお帰りになっては、どうでござる」

「それはできますまい」と関《かん》公は笑った。「貴公お帰りの上、わしがお詫びしていたと丞相にお伝えおきくだされい」

関《かん》公は張遼《ちょうりょう》と拱手《きょうしゅ》して別れ、張遼《ちょうりょう》は夏侯惇《かこうとん》とともに軍勢を従えて帰って行った。


関《かん》公は車の行列に追いついて、この由を孫乾《そんけん》に話し、二人は轡《くつわ》を並べて進んだ。行くこと数日したとき、にわかの大雨に何もかもずぶ濡れとなったが、遥かかなたの丘の麓《ふもと》に屋敷のあるのが見えたので、関《かん》公は一行を連れて宿をもとめに行った。一人の老人が迎えに出たので、関《かん》公がわけを話すと、老人は、

「わたくしは姓を郭《かく》、名を常《じょう》と申し、代々この土地に住んでおる者でございます。かねがね将軍のご高名を承っておりましたが、お顔を拝することができようとは夢にも思っておりませんでした」

と言って、羊をつぶし酒を出してもてなし、二人の夫人を奥に案内して休ませた。郭常《かくじょう》は草堂《ざしき》で関《かん》公・孫乾《そんけん》の酒の相手をし、また荷物を乾かしたり馬に秣《かいば》をやったりする世話をやいた。日の暮れ方、とつぜん一人の若者が数人の男たちを連れて屋敷にはいって来て、ずかずかと草堂に上がって来た。

郭常《かくじょう》は、

「これ、将軍にご挨拶せぬか」

と言い、関《かん》公に、

「これは息子でございます」

とひきあわせた。関《かん》公が、

「どこかへお出かけであったか」

と尋ねると、郭常《かくじょう》が代わって、

「猟からもどったところでございます」

と答え、若者は挨拶をしただけで出て行ってしまった。

郭常《かくじょう》は涙を流して、

「わたくしどもは代々、田を耕し学問をやって参った家柄でございますが、たった一人のあの息子は家業を継ごうともせず、猟に夢中になって、全く困っております」

「乱世のこの世の中のこと、武芸に通じておれば名を立てることもかなおうもの。困ることはなかろうに」

「武芸に身を入れでもしてくれれば、わたくしも心配しないのでございますが、ただもう遊びにかまけて何一ついたさぬので、こうして心を傷《いた》めておるのでございます」

関《かん》公も思わず嘆息した。夜更けて郭常《かくじょう》が引き退がり、関《かん》公が孫乾《そんけん》と床にはいろうとしたとき、にわかに裏庭で馬のいななきや人声が起こった。急いで従者を呼んだが返事がないので、孫乾《そんけん》とともに剣をひっさげて出て見ると、郭常《かくじょう》の息子が地面に倒れてわめきたて、従者が作男と殴り合っている。関《かん》公が何事かと尋ねると、従者が、

「この男が赤兎《せきと》馬を盗もうとして馬に蹴倒され、その声にわたくしどもが見回りにやって来たところ、この作男たちがかかって来たのでございます」

と言うので、

「おのれ、よくもわしの馬を盗もうとしたな」

と怒った関《かん》公が斬って棄てようとしたとき、郭常《かくじょう》が駆けつけて、

「倅《せがれ》めがとんでもないことを仕出かしまして、ご成敗を受けるのは当然にございますが、これを家の婆《ばば》あが途方もなく可愛がっておりますので、なにとぞお情をかけてやって下さいまし」

と言ったので、関《かん》公は、

「なるほど、先刻ご老人が言われたとおり、これは馬鹿息子じゃ。『子を知るは父《おや》に

若《し》くはなし』(『管子《かんし》』大匡篇《だいきょう》)とはよく申したものじゃのう。ともあれ、ここはご老人の顔に免じて見逃して進ぜよう」

と言い、従者に命じて馬の様子を見させ、作男たちを怒鳴りつけておいて、孫乾《そんけん》と草堂にもどって床にはいった。

あくる日、郭常《かくじょう》夫婦が庭先に来て、

「馬鹿息子めがご威光を汚しましたにかかわらず、お許しいただきまして、まことに有難う存じました」

と礼を述べたので、関公《かん》が、

「連れて参られい。わしからよく諭《さと》してつかわそう」

と言うと、郭常《かくじょう》が言った。

「倅めは四更の時分に、また無頼漢どもを連れてどこかへ出て行きましてございます」

関公《かん》は郭常《かくじょう》に礼を述べ、二人の嫂に車に召していただくと、その屋敷を出て、孫乾《そんけん》と駒を並べ、車を守って山道へはいった。三十里も行かぬうち、山かげから百人あまりの一隊が現われた。頭《かしら》だった二人が馬に乗っていたが、一人は黄巾《こうきん》で頭をくるみ、戦袍《じんばおり》を着ており、その後ろに控えたのは、なんと郭常《かくじょう》の息子である。

黄巾の男が言った。

「おれは天公《てんこう》将軍張角《ちょうかく》の下で一手を預っていた者だ。そこへ来る奴、命惜しくば赤兎馬を置いてゆけ」

関《かん》公からからと笑って、

「物を知らぬ奴め。貴様、張角《ちょうかく》の下で悪事を働いていたと言うなら、劉《りゅう》・関《かん》・張《ちょう》の三人兄弟を知っておるだろうが」

「おれは、真赤な顔で長い髯《ひげ》をはやしているのが関雲長《かんうんちょう》とかいうのだとは知っているが、まだ見たことはない。そういうお前は誰だ」

関《かん》公は薙刀を小脇にして馬を止めると、袋をはずして長い髯を見せた。その男は馬からころげ下りるなり、郭常《かくじょう》の息子の後ろ髪をひっつかんで関《かん》公の馬前にひきすえた。関《かん》公が名を尋ねると、

「それがしは、姓を裴《はい》、名を元紹《げんしょう》と申します。張角《ちょうかく》の死後、仕える主人もなく、山賊どもを集めてここに隠れておりましたが、今朝、この男が参って、『日に千里も行くような馬に乗った客人がおれの家に泊まっている』と申し、その馬を盗もうとそれがしを誘い出したのでございます。将軍とは全く存じませんでした」

と言い、郭常《かくじょう》の息子も平伏して命乞いをしたので、関《かん》公が、

「お前の父御《ててご》の顔に免じて、命だけは助けてつかわそう」

と言うと、息子は頭をかかえてこそこそと逃げ去った。

関公《かん》があらためて裴元紹《はいげんしょう》に、

「そなたはわしの顔も知らないのに、どうして名を知っておるのじゃ」

「これより二十里のところに臥牛山《がぎゅう》と申す山があって、そこに姓を周《しゅう》、名を倉《そう》という関西《かんせい》(函谷関以西の地)の男がおります。千斤の物を持ちあげる腕力があり、胸は板のように厚く、鬚《ひげ》はねあがり、見るからに強そうな男でございますが、もと張宝《ちょうほう》の下で一手の大将をいたし、張宝《ちょうほう》の死後、山賊の頭《かしら》になっております。それがし、その周《しゅう》倉《そう》がかねがね将軍のご勇名を語っては、お目通りの術《すべ》がないのを無念がっておるのを聞いておりました」

「山賊などは豪傑のいたすことではない。そなたたちもこれより正業に帰り、みずからを貶《おとし》めるようなことはやらぬようにいたせ」

裴元紹《はいげんしょう》がはっと平伏するうち、はるかに一隊の人馬が馳せつけて来るのが見えた。

「あれは周倉《しゅうそう》に違いありませぬ」

と裴元紹《はいげんしょう》が言うので、関公《かん》がそのまま待ち受けるところへ、果たして顔の黒い長身の男が、槍をひっさげ馬にまたがって、大勢の者をひきいてやって来たが、関公《かん》を見るなり、驚喜して、

「これは関《かん》将軍ではござりませぬか」

と、馬から飛び下りて道端に平伏した。

「周倉《しゅうそう》お目通りつかまつります」

「貴公、どこでこのわしを見知られたのじゃ」

「以前、黄巾の張宝《ちょうほう》の下におりましたとき、ご尊顔を拝したことがありましたが、賊徒の中におりましたため、御許《おんもと》に馳せ参ずることができず無念に思っておりました。今日お目通りがかなったのはまたとない幸せ。お慈悲をもって、雑兵になりとおとりたて下さいますれば、お側をはなれず、命の限りご奉公いたしまする」

関《かん》公はその偽りないさまを見て、

「そなたがわしについて来るとして、手下の者たちはどういたす」

「いっしょに来る者は連れて行き、いやな者は好きなようにさせます」

と周倉《しゅうそう》が言うと、一同口を揃えて、

「なにとぞお連れ下さい」

と言う。

そこで関《かん》公が馬を下りて車の前に行き、嫂たちの意見を伺うと、甘《かん》夫人、

「あなたさまは許都《きょと》を立ち退いてからこの方、ただ一騎でここまでおいでになり、数々のご苦労を重ねて来られましたのに、一度も軍勢の力を借りようとはされず、先頃廖化《りょうか》さまが随行を願い出たおりもお断わりなされたのを、今となって周倉《しゅうそう》たちだけをお許しになるのは解《げ》せませぬ。とはいえ、これもわたくしども女のあさはかな智慧《ちえ》

にございますれば、あなたさまのよろしいようにお取り計らい下さいませ」

「ははっ、嫂上の仰せまことにごもっともにござります」

関《かん》公は周倉《しゆうそう》の前にもどり、

「わしの心が狭いわけではないが、ご夫人がたがお聞きとどけ下さらないのじゃ。そなたたちはここしばらく山に帰って待っておられよ。兄者を尋ねあてたら、必ず召し出そうぞ」

周倉《しゆうそう》、額を地面に打ちつけて、

「それがし何のわきまえもなく、盗賊の仲間に身をおとしておりましたが、今日《こんにち》将軍にお目にかかれてようやく天日を仰ぐような心地になっておりますものを、ふたたび悪事にかえれとばかりの仰せ、あんまりでございます。もし大勢でお供するのがお差しさわりとなら、手下どもはすべて裴元紹《はいげんしよう》につけておき、それがしただ一人、徒歩《かち》だちにて、万里といえどお供いたしまする」

関《かん》公がふたたびこの由を嫂たちに告げると、甘《かん》夫人が、

「一人二人ならかまわないではありませぬか」

と言うので、手下の者どもを裴元紹《はいげんしよう》につけて立ち去らせるよう周倉《しゆうそう》に命じた。すると裴元紹《はいげんしよう》は、

「それがしも関《かん》将軍のお供をいたしたく存じます」

と言ったが、周倉《しゅうそう》に、

「お前もいっしょに来てしまっては、仲間が散りぢりになってしまうから、しばらく皆をまとめておいてくれ。わしが関《かん》将軍のお供をして行き、居場所が定まり次第、迎えに来る」

と言われ、落胆して別れて行った。

周倉《しゅうそう》は関《かん》公に従い、汝南《じょなん》をめざして出発した。行くこと数日、遥かに一つの山城《やまじろ》が見えたので、関《かん》公が土地の者に尋ねた。

「ここはどこじゃ」

「ここは古城《こじょう》と申しますが、五、六カ月ばかり前、姓を張《ちょう》、名を飛《ひ》とかいう将軍が数十騎の武者を連れてここに参り、ここの県令さまを追い出して古城に収まってしまい、兵士を集め馬を買い、兵糧《ひょうろう》や秣《かいば》をためこんでおります。ここのところ軍勢を四、五千もかかえて、このあたり一帯に歯向かう者もおりません」

「おお、弟は徐《じょ》州で別れ別れとなって以来いっこう行方《ゆくえ》が知れなかったが、なんとこんなところにいたのか」

と喜んだ関《かん》公は、前もって孫乾《そんけん》を知らせにやり、二人の嫂を迎えに来るよう伝えさせた。

さて張飛《ちょうひ》は芒碭《ぼうとう》山中にひと月あまり住んでいたが、玄徳《げんとく》の消息を探ろうとして山を出、たまたま古城を通りかかったので、兵糧を借用しようと思って城にはいった。ところが県令が承知しなかったので、怒って県令を追い払い、官印を奪いとって城を乗っとり、ひとまず腰を落ち着けていたものである。その日、孫乾《そんけん》は関《かん》公の命を受けて城にはいり、張飛《ちょうひ》に会って挨拶してからこれまでのことをつぶさに物語り、玄徳《げんとく》が袁《えん》紹《しょう》のもとを立ち退いて汝南に向かったこと、また、いま雲長《うんちょう》が許都《きょと》から二人の夫人を守ってここまで来ているから出迎えるようにと言った。張飛《ちょうひ》はこれを聞くや、返事もせずに鎧《よろい》をつけ矛を取って馬にまたがるなり、千人余りの同勢を引き連れて北門から駆けて出た。孫乾《そんけん》はあっけにとられたが、尋ねることも憚《はばか》られたので、そのまま後について城を出た。関《かん》公は張飛《ちょうひ》の来るのを眺めて喜びをおさえかね、薙刀を周倉《しゅうそう》に持たすと、馬を躍らせて迎えに出た。ところが、張飛《ちょうひ》は丸い目をかっと見張り、虎のような鬚《ひげ》を逆立てて、雷のようなおめき声とともに矛先を関《かん》公に向けて突っかかって来た。

関《かん》公は仰天して飛びのき、

「弟、何をするか。桃園《とうえん》の誓いを忘れたか」

「義理を知らぬ野郎め、どの面《つら》さげてここへ来た」

「なに、わしが義理を知らぬと」

「そうよ、貴様は兄貴に背を向け、曹操《そうそう》についていて身上をかせいでおるくせに、今度はおれを丸め込みに来たのだな。さあ来い、生きるか死ぬかやってやろう」

「さてはお前は知らないのだな。わしからは言いにくい。ここに嫂上がたがおられるから、お前から伺ってみよ」

二人の夫人はこれを聞き、御簾《みす》をあげて呼びかけた。

「翼徳《よくとく》さま、あなたさまはどうしてこれに」

「しばらくお待ち下さい。この義理知らずを片づけてから、城内にご案内いたします」

甘《かん》夫人、

「雲長《うんちょう》さまはあなたさまがたのお行方が知れなかったので、しばらく曹操《そうそう》殿のところに身を寄せておられたもの。このほど皇叔《こうしゅく》さまが汝南においでの由を知られたので、大変な苦労を重ねて、ここまでわたくしたちを送って来て下さったのです。思い違いなされませぬよう」

糜《び》夫人、

「雲長《うんちょう》さまは許都にいらっしゃって、出ようとなさっても出ることができずにおられたのです」

「あいや嫂上、奴に欺《あざむ》かれてはなりませんぞ。忠臣は死んでも辱《はずか》しめを受けずと言うではありませぬか。大丈夫たる者が二主に仕えるなどということがあろうはずはござらぬ」

「弟、考え違いしないでくれ」

と言う関公《かん》につづいて、孫乾《そんけん》が、

「雲長殿《うんちょう》はわざわざ将軍を尋ねておいでになったのでござるぞ」

と取り成すと、張飛《ちょうひ》が大喝した。

「なに、貴様まで出まかせをぬかすか。この野郎にきれいな心なぞあるものか。おれを捕《とら》えに来たんだな」

「お前を捕えるなら、軍勢を連れて来るはずじゃ」

関《かん》公の言葉に、張飛《ちょうひ》はさっと指先を上げて、

「それ、あの軍勢はなんだ」

関《かん》公が振り返れば、言にたがわず砂塵《さじん》を蹴立て一隊の人馬が迫って来る。ひるがえる旗印は、正に曹操《そうそう》の軍勢。

張飛《ちょうひ》はいきりたち、

「さあ貴様、これでもしらをきるか」

と一丈八尺の蛇矛《じゃぼう》をしごいて突きかかる。

関《かん》公、急いで、

「ま、待て、弟。わしがやって来た大将を斬って、まことの心を見せよう」

「ほんとうに真心があるなら、おれがここで太鼓を三通《さんかい》鳴らす間に、斬ってみろ」
（一「通」は一連打。三百三十三回）

関《かん》公はこれを承知した。たちまちのうちに曹操《そうそう》の軍勢は目の前に迫ったが、真っ先に馬を乗り出した大将は、これぞ蔡陽《さいよう》、薙刀を振りあげ馬を躍らせて叫んだ。
「おのれ、わしの甥秦琪《しんき》を手にかけてこんなところに逃げて来おったか。丞相の仰せでひっ捕えに参ったぞ」

関《かん》公、物も言わず、薙刀を振りあげて斬りかかり、張飛《ちょうひ》自ら太鼓を打ち鳴らしたが、一通目《いっかいめ》がまだ残っているうち、関《かん》公の薙刀一閃《いっせん》、蔡陽《さいよう》の首は地面にころげ、兵士どもはどっと逃げ出した。関《かん》公が認旗《しるしばた》（大将の官名あるいは名を書いた軍旗）を持った雑兵《ぞうひょう》を捕えて、わけを訊ねると、雑兵の言うのに、
「蔡陽《さいよう》さまは将軍が甥御を殺されたと聞いて、ことのほか立腹され、河北へ行って将軍と合戦されようとなされましたが、丞相がそれをお聞き届けにならず、汝南へ行って劉辟《りゅうへき》を攻めるようお命じになったのでございます。それが、はからずもここで将軍と行き会ったものでございます」

関《かん》公はこれを聞き、張飛《ちょうひ》の前へ行かせてこの由を話させた。張飛《ちょうひ》が関《かん》公の許都滞在中のことをこまごまとたずねると、その雑兵が最初から終《しま》いまで一通り話したので、張飛《ちょうひ》はようやく疑念を解いた。

話しているところへ、とつぜん城内の兵士が、

「南門に向かって十数騎がまっしぐらにやって参ります。何者とも分かりませぬ」

と知らせて来た。張飛《ちょうひ》が不審に思って南門に出て見ると、なるほど半弓に短い矢だけを持った十数騎の者がやって来たが、張飛《ちょうひ》の姿を見るなり、馬から飛び下りた。見れば、糜竺《びじく》と糜芳《びほう》。張飛《ちょうひ》も下馬して挨拶をかわすと、糜竺《びじく》が、

「徐州が落ちてより、われら兄弟二人、難を避けて故郷に帰っておりました。人をおちこちに出して便りを探《さぐ》らせたところ、雲長《うんちょう》殿が曹操《そうそう》に降《くだ》り、殿が河北におられること、また簡雍《かんよう》殿も河北に身を寄せておることまでは分かりましたが、将軍がここにおられることだけは存じよりませんでした。ところが、昨日道で行き会った旅の商人たちが、『張《ちょう》というこれこれしかじかの風采の将軍が、いま古城を乗っ取っている』と言っておるのを耳にし、これは将軍に違いないと思ったので、お尋ねして参った次第。お目にかかれて嬉《うれ》しく存じます」

「雲長《うんちょう》の兄貴が孫乾《そんけん》といっしょに嫂上がたをお連れして、いましがた着いたところだ。兄者のいるところも分かったぞ」

糜竺《びじく》・糜芳《びほう》は大いに喜んで関《かん》公に見参し、また二人の夫人にお目通りした。かくて張飛《ちょうひ》は二人の夫人を城内にお迎えし、役所に落ち着いてから、夫人たちがこもごも関《かん》公の来し方のことどもを物語られると、張飛《ちょうひ》ははじめて声を放って大いに泣き、雲《うん》

長《ちょう》の前に平伏した。糜竺《びじく》兄弟も感涙にむせんだが、張飛《ちょうひ》も別れて以来のことを話し、かたがた祝賀の宴を張った。

あくる日、張飛《ちょうひ》は関《かん》公とともに汝南へ行って玄徳《げんとく》に対面しようと言った。しかし、関《かん》公が、

「そなたは嫂上のお側にいて、しばらくこの城にいてくれ。わしがまず孫乾《そんけん》といっしょにご様子を探って来る」

と言ったので、それを承知し、関《かん》公は孫乾《そんけん》と数騎をひきいて汝南へ急行した。劉《りゅう》辟《へき》・龔都《きょうと》が出迎えたので、

「皇叔はいずれにおわす」

と訊《き》くと、劉辟《りゅうへき》の言うのに、

「皇叔はここに数日おられましたが、われらの軍勢が少ないので、再び河北の袁本初《えんほんしょ》殿のところへ相談に帰られました」

関《かん》公が暗い顔をすると、孫乾《そんけん》が、

「気を落とされることはありませぬぞ。もう一度河北へ出直して皇叔にお知らせし、古城《こじょう》にお迎えすればよいではございませぬか」

と言うので、関《かん》公もげにもとうなずき、劉辟《りゅうへき》・龔都《きょうと》と別れて古城にとって返し、張《ちょう》

飛《ひ》にこの由を伝えた。すると張飛《ちょうひ》が河北へ同行しようと言うので、関《かん》公がそれを止めた。

「われらが落ち着いておれるのは、この城ただ一つなのだから、軽々しく棄てたりはできぬ。わしがもう一度、孫乾《そんけん》といっしょに袁紹《えんしょう》のところへ行き、兄者にお目にかかってこちらにお迎えすることにしよう。そなたはこの城をしっかり守っておれ」

「兄貴は顔良《がんりょう》や文醜《ぶんしゅう》を斬っている。行っては危ない」

「いや大丈夫じゃ。向うへ行ったら様子を見てうまくやる」

と関《かん》公は、周倉《しゅうそう》を呼んだ。

「臥牛山の裴元紹《はいげんしょう》のところには、都合どれくらいおるか」

「四、五百もおりましょうか」

「わしはこれから間道づたいに兄者のところへ参るから、そなたは臥牛山へ参ってその者どもを連れ、街道筋で待ち受けておれ」

周倉《しゅうそう》は命を受けて出立《しゅったつ》した。

関《かん》公は孫乾《そんけん》とわずか二十騎あまりを連れただけで河北へ向かったが、国境《くにざかい》まで来たとき、孫乾《そんけん》から、

「将軍は迂闊《うかつ》には入れませぬから、このあたりでしばらくお待ち下され。それがし一足先に参って皇叔にお目にかかり、打ち合わせて参りましょう」

と言われたので、それに従って孫乾《そんけん》を先行させた。その後、行手に見える村里に一軒の屋敷があったので、供の者を連れて宿を頼みに行った。屋敷から一人の老人が杖《つえ》をついて出て来て、関《かん》公に挨拶した。関《かん》公がわけを話すと、老人は、

「わたくしも姓を関《かん》と申し、名は定《てい》と申します。かねてからご高名を承っておりましたが、お目通りがかなってしあわせに存じます」

と言い、二人の息子を呼んで挨拶させ、関《かん》公を手厚くもてなすとともに、供の者たちも全部屋敷に泊まらせた。

さて孫乾《そんけん》はただ一騎で冀《き》州に入り、玄徳《げんとく》に会ってこれまでのことをつぶさに話すと、玄徳《げんとく》が言った。

「簡雍《かんよう》もここに来ておるから、人知れず呼んで打ち合わせよう」

間もなく簡雍《かんよう》が来て孫乾《そんけん》と挨拶を済ませ、三人で脱出の計を練ったが、簡雍《かんよう》の言うのに、

「殿には明日、袁紹《えんしょう》に対面のうえ、荊《けい》州へ行ってともに曹操《そうそう》を討つよう劉表《りゅうひょう》を説《と》いて来ると申し入れ、ここを脱け出す口実とするがよいでしょう」

「それは妙案じゃ。さりながら、そなたはわしといっしょに来られるのか」

「それがしは別に考えがございます」

かくて手筈がととのうと、あくる日、玄徳《げんとく》は袁紹《えんしょう》に見《まみ》えた。

「劉景升《りゅうけいしょう》殿は荆・襄《じょう》の九郡(1)を領し、屈強の軍勢を擁して兵糧《ひょうろう》のたくわえも多いことゆえ、誼《よし》みを通じてともに曹操《そうそう》を討つのがよろしかろうと存じまするが」

「わしも前に使者をやったのだが、承知しないのじゃ」

「彼は身どもと同族でござれば、身どもが参って利害を説けば、承知せぬことはありますまい」

「もし劉表《りゅうひょう》を味方につけることができるなら、劉辟《りゅうへき》ごときとは比較にならぬ」

袁紹《えんしょう》は玄徳《げんとく》に行くように命じ、重ねて、

「ところで、近頃、関雲長《かんうんちょう》が曹操《そうそう》のもとを立ち退いてこちらに来る途中であるとか聞いたが、わしは奴を殺して、顔良《がんりょう》・文醜《ぶんしゅう》の恨みを晴らそうと思っておる」

「殿は先には彼を召し抱えようとされて、身どもに呼び寄せるようお命じになったはず、それを今度は殺そうとされるのは解《げ》せませぬが。しかも雲長《うんちょう》を虎とすれば、顔《がん》良《りょう》・文醜《ぶんしゅう》ごときは鹿のようなもの。鹿を二頭失ったところで、虎を一頭得られるうえは、恨みとされるには及ばないではござりませぬか」

袁紹《えんしょう》笑って、

「いや、実は雲長《うんちょう》が気に入っておるので、たわむれてみたまでじゃ。貴公より人をやって早く来るよう申しておいてくれい」

「さらば、孫乾《そんけん》をやって連れて来させまする」

袁紹《えんしょう》は大いに喜んで同意した。玄徳《げんとく》が退出すると、簡雍《かんよう》が進み出て言うのに、

「玄徳《げんとく》はこのたびこそ帰っては参りますまい。劉表《りゅうひょう》を説きつけかたがた、玄徳《げんとく》の目付として、それがしを同道させて下さりませ」

袁紹《えんしょう》はこれに同意して、玄徳《げんとく》と同道するよう命じた。郭図《かくと》は、

「劉備《りゅうび》は先に劉辟《りゅうへき》を説きに行って空しく帰って参ったもの。このたび簡雍《かんよう》とともに荊州へ行けば、二度ともどって参りますまい」

と言ったが、

「そちは疑いが過ぎる。簡雍《かんよう》はなかなかの智者じゃ」

と退けられたので、嘆息して退出した。

さて玄徳《げんとく》は、まず孫乾《そんけん》に命じて関《かん》公に返事を伝えさせておいて、簡雍《かんよう》とともに袁《えん》紹《しょう》に暇《いとま》を告げ、馬に乗って城を出た。国境《くにざかい》まで来ると孫乾《そんけん》が待っていて関定《かんてい》の屋敷に案内し、関《かん》公は門前に出迎えて、手をとりあって涙にくれたものであった。関定《かんてい》が二人の息子を連れて草堂の前で挨拶したので、玄徳《げんとく》が名を尋ねると、関《かん》公が代わって、

「この仁は身どもと同姓で、ご子息が二人あり、長男の関寧《かんねい》は学問をいたし、次男の関平《かんぺい》は武芸の稽古をいたしております」

と言い、関定《かんてい》が、

「おそれながらわたくし、この次男めを関《かん》将軍にご奉公いたさせたいものと考えてお

るのでござりまするが、お聞き届け下さりましょうか」

と言うと、玄徳《げんとく》が言った。

「ご子息はおいくつになられる」

「十八になります」

「まことに有難いお志じゃ。さらばわしの弟にはまだ子供がないゆえ、いっそご子息を養子に下さらぬか」

関定《かんてい》は大いに喜び、その場で関平《かんぺい》に命じて関《かん》公に親子の礼をさせ、玄徳《げんとく》を伯父《おじ》と呼ばせた。玄徳《げんとく》は袁紹《えんしょう》の追手のかかるのを心配して早々に出立し、関平《かんぺい》は関《かん》公に従っていっしょに出たが、関定《かんてい》は次の宿場まで見送って一人で引き返して行った。

関《かん》公は臥牛山への道筋をえらんだが、行くうちに、手傷を受けた周倉《しゅうそう》が数十人の者どもを引き連れて現われた。関《かん》公が周倉《しゅうそう》を玄徳《げんとく》に見参させて、傷のいわれを尋ねると、

「それがしが臥牛山に参る前に、一人の武者がただ一騎にてかの地へ参り、裴元紹《はいげんしょう》と戦ってただ一合で刺し殺し、他の者どもを配下につけて山寨《さんさい》を乗っ取っておりました。それがしが参って元の部下に味方に加わるよう申したところ、やって来たのはここにおる者どもだけで、他の者どもは怯気《おじけ》をふるって来ようといたしませぬ。それがし腹にすえかねてその武者を討ち取ろうとしたところ、さんざんに突きたてられ、三ヵ所も手傷を受けましたので、殿に注進に参りました」

玄徳《げんとく》が訊いた。

「その者はどのような顔立ちをしておる。名はなんと申した」

「世にもまれな豪傑と見うけましたが、名は存じませぬ」

かくして関《かん》公が先頭きって馬を走らせ、玄徳《げんとく》も後につづいて、一散に臥牛山に駆けつけた。周倉《しゅうそう》が麓《ふもと》から悪口を浴びせかければ、その大将は甲冑《かっちゅう》に身をかため、槍を小脇に馬にまたがって、配下をひきいて山を下りて来た。それを見るや玄徳《げんとく》、馬に一鞭くれて躍り出し、

「そこに来るのは子竜《しりょう》（趙雲《ちょううん》の字《あざな》）ではないか」

と叫んだ。その大将は玄徳《げんとく》の姿を見るなり、馬からまろびおりて、道端に平伏した。まぎれもない、趙子竜《ちょうしりょう》だったのである。玄徳《げんとく》・関《かん》公も馬をおりて挨拶をかわし、どうしてここに来たのかと尋ねた。すると、

「それがしが殿とお別れいたしたのち、公孫瓚《こうそんさん》は人の諫《いさ》めを聞かず、合戦に敗れてみずから火中に投じて死にました。その後、袁紹《えんしょう》よりしばしば招かれましたるが、袁《えん》紹《しょう》は人の器《うつわ》をはかれる人間ではないと思いましたので、彼のところには参りませんでした。その後、徐州へ赴いて殿の御許《おんもと》に馳せ参ぜんとしましたものの、徐州が落ち、雲長《うんちょう》殿が曹操《そうそう》に降られ、殿も袁紹《えんしょう》のもとに身を寄せられたのを聞いて、何度か馳せ参ぜんものをと思いながらも袁紹《えんしょう》に疑われはせぬかと思えば行くこともならず、四海

寄る辺《べ》もないままにさすらい歩いておりました。先頃この地を通りかかったおり、たまたま裴元紹《はいげんしょう》がそれがしの馬を奪おうとして山を下って来たので、それを討ち果たし、そのままここに落ち着いておったものにござります。近頃、翼徳《よくとく》殿が古城《こじょう》におられる由を聞いて、馳せ参じたいものをと思っておりましたが、まだ真偽のほどを計りかねておりましたるところ、今日《こんにち》、幸いにも殿にお目通りかないましたわけでございます」

玄徳《げんとく》は大いに喜んで、これまでのことを話し、関《かん》公も同じく語って聞かせたが、玄《げん》徳《とく》が、

「初めてそなたを見たときより、わしはなんとしても召し抱えたいものと思っておったが、今日めでたく会うことができて嬉しく思うぞ」

と言うと、趙雲《ちょううん》も、

「それがしも、これまで仕えるべき主君を求めて四方をさすらって参りましたものの、いまだこれといった方にお目にかかることができずにおりましたるに、今日《こんにち》、お供を許していただき、平常の思いもようやくかないました。このうえは、いかに無残な死にざまをいたそうとも悔ゆるところはございませぬ」

かくてその日のうちに山寨《さんさい》を焼き払い、配下の者どもをひきいて、玄徳《げんとく》に従い古城へおもむいた。

張飛《ちょうひ》・糜竺《びじく》・糜芳《びほう》は城外まで出迎え、それぞれ一別以来のことを述べあったが、二人の夫人が雲長《うんちょう》のことをつぶさに告げると、玄徳《げんとく》は感嘆してやまなかった。かくして牛馬を屠《ほふ》って、まず天地の神々にお礼を述べ、そのあとで兵士たちをねぎらった。玄《げん》徳《とく》は兄弟の再会かない、補佐の人々も一人も欠けなかったうえ、新たに趙雲《ちょううん》を得、関《かん》公もまた関平《かんぺい》・周倉《しゅうそう》の二人を得たこととて、喜び限りなく、祝宴数日にわたったものであった。のちの人がこれを讃《たた》えた詩に、

当時《かのとき》手足　瓜《うり》の似《ごと》くに分かれ、
信《たより》断《た》え音《おとずれ》稀《まれ》にして　杳《よう》として聞こえず。
今日君臣　重ねて義に聚《あつ》まるは、
正に　竜虎の風雲に会するが如し。

時に玄徳《げんとく》・関《かん》・張《ちょう》・趙雲《ちょううん》・孫乾《そんけん》・簡雍《かんよう》・糜竺《びじく》・糜芳《びほう》・関平《かんぺい》・周倉《しゅうそう》がひきいる歩騎の軍勢は都合四、五千人。玄徳《げんとく》が古城を棄てて本拠を汝南に移そうとしていたおりしも、劉辟《りゅうへき》・龔都《きょうと》から迎えの使者が到着した。かくして軍勢をととのえて汝南に移り、兵士を募《つの》り馬を買い集めておもむろに勢力を張ることになるが、それはしばらくおく。

さて袁紹《えんしょう》は玄徳《げんとく》が帰って来ないので大いに怒り、兵を起こして攻めようとしたが、郭図《かくと》の言うのに、

「劉備《りゅうび》は恐るるにたりませぬ。曹操《そうそう》こそ大敵。是が非でも滅ぼさねばなりませぬ。劉《りゅう》表《ひょう》は荊州を固めておるとは言え、さしたるものではありませぬ。江東《こうとう》の孫伯符《そんはくふ》は三江(2)に威をふるい、領地は六郡(3)にわたり、謀臣武将を揃えておりますれば、人をやって彼と誼みを結び、ともに曹操《そうそう》を攻めるがよろしいと存じます」

袁紹《えんしょう》はその言をいれ、ただちに書面をしたためて陳震《ちんしん》を使者に立て、孫策《そんさく》と力を合わせようとする。正に、英雄河北より去って、豪傑江東より現わる、というところ。

さてこの先どうなるか。それは次回で。

注1　**荊・襄の九郡**　後漢《ごかん》の荊州には、はじめ南陽《なんよう》・南《なん》・江夏《こうか》・零陵《れいりょう》・桂陽《けいよう》・武陵《ぶりょう》・長沙《ちょうさ》の七郡が属し、のち建安十三年（二〇八）に南陽郡の襄陽《じょうよう》県が郡に昇格し、西晋《せいしん》の元康《げんこう》九年（二九九）に江夏郡の竟陵《きょうりょう》県が郡となって全九郡となった。ここで言う荊・襄九郡は後年の呼称。

2　**三江**　長江の中・下流域を言う。

3　**六郡**　会稽《かいけい》・呉《ご》・丹陽《たんよう》・豫章《よしょう》・廬陵《ろりょう》・廬江《ろこう》の六郡。

第二十九回

小覇王《しょうはおう》　怒《いか》って于吉《うきつ》を斬《き》り
碧眼児《へきがんじ》　坐《ざ》して江東《こうとう》を領《りょう》す

さて孫策《そんさく》は江東を切り従えて以来、精兵を整え兵粮《ひょうろう》も豊かにたくわえていたが、建《けん》安《あん》四年（一九九）には劉勲《りゅうくん》を破って廬《ろ》江《こう》を攻めとり、虞《ぐ》翻《ほん》を豫章郡《よしょう》へ遣わして太守華《か》歆《きん》を投降させた。これより威勢大いに振るうに至ったので、張紘《ちょうこう》を許昌《きょしょう》に遣わして勝利を報ずる上奏文を奉った。曹操《そうそう》は孫策《そんさく》が強大になったのを知って、

「獅子《しし》の子め、なかなかやりおるわい」

と嘆息し、曹仁《そうじん》の娘を孫策《そんさく》の末弟孫匡《そんきょう》に妻《めあ》わせて両家の誼《よし》みを固め、張紘《ちょうこう》を許昌に留めておいた。孫策《そんさく》は大司馬の地位を求めたのに曹操《そうそう》が許さなかったのを根にもち、つねづね許都《きょと》を襲おうとの心を抱いていた。そこで呉《ご》郡の太守許貢《きょこう》はひそかに許都へ使者をやって曹操《そうそう》に上書しようとした。その文意は、

孫策《そんさく》の武勇、古の項籍《こうせき》（項羽《こうう》）にも比すべきもの。朝廷にはよろしく高位をもって彼を都に召還いたさるべし。地方におらせるは、のちの禍《わざわ》いとならん。

この使者が書面をたずさえて長江を渡ろうとしたとき、警備の者に捕えられて孫策《そんさく》の前に引き出された。孫策《そんさく》は書面を見て大いに怒り、その使者を斬ったうえ、人をやって他事にかこつけて許貢《きょこう》を呼び寄せた。許貢《きょこう》が罷《まか》り出るや、孫策《そんさく》は書面をつきつけて、

「貴様はわしを死地へ追いやろうとしたな」

となじり、刑手に命じて縊《くび》り殺させた。許貢《きょこう》の家族はみな逃げ去ったが、彼の家に寄食していた三人の者は、仇を討とうとして機の至るのを待っていた。

一日、孫策《そんさく》は軍勢をひきいて丹徒《たんと》県の西山に巻狩を催したが、一頭の大きな鹿を狩り出して、ただ一騎、馬を躍らせて山の上まで追って行った。途中、林の中に槍や弓を持った三人の男が立っているのを見かけたので、馬を止め、

「その方らは何者か」

と尋ねたところ、

「韓当《かんとう》殿（孫堅《そんけん》のときからの部将）の手の者でござります。ここで鹿を射止めようと待っておりました」

と言うので、そのまま行き過ぎようとしたとき、一人が槍をとりなおすなり孫策《そんさく》の左の腿《もも》にぐさりと突きたてた。驚いて孫策《そんさく》、急いで佩剣《はいけん》を引きぬき、馬上から斬りつ

けようとしたところ、刀身が抜け落ちて柄《つか》だけが手に残った。その隙にもう一人が放った矢が、横面《よこつら》にはっしとばかり突きたった。その矢を抜きとって弓につがえ、いま射かけた者へ射返せば、弦音《つるおと》とともに、ばったり倒れた。他の二人は槍をかまえて左右よりさんざんに突きたて、

「われらは許貢《きょこう》殿の食客だ。主君の仇、思い知れ」

と叫んだ。孫策《そんさく》は手許にえものがないので、やむなく弓で防ぎながら逃れようとしたが、二人はいっかな退こうとせず、孫策《そんさく》は身に数ヵ所も穂先を受け、馬も傷ついた。もはやこれまでかに見えたとき、程普《ていふ》が数人の者をひきいて駆けつけたので、孫策《そんさく》、

「曲者《くせもの》を討ちとれ」

と叫び、程普《ていふ》らが一斉に躍りかかって、かの者たちを斬りきざみ肉のかたまりのようにした。孫策《そんさく》はと見れば、顔中、朱に染まり、深手を受けているので、戦袍《じんばおり》を切り裂いて傷を縛り、呉会《ごかい》（呉県。江蘇省蘇州市）に連れ帰って養生させた。のちの人がこの許《きょ》家の三人を讃《たた》えた詩に、

孫郎《そんろう》が智勇　江の湄《きし》に冠たりしに、
山中に射猟して　困危《こんき》を受く。
許《きょ》客三人　よく義に死す、

身を殺すの予譲《よじょう》(1)も　いまだ奇となさず。

さて孫策《そんさく》は手傷を負って帰り、華佗《かた》を呼びにやらせたが、彼はすでに中原《ちゅうげん》に去っておらず、弟子が呉郡にいるだけだったので、その者に治療を命じたところ、

「鏃《やじり》に毒が塗ってあり、その毒がもう骨にはいっておりまするから、百日間は是が非でもご静養なされなければなりませぬ。ご立腹なさって気を高ぶらせたりされると、大事《おおごと》になりますぞ」

とのことであった。

孫策《そんさく》はとりわけ気の短い性質《たち》であったから、即日にも治らぬことをもどかしがっていた。二十日あまり安静にしていたとき、張紘《ちょうこう》からの使者が許都から帰ったと聞いたので、呼び寄せて都の様子を尋ねると、

「曹操《そうそう》は殿をいたく恐れ、幕僚たちもみな殿に敬服しておりまするが、ただ一人、郭《かく》嘉《か》だけは殿のご威光を無視しております」

「郭嘉《かくか》はどんなことを申しておる」

使者は憚《はばか》って答えかねていたが、孫策《そんさく》に問いつめられて、やむなくありのままを言った。

「郭嘉《かくか》は以前曹操《そうそう》に、殿は恐るるにたりず、軽率で深い考えがなく、短気で智謀がな

く、匹夫《ひっぷ》の勇というものだ。他日、弱輩の手にかかって死ぬであろうと申しました」

孫策《そんさく》はこれを聞いて大いに怒り、

「下郎めにわしの心が分かるものか。誓って許昌を取ってやるぞ」

と言い、傷の癒《い》えるのも待たずに出兵の協議を始めようとした。張昭《ちょうしょう》がこれを諫《いさ》めて言うのに、

「医者が百日間の安静を固く言っておりますのに、いま一時の怒りにかられて、千金のお身体を粗末になさりませぬよう」

かく話しているおりしも、袁紹《えんしょう》からの使者陳震《ちんしん》が到着したとの知らせがあった。孫《そん》策《さく》が召し出すと、陳震《ちんしん》は袁紹《えんしょう》が東呉《とうご》（孫策《そんさく》をさす）と結んで共に曹操《そうそう》を攻めようと考えている由をつぶさに語った。孫策《そんさく》は大いに喜んで即日、諸将を集め、城門の櫓《やぐら》に宴席を設けて陳震《ちんしん》をもてなした。酒盛りの最中、大将たちが耳打ちをしあって次々に下りて行くので、わけを尋ねると、側に控えた者が言うのに、

「于《う》仙人という方が、いまこの下を通ったので、拝みに行かれたのでございます」

とのこと。そこで席を立ち、欄干《らんかん》にもたれて見下ろすと、一人の道士が身に鶴氅《かくしょう》（道袍。道士の着物）をまとい、手に藜《あかざ》の杖《つえ》をついて道の真中に立ち、人々が香を焚《た》き道端に平伏して拝んでいる。孫策《そんさく》、怒って、

「人を惑わせる奴め。早々に引っ捕えてまいれ」

左右の者が、

「あのお方は、姓を于《う》、名を吉《きつ》と申し、東の方に住んで、ここによくおいで下さり、護符・霊水を施されて万病をお救い下さる霊験《れいげん》あらたかなお方でござります。当今、人々が仙人と呼んで敬《うやま》っておるお方にござりますれば、軽々しく扱うことは控えられるがよろしいかと心得ます」

と言ったところ、孫策《そんさく》はますます怒って、叱咤《しった》した。

「すぐ捕えて参れ。聞かねば斬るぞ」

左右の者がやむなく櫓を下り、于吉《うきつ》を取り囲んで連れて来ると、孫策《そんさく》は怒鳴りつけた。

「いかさま道士め。人心を惑わすとはけしからん」

「手前は瑯琊宮《ろうや》の道士でございます。順帝《じゅん》の御代（一二六―一四四年）に山にはいって薬草を採っておったおりに、曲陽泉《きょくよう》のほとりにおいて神書を手に入れましたるが、これは太平清領道《たいへいせいりょうどう》と申して百巻あまりあり、すべて人の病を癒やす方術《ほうじゅつ》が書かれたもの。手前これを得てからは、天に代わって徳化を施し、あまねく万人の苦しみを救って参りましたが、いまだかつて人から一物も取ったことがございませぬ。人心を惑わすとの仰せはまことに解《げ》しかねまする」

「貴様は人から一物も取らぬと申したが、では着る物や食物はどこから手に入れるのか。貴様、黄巾《こうきん》の張角《ちょうかく》の一味だな。生かしておいては、のちの禍《わざわ》いの種子となろう」

と言い、左右の者に斬って棄てろと命じた。

張昭《ちょうしょう》がこれを諫めて、

「于《う》道士は江東《こうとう》に住むこと数十年にもなりまするが、いまだかつて法を犯したこともございませぬ。殺したりするのはよろしくないと存じます」

「こんな曲者を殺すのは、犬か豚を殺すようなものだ」

しかし部下たちが口々に諫め、陳震《ちんしん》からも口添えがあったので、孫策《そんさく》はなお怒りながらも、ひとまず獄中に捕えておくよう命じた。かくて部下たちも引き退がり、陳震《ちんしん》も客舎に帰って休息した。

孫策《そんさく》が館《やかた》に帰ると、早くも奥に仕える者がこの由を孫策《そんさく》の母親呉《ご》太夫人に知らせたので、夫人は孫策《そんさく》を奥に呼んで言った。

「そなたが于《う》仙人を獄に下されたとか聞きましたが、あのお方は多くの人の病を癒やし、軍民の尊敬を集めておられるから、害を加えたりすることはなりませぬぞ」

「彼は妖術《ようじゅつ》で人々を惑わす曲者です。生かしておくことはできませぬ」

孫策《そんさく》は言ったが、夫人からねんごろになだめられて、

「母上には他の者のくだらぬ言葉をお聞きなされますな。わたくしにはわたくしの考えがございます」

と言って引き退がって来て、獄吏を呼んで于吉《うきつ》を引き出させた。

もともと獄吏たちはみな于吉《うきつ》を信じ敬っていたので、獄中では于吉《うきつ》の手枷《てかせ》や鎖をはずしておいたが、孫策《そんさく》に引き出せと命ぜられてから、それらをつけて連れて来た。孫《そん》策《さく》はこれを聞き知って大いに怒り、獄吏をはげしく叱責したうえ、于吉《うきつ》にあらためて手枷・足枷をつけさせて獄に下した。張昭《ちょうしょう》ら数十人は、連名で嘆願書をつくり、孫策《そんさく》の前に平伏して于《う》仙人の命乞いをした。

「そなたたちはみな学問をした者なのに、なぜ道理をわきまえないのか。むかし交《こう》州の刺史張津《ちょうしん》は邪教に凝《こ》り、楽を奏し香を焚き、つねに赤い頭巾をかぶって軍勢に力を添えると自称しておったが、のちに敵軍に殺された。こうしたことが何の益もないことであるのを、諸君はまだ悟らぬのか。こういう迷妄を覚まさせ邪教を禁絶しようと思うからこそ、わしは于吉《うきつ》を殺そうと思っておるのだ」

呂範《りょはん》が言った。

「それがし、于《う》仙人が雨風を呼ぶことのできるのを知っておりまするが、日照りに悩むこの節、雨乞いをさせて罪の償《つぐな》いとさせてはいかがでござりますか」

「さらば、どんなことをやるか見てやろう」

と言って、于吉《うきつ》を獄中から引き出させ、手足の枷を解いて壇上で雨乞いをさせた。

于吉《うきつ》は命を受けるや、沐浴《もくよく》して衣服を改め、縄で自らを縛《ばく》してはげしい日差しの中に

立った。これを見ようとして人々が道を埋めつくすと、于《う》仙人は人々に向かって、

「わしは三尺の雨を乞い受けて万民の苦しみを救って進ぜよう。じゃが、わしは死を免れまい」

と言った。人々が、

「もし霊験を現わされれば、殿さまも敬服なされるに相違ござりませぬ」

と言うと、于吉《うきつ》の言うのに、

「いや、わしの命数はすでに尽きた。死は逃れられまい」

しばらくして孫策《そんさく》はみずから壇にのぼって、

「もし午《うま》の刻になっても雨が降らねば、于吉《うきつ》を焼き殺せ」

と命じ、前もって人に乾いた柴《しば》を積み上げて控えさせておいた。午の刻が近づくや、にわかに突風が起こり、風が吹きすぎると四方から黒雲が集まって来た。孫策《そんさく》が、

「もはや午の刻であるに、黒雲があるばかりで雨は降らぬではないか。やはり妖術師だ」

と言い、左右の者に命じて于吉《うきつ》を柴の山の上に押し上げ、まわりから火を放たせれば、風にのって炎がめらめらと上がった。と、そのとき、黒色の煙が一筋、空高く立ちのぼると見るや、雷鳴一声、稲妻飛びかい、沛然《はいぜん》たる豪雨となって、またたく間に街路は河となり、谷川はいずれも溢《あふ》れ出て、三尺をゆうに越える雨が降った。于吉《うきつ》は

柴の山の上で仰のけに寝、大喝一声するや、雲消え雨やんで、ふたたび太陽が出た。かくて役人や役人たちや人々は于吉を柴の山から助け下ろし、縄を解き去って拝謝した。孫《そん》策《さく》は役人や人民が着物の汚れるのもかまわずに水たまりの中にぬかずいているのを見て、勃然《ぼつぜん》として怒り、

「晴雨は天地の定めだ。この妖術使いめがそれを利用しているのを、そちたちはどうして悟らないのか」

と宝剣を抜き放ち、左右の者にすぐさま于吉《うきつ》を斬れと命じた。部下たちが口々に諫めたが、

「貴様らは于吉《うきつ》に随って謀反《むほん》しようというのか」

と孫策《そんさく》が怒ったので、一同、口をつぐんでしまった。孫策《そんさく》は兵士に命じて于吉《うきつ》の首を一刀で刎《は》ねさせた。と、そのとき、一条の青色の気が東北の方へ消えていった。孫《そん》策《さく》はその屍《しかばね》を市場に晒《さら》させ、邪法を広める者の見せしめとした。

この夜、はげしい雨風となり、明け方、于吉《うきつ》の屍が見えなくなった。屍の番をしていた兵士がこれを孫策《そんさく》に知らせると、孫策《そんさく》は怒ってその兵士を殺そうとした。ところが、にわかに一人の者が庭先からしずしずと歩いて来るので、よくよく見れば于吉《うきつ》である。かっとして、剣を引き抜きざま斬りかかろうとしたとき、ばたりとその場に昏《こん》倒《とう》した。左右の者が急いで寝室に運びこむと、半刻ばかりしてようやく息を吹きかえ

した。呉《ご》太夫人が見舞って、孫策《そんさく》に言った。

「そなたは罪もない仙人さまを殺したりしたので、罰《ばち》を蒙《こうむ》ったのですぞ」

孫策《そんさく》笑って、

「わたくしは子供の頃より父のお供で出征し、麻を斬るように人間を殺して参りましたが、罰が当たったことなぞありませんでした。今度あの曲者を殺したのは、禍いの根を絶ったもの。罰を受ける道理がござりませぬ」

「そなたに信仰の心がないからこそ、こういうことになったのです。功徳《くどく》を行なってお祓《はら》いいたしなさい」

「天より与えられた寿命を、妖術師ごときがどうこうすることもできませぬ。お祓《はら》いなぞすることはござりますまい」

夫人は勧めても詮《せん》ないことと思ったので、左右の者に命じてひそかに厄払いの儀式をとり行なわせた。

その夜の二更、孫策《そんさく》は寝所に臥《ふ》せっていたが、にわかに妖《あや》しげな風が吹き起こって燭台《しょくだい》の灯が点滅し、その明りを受けて于吉《うきつ》が寝台の前に立った。孫策《そんさく》が、

「わしは日頃から妖怪を退治し、天下を鎮めようとしておるのだ。おのれは亡者となりながら、わしに近づくとは不届きであろう」

と大喝して、枕許の剣をとって投げつけると、その姿は掻《か》き消したように見えなく

なった。呉《ご》太夫人はこの由を聞いて、なおのこと心を痛めていたが、孫策《そんさく》は安心させようと思い、病をおして母親の前に出た。すると母親が、

「聖人も『鬼神の徳たる、其《そ》れ盛んなるかな』(『中庸《ちゅうよう》』第十六章)と言われ、また『爾《なんじ》を上下《しょうか》の神祇《しんぎ》に禱《いの》る』(『論語《ろんご》』述而篇《じゅつじ》)とも言われております。鬼神は信じなければなりませぬ。そなたは于《う》先生を罪もないのに殺したのですから、報いのないはずはありませぬ。わたくしが郡内の玉清観《ぎょくせいかん》(道教の寺)に厄払いの手筈をととのえておきましたから、そなたがじきじきに参詣《さんけい》しておいでなさい。そうすれば事なくてすみましょうほどに」

と言った。孫策《そんさく》も母親の言いつけとあっては背くこともならず、いやいやながら轎《こし》に乗って玉清観へ行った。道士が迎え入れて、香を焚《た》くように言うと、孫策《そんさく》は香を焚いただけで祈ろうとはしなかった。するとたちまち香炉の煙がわだかまり、宝蓋《ほうがい》の形になると見るや、于吉《うきつ》がそこに端坐した。孫策《そんさく》は怒って唾《つば》を吐きかけ、本堂から立ちいでると、またも于吉《うきつ》が門のところに立って、じっと自分の方を睨《にら》みすえているのが見える。そこで左右の者をかえりみて、

「そちたちにはあの亡者の姿が見えるか」

と尋ねると、口を揃えて、

「見えませせぬ」

と言う。孫策《そんさく》はますます怒り、腰に帯びた剣を引き抜くなり于吉《うきつ》目掛けて投げつけると、一人の者が剣に当たってばったり倒れた。皆が見れば、これぞ先日、于吉《うきつ》の首を刎ねた兵士で、脳天をぶち割られ、七穴から血を流して死んでいた。孫策《そんさく》がこれをかつぎ出して葬るよう命じてそこを出ようとすると、またも于吉《うきつ》が門をはいって来るのが見える。孫策《そんさく》は、

「この観《てら》も妖怪の住みかだな」

と門前に腰を下し、兵士五百人に命じて観《てら》を取りこわさせた。兵士が屋根にのぼって瓦をはがしていると、于吉《うきつ》が屋上に立って瓦を投げつけるのが見えたので、孫策《そんさく》は大いに怒り、観内の道士たちを追い出して、堂に火を掛けさせた。火焔《かえん》が立ちのぼると、またも于《う》吉《きつ》が火の中に立った。孫策《そんさく》は怒って館《やかた》にもどったが、門前に于吉《うきつ》が立っているのが見えたので、館にははいらず、そのまま全軍を揃えて城外に陣屋をかまえ、袁紹《えんしょう》に加勢して曹操《そうそう》を討つべく諸将を召して出陣の協議をした。しかし、大将たちは口を揃えて言った。

「殿にはご気分すぐれぬいま、軽々しく出陣召されるはよろしくございませぬ。ご全快を待って出陣なされても遅くはございますまい」

この夜、孫策《そんさく》は陣屋に寝たが、またまた于吉《うきつ》が髪をふり乱して現われたので、幕中で夜通し怒鳴りつづけた。あくる日、呉《ご》太夫人から館にもどるよう言伝《ことづて》があったので、

帰って母親に挨拶《あいさつ》した。太夫人が孫策《そんさく》の変わりはてた相貌に、涙を流して、

「何とまあ瘦《や》せてしまったこと」

と言ったので、すぐさま鏡をとって顔を映して見ると、なるほど、げっそりと頬のそげた己の顔に、思わず愕然《がくぜん》として左右の者をかえりみ、

「わしはどうしてこんなにやつれてしまったのだ」

と言ったが、その言の終わらぬうち、于吉《うきつ》が鏡の中に立った。孫策《そんさく》は鏡を手で叩いて一声叫ぶなり、全身の傷口はり裂けて昏倒した。太夫人が寝所に運びこませれば、しばらくして目を開き、「わしはもうだめだ」と吐息をはくと、張昭《ちようしよう》ら大将たちと弟の孫権《そんけん》を枕許《まくらもと》に呼んで、

「いまは乱世だ。呉越《ごえつ》の軍勢と三江《さんこう》の要害を頼みとすれば、大いに志をのばすことができよう。そなたたちはよく弟を守《も》り立ててやってくれい」

と頼み、印綬《いんじゆ》を孫権に与えて、

「江東の軍勢をひきいて両陣の間に軍機を決し、天下分け目の勝負をいたすとなれば、わしはそなたに劣りはせぬが、賢臣を用いて、それぞれ江東を保つために尽力するとなれば、わしはそなたにかなわぬ。父兄の創業の苦難を肝《きも》に銘じ、よくよく考えてくれよ」

と言い、孫権は慟哭《どうこく》して印綬を受けた。孫策はさらに母親に向かい、

「わたくしはもはや寿命も尽き、この先、母上にお仕えすることができませぬ。ここに印綬を弟に譲りましたから、母上よりもなにとぞ朝夕にお諭《さと》し下さるようお願いいたします。また父上の頃よりの旧臣にも目をかけてやって下さりませ」

母親は泣きながら、

「そなたの弟はまだ若いから、大事を任せることができまいに、どうしたものだろう」

「弟はわたくしの十倍もすぐれており、十分、大任を果たせます。もし国内のことで決定しがたきことあらば張昭に諮《はか》り、国外のことで決定しがたきことあれば周瑜《しゅうゆ》にお諮り下されば結構です。周瑜がいあわせず、じきじきに頼みおけぬのが残念にござります」

と言い、さらに弟たちに遺言して、

「わしの死後、そなたたちはよく仲謀《ちゅうぼう》（孫権の字《あざな》）を助けよ。もし一族中に異心を抱く者が出たら、一同してそれを誅《ちゅう》せ。骨肉の間で背いた者は、わが家の墓所に葬ることはならぬぞ」

と言い、弟たちは涙ながらにうなずいた。孫策はさらに妻の喬《きょう》夫人を側近く召して、

「わしは不幸にもそなたと別れねばならないが、よく母上にお仕えするよう。いずれそなたの妹が参ったら、周郎（周瑜。喬氏の妹の婿）に、わしの弟を助けて、日頃よ

りの信頼に背かぬようにと、よく伝え置くよう言っておいてくれ」

と言うや、目を閉じて世を去った。時に年わずか二十六歳であった。のちの人の讃えた詩に、

独り　東南の地に戦い、
人は　小覇王と称す。
籌《はかりごと》を運《めぐら》しては虎の踞《うずくま》れるが如く、
策を決しては　鷹《たか》の揚《あが》れるに似たり。
威は　三江を鎮《しず》めて靖《やす》んじ、
名は　四海に聞こえて香《かんば》し。
終りに臨んで　大事を遺《のこ》し、
意《こころ》はもっぱら　周郎に属《しょく》せんとす。

孫策《そんさく》が息絶えると、孫権《そんけん》はその枕許に泣きくずれたが、張昭《ちょうしょう》に、

「いまは将軍、お嘆きになっているときではございませぬぞ。葬儀をとり行なうとともに、国家の大事を治められなければなりませぬ」

と言われて、涙を収めた。張昭《ちょうしょう》は孫静《そんせい》に葬儀の支度をととのえさせ、孫権《そんけん》には広間

に出てもらって、文武百官の祝賀を受けさせた。孫権《そんけん》は生まれつき角ばった顔立ちで口大きく、碧眼紫髯《へきがんしぜん》（緑色の目に赤いひげ）、かつて漢《かん》朝廷の使者劉琬《りゅうえん》が呉に下向したおり、孫《そん》家の兄弟たちを見て、人に言ったことがある、

「わしは孫《そん》家の兄弟をのこらず見たが、それぞれ才長《た》けているものの、天寿を全うする者はおらぬ。ただ一人、仲謀《ちゅうぼう》だけは、顔立ち衆にぬきんで、骨がらも並々ではない。あれは帝王にのぼる相、それに長命で他の兄弟たちの及ぶところではない」

さてそのとき、孫権《そんけん》は孫策《そんさく》の遺命を受けて江東を治めることとなったが、大業いまだ緒につかずにいるとき、周瑜《しゅうゆ》が巴丘《はきゅう》より軍勢をひきいて呉郡に立ち帰ったとの知らせがあったので、

「公瑾《こうきん》（周瑜《しゅうゆ》の字）が帰ったなら、もう安心だ」

と言った。元来、周瑜《しゅうゆ》は巴丘を守っていたが、孫策《そんさく》が矢傷を受けたと聞いて見舞にもどる途中、呉郡に近づいたときに訃報《ふほう》に接し、夜を日についで馳《は》せつけて来たもの。周瑜《しゅうゆ》が孫策《そんさく》の柩《ひつぎ》の前に泣き伏したとき、呉《ご》太夫人が出て遺言を伝えれば、周瑜《しゅうゆ》は、

「それがし及ばずながら一命を投げ棄ててもお役に立たせていただきます」

と平伏した。間もなく孫権《そんけん》が来た。周瑜《しゅうゆ》が挨拶すると、孫権《そんけん》の言うのに、

「兄上のご遺命を忘れぬように」

周瑜《しゅうゆ》、頓首《とんしゅ》して、

「肝脳、地に塗《まみ》るとも、先君の知己のご恩に報いる所存でござります」

「父兄の大業を継いだものの、どうしてこれを守ったらよいものか」

「古《いにしえ》より『人を得る者は昌《さか》え、人を失う者は亡《ほろ》ぶ』と言われております。今日《こんにち》、深謀遠慮の人を補佐の役に求めることが先決、さすれば江東の地を保つこともかないましょう」

「兄上は、国内のことは子布《しふ》（張昭《ちょうしょう》）に問い、国外のことはすべて公瑾《こうきん》にまかせよとご遺言なされたぞ」

「子布《しふ》殿は賢達の士にござりますれば、ゆうにその大任を果たすこともかないましょうが、身どもには才なく、ご遺命に沿い得ぬこともあろうかと存じますれば、将軍のご相談役として一人の者をご推挙いたしたく存じまする」

孫権《そんけん》が何者かと尋ねると、

「姓は魯《ろ》、名は粛《しゅく》、字を子敬《しけい》と申す、臨淮《りんわい》郡東城《とうじょう》県の人でございます。この人、胸に六韜三略《りくとうさんりやく》（兵書の名。転じて兵法）をおさめ、腹に智謀を隠しており、早く父親を亡くし、母親に孝養を尽くしております。地方屈指の財産家でありましたが、貧困な者にはこころよく金を与えるような人で、身どもがかつて居巣《きよそう》の県長をいたしておったおりに数百人をひきいて臨淮郡を通り、兵糧に困《こう》じ果てたことがございましたが、たまた魯粛《ろしゅく》の家に三千石の米倉が二棟あると聞いて合力《ごうりき》に参ったところ、彼はその一棟を指さしてそっくり用立ててくれました。彼の鷹揚《おうよう》さはこのようなものでございます。彼は日頃より剣術・弓技・馬術を好み、ただいま曲阿《きょくあ》県に住んでおりますが、祖母が亡くなったので、東城に葬るためにあちらへ行っております。彼の友人劉子揚《りゅうしよう》という者が巣湖《そうこ》の鄭宝《ていほう》のもとに行くよう勧めておりますが、彼はまだ決めておりませぬゆえ、早々にお召しなされますよう」

孫権《そんけん》は大いに喜び、ただちに周瑜《しゅうゆ》に呼びにやらせた。周瑜《しゅうゆ》は命を受けて自ら出向き、魯粛《ろしゅく》に会って孫権《そんけん》が彼の高名を慕っている旨をつぶさに語った。

「近頃、劉子揚《りゅうしよう》が巣湖へ行くよう勧めてくれておるので、そちらへ行くつもりでおるのだが」

「そのかみ馬援《ばえん》が光武《こうぶ》皇帝に答えた言葉に、『当今は、君主が臣下を選ぶのみでなく、臣下も君主を選ぶ』と言うのがござる。わが孫《そん》将軍は、賢士をたっとび才士をお用いになることにかけては、世にも珍しいお方。貴公も惑われることなく、身どもとともに東呉へ参らるるがよろしかろう」

魯粛《ろしゅく》はその言に従い、周瑜《しゅうゆ》とともに孫権《そんけん》に見参した。孫権《そんけん》はいたく彼を敬《うやま》い、彼と終日議論しても飽きることがなかった。

一日、諸官が退出したあと、孫権《そんけん》は魯粛《ろしゅく》を引き留めて酒をくみかわしたが、夜も更

けたので一つ寝台に横になった。夜半になって、孫権《そんけん》が問うのに、

「当今、漢室《かんしつ》傾き、天下千々に乱れておるが、わたしは父兄の大業を継いで桓《かん》公・文《ぶん》公(2)の如きたらんと思っておる。ついては今後の方策をお教え願いたい」

「むかし漢の高祖《こうそ》皇帝が義《ぎ》帝(3)を守り立てようとして果たさなかったのは、項羽《こうう》が妨《さまた》げたがためでございます。ただいまで申せば曹操《そうそう》こそ項羽《こうう》にも比すべき者、将軍が桓《かん》公・文《ぶん》公たらんとせられても、とうていかなおうはずはございませぬ。思うに漢皇室を再び守り立てることはできず、曹操《そうそう》も早急には除けませぬ。将軍におかれては、江東の要害によって一方の勢力となり、天下の形勢をうかがうのが最上と思われます。
それには、北方の多事なるいま、黄祖《こうそ》を滅ぼし、劉表《りゅうひょう》を討って長江全域に勢いを築いたうえ、帝位に昇って天下を掌握する基《もとい》を固められるべきであり、これこそ高祖《こうそ》皇帝の大業にも比すべきことでございましょう」

　これを聞いて孫権《そんけん》は大いに喜び、襟《えり》を正して礼を言い、あくる日、魯粛《ろしゅく》に数々の引出物を贈り、さらに彼の母親に衣服・帳《とばり》などを贈った。魯粛《ろしゅく》はまた一人の人物を孫権《そんけん》に推挙したが、この人は博学多才で、母親に孝養をつくしている、姓は二字姓の諸葛《しょかつ》、名は瑾《きん》、字を子瑜《しゆ》という、瑯琊《ろうや》郡南陽《なんよう》の人である。孫権《そんけん》は彼を賓客として迎えた。諸《しょ》葛瑾《かっきん》が袁紹《えんしょう》と誼《よし》みを結ぶことを差し控えて、かりに曹操《そうそう》につき、先ざきおりをみて曹《そう》操《そう》を討つがよいと進言したので、孫権《そんけん》はこれに従い、陳震《ちんしん》を帰し、書面をもって袁《えん》

紹《しょう》との誼みを絶つ旨を申しおくった。

さて曹操《そうそう》は孫策《そんさく》死すと聞き、軍勢をととのえて江南《こうなん》へ攻め下ろうとしたが、侍御史張紘《ちょうこう》が、

「人の喪に乗じて攻めかかるのは、義挙とは申せませぬ。もし万一わが方が負けたりすれば、従来の誼みを棄てて仇にかえることとなります。むしろいまこそ厚意を示してやってしかるべきかと存じます」

と諫めたので曹操《そうそう》はその言をいれ、帝に奏上して孫権《そんけん》を将軍に封じ、かねて会稽《かいけい》の太守《たいしゅ》を領せしめ、張紘《ちょうこう》を会稽の都尉《とい》に任じて、印綬を江東にとどけさせた。孫権《そんけん》は大いに喜び、加えて張紘《ちょうこう》が再び呉にもどったので、ただちに張昭《ちょうしょう》とともに内政をみるよう命じた。張紘《ちょうこう》も一人の人物を推挙した。この人、姓は顧《こ》、名は雍《よう》、字を元歎《げんたん》といい、中郎将蔡邕《さいよう》の門下で、人となり言葉少なく、酒をたしなまず、きわめて厳正であった。孫権《そんけん》は郡の丞《じょう》（太守の副官）に任じ、太守の任務を代行させた。これよりして孫権《そんけん》の威勢、江東にふるい、大きな人望を得ることになる。

さてここに陳震《ちんしん》が立ち帰って袁紹《えんしょう》に見《まみ》え、孫策《そんさく》が死んで、孫権《そんけん》が後を継ぎ、曹操《そうそう》が彼を将軍に封じて誼みを結んだ由をつぶさに述べれば、大いに怒った袁紹《えんしょう》、冀《き》・青《せい》・幽《ゆう》・幷《へい》四州の軍勢七十余万を合わせて、再び許昌を襲わんとする。正に、江南の戦火

おさまれば、冀北《きほく》の干戈《かんか》またまた起こる、というところ。さてこの勝負どうなるか。それは次回で。

注1 **予譲** 第二十五回注1参照。

2 **桓公《かんこう》・文公《ぶんこう》** 斉《せい》の桓公《かんこう》、晋《しん》の文公《ぶんこう》。ともに春秋《しゅんじゅう》時代の覇者。衰えた周《しゅう》室を擁《よう》して相ついで中国を治めた。

3 **義帝《ぎてい》** 秦《しん》末年に項羽《こうう》が擁立した楚《そ》の懐《かい》王。項羽《こうう》は全国を制覇したのち、これを義帝《ぎてい》と呼び、のちに殺した。漢《かん》の高祖《こうそ》劉邦《りゅうほう》は義帝《ぎてい》の仇を討つと称《とな》え、諸侯に呼びかけて項羽《こうう》を襲ったが、逆に破られた。

第三十回

官渡《かんと》に戦《たたか》って　本初《ほんしよ》　敗績《たいはい》し
烏巣《うそう》を劫《おそ》って　孟徳《もうとく》　糧《かて》を焼《や》く

さて袁紹《えんしよう》が兵を起こして、官渡《かんと》へ打ち立つと、夏侯惇《かこうとん》はただちに書面をもって急を告げた。曹操《そうそう》は荀彧《じゆんいく》に許都《きよと》の留守を委《ゆだ》ね、七万の軍勢を起こしてこれを迎え撃つべく打ち立った。袁紹《えんしよう》が出陣するにあたって、田豊《でんほう》は獄中より上書し、

「今はしばらく静かに守って天のあたえる時を待つべきであって、みだりに大軍をもよおすべきにあらず、お味方に不利あらん」

と諫《いさ》めたが、逢紀《ほうき》が、

「殿が仁義の軍を起こされるのに、田豊《でんほう》がかような不吉な言辞を弄《ろう》するとは解《げ》せませぬ」

と讒言《ざんげん》した。袁紹《えんしよう》は田豊《でんほう》を斬ろうといきまいたが、諸官が許しを乞うたので、

「曹操《そうそう》を破ってから、必ず始末をつけてやるぞ」

と吐き出すように言って、軍勢を打ち立たせ、旗印をもって野を埋め、刀剣を林の如く立てつらねて陽武県《ようぶ》まで押し出し陣を布《し》いた。沮授《しよじゆ》が、

「わが方は多勢なれど、質において敵に及ばず、敵は精鋭なれど、兵糧《ひょうろう》においてわが方に劣っております。敵は兵糧少なきため勝敗を一挙に決するがよく、わが方は兵糧豊かにござれば、ゆるゆる守っておるがよろしゅうございます。対峙《たいじ》して月日を送るうち、敵は戦わずして自滅いたすでござりましょう」

　と言うと、袁紹《えんしょう》は、

「田豊《でんほう》めはわが軍の士気を乱そうとしたゆえ、立ち帰ったうえ首を刎《は》ねようと思っておったが、貴様までそのようなことを申すか」

　と怒り、左右の者に、

「沮授《しょじゅ》を陣中に捕えておけ。曹操《そうそう》を打ち破ってから、田豊《でんほう》ともども打ち首にしてやるのじゃ」

　と言いつけておいて、命令を下し、七十万人の大軍に陣を構えさせたが、その陣は九十余里四方にわたった。

　間者がこの模様を探知して官渡に知らせれば、到着したばかりの曹操《そうそう》の軍勢は恐れおののかぬ者はなかった。曹操《そうそう》は幕僚たちを召して協議したが、荀攸《じゅんゆう》の言うのに、

「袁紹《えんしょう》の軍勢は多勢とは申せ、おそるるには足りませぬ。わが軍はみな一騎当千の精鋭《つわもの》。いまは勝負を一挙に決することが肝要。いたずらに月日を重ねれば、兵糧尽きて勝ち目も薄うなりましょう」

「うむ、わしもそれを考えておった」

曹操《そうそう》は、ただちに諸将に太鼓を打ち鳴らし軍を進めるように下知した。袁紹《えんしよう》の軍勢はこれを迎えて出、両軍陣形をととのえた。審配《しんはい》は弩弓《いしゆみ》の勢一万を出して両翼に潜ませ、射手五千を中軍内に伏せて、号砲を合図に一斉に射掛けるように言いつけておいた。三通《さんかい》の太鼓が鳴りやむや、袁紹《えんしよう》は黄金《こがね》の兜《かぶと》・黄金の鎧《よろい》に、錦の戦袍《じんばおり》、玉帯をつけ、陣頭に駒を進めた。左右には張郃《ちようこう》・高覧《こうらん》・韓猛《かんもう》・淳于瓊《じゆんうけい》ら諸将が控え、旗印・節《せつ》・鉞《えつ》（大将軍にあたえられる斧《まさかり》）など、威容あたりを払うものがある。曹操《そうそう》の陣の門旗がさっと開くや曹操《そうそう》が馬を乗りいだし、許褚《きよちよ》・張遼《ちようりよう》・徐晃《じよこう》・李典《りてん》らがえものを手にして前後を固める。

曹操《そうそう》、鞭を袁紹《えんしよう》に突きつけて、

「このわしが天子に奏上して貴様を大将軍に進めてやったのに、今日《こんにち》、謀反《むほん》を企てるとは何事か」

袁紹《えんしよう》怒って、

「漢《かん》の丞相《じようしよう》の名をかたる国賊めが。貴様の罪は天にもとどき、王莽《おうもう》・董卓《とうたく》も及ばぬ悪行を重ねておるのに、わしを逆賊呼ばわりするとは片腹痛いわ」

「わしは天子の詔《みことのり》を奉じて貴様を討ちに参ったのじゃぞ」

「わしこそ密詔《みつしよう》をいただいて国賊を討つ者だ」

曹操《そうそう》が怒って張遼《ちょうりょう》を出馬させれば、張郃《ちょうこう》が馬を躍らせて迎え撃った。両将は四、五十合打ち合っても勝負が決まらない。曹操《そうそう》これを見て、ひそかに舌を巻くとき、許褚《きょちょ》、薙刀《なぎなた》を揮《ふる》い馬を飛ばせて加勢に出、高覧《こうらん》また槍をしごいてこれを迎える。かくて四人の大将、二組に分かれて腕を競う間に、曹操《そうそう》は夏《か》侯惇《こうとん》・曹洪《そうこう》に下知し、それぞれ三千の兵をもって敵陣に斬りこませた。審配《しんはい》は曹操《そうそう》の軍勢が斬りこんで来たのを見て、号砲の発射を命じ、二万の弩弓、一斉に放たれ、中軍の中から射手、一斉に押しだしてしゃにむに射掛ける。曹操《そうそう》の軍勢がどっと色めきたって南の方へ敗走するのを、袁紹《えんしょう》、軍勢に下知して襲いかかったから、曹操《そうそう》の軍勢はさんざんに討ちくずされて、全軍、官渡まで引き退がった。

袁紹《えんしょう》は軍勢を官渡の直前まで進めて陣を取ったが、審配《しんはい》の言うのに、

「このうえは十万の軍勢を官渡に集め、曹操《そうそう》の陣の前に土を盛って山を築き、上から敵の陣中に弓を射かけさせるがよろしいと存じます。曹操《そうそう》がこの地を棄てて退き、わが方がこの要害を手に入れることができれば、許昌《きょしょう》を落とすこともかないましょう」

袁紹《えんしょう》はこの言をいれ、各陣より屈強の兵士を選び出し、鋤《すき》・鍬《くわ》・畚《もっこ》などを持たせて曹操《そうそう》の陣の前に山を築かせた。曹操《そうそう》の軍勢は、陣中から袁紹《えんしょう》の軍勢が山を築くのを見て、討って出て駆け散らそうとしたが、審配《しんはい》のひきいる弩弓の一隊が要路を押えているため、進むことができなかった。十日するうち、土の山は五十あまりでき、その上

に組み立てた櫓《やぐら》に弩弓の射手を配置して矢を射掛けさせた。曹操《そうそう》の軍勢は恐れおののき、みな盾《たて》を頭上にかざして身を守ろうとする。山の上で拍子木《ひょうしぎ》が鳴るたびに、矢を雨あられと注ぎかけられるので、曹操《そうそう》の兵士たちが盾をかぶって地面にへばりつくと、袁紹《えんしょう》の軍勢はどっと笑いそやすのであった。曹操《そうそう》は兵士たちの狼狽《ろうばい》のありさまを見て幕僚たちを集め、対策を諮《はか》った。すると劉曄《りゅうよう》が進み出て、

「発石車《はっせきしゃ》を造って破るがよいと存じます」

と言うので、曹操《そうそう》はその図面を出させ、夜を日についで発石車数百両を製造、各山上の櫓の真向かいに配置した。かくて、袁紹《えんしょう》の射手が矢を射はじめるのを待ち受け、陣中で一斉に発射すれば、石の弾丸、宙を飛んで櫓に集中し、ために身を隠す術《すべ》もないままに死んだ射手たちは数知れなかった。袁紹《えんしょう》の軍勢はその車を「霹靂車《へきれきしゃ》」と呼び、以来、櫓にのぼって弩弓を射ようとする者がなくなった。さらばと審配《しんはい》がまた計略を出し、兵士たちに鋤・鍬でひそかに坑道をうがたせ、曹操《そうそう》の陣中まで掘り抜こうとして、「掘子軍《くっしぐん》」と呼んだ。曹操《そうそう》の兵士は袁紹《えんしょう》の軍勢が築山のかげで坑道を掘っているのを見て、曹操《そうそう》に注進した。曹操《そうそう》がまた劉曄《りゅうよう》に対策を尋ねると、

「それは、袁紹《えんしょう》の軍勢が正面きっての戦いはできぬとみて奇襲を考え、坑道を掘って、地下よりわが陣中に斬り入ろうとしているものにござります」

「して、これを防ぐ手は」

「陣のまわりに掘割をめぐらせば、敵の坑道は役に立ちませぬ」

曹操《そうそう》が兵士を出して夜を日についで掘割を掘らせたので、袁紹《えんしょう》の軍勢はそこまで掘り進んだものの、先に進めず、いたずらに兵士を疲れさせただけに終わった。

さて曹操《そうそう》は八月のはじめから官渡に陣を布いていたが、九月も終わりになると、兵士らは次第に疲れ、糧秣《りょうまつ》も心細くなったので、陣払いして許昌にもどろうかと思ったものの、なお心を決しかね、人を許昌に遣わして荀彧《じゅんいく》の意見を問う書面をとどけさせた。荀彧《じゅんいく》は同じく書面で答えて来たが、そのおもむきは、

進退の疑いを決せよとの仰せなれば、愚考いたすところ、袁紹《えんしょう》は全軍を官渡に集めて殿と勝負を決せんとするもの。殿には弱勢をもって強勢に当たりおられることとなれば、打ち破ることかなわぬときは、必ずや敵の乗ずるところとなり、天下の大事ともなり申さん。されど袁紹《えんしょう》は多勢とはいえ用兵の術を知らぬ者ゆえ、殿が神武明哲をもってせば、彼を破るもいと易きこととなるべし。いま軍勢の少なきことは事実なれど、楚《そ》と漢《かん》が滎陽《けいよう》・成皐《せいこう》の間に戦いしには及ばず。殿いま地を画《かく》して守り、敵の喉を扼《やく》して進むこと能《あた》わざらしむれば、勢きわまるところ必ず変事の生ずるあらん。これぞ奇策を用うるのとき、断じて失すべからず。ひたす

らに殿がご明察を待つ。

曹操《そうそう》は書面を得て大いに喜び、将士に力を尽くして死守するよう命じた。袁紹《えんしょう》の軍が三十里余り引き退がったので、曹操《そうそう》は部将を出して巡哨《じゅんしょう》させていたが、徐晃《じょこう》の部将史渙《しかん》が袁紹《えんしょう》側の間者を捕えて徐晃《じょこう》の前に引っ立てて来た。徐晃《じょこう》が敵軍の模様を問い質《ただ》すと、

「間もなく大将の韓猛《かんもう》殿が兵糧を運んで来られます。わたくしはその道案内に出されたものです」

との答え。徐晃《じょこう》がただちにこの由を曹操《そうそう》に知らせれば、荀攸《じゅんゆう》が言うのに、

「韓猛《かんもう》は匹夫《ひっぷ》の勇あるのみ。誰か一人に軽装の騎馬武者数千を差し添えて敵を途中にて襲わせ、糧道を絶ってしまえば、敵軍はおのずから乱れましょう」

「して誰をやるか」

「徐晃《じょこう》殿がよろしいかと存じます」

かくて曹操《そうそう》は徐晃《じょこう》に命じ史渙《しかん》および手勢をひきいて先行させ、張遼《ちょうりょう》・許褚《きょちょ》に後詰《ごづめ》をさせた。その夜、韓猛《かんもう》は糧秣車数千両を護送して、袁紹《えんしょう》の陣へ近づいて来たが、途中の山あいに徐晃《じょこう》・史渙《しかん》が軍勢をひきいて立ちはだかったので、馬を躍らせて斬りかかった。徐晃《じょこう》が迎え撃って斬り合いとなる隙に、史渙《しかん》は人夫たちを駆け散らし、糧秣車

に火を掛けた。韓猛《かんもう》が支えきれずに馬首を返せば、徐晃《じょこう》は手勢に下知して輜重《しちょう》を焼き払った。袁紹《えんしょう》は陣中にあって、西北の方《かた》に火の手のあがるのを眺め、何事かと驚いているとき、逃げもどった兵士が、

「兵糧が襲われました」

と注進して来た。袁紹《えんしょう》が急いで張郃《ちょうこう》・高覧《こうらん》に命じて街道筋を遮《さえぎ》らせれば、おりしも兵糧を焼いてもどって来た徐晃《じょこう》とぶつかった。あわや合戦というところへ、背後から張遼《ちょうりょう》・許褚《きょちょ》の軍勢が到着して、前後から挟んで袁紹《えんしょう》の軍勢を駆け散らし、大将四人、軍勢を合わせて官渡の陣に立ち帰った。曹操《そうそう》は大いに喜んで、厚くこれをねぎらうとともに、軍勢を分けて陣の外に陣地をかまえさせ、掎角《きかく》の陣容をかまえた。

さて韓猛《かんもう》の敗軍が陣地に帰りつくと、袁紹《えんしょう》は大いに怒って韓猛《かんもう》を斬ろうとしたが、皆の者が命乞いをしたので、〔雑兵に格下げした〕。

「合戦に兵糧は欠かせぬものゆえ、よくよく心して守らねばなりませぬ。烏巣《うそう》は兵糧を屯積《とんせき》してあるところなれば、大軍にて守ることが必要と存じます」

と審配《しんぱい》が言うと、袁紹《えんしょう》が言った。

「うむ。わしの策は決まった。そなたは鄴《ぎょう》郡へ帰って糧秣をととのえ、こちらで事欠かぬよう送り出してくれい」

審配《しんぱい》が命を受けて陣を去ると、袁紹《えんしょう》は大将淳于瓊《じゅんうけい》に眭元進《けいげんしん》・韓莒子《かんきょし》・呂威璜《りょいこう》・趙叡《ちょうえい》

らの部将を引き連れ、軍勢二万をひきいて烏巣を守るよう命じた。この淳于瓊《じゅんうけい》は気性がはげしく酒好きで、兵士たちから恐れられていたが、烏巣に着くや、ひねもす諸将と酒を飲み暮らしていた。

さて曹操《そうそう》の軍勢は兵糧が乏しくなったので、許昌に急使を差したて、早急に糧秣をととのえて送り届けるよう荀彧《じゅんいく》に言いやった。使いの者は書面を持って打ち立ったが、行くこと三十里もせで袁紹《えんしょう》の軍勢に捕えられ、幕僚許攸《きょゆう》の前に引き出された。この許攸《ゆう》は字《あざな》を子遠《しえん》といい、弱年の頃、曹操《そうそう》と交わったこともあったが、このときは袁紹《えんしょう》のもとで幕僚となっていた。そのとき、使者が持っていた曹操《そうそう》の兵糧を督促《とくそく》する書面を探し出すや、すぐさま袁紹《えんしょう》の前に出て、

「曹操《そうそう》は官渡に軍勢を留めて、もはや久しくわれらと対峙《たいじ》いたしておりまするが、許昌が手薄となっておるに相違ござりませぬ。もし一軍を分けて時を移さず許昌を急襲いたしますれば、許昌を落とし、かつ曹操《そうそう》をも手捕りとできましょう。曹操《そうそう》の兵糧すでに尽きはてたいまこそ、前後より攻めたてる好機と存じまする」

「曹操《そうそう》は術策に長《た》けた奴。この書面もわれらを誘い出すための計略じゃ」

「いまを逃して、後で悔いても及びませんぞ」

話しているところへ鄴郡からの使者が来て、審配《しんはい》の書面を差し出した。書中、まず

兵糧運送のことがしるされ、次に、許攸《きょゆう》が冀《き》州にあった時に、人民から賄賂《まいない》を受け、しかも息子や甥《おい》たちが重い年貢を取り立てて私《わたくし》するのを見て見ぬふりをしていたこと、すでにその息子と甥を捕えて獄に下したことなどが述べられてあった。袁紹《えんしょう》は一読して大いに怒り、

「不届者めが。どの面《つら》下げてわしに献策に来た。貴様は曹操《そうそう》とは顔馴染《なじみ》ゆえ、多分、今度も奴に袖の下をもらって向こうの回し者となり、わが軍を謀《たばか》りに来たのだろう。本来ならこの場で打ち首にするところじゃが、しばらく首を預けておく。早々に引き退がれ。今後は目通り許さぬ」

退出した許攸《きょゆう》は、天を仰いで、

「忠言、耳に逆らうか。豎子《じゅし》はともに謀《はか》るにたらず。息子や甥を審配《しんはい》の手にかけさせてしまったからは、もはや冀州の人に合わせる顔はない」

と嘆息し、剣を引き抜くなり自尽しようとした。左右の者がその剣を奪い取って、

「短気な真似はおよしくだされ。袁紹《えんしょう》も直言を聞く耳もたぬうえは、この先、曹操《そうそう》の手に捕えらるるは必定《ひつじょう》。殿は曹《そう》公と昔馴染のことゆえ、暗君を棄てて明君に仕えられればよいではございませぬか」

と言った一言に、許攸《きょゆう》ははっと気が付いた。かくて許攸《きょゆう》は、ただちに曹操《そうそう》のもとへ投じることとなるが、のちの人が嘆じた詩に、

本初《ほんしょ》の豪気　中華を蓋《おお》えるに、
官渡に相峙《あいじ》して　枉《むな》しく嘆嗟《たんさ》す。
もし許攸《きょゆう》が　謀《はかりごと》をして用いられなば、
山河　争《いか》でか曹《そう》家に属するを得んや。

さて許攸《きょゆう》はひそかに陣を歩み出て、そのまま曹操《そうそう》の陣へ向かって来ると、物かげに潜んでいた兵士に捕えられた。

「わしは曹《そう》丞相の旧友だ。南陽《なんよう》の許攸《きょゆう》が会いに来たと取り次いでくれ」

兵士はあわてて陣中に知らせた。おりしも曹操《そうそう》は着物をぬいで休んでいたが、許攸《きょゆう》が逃亡して来たと聞いて大いに喜び、履物《はきもの》をはくのももどかしく、跣足《はだし》のままで出迎えた。遥かに許攸《きょゆう》の姿を見るや、手を打ってからからと笑い、手をとって陣屋にはいると、自分から先に拝伏した。

許攸《きょゆう》あわてて助け起こし、

「殿は漢の丞相、それがしは無位無官の野人、そのようなことをなされては、それがしが困ります」

「貴公とわしとは昔馴染、官位で隔《へだ》てをつけることはあるまい」

「それがし主《あるじ》を見る目なく、袁紹《えんしょう》に仕えておりましたが、忠言は聞きいれられず、献策も取り上げられないので彼を棄て、昔日の誼《よし》みを頼りにかくは参上つかまつったもの。なにとぞお膝許《ひざもと》にお置き下されませ」

「なんの。貴公が来てくれれば、もはやわが事なったも同然じゃ。さっそくじゃが袁《えん》紹《しょう》を破る計をお教え願いたい」

「それがしは、袁紹《えんしょう》に、軽装の騎兵をもって許都の虚を衝《つ》き、前後より挟撃いたすよう申したのでござるが」

曹操《そうそう》、仰天し、

「もし袁紹《えんしょう》が貴公の言葉を用いておったら、わしは破滅しておった」

「して、お味方の兵糧はどれほど残っておりますか」

「一年はある」

許攸《きょゆう》、笑って、

「それほどはございますまい」

「半年分だけじゃ」

許攸《きょゆう》は袖を払って立ち上がるや、つつと外へ立ちいで、

「それがしが誠の心から参上つかまつったのに、殿はさような偽りを申されるのか。それがし考え違いをしておりましたぞ」

曹操《そうそう》、後を追って、

「子遠《しえん》、許せ。実を申せば、兵糧はもはや三ヵ月分しかないのじゃ」

許攸《きょゆう》、笑って、

「孟徳《もうとく》殿は奸雄《かんゆう》よと世に聞こえおったが、なるほどさようでござるのぅ」

曹操《そうそう》も笑って、

「戦いに偽りはつきもの、と申すではないか」

と言い、耳許でささやいた。

「陣中には今月の兵糧しかないのじゃ」

許攸《きょゆう》、声を荒らげて、

「どこまでそれがしを騙《たぶらか》そうとされるのか。兵糧はもうないではござらぬか」

曹操《そうそう》、愕然《がくぜん》として、

「なんと。どうしてそれをご存じか」

許攸《きょゆう》は曹操《そうそう》が荀彧《じゅんいく》に宛てた書面を懐中より出して、

「これは誰が書いたものでござる」

曹操《そうそう》、驚いて、

「これをどこで手に入れられた」

許攸《きょゆう》が使者を捕えたことを話すと、曹操《そうそう》その手をとって、

「貴公も旧友の誼みで参られたからは、なにとぞご教示賜《たま》わりたい」

「殿が無勢をもって大敵に立ち向かわれておりながら、早急に勝ちを収められようとしないのは、みずから死を選ぶようなもの。それがしの策をもってすれば、三日をいでずして、袁紹《えんしょう》百万の軍勢を戦わずして自滅させることができますが、殿はお聞き届け下さりますか」

曹操《そうそう》、喜んで、

「是非ともお聞きしたい」

「されば、袁紹《えんしょう》は兵糧輜重《しちょう》をすべて烏巣《うそう》にたくわえており、ただいま、淳于瓊《じゅんうけい》が守っております。彼は酒に溺れて何の備えもいたしておりませんから、殿には精兵を選りすぐって袁紹《えんしょう》の部将蔣奇《しょうき》が彼の地へ兵糧を守るために行くと偽り、油断している隙に兵糧輜重を焼き払いますれば、袁紹《えんしょう》の軍勢は三日せずして崩れましょうぞ」

曹操《そうそう》、大いに喜び、許攸《きょゆう》を厚くもてなして、陣中に留めた。

あくる日、曹操《そうそう》は自ら歩騎五千を選び、烏巣へ兵糧を襲いに行く支度をした。これを張遼《ちょうりょう》が、

「袁紹《えんしょう》が兵糧をたくわえておるところに、備えのなかろうはずはございませぬ。ご出馬はお差し控えのほど願わしゅう存じます。許攸《きょゆう》の言は疑わしゅうございますぞ」

と止めたが、曹操《そうそう》は聞きいれない。

「いやいや。許攸《きょゆう》が参ったのは、天が袁紹《えんしょう》を破り給うたもの。いまやわが軍の兵糧すでに尽き、とうてい長くはもちこたえられぬ。もし許攸《きょゆう》の策を用いなければ、坐して死を待つようなものじゃ。それに許攸《きょゆう》が偽りを申したなら、ここに留まっておるはずがないではないか。わしとしてもかねがね奇襲を考えておった。今度の兵糧の襲撃は、どうしてもやる。そなたも案ずるな」

「袁紹《えんしょう》が逆にわが軍の虚を衝いて来ることも考えておかねばなりますまい」

曹操《そうそう》、笑って、

「それはもうよう考えてある」

と言い、荀攸《じゅんゆう》・賈詡《かく》・曹洪《そうこう》の三人に命じて許攸《きょゆう》とともに本陣を守らせ、夏侯惇《かこうとん》・夏《か》侯淵《こうえん》に一軍を割いて左翼に、曹仁《そうじん》・李典《りてん》にも一軍を割いて右翼にそれぞれ潜ませ、万全のかまえをとらせた。かくて張遼《ちょうりょう》・許褚《きょちょ》を前に、徐晃《じょこう》・于禁《うきん》を後にして、曹操《そうそう》自ら諸将を従えて中軍となり、都合五千の軍勢、袁紹《えんしょう》軍の旗印を立て、兵士らはみな枯草や薪を背負い、人は枚《ばい》を含み、馬は口を縛って、日の暮れそめる頃おい、烏巣を目指して打ち立った。この夜〔建安五年（二〇〇）十月二十三日〕、満天の星月夜であった。

さて沮授《しょじゅ》は袁紹《えんしょう》により陣中に監禁されていたが、この夜、星があまりに美しく輝いているので、番人に中庭に出してもらい、天文を見た。すると、太白《たいはく》（金星）が逆行して牛《ぎゅう》と斗《と》の星宿を犯しているので、

「これは禍いの降りかかる徴」

と大いに驚き、夜中にかかわらず袁紹に目通りを願い出た。時に、袁紹は酒に酔っ てすでに寝ていたが、沮授《しょじゅ》が内密に知らせたいことがあると言うので、呼び入れてそれを尋ねた。

「ただいま天文を見ておりましたところ、太白が柳《りゅう》・鬼《き》の間を逆行して、光が牛・斗の宿《しゅく》にさしこんでおります。これは賊軍が夜討ちを掛ける徴。烏巣の兵糧にご用心が肝要と存じます。ただちに屈強の兵と勇将を遣わして、間道・山道を巡哨《じゅんしょう》させ、曹操《そうそう》の奇襲を未然に防がれまするよう」

袁紹《えんしょう》は怒って、

「おのれ、罪人の分際で何をぬかす。人を惑わす気か」

と一喝、番人を、

「捕えておくよう言ったのに、何で出したりしたのか」

と叱りつけて打ち首にしたうえ、別の者に命じて沮授《しょじゅ》を押しこめさせた。外に引き出された沮授《しょじゅ》は、あふれ出る涙をおさえながら、

「わが軍の滅亡はもはや目前に迫った。わしの屍《むくろ》もどこの土になるものかのう」

と嘆いたものであった。のちの人の嘆じた詩に、

耳に逆《さから》う忠言　反《かえ》って仇《あだ》とせられ、
独夫の袁紹《えんしょう》　機謀に少《か》く。
烏巣の糧《かて》尽き　根基抜けしに、
猶　区々《あくせく》と冀《き》州を守らんと欲す。

さて曹操《そうそう》は兵をひきいて夜道を進み、袁紹《えんしょう》のとある陣の前を通りかかったところ、敵陣の兵士がどこの手の者かとたずねたので、曹操《そうそう》が、

「蔣奇《しょうき》殿の手の者にござる。命によって烏巣へ兵糧の警備に参るもの」

と答えさせれば、袁紹《えんしょう》の軍勢は味方の旗印を見て、露《つゆ》疑おうとしなかった。かくて数カ所を通りすぎたが、いずれも蔣奇《しょうき》の手勢と言い抜け、ついに遮られることはなかった。烏巣に着いたときはすでに四更も過ぎていたが、曹操《そうそう》は兵士に下知してまわりから火を掛けさせ、将校たちは陣太鼓を打ち鳴らしておめき入った。時に淳于瓊《じゅんうけい》は部将たちと酒盛りして幕中に酔い伏していたが、どっとあがった陣太鼓・鬨《とき》の声に、がばと跳ね起きて、

「何事か」

と言いもあえず、熊手に掛かって引き倒された。そこへ、眭元進《けいげんしん》・趙叡《ちょうえい》が兵糧を運んで帰ってき、屯積所に火の手のあがったのを見て、加勢に駆けつけた。曹操《そうそう》の兵士

がこれを急報し、

「賊軍が後ろから参ります、軍勢を分けてお防ぎ下さい」

と言うと、曹操《そうそう》が、

「一同、全力をあげて進め。賊が背後に迫ったら、そのときに戦えばよい」

と大喝したので、諸将、先を競って斬りこんだ。またたく間に火の手が四方よりあがり、煙は虚空《こくう》に踊った。眭《けい》・趙《ちょう》二将が軍勢をひきいて駆けつければ、曹操《そうそう》、馬を返して立ち向かい、抗しかねた両将ともに曹操《そうそう》の軍勢に討ち取られて、兵糧もことごとく焼き払われた。淳于瓊《じゅんうけい》は曹操《そうそう》の前に引っ立てられたが、曹操《そうそう》はその耳と鼻をそぎ、手の指を斬り落とさせたうえ、馬の背にくくりつけて敵陣に送り返させ、袁紹《えんしょう》を辱《はずか》しめた。

さて袁紹《えんしょう》は幕中にあって、真北にあたって天に沖する火の手があがったとの知らせを受け、さては烏巣を襲われたかと、急いで文武諸官を集め、救援を出そうと協議した。

「それがし高覧《こうらん》殿と加勢に向かいまする」

と張郃《ちょうこう》が言えば、郭図《かくと》、

「あいや、それはなりませぬ。曹操《そうそう》の軍勢が兵糧を襲ったからは、必ず曹操《そうそう》自ら出向いております。曹操《そうそう》が出陣いたしたうえは、彼の陣地が手薄となっていることは必定。

まず曹操《そうそう》の陣を襲うのがよろしいと存じます。曹操《そうそう》はこれを聞けば、必ず急いでもどりましょう。これこそ孫臏《そんぴん》の『魏《ぎ》を囲んで趙を救う』の計(1)にござる」

「それは違いましょうぞ。智慧者《ちえしゃ》の曹操《そうそう》のこと、内を留守にして外に出るはずはなく、必ずや後顧の憂いなきよういたしておりましょう。いまもし曹操《そうそう》の陣を攻めて落とすことがかなわなければ、淳于瓊《じゅんうけい》らは虜《とりこ》とされ、われらもすべて彼の手に落ちねばなりますまい」

「曹操《そうそう》は兵糧を襲うことに全力をあげ、陣に軍勢を留めおくはずはございりませぬ」

郭図《かくと》は繰り返し曹操《そうそう》の陣を襲うようすすめた。かくて袁紹《えんしょう》は張郃《ちょうこう》・高覧《こうらん》に五千の軍勢をあたえて官渡の曹操《そうそう》の陣を襲わせるとともに、蔣奇《しょうき》に軍勢一万を分けて、烏巣の救援に向かわせた。

さてここに曹操《そうそう》は淳于瓊《じゅんうけい》の手勢を駆け散らして、その軍衣や鎧・旗指物などをことごとく奪い取り、淳于瓊《じゅんうけい》の手の敗軍が帰陣する風を装って山間の小道にさしかかったとき、蔣奇《しょうき》の軍勢に行き会った。蔣奇《しょうき》の軍勢から尋ねられたので、烏巣から逃げもどって来たと言うと、蔣奇《しょうき》は怪しみもせず馬を駆って通り過ぎた。そこへ張遼《ちょうりょう》・許褚《きょちょ》が躍り出すなり、

「蔣奇《しょうき》、逃げるな」

と大喝、蔣奇《しょうき》のあわてるところを、張遼《ちょうりょう》が馬下に斬って落とし、彼の軍勢をさんざ

んに斬り散らした。そこで袁紹《えんしょう》のもとへ人をやって、

「蔣奇《しょうき》殿はすでに烏巣の敵を追い散らしました」

と偽りの注進をさせたので、袁紹《えんしょう》はそのうえ烏巣には軍勢を出さず、ひたすら官渡へ加勢をくり出した。

さて張郃《ちょうこう》・高覧《こうらん》が曹操《そうそう》の陣へ攻めかかると、左から夏侯惇《かこうとん》、右から曹仁《そうじん》、真中から曹洪《そうこう》が一斉に討って出て三方から揉《も》み立てたので、袁紹《えんしょう》軍は大敗を喫し、ようよう加勢が駆けつけたとき、曹操《そうそう》がまたも後ろから殺到して、四方から取り囲んで揉み立てた。張郃《ちょうこう》・高覧《こうらん》は血路を切り開いて逃れた。袁紹《えんしょう》は烏巣の敗残軍を陣中に迎え入れたが、淳于瓊《じゅんうけい》が耳や鼻はおろか手の指まで一本残らず切り落とされているのを見て、

「どうして烏巣を失ったのか」

と問うと、部下の兵士が、

「淳于瓊《じゅんうけい》は酔いつぶれていて、手向かいできなかったのでございます」

と言ったので、袁紹《えんしょう》は怒ってその場で斬り棄てさせた。

一方、郭図《かくと》は、張郃《ちょうこう》・高覧《こうらん》が帰陣すれば己の誤りが明らかになってしまうと思ったので、二人のもどらぬ先に袁紹《えんしょう》の前に出て、

「張郃《ちょうこう》・高覧《こうらん》は殿がお敗れになったのを見て、必ず喜んでおりましょう」

と讒言《ざんげん》した。

「それはどういうわけじゃ」

「二人はかねてより曹操《そうそう》に降参せんと思っておりますゆえ、いま敵陣を討ちに遣わされても、わざと力を尽くさず、兵士を失いますでございましょう」

袁紹《えんしょう》は大いに怒り、使者をやってただちに二人を呼びもどしたうえ処断しようとした。それに先立って郭図《かくと》が人をやって、

「殿が貴公らを殺そうとされていますぞ」

と二人に言わせておいたので、袁紹《えんしょう》の使者が来ると、高覧《こうらん》は、

「殿はなぜわれらをお呼びなのじゃ」

と尋ね、使者が、

「よう存じませぬ」

と答えるや、剣を引き抜いて斬り殺した。

張郃《ちょうこう》が仰天すると、高覧《こうらん》、

「袁紹《えんしょう》も讒言を信ずるようでは、必ず曹操《そうそう》に手捕りにされるだろう。われらも坐して死を待ついわれはない。曹操《そうそう》に降参しようではないか」

「わしもかねてからそう考えておった」

と二人は手勢をひきい、曹操《そうそう》の陣に降参して出た。夏侯惇《かこうとん》が、

「張《ちょう》・高《こう》の両名が降参を申し入れて参りましたが、本心は分かりませぬ」

と曹操《そうそう》に言うと、曹操《そうそう》は、

「こちらで手厚くもてなしてやれば、たとえ二心あろうと、味方に変えることができる」

と言って、陣門を開き、二人を呼びいれるよう命じ、二人が武器を棄て鎧をとって地面に平伏すると、

「袁紹《えんしょう》も貴公らの言葉を聞いておれば、敗れはしなかったであろうに、いまこうして貴公らが来てくれたのは、微子《びし》が殷《いん》を去り(2)、韓信《かんしん》が漢に仕えた(3)ようなものじゃ」

と言って張郃《ちょうこう》を偏《へん》将軍・都亭《とてい》侯に、高覧《こうらん》を偏将軍・東莱《とうらい》侯に封じたので、二人は大いに喜んだ。

さて袁紹《えんしょう》が許攸《きょゆう》に去られ、張郃《ちょうこう》・高覧《こうらん》にも去られ、そのうえ烏巣の兵糧を失ったあと、兵士たちは全く戦意を失った。許攸《きょゆう》は重ねて曹操《そうそう》にすみやかに兵を進めるよう勧め、張郃《ちょうこう》・高覧《こうらん》が先鋒をつとめたいと願い出た。曹操《そうそう》はこれをいれて、ただちに張《ちょう》郃《こう》・高覧《こうらん》に兵をひきいて袁紹《えんしょう》の陣を襲うよう命じた。その夜の三更の頃、二人は三方から夜討ちをかけ、明け方まで乱戦して双方が兵を退いたとき、袁紹《えんしょう》は軍勢の大半を失っていた。曹操《そうそう》は、

「いまわが軍は軍勢を分けて、一手は酸棗《さんそう》道から鄴《ぎょう》郡へ向かい、一手は黎陽《れいよう》に出て袁《えん》紹《しょう》の退路を絶とうとしていると言い触らさせれば、袁紹《えんしょう》はあわてて軍勢を分けて防ご

うとするに違いありません。敵が軍勢を動かした隙に乗じて討ちかかれば、袁紹《えんしょう》を敗ることもできます」

と言う荀攸《じゅんゆう》の献策に従い、兵士たちに命じて、各地でこれを言い触らさせた。これを耳にした袁紹《えんしょう》の兵士が、陣屋に駆けつけ、

「曹操《そうそう》は兵を二手に分け、一手は鄴郡に向かい、一手は黎陽に向かおうとしております」

と注進したので、袁紹《えんしょう》は大いに驚き、急いで袁譚《えんたん》に五万の軍勢を与えて鄴郡へ、辛明《しんめい》に同じく五万を与えて黎陽へ加勢に遣わすこととし、夜を日についで急行させた。曹操《そうそう》は袁紹《えんしょう》が軍勢を動かしたのを探知するや、全軍を八手に分け、一斉に袁紹《えんしょう》の陣に寄せかけた。袁紹《えんしょう》の軍勢はまったく闘志なく、総崩れとなって潰滅《かいめつ》した。袁紹《えんしょう》は鎧をつける暇《いとま》もなく、単衣《ひとえ》に頭巾だけという姿で馬に乗り、子の袁尚《えんしょう》が後に従った。張遼《ちょうりょう》・許褚《きょちょ》・徐晃《じょこう》・于禁《うきん》の四大将が軍勢をひきいてこれを追えば、袁紹《えんしょう》は急いで黄河を渡り、家に伝わる文書・乗物・儀仗《ぎじょう》・金帛《きんぱく》などことごとく打ち棄て、わずか八百騎あまりをひきいて落ちのびた。曹操《そうそう》の軍勢はついに追いつけず、袁紹《えんしょう》の遺棄したものをすべて分捕ったが、討ち取った者の数八万余、血は流れて溝にあふれ、溺れ死んだ者は数知れなかった。曹操《そうそう》は大勝を収め、分捕った金銀反物を恩賞として兵士に与えた。このとき分捕った文書類の中から一束の書簡が出て来たが、みな許都および曹操《そうそう》の軍

中の人々が袁紹《えんしょう》に内通したものであったので、左右の者が、

「いちいち姓名を調べ上げて、死罪にいたされるがよろしいと存じます」

と言うと、曹操《そうそう》は、

「袁紹《えんしょう》が盛んなときには、わしですら信念がゆらいだことがある。他の者がそう思うのも無理はない」

と言って、ことごとく焼き棄てさせ、二度と口にしなかった。

さて袁紹《えんしょう》が敗れて逃げたあと、沮授《しょじゅ》は獄中の身のこととて逃げることもならず、曹《そう》操の軍勢に捕えられて曹操《そうそう》の前に引き出された。曹操《そうそう》はもともと沮授《しょじゅ》と面識があったが、沮授《しょじゅ》は曹操《そうそう》の顔を見るや、

「わしは降参せぬぞ」

と大音に叫んだ。曹操《そうそう》は、

「本初《ほんしょ》は策を用いることを知らず、貴公の言を用いなかったではないか。このうえ未練を持つこともあるまい。わしがもう少し早く貴公の助力を得ていたら、天下に事の起ころうはずもなかったであろう」

と言って、厚くもてなし、陣中に引き留めておいた。すると沮授《しょじゅ》は馬を盗んで袁《えん》紹《しょう》のもとへ帰ろうとしたので、曹操《そうそう》は怒って殺させたが、沮授《しょじゅ》は死の間際まで顔色を変えなかった。曹操《そうそう》は、

「ああ、わしは誤って忠義の士を殺してしまった」

と嘆息し、手厚く柩《ひつぎ》におさめ、黄河の渡し場に墓をつくって埋葬し、その墓石に「忠烈沮《しよ》君之墓」と題したのであった。のちの人が彼を讃《たた》えた詩に、

河北《かほく》に名士多けれど、
忠貞は沮《しよ》君を推す。
眸《ひとみ》を凝《こ》らせば陣法を知り、
面《おもて》を仰《あ》げては天文を識《し》る。
死に至るまで心　鉄の如く、
危きに臨んで気　雲に似たり。
曹《そう》公義烈を欽《した》いて、
特に与《ため》に孤墳を建つ。

かくて曹操《そうそう》は冀州攻略の命を下す。正に謀《はかりごと》あって無勢勝ち、謀なくて多勢滅ぶ、というところ。さてこの勝負どうなるか。それは次回で。

注1　孫臏《そんぴん》の「魏を囲んで趙を救う」の計　孫臏《そんぴん》は戦国時代、斉《せい》の有名な兵法家。魏の国が趙の都邯鄲《かんたん》を攻めたとき、孫臏《そんぴん》は斉王から趙を救うよう命じられたが、彼は魏の精鋭が趙国にあり、本国が手薄になっているに違いないと考えたので、魏の都大梁《たいりょう》を攻め、魏の軍が本国の危急を救おうと帰って来たところ、その疲労に乗じてさんざんに打ち破って趙国の包囲を解いた。

2　微子《びし》　殷《いん》の紂《ちゅう》王の兄、紂《ちゅう》王の無道を諫めていれられず、都を棄てて自分の封国に帰った。

3　韓信《かんしん》　はじめ楚《そ》の項《こう》羽に仕えたが、重用されなかったので、項《こう》羽の宿敵劉邦《りゅうほう》（漢の高祖《こうそ》）のもとにはしった。

解説

一、『三国志』と『三国志演義』

『三国志演義』は、晋《しん》の陳寿《ちんじゅ》（二三三―二九七）の著わした『三国志』を小説化したものである。『三国志』は、魏《ぎ》（二二〇―二六五）、蜀《しょく》（二二一―二六三）、呉《ご》（二二二―二八〇）三国の歴史を国別に記録した紀伝体の歴史書であり、かつ魏を中心に書かれている。

これは晋が魏から形式的にではあるが禅譲《ぜんじょう》という形で政権を移譲された国であり、かつ陳寿《ちんじゅ》が晋に仕える立場にあったからである。したがって『魏志』には「帝紀」があるが、『蜀志』『呉志』にはなく、かつ魏の皇室曹《そう》氏についての悪口に類することは避けられている。禅譲がもともと有徳《うとく》の帝王がその位を他姓の有徳の者に譲るという理想的な政権移譲の形態である以上、前代の帝王を貶《おと》しめることはそのままみずからを貶しめることになるからである。

こうした制約がありながら、なおかつ本書が『史記《しき》』『漢書《かんじょ》』『後漢書《ごかんじょ》』とならんで前四史と言われ尊重された所以《ゆえん》は、その格調の高い文章にあるばかりではない。前後四百年にわたり中国大陸に君臨してきた劉《りゅう》氏の威信まったく地に落ち、戦国時代の再来を思わせる後漢末の激動の時代が生みだしたさまざまのタイプの人間像が描かれているからである。

これに加えるに、本書には南朝宋《そう》の人裴松之《はいしょうし》（三七二—四五一）の注がある。この注は、一般の注のような字句の解釈ではなく、魚豢《ぎょかん》の『魏略《ぎりゃく》』ほか二一〇種の史書によって本文の欠を補ったものであり、それらの豊富な逸話によって乱世に生きた人びとについての立体的なイメージの把握を可能にしてくれるものである。『三国志演義』（以下略して『演義』とする）も、この注があってはじめてできたものといえる。

たとえば第一回の曹操《そうそう》紹介のくだりをみると、彼が少年時代からいかに狡猾《こうかつ》な人間であったかを示す例として、中風《ちゅうぶう》のまねをして叔父を欺《あざむ》き、あわせて父親をも欺いた挿話をいれている。これは、「太祖《たいそ》（曹操《そうそう》の廟号《びょうごう》）少《わか》くして機警《きけい》、権数《けんすう》あり、而《しか》して任侠・放蕩《ほうとう》、行業《こうぎょう》を治めず、故に世人いまだこれを奇となさず」という本文の下に、「『曹瞞伝《そうまんでん》』に曰《いわ》く」として加えられた注によったものである。これは呉の人が書いたものと言われており、当然のことながら曹操《そうそう》を否定面からとらえている。『演義』は蜀を正統とし、魏を簒奪者《さんだつしゃ》とする立場から書かれているので、あえてこのような否定面を重点的にとらえているものであるが、この点については後に譲る。

二、『三国志平話』

『演義』は元《げん》末明《みん》初（十四世紀）の文学者羅貫中《らかんちゆう》によってまとめられたものであるが、その母胎《ぼたい》となったものは、唐《とう》・宋にかけて発達した語り物や演劇その他の大衆芸能である。これら大衆芸能の根元は、唐の開元《かいげん》・天宝《てんぽう》期（八世紀）に起こった「俗講《ぞくこう》」にある。「俗講」は、仏教の教義を民間に広めるために作られた説教の一形式で、その基本形は、通俗的な仏教説話による経典の解説という形であった。これは「経変」と呼ばれ、ついで仏教をはなれた説話をテーマとする「俗講」へと変わってくる。これらの口で語られていた説話が文章に定着されたものが「変文」である。

　こうした俗講は、俗講僧という僧侶によって寺で行なわれていたが、やがて街頭に出るようになると、仏教説話をはなれ、民間の故事や英雄物語がテーマとしてとりあげられるようになり、そうしたなかで三国時代の英雄たちも登場するようになる。

　たとえば唐の詩人李商隠《りしよういん》（八一二—八五八）はその「驕児《きようじ》の詩」において「或いは張飛《ちようひ》の胡《ひげ》を謔《あざけ》り、或いは鄧艾《とうがい》の吃《きつ》を笑う」と言っている。この詩は自分の愛児のやんちゃぶりをうたったものであるが、ここにあげられた鄧艾《とうがい》の吃については、正史にも記載されているので別として、張飛《ちょうひ》の胡《ひげ》（胡人《こじん》のような鬚面《ひげづら》）については、正史には見えない。しかし、講談では張飛《ちょうひ》の鬚面は「燕頷虎鬚《えんがんこしゅ》」として『三国志平話』（後出）以来、彼のトレードマークのようになっているのである。

さらにくだって宋（北宋、九六〇―一一二七）にはいると、市民社会の発達にともなって急激な発展をみせた大衆芸能の分野に、「講史《こうし》」（南宋時代には「演史《えんし》」とも言われた）と称して時代物を専門とする講釈師が登場する。そして、この「講史家」のなかでも、三国志は「説三分」と言われて、それ専門の講釈師がいた（孟元老《もうげんろう》『東京夢華録』）。その内容はわからないが、蘇軾《そしょく》（東坡《とうば》、一〇三六―一一〇一）の筆記のなかに、その性格の一半を想像させるものが残っている。

「王彭《おうほう》（蘇軾《そしょく》の知人で、文章をよくした下級武官）が言ったことがある。『町方《まちかた》の子供はいたずらである。それで家ではうるさがり、小遣銭をやって講釈（説古話）を聞きに行かせるのだが、三国の話になると、玄徳《げんとく》が負けるとがっかりして中には涙を出すものさえあり、曹操《そうそう》が負けると喜んで愉快だ愉快だと言う。小人《しょうじん》と君子《くんし》の影響は百代たっても消えぬと言うのはまったくもってこのことだろう』と」（『志林《しりん》』）

これを先の「驕児の詩」における張飛《ちょうひ》の描写と合わせて考えてみると、唐から宋にかけての間に、今日《こんにち》見る三国の物語の骨格が一応できあがっていたことがわかる。こうした講談の原型にもっとも近いと考えられているものが、この頃からさらに二百年あとに刊行された『新全相三国志平話』（以下略して『平話』）である。

これは元の至治《しち》年間（一三二一—二三）に建安《けんあん》（県名。いまの福建省にある）の虞《ぐ》という出版業者が刊行したもので、上中下三巻に分かれている。「全相」とは挿絵《さしえ》入りの意で、各ページ見開き上三分の一が挿絵になっており、下に本文がある。[1] 章は分けてないが、部分的に題がはいっているところもある。「平話」は宋のときの「説話」と同じで講談の意。内容は後漢の末から孔明の死までを主とし、最後に晋の天下統一が加えられている点、のちのものと大差なく、桃園結義《とうえんけつぎ》をはじめ主要な場面はすべておさめられている。大きな違いといえば、まくらに司馬仲相《しばちゅうしょう》の冥土《めいど》裁判という因果《いんが》話がすえてあることと、元来は匈奴《きょうど》であった漢（前趙《ぜんちょう》、三〇四—三二九）の劉淵《りゅうえん》を劉備《りゅうび》の一族とし、彼が晋を滅ぼして漢の天下を恢復《かいふく》したことをもって結びとしていることである。そのまくらは次のようなものである。

後漢光武《こうぶ》帝の御代《みよ》のこと、白面の書生司馬仲相は史書を繙《ひもと》くうち秦《しん》の始皇帝《しこうてい》の焚書坑儒《ふんしょこうじゅ》のくだりまできて、「もしわしを天子とすれば、天下の人民を安楽にさせてやろうものを」と慨嘆《がいたん》し、天帝の愚《おろ》かさを罵《ののし》った。すると、冥土の役人が現われて彼を冥土へ連れて行き、「報恩殿」で裁判をやらせる。天帝は彼を冥土の天子とし、そこで公平な裁きをつければ現世へ帰して天子とするが、できなければ二度と現世へは帰さないと申しわたす。法廷をひらくと、韓信《かんしん》・彭越《ほうえつ》・英布《えいふ》の三人が、自分らは罪もなく劉邦《りゅうほう》（漢の高祖《こうそ》）に殺されたと訴えたので、高祖《こうそ》・彭《ほう》越《えつ》・英布《えいふ》の三人を呼んで調べた結果、高祖と呂后《りょ》の罪が明らかとなったので天帝に報告する。天帝は一同の口述書を読んで次のような裁断を下す。すなわち、韓《かん》信《しん》ら三人に天下を分け、韓信《かんしん》には中原《ちゅうげん》を分かちあたえて曹操《そうそう》に生まれ変わらせ、彭越《ほうえつ》には蜀を分けて劉備《りゅうび》に、英布《えいふ》には江東《こうとう》を分けて孫権《そんけん》に生まれ変わらせる。漢の高祖《こうそ》は献帝《けん》に、呂后《りょ》は伏《ふく》皇后に転生せしめて、韓信《かんしん》すなわち曹操《そうそう》に仇を討たせる。また蒯通《かいとう》を諸葛孔明《しょかつこうめい》に生まれ変わらせ、司馬仲相はふたたび現世に帰して司馬仲達《ちゅうたつ》に生まれ変わらせ、三国を平定して天下を統一せしめることとする。

この裁判説話は『平話』に先行する『新編五代史平話・梁史平話』の冒頭にも置かれている。ただし、司馬仲相は登場せず、しかもその末尾に、「三国にはそれぞれ歴史があり、それが『三国志』であります」という断りがついている。それで現代の文学史家鄭振鐸《ていしんたく》は「この話が宋のときすでに存在していたことがわかる。あるいは、宋の人が著わした『三国志平話』のまくらであったのかもしれない」（「三国志演義的演化」）とも言っている。『平話』のまくらがこの『五代史平話』のまくらを発展させたものであることは明らかである。また明末の短編小説集『古今小説』（『喩世明言』馮夢竜《ふうむりょう》編）に収められた「司馬貌の冥土裁判」（「鬧陰司司馬貌断獄」）は、この説話をもとにし、『演義』を参考にして作られたものである。

　この『平話』の大筋がのちの『演義』と大差ないことはすでに述べたが、量は約十分の一（約八万八千字）にすぎず、地名・人名にあて字が多く、かつ文意の通じないところがままある。こうした点から、魯迅《ろじん》は、「その簡粗なところを見ると、これが説話人の用いた話本⑵ではないかと思われるふしが多い、これを本にして引きのばして口演し、大いに波瀾《はらん》を加えれば、聴者を悦《よろこ》ばせることができるからである、しかし毎頁に必ず図があるのだから、やはり人に閲覧させるための書物である」（『中国小説史略』第十二篇。増田渉氏訳による）と言っている。

「話本」即「説話人」（講釈師）のたね本であったかどうかは別として、少なくもこれが当時の講史家の語っていた「三国志」の講談のおもかげを伝えるものであることだけはたしかである。

　たとえば人物の描きかたであるが、関羽《かんう》と張飛《ちょうひ》の出会いの場で、関羽《かんう》は故郷で人民を苦しめる県の役人を殺し、逐電《ちくでん》して諸方を流浪しているという設定になっているので、ボロボロの着物を着て登場する。これに対して張飛《ちょうひ》は金持で、一日、邸《やしき》の門前に立っていたところ、関羽《かんう》を見かけて名乗り合う。そのあと酒亭に誘って語り合うが、関羽《かんう》は自分も酒を買って返そうとし、持ち合わせがないのに気づいて申しわけなさそうな顔をするというところがある。こういう点は、のちの『演義』における堅苦しい関羽《かんう》のとらえかたとはちがい、いかにも庶民的なとらえかたである。

『平話』では、二人が酒をくみかわしているところへ草鞋《わらじ》売りをしていた劉備《りゅうび》が来合わせ、三人意気投合して、桃園で義兄弟の契《ちぎ》りを交わすこととなる。まず張飛《ちょうひ》と関羽《かんう》が知り合い、つぎに劉備《りゅうび》が加わるという筋立ては、当時行なわれていた「三国志」物語のもっとも普通の形であった（たとえば元の雑劇「桃園結義」）。

また、張飛《ちょうひ》を智勇兼備の豪傑として冒頭から活躍させているのも、当時の民間の人気をそのまま反映したものであろう。こうした張飛《ちょうひ》に対する人気は当時から現在まで一貫してつづいているが、現在の講談は『演義』の影響を多く受けているので、彼を三枚目的にあつかっている。(3)

『平話』は、こうした大衆芸能分野で行なわれてきた「三国志」説話をそのまま写しているので、素朴ななりに面白い読み物となっている。この『平話』のすじ、つまり講釈師によって巷間《こうかん》に語り継がれてきた三国時代の物語を骨子とし、史書によって史実の誤りをただしながらこれを一大歴史小説に大成したのが羅貫中であった。

注1　西野貞治氏「『三国演義』の研究と資料」（平凡社『中国の八大小説』一九六五に収録）によれば、上図下文の体裁は元・明間建安刊の俗書の特徴とされているが、この体裁は、唐のときにつくられた絵画（図巻）をともなった変文のなごりと考えられなくもない。

2　魯迅《ろじん》はこの引用文のすぐ前のところで、「説話というものは、説話人がおのおの工夫を凝らして、その場その場で語られたものではあるけれども、やっぱり底本があってそれを基にしてやったのである。それが『話本』である」といっている。これについては、増田渉氏が「『話本』ということについて――通説（あるいは定説）への疑問――」（大阪市立大学「人文研究」一六―五）において疑問を提出している。

3　『揚州評話選』（揚州評話研究小組編。上海文芸出版社、一九六二）には、『三国志』から「火焼博望坡」「鳳雛理事」の二篇が収められていて、いずれも張飛《ちょうひ》が稚気愛すべき人間として語られている。

三、『三国志演義』

羅貫中《らかんちゅう》、名は本《ほん》、貫中《かんちゅう》は字《あざな》である。十四世紀中葉の元末明初の人で、太原《たいげん》の生まれといわれている。彼の著書と伝えられるものは、『三国志演義』のほか、『隋唐史伝』『残唐五代史演義』『三遂平妖伝』などがあり、劇作家としても知られている。

本書の題名は正しくは『三国志通俗演義』である。「演義」とは、史実（義）を敷《ふ》衍《えん》（演）するの意味で、「三国志物語」とでも訳すべきものであろう。「演義」ということばを歴史小説の意味で題名に使ったのはこれがはじめてで、以来、各王朝の歴史を小説化した作品が続出し、これらは総括して「演義体小説」とよばれている。

本書の刊行には従来、庸愚子《ようぐし》（金華郡の蔣大器《しょうたいき》のペンネーム）という筆者の弘治《こうち》甲寅（一四九四）の序文が付されていたため、一般には『弘治本』とよばれていたが、のち、嘉靖《かせい》壬午（一五二二）関中《かんちゅう》の修髯子《しゅうぜんし》の序文を庸愚子《ようぐし》の序文のあとにつけた刊本が発見され、嘉靖元年の初版であると見られるにいたった。鄭振鐸《ていしんたく》はこれについて、弘治本の序文に「これが成るや、士君子の好事家《こうずか》は争って筆写し、読んだ」という個所があり、刊行のことには何ら触れられていないので、このころまでは単に筆写して読まれていたにすぎず、この序文が書かれてから三十年近くかかって、嘉靖元年にいたりはじめて刊行されたものであろう、『弘治本』と言われるのは、昔の人が嘉靖の修髯子《しゅうぜんし》の序文をはぶいて弘治の序文だけ残したためにそう言われるようになったので、実は『嘉靖本』であると言っている（「三国志演義的演化」）。

『演義』は全二十四巻、一巻を十節に分けて二百四十節、各節に一句の標題がついている。また各巻首に、「晋平陽侯陳寿史伝、後学羅本貫中編次」と題され、第一巻冒頭には「三国志宗僚」と題して、登場人物の表が付してある。これは正史の体裁にならったもので、従来、民衆のものであった「三国志」物語を読書人の読み物たらしめようとした「勝国末《げんのすえ》の村学究《いなかがくしゃ》」（胡応麟《こおうりん》『少室山房筆叢』）羅貫中《らかんちゅう》の壮大な意図をしめすものといえる。ここで彼は『平話』や講談・戯曲などによって伝えられ発展させられてきた「三国志」物語を、正史にもとづいて検討し、その庶民的な発想にもとづく自由奔放な英雄たちの活躍場面など、血となり肉となるところは大胆に吸収、発展させるいっぽう、いちじるしい誤りはこれをただし、迷信的要素や荒唐無《こうとうむ》稽《けい》にすぎるところは慎重に削っていった。このとき使用した資料には、『三国志』『後漢書』『晋書《しんじょ》』などのほか、『十七史詳節』（宋の呂祖《りよそ》謙《けん》撰）も用いており、その結果、量においては『平話』に十倍する一大長編小説を完成したのである。ここにあつかわれる期間は、後漢霊《れい》帝の末年（一八四）から晋の武《ぶ》帝の太康《たいこう》元年（二八〇）にいたる九十七年間で、『平話』と同じである。ただし『平話』のまくら、司馬仲相の裁判のくだりはまったく削られ、

　後漢の桓《かん》帝崩じ、霊《れい》帝即位せらる。時に御年十二歳。


といった簡潔な書き出しになっている。

この『嘉靖本』は、刊行以来、数種の刊本が出、その間に若干の改訂が加えられた。しかし原作を大幅に変えるようなことはなされていない。いまその主なものをあげてみると、次の三種になる。

一『新刊校正古本大字音釈三国志通俗演義』——万暦《ばんれき》十九年（一五九一）、金陵《きんりょう》（南京）の周曰校《しゅうえっこう》刊本。十二巻二百四十節。本書には、『嘉靖本』にない関索《かんさく》——関《かん》羽《う》の第三子として『毛宗崗本《もうそうこう》』第八十七回に出る——が登場し、周静軒《しゅうせいけん》の詩が挿

入される。この刊本の流れを引くものに、『李卓吾《りたくご》先生批評三国志』がある。これは普通『李卓吾本』といわれ、前者の二節を合わせて一回とした百二十回本である。

二『音釈補遺按鑑演義全像批評三国志伝』——万暦二十年（一五九二）、建安の余象《よしよう》斗《と》刊本。二十巻、二百四十節。内容は周日校刊本に同じ。周静軒《しゅうせいけん》の詩は前者より多い。

三『第一才子書繡像《しゅうぞう》三国志演義』——十九巻百二十回本。いわゆる『毛宗崗本』。本書には順治《じゅんち》元年（一六四四）の金聖嘆《きんせいたん》の序文があり、巻頭には「聖嘆外書」として金聖嘆《きんせいたん》の批評本のごとく見せかけてあるが偽作である。本書は『琵琶記《びわき》』の評者毛綸《もうりん》（字は声山《せいざん》）が『李卓吾本』によって改訂をほどこし、子の毛宗崗《もうそうこう》（字は序始《じょし》）の名で刊行したもの。この改訂は康熙《こうき》十八年（一六七九）ごろに完成したといわれる（周汝昌。作家出版社版『三国演義』前言）。

この毛声山《もうせいざん》による改訂によって、『演義』は面目を一新した。彼はこの改訂にあたって、あらためて正史によって『嘉靖本』の誤りをただしたほか、周静軒《しゅうせいけん》の詩を削除して、唐・宋の詩人の作を挿入した。しかし、『嘉靖本』の内容そのものにはほとんど手を加えていない。また各回の題を対句とし、『李卓吾本』で機械的につながれたのみだった二節のつながりを調整して自然なものにした。

いわば、この改訂によって、『嘉靖本』は新しい生命を吹きこまれ、生まれ変わったわけである。以来、この『毛宗崗本』が一般に行なわれるようになり、今日にいたっている。なお、この『毛宗崗本』のあとを追って『李笠翁《りりゆうおう》批閲三国志』百二十回本が出たが、これは同じく『李卓吾本』によりながらも、『毛宗崗本』とは逆に旧態依然たるものであったため流行はしなかった。

注　この項については、小川環樹氏『三国志・解説』（岩波文庫『三国志』第一冊）、「関索のこと」「関索物語の異本」（前掲書第八冊付録）、本田済氏「『三国演義』と『三国志』」（大阪市立大学中国文学研究室編『中国の八大小説』所収）、西野貞治氏「『三国演義』の研究と資料」（同上）を参考にさせていただいた。

四、『演義』と史実

『演義』については、従来さまざまな論評が下されており、たとえば、「『三国志通俗演義』二百四十巻は……正史により、小説（とるにたらぬ些細《さきい》な記事）を採り、文辞を澄《ちよう》し、好尚に通じ、俗にあらず虚にあらず、観《み》やすく入りやすく、史家の古くさい文章ではなくて、でたらめやふざけたところがなく、百年間のことを述べて、万事を概《がい》括《かつ》している」（明の高儒《こうじゅ》『百川書志』）といった評がある一方、「事実につきすぎているため陳腐《ちんぷ》に近い」（明の謝肇淛《しゃちょうせい》『五雑俎』）とか、さらには「七分が史実、三分が虚構で、読者は往々にして惑わされ、士大夫《したいふ》のなかにも桃園のことその他を故事（史上の事実）として用いる者がある」（清《しん》の章学誠《しょうがくせい》『丙辰劄記』）という評もある。

「事実につきすぎている」といえば、たしかにその通りで、かつて存在した時間の経過を追ってひとつの時代を描くのに、それぞれの事実を無視しては、小説そのものが成り立たなくなる。むしろ事実、あるいは史料につきながら、それに引きずられることなく、逆にそれを駆使した作者の手腕こそ讃《たた》えられるべきであろう。作者が人間像の創造にあたって正史や裴松之《はいしょうし》の注を活用していることは先に少しく触れたが、ここではもう少し例をあげながら、その問題を考えてみたい。

まず、第四回に、董卓《とうたく》暗殺に失敗した曹操《そうそう》が、都を逐電《ちくでん》して故郷へ逃げ帰るくだりがある。『魏志』武《ぶ》帝紀では、ここのところ、

「董卓《とうたく》は太祖（曹操《そうそう》）を推挙して驍騎《ぎょうき》校尉とし、自分の協力者としようとした。太祖はそこで姓名を変え、ひそかに東（故郷）へ帰ろうとした」

とあり、つぎに中牟《ちゅうぼう》県で逮捕されるくだりがつづくが、ここに次のような注がはいっている。

「『魏書』（晋の王沈《おうちん》撰）に言う、太祖は董卓《とうたく》が必ず失敗すると見越していたので、

官位を受けず、故郷へ逃げ帰ろうとした。その途中、数騎の供を従えて知合いである成皐《せいこう》の呂伯奢《りよはくしや》の家を訪ねたところ、伯奢《はくしや》は不在だった。その子や食客たちが、太祖の馬や所持品に目をつけて奪いにきたので、太祖は白刃を揮《ふる》って数人を斬り殺した（a）。

『世語』（晋の郭頒《かくはん》撰）に言う、太祖が呂伯奢《りよはくしや》を訪ねたところ、伯奢《はくしや》は出かけていたが、子供たち五人がいて、もてなしの用意をした。太祖は、自分が董卓《とうたく》の命令に背いてきているもので、彼らが自分を殺そうとしているのではないかと疑い、その夜、剣を揮って八人を殺し立ち去った（b）。

孫盛《そんせい》（晋の人）の『雑記』に言う、太祖はその食器の音を聞いて、自分を殺そうとしているのだと考え、ついにその夜、彼らを殺した。そして、冷やかに、「わしが人を裏切ることがあっても、人がわしを裏切るようなことはさせぬ」というと、立ち去った（c）。

この三本の注のうち、作者はことさらに（b）（c）を使い、かつ注にもない呂伯《りよはく》奢《しや》殺害の話までつけ加えることによって冷酷非情な曹操《そうそう》というイメージを作りあげ、さらに陳宮《ちんきゆう》という良心的な人物を登場させて、このイメージをよりいっそう強調させるという操作を行なっているのである（陳宮《ちんきゆう》が中牟《ちゆうぼう》県令として曹操《そうそう》を救ったというのは虚構）。

正史に記載され、『平話』において初歩的な形がつくられていたものを、思いきり拡大した典型的な例は、第三十七回の「劉玄徳《りゅうげんとく》　三たび草廬《そうろ》を顧《おとな》う」の一段であろう。劉備《りゅうび》が襄陽《じょうよう》郊外の庵《いおり》で司馬徽《しばき》に会って「伏竜《ふくりょう》・鳳雛《ほうすう》」という伏線を張られるところから、徐庶《じょしょ》の登場、その名軍師ぶりがしめされたあと、徐庶《じょしょ》の許都《きょと》行きとなって、ようやく孔明《こうめい》の名が明らかにされ、そのあと三度にわたる臥竜岡《がりょうこう》行きと次第にクライマックスへ盛り上がってゆく。この盛り上がりは絶妙で、作者の並なみならぬ手腕をいかんなくしめしているところである。

ところが、ここで面白いのは、作者がここでも裴松之《はいしょうし》の注を巧みに使っていることである。というのは、注では劉備《りゅうび》が司馬徽《しばき》を訪ねて意見をもとめたところ、徽《き》が「この地に伏竜・鳳雛がいる」と言い、それは誰かと尋ねられて、「諸葛孔明《しょかつこうめい》・龐士元《ほうしげん》のことだ」と答えているのである。作者はこの後半の答えを伏せ、徐庶《じょしょ》の見事な采配をしめすことで、孔明《こうめい》への期待をより大きくさせる。心にくいまで行きとどいた設定と言える。

こうした史実の使い方は、やや違うが、第二十三回でも見ることができる。吉平《きっぺい》が董承《とうしょう》に加担して曹操《そうそう》を毒殺しようとして果たさずに殺される場面であるが、正史によれば、董承《とうしょう》らの謀反も事実であり、吉平《きっぺい》の謀反も事実である。ただし、董承《とうしょう》の陰謀は小説と同じ建安《けんあん》五年に露見したものであるが、吉平《きっぺい》はそれより十八年後の建安二十三年の耿紀《こうき》らの謀反（第六十九回）に二子とともに加担して殺されたのである。董承《とうしょう》・吉平《きっぺい》の二人を同志とする趣向はすでに『平話』で行なわれているが、作者は、ここに董承《とうしょう》が夢で曹操《そうそう》に斬りつけたり、吉平《きっぺい》が残酷な拷問《ごうもん》にあったりする場面を加え、「三分の史実」を「七分の虚構」をもって見事に活かしている。

以上、『演義』における史実活用の具体例の一、二を見てきた。『演義』には、このほか、史実にあらわれない重要な人物が二人登場する。貂蟬《ちょうせん》と周倉《しゅうそう》である。この二人の名は『正史』には見えないながら、それに擬せられる人物はおり、かつ、彼らの名は古くから知られていた。すなわち貂蟬《ちょうせん》は、『魏志』呂布《りょふ》伝に、「（董《とう》）卓《たく》は常に（呂《りょ》）布《ふ》に中閤《ちゅうかく》（宮中の小門）を守らせていたが、布《ふ》は卓《たく》の侍女と密通し、それが発覚するのを恐れて、不安に思っていた」という記事があって、これからヒントを得て作られたものと見られている。そして彼女は宋の戯文（戯曲）「貂蟬女」（または「王允《おういん》」）、元の雑劇「錦雲堂暗定連環計」に登場する。貂蟬《ちょうせん》については、ほかに『蜀志』関羽《かんう》伝の注にも、曹操《そうそう》と劉備《りゅうび》が下邳《かひ》に呂布《りょふ》を包囲したとき、関羽《かんう》があらかじめ呂布《りょふ》配下の秦宜《しんぎ》禄《ろく》の妻を所望《しょもう》し、曹操《そうそう》は許していたが、城を攻め破ったあと、その美しいのを見て心変わりし、自分で取ってしまったという記事がある。その女を貂蟬《ちょうせん》とし、その後、曹《そう》操《そう》が関羽《かんう》を籠絡《ろうらく》するために彼女を下げ渡したところ関羽《かんう》が斬り棄てるというストーリーの雑劇「関大王月下斬貂蟬」もある。『演義』第八回は前者の説話を取り入れたものである。

周倉《しゅうそう》の場合は、『呉志』魯粛《ろしゅく》伝に見える。『演義』第六十六回「関雲長《かんうんちょう》刀ひとつにて会に赴く」のくだりに相当する記事である。ここで関羽《かんう》に従う壮士を周倉《しゅうそう》としたもので、その名は元の人魯貞《ろてい》の「漢寿亭侯碑」に「赤兎《せきと》に乗り周倉《しゅうそう》を従《したが》う」とあった(清の梁章鉅《りょうしょうきょ》『浪跡続談』)と言われ、早くから講談などに登場していたようである。彼の名は『平話』にも見えるが、「関公単刀会」のくだりでは見えず、関羽《かんう》の死後、祁《き》山《ざん》で木牛《ぼくぎゅう》・流馬《りゅうば》の列を指揮する武将として現われる。このことは、当時の説話ではまだ彼が関羽《かんう》の部下として定着していなかったことをしめすものかもしれない。

陳寿《ちんじゅ》の『三国志』が魏を漢の正統な後継者としているのに対して、羅貫中《らかんちゅう》の『演義』がそれと全く対立する立場をとっていること。これについては、『演義』が長いあいだ民衆のなかで育てられてきた「三国志」説話の骨子をそのまま踏襲したということのほかに、当時の支配階級の思想であった正統観との関係を考慮にいれる必要がある。「三国志」説話が蜀を支持するようになったのは、もちろん民衆の「判官《ほうがん》びいき」の心情を反映したもので、それが蜀の人びとをいっそう理想化――美化――する役割を果たしてきたことも否めない。いっぽう、こうした民衆の心情的蜀正統論とは別のところ、すなわち読書人のあいだでも、魏・蜀の正統性をめぐる論議が古くから行なわれてきていた。これが「正統論」といわれる史学上の論争である。

「正統論」とは、五行《ごぎょう》思想にもとづいて王朝交代の正当性を立証しようとするもので漢代に始まったものであるが、漢・魏の際の問題は、東晋（三一七—四二〇）の習鑿《しゅうさく》歯《し》の『漢晋春秋』以来つねに争点とされてきたところであった。習鑿歯《しゅうさくし》は、中原を占めて晋（西晋）の皇統を継承したとする北方の異民族の主張に対して、後漢（劉《りゅう》氏）→蜀→晋（司馬《しば》氏）→東晋という継承関係を主張したのである。この説はそのまま南北朝時代にも引き継がれて、南朝各国の正統説の論拠とされてきたが、漢民族の統一国家が再現した唐・宋時代にはふたたび魏正統説が大勢を占めるにいたった（唐・劉《りゅう》知遠《ちえん》『史通』、宋・欧陽脩《おうようしゅう》『正統論』、蘇軾『正統弁論』、司馬光《しばこう》『資治通鑑』など）。

しかし、宋が金《きん》に滅ぼされたあと高《こう》宗が臨安《りんあん》で再建したいわゆる南宋時代にはいると、朱熹《しゅき》の名分論による蜀正統説が出（『通鑑綱目』）、以来、朱子学の盛行とともに、これが定説とされ、その正統観は、支配階級によって封建制擁護のための恰好の道具として民衆に押しつけられることになった。

東晋・南北朝・南宋と、いずれも漢民族の国家が中原を追われた時期に蜀を正統とする説が起こっているという点から言えば、それらがいずれも自己の属する国家権力の強化のためになされたものであるにせよ、そこに民族主義の一定の反映があったといっても過言ではあるまい。ではこの間に民衆のあいだで行なわれてきた「三国志」

説話のほうはどうであったか。

やはりここにも民族主義の反映がみられる。「三国志」説話が、講史（長編歴史講談）として成立したのが南宋であることは前にも触れたが、この時期の講史に新しい読み物として「岳飛《がくひ》伝」が現われているということは注目に値する。岳飛《がくひ》は秦檜《しんかい》との関係で、「判官びいき」の民衆にとってはうってつけの対象であったろうが、同時に金《きん》に対する抵抗の英雄であった彼を歓迎する民衆の心の底に、単なる「判官びいき」では片づけられない民族主義がひそんでいたことは明らかである。そしてこの民衆の民族主義は、「三国志」説話の敵役《かたきやく》である魏を侵略者金になぞらえて見ていたかもしれないのである。

たとえば、のちの話になるが、元末に貧農の息子から身を起こして紅巾《こうきん》の乱の指導者となり、ついに元を倒した明の太祖朱元璋《しゅげんしょう》が、元の実力者を曹操《そうそう》になぞらえていたということなどからも、それは推察できる。羅貫中《らかんちゅう》はこの朱元璋《しゅげんしょう》と同時代の人であったし、元末の叛乱指導者の一人張士誠《ちょうしせい》とも関係があったといわれており、単なる読書人ではなくて民族主義思想の持主であったことがわかる。彼が元の支配者を曹操《そうそう》になぞらえていなかったとは断言できない。

さらにあえて飛躍して考えてみれば、それが彼をして『演義』を書かしめたと言えないこともない。読書人たる彼が朱熹《しゅき》以来の正統観から逃れえなかったことは、『演義』における君臣の義の強調などによっても明らかである。しかしこれは当時の読書人の限界としてやむをえぬことである。それよりむしろ、民衆のあいだに行なわれていた蜀正統説と読書人のあいだに行なわれていた蜀正統説とが、『演義』においてはじめて融合されたということ、その結果、従来巷間《こうかん》の語り物にすぎなかった「三国志」説話を、読書人の鑑賞に耐えうる風格のある歴史小説として再生させたということ、この点こそ高く評価すべきであろう。

五、翻訳について

『演義』が最初に外国語に翻訳されたのは、順治七年（一六五〇）に完成した満州語訳であった。これは清の博士達海《たつかい》が、太《たい》宗の勅命《ちょくめい》によって着手し、十一年がかりで完成したものである。これは満州族の中国侵入に際し、軍事教科書として将校に読ませようとしたものであるという。他に英・仏・露・モンゴル語訳がある。わが国では元《げん》禄《ろく》二―五年（一六八九―九二）刊の湖南文山《こなんぶんざん》訳『通俗三国志』五十巻がある。湖南文《こなんぶん》山《ざん》というのは筆名で、『群書備考』に引く田中文瑟《たなかぶんしつ》の『大観随筆』によれば、京都天竜寺の僧義徹《ぎてつ》が着手し、その死後、弟の月堂《げつどう》が継続して完成したものであるという（青木正児氏「国文学と支那文学」。『支那文学芸術考』所収）。なおこの文山《ぶんざん》訳の底本が李《り》卓吾本《たくご》であることが、近年、小川環樹氏によって明らかにされた（「文山訳の原本」。同氏訳岩波文庫版『三国志』第八冊付録三）。

文山訳《ぶんざん》の出現は、中国の軍談（演義体小説）訳出の流行を生み、正史に取材して創作したものも含めて、『通俗二十一史』（早稲田大学出版会刊）としてまとめられるまでになった。また滝沢馬琴《たきざわばきん》は『演義』をよく読んでいて、『燕石雑志』にその研究の一端をしめしているし、『椿説弓張月』『三七全伝南柯夢』『南総里見八犬伝』『三国一夜物語』『近世説美少年録』などには『演義』の趣向を借りたところがある。

文山訳《ぶんざん》について近年言及されたものには、桑原武夫氏「三国志のために」（『事実と創作』創元社・一九四三所収）、山本健吉氏「『三国志』をめぐって」「小説に関する愚問愚答」（『小説の再発見』文藝春秋新社・一九六三所収）、同「『三国演義』の文学」（『中国の八大小説』所収）などがある。

毛宗崗本《もうそうこう》による近年の訳書には、小川環樹氏訳（第六冊から金田純一郎氏と共訳）『三国志』（十冊、岩波文庫）、柴田天馬氏訳『定本三国志』（十巻、修道社）、井波律子氏訳『三国志演義』（七巻、ちくま文庫）がある。小川氏の訳書は亜東図書館版『三国演義』にもとづき『嘉靖本』で補ったものであり、柴田氏の訳書は挿入の詩をはぶいてある。

拙訳の底本には、作家出版社版『三国演義』（一九五五）を用いた。これは『毛宗崗本』により、『嘉靖本』を参照して新たに校訂したもので、『毛宗崗本』改訂の際に誤って直したところを『嘉靖本』でもとにもどした個所が若干ある。翻訳にあたっては、『嘉靖本』（一九二九、上海商務印書館影印本）、『毛宗崗本』（商務印書館本）を参照し、一、二改めた個所がある。また『毛宗崗本』の文章に飛躍があってわかりづらいところ、および『毛宗崗本』ではぶかれた年月で残しておいたほうがよいと判断したものは『嘉靖本』で補った。中括弧〔　〕でかこった個所がそれである。また注の作成にあたっては、盧弼《ろひつ》『三国志集解』、沈伯俊《ちんはくしゅん》校理本『三国演義』（江蘇古籍出版社。一九九二年二月）に負うところが多かった。

本訳書はもともと平凡社版『中国古典文学大系』の一冊として、また、同社版『奇書シリーズ』の一冊として同時に刊行中のものである。昭和五十八年、平凡社の御厚意によって徳間文庫に収められ、このたびの改装版刊行にあたり大幅に手を加えた。なお、本書の翻訳にあたっては小川環樹・金田純一郎両氏訳『三国志』（岩波書店）、井波律子氏訳『三国志演義』（ちくま文庫）を参考にさせていただいた。記して感謝のしるしとする次第である。

平成十八年五月

立間　祥介

略年表1　本年表は『三国志演義』の記述に基づくもので、史書の記述と異なる場合がある。

西暦	後漢時代	事項〔『演義』回数〕
一六八	建寧　一	一月、霊帝《れい》劉宏《りゅうこう》（十二歳）即位。竇武《とうぶ》を大将軍、陳蕃《ちんはん》を太傅とする。〔一〕 九月、宦官、竇武《とうぶ》・陳蕃《ちんはん》らを殺す。〔一〕
一六九	二	四月、宮中に青蛇出現。以来、変事続発。〔一〕
一七二	熹平　一	孫堅《そんけん》（十七歳）、銭塘で海賊を斬る。〔三〕
一七四	三	孫堅《そんけん》、会稽の妖族許昌《きょしょう》（許生）の乱を平定。〔三〕
一七五	四	曹操《そうそう》（二十歳）、孝廉に挙げられて出仕。〔一〕
一八一	光和　四	何皇后（皇子劉弁《りゅうべん》の生母）、皇子劉協《りゅうきょう》の生母王美人を毒殺。〔三〕
一八四	七	一月、張角《ちょうかく》挙兵、黄巾の乱。〔一〕 劉備《りゅうび》（二十八歳）、関羽《かんう》・張飛《ちょうひ》らの「桃園結義」。〔一〕 三月、何進《かしん》、大将軍となる。〔二〕

		八月、中郎将董卓《とうたく》、張角《ちょうかく》の平定に失敗、皇甫嵩《こうほすう》と交代。〔二〕
		十月、皇甫嵩《こうほすう》、広宗で張梁《ちょうりょう》を破り、病死した張角《ちょうかく》の柩を暴く。黄巾主力軍壊滅。〔二〕
	中平 一	十二月、黄巾の乱の終息を記念して中平と改元。〔二〕
一八七	四	十月、孫堅《そんけん》、長沙太守となり区星の乱を平定。〔二〕
一八九	六	四月、霊《れい》帝死し、何進《かしん》、太子劉弁《りゅうべん》（少帝、十四歳）を擁立して大権を握る。〔二〕
	光熹 一	八月、宦官、何進《かしん》を暗殺。袁紹《えんしょう》・袁術《えんじゅつ》ら宦官を一掃「十常侍の乱」。董卓《とうたく》入京、呂布《りょふ》を義子として実権をにぎる。袁紹《えんしょう》、董卓《とうたく》と対立して脱走。〔三〕
		九月、董卓《とうたく》、少帝を廃し、献《けん》帝劉協《りゅうきょう》（九歳）を擁立。曹《そう》操、董卓《とうたく》暗殺に失敗して脱走、帰郷の途中、呂伯奢《りょはくしゃ》一家を殺害。〔四〕
		十二月、曹操《そうそう》、陳留で挙兵。〔五〕
一九〇	初平 一	一月、袁紹《えんしょう》を盟主とする関東諸侯の董卓《とうたく》討伐軍が汜水関に集結。関羽《かんう》、華雄《かゆう》を斬る。〔五〕

一九一	二	二月、董卓《とうたく》、献《けん》帝を長安へ移し、洛陽を焼く。〔六〕 三月、曹操《そうそう》、董卓《とうたく》を追って滎陽で徐栄《じょえい》に大敗。諸侯連合軍解散。〔六〕 劉表《りゅうひょう》、荊州刺史となる。〔六〕 孫堅《そんけん》、洛陽で伝国の玉璽を入手。〔六〕 袁紹《えんしょう》、冀州刺史韓馥《かんぷく》から冀州を乗っ取る。〔七〕 曹操《そうそう》、東郡太守となる。〔十〕
一九二	三	一月、袁紹《えんしょう》、磐河で公孫瓚《こうそんさん》を大破。〔七〕 四月、王允《おういん》・呂布《りょふ》、董卓《とうたく》を殺す。〔九〕 曹操《そうそう》、兗州刺史となり青州黄巾軍を平定、「青州兵（軍）」を編成。〔十〕 荀彧《じゅんいく》・程昱《ていいく》・于禁《うきん》ら曹操《そうそう》の幕下に。〔十〕 六月、李傕《りかく》・郭汜《かくし》、長安を占拠、王允《おういん》を殺す。〔九〕 十一月、孫堅《そんけん》（三十七歳）、襄陽で陣没。孫策《そんさく》（十七歳）が後を継ぐ。〔七〕
一九三	四	三月、陶謙《とうけん》、徐州牧となる。六月、曹操《そうそう》、陶謙《とうけん》を攻めて十余城を抜く。〔十〕

一九四	興平　一	二月、曹操《そうそう》、第二次徐州侵攻。劉備《りゅうび》、陶謙《とうけん》の救援に向かい、予州牧となり小沛に駐屯。〔十一〕 呂布《りょふ》、兗州牧として濮陽に駐屯。八月、曹操《そうそう》を大破。〔十二〕 十二月、陶謙《とうけん》（六十三歳）死し、劉備《りゅうび》、徐州牧となる。〔十二〕 孫策《そんさく》、江東に帰り曲阿に駐屯。周瑜《しゅうゆ》・張昭《ちょうしょう》ら幕下に加わる。〔十五〕
一九五	二	一月、曹操《そうそう》、定陶で呂布《りょふ》を大破。〔十二〕 三月、李《り》傕《かく》・郭汜《かくし》、長安で戦う。〔十三〕 七月、献《けん》帝、長安を脱出。〔十三〕 十月、曹操《そうそう》、兗州牧となる。
一九六	建安　一	七月、献《けん》帝、洛陽に入る。〔十四〕 八月、曹操《そうそう》、軍勢をひきいて洛陽に入り献《けん》帝に謁見。〔十四〕 九月、許に遷都。曹操《そうそう》、司隷校尉・録尚書事となる。〔十四〕

		十月、劉備《りゅうび》、呂布《りょふ》に徐州（下邳）を奪われ、〔十四〕許都に逃れ曹操《そうそう》の推挙で予州牧となる。〔十六〕 孫策《そんさく》、江東を制圧。〔十五〕
一九七	二	袁術《えんじゅつ》、寿春で皇帝を自称。〔十七〕 五月、曹操《そうそう》、宛城で張繡《ちょうしゅう》に大敗。〔十六〕
一九八	三	七月、曹操《そうそう》、張繡《ちょうしゅう》・劉表《りゅうひょう》を大破。〔十六〕 九月、曹操《そうそう》、袁術《えんじゅつ》を討つ。〔十七〕 十二月、曹操《そうそう》、下邳城で呂布《りょふ》を斬る。〔十九〕劉備《りゅうび》、献《けん》帝に謁見、左将軍に補せられる。〔二十〕
一九九	四	三月、公孫瓚《こうそんさん》、袁紹《えんしょう》に敗れて自害。〔二十一〕 董承《とうしょう》、献《けん》帝の密詔をうけて曹操《そうそう》暗殺を計画。〔二十〕 五月、劉備《りゅうび》、許都を脱出、下邳を奪回。〔二十一〕 六月、袁術《えんじゅつ》、死。〔二十一〕 十二月、曹操《そうそう》・袁紹《えんしょう》、官渡で対陣。〔二十二〕
二〇〇	五	一月、董承《とうしょう》らの曹操《そうそう》暗殺計画発覚。〔二十三〕劉備《りゅうび》、曹操《そうそう》に追われて袁紹《えんしょう》を頼り、〔二十四〕関羽《かんう》、曹操《そうそう》に降伏。〔二十五〕

二月、白馬の戦い。関羽《かんう》、顔良《がんりょう》を斬り、〔二十五〕曹操《そうそう》の配下から脱出、劉備《りゅうび》と再会。〔二十六・二十七・二十八〕

四月、孫策《そんさく》（二十六歳）死し、孫権《そんけん》、後を継ぐ。〔二十九〕

十月、曹操《そうそう》、烏巣を急襲、袁紹《えんしょう》軍の糧秣を焼く。〔三十〕

本書は二〇〇六年六月に徳間文庫より『三国志演義[1]
〈改訂新版〉』として刊行されたものです。
著作権者の了解を得て一部表記を読みやすく改めました。

三国志演義《さんごくしえんぎ》 1

羅貫中《らかんちゅう》　立間祥介《たつまよしすけ》＝訳

令和元年 5月25日　初版発行
令和7年 6月5日　8版発行

発行者●山下直久

発行●株式会社KADOKAWA
〒102-8177　東京都千代田区富士見2-13-3
電話　0570-002-301（ナビダイヤル）

角川文庫 21645

印刷所●株式会社KADOKAWA
製本所●株式会社KADOKAWA

表紙画●和田三造

●お問い合わせ
https://www.kadokawa.co.jp/（「お問い合わせ」へお進みください）
※内容によっては、お答えできない場合があります。
※サポートは日本国内のみとさせていただきます。
※Japanese text only

ISBN 978-4-04-400509-2　C0197

角川文庫発刊に際して

角川源義

第二次世界大戦の敗北は、軍事力の敗北であった以上に、私たちの若い文化力の敗退であった。私たちの文化が戦争に対して如何に無力であり、単なるあだ花に過ぎなかったかを、私たちは身を以て体験し痛感した。西洋近代文化の摂取にとって、明治以後八十年の歳月は決して短かすぎたとは言えない。にもかかわらず、近代文化の伝統を確立し、自由な批判と柔軟な良識に富む文化層として自らを形成することに私たちは失敗して来た。そしてこれは、各層への文化の普及滲透を任務とする出版人の責任でもあった。

一九四五年以来、私たちは再び振出しに戻り、第一歩から踏み出すことを余儀なくされた。これは大きな不幸ではあるが、反面、これまでの混沌・未熟・歪曲の中にあった我が国の文化に秩序と確たる基礎を齎らすためには絶好の機会でもある。角川書店は、このような祖国の文化的危機にあたり、微力をも顧みず再建の礎石たるべき抱負と決意とをもって出発したが、ここに創立以来の念願を果すべく角川文庫を発刊する。これまで刊行されたあらゆる全集叢書文庫類の長所と短所とを検討し、古今東西の不朽の典籍を、良心的編集のもとに、廉価に、そして書架にふさわしい美本として、多くのひとびとに提供しようとする。しかし私たちは徒らに百科全書的な知識のジレッタントを作ることを目的とせず、あくまで祖国の文化に秩序と再建への道を示し、この文庫を角川書店の栄ある事業として、今後永久に継続発展せしめ、学芸と教養との殿堂として大成せんことを期したい。多くの読書子の愛情ある忠言と支持とによって、この希望と抱負とを完遂せしめられんことを願う。

一九四九年五月三日

角川ソフィア文庫ベストセラー

ビギナーズ・クラシックス 中国の古典
論語
加地伸行

孔子が残した言葉には、いつの時代にも共通する「人としての生きかた」の基本理念が凝縮され、現代人にも多くの知恵と勇気を与えてくれる。はじめて中国古典にふれる人に最適。中学生から読める論語入門！

ビギナーズ・クラシックス 中国の古典
老子・荘子
野村茂夫

老荘思想は、儒教と並ぶもう一つの中国思想。「上善は水のごとし」「大器晩成」「胡蝶の夢」など、人生を豊かにする親しみやすい言葉と、ユーモアに満ちた寓話を楽しみながら、無為自然に生きる知恵を学ぶ。

ビギナーズ・クラシックス 中国の古典
韓非子
西川靖二

「矛盾」「株を守る」などのエピソードを用いて法家の思想を説いた韓非。冷静ですぐれた政治思想と鋭い人間分析、君主の君主による君主のための支配を理想とする君主論は、現代のリーダーたちにも魅力たっぷり。

ビギナーズ・クラシックス 中国の古典
陶淵明
釜谷武志

自然と酒を愛し、日常生活の喜びや苦しみをこまやかに描く一方、「死」に対して揺れ動く自分の心を詠んだ田園詩人。「帰去来辞」や「桃花源記」ほかひとつ一つの詩を丁寧に味わい、詩人の心にふれる。

ビギナーズ・クラシックス 中国の古典
李白
筧久美子

大酒を飲みながら月を愛で、鳥と遊び、自由きままに旅を続けた李白。あけっぴろげで痛快な詩は、音読すれば耳にも心地よく、多くの民衆に愛されてきた。豪快奔放に生きた詩仙・李白の、浪漫の世界に遊ぶ。

角川ソフィア文庫ベストセラー

杜甫
ビギナーズ・クラシックス 中国の古典
黒川洋一

若くから各地を放浪し、現実社会を見つめ続けた杜甫。日本人に愛され、文学にも大きな影響を与え続けた「詩聖」の詩から、「兵庫行」「石壕吏」などの長編を主にたどり、情熱と繊細さに溢れた真の魅力に迫る。

孫子・三十六計
ビギナーズ・クラシックス 中国の古典
湯浅邦弘

中国最高の兵法書『孫子』と、その要点となる三六通りの戦術をまとめた『三十六計』。語り継がれてきた名言は、ビジネスや対人関係の手引として、実際の社会や人生に役立つこと必至。古典の英知を知る書。

易経
ビギナーズ・クラシックス 中国の古典
三浦國雄

陽と陰の二つの記号で六四通りの配列を作る易は、「主体的に読み解き未来を予測する思索的な道具」として活用されてきた。中国三〇〇〇年の知恵『易経』をコンパクトにまとめ、訳と語釈、占例をつけた決定版。

唐詩選
ビギナーズ・クラシックス 中国の古典
深澤一幸

漢詩の入門書として最も親しまれてきた『唐詩選』。李白・杜甫・王維・白居易をはじめ、朗読するだけで風景が浮かんでくる感動的な詩の世界を楽しむ。初心者にもやさしい解説とすらすら読めるふりがな付き。

史記
ビギナーズ・クラシックス 中国の古典
福島正

司馬遷が書いた全一三〇巻におよぶ中国最初の正史が一冊でわかる入門書。「鴻門の会」「四面楚歌」で有名な項羽と劉邦の戦いや、悲劇的な英雄の生涯など、強烈な個性をもった人物たちの名場面を精選して収録。

角川ソフィア文庫ベストセラー

蒙求
ビギナーズ・クラシックス 中国の古典
今鷹 眞

「蛍火以照書」から「蛍の光、窓の雪」の歌が生まれ、「漱石枕流」は夏目漱石のペンネームの由来になった。礼節や忠義など不変の教養逸話も多く、日本でも多く読まれた子供向け歴史故実書から三一編を厳選。

白楽天
ビギナーズ・クラシックス 中国の古典
下定雅弘

日本文化に大きな影響を及ぼした白楽天。炭売り老人への憐憫や左遷地で見た雪景色を詠んだ代表作ほか、家族、四季の風物、酒、音楽などを題材とした情愛濃やかな詩を味わう。大詩人の詩と生涯を知る入門書。

呻吟語
ビギナーズ・クラシックス 中国の古典
湯浅邦弘

皇帝は求心力を失い、官僚は腐敗、世が混乱した明代末期。朱子学と陽明学をおさめた呂新吾が30年かけて綴った人生を諭す言葉。「過ちを認める勇気」「冷静沈着の大切さ」など、現代にも役立つ思想を説く。

十八史略
ビギナーズ・クラシックス 中国の古典
竹内弘行

中国の太古から南宋末までを簡潔に記した歴史書から、注目の人間ドラマをピックアップ。伝説あり、暴君あり、国を揺るがす美女の登場あり。日本人が好んで読んできた中国史の大筋が、わかった気になる入門書!

春秋左氏伝
ビギナーズ・クラシックス 中国の古典
安本 博

古代魯国史『春秋』の注釈書ながら、巧みな文章で人々を魅了し続けてきた『左氏伝』。「力のみで人を治めることはできない」「一端発した言葉に責任を持つ」など、生き方の指南本としても読める!

角川ソフィア文庫ベストセラー

風土記（上）
現代語訳付き

監修・訳注／中村啓信

風土記は、八世紀、元明天皇の詔により諸国の産物、伝説、地名の由来などを撰進させた地誌。現存する資料を網羅し新たに全訳注。漢文体の本文も掲載する。上巻には、常陸国、出雲国、播磨国風土記を収録。

風土記（下）
現代語訳付き

監修・訳注／中村啓信

報告書という性格から、編纂当時の生きた伝承・社会・風俗を知ることができる貴重な資料。下巻には、現存する五か国の中で、豊後国、肥前国と後世の諸文献から集められた各国の逸文をまとめて収録。

新版 万葉集（一〜四）
現代語訳付き

訳注／伊藤　博

古の人々は、どんな恋に身を焦がし、誰の死を悼み、そしてどんな植物や動物、自然現象に心を奪われたのか——。全四五〇〇余首を鑑賞に適した歌群ごとに分類。天皇から庶民にいたる万葉人の想いが今に蘇る！

土佐日記
現代語訳付き

紀　貫之
訳注／三谷榮一

紀貫之が承平四年一二月に任国土佐を出港し、翌年二月京に戻るまでの旅日記。女性の筆に擬した仮名文学の先駆作品であり、当時の交通や民間信仰の資料としても貴重。底本は自筆本を最もよく伝える青谿書屋本。

保元物語
現代語訳付き

訳注／日下　力

鳥羽法皇の崩御をきっかけに起こった崇徳院と後白河天皇との皇位継承争い、藤原忠通・頼長の摂関家の対立、源氏・平家の権力争いを描く。原典本文、現代語訳、脚注、校訂注を収載した保元物語の決定版！